게르만 신화 연구 ①

나남
nanam

한국연구재단 학술명저번역총서
서양편 359

게르만 신화 연구 ①

2017년 2월 15일 발행
2017년 2월 15일   1쇄

지은이_ 엘라르트 후고 마이어
옮긴이_ 송 전
발행자_ 趙相浩
발행처_ (주) 나남
주소_ 10881 경기도 파주시 회동길 193
전화_ (031) 955-4601 (代)
FAX _ (031) 955-4555
등록_ 제 1-71호 (1979. 5. 12)
홈페이지_ http://www.nanam.net
전자우편_ post@nanam.net
인쇄인_ 유성근(삼화인쇄주식회사)

ISBN 978-89-300-8725-4
ISBN 978-89-300-8215-0 (세트)

'한국연구재단 학술명저번역총서'는 우리 시대 기초학문의 부흥을 위해
한국연구재단과 (주)나남이 공동으로 펼치는 서양명저 번역간행사업입니다.

게르만 신화 연구 ①

엘라르트 후고 마이어 지음 | 송 전 옮김

나남
nanam

Mythologie der Germanen

by

Elard Hugo Meyer

1903

역자는 '게르만'이란 단어가 한국인들에게 불러일으키는 심상이 어떤 것일까 하는 생각을 간혹 한다. 이는 영어로 '저머니'(Germany) 라고 표기되는 '독일'이라는 나라와 곧 연결된다. 꼭 올바른 등식은 아니지만 '게르만＝독일'이다. 유럽의 역사 흐름 속 수많은 나라 안에 옛 게르만 민족이 스며들어 있지만, 현재 '게르만'이라는 단어를 국호에 쓰는 나라는 '독일'이 유일하기 때문일 것이다.

서구인(西歐人)들에게 '게르만'의 나라 '독일'에 대한 심상은 과연 어떠할까? 〈걸리버 여행기〉의 조너선 스위프트(Jonathan Swift: 1667~1745)는 독일인을 세상에서 가장 멍청한 민족이라고 비웃었고, 동시대의 다른 프랑스 비평가들도 독일인들에게서 시인이나 작곡가, 철학자를 기대할 수 없다고 단언했다. 그러나 19세기에 들어 영국의 작가 벌워 리튼(Bulwer Lytton: 1805~1873) 경은 독일인을 '시인과 철학자의 민족'이라 칭송하였고, 프랑스의 작가 빅토르 위고(Victor Hugo: 1802~1885)는 '독일은 서구의 인도'라고 찬양했으며, 프랑스 철학자이자 비평가 이폴리트 텐(Hippolyte Taine: 1828~1893)은 "모든 현대 이념들은 1770년부터 1830년 사이에 독일에서 비롯되었다"

라고 평가했다. 미국의 역사가이자 외교관이었던 존 모틀리(John Lothrop Motley: 1814~1877)는 "게르만 민족이 로마제국에 대항하여 자유의 투쟁을 했던 그 시대부터 현재에 이르기까지 독일은 유럽과 미국 문화의 원천이다"라고 독일을 높이 찬양하기도 했다. 이런 긍정적 평가는 1914년 제1차 세계대전을 즈음하여 완전히 바뀌어 버렸다. 독일은 '군국주의의 나라', '군인과 군복(軍服)의 나라'가 되었다. 그러나 사실 이런 표현은 고대 민족인 '게르만' 민족과는 별 상관없는 평가들이다. 그들을 만났던 동시대인은 카이사르와 타키투스였다. 그들에게 게르만 민족은 라인 강 너머 추운 날씨의 울창한 늪지에 사는 무식하고 거칠고 위험한 야만인 '바르바루스'(Barbarus)였을 뿐이었다. 그리고 이들이 역사 속에 '독일'이라는 나라의 형성체를 이루는 데는 족히 1천 년의 세월이 필요했다.

우리 한국인들에게 '게르만'이라는 단어가 불러일으키는 심상은 어떤 것일까? 혹시 '나치스', '히틀러'일까? 1990년 제2차 세계대전의 동서 분단 상태를 극복하고 재통일을 이루어 현재 유럽연합을 이끌어가는 세계 3위 경제대국인 이 국가의 국민에게 그런 연상과 느낌을 전하면 적잖이 섭섭해 할 것 같다. 히틀러가 총통으로서 독일을 파국의 나락으로 휘몰아 떨어뜨린 기간은 현대 민주주의를 가장 잘 표현했다는 바이마르 공화국을 무너뜨린 1933년부터 제2차 세계대전 패전의 해인 1945년까지 12년으로, 962년 독일인의 신성로마제국 출범 이후 독일어 문화권 정체성을 견지한다고 믿는 1천 년 이상의 독일 역사에 비하면 극히 짧은 기간이기 때문이다.

또 달리 독일의 국가 능력을 높이 평가하는 듯한 '라인 강의 기적'을 언급한다 해도 매양 마찬가지일 것이다. 1871년 독일이 처음 통일을 이루고 독일제국을 출범시킨 후 짧은 기간 안에 공업화에 성공하고 국력 면에서 영국, 프랑스와 어깨를 나란히 하며 세계 경영을 했던 그들의 근현대사 안에서 1945년 제2차 세계대전 패전 이후 약 10년 동안의 파괴 상태에서의 극복 기간은 상대적으로 미미한 기간이며 또 고통과 수치의 정서가 지배했던 기간이었을 테니까 말이다. 연상 과정이 '축구 강국'을 넘어 괴테, 실러, 칸트, 하이네, 헤겔, 칸트, 칼 마르크스, 모차르트, 하이든, 베토벤, 바그너, 뢴트겐, 분젠, 벤츠, 코흐, 아돌프 폰 바이에르, 아인슈타인 등 문학·철학·과학으로 나아갈 수 있는 이들이라면 이런 연상은 상당한 지적 체험을 한 이들에 속할 것이다.

'게르만족' 하면 흔히 독일이라는 단일 국가를 떠올리지만 사실 게르만족 후예들이 주축이 된 국가들을 헤아리면 거의 모든 중요 유럽 국가가 해당된다. 게르만 국가의 대표인 독일 외에 영국(앙겔른족, 작센족), 프랑스(프랑크족), 스페인(서고트족), 오스트리아(부르군트족, 랑고바르트족), 네덜란드(작센족, 프리젠족), 덴마크(위텐족, 앙겔른족), 스웨덴, 노르웨이, 아이슬란드(노르드족) 및 고트족, 폴란드, 체코, 슬로바키아 등의 동유럽 국가 등 모든 유럽 국가의 밑바닥 인종 구성에는 게르만족들의 피가 흐른다고 해도 무방하다. 심지어 게르만족 지파인 앙겔작센(앵글로색슨) 후손들이 주류였던 영국 이민자들이 중심이 된 미국 역시 게르만족 국가로 분류될 수 있을 것이다.

독일 문화와 문학을 제법 긴 시간 들여다본 역자로서는 문학작품 안에 용해된 정서 덩어리를 느끼고 만지고 상상해 보지만 여전히 이해와 인식의 면에서 미진함을 느낄 때가 많다. 이런 마음의 찝찝함은 독일 문화 밑바닥 정서의 흐름을 놓치고 있기 때문이며 이런 느낌을 털어 내는 방법은 이 문화를 이룬 인간과 사회의 원초 체험을 더듬어야 하는 것이라고 생각했다. 이 게르만 신화와 전설의 읽기는 바로 그런 생각의 실천이었다.

사실 신화와 전설이란 여느 사람 사는 동네의 옛 이야기이다. 생명체인 인간이 암흑의 상태에서 생존을 해 나가기 위해 주변 세계를 두려움으로 더듬고, 두려움을 떨치기 위해 자신을 살피고 용기를 내어 자존감을 만들어 내고, 공포를 야기하는 자연환경이나 주변의 동식물에 대한 대처 방법을 고안하고, 주변 타인들과 어울리며 사랑하고 갈등하고 공격하고 공격을 당하는 과정을 거치기도 하며, 그 과정에서 초인적 능력을 발휘하는 영웅이 등장한다. 종국적으로는 인간 군상들이 자신의 생명을 지켜줄, 그리고 죽음 후의 안식을 허락해 줄 어떤 신성한 존재를 추구하는 과정에서 빚어진 온갖 이야기이다.

그러나 우리가 읽게 되는 '게르만' 신화는 가장 보편적으로 전해진 그리스 신화와 비교하면 많은 점에서 특이하고 차이가 난다. 우선 게르만 신화의 주신(主神)인 오딘은 사람들이 흔히 '신'이라고 상정하는 그런 존재와 많은 점에서 다르다. 기독교의 완전무결하며 전지전능한 유일신 여호와에 감히 견줄 처지가 못 되며, 거만스러우며 온갖 능력을 가졌고 인간의 생사화복을 좌지우지하지만 아프로디테의 여색이나 모이라의 운명 결정권 앞에서 무기력하기 짝이 없는 제우스와 비교해도 한참 뒤처진다고 느껴지는 신이 바로 오딘이다.

게르만 민중의 신이라는 토르도 엉성하기는 매양 마찬가지이다. 그저 제법 힘을 잘 써 트림, 스키르미르, 히미르, 흐룽니르 같은 자연력의 집결체인 거신(리제, Riese)들과 쟁패를 벌여 이기긴 하지만 머리 쓰는 일에는 한참 모자라 영악한 악신 로키의 신세를 지는 편이다. 그 외의 남성들이란 게 티르, 헤임달 등이지만 그 존재감이 미미하다. 다만 아스 신족에 속하지 않으면서도 늘 그들과 어울려 장난질이나 훼방을 놓는 로키는 흔히 기독교적 관념에서 사탄의 변형된 형

상인 메피스토펠레스 같은 존재로 매우 큰 비중을 차지하여 그 존재
감을 강력히 드러낸다.

게르만 신화 안에서 여신들의 카리스마와 역할 역시 그리스-로마
신화의 그것들과 매우 다르다. 오딘의 아내인 프리그 여신이나 게르
만 신화의 아프로디테라고 할 수 있는 프레야의 신적 역할은 매우 제
한적이며, 비교 대상이 되는 여신들에 비해 그 여성성이 전혀 비중
있게 느껴지지 않는다. 모이라 여신들과 비견될 수 있는 노르네 여신
들의 위력도 그렇게 막강하게 느껴지지 않는다.

오히려 신화 체계 안에서 왕과 같은 지위의 신들보다는 이들을 보
좌하는 하위 신들의 존재감이 크게 부각된다. 앞서 언급한 로키와 더
불어 그리스-로마 신화에서 찾아볼 수 없는 게르만 신화의 독특한 형
상인 엘프가 그 형상이다. 빛의 엘프에 속하는 발퀴레(Walküre)는
척박한 환경에서 남성들과 함께 치열한 생존 투쟁을 했을 게르만 여
성의 상무정신을 드러내고, 어둠의 엘프인 츠베르크(Zwerg: 난쟁이)
는 수천 년 전부터 유럽 북쪽지역 땅 속에서 몸이 으스러지고 부서지
며 주석을 채굴해야 했던 체구 작은 아동과 여성의 고통을 드러내는
형상이다. 이런 신적 형상은 태양의 혜택을 온전히 누리며 안온하게
살아온 인간 친화적인 지역인 지중해·에게 해의 공간에서 발화된 그
리스-로마 신화에서는 찾아볼 수 없는 형상들이다.

게르만 신화의 가장 특이한 측면은 역시 발더의 죽음으로 시작된
'신들의 황혼'이며 세계 멸망의 상황인 '라그나뢰크'이다. 모든 신들과
인간을 포함한 모든 인간들이 도무지 극복하기 거대하고 엄혹하며 파
괴적인 엄청난 추위와 냉기의 계절인 '핌블의 겨울'이 덮쳐 오면 그간
제어되던 모든 악신과 괴물들이 출몰하며 오딘을 비롯한 모든 신들이
이들을 제압하기 위한 결전을 벌인다. 이 싸움으로 오딘을 비롯한 모

든 신들이 악신들과 혈투를 벌여 이들을 제거한 뒤 죽음을 맞이한다. 그렇다고 선과 악의 싸움이 마무리된 것은 아니다. 우주의 9세계를 포괄한 세계수(世界樹)인 이그드라실(Yggdrasil)은 시든 채로 여전히 존재하고 그 뿌리에서는 괴물 니드회그가 여전히 이 세계수 뿌리를 갉아먹는다. 상당한 시간이 흐른 뒤 신들 세계의 개벽이 이뤄져 오딘의 어린 아들 비다르(Widar)가 나타나 아버지 오딘의 복수를 행하고 발리(Wali)가 정의와 선과 미의 신이었던 발더의 복수를 행한 뒤 발더와 회두르가 부활하여 돌아온다. 천지개벽이 이뤄지는 것이다.

그러면 이러한 신화와 전설이 단순한 허구이거나 황당한 상상일 뿐일까? 그렇지 않다. 그것은 인류가 존재하기 시작한 이래로 이 지구 각지에서 인간이 부딪치며 겪어낸 세계만상의 체험 기록이며 기억이며 그 변형들이다. 엘리아데의 말처럼 신화와 전설은 거룩한 역사, 태초에 일어난 원초적 사건을 이야기하는 것으로서 신성한 이야기로 간주되며 늘 실재에 관계하는 참된 이야기이며, 결코 '허구'(fiction)를 지칭하는 것이 아니라 '전형적 진리'(vérité par excellence)를 표현하는 것이다. 신화 안에는 태고 시절의 사실 기억이 내장되어 있고 이것들이 여러 요인들에 의해 변형 및 전승된다고 보아야 한다.

여전히 낯선 듯한 게르만 신화와 전설에 대한 전문서적들이 최근 몇 년 동안 우리나라에서 출간되었다. 게르만 신화의 가장 중요한 원전이랄 수 있는 《고(古) 에다(Edda)》(임한순·최윤영·김길웅 역, 서울대 출판부, 2004)가 독일 문학 연구가들이 심혈을 기울인 정본(正本) 번역본으로서 최초로 출간되었으며, 최근에는 스노리 스툴루손의 《산문 에다》(Prosa Edda)의 중요 부분이 《에다 이야기》(이민용 역, 을유문화사, 2013)라는 제명(題名)으로 최초 번역되었다. 그 이전에 대중 독자들을 위해서 현대 작가에 의해 다시 쓰인 게르만 신화의 책들도 번역되어 소개된 터이다. 영어로 쓰인 *The Norse Myths* (Kevin Crossley-Holland, Random House, 1981) 를 번역한 《북유럽 신화》(서미석 역, 현대지성사 1999) 와 독일어로 쓰인 *Germanische Götter: und Heldensagen* (Reiner Tetzner, 1997) 을 번역한 《게르만 신화와 전설》 (성금숙 역, 범우사 2002) 등이 그것들이다.

위의 것들이 게르만 신화와 전설에 대한 제1차 문헌들이라면 《게르만 신화 연구》(*Mythologie der Germanen*) 는 제2차 문헌, 연구서에 해당한다. 이 책의 저자인 마이어 (Elard Hugo Meyer) 는 1837년 생으로 독일 프라이부르크 대학에서 민속학을 강의했던 학자로 야콥 그림의 《독일의 신화》 제4판 출간작업에 참여하기도 한 이 분야의 초기 연구가에 해당된다. 이 번역본은 1903년에 스트라스부르크 (현재는 프랑스령 스트라스부르) 에서 출간된 것을 이용했다.

이 책은 모두 10장으로 구성되었다. 제1장은 게르만 신화의 문헌적 근거들이 어떤 것들인지 밝힌다. 제2장은 영혼 숭배에 관한 장이다. 게르만 신화를 다루는 일반 서적들은 이 부분을 담지 않았다. 게르만 신화에서의 영혼 숭배의 여러 관습들이 제시되면 베어울프와 베르세르커 등의 형상들도 영혼 숭배의 관점에서 설명된다. 제3장은 개인의 꿈 중에서도 악몽과 관련한 알프 신앙을 다룬다. 이 부분 역시 제2장의 경우처럼 일반 게르만 신화에서 다뤄지지 않은 부분이다. 영혼 숭배나 알프 신앙은 사람 각자의 삶과 삶의 공간과 매우 밀접한 관계를 맺는다.

제4장은 엘프 신앙에 관한 부분으로 이 책에서 비중이 가장 높은 장이다. 한국의 신화 용어로 말하자면 '귀신'에 해당할 듯한데, 남성 엘프와 여성 엘프가 각각 존재하며 숲, 냇물, 호수, 나무 등 인간 주변의 소규모·소강도 자연력의 신적 형상화라 할 수 있다. 게르만 신

적 형상 중에 비교적 익숙한 난쟁이는 바로 이 엘프 범주에 속한 것이다. 제5장은 엘프에 비해 거대하고 광포하며 인간의 대응이 불가능한 자연력을 신적으로 형상화한 것이랄 수 있는 '리제'에 관한 내용을 담았다. 일반적으로는 '거인'(巨人)으로 번역되는데 그 속성상으로는 '거신'(巨神)으로의 번역이 적절하다고 생각된다. 게르만의 수호신 토르 신과 겨루는 형상이 '사람'(人) 속성일 수는 없기 때문이다. 제6장은 게르만의 주요 신들과 일정한 관계를 맺으며 이들에게 위력을 발휘하기도 하지만, 그들보다는 약간 하위에 있는 신적 형상인 데몬에 관한 설명을 담는다. 여기에 속하는 대표적인 신적 형상이 운명의 세 자매로 노르네, 영악한 로키 등이다.

제7, 8, 9장은 통상 말하는 게르만의 남신과 여신들에 대한 내용을 담은 장으로 이들 신적 위상의 유래와 속성, 이들과 인간과의 관계, 신들끼리의 관계 등을 설명한다. 마지막 제10장은 게르만 신화 우주론과 천지창조론을 드러내는 〈뷜루스파〉를 분석하며, 북유럽 신화에 끼친 기독교의 영향을 담아낸다.

이 책은 아마도 한국에서 나온 게르만 신화에 대한 최초의 전문적 2차 문헌이 될 것이다. 막연하게 읽었던 게르만 신화에 대한 심도 있는 접근로를 제공할 수 있기를 기대하며, 이 일을 가능하게 한 한국연구재단의 인문학 지원사업에 감사를 표한다. 또한 복잡한 여러 일을 기꺼이 맡아 준 나남출판의 조상호 회장께 감사의 인사를 드린다.

2017년 2월
송 전

필자가 대학 교과서로 쓴 《게르만 신화》(*Germanische Mythologie*)가
출간된(1891년, 베를린) 이후 필자의 마음속에는 보다 넓은 독자층에
게 게르만 신화를 알리고 싶다는 소망이 솟구치고 있었다. 여러 많은
훌륭한 연구의 영향과 리하르트 바그너(Richard Wagner)의 이상을
추구하는 예술에 힘입어 게르만 신화에 대한 관심이 높아질수록 이런
내 소망도 더욱 깊어졌다. 이 소망은 그러나 12년이 지난 후에야 이
《게르만 신화 연구》(*Mythologie der Germanen*)로 실현되었다.

서로 다른 두 책의 목적 때문에 그 체제가 서로 달리 되었다. 첫
번째 책에서 몇 장은 게르만 신화를 순수히 학문적으로 연구하는 데
주력한 부분으로 이번 책에서는 제외되었다. 또 이번 책은 지난 책에
서 완벽함을 추구하며 작성되었던 출전(出典) 목록을 제시하지 않은
대신 가장 중요한 원전(原典)들만을 강조하고 아울러 이것들과 시대
사의 관련성을 강조하였다. 또 이 책은 지난 책에서는 마치 사방에
흩어져 있는 것처럼 보였던 게르만-기독교 혼합 자료들을 〈뵐루스
파〉(*Völuspa*)[1]의 해석 안에서 종합하려 한다. 때문에 이 책은 사자
(死者) 숭배(*Totenkultus*),[2] 엘펜(*Elf*) 전설, 게르만 신들의 예배, 발

더(Balder)3) 신화 등에 대해서 보다 깊이 다루고 있다.

그러나 두 책의 가장 커다란 차이점은 문체에 있다. 앞의 책이 학술적인 문체로 쓰인 것이라면 이번 책은 누구나 이해할 수 있는 문체로 쓰였다. 《게르만 신화》는 일종의 연구문헌이었고 때문에 문장 문장마다 인용이 따라 붙어 있었다. 이에 비해 《게르만 신화 연구》는 설명의 효과를 지향하고 있으며 전문가들을 위해 간혹 나타나는 각주는 뒤쪽의 부록으로 옮겨 놓았다. 이전의 책은 대학생들의 손에 유용한 연장을 쥐어줌으로써 공동연구를 요구하는 것이었다면, 이 새 책은 교양인들을 학문적 성과를 자유롭게 향유하도록 초대하는 격이다.

첨언하자면 나의 기본시각은 낮은 차원의 옛 신화가 시간이 지날수록 점차 더 고차원의 신화로 상승한다는 것이다. 두 책 모두 이런 나의 시각이 내보여주는 동일한 단계를 관통하고 있다. 게르만 신화는 기독교 개종을 했다고 해서 멈춰 버린 것이 아니라 현재에 이르기까지 계속 살아 움직이고 있다. 필자는 예전 책에서처럼 여기에서도 이를 계속해서 추적하고 있다. 그러나 예전 책과는 달리 이 점을 독특한 장소에서, 즉 인도게르만 원시시대로까지 거슬러 올라가며 추적하고 있다. 이 신화의 나이를 증빙하기 위해서이다.

이 책에서 엄격한 고대 북유럽 이름 대신 독일인의 눈과 입에 편안

---

1) 고대 아이슬란드의 서사시인 《에다》(*Edda*)의 서시(序詩) 및 그 문학적·종교적 작품. 〈예언녀의 계시〉로 번역되기도 한다. 시적 자아가 예언녀인 뵐바이기 때문이다. 《고(古) 에다》의 한국 초역은 2004년에 이뤄졌다〔임한순·최윤영·김길웅(역) (2004), 《에다》, 서울대 출판부〕.

2) 사자 숭배란, 죽은 자들의 도움과 지원을 받기 위한 사자 숭배이기도 하며 또 다른 한편에서는 이 사자들의 복귀를 제어하려는 제의이기도 하다.

3) '발더' 혹은 '발두르'(Baldur)라는 이름의 신은 게르만 신화에서 보단 신의 아들로 빛의 신이다. 그의 죽음은 게르만 신화에서 중요한 역할을 한다. 눈 먼 동생 회드가 던진 나뭇가지에 맞아 죽는다.

하게 느껴지는 이름이 자주 사용되고 있음을 필자도 느끼고 있다. 그러나 색인에는 고대 북유럽 이름들이 기재되어 있다.

마지막으로 원고수정과 색인작업에 지속적인 관심을 기울여준 발행인에게 필자의 최고의 감사를 올린다.

이 책이 게르만인들의 본질을 이해하는 데 기여할 수 있기를 고대한다!

1903년 3월
프라이부르크
엘라르트 후고 마이어

일러두기

1. 텍스트의 각주는 독자의 이해를 돕기 위해 역자가 마련한 것이며 특별히 [원주]로 표기된 각주는 원서 말미에 게재된 주(註)를 각주로 바꾸어 각 면 아래로 옮겼다.
2. 역자의 각주는 Wikipedia, Die freie Enzyklopädie의 도움을 받은 것들이다. 따라서 학문적 정확성은 보다 치밀하게 검증될 필요가 있을 것이라 생각한다.
3. 독일어 원문을 번역한 것이기 때문에 고유명사에서 영미권 원문의 번역어가 다를 수 있다.
4. 이 책의 목차는 원저를 따랐다.

게르만 신화 연구 ①

차 례

제1장

게르만 신화의 근원

그리스 역사의 출발지점에는 마치 아침의 여명처럼 호머의 서사시가 드리워져 있다. 헬라스와 아시아의 왕들은 은은한 빛을 발하는 도시궁성들을 떠나 병선으로 뒤덮인 해안과 프리아모스 왕의 높은 요새, 울창한 숲의 이다(Ida) 산맥 사이의 평원에 도달하여 10년 내내 싸움을 벌였다. 모두 여자와 좋은 무기, 보물과 명성을 얻기 위해서였다. 그리고 그들은 불타고 부서진 잔해만 남은 트로이아 성을 떠나 어두침침한 병선을 타고 고향땅으로 돌아갔다. 이들 중 많은 수가 섬에서 섬으로 떠돌고 험한 모험을 거듭하다 결국 저 깊은 하데스 속으로 떨어졌다.

올림포스 산은 만물 위에 우뚝 솟아 있었고, 그 올림포스 산 꼭대기에는 제우스의 영도하에 서로 가족관계를 맺은 신들이 찬란한 자태를 보이며 살고 있었다. 이들은 영원히 행복하게 살면서도 종종 사랑과 미움 때문에 패가 갈려 싸우기도 하고, 또 사랑과 미움에 휩싸여 저 아래 세계에 있는 생명이 유한한 인간들의 움직임에 간여하기도 했다. 이때 신들은 이 인간들을 돕거나 파멸시키려고 아래 세계로 날아 내려오기도 했다. 아니면 신들은 저 하늘 위에 머물면서 아래 세계 인간들이 제사를 올리며 죽인 풍성한 제물들을 태운 메케한 연기를 쏘이거나 인간들이 소박한 사원에서 올리는 기도소리를 들었다.

이런 신들과 인간은 그렇게 넓지 않고 윤곽이 확실한 무대, 즉 동부 지중해의 파도와 섬 그리고 해안에서 움직였으며 이들은 나이와 종족, 출생과 운명, 체구와 성정, 등급과 직무에 따라 아주 선명하게 구분되어 있었다. 이들의 명쾌하고 온유하며 활달한 아름다움, 오랜 문화가 빚어낸 잘 익은 그러나 싱싱한 과일은 오늘날도 여전히 우리 같은 믿지 않는 자들의 기분을 상쾌하게 해준다. 또 이런 환상적인 그림들은 오늘날도 여전히 우리 눈앞에, 비록 소멸되어 버렸지만 한때는 생생했던 현실로 부상하고 있다.

호머 이후 여러 사람들이 이런 경이의 세계와 여러 신들과 정령들에 대한 신앙, 그들의 다양하고 다채로운 운명, 위업 그리고 그들을 기리는 축제에 대한 정보를 아주 그리스적인 방식으로 각기 나름의 특성을 담은 여러 문헌들을 통해 전해 주었다. 수백 명의 재능 있는 작가, 역사가, 여행기 작가, 건축가와 조각가 그리고 항아리 그림 작가들이 바로 그들이었다. 헬라 전통의 물길은 이런 식으로 실로 마르지 않고 흘러 내려오고 있다.

우리 게르만 신화에 관한 원전 중에는 아주 초창기의 토착적·순수 비기독교적인 것들이 너무 없다. 이런 원전에는 이질적 요소들이 많이 뒤섞여 있다. 이는 출처가 다양한 기록들의 조합이기 때문이다. 로마군 장교들의 기록, 이방 석조공이 제작한 묘비, 교구 교회와 수도회가 쓴 징계문이나 참회의 글, 기독교 개종의 과정에서 나온 일화(逸話), 독일어로 기록된 마법문구, 북부지역의 제신(諸神) 찬양곡, 아이슬란드 서사 단편들, 오늘날까지도 완전히 소멸하지 않은 전설, 여전히 통용되는 농민풍속에 관한 기록들 등이 이에 해당되는 것들이다.

여기에는 명확하고 순수하며 포괄적인 하나의 상(像)이 존재하지 않는다. 고대 북유럽의 〈뷜루스파〉는 신들의 여명기에 관하여 노래하는데, 수수께끼 같은 글로 채워져 있고 또 기독교 관념 체계에서 생성된 것이다. 게다가 각종 그림들 같은 장식물도 존재하지 않는다. 그러나 게르만 신앙시의 물줄기가 너무 지나치게 파묻혀 있지 않은 도처에서 풍성한 흐름이 움터 나오고 있다. 이런 게르만 신앙시들은 르네상스, 특히 인문주의를 거쳤음에도 불구하고 어떤 다른 화려한 이교 장식물들보다 훨씬 강하게 우리 마음을 사로잡는다. 이것은 우리가 우리 마음속에서 여전히 그 숨결을 느끼는 어떤 정신의 산물이기 때문이다.

혼란스러운 파편 더미로 전해진 게르만 신앙 기록들을 정리하면 ① B. C. 50년부터 A. D. 400년까지의 로마 시대 기록물, ② 400년부터 1000년까지 남부 게르만족과 독일인 및 앙겔작센족의 기독교 개종시대 기록물, ③ 800년부터 1300년 사이 북부 게르만족과 스칸디나비아 부족들의 기독교 개종시기 기록물, ④ 그 이후 문학과 민속 전승 속에 작용하는 잔여 기록물로 분류된다.

1. 로마 시대의 기록들

이 기록들은 아름다운 헬라스와 세계를 지배하는 이탈리아뿐만 아니라 침울한 하늘 밑 게르만 목동들과 농민들이 살던 늪지와 수풀에서도 막강한 신들이 숭배받고 있었다는 것을 우리에게 확실하게 알려준다. 그러나 우리를 독일 신들의 공동체로 안내하는 것은 자랑스러운 영웅 찬송가를 부르는 게르만 토착가수가 아니라, 이방 출신으로 우리 선조들을 적대시했던 두 역사가였다. 전혀 이해력이 없는 이 고대인들은 큰 관심 없이 몇 마디 말을 던졌던 것이지만, 이들은 당대 최고수준의 로마인 카이사르(Caesar)[1]와 타키투스(Tacitus)였다.

율리우스 카이사르[2]는 라인 강 야만지역에서 오랜 기간 전쟁을 수행하면서 거대한 외적인 켈트족과 독일민족이 지닌 본질적 이질성을 맨 처음 의식한 고대인이었을 것이다. 하지만 그의 인식은 독자적이지도 명확하지도 못했다. 그가 거느린 갈리아인 첩자들이 게르만족들을 시기하여 카이사르에게 악영향을 끼쳤다. 이 때문에 카이사르는《갈리아 원정기》에서 게르만족의 유목민 속성(Ⅳ. 1)과 그들의 신앙적 후진성(Ⅵ. 21)을 과장했다. 그는 말하기를, "게르만인은 예배를 주관하는 사제(드루이덴, Druiden)를 두지 않았으며, 그래서 모두가 제사에 심혈을 기울인다. 또 그들은 눈으로 볼 수 있고 힘이 있어 자신들을 도와주는 존재만을 신으로 인정하여 태양신 솔(Sol), 불의 신 불카누스(Vulcanus), 달의 신 루나(Luna) 등을 경배하였다. 게르

---

1) [원주] Caesar: Baumstark, Urdeutsche Staatsalterthümer S. 828. v. Inama-Sternegg, Deutsche Wirthschaftsgeschichte. Much in ZfdA. 36, 1892, 97. Gegen v. Sybel, Königthum S. 66. Müllenhoff, Deutsche Alterthumskunde 4, 31.

2) 율리우스 카이사르(C. Julius Caesar: B. C. 100~44). 로마의 야전군 사령관, 대정치인. B. C. 60년 폼페이우스, 크라수스와 함께 제1회 3두동맹(三頭同盟: 제2회 3두동맹이 공식적인 것에 반해 이것은 사적인 것임)을 맺고, 이것을 배경으로 하여 B. C. 59년에는 공화정부 로마의 최고관직인 콘술(집정관)에 취임. B. C. 58년부터는 속주 갈리아의 지방장관이 되어 B. C. 50년까지 재임 중 갈리아 전쟁을 수행하였다. 그동안 갈리아의 평정만이 아니라 라인 강을 건너 게르만족의 땅으로 침공하기를 두 차례, 영국해협을 건너 브리튼 섬으로 침공하기를 두 차례나 하였다. 당시의 활동에 대해 그가 쓴《갈리아 원정기》와《내란기》는 간결한 문체와 정확한 현실파악 등으로 라틴문학의 걸작이라고 일컬어진다.

만족은 파마(즉, 전설, 신화)를 통해 다른 신들을 받아들이지 않는다"고 적고 있다.

반면에 갈리아인들은 최고사제, 교육사제, 수업사제들로 이뤄진 엄격한 민족종교 체제를 지니고 있었다. 이 체제는 샤르트르(Chartres) 3)에서 매년 개최되는 공의회를 통해 교리를 보호·강화하였으며, 학년별로 등급화된 학교를 운영하고 산제사를 올리는 제사 체계를 유지하고, 추방과 파문을 행했으며, 로마 황제의 해체명령에도 불구하고 수백년 동안 내내 높은 위신을 유지하고 있었다.

게르만족에게는 이런 의미의 민족종교 체제가 없다는 의미에서 카이사르의 첫 번째 주장은 옳다. 그러나 게르만족 역시 적잖은 영향력을 지닌 사제와 규모와 화려함에서 그만큼은 아니지만 나름의 제사절차를 갖고 있었다.

더 나아가 카이사르는 갈리아와 게르만의 신화를 대비하면서 오류를 범하기도 한다. 그에 따르면 갈리아인은 메르쿠어(Merkur)를 최고신으로 섬겼고, 4) 인간형상에 따라 생각하고 묘사했던 아폴로(Apoll), 마르스(Mars), 주피터(Jupiter), 미네르바(Minerva) 등의 신들을 경배했다. 이 신들은 로마적 해석에 따른 신들과 일치했다. 카이사르는 라인 강 건너 지역에서 눈에 띄는 사원이나 그림들을 본 적이 없었기 때문에 게르만인들이 비인격적인 각종 자연력들, 말하자면 솔, 루나, 불카나(Vulcana) 5) 등을 숭배하는 것으로 추정하였다.

---

3) 프랑스 북서부 샹트르 주(州) 외르에루아르 현(縣)의 주도(主都). 파리 남서쪽 92㎞ 지점에 위치. 고대에는 아우틀쿰이라 불렸으며, 카르누트족의 수도였다.

4) [원주] Die gallische Religion: Mommsen, Römische Geschichte 5, 94.

5) [원주] Sol, Luna, Vulcanus bei Ennius u. Varro: Preller, Römische Mythologie 3 I, 66.

로마에는 사비니아족[6]의 왕 티투스 타티우스(Titus Tatius)가 소박한 형태의 사비니아 신들로서 이 세 신들에게 제단을 쌓고 봉헌을 했었다는 설화가 있는데, 카이사르가 이 세 신에 매몰되었던 것은 바로 이런 설화 때문이 아니었을까? 아니면 로마 군대에서 뛰어난 기병들로 복무했던 게르만인들이 지녔을 수도 있는 독특한 습관을 카이사르가 이런 신들과 연관하여 추론한 것일까?

암프시바리엔(Ampsivarien)의 족장 보요칼루스(Bojocalus)[7]는 태양을 여성 증인이라고 부르기도 했다. 1000년경 앙겔작센족[8] 농부들은 첫 쟁기질을 하기 전에 동쪽을 향해 9번 절을 한 후 기도를 드렸으며, 독일 민족들은 아침녘의 태양이 숲의 가장자리나 산자락 위로 모습을 나타내며 춤을 추는 듯이 보이면, 이때 동녘 태양을 향해 절을 했다. 또 비(非)기독교 독일인들은 죽은 사람들 얼굴이 동쪽으로 향하도록 하고 땅에 묻었다. 이런 종류의 오랜 관습을 본 카이사르는 이것이 태양 숭배라고 속단했다. 게다가 여러 달 모양들 ― 어린 조각달의 회귀, 보름달의 화려함, 아침과 함께 점점 작아지는 달의 소멸 등에 대해 게르만인들은 매우 특별한 느낌을 가졌고, 카이사르는 이를 특이하게 생각했다. 또 카이사르는 뮐하우젠(Mülhausen)[9] 베상콩(Besancon) 전투에서 처음으로 독일인들과 대적하는데, 전투 직전에 그는 수에브(Sueben)족[10] 여인들이 점을 친 다음, 카이사르의 적대자

---

6) 고대 이탈리아에 살던 한 종족이다.

7) [원주] Bojocalus: Tacitus Annal. 13, 55.

8) 작센(Sachsen), 앙겔른(Angeln), 위테(Jüte), 니더프랑켄(Niederfranken) 족들로 뒤섞인 게르만 부족이다. 로마제국 멸망 이후 성립되었으며 영국의 선조가 되었다. 원래 오늘날의 슐레스비히-홀슈타인 지역에 살던 작센족과 앙겔른족 그리고 유틀란트에 살던 위테족이 5세기경 영국으로 건너갔다.

9) 프랑스 동부 독일 접경지역인 알자스 지방에 있는 도시이다.

였던 아리오비스트(Ariovist) 11)에게 새 달이 뜨기 전에 싸움을 하지 말라고 권했다는 사실을 알게 되었다.

새 달과 보름달에 맞추어 열리는 대규모 부족집회 첫머리에 이뤄지는 제사는 달과 관련이 있는 것처럼 쉽게 오해될 수 있었다. 사람들은 해나 달이 전혀 없는 상태를 해와 달에 앞서 나타나는 괴물이라고 여기고 이를 해와 달로부터 떼어 내려고 고함을 지르고 큰 소음을 일으켰다.12) 그리고 이에 힘입어 밝은 데서 추앙되는 두 신이 나타날 수 있다고 믿었다. 마지막 단계에 제사용 불을 만드는 습속이 펼쳐졌다. 이것은 통상적인 아궁이에서 불을 붙여내는 방식이 아니라, 엄숙하게 침묵을 지키며 나무토막 2개를 돌리거나 서로 비벼서 어렵게 불을 만드는 방식이었다.

로마에서도 몇몇 경우에 동일한 방식으로 불이 만들어졌다. 우선 베스타(Vesta) 13)의 성화(聖火)가 꺼졌거나 한 해의 시작인 3월 1일 불을 새로이 점화하는 경우였다. 4월 21일 목자들이 정화(淨化)를 위한 불꽃을 발화시켜 캄파냐(Campagna) 평원14)에서 콩 줄기에 불을 지르는 경우에 그렇게 했다. 그밖에 로마 가정에서 가장이 여름날 엄숙한 분위기에서 불 속에 물고기를 던져 넣는 제사를 드렸는데, 로마인들은 이런 여름 성화를 불의 신 불칸(Vulcan)의 이름을 따서 불카

---

10) 혹은 스베벤(Sweben)족. 서게르만족의 한 씨족연맹체. 원래 엘베 강과 오데르 강 사이에 살았다. 나중에 독일 땅으로 진출하여 슈바벤(Schwaben)족으로 불렸다.

11) 카이사르의 《갈리아 전쟁기》에 등장하는 게르만 부족인 수에브 부족장. B.C. 54년에 사망했다. B.C. 71년에 갈리아 지역으로 넘어가 61차례의 승리를 거두었으나 B.C. 58년에 카이사르에게 패했다.

12) [원주] Die Mondfinsteniß bei Fulda; Rochholz Naturmythen S. 237.

13) 로마 여신으로 아궁이 불의 여신.

14) 로마를 둘러싸고 있는 2,100㎢ 넓이의 평원.

날리아(Vulcanalia) 라고 불렀다. 게르만인들이 한 해 여러 차례 야외에서 옛날의 고생하던 시절의 관습에 따라 불을 점화하고 환호하며 그 불 위를 껑충껑충 뛰어넘어 다니고 그 안에 제물을 던져 넣는 광경을 카이사르가 보았다면, 아마도 그는 게르만인들 역시 불의 신, 불칸 신을 특히 높이 숭앙한다고 생각했을 것이다. 15)

카이사르가 게르만인들의 일반적인 신 개념과 개별 신들의 특징을 정리했지만 그의 시도는 오류였다. 게르만인들은 북유럽 부족들로부터 분리되어 나오기 전, 그러니까 카이사르의 갈리아 원정이 있기 이미 수백 년 전에 자연의 여러 힘들이 아닌, 본질적으로 인간 형상을 하고 있고 이야기를 갖춘 신적 존재를 신앙대상으로 삼고 있었다. 이 점은 독일과 스칸디나비아에서 섬김받는 신들과 신화가 많은 경우 그리고 아주 정확히 일치하는 데서 확인할 수 있다. 또 카이사르의 기록은 곧이어 언급될 약간 젊은 나이의 벨레이우스 파터쿨루스(Vellejus Paterculus) 16) 가 남긴 짧은 기록들과 일치하지 않으며, 온전히 전해지고 있는 타키투스의 기록과도 현격히 엇갈리고 있다. 이런 모순은 그 사이에 게르만인의 종교가 발전했다는 가정을 통해 해소될 수 없는 모순이다. 그런 혁명적인 일이 150년이라는 짧은 기간 동안에 일어날 수 없으며, 그런 변화의 흔적이나 상황 면에서 그럴 만한 충분한 동기를 찾을 수 없기 때문이다. 게다가 독일인들이 태양과 달과 불을 신으로 숭배했다는 것을 밝혀 줄 어떤 명백한 증언도 없다. 따라서 카이사르의 언급은 순간적으로 보고 느낀 것이나 잘못된 추측의 결과라 할

---

15) [원주] Vesta, Palilien, Vulcanalien: Preller, Röm. Mythologie 3, 2, 167. I, 47. 2, 151.

16) B. C. 20년경 아우구스트 황제 시절의 로마 역사가. A. D. 30년까지의 로마 역사를 개괄. 근본적으로 티베리우스 숭배자였다.

수 있다. 2세기경에 살았던 역사학자 아피안(Appian) 17) 은 아리오비
스트18) 부하들이 죽음 후의 또 다른 삶을 희망하고 있었다는 언급을
하는데, 이 언급이 실제로는 카이사르 시대에 나온 것이라면, 카이사
르는 이런 중요한 신앙 특징을 간과했던지 아니면 일부러 침묵한 것
이 된다.

게르만인들이 찬란한 인간의 외모에 따라 신들을 생각했다는 결정
적인 증거를 로마의 티베리우스 황제 휘하의 한 장교, 벨레이우스 파
터쿨루스가 전하는 일화가 증빙한다. 19) 이 장교는 카이사르가 떠난
지 6개월 뒤 황제와 함께 엘베 강가에 서 있었다. 그가 전하는 이야
기에 따르면, 왕처럼 아주 위엄 있게 장식한 한 노인네가 통나무배를
타고 강을 건너 로마군 진영으로 다가왔다는 것이다. 이 노인네는 한
참 동안 티베리우스 황제를 쳐다보다가 말했다.

  "오 황제시여, 나는 오늘 오래전 그저 듣기만 했던 신들의 모습을 보
  았습니다."

이런 말을 한 다음 그 노인네는 황제를 줄곧 뒤돌아보며 강 건너
자기 종족들이 있는 데로 되돌아갔다. 2~3년 후 이 로마의 영광은
게르만 지역에서 벌어진 바루스20)의 싸움에서 붕괴되고 말았고, 전

---

17) 혹은 아피아노스(Appianos). 2세기경의 그리스 역사가. 그가 쓴 24권의 로
   마사 중에서 10권이 남아 있다.
18) 각주 12 참조.
19) [원주] Vellejus Paterculus, Histor. Röm. 2, 107.
20) 바루스(Publius Quinctilius Varus: B. C. 46~A. D. 9). 로마 야전사령관.
   A. D. 7년에 게르만 지역 레가트(사령관). 9년에 아르미니우스와의 싸움에
   패하여 자결하였다.

쟁터 부근 한 임원(林苑)에서 로마군 장교들이 처형당해 현지의 신들에게 바쳐졌다.

　그 후 100년이 지난 서기 100년에 타키투스[21]는 《게르마니아》를 썼다. 로마인과 독일인과의 관계는 그 사이에 얼마나 변해 있었던가! 수많은 독일인 용병들이 로마 군대에 근무하고 있었고, 심지어는 수도의 황제 근위대에도 독일인 용병이 포함되어 있었다. 로마 상인들은 보석인 호박을 얻기 위해 동해(Ostsee, 오스트세)까지 이르는 지역의 모든 촌락을 훑어 지나갔다. 로마 장교들은 라인 강 주변의 임시 막사에서 가장 호전적인 적들을 예리하게 관찰하고 있었다. 게르만 지역에서 사망한 드루수스[22]가 꿈속에 나타나 중년의 플리니우스(Plinius)[23]에게 자신을 영원히 기억해 달라고 부탁했다. 그래서 그는 매일 두 차례씩 범람하는 샤우크(Chauken)족[24] 늪지까지 치달려 나아가곤 하면서 모두 20권의 게르만 전쟁기를 쓰게 되었다. 플리니우스는 사실에 입각한 명쾌한 감각으로 관찰기록들을 모아두었고 타키

---

21) 타키투스(Tacitus: 55～120). 로마 명문가에서 출생하여 법률을 공부했다. 역사서로 《게르마니아》(Germania), 《연대기》(Annale), 《역사》(Historiae)를 썼다. 타키투스는 역사에서 윤리적 관점을 중요시 했다.

22) 드루수스(Nero Claudius Drusus: B. C. 38～9). 게르마니쿠스(Germanicus)라고도 불렸다. 아우구스투스 황제의 양아들로 티베리우스와 함께 게르만 지역에서 성공적인 전투를 수행했다. 엘베 강까지 진출하기도 했다.

23) 플리니우스(Gaius Plinius Secundus: 23～79). 고대 로마의 정치가·군인·학자. 속주(屬州) 총독 등을 역임한 후, 나폴리 만(灣)의 해군제독으로 재임중 79년 베수비오 화산 대폭발 때에 현지에서 죽었다. 그의 저서 《박물지》(Naturalis Historia)는 전 37권으로 이루어졌는데, 티투스 황제에게 바친 대백과전서로 100명의 정선된 저술가를 동원하여 2만 항목을 수록한 당시의 예술·과학·문명에 관한 정보의 보고이다.

24) 엠스(Ems) 강과 엘베(Elbe) 강 사이에 거주했던 게르만족의 일파로 어부, 동물사육, 뱃사람 등이었다.

투스는 이 기록들로부터 많은 것을 취하여 우리에게 전해 주었다.

타키투스는 로마 영향력 아래 있던 지역을 넘어서 저 멀리 동북부 지역까지 여행한 적이 있었다. 우리가 아는 대단히 가치 있고 내밀한 신화지식, 즉 젬노넨족[25]의 최고신 네르투스(Nerthus)의 존재나 그리스 신화의 쌍둥이 형제인 디오스쿠르 같은 알키스(Alcis) 형제에 관한 신화지식은 로마제국 변방지역에서부터 멀리 떨어진 게르만인 지역에서 유래한 것이었는데, 이것은 모두 타키투스 덕분에 얻어진 것이었다.

또한 타키투스 자신은 라인 강변의 군부대에 몇 년간 근무하면서 독일 지역을 두 눈으로 직접 관찰했다. 로마인들은 게르만인들에 대해서 많은 승리를 했지만 케루스커(Cherusker) 족[26]의 아르민(Armin)[27]이나 바타버(Bataver) 족[28]의 클라우디우스 시빌리스(Claudius Civilis)에 의해 참혹한 패배를 맛보기도 했다. 로마인들은 상대방에 대해서 심도 있는 지식을 가졌을 뿐만 아니라 존경하는 마음을 갖고 있었고

---

25) 엘베 강과 오데르 강 사이에는 대단히 호전적인 고대 게르만족이 커다란 부족 공동체를 형성하고 있었다. 이 연맹체 중에서도 가장 강력한 부족이 젬노넨 부족이었다. 이들은 서쪽으로 이동하다가 B.C. 54/51년 카이사르에 의해 복속되었다. B.C. 17년에 친로마적인 강력한 부족장 마르보트(Marbod)로부터 이탈하여 아르미니우스가 이끄는 케루스커 부족과 연합하였다.

26) 50년경 오늘날의 니더작센 지역(베저 강-엘베 강 지역)에 살았던 게르만 부족. 나중에 씨족연맹인 작센에 합병되었다.

27) 아르민 또는 아르미니우스라고 부르는 게르만 부족 중 케루스커 부족의 수장. B.C. 18년에 출생. A.D. 1~6년까지 로마군에 게르만 용병대장으로 근무한 적이 있었다. 그 시절 익혔던 로마군의 전투기법과 전략지식을 역이용하여 게르만족의 대 로마 해방전쟁에서 큰 성공을 거두었다(바루스 군단의 격파). 나중에 부족 내부분열 속에 동족에 의해 암살되었다.

28) 라인 강 하구에 위치했던 부족으로 아우구스트 황제 때 로마와 유대를 맺고 있다가 반기를 들었다가 나중에 해체되었다.

두려움까지 지니고 있었다. 타키투스와 같이 깊은 곳까지 파악하고 있던 로마인들은 게르만인들의 체력이나 용맹함뿐만 아니라 그들의 자유에 대한 욕구, 규범의 정결함, 신앙의 강렬함을 아주 심대하게 위험한 것으로 보지는 않았다. 그들은 오히려 동족인 로마인들이 굴종의식, 무절제, 불신앙이나 미신 속에서 침몰하고 있다고 생각했기 때문이었다. 타키투스는 게르만인들 생활의 조야(粗野)함을 분명히 알고 있었지만, 점차 힘을 잃어가는 문화 선진 민족이 자연 상태의 민족을 이상화할 때 지니게 되는 그런 신성화의 기미에 휩싸여 있었다. 29)

타키투스의 《게르마니아》는 원래 지리적 특징들을 정리하려고 의도된 것이었으나 이 기록 전체의 밑바닥에 어렴풋한 세계사적 예측이 깔려 있는데, 그것은 산지사방에 흩어져 있는 보잘것없는 종족의 가장 이상적 방향성, 즉 그 영웅성이 이미 확고히 자리 잡은 풍요롭고 거대한 병영국가인 로마를 무너뜨리게 될 것이라는 예측이었다. 타키투스는 이미 젊은 시절 대단히 진취적인 자연 숭배 감정을 갖고 일종의 법정(法廷)이랄 수 있는 원로원과 공손한 가신(家臣) 무리들을 벗어나 숲과 수풀 안에 있는 티 없이 깨끗한 성소와 성스러운 정적의 장소, 즉 "신성"(神聖, secretum)이 있는 곳으로 달려왔던 것이다. 이 말이 뜻하는 것은 젊은 시절의 플리니우스가 바닷가 저택에서 찬양한 은밀한 뮤즈의 사원 같은 것을 의미한 것이 아니었다. 이 말은 차라리 "장대한 신성"(grande secretum)을 의미했다.

4세기경에 반기독교의 선봉장이었고 로마의 종교감독관이었던 시마쿠스30)는 매개적인 입장에서 한 가지 이상의 길이 이런 신성으로,

---

29) [원주] Vgl. Riese, Die Idealisirung der Naturvölker 1875.

30) 크빈투스 아우렐리우스 시마쿠스(Quintus Aurelius Symmachus). 385~402 년에 라틴어 수사학자. 384/385년에 로마의 종교감독관. 391년에 콘술. 시

세계와 절연된 미지의 신성비밀로 이른다고 말한 바 있었는데, 그가
말한 신성비밀이 바로 타키투스가 말한 "신성"이었다. 타키투스는 성
년의 나이에 이런 "신성"을 게르만인들이 숭앙한다고 믿었다. 그의
《게르마니아》 제9장에 따르면, 게르만인들은 천상존재의 고상함을
이루 측량할 길이 없어서 이들을 건물 벽에 가두어두거나 인간의 눈
으로 모사할 수 없다. 다만 숲과 수풀들이 그들에게 천상의 존재를
환기시켜줄 뿐이며 신들의 이름을 빌려 그 신성함을 표시한다는 것이
다. 그리고 그들은 이런 신성함을 오직 경건한 상상, "존앙"의 상태
에서만 볼 수 있다. 그들은 이 점에서 거대한 미지의 것, 묘사 불가
능한 것, 신성이 지배하고 있다고 믿었다.[31]

　타키투스는 카이사르와 마찬가지로 독일 사냥꾼이나 농부들이 사
는 곳에서 어떤 뚜렷한 사원이나 입상을 발견하지 못한 까닭에, 이들
가슴 속에 자신의 세계 도피적이고 침울한 경배심을 심어 놓는 듯하
다. 그러나 독일 사냥꾼과 농부들은 숲 속의 폭풍우 소리에서 사냥에
나서는 보단(Wodan) 신의 발걸음 소리를 들었고, 피가 뚝뚝 떨어지
는 동물과 인간이 제물로 걸려 있는 임원에서 비밀스런 전율이 엄습
함을 느꼈을 수 있다. 그러나 숲의 정적이 항상 어떤 신 안에 구체화
되는 것도 아니고 또 신의 고상함에 대한 외경심 때문에 사원이나 그
림의 형태를 통해 신을 경배하지 않은 것도 아니었다. 유감스럽게도
우리가 너무 잘 아는 바로는 독일의 사냥꾼이나 농부가 그렇게 하지

　　마쿠스 그룹의 우두머리로, 점차 사회 전반에 침투해 들어온 기독교와의 투
　쟁에 참여했으며 로마 종교의 개신과 로마 문화유산, 특히 고대 로마 문학의
　보존에 심혈을 기울였다.

31)　[원주] Secretum in Tacitus' dialogus de oratoribus c. 12, secretum grande
　　in Symmachus' Relation über den Victoriaaltar(Pertz, Mon. Germ. Hist.
　　Auctores antiqui VI. 1, 280).

않은 것은 다른 이유 때문으로, 구체적으로 말하면 당시의 건축술이
나 회화기법이 그렇게 하지 못하였기 때문이었다.

　이들은 이방민족으로부터 기법을 전수받자마자 다른 민족들처럼 겸
양을 드러내기 위해서가 아니라, 뽐내기 위해서 신들의 사원을 세우
고 그림들을 그렸다. 정말 그랬다. 그들은 타키투스 이전에 이미 자기
들 고유의 표현방식에 따라 그런 작업을 시작했다. 《게르마니아》제
40장에 나온 것처럼 만약 사람들이 신령한 임원을 네르투스의 사원으
로, 마차를 봄철에 소들이 여신을 태우고 평원을 돌아다녔던 여신의
'내밀한 성물'로 설명하려고 한다면, 신령한 호수에서 씻은 "누멘"
(numen) ─ '신성'(神性)을 의미 ─ 은 아마도 네르투스의 신상(神像)
을 의미할 수도 있을 것이다. 또 베스트팔렌 지방에 있는 로마의 마르
스에 해당되는 탄파나(Tanfana) 신의 사원은, 타키투스의 《연대기》
(Annales) 1장 51절에 따르면 그 지역이 아주 평평하게 골라져 있었던
것으로 보아, 하나의 건축물이었음이 확실하다. 빈약한 형태의 신상
들이나 성소들 ─ 이 성소들은 마치 요새처럼 담이 빙 둘러져 있으며,
'부르크'(Burg)라고 불리는 것으로 오늘날까지 잔존하고 있다. 그리고
유사한 것들이 이미 당시 독일에 존재했던 것이 분명하다.

　어쨌든 앞에서 타키투스가 독일에 신상이나 사원이 없는 이유로 제
기했던 주장은 오류이다. 타키투스는 또 신들의 상징을 언급하기도
했다. 예컨대 이시스(Isis)와 비슷한 여신을 나타내는 배 상징을 말하
기도 하고 신성하게 여기는 동물들의 그림을 언급하기도 했다. 그림
들은 신령한 사당에 걸려 있다가 전쟁이 시작되면, 독일인들은 이 그
림을 끌어내려서 방패를 두드리고 노래를 부르면서 대열의 맨 앞에
들고 싸움터로 나아갔다. 전쟁에 신과 신의 하인인 사제들도 함께한
다고 믿었기 때문이었다.

로마인들의 독일 개별 신들에 대한 이해는 엄청나게 발전했다. 카이사르가 이른바 중요 삼신(三神)이라 말한 솔, 불카누스, 루나의 체계는 보다 타당한 타키투스의 주장 앞에 흔적도 없이 사라져 버렸다. 타키투스는 최고신으로 메르쿠어를 두었으며, 《게르마니아》 제9장에서는 또 다른 두 신으로 헤르쿨레스(Hercules)와 마르스를 거명했고, 제39장에서는 이 두 신 중 하나가 젬노넨 부족의 최고신이 되고 있다고 적었다. 이때 메르쿠어는 보단, 헤르쿨레스는 도나르(Donar)라는 독일 신을, 또 마르스는 티우(Tiu) 혹은 치우(Ziu), 또는 작스노트(Saxnot)라는 독일 신을 뜻한다는 것은 의심의 여지가 없다.[32]

타키투스는 이들 외에 한 여신을 말하는 몇 개의 이름을 거명한다. 이시스라는 이방적인 이름과 함께 2개의 독일적인 이름을 거명한다. 땅의 어머니인 네르투스 여신과 탄파나라는 여신 이름이 그것이다. 아마도 이 세 이름은 모두 결실(結實)의 여신을 말하는 것이었을 것이다.

독일의 신들을 로마식으로 해석하여 만든 두 번째 명칭, 즉 타키투스식 명칭은 독일 신들의 특징을 비록 불완전하게 밝히지만, 여기에서 구체적 형상을 지닌 중요 신들의 무리가 처음 분명히 제시된 것이었으며, 이 신들의 모습에 게르만인들의 신앙이 최고수준으로 표현된 것이었다.

---

32) [원주] Burgus m. : Corp. Inscr. Lat. III no. 8. 3653, burgum n. CIL. VIII no. 4799 im 2. Jahrhundert und bei Vegetius. 게르만 신화의 중요 3신인 마르스-헤르쿨레스-메르쿠어 구도(構圖)는 독일의 동부에 위치한 레마겐(Remagen) 시의 비석 기록에 따름. Vgl. übrigens die Viergöttersteine des 2. u. 3. Jahrh. in Obergermanien Haug, Westdeutsche Zeitschr. 10, 9. 125. 295 und die Wochengöttersteine Haug a. O. 9, 17. 52 ff.

2세기에 이르러 게르만족 출신의 로마 황제 근위기병은 이임식 때 서원석(誓願石) 위에서 카피톨 언덕[33] 중요 삼신 주피터, 유노, 미네르바에 감사의 예를 표한 후 또 다른 신들, 즉 그들 고향 신들로 여겨지는 세 신, 마르스, 헤르쿨레스, 메르쿠어에게 동일한 예를 표했다. 이 세 신은 타키투스가 거명한 세신과 정확하게 일치한다. 그 후 나온 증언들에 따르면 이 위대한 세 인격신과 타키투스가 그 특징을 암시적으로 제시한 한 인격 여신은 역사시대에 와서 여타 다른 신들이나 거인족, 난쟁이족, 공중과 물과 산림과 들판의 여러 정령신 그리고 근원적인 조상신들보다 월등히 우월한 위치에 올라섰다. 이런 신들의 군상 외에 타키투스는 젊은 쌍둥이 형제 신 알키스 혹은 알키(Alci)를 언급한다. 이들은 그리스-로마 신화의 쌍둥이 형제 카스토르(Castor), 폴룩스(Pollux)[34]와 비견되는 존재들이다. 이 알키스 형제는 리이젠게비르게 산맥[35] 너머에 거하는 나하르나발레(Naharnavalen)족이 일정한 모습을 정하지 않고 숭앙했다. 어떻든 게르만 신화의 상부구조, 게르만 신의 체계는 이 4개의 초석 위에 자리 잡고 있다.

이 신들 외에 타키투스는 《게르마니아》 제 2장에서 투이스코(Tuisco)라는 신을 언급한다. 옛 노래 속에 숭상되는 이 신은 땅에서 나왔으며 만누스(Mannus), 즉 인간을 아들로 두었고, 이 아들이 3개 게르

---

33) 카피톨 언덕: 로마가 성립한 최초의 시기에 그 본거지가 되었던 일곱 언덕 중의 한 언덕. 주피터, 유노, 미네르바 세 신을 경배하는 사원이 위치했다.
34) 그리스-로마 신화에서 카스토르와 폴룩스는 외견상 틴다레오스와 레다 사이에 태어난 아들이다. 그러나 폴룩스는 제우스의 아들이며, 틴다레오스의 피를 받은 카스토르는 생명이 유한한 존재이다. 헬레네와 클리템네스트라가 누이들이다.
35) 수데텐, 체코, 폴란드 지역에 위치한 산맥. 엘베 강의 근원지이다.

만 부족연맹 — 잉그베오넨(Ingwäonen), 이스트베오넨(Istwäonen), 헤르미노넨(Herminonen) 부족 시조들의 아버지가 되었다. 타키투스는 이 제 2장에서 게르만인들의 자생성, 토착성을 강조한 바 있는데, 위의 세 부족연맹에 관한 설화는 바로 이런 자생성과 토착성을 보여주는 대목이다. 흙이나 돌, 나무에서 튀어나온 부족들에 대한 이런 설화는 그리스인들도 여러 다양한 형태로 고안한 바 있었다.

　타키투스의 기록들로부터 특정한 시점에 규모가 큰 부족연맹에 속하는 다수의 부족들이 서로 공유하는 성소(聖所)에서 집회를 가졌다는 사항들을 파악할 수 있다. 잉그베오넨 부족은 동해 해안에 위치한 네르투스 임원에서, 이스트베오넨 부족은 라인 강변에 위치한 탄파나 신전에서 그리고 헤르미노넨 부족 중의 수에브족은 슈프레 강변의 알발터(Allwalter) 숲에서 집회를 가졌다고 한다.

　타키투스는 게르만인들의 사제계급과 제사제도에 관해 행한 카이사르의 독단적인 발언을 반박한다. 그 역시 사제의 지위나 사제 담당 족속에 대해 잘 몰랐지만, 상당히 확실하게 왕권과 더불어 존재했던 사제권[36]의 범위를 규정한다. 왕과 민중들은 사제의 충고에 기꺼이 순종하였으며 또 어떤 여인들의 통찰력을 인정하고 그들의 발언에 복종했다. 그렇다고 이 여인들이 여자사제들인 것은 아니었다. 이런 여인들 중에 벨레다(Weleda)라는 여인이 있었는데, 그녀는 70년경에 있었던 바타버족의 반란[37] 때 통찰력을 발휘하여 역사적으로 높은

---

36) [원주] Priestergewalt: Nitzsch, Geschichte d. deutsch. Volks 2 I, 48. 게르만인들의 종교에 대한 사항들을 간혹 언급하는 그리스 작가나 로마 작가에 대해서는 다음의 책 참조. E. W. Meyer, German. Mythologie S. 21.

37) 바타버족은 라인 강 하구에 위치했던 부족으로 카이사르에 의해 로마에 예속된 후 아우구스트 황제 때 로마와 유대를 맺고 있다가 반기를 들었다(69/70)가 나중에 해체되었다.

평가를 받았다.

타키투스는 독일의 고위(高位) 신들에게만 관심이 있었을 뿐, 하위 (下位) 신들인 정령신, 데몬(*Dämon*, 악령)들에 대해서는 그렇지 않았다. 그러나 이런 정령(精靈)신이 없다면 고위 신들도 생각할 수 없는 것인데, 이 정령신들은 다양한 형상으로 산과 들과 숲을 쏘다녔으며 각 가정의 모퉁이에 도사리고 있었다. 《게르마니아》제 27장은 마지막으로 독일의 사자(死者) 숭배에 관해서 아주 약간 다룬다.

타키투스의 독일 종교에 대한 포괄적인 촌평들은 간혹 이질적인 색조를 띠긴 하지만 전반적으로 충실하고 확실하게 정리된 최초의 기록들이며, 토착종교 시절의 처음이자 마지막 기록들이다. 그 뒤 거의 5백 년 동안 로마와 그리스 문인들은 간혹 독일의 사제와 여자 예언가, 제사와 신상의 유통에 관해서 언급하곤 했지만, 독일 신앙의 이질적 특징에 대한 지식이나 예리한 관찰능력이 없었던 까닭에, 독일 신앙에 대해서는 거의 침묵한 편이었고 기껏해야 라인 강 지역이나 브리타니아 지역의 라틴어 비석[38]을 읽는 일에 머물렀다.

---

38) [원주] 로마 시대의 비명(碑銘)에 대해서는: Brambach, Corpus inscrip-
tionum Rhenanarum; Corp. inscr. Latinarum 7. Band: Britannien; die
Bonner Jahrbücher u. die Westdeutsche Zeitschrift f. Geschichte u.
Kunst. 중요한 라인란트와 브리타니아의 라틴어 비명에 대한 자료들로는 다
음과 같은 것들이 있다: Alagabiae Much, der altgermanische Himmelsgott
S. 74.; Alaisiagae Beda et Fimmilena, Westd. Zeitschr. 3, 120. 287.
5, 321. Zeitschr. f. d. Philol. 22, 257. 24, 433. 456. Paul-Braune
Beitr. (PBB) 16, 201. Ztschr. f. deutsches Altert. (ZfdA.) 36, 310. vgl.
Bursian- Müllers Jahresber. 25, 1891, 462. ZfdA. 42, 193.; Alateivia
PBB. 17, 168.; Burorina dea auf Walcheren CJRh. no. 46. Zeuss, Celt.
Grammatik 734. 774.; Kern, Germ. Woorden 324.; Coventina
Quellgöttin in Northumberland. Hübner, Römische Weltherrschaft in
Westeuropa S. 58.; Gabiae s. Alagabiae.; Garmangabi deae um 250 bei

로마식 교육을 받은 석공 예인들은 게르만 땅이나 브리타니아 땅의 주둔지에서 자기 신들에게 감사표시를 하려는 군인들이나 상인들을 위하여 서원비 (誓願碑) 나 제단석을 다듬고 거기에 로마적 형상이나 비문을 새겨 넣었다. 다행스럽게도 그런 비석 중에는 독일인들을 위

Durham vgl. Beilage z. Allgem. Zeitung 1893 no. 243. ZfdA. 38, 195. PBB. 20, 256.; Haeva, Heva ZfdPhil. 24, 304. 461. Bonner Jahrb. 42, 1867, 115. ZfdA. 39, 51.; Hariasa dea CJRh. no. 314 zu Köln a. d. J. 187 vgl. ZfdA. 36, 308. Roschers, Mythol. Lexikon 1, 1828: Hariasa.; Harimella dea bei Middle by i. Schottland CJL. 7, 1063. Bonner Jahrb. S7, 29. ZfdA. 36, 44.; Hercules Barbatus in Brohl ZfdA. 35, 325. N. Heidelberger Jahrb. 5, 55.; Hercules Magusanus PBB. 15, 5S3.; Hercules Malliator bei Obernburg a. Main. N. Heidelberger Jahrb. 5, 55.; Hercules Saxanus PBB. 18, 106. H. Saxo ZfdA. 35, 388.; Hludana, Hludena ZfdPhil. 23, 129. 24, 457. PBB. 18, 134. Westd. Zeitschr. VIII. Korresp. 2. 223.; Jupiter Tanarus ZfdA. 35, 372.; Mars Halamardus ZfdA. 35, 388.; Mars Thingsus s. Alaisiagae.; Mars, Hercules, Mercurius = Tiu, Donar, Wodan. N. Heidelberger Jahrb. 5, 46.; Matres, Matronae Bonner Jahrb. 63, 1. Z. d. Vereins f. Volkskunde 2, 24. ZfdA. 35, 315.; Meduna s. Vercana.; Mercurius Hanno ZfdA. 35, 207. ZfdPh. 24, 145.; Mercurius Leudisio ZfdA. 35, 391.; Nehalennia ZfdPhil. 24, 289. 459. PBB. 16, 210. ZfdA. 31, 208. 35, 324.; Z. f. österr. Gymn. 47, 1000.; Noreia (Isis) N. Heidelb. Jahrb. 5, 47.; Requalivahano ZfdA. 35, 374. 36, 310. PBB. 16, 347. 17, 157.; Bonner Jahrb. 81, 81.; Sandraudiga dea CJRh. no. 132. ZfdA. 35, 389.; Vagdavercustis CJRh. no. 67. 191. ZfdPhil. 24, 460. ZfdA. 35, 393. 36, 314. Kern in den Verslagen en mededeelingen d. k. Akad. Amsterdam 1874, 344.; Vercana ZfdA. 31, 358. V. et Meduna CJRh. no. 709, vgl. Zeuss, Celt. Grammatik 725.; Vihansa bei Tongern s. Nederlandsche Spectator 1874 und ZfdA. 36, 310.; Viradesthi CJL. 7, 1073, Bonner Jahrb. 57, 25, doch vgl. Müllenhoff, Deutsche Altertumskunde 2, 194 ff.; Viroddis CJRh. no. 1726 vgl. Zeuss, Celt. Gramm. 827. Müllenhoff, Deutsche Altertumskunde 2, 194. Bekker in den Beitr. z. vergleich. Sprachforschung 4, 164.

한 것들도 있었다.

그런 비석들 대부분은 로마 신들에게 헌납된 것들이었지만, 모든 비석이 그랬던 것은 아니다. 간혹 어떤 비석은 라틴어 문장이 절반 혹은 문장 전체가 비(非)라틴어로 된 야만어의 음절이 섞여 있었다. 이런 다수의 비석 헌납자의 이름은 갈리아나 게르만 이름이었고 또 이들 부족의 일원임이 밝혀졌다.

이것은 로마 종교와 켈트 종교의 혼합 그리고 그보다는 드물었던 로마 종교와 게르만 종교의 혼합 양상을 보여주는 귀중한 증거들이라고 할 수 있다. 그러나 두 가지 혹은 3가지 종교가 섞여 있는 것을 따로따로 구분하는 것은 워낙 힘들다. 때문에 이런 증거물을 아주 조심스럽게 활용해야 할 것이다.

브롤탈(Brohltal)[39]이라는 곳에는 헤르쿨레스 작크사누스(Hercules Saxanus)에게 바치는 라틴어 비석이 수십 개가 존재한다. 이곳은 로마 시대 때 군단병력과 기병대 말들이 값비싼 응회암 암석들을 뗏목에 실어 날랐던 곳이었다. 저지 라인 강의 크산텐(Xanten)[40] 지역 트라야누스 진지 성벽을 쌓기 위한 것이었다. 그런데 바로 이 비석들은 일찍이 작스(Sachs)라는 게르만의 단검을 휴대한 도나르 신과 연관된 것으로 평가되었다. 그러나 이 경우 헤르쿨레스는 아주 힘든 노동을 행하는 로마 신이며 작크사누스라는 말도 돌을 뜻하는 라틴어 작숨(saxum)에서 유래한 것이다. 그러므로 헤어쿨레스 작크사누스는

---

39) 현재 독일 라인란트-팔츠 주 북쪽에 위치한 인구 1만 9천 명의 작은 마을이다.
40) 뒤셀도르프 근처에 위치한 인구 2만 2천 명의 크산텐은 2천 년의 역사를 지닌 작은 마을로 현재 독일 노르트라인-베스트팔렌 주에 속해 있다. 고대 로마 시대 병영이 자리 잡았던 곳으로 고고학 공원이 조성되어 있으며 1988년 국가 지정 휴양도시가 되었다. 〈니벨룽겐의 노래〉에 따르면 이곳에서 지그프리트가 태어나 네덜란드를 통치한 것으로 되어 있다.

'힘든 채석장 일을 하는 신'을 뜻한다고 할 수 있다.

이런 이유로 서기 1세기에 메츠(Metz)[41] 부근의 석회암 채석장이나 티볼리(Tivoli) 부근의 채석장에서도 헤어쿨레스 작크사누스에게 라틴어 비석이 봉헌되었다. 특히 티볼리 채석장은 인근 로마의 베스파니아누스 시절 건립한 콜로세움에 엄청난 양의 석회암석들을 제공한 곳이기도 하다. 이 티볼리에는 이 신을 모시는 신전이 폭포를 내려다보는 위치에 우뚝 솟아 있다. 저지 라인 강 지역에서 숭배받는 헤르쿨레스 마구사누스(Hercules Magusanus)의 경우 이름으로 따지면 독일 이름이라기보다는 켈트 이름이다. 또 라인 강 주변의 저지 게르만인들은 어머니를 뜻하는 마트로넨(Matronen) 또는 마트레스(Matres)에게 수백 개의 비석을 봉헌했는데, 이때 이 여신들을 독일 수호여신으로 이해한 경우도 있었지만, 사실은 켈트족 지역 신에 불과했으며, 나중에 우비어(Ubier)[42]라는 게르만 부족이 이 신을 의식에 받아들였던 것이다.

제란드(Seeland) 부근 지역[43] 발커렌(Walcheren) 섬의 폭풍우가 잦은 해안에서 네할레니아(Nehalennia) 여신에게 봉헌한 비석들이 바람과 파도에 씻겨 제 모습을 드러냈다. 이 여신은 풍성한 결실을 은사하고 안전한 항해를 보장해 주는 여신이다. 이 여신은 여자 옷을 입고 서 있는 형상이거나 왕좌에 앉아 무릎 위나 팔에 과일바구니나 과일들을 안고 곁에 개 한 마리를 거느린 형상이다. 어떤 비석은 이

---

41) 독일과 접경을 이루는 프랑스 동북부의 주요 도시로 모젤 강 발원지 근처에 위치. 그 시작 흔적은 B. C. 3000년경으로 올라간다.

42) 마인 강과 지크 강 사이에 거주했던 게르만 부족으로 로마군 사령관 아그리페가 B. C. 38년 라인 강 좌측으로 이주시켰다. 중심 지역은 쾰른이었다.

43) 덴마크 수도 코펜하겐 오른편에 위치한 덴마크 최대 섬. 현재 전체 인구의 절반(212만 명)을 보유하고 있다.

여신이 왼발을 배의 키 위에 얹고 노에 기댄 형상을 보인다. 또 여신은 네프투누스(Nephtunus)와 헤어클레스를 대동하기도 한다. 이런 비석들을 통해 석재(백묵석) 상인들은 여신에게 브리타니아에서 수입한 상품의 보호를, 또 다른 상인은 사업의 번창을, 어떤 아버지는 아들의 구원에 감사하고 있다. 당시 라인 강 뗏목 일에 로마인들은 게르만 부족인 바타버인들을 흔히 활용하였지만, 사실 바다 항해나 라인 강 항해권은 켈트인들이 장악했던 듯하다.[44] 때문에 비석 봉헌자들은 로마인들이거나 켈트인들이었다. 이 네할레니아 여신은 로마의 이시스 여신을 정확히 본뜬 것이었다. 이 여신의 이름은 독일 어법상 '작은 배 여신'을 의미한다고도 할 수 있는데, 발음적으로 볼 때 이 이름은 독일적이라기보단 켈트적이다.

반면에 순수한 독일 여신인 흘루다나(Hludana)가 크산텐 근처의 뮌스터아이펠(Münstereifel)과 겔더른(Geldern) 그리고 서(西)프리스란트에 있는 4개의 비석에서 발견되었다. 서프리스란트에서는 고용 어부들이 이 여신 제단을 모셨다.

북잉글랜드 지방 후시스티츠(Housesteads) 하드리아누스 장벽 근처에서는 두 개의 비석이 발견되었다. 이는 트벤테(Twente)[45]에서 온 프리스란트족이 바친 비석으로 알렉산더 세베루스 황제[46] 시절에

---

44) [원주] Über die Keltenschiffahrt u. die Bataver auf der römischen Rhein-flotte s. Mommsen, Röm. Gesch. 3, 217. 5, (118). 121.

45) 지금의 네덜란드 오버리셀 주(州)에 자리 잡고 있는 지역 이름. 삽입된 지도 참조.

46) 로마 황제 중 '세베루스'(Severus)라는 이름의 황제로는 '세프티무스 세베루스'(Septimus Severus: 146~211, 재위 193~211)가 있다. 알렉산더 세베루스는 이 황제의 별칭일 수 있다.

네덜란드의 오버릭셀(Overijssel) 주(짙은 음영 표시 부분). 이 주 가장 동남쪽에 트벤테 지구가 있다.

하나는 마르스와 두 알레시아가(Alaisiaga) 베다와 알레시아가 핌밀레나(Fimmilena) 여신들에게, 나머진 마르스 팅수스(Mars Thingsus)와 두 쌍둥이 여신들에게 각각 바쳐진 것이었다. 아마도 전쟁의 신과 민중집회의 신 그리고 이들과 함께하는 승리의 여신에게 바쳐진 것이었을 것이다.

이런 마르스 신과 친척관계에 있는 여신들로는 파괴의 여신(?) 하리아사(Hariasa), 군대를 빛내는 여신 하리멜라(Harimella) 그리고 전쟁의 여신 비한사(Vihansa) 등이 있다.

중요한 게르만 여신들은 복합명(複合名)을 지니고 있지 않았다. 나중의 기록들에 따르면 이들 여신에게서 그 어떤 전쟁적인 요소도 나타나지 않았다. 때문에 이들은 단지 발퀴어(Walkür)와 비슷한 이디스(Idis)이거나 아니면 승리의 여인이었을 것이다. 이들은 전쟁터에 내려와 적들을 결박하거나 사로잡혀 있는 아군을 풀어주는 기능을 한다. 그러나 이런 여신들은 로마 진영에서 군인들이 경배하는 여신들인 벨로나(Bellona)나 빅토리아(Victoria) 여신을 모방해서 만들어진 여신들일 뿐 진정한 게르만 여신이 아닐 가능성도 배제할 수 없다. 그런데 레크발리바하누스(Requalivahanus)라는 신이 있다. 이 이름은

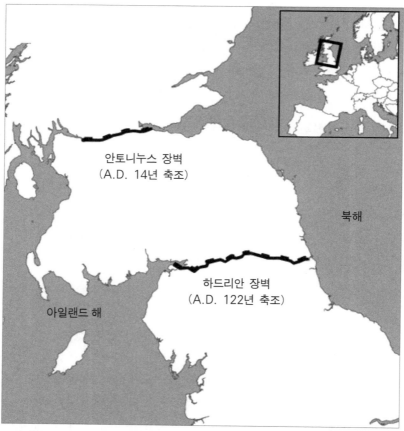

로마제국은 하드리아누스 황제 때(122) 게르만족의 침입을 막기 위해 브리타니아 섬 허리를 관통하는 방어장벽을 축조했다.

'어둠 속에 살고 있는 자' 또는 '어둠에 사로잡혀 있는 자'라는 의미인데, 이런 복합명을 지닌 몇몇 신들 이름은 독일에서 유래한 이름처럼 보인다. 그러나 이런 신들은 여전히 베일에 가려져 있다.

군대중심 국가였던 로마는 독일의 토착신앙의 비밀을 밝히는 중요한 매체이다. 이를 위한 또 다른 매체는 바로 기독교 교회이다. 이제 우리는 이 교회 기록들을 파악해야만 한다.

2. 독일인과 앙겔작센인의 개종시대 기록들

기독교 교회는 로마제국의 권세보다 오히려 더 강하게 독일인의 토착신앙으로 침투해 들어갔다. 사실 게르만인들은 포도나 과일 그리고 채소경작, 많은 새로운 곡식류와 경작도구 등 라인 강 유역이나 브리타니아 지역의 로마문화에 엄청난 덕을 입었다.[47] 고대 게르만 언어에 섞여 있는 수백 개의 라틴어 차용어들이 이 점을 증명한다. 게르만인들은 로마문화로부터 석조건물, 도량형, 정확한 계절 구분법, 심지어 요일 이름과 많은 규범과 습관 등을 배웠다. 라인 강 지역 게르만인들이 이런 이방 문명과의 접촉을 통해서 훨씬 더 아름답고 풍성한 삶을 영위하게 되었다는 것은 도저히 부정할 수 없다.

경제적으로나 여타 여러 면에서 많은 차용이 이뤄지고, 로마인과 게르만인의 신앙이 서로 접근하고 있었던 것은 분명하지만, 여기서 혼동하지 말아야 할 것이 있다. 이는 갈리아인들과 뚜렷하게 차이가 나는 대목으로, 대다수의 독일 민족은 로마의 지배뿐만 아니라 로마

---

47) [원주] Über den Einfluß der römischen Kultur auf die deutsche, s. Kluge im Grundriß der german. Philologie 1 1, 308.

의 언어와 문화 그리고 특히 종교를 단호히 거부하고 있었다는 사실이다. 갈리아 지역에서는 리옹(Lyon)48)의 아우구스트 제단에서 신(新) 가우(*Gau*)49) 연맹이 황제를 신격화하여 숭배하는 행사를 가졌다. 이런 행사가 갈리아에서는 성공할 수 있었지만, 이런 시도가 게르마니아에서는 실패로 끝나고 말았다. 이것이 바로 한 예이다. 아라 우비오룸(Ara Ubiorum)50) 이라고도 부르는 쾰른의 아우구스트 제단은 큰 의미를 지니지 못했다. 이 제단이 라인 강 오른편의 그다지 강한 신앙을 지니지 않았던 게르만인들 사이에서 독자적인 세력을 형성하지 못했기 때문이었다.

제게스테스(Segestes)51)의 아들 제기문트(Segimund)는 아르민의 장인이기도 한 인물인데 그는 우비어 제단의 사제로 임명받았지만, 해방의 신호로 읽히는 바루스 군단의 궤멸 소식을 접하고 로마가 부여한 사제 머리띠를 풀고 자신의 출신 부족인 케루스커족으로 되돌아

---

48) 프랑스 동남부, 독일 접경지역에 있는 프랑스 제3의 도시로 고대 유산을 풍부히 안고 있다. 1998년 세계문화유산 도시로 선포되었다.

49) 로마 시대 당시 야만지역에 있던 일종의 주거 행정단위이다.

50) 'ara'는 '석조제단'을 의미하며 'obiorum'은 로마에 대해서 우호적이었던 오비어(Obier) 족의 주거지라는 의미이다. 지금의 쾰른인 이 지역 이름은 '오피둠 오비오룸'(Oppidum Obiorum, '오비어인의 도시') 이었다. 서기 50년 로마 황제 클라우디우스는 현재의 쾰른 지역인 이곳에 식민도시를 건설하고 이곳에서 출생한 자신의 아내 아그리피나(Agrippina) 의 이름을 따서 아라 아그리피넨시움(Ara agrippinensium) 이라 불렀다. '아라 오비오룸'은 이 아그리피나 왕비를 모시는 제단이었다.

51) 게르만 부족인 케루스커 부족장이었다. 아르미니우스의 대 로마 반란과 관련되어 고대 전설 속에 등장한다. 그는 서기 9년에 로마 군단장 바루스에게 반란모의를 알려주었으나, 그가 경고를 무시하자 자의와 다르게 반란에 참여하였다가 자신의 사위(딸은 투스넬다, Thusnelda) 아르미니우스의 반대파가 된다([원주] Ara Ubiorum: Mommsen a. a. O. 5, 105.).

46

가 버렸다. 그의 이런 행위를 사람들은 어떤 상징적인 행위로 해석하고 싶어 했다.

서기 3세기 이후 게르만인들은 이미 흔들리기 시작한 로마 세계에 점점 더 깊이, 더 파괴적으로 난입하였는데, 이때 게르만인들은 이방 종교에서 수용했던 것을 모두 폐기한 상태였다. 프랑크족(Franken), 알레만족(Alemannen), 헤르문두르족(Hermundure)과 같은 농경민족은 서서히 그들의 거주지를 라인 강과 도나우 강 이남으로 옮겨갔다. 이에 비해 기동력 있는 병영에서 생활하는 유목민족인 부르군트족(Burgunder), 수에브족, 반달족(Vandalen) 등은 이들 농경민족 사이를 뚫고 또는 넘어 남서쪽으로 보다 거세게 몰려갔다. 이 거침없는 중심부의 양 날개 옆으로 멀찌감치 로마제국 영토 안에서 고트족(Goten)이 피레네 산맥 남쪽, 그리고 랑고바르트족(Langobarden)이 알프스 산맥 남쪽, 앙겔작센족(Angelosachsen)이 운하 건너편에 독자적인 게르만족 국가를 건설했다.

결국 통행이 불가능할 정도로 울창한 북방의 삼림과 목초지 출신의 투박한 전투종족과 농경종족 대부분이 이제는 온화한 땅으로 옮겨와 정착한 것이었다. 이런 온유한 땅의 경계는 첨탑과 성벽으로 굳건하게 지켜지고 있었고 그 내부는 저택과 목욕탕, 웅장한 묘지, 사원과 극장 그리고 공장들이 채워져 있었으며, 이 땅의 뛰어난 도로망은 예로부터 있어 온 상업도시들을 아주 편안하게 연결시키고 있었다. 로마인들이 높은 산과 깊은 계곡이 익숙지 않은 것처럼, 게르만인들도 성벽으로 에워싸여 있고 좁은 골목길들이 많은 도시들이 마치 새장처럼 싫기는 마찬가지였다. 게르만인들은 이런 도시들을 미련 없이 파괴해 버리고 폐허로 변한 도시 바깥 농장이나 작은 마을에 터를 잡았다.

게르만인들이 낯선 세계에 와서 가장 이해하기 어려웠던 것은 십자가에 매달려 사망하여 부활했다고 하는 주인이시며 스승이신 분을 모시는 신생의 기독교 교회였다. 게르만인들은 옛 로마 종교를 그렇게 했듯이, 이 기독교를 겉으로는 받아들인 척했다가 곧 떨쳐 버렸을까? 아니면 게르만 토착신앙과 기독교는 서로 용납하려 했을까? 그러나 이 게르만인들의 내외 상황은 라인 강 유역의 게르만 부족들의 그것과는 전혀 다른 것이었다. 나중에 자주 높이 평가되는 것처럼 그들이 기독교 교리에 개방적이고 심도 있는 이해심을 가졌던 것처럼 주장하는 것은 옳지 않다.

우선 그들이 원래 살던 땅과 삶을 떠나 대부분 기독교화된 이방 지역으로 옮겨옴에 따라 그들의 토착신앙 뿌리는 쉽게 뽑혀 버렸다. 두 번째로, 광대한 기독교 신(神)의 개념은 영원에서 영원에 이르는 우주 안에서 선포되는 개념이었고 또 예수의 삶을 그린 극히 서정적인 서사시에서 선포되는 신의 개념이었다. 게르만인들은 이런 신의 개념을 부분적으로밖에 이해하지 못했다. 그러나 이런 신의 개념은 여러 갈래로 나뉘어 있고 무상하며 항상 교화적이지는 못한 게르만 신들의 세계나 정령신의 세계에 육중한 충격을 가했다. 이것은 다채롭고 산만한 로마의 다신교가 가했던 충격보다 훨씬 강한 것이었다. 셋째로, 결정적인 변화를 유발했던 것은 정치적 요인이었다. 로마인들에게 이미 강한 영향력을 지닌 기독교 성직자들이 이미 개종한 로마 지역을 위험스럽게 떠도는 부족들의 수장들에게 위압적으로 복종을 요구하거나 적대적인 입장을 취하며 협박을 가했다. 게르만족 수장들은 그런 압력하에서 습관적으로 세례를 받았고 그들의 신하들도 함께 거기에 합류했다. 따라서 이들은, 제자를 거느린 그리스도를 신하들로 둘러싸인 수장과 같은 존재로 여기게 되었다. 기독교도들도 다른 이교도들처럼 보응과 협박으로 회유하고 놀라게 만들었다.

종교운동은 조용하고 은밀하게 정서를 사로잡는다. 이런 운동은 통상 당대의 시각에서 벗어나기 마련이며, 나중에 오게 될 후대의 시각은 한층 더 그렇다. 그리스도의 구원과 축복의 능력에 대한 동경심이 점차 커지거나 자신의 죄에 대한 갑작스런 깨달음이 있을 수 있었으나, 게르만인 지역에서 그런 경우는 아주 드물었다. 심지어 세례를 받고 난 뒤에도 토착신들의 전면적인 무용성(無用性)에 대한 확신이 굳게 형성되지 못했다. 게르만인들은 대개 점진적이고 침착한 체험을 통해 그리스도와 만물을 창조한 신이 보단이나 도나르보다 더 힘이 셀 것이라는 결론에 도달했지만, 토착신앙도 그리스도 십자가 아래 몇 백 년을 더 번성하였다.

세속 성직자들이나 수도원 성직자들이 남부 게르만 부족 개종자들의 행위를 이야기로 풀어 놓고, 설교 중에 옛 토착신들을 그리스도와 대비시키고 또 관할 종교회의와 참회록에서 우상숭배를 엄격한 징계로 단죄하고 심지어 마법주술 목록을 작성하기도 했다. 이런 식으로 성직자들은 게르만 토착신앙을 전하는 일련의 새로운 기록들을 전해 주긴 했지만, 이것들은 자주 심각하게 왜곡되어 있었다.

최초의 기독교 교회는 도나우 강 하류 서(西) 고트족 지역에서 발생했다. 서고트 부족장 아타나리히(Athanarich)[52]는 348년 자기 부족의

---

52) 서고트족의 족장(366~380). 처음에 로마군에 대한 반란을 주도했다. 369년 로마 황제 발렌스(Valens)에게 항복하고 376년에는 훈족에게 패배했다. 같은 게르만족들이 아타나리히만 빼놓고 로마인들과 화의를 맺었다. 동족들을 이끌고 지벤뷔르겐(Siebenbürgen) 지역으로 옮겨가 새로운 요새를 축성했다. 380년에 부하에 의해 추방당한 후 나중에 테오도시우스 1세가 있는 콘스탄티노플로 가 의탁했다([원주] Athanarich bei Sozomenos Hist. eccles. 6,

기독교 신자들을 잔인하게 박해했다. 그는 이때 토착신들을 담은 그림을 마차 위에 세워 각 집 문 앞을 지나가게 했다. 어떤 주민이 이 그림에 제사 올리기를 거부할 경우 그 주민 집 꼭대기에 불을 질렀다. 카파도키아[53] 사람인 불필라(Wulfila)[54]는 마치 제 2의 모세처럼 박해받은 그리스도 교인들을 도나우 강 너머 발칸 지방의 안전한 계곡지대로 인도하였고 처음으로 신의 말씀을 게르만어로 번역하였다.

또 다른 고트인 라다가이스(Radagais)[55]는 수십만의 게르만 야인들을 몰고 400년경 이탈리아 땅을 침입했다. 그는 고트인들에게 전 로마민족의 피를 바치겠노라고 약속한 터였다. 그리스도교 신의 위력에 절망한 로마 시민들은 교회를 떠나 버려져 있던 우상들을 모신 제단으로 도피했다. 그때 적대적인 먹구름이 지나갔다.

프랑크 왕국의 클로도백(Chlodovech)[56] 왕은 온유한 평화의 왕 예수가 자기 왕국을 지키는 가장 강력한 수호신이라는 것을 알 때까지 또는 전설이 전하는 바처럼, 자기 기도에 따라 전쟁의 승패가 좌우된다는 것을 알 때까지 평화의 신 예수에 대해 신봉을 오랫동안 거부했

---

37. Radagais bei Orosius, Hist. adv. paganos 7, 37, 5.).
53) 소아시아 동부의 산악지대의 명칭이다.
54) 혹은 울필라스(Ulfilas), 굴필라스(Gulfilas, 311~382/383). 고트족 주교. 거의 30년 동안 지금 발칸 산맥 아래 불가리아 지역에서 선교활동을 하였으며 360년과 381년 게르만족의 청탁으로 콘스탄티노플을 방문했다. 그는 유럽에 산재해 있는, 특히 서고트족이 주로 머물던 스페인 땅에서 게르만족들이 유지되는 데 기여했다. 그의 성서번역은 게르만 문학의 붕아(朋芽)로 여겨진다.
55) 406년 반달족 출신의 로마군 장군 플라비우스 스틸리코(Flavius Stilicho : 359~408)에 의해 격퇴되었다.
56) 클로드비히(Chlodwig) 1세(466~511) 또는 클로비스라고도 불리는 프랑크 왕국의 왕으로 486년 갈리아 땅을 통치하던 로마 총독 시가리우스(Sygarius)를 패퇴시켜 로마 지배에 종지부를 찍었다.

다. 57) 그는 496년 렝스(Reims) 58)에서 세례를 받았는데, 그의 세례는 게르만인들의 개종, 아니 전 유럽의 개종 역사에서 결정적인 사건이었다. 이때부터 기독교 교리가 독일 땅으로 진입해 들어왔다.

기사(奇事)의 도움을 받기도 하였다. 갑자기 맥주가 탈취당하는 식의 체험하기 힘든 기사도 나타났다. 한 번은 프랑크 왕국의 호친(Hozin)이라는 사람이 클로도벡 왕의 아들 클로타르(Chlothar) 1세59)와 그의 부하들에게 연회를 베풀었다. 기독교인과 비(非)기독교인 가리지 않고 모두에게 맥주잔이 마련되어 있었다. 그런데 비기독교인들의 술잔에 토착신앙 방식에 따라 축수되는 순간 성자 베다스투스(Vedastus) 60)의 이적을 통해 이들의 잔에 담긴, 마(魔)가 낀 맥주가 모두 없어지고 말았다.

알레만족이 프랑크 왕국에 완전 복속된 후 푸아티에(Poitiers) 61)의 힐라리우스62) 주교 선교단, 렝스의 레미기우스63) 주교 선교단 그리

---

57) [원주] Über Chlodovechs Bekehrung s. Hauck, Kirchengeschichte Deutschlands 1, 107.

58) 북부 프랑스의 거점도시. 서프랑크 왕국과 나중의 프랑스 왕들의 즉위식이 거행되었던 도시이다.

59) 클로타르 1세(498~560/561). 메로빙거 왕조의 프랑크 왕국 국왕으로 그의 사후 프랑크 왕국은 분열하였다.

60) 베다스트(Vedast)라고도 한다. 5세기 후반부에 출생하여 540년에 아라스(Arras)에서 사망. 아라스의 대주교를 지냈으며 가톨릭의 성인으로 숭앙되고 있다. 그의 활동 시기는 프랑크 왕국 클로도벡 왕의 세례가 이뤄졌던 결정적인 시기와 거의 일치한다. 그때까지 종교적으로 삼분(가톨릭, 게르만 토착종교, 기타)된 백성들의 신앙 토대가 하나로 모아지는 계기가 바로 왕의 세례 사건이었다. 베다스투스가 아라스에서 맹수를 순치시켰다는 이야기가 전해지는데, 이때의 맹수는 혼란을 야기하는 여러 힘들을 상징한다.

61) 파리 남서쪽 340㎞ 지점 클렝 강변에 위치한 도시. 옛 푸아투 주의 수도로 교구청이 있다.

62) 힐라리우스(Hilarius: 315~367). 푸아티에 출신의 성직자. 원래 이교도였으

고 가장 강력한 투르(Tours)[64]의 마르틴[65] 주교 선교단이 프랑크 왕국 황실령인 "왕의 땅"에까지 침투해 들어갔다. 당시 주교가 제후와 어깨를 나란히 했으며 개종한 알레만인들이 사제를 맡았다. 도처에는 옛 토착신앙과 새로운 기독교 신앙이 뒤섞여 있었다.

독일 땅에서의 실제 선교작업은 대개 3단계를 거쳤다. 선교작업은 남부 독일에서 아일랜드 수도승들에 의해 처음 시작되어 별 어려움 없이 진행되었지만, 이들의 말씀전도가 서로 유기적인 관련을 맺지 못하고 또 보다 강력한 교회의 지원이 없어서 큰 영향을 끼치지 못하여 지속적인 성공을 거두지 못했다. 그러나 이들이 세운 수도원들은 대부분 종교적 교양의 산실로서 기능했다. 이 첫 단계의 마지막 시점에 프랑크 왕국의 주교들이 레겐스부르크(Regensburg)[66]에 이르는 선교작업에 직접 개입하였다.

나 깊은 사색 끝에 기독교로 개종하였고 330년에 주교가 되었다. 신학 체계 정립의 주요 사상가이기도 하다.

63) 레미기우스(Remigius: 437?~537?). 437년에 프랑스의 세르네 또는 라옹에서 영향력 있는 갈리아-로마 가문에서 태어났다. 어머니는 성녀 실리니아(셀리나)이며, 아버지는 라옹의 에밀리우스 백작이다. 랭스에서 교육을 받았으며 학식이 뛰어나고 성덕이 높았기에 22세에 랭스의 주교로 선출되었다. 100세 가까이 살았던 그의 생애 중 가장 중요한 일은 이교도였던 프랑크 국왕 클로드비히/클로비스를 그리스도교로 개종시킨 것이다. 레미기우스는 탁월한 행정가이며 선교사였다. 교황의 허가를 받아서 투르네(Tournai)·아라스(Arras)·라옹(Laon)에 교구를 세웠다. 그는 네 통의 〈서한들〉과 〈서약〉의 저자로도 알려져 있다.

64) 파리 남서쪽 230km, 루아르 강과 셰르 강 사이에 펼쳐져 있는 도시.

65) 마르틴(Martin I: ?~655). 초기 기독교의 주요 성직자. 교황(649~655)을 지냈으며 콘스탄티누스 2세와 정치적 문제로 대립하여 만년에 파문을 당했다.

66) 독일 동남부 바이에른 주에 위치한 역사적인 도시. 도나우 강과 레겐 강이 합류하는 지점에 위치. 로마 시대 때는 중요한 전방기지로서 카스트라 레기나(Castra Regina)라고 하였다. 7세기 중엽에 수도원이 건립되었다.

두 번째 단계는 8세기경의 앙겔작센족의 개종이었다. 이 부족은 어느 정도 학식을 갖췄고 세속의 지혜도 깊은 편이었다. 이들 선교작업은 프랑크, 로마 교회에 의해 이뤄졌으며, 그 주된 목표지역은 헤센(Hessen), 튀링겐(Thüringen), 프리스란트(Friesland)였다. 이 지역은 기독교-토착 혼합신앙이 오랫동안 우려할 만한 수준으로 지배해오고 있었고 유혈 반란사태가 빈발한 지역이었다.

세 번째 단계에서 칼 대제는 잘 조직된 국가조직의 힘을 선교사업에 활용했다. 특히 군대와 경찰조직을 활용했다. 이 힘만이 자신의 영토와 신앙을 고수하려 노력했던 작센(Sachsen)인들을 제압할 수 있었다. 저항은 남쪽에서 북쪽으로 갈수록 강했는데, 그 원인이 부분적으로는 작센인의 경우처럼 투박한 폐쇄성이 표출되는 식의 부족 특성에 있기도 하지만, 대부분 역사적 상황 탓이었다. 남쪽 지역에서는 로마문화가 이미 토착적인 것들을 상당히 파괴해 버렸고, 유랑부족들은 옛 토착신들과의 유대관계를 오래전에 포기한 터였다. 반면 작센인들은 이방 조직과 거의 접촉 없이 자신들만의 향토에 정착해 있으면서 옛 신전들을 중심으로 뭉쳐 공격과 방어를 위해 전의를 불태우고 있었다.

독일의 토착부족 안으로 보다 깊숙하게 침투해 들었던 선교사는 콜룸방67)이었다. 아일랜드는 민족 대이동의 격류와 분리되어 있었던 탓에 평화와 기독교 교리와 고대 학문의 보존 처였다. 콜룸방은 바로 이 아일랜드 출신이었다. 그가 프랑크 왕국에서 벌어지는 황금의 재난을

67) 성(聖) 콜룸방(Columban: 543~615). 아일랜드의 선교사. 아일랜드의 레인스터(Leinster) 출생 [원주] Über Columbans. Jonas v. Bobbio, Vita S. Columbani Migne, Patrologia Latina 82. Bd. vgl. J. Grimm, DM. 1, 47. 67. 89. Columbans Ode in Migne, Patrologia latina 80, 292.).

알게 되었을 때, 한 치의 두려움 없이 운문으로 된 토착민담을 빌려 이 범죄를 질타했다. 온갖 패륜을 범한 프랑크 왕국 브룬힐트68) 왕비의 궁정에서 포도주 술잔을 건네 받아든 콜룸방은 분노를 견디지 못해 그 잔을 내동댕이쳐 깨뜨려 버렸다. 그야말로 두려움을 모르는 불편하기 짝이 없는 질책의 설교자였다. 그는 포게생(Vogesen) 69) 수도원에서 추방당하자 새로운 구원의 교리를 갖고 멀리 떨어져 있는 알레만족 지역으로 영성생활을 옮겨왔다. 그는 순례여행 도중 취리히 호수 근처에서 엄청나게 커다란 맥주통 주변에서 맥주를 마시며 보단 신에게 제사를 지내는 기독교인들, 토착신앙인들과 격돌하였고, 그의 제자 갈루스70) 는 브레겐츠(Bregenz) 71) 부근 교회 안벽에 둘러싸여 보존되는 3개의 우상을 보단 호에 수장시켜 버렸다.

보단 호의 일부인 운터 호(湖) 주변 라이케나우(Reichenau) 수도원의 설립자 겸 원장이었던 피르민〔Pirmin, 또는 프리민(Primin)〕은 8세기 초에 세례받은 알레만족 수사들만 휘하에 두었다. 그는 이들을 위해 일종의 모범설교인 〈프리민의 설교〉(*Dicta abbatis Priminii*) 72) 를 작

---

68) 브룬힐트(Brunhild: 550~613). 옛 프랑크 왕국의 일부이며 지금의 프랑스 북동부, 벨기에, 독일 북서부를 포함한 지역에 존재했던 아우스트라시아 왕국의 여왕. 서고트 왕국의 왕 아타나길트(Athanagild: 재위기간 551~567)의 딸.

69) 라인 강과 평행하여 달리는 프랑스 지역 산맥의 이름.

70) 갈루스(Gallus: 550?~612). 아일랜드 출신의 수사. 슈바벤 지역에서 선교 활동. 나중에 보단 호(湖) 근처에서 수도원을 짓고 영성생활을 했다.

71) 오스트리아 서부에 있으며, 포어아를베르크 주의 주도이다. 보단 호의 동쪽 호숫가에 있다.

72) [원주] Dicta Abbatis Priminii (sic!) in Caspari, Kirchengeschichtliche Anecdota 1, 149. Nur Primin, nicht Pirmin kann nach Thurneysen irisch sein.

성하였다. 이 설교는 수백 년 동안 약간씩 변화를 거듭하며 게르만 교회에서 반복해서 전해졌다. 이 설교문은 지극히 고상하고 강력한 방식의 세계 구원사와 옛 신앙에 대한 강력한 선전포고를 그 핵심내용으로 담고 있었다. 이 때문에 이 설교는 독일인 정서에 매우 깊은 인상을 새겨 넣는 데 부족함이 없었다. 설교의 내용은 다음과 같다.

하나님께서 하늘과 땅을 창조하셨고 하늘에는 천사가 살고 있었다. 그런데 우두머리 천사가 하나님과 똑같아지려 했고, 하나님은 우두머리 천사 주도로 반기를 들었던 천사들을 저 심연 속으로 던져 버렸다. 거기에서 이 천사들은 사탄과 악마들이 되었다. 천사들의 추락이 있은 후에야 하나님은 비로소 인간을 창조하시었다. 그런데 이 인간이 시기심 많은 사탄의 꾐에 넘어가 하나님에게 불복종하는 과오를 범했다. 아담과 이브는 선악과를 따먹는 원죄를 범했고, 그들의 후손은 대홍수를 겪고 십계명이 주어지고 또 예언자들이 존재함에도 불구하고 계속 반복해서 죄에 빠져들었다.

그러자 하나님은 예수를 보내셨다. 예수께서는 인간을 위해 십자가형을 받으셨고 자신의 옆구리에서 흘러나온 피와 물로 죄를 사하시고 세례를 주셨다. 그런 후 예수는 아담과 이스라엘 민족의 부족장들 그리고 예언자들을 해방시키시려 지옥으로 내려가셨다. 그리고 또한 사탄을 거기에 묶어두기 위해서였다. 예수는 부활하시어 열두 사도를 세상에 내보내시고 하늘로 올라가셨다. 열두 사도는 믿음의 인식을 확고히 하였다. 이제 세례의 의미와 모든 사탄 숭배 단절의 맹세가 되새겨지고, 일체의 죄악들이 해소되며 맨 마지막으로 돌과 나무, 샘 그리고 갈림길과 관련하여 우상숭배가 없어졌다. 또 주술, 점술, 예언자, 징조와 악령들 따위를 신봉해서는 안 된다. 불카날리아(*Vulcanalia*)[73] 와 칼렌덴(*Kalenden*)[74] 같은 이교(異敎) 축제를 엄수해서도 안 된다.

또 제상(祭床) 차리기, 월계관 걸기, 나무 그루터기 위에 곡식과 포도주 붓기, 물속에 빵 던지기, 직조작업 때 여신 이름(미네르바) 부르기, 결혼과 여행의 길일(吉日) 고르기, 마법의 쪽지와 마법약초, 호박(琥珀) 걸어 놓기, 여자 기우사(祈雨士)와 지붕에 올라가 불타는 장작개비 등 타오르는 불에서 미래를 투시하는 예언자들 신봉하기 등 이런 모든 일들을 해서는 안 된다.

마지막으로 피리민(Primin)은 사슴이나 소로 변장하고 행하는 새해 행렬이나 여인들이 남자복장을 하거나 그 반대의 형태로 행하는 행진 등을 금지시켰다. 치유를 기원하는 목제 성기를 갈림길이나 나무에 걸어 놓는 행위도 못하도록 되어 있고, 달빛이 없는 삭일(朔日)에 소리 지르는 행위도 마찬가지였다. 사탄놀이, 사탄의 농담, 사탄의 춤과 노래도 어느 곳에서든 회피의 대상이 되었다. 그러나 교회에 대해 축성의 향이나 왁스와 오일 등을 바칠 수 있고, 과일과 가축의 1/10을 교회에 헌납하고 더하여 구제비를 헌금하고 주일과 교회 축제일을 준수하며 설교를 열심히 듣고 고해성사에 참여하여야 한다. 그리하여 옛 아담의 옷을 벗고, 모두가 30세의 충만한 힘으로 체험하게 될 심판에서의 부활을 통해 영원한 불길이 아닌 천국에 이르게 될 것이라는 것이다.

프리민이 질타한 우상숭배는 어느 한 부분만 알레만의 풍속이었다. 예컨대 예언자가 지붕 위에 올라가는 행위 같은 것이었다. 우상

---

73) 로마 신화에서 '불의 신'인 불카누스를 숭배하는 축제일. 불카누스는 그리스 신화의 헤파이스토스에 해당한다. 8월 23일이 '불카날리아'이며 특히 로마 서남쪽 티메르 강 하구에 위치한 오스티아(Ostia)에서 성대히 거행되었다.
74) 칼렌덴은 로마 월력의 맨 첫날이다. 로마의 4대 축제 중의 하나인데, 칼렌덴은 정월 초하루 새 달이 뜨는 날의 축제이고, 그 외에 노넨(Nonen, 상현달), 이덴(Iden, 보름달), 테르미날리엔(Terminalien, 하현달) 등의 축제가 있었다.

숭배 대부분은 이방의 것이었고, 옛 규범집들 가운데서 수합된 것들이었다. 예컨대 불카나리아 축제가 그랬고 율리아누스 월력[75]과 관련된 칼렌덴 축제는 나중에 새롭게 남부 독일에 유입된 것이었다.

700년경 아일랜드 선교사들은 슈바벤, 바이에른 지방에서 구원론을 선포하였다. 이들을 이어받은 앙겔작센 선교사들은 이 구원론의 가장 강력한 주제를 그들의 설교 핵심으로 삼았다. 칼 대제도 유사한 모범설교를 휘하 성직자들에게 엄중히 각인시켰다. 북쪽 지역에서는 이 설교가 〈뷜루스파〉의 모범이 되었다.

영국의 토착종교와 그리스도교의 초기 양상에 대한 정보는 베다[76] 사제가 쓴 영국 교회사와 여타 문헌에서 잘 알려지고 있다. 베다와 그 이후 연대기 기록자에 따르면, 앙겔작센족은 귀족 가문들의 씨족 계보와 씨족설화를 독일 땅에서 브리타니아 섬으로 옮겨왔다. 보단 신은 이때 생생한 핵심이 되었다. 7~8개에 이른 앙겔작센 왕국들 안에서 이 보단 신은 여러 신들과 신격화된 영웅들의 선조로 추앙되었으며 오늘날에 이르기까지 보단 신의 후손들이 이어졌다. 선교사들은 이 앙겔작센 귀족 가문을 아담, 노아와 연결시키려 하였다.

이런 계보론 때문에 신화 내용이 개별적인 계기로 해체되고 다수의 인물로 분산되었다. 그래서 곡식 단에서 유래한 스키프(Skeàf), 방패에서 유래한 스켈드바(Skeldwa), 농사일에서 유래한 베브(Beàw) 같

---

75) B. C. 45년에 카이사르가 로마에 도입한 월력이다. 1년이 365. 25일로 책정된 것으로 때문에 4년마다 한 번씩 윤년이 온다.

76) 베다(Beda: 673~735). 영국에서 활동했던 베네딕트파 사제. 학자이자 성인(聖人). 그의 저서 《히스토리아 에클레시아스티카 겐티스 앙글로룸》(*Historia Ecclesiastica Gentis Anglorum*, 영국민의 교회사)으로 유명해졌는데, 이 책은 로마에 의한 정복시기부터 이 역사서 집필이 끝난 731년까지의 영국 역사를 기록하고 있다.

은 일련의 이름들에는 농업과 군사제도 그리고 그것을 포함한 문화가 반영되고 있음을 보여준다.

앙겔작센 연대기에 스키프 신화가 있다. 갓 태어난 스키프는 키잡이 없는 배에 실려 물 위에 떠돌다가, 밀 짚단 위에 누워 있기도 하고 무기에 둘러싸여 있기도 한다. 그러다 슐레스비히 지방의 앙겔른 해안에서 잠을 자다 그 지역주민들이 발견해 그를 받아들인다.

대강 베다 활동 시기에 생성된 것으로 보이는 〈베어울프〉(*Beowulf*) [77] 서사시의 편찬자는 스키프 신화를 스키프의 아들 스킬드(Skyld)에게 덮어씌우고 있으며 이 베어울프가 베브를 대신한다. 베어울프는 선조들의 어둠침침한 배경으로부터 벗어나 막강한 모습으로 민족의 수호자로 전면에 나서 늪의 괴물 그렌델(Grendel) [78]과 그렌델의 모친 그리고 불 뿜는 공룡을 척결한다.

루네 문자로 쓰인 또 다른 앙겔작센 가사(歌辭)는 〈베어울프〉 신화의 변형 꼴인 또 하나의 문화신화를 전한다. 잉(Ing)이라는 신과 같은 영웅신화가 그것이다. 잉은 맨 처음 동부 덴마크에 살고 있었다. 나중에 그가 타던 수레가 바다를 건너 잉을 뒤따라간다. 특이한 점은, 북부 독일 반도 지역에 거주한 앙겔작센족 영웅신화처럼, 인간과 신을 결합시키는 이런 다양한 형태의 영웅신화가 다른 게르만족 신화에서는 전혀 나타나지 않았다는 점이다.

그러나 베다의 설명처럼, 이런 당당한 보단 신의 후예들도 그들에 대한 신앙이 큰 효과가 없다는 사람들의 정서를 넘어설 수 없었다.

---

77) 게르만 민족 영웅 서사시 중에서 완전히 보존된 것으로서 가장 오래된 작품이며 생성 시기는 8세기 전반으로 알려져 있으며 작자 미상이다. 현존하는 유일한 사본(10세기 말의 것)이 런던의 대영박물관에 소장되어 있다.
78) 앙겔작센 영웅 서사시에 등장하는 정령이다.

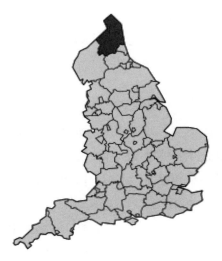

영국 노섬버랜드(짙은 음영 표시 부분)

627년 노섬버랜드(Northumberland)[79]의 에드윈(Edwin) 왕이 불이 밝혀진 홀에 앉아 있었다. 이때 참새 한 마리가 창문을 통해 날아 들어와 따뜻하고 환하게 불이 밝혀진 공간에서 퍼덕거리며 수줍게 날다가 다시 다른 문을 통해 겨울 밤 속으로 사라져갔다. 이 순간 한 신하가 큰 소리로 이렇게 외쳤다

"이 참새가 홀을 날아가듯이 인간의 삶도 그 기쁨과 더불어 불현듯이 소멸하게 되는 것입니다. 이 삶에 앞서 간 것이 무엇인지 그리고 그

---

79) 영국 잉글랜드 북동부에 있는 지역. 영국 잉글랜드의 가장 북쪽에 있는 주. 북쪽으로 스코틀랜드, 동쪽으로 북해, 서쪽과 남쪽으로 컴브리아 · 타인위어 · 더럼 주와 각각 경계를 이룬다. 앨른윅 · 버윅어폰트위드 · 블리드밸리 · 캐슬모페스 · 타인데일 · 완스벡 등 6개의 행정구로 나뉜다. 로마 시대의 유적이 많으며, 하드리아누스의 장성(長城)이 유명하다. 1603년 잉글랜드와 스코틀랜드가 통일될 때까지 끊임없이 국경분쟁이 일어났던 곳이기도 하다.

뒤에 따라오는 것이 무엇인지, 저 두 창문 밖의 밤처럼, 우리에게 깜깜할 뿐입니다. 그러므로 왕이시여, 죽음 뒤의 우리 미래를 보장해 주는 기독교를 받아들이옵소서."

왕은 이 신하의 말을 따랐다. [80] 이미 기독교로 개종한 토속신앙의 최고사제가 요크(York) [81] 지역에 위치한 한 거대한 토착신 사원에서 토착신의 무력함을 국왕에게 가시적으로 증명해 보이려고 사원 담장에 창을 던져 꿰뚫어 버렸다. 이 옛 사원들은 모든 여타 부속건물들과 함께 불타 없어져 버렸다.

650년경 앙겔작센족의 개종이 완료되었다. 그러자 이 부족 출신의 수사(修士)들은 아일랜드 수사들의 모범에 따라 외국으로 옮겨 갔다. 그들의 선교활동은 프리슬란트[82]에서부터 알프스에 이르는 광대한 독일 땅 전역에 미치게 되었다. 이 선교사들 중에서 중요한 인물은 우선 프리슬란트의 사도라 불린 빌리브로어드, [83] 또한 사람들이 좀 과장해서 '독일인 사도'라 말한 빈프리트, [84] 그리고 류드거(Liudger)였다. [85]

---

80) [원주] Über Edwins Bekehrung s. Beda, Hist. ecclesiastica 2, 13.
81) 잉글랜드 노스요크셔 주에 있는 도시. 로마 시대에는 북쪽 변경의 방위거점이었으나 그 후 노섬브리아 왕국이 되었다. 7세기에는 영국 북부 주교좌의 소재지, 8세기에는 유럽 학문의 중심지가 되고, 그 후부터는 정치 · 종교 · 학술의 중심도시로서 발전하였다.
82) 네덜란드 북부, 에이셀 호에 면한 지역이다.
83) 성(聖) 빌리브로어드(Willibrord: 658~739). 앙겔작센 선교사로 노섬브리아 왕국 출신이며 프리슬란트 개종을 주도했다.
84) 빈프리트(Winfried) 혹은 보니파키우스(Bonifacius: 675~754). 현재의 영국 남서부 지방에서 출생. 프랑스 최고의 선교사이며 가장 중요한 교회개혁가. 선교대주교였으며 게르마니아에 대한 교황 대리인. 나중에 마인츠 대주교 등 역임. 후에 가톨릭교회는 그를 '독일의 사도'라고 존칭을 붙였다.

헬골란트(Helgoland)[86]는 북해의 뱃사람들이 포세테(Fosete)라는 게르만 신에게 바친 섬이었다. 이 섬에 신성한 샘이 하나 있었는데, 사람들이 이 샘에서 물을 기를 때 말하는 것이 금기시되어 있었다. 그런데 700년경 빌리브로어드 수사가 대담하게 덴마크에 진출했다 돌아오는 길에 이 헬골란트에 들르게 되었다. 그는 이때 이 신성한 우물에서 이교도에게 세례를 베풀었다.[87] 세례를 받지 않은 이교도들은 이 신성모독의 범죄를 징계하기 위해 빌리브로어드를 성질 사나운 프리슬란트 국왕 라트보트(Ratbod) — 프리슬란트 말로는 레드바트(Redbad) — 앞으로 끌고 갔다. 이 수사에 대해 3번 점을 쳤지만, 적당한 답을 얻지 못했다. 신들이 그의 죽음을 원하지 않았던 것이다. 당시 신들을 모시던 사원에는 귀한 보물들이 풍성히 소장되어 있었다. 이 보물을 훔친 자는 해안에서 혹독한 고통이 따르는 죽음을 맞았다. 하루에 두 번씩 파도가 이 범죄자의 몸 위를 쓸고 지나갔다. 그러나 빌리브로어드 수사는 결국 죽음을 면했다.[88]

그러나 이 게르만 신들은 나중에 더 큰 희생을 요구했다. 그 제물은 바로 프랑크-로마 교회의 설립자인 빈프리트 또는 보니파키우스라는 이름의 수사였다. 그는 716년 프리슬란트에서 선교활동을 시작해서 나중에 튀링겐과 헤센 지역으로 옮겨갔다. 그런데 그곳에는 이미 아일랜드 수사의 뒤를 이은 영국 선교사들과 음행, 음주, 사냥 등에 젖어든 이단(異端)적 사제들이 정결치 못한 방식으로 말씀을 선포

---

85) [원주] Die Vitae Willibrordi, Bonifacii, Liudgeri in Pertz, Monumenta Bd. II'u. XXIII.

86) 북해상에 있는 독일 소속의 섬으로 독일 본토에서 가장 멀리 있는 섬이다. 1.7㎢에 2006년 기준 거주인은 1,472명이다.

87) [원주] Das friesische Heidentum: Hauck a. a. O. 2, 311.

88) [원주] V. Richthofen, Über die friesische Rechtsgeschichte.

하고 있었다. 89) 많은 지역민들이 유입되는 가운데 수사가 토착종교 제단에서 기독교 예배를 거행하고 도나르 신을 섬기는 사제가 기독교 세례를 거행하는 식이었다. 또 개종을 한 사람들도 토착종교 규례에 따라 죽은 사람들에게 열성을 다해 제물90)을 바쳤다. 이 독일 "멍청이들"은 742년에도 분노한 선교사들을 흥청망청한 1월 칼렌덴 축제판으로 밀어 넣었다. 이 축제는 로마의 성 베드로 성당 앞에서 벌어질 법한 축제였다.

그러나 보니파키우스는 복음설교를 통해 사람들 마음을 사로잡고 또 더하여 빈체스터 대주교 다니엘 폰 빈체스터(Daniel von Winchester: 재위기간 705~744)의 지침91)에 따른 이성적인 근거 위에서 사람들의 정신을 붙잡는 데 성공했다. 선교사들이 거짓 신들의 실존을 논박해서는 안 되는 것이었지만, 이런 신들이 그 이력상 인간의 방식처럼 태어나고 생산되는 것이기 때문에, 이런 신들이 갖는 신적 속성을 논박할 수는 있었다. 만약 이런 신들이 존재하기 시작한 시점이 있다면, 선교사로서는 이 세계의 시작이 있었는지 또는 시작도 없이 존재해왔었는지 물을 수도 있을 것이다.

첫 질문의 경우, 천지창조 이전에 아직 태어나지 않은 신들이 살 수 있는 공간이 분명히 없었을 것인데, 누가 이 세상을 창조했는가? 만약 이교도들이 세계가 이미 존재해왔다고 주장하면, 신들이 태어나기 전에 누가 이 세계를 다스렸는지 그리고 어떻게 나중에 신들이

---

89) [원주] Taufen durch einen dem Jupiter, nach Hauck Wuotan, opfernden Priester seien ungiltig, schreibt Gregor III. an Bonifaz um 732 in Jaffd Biblioth. 3, 91.

90) über Totenopfer und die Januarcalenden Jaffé a. a. O. 102. 104. 115.

91) [원주] Daniels Anwei sung bei Jaffé a. a. O. 71.

고유한 힘을 지닌 이 세계를 자신의 지배 아래 예속시킬 수 있었는지 더 생각해 보라. 토착신들의 유래와 출생시기에 대한 질문, 신이 필요로 하지 않은 제물의 시대적 의미나 변하지 않은 의미와 유용성에 대한 많은 질문, 토착신들이 제사를 올리는 자신들의 숭배자들에게는 동토(凍土)를 주고, 제사를 올리지 않은 기독교인들에게는 비옥한 땅을 허락하는 이유에 대한 질문 등, 다양한 질문을 제기함으로써 보니파키우스는 이교도들을 분노케 하기보다는 자신들의 우둔한 신앙에 대한 부끄러움을 느끼도록 유도했다. 아주 영리했던 이 주교는 토착신앙의 취약부분을 잘 인식하고 있었다. 또 그는 교양을 갖추고 있는 이교도들도 이 교리영역에서는 어렵지 않게 궁지에 몰린다는 것을 잘 알고 있었다. 느슨한 형태의 다신교인 토착신앙에는 논리성과 유기성을 갖춘 세계관은 완전히 빠져 있었기 때문이었다. 보니파키우스는 가이스마르(Geismar)[92] 부근에서 도나르 신 밤나무를 베어 넘어뜨린 적이 있었다. 이 사건과 함께 다신종교인 토착종교는 완전히 붕괴되어 버렸다. 그리고 이 나무들로 기독교 예배당들이 만들어졌다.

무너졌던 프랑크 왕국 교회를 다시 재정비한 엄청난 위업과 마인츠 주교 시절의 화려한 공적을 벗어나 보니파키우스는 프리슬란트 쪽으로 가기를 열망하고 있었다. 빌리브로어드의 선교활동과 자신의 청년기 활동을 다시 이어가고 싶었기 때문이었다. 결국 그는 755년 도쿰(Dokkum)[93] 근처 도르네(Dorne) 강변에서 새로 개종한 사람들에 대한 견진성사를 베풀다가 토착신앙인의 칼을 맞고 순교했다. 죽는 순간 그는 평생 그의 정신을 맑게 했던 성경책으로 자신의 머리를 방

---

92) 현재 독일 튀링겐 주에 있는 작은 마을. 독일 정중앙에 위치한다.
93) 도쿰은 서프리슬란트 지역으로 오늘날의 네덜란드 땅이다.

이르민 목탑 상상도. 이르민술(Irminsul)이라고도 부른다.

어하려 했지만 성공하지 못했다. 그러나 오래지 않아 그가 피를 흘렸던 그곳에 교구의 결의와 대다수의 프리슬란트 인들의 결의에 따라 바닷물의 유입을 막는 높은 토사제방을 쌓았고 그 제방 위에 교회당이 건축되었다. 그리고 프리슬란트 국왕 아바(Abba)가 새 교회당 건물을 시찰하던 날 갑자기 대단히 질 좋은 청량한 물이 솟아나는 샘이 발견되었다. 그러나 칼 대제 시기까지도 프리슬란트 인들 사이에는 토착신앙이 왕성하게 다시 자라났다. 그런데 당시에 인기 있었던 맹인 노(老)가수 베른레프(Bernlef)가 훈세가우(Hunsegau) 지역 마을을 돌며 프리슬란트 왕들의 무훈담을 현악기에 맞춰 노래로 들려주었다. 그는 노래를 하며 청중들에게 구세주에 대한 강한 신뢰감을 생생하게 고취시켰다.

786년 선교사 류드거는 큰 어려움 없이 헬골란트의 신성한 샘에서 길어 올린 성수(聖水)로 세례를 베풀고 황폐화된 포세테 신의 제사터 위에 기독교 교회당을 다시 건립하였다. 그러나 해적들이 또다시 기독교를 믿는 주민들을 내쫓고 기독교 상인들을 납치하곤 했다. 11세기에 와서야 비로소 이 헬골란트 섬에 기독교가 지속적으로 세를 얻게 되었지만, 여타 섬보다 빠른 것은 아니었다.

독일의 개종과정에서 가장 끈질기게 저항했던 부족은 프리슬란트에 인접한 작센족이었다. 작센족의 경우 신망받는 귀족이 토착신앙의 교권을 장악하고 있었다. 이들은 게르만 신들의 의지를 강력하게 신봉하고 있었기 때문에 신들에게 묻기 전에는 어떤 일도 시도할 수 없었다. 그리고 일단 신들의 동의가 떨어지면 호전적인 군대가 가장 신성한 구역인 접경지역으로 집결했다. 그 지역 중 한 군데에는 이르민(Irmin) 94) 목탑(Irminssäule)의 거친 나무기둥이 높이 솟아 있었으며 아마도 신의 보좌(寶座)였을 에레스부르크(Eresburg)가 출병 대문으로 이용되었다.

그러나 이런 작센 이교도들의 훈육관으로 막강한 기독교인이 내정되어 있었는데, 그가 바로 프랑크 왕 칼 대제였다. 그는 두 번의 작센족 반란을 연거푸 진압했다 — 그러나 허사였다. 칼 대제는 또 782년에 알러 강변의 베르뎅(Verden) 95) 근처에서 넘겨받은 4천 명의 작센인 포로를 대량학살하였다 — 그래도 그들의 저항을 무너뜨리지 못했다! 결국 785년 비두킨트(Widukind) 96)는 아티그니(Attigny) 97)에

---

94) 게르만의 신으로, 만누스(Mannus)의 아들이며 게르만 부족인 헤르미노넨 (Herminonen) 부족 시조로 숭앙을 받았다. 작센족이 숭앙하던 신으로 그를 기리기 위해 나무기둥을 세웠는데, 그것이 '이르민 기둥'이다.

95) 현재 독일 니더작센 주에 있는 도시로 브레멘의 동남쪽에 위치한다.

96) 비테킨트(Wittekind)라고도 하며, 칼 대제에 대항해서 싸웠던 작센족 부족장이다. 777년 이래 몇 차례 저항했으나 785년에 굴복하여 세례를 받았다.

97) 프랑스 북동부 독일과의 경계지역에 위치한 도시이다.

있는 왕궁에서 세례를 받기 위해 몸을 숙였다. 787년 혹은 788년에 공표된 칼 대제의 종교령, 칼의 작센 칙령(*Karls Capitulatio de partibus Saxoniae*)은 마녀(핵세) 화장(火葬)이나 시체 화장, 교회 뜰이 아닌 야지에서 행하는 언덕 장례식, 우물 숭배와 나무 숭배, 인간제사 등에 대해 대단히 엄격한 징벌을 규정했다. 게르만인들의 거주구역인 '가우'를 순찰하는 왕의 감독관과 선교사들은 800년에 나온 서른 가지의 미신풍속을 적은 목록인 〈인디쿨루스〉(*Indiculus superstitionum*)[98]를 지참하고 있었다. 그들은 특히 작센 지역에서 목록에 주의해야 했다. 거기에 실린 내용은 모두 순수한 게르만 관습이었고 이방 참회 규례집에서 추출한 것이 아니었다.

우리는 여기에서 커다란 규모의 신앙형태가 처음으로 순수하게 드러나고 있음을 알게 된다. 그러니까 사자 제의와 사자 주술곡과 관련된 혼령신앙(다드시아스, *dadsias*), 우물과 숲을 숭배하는 것과 연관된 엘펜(Elfen) 신앙(니미다스, *nimidas*)이 가장 막강한 신들인 주피터와 메르쿠리우스, 즉 도나르 신과 보단 신에 대한 신앙과 합해지는 것이다. 또 (역병이 돌 때에는) 비상횃불에 불을 붙였고, (겨울을 몰아내기 위해) 갈기갈기 찢어진 옷과 구두를 신고 마을을 돌아다니는 이리아스(Yrias)를 행했으며 뿔과 조개에 입 바람을 불어넣음으로써 악천후를 몰아내었다.

위 문서와 거의 같은 시기에 제 3의 문건이 있다. 이 문건은 게르

---

98) 〈미신과 토착신앙 소목록〉〔*Indiculus superstitionum et paganiarum* ("*Kleines Verzeichnis des Aberglaubens und des Heidentums*")〕이라는 라틴어 제목의 약칭이다. 8세기 카롤링거 왕조 때 칼 대제가 밀어붙였던 작센족의 기독교화 작업을 위해 만들어진 소책자로 게르만-작센의 토착신앙 관습을 척결하려는 의도로 그런 관습을 정리해 놓은 문건이다. 30가지 제목이 들어 있는바, 여기에 대처하는 교회의 방식도 정리되어 있다.

만족의 일원인 오스트팔렌족의 세례서약인 듯한데, 이것에 따르면 새로이 세례를 받은 사람은 악마와 악마조직, 모든 종류의 악마도구와 악마언어, 그리고 투나에르(Thunaer), 보단, 작스노트 그리고 이런 신들과 동류가 되는 모든 악령과 절연할 것을 엄숙하게 맹세해야 했다. 99)

이 세 가지 문건은 총괄적으로 세 주요 게르만 신에 대한 타키투스의 언급을 확인시켜 준다. 이 문건들은 신화 속의 작은 신들을 예시함으로써 이에 대한 언급이 없는 타키투스의 정보를 보충해 주고 있다.

칼 대제와 그 후계자들의 규정이 작용했지만, 토착신앙은 외딴 늪지 등에서는 11세기까지 이어졌다. 당시 브레멘 대주교였던 운반(Unwan, 임직: 1013~1029) 100)은 신령한 임원의 나무들을 모두 벌목케 했다. 엘베 강 동쪽 지역의 홀슈타인 귀족들은 12세기에도 여전히 일부다처제를 유지하며 사순절을 무시하고 성직자들을 경멸했으며 민중들도 작은 숲과 우물을 숭배했다. 101)

게르만인들의 신들과 이방 기독교 신과의 투쟁이 수백 년 동안에 이뤄지는 과정에서 표면적인 개종이 이뤄지기도 했고 또 힘겨운 원상복귀가 많이 나타났다. 이런 과정은 독일 민족의 신앙변환이 마치 불현듯 깨달음이 왔던 다마스쿠스 사건102)처럼 급격히 이뤄진 것이 아

---

99) [원주] Taufgelöbniss u. Indiculus s. Leitzmann in Paul-Braune's Beiträgen 25, 567.

100) 함부르크-브레멘의 대주교였다. 우노누스(Unnonus)라고도 한다.

101) [원주] Über den Aberglauben der Sachsen zu Unwans u. Vizelins Zeit Adam v. Bremen2, 33. 46. 3, 55. Helmold Chron. Slav. I c. 47. S. Martins Teufelskampf b. Sulpicius Severus, Vita Martini c. 22.

102) 예수 추종자들을 체포하기 위해 다마스쿠스로 향하던 정통 유대교 사제인 사울이 길을 가던 중 눈이 멀고 그것이 치유되는 과정에서 예수를 만난 사건. 이후 사울은 바울로 이름을 바꾸게 된다.

니라, 생각과 정서가 정체되기도 하면서 대단히 느리게 이행되었음을 보여준다. 소수 게르만인들은 새로운 종교를 받아들여 새로운 삶을 시작했지만, 다수의 세례 게르만인들은 옛 토착신들과의 교류를 완벽하게 단절하지 않았다. 심지어 악령이론을 교육받으며 자라난 기독교 성직자들조차 게르만 토착신들의 존재를 부정하지 않았으며, 그들은 이 토착신들을 귀신 쫓기를 통해 맞서 싸워야 할 악마나 악령으로 간주했다.

하지만 민중들에게 이 토착신들은 상당한 기간 동안 친숙하고 묵은 친구들이었다. 민중들은 도시의 고매한 이방 신보다, 토착신들이 집 안이나 야외의 숲과 들판에서 바람이나 날씨에 더 막강한 영향력을 갖고 있다고 여겼다. 투르(Tour)의 성(聖) 마르틴 대주교[103]는 주피터, 메르쿠어, 비너스, 미네르바 등을 악마로 간주하여 이들과 격렬히 싸웠으며, 한참 뒤에 마르틴 루터[104]도 그와 흡사한 우악스러움으로 바르트부르크(Wartburg) 성에서 육화된 듯한 악마와 사투를 벌였다.

그러나 이런 일도 사실은 로마화된 켈트 지역에서나 일어난 일이었다. 우리는 방금 헤센 지역에서 기독교 성직자가 도나르의 제사를 겁내어 회피하지 않았다는 사실을 언급했다. 성(聖) 류드거(Liudger) 선교사는 헬골란트에서 토착신들이 높이 세워진 십자가 앞에서 마치 안개처럼 사라지는 것을 육안으로 목격했다. 민중들은 개종 이후에도 자기네 왕들이 이 토착신들이나 초월적인 정령들의 후손들이라는 생각을 갖고 있었다. 요르다네스[105]는 유명한 동고트족 왕가인 아말러

---

103) 성 마르틴 폰 투르(Martin von Tours: 316~397). 투르의 대주교였다.
104) 마르틴 루터(Martin Luther: 1483~1546). 독일의 종교개혁자이자 신학자이다. 면죄부 판매에 '95개조 논제'를 발표하여 교황에 맞섰으며 이는 종교개혁의 발단이 되었다. 신약성서를 독일어로 번역하여 독일어 통일에 공헌하였으며 새로운 교회 형성에 힘써 '루터파 교회'를 성립하였다.

(Amaler) 가문의 시조를 반신(半神)이라는 의미의 안세스(Anses)라 기록했다. 여러 앙겔작센 왕국의 지배자들은 자세히 서술된 족보에서 자신들을 보단의 후예로 주장하고 있으며106) 12세기에 살았던 프리드리히 바바로사(Friedrich Barbarossa)107)의 동시대인이었던 영국의 헨리 2세(Heinrich II)108)는 그때도 여전히 이런 유래설에 의존하고 있었다. 7세기경의 프랑크 왕국사에 따르면 메로빙거(Merowinger) 왕조109)의 시조인 메로베크(Merowech)는 악령의 소산이다. 그의 아버지는 게르만의 바다신 네프투누스의 황소로, 이 황소가 어느 날 갑자기 파도 가운데서 솟구쳐 나왔다는 것이다. 8세기경 랑고바르트족 출신의 수사인 파울루스 디아코누스110)는 유려한 필치로 보단 신이 마치 아비가 아들에게 하듯 비닐러족에게 "랑베르테"(Langbärte)111)라

---

105) 요르다네스(Jordanes: ?~552). 중세의 동(東) 고트 역사가. 발칸 지역 출신으로 추측. 역사 서술가가 되기 전 동로마제국 상류층과 교류하였으며 고위 장군의 비서로서도 활동하였다.

106) [원주] Anses Jordanes Getica c. 13. Wodan als Ahne b. Beda, Hist. eccles. 1, 15 vgl. Grimm DM. 3, 377. Ranke, Englische Geschichte I, 50. Merovech's Abstammung Hist. Franc. epitom. c. 9. ZfdA. 6, 432.

107) '바바로사'는 '붉은 수염'을 뜻하며 프리드리히 바바로사는 1152~1190년까지 재위했던 신성 로마제국의 프리드리히 1세의 별칭이다.

108) 영국의 헨리 2세(1135~1189)는 21세인 1154년에 왕위에 올랐으며 프랜타쥐니트(Plantagenet: 1154~1485) 왕가를 연 왕으로 당대의 강력한 유럽군주 중의 한 명이었다.

109) 메로빙거는 프랑크족의 1파(派)인 살리족의 부족장 메로비스의 이름에서 유래한다. 이 왕조는 481~751년 동안 유지되었다.

110) 파울루스 디아코누스(Paulus Diaconus: 725/730~797/798). 랑고바르트족 귀족 가문 출신으로 라트키스(Ratchis) 국왕 시절부터 궁정에서 양질의 교육을 받았다. 나중에 칼 대제 밑에서 프랑크 왕국의 학문발전에 기여하였고 《랑고바르트 역사》를 기술했다.

는 이름을 주었으며 동시에 승리의 은사(恩賜)를 주었다고 설명하고 있다.

기독교로 개종한 부족들이 토착신들을 자신들의 왕의 선조로 여기고 이 신들로부터 많은 은사를 받았다고 생각했다고 하지만, 이런 믿음이 남부 게르만인이 지닌 토착신앙을 고수하려는 주요 요인은 아니었다. 게르만 신들이 새로운 신의 이념, 기독교 신성에 맞설 수 없다는 것은 너무나 뻔했다. 당시 교회는 초기에 교회규범 중 가장 무거운 3가지 범죄인 살인, 간음, 우상숭배에 대해 신앙고백과 참회를 요구하였다. 이때 우상숭배와 관련해서 이 범죄가 꼭 중요한 게르만 토착신들만을 의미했던 것은 아니다. 오히려 그것은 매일 사람들 주위에서 놀며 장난치는 엘프신앙112)이나 여전히 감춰져 있는 것들과 교류하던 영혼숭배(Seelenglaube)를 겨냥한 것이었다.

그러나 평범한 게르만 남성들의 삶으로부터 이런 존재들에 대한 단순하고 열성적인 숭배를 쉽게 쫓아낼 수는 없었다. 새로운 계절이 시작될 때, 새로운 야지(野地) 작업이나 들판 작업, 산림 작업이 시작될 때마다 예부터 내려온 쾌활하고 왁자지껄한 축제 관습은 마치 들꽃처럼 소멸되지 않고 되살아나곤 했다. 이런 종류의 우상숭배에 대해서 기독교 성직자들도 그렇게 엄격한 징벌로 대응하지는 않았다.

---

111) '긴 수염의'(langbärtig)라는 독일어 어휘와도 연관된다.

112) 엘벤(Elben) 또는 알벤(Alben)이라고도 한다. 남녀 난쟁이로 초(超)자연력을 지니고 있다. 이 엘펜을 죽은 사람들의 영혼이 살아남아 있는 것으로 생각했던 듯하다. 또 집안 귀신이나 자연현상과 관련한 결심의 힘으로도 이해한 듯하다. 이들은 인간들에 대해서 호의를 베풀고 도움을 주는 이방으로 흔히 나타나지만, 인간들로부터 모욕을 당하면 사악해지고 해를 입힌다. 스노라 에다는 '밝은 엘펜'(Lichtelfen)과 '어두운 엘펜'(Schwarzelfen)을 구분한다. 전자는 천상에 살고 있고, 반면 후자는 땅속에 살고 있다고 상상했다. 나중에 자세히 다루게 된다.

오히려 숙명적 타협의 길이 열렸다. 엄격히 말하자면 오늘날에 이르기까지 이런 풍습은 가톨릭 성직자들에게도 남아 있다.

사실 많은 게르만 신앙관습이 교회의 보호 아래 오늘날까지 이어지고 있으며 심지어 교회 내부 깊은 곳에까지 침투되어 있다. 성직자들의 회의체인 시노데(Synode) 113) 결의문, 오래된 아일랜드 수사의 참회서, 그 이후의 앙겔작센과 프랑크족 출신 대주교의 참회서 그리고 왕들이 선포한 징계록 특히 칼 대제의 징계록, 당대 최고의 박학한 규범주의자였던 부르카르트 폰 보름스114)의 결정판 대참회서에 이르기까지 그 안에는 게르만 토착신앙을 퇴치시키려는 엄중함이 지배하고 있다. 115)

하지만 이런 엄격한 방침과 상반되는 온화하고 화해적 방침이 엇갈렸다. 600년경 대(大) 그레고르 교황116)이 멜리투스117) 수도원에 보낸 유명한 서신들 속에 이런 방침이 스며들어 있다. 그는 앙겔작센인들을 보다 용이하게 기독교로 개종시키려면 우상은 파괴할 것이지만, 예배당은 파괴하지 말고 거기에 성수(聖水)를 뿌리고 기독교 제단과

---

113) 12세기 이전 기독교 교회의 교육방침과 교회의 이해와 관련된 사항들을 논의하고 결의하는 성직자 협의체였다.

114) 부르카르트 폰 보름스(Burchart von Worms: 965~1025). 보름스의 대주교로 1000년부터 임직. 당시 독일의 교회법을 집성했다. 보름스는 독일 남서부 프랑스 접경지 그리고 라인 강 상류 강변에 위치한 고도(古都)로 쾰른, 트리어와 함께 역사가 가장 오랜 도시이다.

115) [원주] Über Burkhards Verhältniss zum sogen. Canon episcopi Rohde, Psyche S. 375.

116) [원주] Der Brief Gregors d. Gr. abgedruckt z. B. in Pfannenschmid, Germ. Erntefeste 531.

117) 멜리투스(Mellitus: ?~624). 수도원장을 지냈고, 619년 영국 런던의 캔터베리 대주교를 지냈다.

성유물(聖遺物)을 갖추라고 권면했다. 또 하나님께 봉헌된 통상적 장소에서 많은 사람들이 편안함을 느끼며 교회 주변에 오두막을 지어 그 안에서 예전에 제물로 규정되었던 쇠고기를 먹을 수 있도록 하라고 했다. 이것이 게르만 종교와 기독교가 혼합된 가장 오랜 교회봉헌의 모습이라니 놀랍지 않은가? 이 이후에 각 민족들이 독자적으로 고유의 관습이나 사고 체계를 포괄적 가톨릭교회의 의식(儀式)과 교리를 가능한 한 융합시키려는 시도들이 많이 이뤄졌다. 구체적으로는 축제들과 더불어 악령 숭배나 축복방법 그리고 서약방법 등이 이를 잘 보여준다.

게르만 토착신앙이 보호받고 용납되었건 아니면 배척당하고 위협당했건 상관없이 그것은 중세 초기에 갈리치엔(Gallizien)118)에 자리잡고 일찍이 기독교화된 수에브족119) 생활이나 로네탈(Rhonetal)120) 지역과 남부 프랑스의 부르군트족, 서고트족 그리고 프랑스 땅 프랑크족들의 생활을 휘감고 있었다. 이 점은 5, 6세기에 개최되었던 브라카라(Bracara),121) 아를(Arles),122) 옥세르(Auxerre)123)의 시노데가 분명히 단정한다. 이런 토착 게르만 종교관습에는 비게르만적 요소들이 함께 스며 있었다. 옛 미신이 도처에 확고하게 자리 잡고 있

---

118) 영문으로는 갈리치아(Galicia)라고 표기되며 동유럽 북부, 우크라이나 북서부에서 폴란드 남동부에 걸친 지방이다.
119) 라인 강 동부에 거주했던 게르만족 일파이다.
120) 지금의 스위스에 위치한 계곡이다.
121) 포르투갈의 도시 브라가(Braga)의 옛 이름. 로마 시대에 세워진 도시로 원명은 '브라카라 아우구스타'(Bracara Augusta). 1104년부터 주교관이 설치되었다.
122) 로마 시대 세워진 프랑스 남부도시. 지중해로부터 24㎞ 떨어져 있다.
123) 중부 프랑스 소재 도시. 13세기부터 대성당이 있었다.

었던 까닭에 어떤 한 규약이 다른 규약을 핵심적 오류로 규정하는 경우도 있었고 또 대부분 그럴 만한 이유가 있었다. 보름스의 부르카르트 대주교의 저작에 이르는 문헌들이 전하는 믿을 만한 정보를 조합하면 하나의 포괄적인 모습이 빚어지는데, 이것은 타키투스가 전했던 옛 종교의 모습에 대한 가장 최신의 유용한 보완이 된다.

게르만의 주요 세 신인 투나에르, 보단, 작스노트는 적어도 작센 지역에서는 우두머리 신들이었다. 미신목록인 〈인디쿨루스〉는 투나에르를 주피터로, 보단을 메르쿠어라고 말하면서 이 두 신의 날에 제물을 바치는 것을 금지시켰으며, 부르카르트는 목요일 제사를 금지시켰다. 이런 요일에 사람을 죽여 바치는 제사가 행해졌는데, 칼 대제는 이런 행위에 대해 사형의 징벌을 내렸다. 예배절차의 하나였던 윤무는 나중에 기독교 교회 안으로 스며들었을 것이다. 이 둘 혹은 세 신들과 더불어 라이헤나우(Reichenau)의 프리민(Primin) 주교와 후대 사제들은 베틀질을 하면서 불러대는 미네르바 여신을 주요 신으로 생각했다. 이 미네르바 여신 이름 부르기는 나중에 실을 뺄 때 홀다(Holda)나 베르타(Bertha)를 호명하는 풍습을 연상시킨다. 사람들은 미네르바 여신이 바람소리를 내며 하늘을 날아다니는 것을 들을 수 있었다. 부르카르트는, 이 미네르바처럼 여인네들이 야밤에 홀다나 프리가홀다(Frigaholda)와 더불어 하늘을 말 타고 달린다고 말했다.124) 세례 서약서에 게르만 신들의 동무들로 명명된 귀신들은 다시 (좋은) 귀신과 (나쁜) 귀신으로 나뉜다. 그런데 대부분의 게르만

---

124) [원주] Über die Umfahrten der Holda oder Bertha, die Bedes Herdklotzes, die Tische der Schicksalsschwestern, die Jagd der Hindin oder Kalbes. Bilfinger, das germanische Julfest (Stuttgart. Gymnasialprogramm 1901).

부족들은 나쁜 귀신들을 더 즐겨 숭배했던 것 같다. 또 사람들은 나이 먹은 고목(古木), 맑은 우물, 웅장한 바위나 갈림길 등에 제물을 바치고 식사를 하거나 불을 붙이거나 목제 모형 지체들을 걸기도 했다. 이런 제사나 맹세 같은 것들은 모두 분명히 다양한 엘펜(요정)과 관련된 것들이었다. 또 사람들은 자그마한 나뭇잎 오두막에서 경작지를 잘 지켜달라고 기도하고 경작지 위로 축복을 주는 그림들을 들고 돌았다. 또 부엌 조리대 위에서 불타는 나무 그루터기 위에 과일들과 포도주를 뿌렸다. 타고 남은 재에서 결실이 있으라고 기원한 것이었다.

사람들은 또 집터 둘레로 빙 둘러 고랑을 팠다. 아마 인도게르만 풍속에 따른 마녀 방지 방책이었을 것이다. 운명의 자매들과 집안 귀신들을 위해 음식과 음료를 갖춘 상을 차려주거나 장난감이나 신발을 내어 주었다. 새해를 맞으면 온 마을을 훑으며 시끌벅적한 소동을 벌이고 암사슴이나 암소를 뒤쫓는 사냥을 벌였다.[125] 2월 말경에는 문설주를 두들겨서 겨울과 함께 도롱뇽, 쥐, 좀나방을 쫓아냈다. 삭일(朔日)의 어둠은 대야나 솥을 두드리며, 우박은 나팔을 불어대며 내쫓았다. 아이가 열이 나거나 갓 태어나면 아궁이에 앉혀 놓고 끓는 솥에서 퍼낸 물을 끼얹고 동물들이 병에 걸리지 말라고 나무에 뚫린 구멍이나 동굴 사이로 끌고 지나갔다. 마법의 띠를 두르거나 목에 부적을 걸고 다녔으며 분명한 목표가 정해져 있지는 않았지만 나무막대기를 마찰해서 니트(Nied) 불(火)이나 노트(Nod) 불을 피웠다. 밤중

---

125) [원주] 1월 1일에 아이슬란드 동부 지역에서는 암소가죽으로 만든 옷을 뒤집어쓴 남자가 막대기를 맞아가며 집 둘레를 쫓겨 가며 돌았다. Calendis Januariis vestiuntur pellibus pecudum bei Du Cange vgl. Brand-Ellis, Popular Antiquities 1890, 1, 8.

에, 특히 새해 첫날 밤중에는 미래를 알아보기 위해 여인이 또는 허리춤에 칼을 차고 엄숙하게 차려 입은 남자가 지붕 위에 오르기도 한다. 또 같은 목적으로 밤중에 갈림길에 서 있기도 했다. 사람들은 새가 나는 모양이나 말의 히힝거림이나 재채기에 주의를 기울였고 남녀 마술사의 말에 귀를 기울였으며 마녀들이 날씨를 만들어 낸다고 믿었다. 또 약초즙을 마시거나 뿔잔을 사용할 때 또 여러 가지 이유로 마법의 주문을 외웠다. 망자(亡者)에 대한 존경을 표시할 때는 망자를 위한 긴 마법의 노래인 〈다트시아스〉(Dadsias)를 불렀고 야지의 외딴 곳에 있는 무덤가에서 음식을 풍성히 차린 제상을 벌였다. 여인이 산욕으로 사망하거나 아이들이 세례를 받지 않고 죽는 경우 다시 살아나지 않도록 시신에 말뚝을 박았다. 그러나 〈인디쿨루스〉에 의거하여, 선조들을 성자들과 더불어 신적 수호능력자처럼 존경했다.

　교회는 모든 축복과 주문을 관리하고 베푸는 주체였다. [126) 또 교회는 옛 토착신앙의 주술문과 마법 습속을 다소간 변형하여 수용했다. 교회 축복 기도문 중에 이런 변형된 것들이 어느 정도 차지하는지 충분히 검토되지는 않았다. 하지만, 오늘날에도 사용하는 근대 마법서적이나 순수 성직자의 문장에 또 성자들에게 바치는 기도문, 옛 이교도 기도문에도 섞여 있다. 성직자들은 신랑·신부나 처음 교회를 오는 임신부들, 환자, 집이나 분수, 빵과 소금에 축복기도를 내렸다. 교회의 축복기도는 경작지와 과수원을 보호하기 위한 것이었고, 전투가 있기 전에는 깃발과 칼에 대해 축복기도를 행했다. 부활절에

---

126) Über den Anteil der Kirche an der Entwicklung der Segensformelns. Schönbach, Analecta Graeciensia 1893 S. 2 u. Benedictionsformeln in Grimald, Liber sacrament. 112. 118. 120 ff. 125. Gerbert, Monumenta veteris liturgiae Alamannicae II 110 ff. 125. 132 ff. vgl. Hauck a. a. O. 1, 69 off.

는 악천후를 방지한다는 뜻에서 제단에 돼지 비곗살과 빵, 계란과 치즈 등을 갖다 놓았다. 예수 승천일에는 축복기도의 뜻으로 곡식의 줄기를 잘라 제단 주변에 늘어놓았다. 성 야곱(Jakobus) 절[127]에는 과일을, 성 식스트(Sixt) 절[128]에는 포도를 그렇게 했다.

747년 캔터베리 대주교 커스버트(Cuthbert)가 소집한 클로비스회(Cloveshoe)[129]의 시노데 기록[130]에 따르면, 승천일 전 사흘 동안에 예로부터 로마에서 행해지던 신부·신도의 교행 기도행사인 리타나이(Litanei)가 있었다. 이때 여러 가지 놀이, 기마경주, 연회 등이 더불어 행해졌으며, 성자들 유물들이 전시되었다고 한다. 이런 관행은 옛 토착신앙의 마루 여신인 네르투스가 돌아다닐 때 행했던 것과 흡사하다. 기독교, 로마 종교, 게르만 종교가 많은 관행들 안으로 스며들었던 것이다.

여러 수준의 게르만 토착신앙들이 라틴어로 기록되어 있다. 그중에서 〈고대 독일어 앙겔작센 축사와 주문〉(Altdeutscher und angel-sä

---

127) 예수 열두 제자 중의 하나로 세배대의 아들이며 요한의 형이다. 해롯 아그리피나 1세가 주후 44년에 처형했다. 열두 제자 중 최초의 순교자이다. 이를 기념하는 날이 성 야곱절(7월 25일)이다.

128) 식스투스(Sixtus)라고도 하며, 로마인으로 베드로의 제자이며 프랑스의 렝스에 교회를 세운 성자이고 67년 9월 1일 사망한 것으로 전해지지만 이는 허구일 가능성이 높고, 실제로는 3세기에 활동(260년 사망)했던 렝스의 대주교이다.

129) Clovesho, Clofeshoch, Clofeshoas 등으로도 표기되는데 이는 지금 영국의 서남부 해안의 한곳을 나타내는 옛 지명이다. 여기에서 724~825년 사이에 모두 7번의 공의회가 열렸다. 여기에는 주교, 수도원장뿐만 아니라 왕과 그 신하들도 참여하였고, 교회 관련 일들이 결정되었다. 결정사항에 대해서는 왕들이 동의를 표했다.

130) Cloveshoes. Pfannenschmid. German. Erntefeste 53. Brand-Ellis Popular Antiquities 1, 1890, 203.

chsischer Segen und Zaubersprüche) 이라는 십여 편의 글은 최초의 것으로, 이 문장은 우리에게 태고 시절의 가슴 소리, 순수한 게르만 음성을 들려준다. 이 문장들은 아주 특이하게 구성되어 있다. 즉, 주문이 맨 처음 효과를 발휘했던 상황을 서사체로 표현하고, 그 다음에 비로소 실제 주문이 나타나는 식이다. 가장 오래된 두 편의 주문은 발견된 지명을 따라 〈메르세부르크 주문〉(*Merseburger Zaubersprüche*) 이라 불린다. 131)

---

131) [원주] 메르세부르크(Merseburger)의 주술문이 독일 고대어로 그림의 책 속에 전해져 오는데 이는 다음과 같다(Grimm, D. M. 4 2, 1030 참조).

Phol ende Uuodan
dû uuart demo Balderes volon
thû biguolen Sinthgunt,
thû biguolen Frîa,
thû biguolen Uuodan,
sôse bênrenki,
 sôse lidirenki:
bên zi bena,
lid zi geliden,

vuorun zi holza.
sîn vuoz birenkit.
Sunnâ era suister,
Vollâ erâ suister,
sô hê uuola conda,
sôse bluotrenki,

bluot zi bluoda,
sôse gelîmidâ sîn.

이를 옮기면 다음과 같다.

폴과 보단이 말을 타고
거기에서 발더의 말발굽이
그때 진드군트와 그녀의 여동생 순나가
프리아와 그녀의 여동생 볼라가
보단이 늘 그렇듯이
다리뼈 탈구와, 피의 방출과,

다리뼈와 다리뼈가, 피와 피가

숲으로 갔다.
삐어 버렸다.
주문을 읊고
주문을 읊으니,
주문을 읊으니,
사지(四肢)가 흩어짐이
있더니,
사지가 사지와 함께
접합이 될 것이라.

10세기경에 쓰인 이 주문은 운문시이지만, 두음률을 엄격히 지키지 않았으며, 곧잘 미사경전 앞에 놓여 있는 것이 특이한 점이었다. 첫 번째 주문은 전쟁포로로 잡혔던 자의 이야기이다. 전쟁터 여신들인, 3명의 이디시(Idisi)가 내려와 그중 한 명은 아군 뒤에서 적군을 포박하고, 또 한 명은 적군을 향하여 돌진하고, 나머지 한 명은 적군들 뒤에서 포로인 자기를 풀어주며, "그 밧줄을 풀어헤치고, 적군들로부터 도망쳐라!"라고 외친다는 내용이다. 두 번째 주문은 마비증세를 일으킨 말에 대해서 행한 것이었다. 이 글에 따르면, 폴(Phol)[132] 과 보단이 말을 타고 숲을 달릴 때 폴의 말의 다리가 삐게 된다. 그러자 4명의 여신 진트군트(Sinthgunt)와 준나(Sunna), 프리아(Fria), 볼라(Volla) 그리고 맨 나중에 마법에 능통한 보단이 나타나 옛 인도 게르만 주문을 외워 성공적으로 치료한다.

비슷한 때 쓰인 〈앙겔작센 주술 노래〉(*Angelsächsische Zauberlieder*)도 있다. 이 주술 노래에는 산문체의 상세한 설명문이 달려 있다. 한 곡은 승리의 여신에게 숲으로 날아가지 말고 땅으로 내려와 달라고 청원하는 내용이다. 다른 노래의 내용은 다음과 같다. 즉, 막강한 요녀들, 즉 마녀들이 말을 타고 산 너머로 가서 창과 신들과 엘펜, 마녀들의 화살들을 쌩 소리가 나게 쏘았다. 이 무기들이 마법사 몸에 박혀 마법사를 병들게 하였다. 이 마법사는 그 전에 자신을 위협한 마녀들을 향해 단검을 던진 적이 있었던 것이다.[133] 그는 이제 마녀

이디시스 주문과 승리의 여신 주문은 이 책 제2권 76쪽에 쓰여 있고, 고대 독일어 원문은 그림(Grimm)의 책 참조(Grimms D. M. 4 2, 1039. I, 358. vgl. Cockayne, Leechdoms 1, 384).

132) '발더'의 별칭이다.

133) [원주] J. 1675 Alemannia 17, 342.에 실려 있는 축문은 마녀들의 화살 (*Faerstice* 또는 *Milzstiche*(?)) — 이런 마녀의 화살을 막는 주문(Cockayne,

들이 쏜 화살이 녹게 해 달라고 기도하고, 이 마녀들이 숲으로 도망가게 해 달라고 기도한다. 신이여 도우소서!

교회는 또 토착신앙의 주문을 기독교의 악마 축출문과 융합시키는 데 주저하지 않았다. 예컨대 교회는 즐겨 옛 독일의 방법을 이용하여 데몬을 바다 속으로 몰아넣었다. 동물을 저주하거나 파문하는 주문134)은 12세기 이후에 존재했던 것으로 알려졌지만, 이런 주문은 중세 초기 그러니까 5세기경에 이미 준비되었을 가능성이 있다. 왜냐하면 이런 주문은 인간에게 해가 되는 동물 안에 인간 혼령이나 데몬이 살고 있다는 것을 전제하기 때문인데, 이 책 2장에서 밝힐 터이지만 게르만 토착신앙은 바로 이런 혼령과 악령의 존재를 믿고 있었다.

1000년경에 씌어진 〈앙겔작센 농토 속죄문〉(*Die große angelsächsische Ackerbuße*)은 악령 때문에 불모지가 된 땅을 다시 비옥하게 만들기 위해 마련된 주문이다. 이 주문은 게르만 토착신앙과 기독교 신앙 관념이 혼합된 양상을 보여주는 최초의 포괄적 범례이다. 여기에서 교회는 인도게르만족들에게 공통적이었던, 첫 쟁기질에 축복을 내리는 토착신앙 관행을 인정한다. 이는 교회가 인도게르만 민족의 기독교화에 부분적으로만 성공했기 때문이었다.

"게알도르"(*gealdor*) 135) 주문에는 에르케(Erke)와 폴데(Folde)(토착

Leechdoms 3, 54에 들어 있음)은 약간 다르기도 하지만 ─을 막는 또 다른 주문과 친족관계에 있는 듯하다.

134) [원주] Tiermaledictionen: v. Amira, Tierstrafen u. Tierprocesse (Mittheil. d. Instituts f. oesterreichische Geschichtsforschung 12, 1891, 529. 560 ff.) vgl. Mannhardt, Germ. Mythen S. 368. ─Der ags. Neunkrautersegen b. Hoops, Altengl. Pflanzennamen S. 55.

135) 게알도르(*gealdor*)는 갈스터(*galster*)의 고대 영어 표기이다. 오늘날 특별한 종류의 마법을 의미하지만, 게르만 신화 틀 안에서 이것은 보단이 행하는 마법이다.

여신들?)와 더불어 하나님과 마리아라는 말이 함께 들어 있었다. 인 도게르만족의 신앙적 경농시(耕農詩)에 스민 향기가 기독교 교회의 봉헌 향료, 봉헌 기도문과 서로 섞이는 것이다. 새로 처방받은 약초 로 만든 연고를 환자에게 바르기 전에 이 약초에 대해 3번 축복하는 기도를 행하였는데, 이런 축복기도는 순수한 앙겔작센 색채에 흠뻑 젖어 있었으며, 그렇다고 해도 거기에 배인 로마의 학식과 기독교적 영향을 부정할 수 없다.

이런 종교융합이 독일 문학이나 영국 문학에 광범위하게 이뤄진 것 은 아니었다. 하지만 개별적인 토착신앙의 특징들이 기독교 서사에 스며든 것과 마찬가지로 게르만 영웅문학의 이야기와 신화에도 많은 기독교 요소가 녹아 들어갔다. 앙겔작센의 〈베어울프〉 신화136)의 화 술에는 비영웅적인, 연성(軟性)의 정서가 관통하고 있다. 이 점은 이 신화에 기독교가 영향을 끼치고 있음을 극명히 보여주는 대목이다. 반대로 830년에 쓰인 옛 앙겔작센 메시아데(Messiade)137)인 〈헬리안 트〉(Heliand)에는 그리스도와 독일적 지혜를 지닌 제자가 서로 가까워 진다. 천국과 복음의 천사 언저리에 독일적인 향내가 느껴지고, 하나 님의 녹색 목초지로부터 깃털로 만든 풍성한 옷을 입은 천사가 펄럭이 며 내려온다.

운명은 고대 토착어로 '부르드'(Wurd)이며 〈메토도 기스카푸〉 (Metodo Giscapu)는 미사 드리는 신도들의 결의문을 뜻한다. 1200년

---

136) 내용적으로 한 부족장이었던 베어울프의 생애를 다룬다. 그는 덴마크 왕궁 에서 괴물 그렌델과 그의 흉측한 어미를 척결하였으나 불 뿜는 공룡과의 치 열한 싸움 끝에 죽는다. 게르만 영웅 서사시는 영웅의 슬픔을 애도하고 장 례과정을 기술하며 그 다음 영웅을 칭송하는 형식을 취하는데, 바로 이 베 어울프는 그런 게르만 영웅의 원형이다.
137) 메시아를 주인공으로 한 문학작품을 말한다.

경에 모든 기독교 찬송가와 성인전(聖人傳), 내밀하고 우아한 민네(Minne)[138]가요와 세련되고 의미심장한 기사(騎士) 서사시가 고대 영웅 서사시의 거칠고 폭력적이며 토착신앙적 열정에 근거한 〈니벨룽겐의 노래〉를 압도하였다. 한때 중요한 테마였던 공룡과의 싸움은 별로 인상적이지 못한 주변적인 모티브로 위축되었고, 거인이나 난쟁이도 뒷전으로 밀려났으며 브룬힐트도 발퀴레(Walküre)[139]의 광휘(光輝)를 상실했지만, 토착신앙적인 피의 복수는 끔찍스러운 삶과 함께 전체를 순간적으로 움찔하게 만든다.

가장 아름다운 시편은 신선함 자체인 토착신앙의 자연감정을 뿜어낸다. 이 시편에서 두 명의 이디시[140]가 등장한다. 분노를 품은 하겐(Hagen)이 도나우 강가에서 이디시들이 물결 위를 떠다니다가 정적에 잠긴 숲 속 샘에 들어가 몸을 식히는 모습을 몰래 지켜본다. 한 이디시가 하겐이 가져간 자신 옷을 되찾으려고 부르군트족이 당당하게 에첼(Etzel)[141]의 땅으로 말을 타고 들어가게 될 것이라고 간사하게 말한다. 그러자 다른 이디시가 "당신들 모두 손에 죽음을 달고 있다"라고 더 진실한 말을 들려준 뒤 되찾은 옷을 갖고 날아가 버린다. 중세 시대에 마지막으로 나타났던 토착 독일문학이다! 우리는 그러나 더 풍성하고 더 완전하며 보다 풍성한 독일 토착신앙 문학들을 북부 게르만 지역에서 찾게 될 것이다.

---

138) 원래 '사랑'을 뜻했다. 처음에는 자매간의 사랑, 신에 대한 사랑을 뜻했지만, 중세 때 특별히 상호적인 사회관계, 존경을 뜻했다. 나중에는 에로틱한 관계를 지칭하기도 했다.

139) 게르만 신화에 등장하는 전쟁터의 요정, 죽은 영웅의 혼령들을 수습하여 천상세계인 발할(Walhall)로 안내한다.

140) 게르만 신화의 요정. 〈메르세부르크 주문〉에 나온다.

141) 〈니벨룽겐의 노래〉에 등장하는 인물로 크림힐트의 두 번째 남편이다.

3. 800∼1300년 사이 북부 게르만 개종시대 기록들

대략 800년 전후 마지막으로 프리슬란트와 작센의 개종으로 독일인들의 개종은 어느 정도 완료되었다. 그러자 기독교 선교사들은 그때까지 전혀 알려져 있지 않던 새로운 게르만 이방지대에 관심을 갖게 되었다. 덴마크의 밤나무 밀림지대, 스웨덴의 호수가 많은 늪지대 그리고 깊게 굴곡진 노르웨이의 피오르드 암벽 해안 지역에는 태고시절부터 게르만 농부와 뱃사람들이 거주하고 있었다. 이들은 일찍이 대담한 항해술로 동해와 북해(Nordsee)를 장악하고 있었다. 800년경에 이들 바이킹족들은 배로 떼를 지어 중부 유럽의 문명국들을 침입하기 시작했다.

이때부터 이들은 역사의 조명 속으로 들어왔다. 그 이전의 순수한 야만시대에 대해서는 알려진 바가 아무것도 없다. 루네 문자 비명(碑銘)[142]들조차 가장 오래된 것이 브리튼인들과 접촉한 후에야 나타났던 것으로, 이런 비명들이 북구 토착신앙에 대해 전하는 내용도 빈약하기 짝이 없다. 이들 묘석에서 우리는 내세에 대한 희망 따위는 읽어낼 수 없고, 다만 글자를 새긴 사람과 묻힌 사람의 이름 정도만 확인할 수 있을 뿐이다.

어떤 묘석들에는 천둥의 신인 토르(Thor)의 망치를 새겨 넣거나 "토르가 축복한 루네", "토르가 축복한 언덕"의 글귀가 새겨져 있으며 아우크스부르크(Augsburg) 부근 노르덴도르프(Nordendorf)에서 발견된 독일의 황금 버클에 "토나르여, 축복을"이라는 글귀가 새겨져 있

---

142) [원주] 토르 축문과 관련한 루네 문자 비명에 대해서는 Sophus Müller, NordischeAltertumskunde 2, 281, den Jellingestein 2, 248.

앙겔작센족의 루네 문자 배열

는데, 이런 것들은 모두 토르의 가호를 구하는 것들이다. 목걸이에 걸린 기독교 십자가들처럼 소형 은제(銀製) 토르 망치는 곧잘 발견된 다. 덴마크 왕 하랄드 블레탄드(Harald Blätand)[143]는 9세기경에 위트란트(Jütland) 반도의 옐링(Jelling) 부근에 부모님인 고름(Gorm)과 티라(Thyra)를 기리는 묘석을 세운 바 있다. 여기에서 그는 자신이 덴마크와 노르웨이를 모두 장악하였으며 덴마크인들을 모두 기독교로 개종시킨 점을 자랑했다. 이 비석에는 예수가 장식 링이 감싼 한 팔을 마치 십자가처럼 활짝 펴고 있는 모습이 나타나 있다. 북부게르만족의 경우에도 토착 조각술이 오래 유지되지 못했던 것이다!

북구 문학작품들은 훨씬 나중에 문자로 기록되었지만, 토착신앙 시대나 개종시대, 즉 10세기와 11세기에 일부분이 문자로 정착했다. 그 이후에 구전을 통해 어느 정도 순수한 형태로 보존되었다. 고대

---

143) 노(老) 고름의 아들로 945년부터 덴마크 왕으로 재위했다. 960년 세례를 받았으며 노르웨이 일부를 통치했다. 오토 2세에 의해 제압당하였으며 아들 스벤트(Svend)에 의해 축출당했다.

북구 문학은 세 그룹으로 나뉘어져 있다. 즉, 아일랜드 전설, 노르웨이 · 아일랜드의 스칼데(*Skalde*)[144] 문학, 삭소 그람마티쿠스[145]의 덴마크 역사기록이 그것이다. 그런데 놀랍게도 이런 문학작품들로부터 토착신앙의 몰락 과정의 통일된 모습을 찾아보기 어렵다. 그러나 이런 놀라움은 북방세계의 역사적 발전과정을 살펴보면 곧 해소된다.

북방 게르만인들이 세계사에 막강한 모습을 드러내기 전까지 이들의 토착신앙은 핵심적 면에서 독일의 토착신앙과 비슷했다. 그러나 동일한 것은 아니었다. 특히 리제(*Riese*) 신화에서 드러나는 바이지만 북방 토착신앙은 독일의 그것에 비해 훨씬 거칠고 웅대한 속성을 지녔으며 거대한 바위 밑 한가운데와 바다 위에서 거대한 양상으로 성장했던 것이다. 그 지역 풍광은 음침하고 냉랭한 속성과 웃음을 머금은 듯한 상냥함의 대립양상을 보인다. 이런 대립양상이 저승의 지하세계 속성과 천국 속성의 대립양상으로 상승되었는지도 모른다. 그리고 스칸디나비아인들은 독일인들에 비해 기독교가 들어와 토착신앙 체계를 무너뜨릴 때까지 5백 년을 더 토착신들의 세계를 보다 정교하게, 또 개인 차원에서 가꾸어 나갈 수 있었다. 덴마크에서는

---

144) 중세 스칸디나비아 지역의 궁정문인들을 지칭한다.

145) 삭소 그람마티쿠스(Saxo Grammaticus: 1140~약 1220). 덴마크의 역사가. 아마도 대주교 압살론 폰 룬트(Absalon von Lund)의 비서나 보좌신부로 추측된다. 그는 덴마크 민중사 《덴마크인들의 행위》(*Gesta Danorum*)를 1200년 직후 완성했다. 라틴어로 쓰인 《덴마크인들의 행위》는 16권으로 구성되어 있으며 신화적인 왕 단(Dan)부터 1185년까지의 덴마크 초기 역사를 다룬다. 첫 9권은 주로 신화, 전설, 옛 노래와 시 그리고 암레트(햄릿) 왕자 이야기를 담았으며 나머지 7권은 주로 삭소 시대의 왕에 이르기까지 여러 왕들의 행적을 적었다. 특히 삭소는 대주교 압살론을 칭송했다. 《덴마크인들의 행위》는 역사적 신뢰성에 있어 문제가 있지만 초·중기 중세 덴마크에 대한 가치 있는 원전이다.

독일의 보단 신에 해당하는 오딘(Odin) 신이, 노르웨이와 아일랜드
에서는 독일의 투나르(Thunar) 신에 해당되는 토르 신이, 스웨덴에서
는 독일인들이 잘 모르는 프레이(르)〔Frey(r)〕146) 신이 지배력을 갖고
있었다. 북유럽에서 여신으로는 프리그(Frigg)와 프레이야(Freyja)
147)가 지배력을 가졌으나 실상은 동일한 여신이었다.

북유럽 부족들이 세계사에 편입된 계기가 된 3가지 큰 사건 때문에
북방 신화도 새로운 길로 접어들게 되었다. 즉, 북방 부족들이 북해
를 둘러싼 반지 모양의 땅을 정복했는데, 이를 계기로 북방 신화는
아일랜드와 영국에서 현지 토착 이방 신화, 전설 및 문학과 접촉하게
되었으며 그중에서 많은 부분을 자체 오랜 신화 체계로 수용했다.
900년경 하랄드 쇤하르148) 왕조는 노르웨이 군소 영주들을 모조리
제압하며 위풍당당한 모습을 드러냈다. 이 왕조는 엄격하게 교육받
은 뛰어난 음유시인들인 스칼데를 궁정에 포진시켰다. 이들은 옛 민
중신앙의 범위를 점차 넓히며 자유롭고 정제된 시문학으로 변화시켜
놓았다. 그리고 북방 토착신앙은 9세기가 지나는 동안 기독교 공격을
받기 시작하였고, 10세기경에 이미 제압당하거나 음지로 수줍게 물
러나고 말았다.

---

146) 프레이르(Freyr)라 쓰기도 한다. 게르만 신화에서 바네족 출신의 결실과 풍
  작의 신이다. 뇨르드(Njörd)와 네르투스 사이에서 태어난 것으로 되어 있
  다. 또 여동생 프레이야와 결혼하여 아들 피욜니르(Fjölnir)를 낳았는데, 이
  피욜니르가 스웨덴의 전설적인 왕이다.
147) 북구 신화에서 가장 유명한 사랑의 여신이며, 비니르 신족에 속하고 뇨르드
  의 딸이자 프레이의 여동생이다.
148) 하랄드 쇤하르(Harald Schönhaar: 대략 852~933)는 9세기경 노르웨이 해
  안 대분을 장악했던 왕조의 초대 왕이다. 이 왕조는 노르웨이 군소 영주들
  을 모조리 제압하며 위풍당당한 모습을 드러냈다. 이 왕조는 엄격하게 교육
  받은 뛰어난 음유시인들인 스칼데를 궁정에 포진시켰다.

전설〔사가(*Saga*) 또는 쇠구르(*Sögur*) [149] 라고 함〕 중에서 중요한 것
으로는 고대 북방지역 전설인 〈포르날다르 쇠구르 노르트란다〉
(*Fornaldarsögur Nordrlanda*) [150] 와 부족 전설인 〈아에타르 쇠구르〉
(*Aettarsögur*) 가 있다. 부족 전설은 하랄드 쇤하르 왕조 이전 북방 왕
족들의 전설로 대부분 1000년 전후 아이슬란드 가문의 운명에 대한
이야기를 담는다. 이 두 전설이 글로 기록된 것은 1200년과 1500년
사이의 일이었다.

고대 노래에서부터 얻어낸 옛 북방전설은 영웅적인 아들이 아버지
의 죽음을 복수하는 것으로 시작하고, 이어 사랑을 쟁취하기 위한 모
험을 떠나게 되며 결국 그가 죽음을 맞이함으로써 중심사건이 마무리
된다. 오직 오딘 신만이 초자연적인 존재로 등장하여 그가 사랑하는
인간 부족을 목적지까지 안내해준다. 우리가 통상 〈니벨룽겐 전설〉이
라고 말하는 〈뵐숭가 전설〉(*Völsungasaga*) [151] 은 가장 웅장한 전설의
예가 된다. 북유럽 바이킹의 삶은 끊임없이 이어지는 광포한 원정의
연속이었다. 이것은 일종의 죽음과의 유희였던 것인데 이것이 북유럽
왕들의 이상형이었다. 인간의 전쟁터뿐만 아니라 두 사람 사이의 결
투에서 죽음을 맞이하는 것이 비단 인간 영웅뿐만 아니라 거신(巨神)
족인 리제도 마찬가지이다. 전설은 시간이 흐름에 따라 점차 민담(民

---

149) [원주] Sögur: Finnur Jónsson, den oldnorske og oldislandske Littera-
   turshistorie 2, 1, 187. R. Meißner, die Strengleikar S. 6. Heinzel in
   d. Sitzungsber. d. Wiener Akad. 1880, S. 107.

150) [원주] Charakteristik der Fornaldarsögur Olrik, Kilderne til Saxe's
   Oldhistorie 1, 7.

151) 대개 1260년경에 이미 존재했던 것으로 추정된다. 고대 북방 영웅전설 중에
   서 가장 규모가 큰 전설이다. 니벨룽겐 소재를 이야기하며 《에다》 가사 중
   많은 시연을 포함한다. 리하르트 바그너의 〈니벨룽겐 반지〉의 원전이다.

譚, *Märchen*)으로 바뀌었고 사랑의 모티브가 강화되면서 민담은 소설이 되었다. 〈프릿터호프 전설〉(*Fridthiofssage*) 152)이 바로 그런 예이다. 그러나 이 전설에도 드문드문 신화적 요소가 들어가 있다. 주인공은 청년시절을 한때 리제들 사이에서 보낸다. 그때 그는 자신의 힘과 강력함에 대해 자신을 가졌지만, 훨씬 높은 수준의 위력 앞에 속절없이 무너지는 체험을 한다. 가장 늦게 나타난 영웅전설은 이른바 "거짓말 전설"로, 인도의 온갖 괴물들이 우리 눈앞에 펼쳐진다.

훨씬 중요한 전설이 아이슬란드의 〈가문(家門) 전설〉(*Familiensage*)이다. 이 전설은 이방의 영향을 훨씬 덜 받은 전설로 선조들의 이야기이다. 사람들은 이런 이야기를 나누면서 고적한 농장에서 기나긴 겨울밤을 지낼 수 있었다. 이런 가문 전설들이 결혼식이나 상속을 위한 연회, 화창한 여름밤 대규모 민중총회인 알팅(*Althing*)에서 많은 회중들을 즐겁게 하기 위해 펼쳐짐에 따라 서서히 하나의 예술작품으로 여물어갔다.

아이슬란드 전체 전설 중에서 돋보이는 이런 씨족 전설은 대개 개종이 이뤄진 1000년 언저리, 그러니까 아주 중요한 시대 전환기를 중심으로 하고 있으며 제1대 거주민들과 그들의 씨족들에 관한 이야기들이다. 이때 고대 영웅문학의 죽음 모티브가 이런 가문전설의 기본 특성으로 반복되어 나타났고, 한 세대에서 다음 세대로 입으로 전달되면서 쇠구르, 즉 전설은 거의 대부분이 기독교 사제들에 의해 각색되고 변용되었다. 이 사제들은 이방인들이 아니라 현지 귀족 출신이

---

152) 〈프릿터호프 전설〉(*Fridthiofsaga* 혹은 *Frithjofsaga*)은 1300년경에 기록된 고대 북방전설. 포르날다르 쇠구르(*Fornaldar sögur*)에 속하는 전설로서 프릿터호프라는 영웅과 잉게보르크라는 아리따운 공주 사이의 사랑 이야기이다. 두 연인은 중간의 혼란을 겪고 나서야 비로소 서로 만나게 된다(Otto Holzapfel, Lexikon der Abendländischen Mythologie, Freiburg 1993).

었다. 때문에 토속신앙과 풍속을 다루는 데 놀라울 정도의 객관성을 지니고 있었고 또 전설이 지닌 수많은 독특한 속성을 잘 이해했다. 이것은 오랫동안 수련을 통해 얻을 수 있는 표현예술이었다. 이런 상세한 내용을 담은 산문 역사소설은 토착신들의 몰락과정을 배경으로 한 격정적이고 폭력적인 선조(先祖)시대 모습을 그려낸다. 이런 시대상은 《란트남복》(Landnambok) 153)과 《하임스크링글라》(Heimskringla)에 의해 다른 각도에서 조명될 수도 있는데, 전자는 아이슬란드 합병에 관한 책이며 후자는 13세기경 스노레 스툴루손154)이 쓴 세계 순환론으로 고대 노르웨이 왕의 연대기를 포함한다.

　9세기의 4/4분기 무렵 북방인들 특히 귀족 가문의 사람들은 노르웨이에서는 하랄드 쇤하르의 압박을, 그리고 아일랜드에서는 켈트족의 위협에 밀려 멀리 있는 아이슬란드로 옮겨갔다. 고향 땅을 떠날

---

153) Hjörleif Landnamabok S. 33 ff. Auđr, Unnr s. Landnamab. S. 36. Laxdaelasaga c. 7(Kålund S. 15).

154) 스노레 스툴루손(Snorre Sturluson: 1179~1241), 아이슬란드의 연대기 작가, 정치가. 중세 중요한 사학자 중의 한 사람이다. 서부 아이슬란드 호족인 스툴룽가(Sturlunga) 가문 출신으로 흐밤(Hvamm)에서 태어났다. 오디(Oddi)에서 성장하여 법률, 문학을 공부했으며 결혼을 통해 막대한 재산을 얻게 되었고 자신의 영지인 레이캬홀트(Reykjaholt)에서 안락한 생활을 즐겼다. 강력한 수장(首長)으로 아이슬란드 자유국가의 최고관직인 입법위원에 세 번이나 선출되어 알팅을 실제적으로 대표했다. 아이슬란드와 노르웨이의 권력투쟁과 정치적 음모에 얽혀들어 아이슬란드를 장악하기 위해 아이슬란드 내 가문 간의 갈등을 이용하려 한 노르웨이 왕 하콘(Hakon) 4세와 불화를 빚었다. 결국 하콘 왕의 교사에 의해 암살당하고 말았다. 그가 쓴 두 저서 《하임스크링글라》(1220~1235)와 《에다》(1222)는 스노레를 역사가와 문학가의 자리에 굳건하게 자리매김하게 했다. 앞의 책은 1177년까지의 노르웨이 왕의 역사이며 대가적인 문체와 신빙성 때문에 높은 평가를 받는다. 두 번째 책은 신들의 이야기를 모았으며 동시에 스칼데 문학(아이슬란드 문학)의 신화학적·운율학적 교과서로 평가된다.

때 족장은 그들이 숭앙하는 가장 강력한 신인 토르의 신전인 "호프"(Hof)로부터 들보를 떼어 내어 신전의 흙과 가문 우두머리가 앉는 영예의 상좌(上座)와 함께 배에 실었다. 8일간의 뱃길을 거친 후 아이슬란드 해안이 시야에 들어오는 순간, 족장은 토르 신상이 장식으로 새겨진 의자 버팀목들을 배 난간 너머 바다 위에 던졌다. 이 버팀목들이 흘러간 곳에 신은 새로운 터전을 점지해 주었다. 족장은 말, 소, 양을 먹일 목초지를 가능한 많이 확보하기 위하여 횃불을 들고 둥글게 돌았다. 이제 그것이 자신의 소유지였다. 가옥과 일터 건물과 더불어 새로운 신당(神堂, '호프')을 건립하고 그 안에서 사제, 재판관 및 입법자를 겸하는 고데(Gode)로서 업무를 보기 시작했다. 또 이 신당을 친구나 이웃이 이용하는 대가로 일정한 세금을 징수했다. 930년 이런 고데 공동체 39개로 아이슬란드 자유국가가 구성되었다.

그러나 이 나라 토착신앙의 토대는 곧 위협받게 되었다. 새로운 영토 개척자들 중에는 자유로운 사고를 지닌 인물들이 존재했기 때문이었다. 그들은 신들의 힘에 의존하기보다는 자신의 힘을 신뢰했다. 히웰라이프(Hjörleif)라는 인물은 아이슬란드를 발견한 잉골프(Ingolf)의 배다른 형제였다. 그는 자신의 하인에게 살해당했는데, 그 순간 잉골프는 "신들을 경배하지 않은 자에게는 이런 일이 일어난다!"라고 소리 질렀다.

초기 개척기에는 별종이긴 하지만 기독교인들도 섞여 있었다. 아일랜드 왕 캬르발(Kjarval)의 손자인 헬기(Helgi)는 기독교도였지만 전쟁 전이나 항해를 하기 전 토르에게 제사를 드렸다. 부유한 기독교 신자였던 아우드르(Audr)는 그 후손들이 다시 토착신앙으로 되돌아온 다음에 여신으로 추앙받아 제사의 대상이 되었다. 피로 얼룩진 비가슈티르(Vigastyrr)는 자신의 생각이 바뀌지는 않았지만 교회를 세웠다. 교회를 세운 사람은 그 안에 좌석이 많을수록, 그의 천당 좌석을 그만큼 많이 확보할 수 있다는 생각에서였다.

1000년이 되어서야 비로소 전반적인 시다스키프티(*sidaskipti*), 즉 관습교체 또는 신앙교체가 아이슬란드 땅에서 이뤄졌다. 아이슬란드 자유국가 최고위직인 법사(法師), 토르게이르(*Thorgeir*)155)는 시다스키프티(신앙 교체) 여부를 결정할 권한을 위임받고 있었다. 그해 민중총회인 알팅에서 법사는 자신의 천막으로 들어가 땅바닥에 등을 대고 누운 다음 얼굴에 커다란 천을 뒤집어쓴 후 하루 밤낮을 지냈다. 그 다음날 법사는 법의 산인 팅펠트(Thingfeld)에 올라가 "남자들이 이 땅에서 동일한 법을 공유하지 않으면 참으로 불행이라고 나는 생각한다. 왜냐하면 우리가 법을 깨뜨릴 경우, 그것은 곧 평화를 깨뜨리는 것이기 때문이다"라고 말했다. 때문에 그는 모든 아이슬란드인들이 세례를 받는 중재안을 내놓았다. 그러나 불가피한 경우 예외적인 것이긴 했지만 여전히 유아 유기를 예전처럼 허용하고, 신들에게 제사를 지낼 때 말고기를 먹게 허락했으며, 모르게 행할 경우 토착신들에 대한 제사도 용인했다. 이 중재안이 받아들여짐으로써 아이슬란드의 내전을 피할 수 있었다. 1056년 브레멘 성당에서 막강한 대주교였던 아달베르트(Adalbert)는 아이슬란드인 이슬리프(Islief)를 초대 아이슬란드 주교로 안수했다.

대부분의 중요한 아이슬란드 쇠구르 또는 전설은 이 격동의 시대를

---

155) [원주] 토르게이르의 은둔과 관련하여 한 아일랜드인을 떠올린다. 이 사람은 자신이 장차 왕으로 선출되는 꿈을 꾸려고 제물로 바쳐진 황소고기로 배를 채우고 잠에 빠져들었다고 한다. 또는 또 다른 아일랜드인을 떠올릴 수 있다. 그는 이틀 동안 잠을 자면서 꿈속에서 무엇을 반드시 알아야 하는지 알게 된다. 다음의 책 참조(d'Arbois de Jubainville, cours de la littérature celtique 1, 152, 248).

그 무대로 한다. 이것들은 엄격한 의미의 역사적 특징을 지닌 것은 아니다. 이런 전설에는 여러 왕들과 족장들, 고데, 스칼데, 유명한 농부, 그들의 법적 거래들과 반목, 사랑, 길드끼리의 책략, 팅 (Thing)[156] 간의 책략, 혈맹관계, 피의 복수극과 방화사건들, 개종사건들과 배반사건들 등이 담겨있는데, 놀라운 심리학적 시각과 사실적인 묘사 그리고 어두운 토대 위를 떠도는 독특한 유머를 통해 이야기된다. 이런 전설들을 통해 비할 바 없이 진술한 문화양상이 우리의 시야에 떠오른다. 우리는 이를 통해 북구 세계의 공기 속으로 들어가고 그 딱딱한 땅 위에 발을 내딛으며 그 민중의 투박한 충동과 믿음을 들여다보게 된다. 아울러 우리는 성스러운 평화 속에 보호받았던 신당들과 거기에 있던 신상(神像)들, 쇠 모서리로 치장된 제단들, 서약의 반지들, 목제 홀에서 다양한 제사가 있을 때 고데의 통솔 아래 공동체가 둘러앉았던 제사용 큰 솥 등 전체적인 모습을 눈앞에 그려볼 수 있다. 신당 앞에는 아마도 피로 얼룩진 토르의 석판이 있었을 터인데, 이 석판 모서리는 제물로 결정된 범죄자의 척추를 부수는 데 활용되었다고 한다.

우리가 독일 토착신들의 우두머리로 생각하는 오딘의 성물(聖物)에 관한 이야기는 존재하지 않는다. 이에 비해 토르 신당, 토르 신상, 토르 축제 그리고 토르 이름의 지명과 인명들은 자주 대할 수 있다. 노르웨이에서 가장 유명한 토르 신당은 드론트헤임 지방의 메리 (Maeri) 시(市)에 있었다. 노르웨이 개종 추진자들에게 가장 부담이 되었던 토착신은 농부의 신인 토르였다. 아이슬란드에서 토르 신당

---

156) 딩(Ding)이라고도 하며 고대 게르만법에 따르면 부족총회나 재판회합을 가리키는 개념이다. 이 팅이 열리는 장소는 야외의 약간 높이 돋아 있는 곳이거나 나무(법정 보리수) 아래의 넓은 곳이었다.

은 모든 고데 공동체의 중심에 확고히 자리 잡고 있었다. 토르는 '가장 뛰어난 자'의 뜻으로, 간단히 말하여 아스(As), 즉 나라의 신, 가장 막강한 신, 아센(Asen)의 왕이었다. 맹세를 하거나 저주를 하거나 또는 연애시 민네(Minne)에서 토르의 이름이 호명되지 않는 경우는 거의 없었다. 어려움이나 위험이 닥쳤을 때 사람들은 제일 먼저 토르에게 신속하고 강력한 도움을 빌었고, 미래에 대한 확신이 없을 때 토르의 예언을 구했다. 또 토르 형상을 주머니에 넣고 다니거나 여행할 때 잡것들을 쫓아내기 위해 휴대했다.

　오딘은 두 번째 자리도 차지하지 못했다. 오히려 독일인들에게는 전혀 알려져 있지 않던 프레이가 제 2신이었다. 이 신은 노르웨이의 유수 왕가(王家)인 잉링거(Ynglinger)의 선조로 알려졌다. 겨울에 프레이를 길드에서 모셨으며 그때 황소를 제물로 바쳤다. 아이슬란드에서 프레이를 가장 추앙한 고데는 흐라픙켈(Hrafnkel) 고데(신앙공동체)였다. 이 고데는 최고의 소유물, 소유 무기들 그리고 가장 자랑스러운 얼룩무늬 동물을 프레이에게 바쳤다. 그러나 그런 노력에도 불구하고 재난을 당하자 고데는 모든 토착신들에 대해서 절망하고 말았다. 사람들은 프레이의 아버지인 뇨르드를 찬양하기도 했으며, 프레이의 신상을 즐겨 휴대하고 다녔다.

　오딘은 기껏해야 《하임스크링글라》에서 토르와 프레이와 더불어 나타났다. 오딘은 민중적 형상으로서 외눈박이 노인네 모습이며 기독교를 믿는 올라프 트릭바손(Olaf Tryggvason: 963~1000년 9월 9일) 왕 곁에 밤에 나타나 새벽이 오면 흔적도 없이 사라지곤 했다. 당시 옛 토착신들을 태고 시절을 살았던 비상한 재능을 지닌 인간이라고 생각하는 이른바 오이헤메리즘(Euhemerismus) 157) 적인 이해가 통용되고 있었다. 스노레는 오딘을 여타 신들을 신당 사제로 거느린 위대한 마술가와 상왕(上王)의 자리로 밀어내 버렸다. 보다 오래된 전설에서 오딘은 적을 죽이는 창이나 화살을 날리는 존재였다. 발더는 스칼데 문학에서 중요한 역할을 담당하지만 전체적으로 풍성한 전설에서 발더에 대한 언급이 전혀 없었다. 그러나 문학사상 처음으로 사랑을 주제로 하는 13, 14세기경 〈프릿터호프 전설〉에 예외적으로 나타나고 있다. 스칼데 문학에서 토착신들의 운명, 그러니까 세계 운명이 아버지 오딘과 아들 발더 사이의 비밀스런 관계를 중심으로 돌아간다. 〈프릿터호프 전설〉은 이런 부자관계에 대한 언급이 전혀 없다. 오딘의 형제인 회니르(Hoenir) 158) 와 로두르(Lodur) 159) 그리고 또 빌리(Vili)와 베(Vé) 160) 같은 존재나 발더의 형제인 회드(르)〔Höd(r)〕, 161) 발리(Váli), 162) 그리고 비다르(Vídar) 163) 는 알려지지 않았다. 헤임달(Heimdall) 164) 과 로키(Loki) 165) 도 마찬가지다.

여신에 대한 언급도 많지 않다. 다만 〈에길스 전설〉(Egilssaga) 166)

---

157) B.C. 3세기경을 살았던 그리스 철학자 오이헤메로스(Euhemeros)가 주장한 신화학 논리.

158) 인간에게 오성을 부여한 신이다. 오딘이나 로키와 함께 등장하기도 한다. 침묵의 신이자 제의의식의 신인 것으로 추측된다.

159) 인간에게 멋진 용모와 삶의 온기를 주는 신이다.

160) 오딘의 동생들로 최초의 인간 부부인 아스크와 엠블라를 만들며 리제의 원조인 이미를 때려죽이고, 그 몸으로 세계를 창조했다.

161) 오딘의 아들로 장님이다. 겨우살이 나뭇가지로 선량한 신 발더를 본의 아니게 죽게 만든다. 라그나뢰크 이후에 두 신은 우정으로 결합한다.

162) 오딘의 아들. 태어나자마자 발더를 죽인 형 회드를 주살한다.

163) 비다르라는 이름은 "지속적으로 지배하는 자"의 의미를 지닌다.

164) "세상을 비추는 자"라는 의미의 이름인 헤임달 신은 '현자 아스'로도 불린다. 만인의 아버지이자 신들의 수호신. 매우 섬세한 지각기관을 지녔다.

165) 로키는 게르만 신화에서 악의 신이다. 간교하며 성정이 사납다.

166) 1220~1240년 사이에 쓰인 북구 전설. 스노레 스툴루손이 썼다는 추측이 있

에 따르면 임종에 이른 여인들이 프레이야를 들먹였는데, 이 여신은 주문에도 자주 등장한다. 대신 반인반신(伴人伴神) 여인들인 디시르 (Disir)에 대한 신앙은 강력하게 전개되었는데, 이 디시르에 제사를 드렸다는 언급이 여러 군데에 나타난다. 〈니알 전설〉(Njalsage)에서는 발퀴레 무리들이 음침한 노래를 부르며 피가 뚝뚝 떨어지는 실로 운명의 천을 짜는 장면이 나온다. 토르를 따라 다니는 두 명의 여인 토르게르드(Thorgerd)와 이르파(Irpa)는 발퀴레들이 그렇듯이 그들이 아끼는 자를 보호하기 위해 그의 적을 향해 손가락으로 우박, 폭풍, 화살을 날려 보낸다. 땅과 공중에는 인간에 해를 끼치는 유령과 작은 요괴들이 우글거리고, 시골 요괴들은 고향을 지키는 역할을 한다. 또 다양한 모습의 알펜(Alfen) 중에서 엘펜은 사람에게 도움을 주는 성정을 가지므로 제사 대상이 되었다. 운홀딘(Unholdin)과 마녀 무리들은 저녁에 말을 타고 다니는 존재들(Kveldridur, 크벨드리두르)에 이어서 어둠이 깔리면 나타난다. 마술가들은 양가죽을 빙빙 휘둘러 악천후를 몰아내고, 떠돌아다니는 여자 점쟁이(Völur, 뷜루르)는 네거리 갈림길에 앉아 있다가 얻어들은 미래를 알려준다. 필구르(Fylgjur)와 하밍구르(Hamingjur)는 여성 졸개유령이나 여성 수호유령으로 개인사에 보다 깊이 간여한다. 흑백 꿈의 여인들도 마찬가지였다.

　다수의 영웅들은 절반의 트롤(Troll)이거나 절반의 리제가 아니면 이들의 후예다. 많은 남성들이 동물의 형상을 하거나 곰가죽을 쓴 베르세르커(Berserker)[167]이다. 죽은 자들은 발할로 가는 것이 아니라

　　　지만 명확하지는 않다. 이 전설은 그 중심인물인 에길 스칼라그림손(농부, 바이킹, 스칼데)과 그의 가족들(10세기경 생활)에 대한 이야기들을 담고 있으며, 그 안에 에길의 친척, 친구와 원수 등 4백 명의 이름이 등장한다.
　167) 도취 상태에서 고통이나 상처를 느끼지 못하고 전투를 행하는 전사(戰士)를 말하는 스칸디나비아 지역의 말이다. 게르만 부족 편에서 싸운 이런 유형의

산속으로 들어가 잔치를 벌인다는 것을 강조할 필요가 있다. 격정적 인간이나, 너무 짧은 시간을 살거나 피살된 사람은 무덤에서 일어나 재난을 일으키는 떠돌이 유령이 되어 복수하는데, 이에 대해서는 〈에이르비기야 전설〉(*Eyrbyggjasaga*), 〈그레티스 전설〉(*Grettissaga*) 이 이름을 거명하며 음산한 실례를 전한다.

전설 속의 전체 신앙은 동부 스칸디나비아인들의 민족적 영성생활로부터 유래한다. 때문에 이것은 북구 지역에 대한 역사적 기록들이 전하는 신앙 체계와 일치한다. 또 같은 이유에서 이런 신앙은 그 중요한 특징들에서 타키투스나 카롤링거 왕조 사제들이 전하는 남부 게르만인들의 신앙과도 일치한다. 우호적 특징들과 무서움을 일으키는 특징들이 뒤섞여 있으며, 민중들의 마음속에서 모든 고대 데몬 숭배에 배인 둔중한 공포감과 신들에 대한 경배감이 균형을 이룬다. 다만 여기저기에 기독교 신앙이 스며들어 있다. 또 강조된 부분이나 극적인 부분에서 산문적 흐름이 운문독백이나 대사로 끊어지는 방식이 나타난다. 이는 이방 문화로부터 차용된 방식이다. 통상적인 게르만 문학에서는 그런 방식의 예를 찾아보기 어렵다. 반면에 아일랜드 전설은 그런 독특한 바뀜을 내포한다.

스칼데 문학은 아일랜드와 앙겔작센 문화의 영향들을 한층 강력하게 드러낸다. 이미 7세기경에 바이킹족의 선대(船隊)가 아일랜드 해안까지 세력을 미쳤고, 725년에 아일랜드 거주민들은 바이킹 해적들의 공격을 피해 페로(Färöer) 해역 섬들을 빠져나왔다. 실제 바이킹 시대가 시작했던 8세기 말경 노르웨이인들은 아일랜드인들과 때로는 우호적 때로는 적대적인 교류를 하기 시작했다. 아일랜드인들은 정신

전사에 대해서 로마 황제 시절에서부터 중세 초기에 이르는 각종 문헌들이 기록한다. 그러나 이때 '베르세르커'라는 말을 쓰지는 않았다.

프랑스 노르망디 지방(짙은 음영 부분)

적으로 쉽게 불붙는 편이어서 이미 5세기에 기독교 신앙을 열렬히 받아들인 터였다. 아일랜드 지방 영주들의 궁정 안 지식인 가수들과 수많은 수도원 승려들은 600년에서 800년 사이에 민족문학과 버질(Virgil) 168)과 오비드(Ovid) 169)의 영향을 받은 기독교 문학을 번성시켰다. 아일랜드는 당시 유럽 종교생활의 중심지였고, 그 불길은 북방인들의 영혼을 따뜻하게 데웠다. 이 북방인들은 푸른 초원의 섬들을 약탈한 뒤 이 섬에 자리를 잡고 거주하며 나라를 세웠다. 이들은 또 아일랜드의 한 정파와 연합하여 타 아일랜드 정파나 덴마크 땅의 친족세력에 대항하였으며 아일랜드 여성들과 결혼한 경우가 많았다.

---

168) 푸블리우스 베르길리우스 마로(Publius Vergilius Maro : B. C. 70~A. D. 19). 호라츠와 함께 로마 아우구스투스 황제 시절의 대표적인 작가. 《에네아스》를 썼고 12권의 운문 서사시를 남겼으며 로마 민족 서사시의 필자이다.
169) 푸블리우스 오비디우스 나소(Publius Ovidius Naso : B. C. 43~A. D. 17 혹은 18). 로마 신화를 정리한 《메타모르포제》와 수많은 연애시를 남긴 로마의 시인.

그리하여 850년경 수많은 혼혈인들, 즉 바이킹계 아일랜드인, 즉 갈-
게딜(Gall-Gaedil) 족이 아일랜드에 살았다. 이런 식으로 해서 이들은
당시 여타 다른 유럽문화에 대해 우월한 위치에 있던 아일랜드 문화에
친숙해질 수 있었다. 확실한 사실은 이 9세기, 10세기의 스칸디나비
아인들은 그들의 영웅적 품성을 통해 아일랜드의 영웅 연작문학170) 을
풍성하게 만들었으며 무기 체계나 항해술 그리고 풍성한 연회와 관련
된 언어를 아일랜드 언어에 추가시켰다는 점이다.

  그러나 보다 분명하고 중요한 것은 켈트족이 노르망디171) 지역의
주민들에게 끼친 정반대의 영향력이었다. 노르망디인들의 의복은 아
일랜드 의복에 따라 바뀌었고 아일랜드풍의 금속 장식품의 옛 스타일
은 정확하게 고트란트(Gotland)172) 섬에까지 진출했다. 최신 스타일
은 전체 북구 지역을 지배했다. 또 아일랜드의 모범에 자극을 받아

---

170) [원주] 최고(最古)의 아일랜드 영웅전설에 나타난 게르만 차용어(借用語)
    와 전설적 요소들에 대해서는 다음의 책 참조(Zimmer, ZfdA. 32, 196,
    267, 290. 33, 129. 35, 1. Mogk, Kelten und Nordgermanen im 9.
    and to. Jghrhundert. Über den Einfluß irischer Sprache, Sage und
    Kunst auf die altnordische Bugge, Studien über die Entstehung der
    nordischen Götter-und Heldensagen (übers. v. Brenner) S. 5, 30,
    157, 542. Soph. Müller Aarb. f. nord. Oldkyndigh. 1880, 290 u.
    Altnord. Alterthumskunde 1, 313. 2, 271, 282. Edzardi
    Paul-Braune's Beitr. 5, 570. 6, 273. 13, 228 vgl. Sievers in Pauls
    Grundriß1 II, 1, 884. Sars, Udsigt over den norske historie I, 167.
    Steenstrup, Normannerne 2, 123).
171) 프랑스 북부지역으로 이곳의 노르망디인은 중세 때 기존 현지인들과 덴마크
    와 노르웨이에서 남하한 게르만족들이 함께 섞여 살며 이룬 씨족이다. 이
    부족은 나중에 잉글랜드를 정복했다. 정치세력을 구축한 시기는 10세기에
    바이킹 부족장인 롤로(Rollo: 911~927 통치)가 침공한 이후였다.
172) 동해상에 위치한 두 번째로 큰 섬. 이름은 게르만 부족인 고트 족에서 유래
    했다.

고대 목재건축 기술의 붐이 일어났다. 1000년경 공작(孔雀) 왕 올라프(Olaf)는 수공 기술자들을 궁성 축성에 투입했다. 이 기술자들이 궁성을 다채로운 목각화로 장식했는데, 그 그림들은 특히 토르가 그물작업을 하는 모습, 발더가 시신을 태우는 모습 등을 묘사한다. 언어와 문학 등 전반적으로 스칸디나비아인들의 내면세계가 우월한 교양의 위력을 느끼게 했던 것은 당연한 것이 아닐까?

우리는 옛 북구의 예술시대뿐만 아니라 오늘날의 노르웨이 구어(口語)에서 앙겔작센의 어휘들과 함께 문화적으로 비중 있는 아일랜드 어휘도 찾아내곤 한다. 아일랜드식 이름이 북방민족들 사이에서 통용되었다. 아일랜드에서는 가수를 필레(File)라고 하는데, 유명한 아일랜드 필레인 코르막173)은 동시에 유명한 아이슬란드 스칼데이기도 했다. 《에다》의 한 노래인 〈빌란트 노래〉(Wielandsliedr) 중에 남쪽 나라 백조 처녀들이 등장한다. 이 중 한 처녀는 캬르 폰 발란드(Kjar von Walland) 왕의 딸인데, 이 이름은 887년 사망한 남부 아일랜드 왕 캬르발(Kjarval)의 이름을 본떠서 만든 것으로, 이 왕은 바이킹족을 불러들이기도 했고 또 대적해서 싸우기도 했던 인물이었다.

보다 중요한 대목은 아일랜드 궁정에는 오래전부터 세심한 교육을 받고 봉급을 받는 문인들이 그들의 왕에 대한 찬양의 시문들을 정교하게 만들어냈다는 점이다. 노르웨이에서도 하랄드 쇤하르 같은 통치자들이 아일랜드와 같은 그런 궁정문학의 발전을 지원했다.

이런 북방 스칼데 문학은 그러나 이방 세계의 영향을 받지 않았다

---

173) 코르막 외그문다르손(Kormák Ögmundarson)은 군라우그(Gunnlaugr ormstunga Illugason: 983~1008년경), 에길(Egill Skallagrímsson), 토르모드르(Þormóðr Kolbrúnarskáld Bessason) 등과 함께 자신을 이야기하는 노래를 지닌 아이슬란드 4대 스칼데이다.

면 생각할 수 없는 것이었다. 아무리 오래전의 스칼데라 할지라도 그
들은 선사시대의 영웅들을 찬양하는 노래를 게르만 민중의 평범한 글
형태로 불렀던 것이 아니었다. 그들은 아일랜드의 필레들처럼 두운
(頭韻)은 물론이고 각운(脚韻), 한 시행 내부의 압운(押韻)을 활용한
정교한 운문을 꾸몄고, 여기에서 생존하는 왕들의 위업과 문인들을
지원하는 왕들의 물질적 대범함을 찬양하였다. 또 스칼데들은 왕들
을 아일랜드 왕들처럼 늑대들의 사육자나 아일랜드에는 살지 모르지
만 북방에는 존재하지 않은 멧돼지로 비유하곤 했다.

　이런 여러 양상들을 볼 때, 선대(先代) 아일랜드 궁정문학이 그들
의 우방 친구들이나 동업자들이 수행한 후대 궁정문학에 영향을 끼쳤
으리라는 가정을 부정하기 어렵다. 대담한 이미지와 우회적 글쓰기
를 고대 게르만 문인들, 구체적으로는 앙겔작센 문인들이 즐겨했다.
그러나 표현의 폭력성이나 과장법은 스칼데들이 아마도 과장법 문체
에 탐닉한 필레들로부터 배웠을 가능성이 높고 또한 유명하거나 멀리
떨어진 세계의 신화라는 것을 암시하려는 욕망의 소산이었을 수 있
다. 부정할 수 없는 점은 스칸디나비아의 스칼데 문학의 기법, 문체,
경향은 그 어떤 이방 문학, 그 어떤 게르만 문학양식보다 필레들의
문학양식에 가깝다는 점이다. "10세기경 그리고 그 이전의 아일랜드
문학은 형식과 내용 면에서 가장 오래된 스칼데 문학작품 중의 하나
인 〈잉링가탈〉(Ynglingatal) 174)과 정확히 일치하며 때문에 이 아일랜
드 문학은 스칼데 문학의 모범으로 간주되어야만 할 것이다".

---

174) 고대 스칸디나비아 음률인 크비드하투르(Kviðuháttr)로 쓰인 잉링거 왕족에
　　 관련한 전설이다. 이 작품은 스노레 스툴루손이 쓴 《하임스크링글라》에 삽
　　 입된 잉링거 가의 모범이 되었다[원주] Das Ynglingatal: Bugge, Bidrag
　　 tii den aeldste skalde digtningshistorie 1894. Gering, Zeitschr. f
　　 deutsche Philol. 28, 125.).

10세기경 넓은 범위에서 활동했고 또 이방 땅에서도 존경받은 스칼데들은 물론이고 그 이전 9세기 가장 최초의 스칼데들조차도 새로운 종교인 기독교에 대한 지식이 없이는 존재할 수 없었다. 그들이 찬양해 마지않던 왕들도 새 종교인 기독교에 헌신했기 때문이다. 9세기에 이미 하랄드 쇤하르는 기독교에 접근하는 태도를 취했고, 그 다음에 기독교의 막강한 전위투사로 올라프 트릭바손(Olaf Tryggvason : 963~1000. 9. 9)과 성(聖) 올라프(Olaf der Heilige : 995~1030. 7. 29)와 같은 왕이 등장했다.

명성을 떨친 이 세 왕의 주변에는 많은 스칼데들이 포진했다. 그런데 이 하랄드 시대의 스칼데들은 예외적으로 아이슬란드인들이 아닌 노르웨이인들이었다. 그들은 여전히 오직 오랜 신화만을 활용했고 토르가 공룡이나 거인들과 겨룬 싸움을 그들이 섬기는 왕 행적의 배경으로 삼았다. 이들은 또 잉링거 왕가의 시발점을 프레이 신으로 삼았다. 그러므로 이 스칼데들을 지배하던 것은 민중적인 전설신앙이었다.

이런 양상은 스칼데 문학의 주도권이 이방 세계를 널리 돌아다닌 아이슬란드 가수들에게 넘어가면서 곧 바뀌었다. 그들은 토착민중신앙과는 반대로 오딘을 최고신으로 여겼다. 아직 영국에 거주한 덴마크인들인 앙겔작센족들도 마찬가지였다. 오딘은 스칼데의 이상화된 문학의 신이었으며, 바이킹족들에게는 이상화된 전쟁의 신이었다. 그러나 당시 이미 수난자 예수에 대한 신앙이 토착신들에 대한 관계를 미세하게 흔들어대기 시작하다가 나중에는 그 내부까지 뒤흔들게 되었다.

900년경에 아이슬란드 지방에서 태어난 에길(Egil)은 스칼라그림(Skallagrim)의 아들이며 충만한 문학적 본성을 지닌 문인이었다. 그는 우리에게 기독교에 대한 당시의 뜨겁고 격렬한 증오와 사랑의 정서에 대한 심오한 통찰을 제공한 최초의 게르만 이교도였다. 앙겔작센 출신 왕인 에텔스탄[Äthelstan: 잉글랜드 왕, 대략 894~939. 10. 27. 글로체스터(Gloucester)] 왕의 궁정에서 에길은 세례는 거부했지만 십자가 징표(*primsigning*, 프림시그닝)는 받아들였다. 이 징표는 그에게 기독교도와 이교도 사이의 편안한 중간위치를 가능하게 했다. 그러나 그의 이교도적인 야성은 그대로 남아 있었다. 그는 쓰러진 베르세르커 전사의 목덜미를 마치 짐승처럼 물어뜯었고, 노르웨이의 피의 도끼

1898년 Louis-Moe가 그린 〈궁중 안의 베르세르커 전사들〉

왕 에리히[175]와 분쟁이 있었을 때 새파랗게 어린 에리히의 아들을 가차 없이 살해하기도 했다. 그런 후 에길은 암벽에 말머리가 달린 개암나무 기둥을 질투의 기둥[176] 또는 욕설의 기둥이라는 명목으로 심어 넣었다.

이때 에길은 "나는 땅의 귀신들에 대항하기 위해 이 루네 글자들을 새겨 넣는다. 그래서 이 귀신들이 모든 야지의 길들로 달아나서 에리히와 그의 아내를 이 땅에서 완전히 몰아내기 전에는 어떤 안식처도 찾지 못하게 하련다"라고 말했다. 그의 저주는 완성되었다. 그러나 그에게는 무서운 운명이 예비되어 있었다. 쫓겨난 에리히는 노섬버랜드 지방에서 왕의 자리에 올랐고, 에길은 그의 손에 붙잡혔다. 이때 에길은 에리히를 칭송하는 노래인 〈효수(梟首) 모면〉(*Hauptlösung*)을 불러서 늙은 잿빛 머리가 베어질 곤경에서 벗어날 수 있었다. 이 대목에서 문학은 최고의 승리를 거둔 것이었다. 에길은 아이슬란드로 가는 것을 허락받았다. 이 과정에서 나이 예순의 에길은 두 아들을 잃었다. 둘째 아들은 파도의 제물이 되었다. 〈아들들의 죽음〉(*Sonatorrek*)에서 에길은 애절한 슬픔을 노래하며, 자신의 씨족이 폭풍에 찢기는 숲으로 표현했다. 그는 칼로 바다거인에 복수할 수 없음을 분노하며 오딘과의 우정관계를 청산하노라 선언한다. 그러면서 후회하는 마음으로 〈효수 모면〉과 오딘이 준 노래하는 재주와 모든 고통을 쓰다듬는 위

---

175) 에리히(Erich Blutaxt: 885~954). 노르웨이 제 2대 왕(931~933)이며 하랄드 1세의 장남이다.

176) [원주] Neidstange: Charakteristisch ist der Unterschied der volkstümlichen Verwünschungsformel Egils(Egilssaga c. 57) von ihrer skaldischen Fassung(c. 56). In jener bietet er einfach die Landwichter, in dieser zu gleichem Zwecke die "god", die "rögn", d. h. die Götter auf, Odin, den Landás(Thor), Frey und Njörđ.

안을 생각한 후 고요한 심정으로 지하세계의 여왕인 헬(Hel) 177)을 향해 나아간다. 헬은 에릭이 자신의 아버지와 아들을 파묻은 곳인 저 멀리 있는 에일란트(Eiland)에서 에릭을 기다리고 있다.

새로운 신앙으로서의 기독교는 1014년 비교적 일찍 사망한 아이슬란드인 할프레드 반드레다스칼트(Hallfred Vandraedaskald) 이야기를 통해 보다 강한 힘을 확보하게 되었다. 할프레드는 노르웨이 해안에서, 투철한 기독교도인 올라프 트릭바손 왕이 이 땅의 주인임을 알게 되자, 순풍이 불어 자기를 스웨덴으로 옮겨주면 프레이에게 돈과 맥주 세 통을 바치겠다고 약속하고, 또 만약 순풍이 자신을 싫어하는 기독교를 피해 아이슬란드로 실어다주면, 토르와 오딘에게 그렇게 하겠다고 약속했다. 그러나 역풍이 불어 주저앉게 되었을 때 그는 왕이 행한 세례를 받아들였다. 그러나 만약의 경우를 대비하여 자그마한 토르 신상을 주머니에 보관하고 있었다. 그는 사실 어쩔 수 없어서 사랑하는 신들을 떠나 유일신이며 아버지인 그리스도에게 기도하고 있노라고 고백하고 있었기 때문이었다. 이런 신앙의 갈등은 생의 마지막까지 계속되었다. 그는 병들어 죽기 직전에 자신이 탄 배 뒤로 밀려오는 큰 파도 위에 갑옷을 입은 키 큰 여인이 서서 다가오는 것을 보았다. 토착신앙을 믿는 북방인들의 일생을 함께 동행하며 임종의 순간에 갑자기 모습을 드러내는 수호여신 필기아(Fylgja) 178)의 모

---

177) 지하세계의 여신. 지하세계인 헬을 10, 11세기에 문학적으로 의인화한 것일 수도 있다. 이 지하세계는 여신들이 머무는 곳이기도 하고 또 다스리는 영역이기도 하다. 스노레는 헬을 로키의 딸이자 미드가르드 뱀과 펜리스 늑대의 누이로 간주했다.

178) 인간을 따라다니며 보호하는 정령이다. 원래 모습은 없으나 자신이 보호하는 인간이 태어날 때 함께 자란다. 통상 그 인간이 죽음을 맞이하는 순간 모습을 드러낸다. 그 모습은 통상 그 사람의 성정에 합당한 짐승 형상이다.

습이었다. 그러나 이 토착신앙이 강하게 배인 상상의 그늘 밑에서 그가 불렀던 마지막 시는 기독교 임종기도였다.

이 할프레드 전설은 삶의 현실에 부응하여 오딘 외에도 토르나 프레이를 여전히 인정한다. 그러나 이런 할프레드 문학과 10세기경의 스칼데 문학에서 대체적으로 그런 것처럼, 오딘의 명망은 토르를 훨씬 뛰어넘는 높은 위치로 올라서고 있으며 이 오딘과 더불어 기독교의 영향력도 점점 강해지고 있다. 당시의 아름다운 두 편의 시는 오딘 신의 세력권이 한층 화려하게 형성되고 있음을 분명하게 보여준다. 950년경 집필된 작자 미상의 시인 〈에이렉스말〉(Eireksmál)에서 오딘과 제2의 문학 신 브라기(Bragi), 그리고 영웅 지그문트(Sigmund)와 진푀틀리(Sinfiötli)는 에길의 적대자로서 전장에서 사망한 기독교도, 피의 도끼 왕 에리히를 발할에 엄숙히 받아들이는 것으로 되어 있다. 또 스칼데 에이빈트가 〈에이렉스말〉을 본떠 쓴 〈하코나르말〉(Hakonarmál)에서는 오딘의 명령에 따라 두 명의 발퀴르가 사망한 경건 왕 하콘(Hakon)을 신들이 사는 녹색의 세계로 데리고 오고 브라기와 헤르몰트(Hermold)가 문 밖으로 나와 하콘 왕을 맞이한다. 에리히 왕이 발할로 접근하자, 발더가 오딘의 홀로 돌아가는 듯 의자들이 우당탕하는 소리를 낸다. 이 시에서 발더가 처음 등장하는데, 이 발더는 천국으로 귀향하는 권세 있는 신이라는 유별난 특징을 지닌 신의 모습이다. 또 이 두 편의 시에서 처음으로 잿빛 늑대의 형상이 나타나는데, 이 늑대는 지금 비록 지옥에 묶여 있지만 언젠가 풀려나 천당과 지옥을 넘나들 것이라는 내용으로 이 잿빛 늑대에 대한 공포가 시 가운데 분명한 음조로 드러난다. 이런 새로운 형상화나 발상이 어디에서 유래하는 것일까? 이런 시들은 기독교인 왕들을 기쁜 마음으로 기다리는 오딘 친구로 설정하고 그들을 토착신앙적 영웅들의 천국으로 영입하는 것을 꺼리지 않는다. 그런 것처럼 또한 이런 시들은 예수의 승천이나 종말론 같은 기독교적 관념들과 토착신앙의 형상들을 서로 섞는 데 거리낌이 없다.

에일리프 구두르손(Eilif Gudurssohn)은 1000년경에 쓴 그리스도에게 바친 시에서 마치 토르가 곧 구세주인 것처럼, 산거인들 중 가장 힘센 거인을 구세주라고 말하며, 구세주의 거처를 우르다르(Urdar) 우물가라고 규정하는데, 이 우르다르 우물은 토착신앙에서 운명의 여신들인 노르네(Nornen) 여신들 중 가장 유명한 우르드(Urd)가 있는 샘이다.

1000년경 스칼데 문학은 둘로 갈려 나간다. 한 방향은 예전의 본류처럼 여전히 궁정의 군왕 찬양가를 계속해나가는 것인데, 그러나 군왕들이 점차 기독교 성향을 강하게 띠는 것을 감안하여 신화 이야기나, 완전히 그런 것은 아니지만 신화 암시(暗示)로부터 점점 더 멀어졌다. 아름다운 열매를 맺었던 것은 두 번째 방향으로, 이는 《고 에다》(*Ätere Edda*)[179]에 부분적으로 보존되어 있다. 이 《고 에다》는 그냥 '에다', 즉 '시론'(詩論)으로 부르지만 이것은 잘못된 것으로, 시론이 아닌 가사집으로 그 안에는 10세기부터 12세기에 이르는 3백 년 동안의 시들이 수록되어 있다. 이 《고 에다》는 1300년에 기록된 2권의 양피지 필사본으로 우리 앞에 나타나 있다. 작자는 알려져 있지 않지만 대부분의 익명 작자의 고향은 아이슬란드나 노르웨이였으며,

---

179) [원주] Die ältere Edda: Jessen i. d. Zeitschr. f. deutsche Phil. 3, 1 ff. Müllenhoff, Deutsche Altertumskunde V. Bugge, Studien u. s. w. F. Jónsson a. a. O. 1, 9. Ausgaben v. Bugge 1867. Hildebrand 1876. Symons, 1. Götterlieder 1888, 2. Heldenlieder 1901. Glossar zu den Liedern der Edda v. Gering2 1896. Vollständiges Wörterbuch z. d. L. d. Edda 1. A-K v. Gering. Übersetzungen v. Simrock u. v. Gering.

소수의 작자는 그뢴란트(Grönland)180) 출신으로 확인되었고, 또 다른 소수는 오크니(Orkney) 제도181) 출신으로 추정된다. 이 시들은 군왕들의 찬양에 큰 관심을 두지 않았던 작품들인 탓에 모든 궁정문학에 일반적 양상인 과도한 장식과 꾸밈이 없으며 까다롭지 않은 운율을 택하여 이용하고, 궁정 문인들이 탈락시켜 버린 신화 이야기나 전설 이야기라는 주된 임무에 훨씬 자유롭게 매달릴 수 있었다.

이런 시들 중에서 10세기 무렵의 스칼데들의 사랑 이야기가 싹터 나왔다. 이런 사랑의 시들은 오래전에 있었던 소재에 자유로운 착상을 덧붙이고 10세기부터 도입되기 시작한 이방의 노벨레풍이나 동화풍의 모티브182)를 첨가하여 이것들을 더욱 아름답게 꾸미거나 깊이를 더했고, 심지어는 소재를 더욱 통속화하기도 했다. 아울러 기독교 철학이 한층 풍성하게 수용되었고, 교회가 형상화한 그리스도 수난사와 같은 기독교 이념 체계가 북방 문학의 신화언어로 문체변용이 이뤄졌다. 대체적으로 이들 문인들은 그들의 오랜 민족적 예술훈련에 힘입어 지극히 낯선 내용의 것들에 대해 북방적 특징을 각인시킬 수 있었다. 신화는 문인들에게 순수하고 신앙적인 이념을 더 이상 주입시킬 수 없었고, 문인들은 이런 신화를 시적 본성에 필요한 흥미 있는 예술대상으로만 생각했다. 그러나 북방 토착신앙은 여기저기에 움직일 만한 여지를 마련하고 있다. 토착신들은 힘과 정신을 풍부히 갖춘 아름다운 인간들처럼 파악되고 심지어는 유머러스하게 다뤄진

---

180) 북대서양상에 있는 지구 최대의 섬. 덴마크 자치령으로 전 면적의 84%가 빙하로 덮여 있다.
181) 스코틀랜드 북부 해안에 널려 있는 70여 개의 섬들을 통칭한다.
182) [원주] Märchenmotive: v. d. Leyen, das Märchen in den Göttersagen der Edda 1899.

다. 이러한 점은 토착신앙인들에게도 해당될 수 있다.

그렇지만 이들은 루키안(Lukian)[183]이 보여줬던 바와 같은 신랄한 비판의 대상이 되기도 하였는데, 이러한 비판은 이미 다른 신앙 체계에 헌신한 사람들만이 할 수 있는 정도의 비판이었다. 또한 사람들은 전승된 신화의 지혜들을 신이 거인, 난쟁이, 왕들과 나누는 교리문답형 대화체로 나타내기 위해 열심히 노력을 했다. 그리고 이런 교훈적인 시들에 대해 풍부한 생동감을 심고 기예적 상승이 나타나도록 시도했다. 여러 신화를 혼합한 시도가 〈히미르의 노래〉(Hymiskvida)[184]의 예가 그렇듯이 항상 성공적인 것만은 아니었다. 그러나 토르의 망치 노래 같은 예가 그렇듯이 많은 시들이 독창성을 드러내고 있으며 〈뵐루스파〉 같은 작품 위에는 성스러운 정서가 넓게 드리워져 있다.

《고 에다》의 시가(詩歌)들은 신들의 시가와 영웅시가로 나뉜다. 신들의 시가는 또다시 두 부류로 나뉘는데, 한 부류는 토르와 같은 신들의 육체적인 힘을 칭송하는 노래이고 또 다른 부류는 오딘과 같은 신들 속에 내재한 영적인 힘을 칭송하는 부류의 시들이다.

아이슬란드 전설문학에 나타나는 강력한 주신(主神)인 토르는 영웅시가에서는 전혀 역할을 하지 못하고 또 신들의 찬양시가에서는 어느 정도 중요한 역할을 수행하는데, 토르는 가장 오래된 시가이며 서사적이고 조형적으로 아름다운 〈트림스크비다〉(Thrymskvida)[185]에서

---

183) 혹은 루키아노스(Lukianos). 120~180년에 살았던 그리스 문인이며, 당대 문화 비평가로서 풍자적 작품을 썼다.

184) 〈히미스크비다〉는 거인인 히미르(Hymir)와 관련 있는 《에다》 시가 중의 하나이다. 토르는 우주괴물 미드가르드의 뱀을 잡으러 낚시질을 나가는데, 이때 대동한 거인이 바로 히미르이다.

185) 트림(Thrym)은 북방 《에다》의 한 작품에 등장하는 거인의 이름으로, 이 거인은 토르의 망치를 훔쳐 감춰 놓고 돌려주는 조건으로 프레이야를 신부

프레이야로 변장하여 못된 거신 트림으로부터 망치를 되찾아 온다. 이처럼 토르는 힘이 막강한 형상이라기보다는 재미나고 그로테스크한 형상으로 나타나며, 또 로키와 같은 형상에는 교활한 거짓 신의 모습이 드러난다. 많은 내용을 담은 스칼데풍의 시가인 〈히미르의 노래〉에서 천둥의 신 토르는 바다에서 떠오른 무시무시한 미드가르드(Midgard) 뱀과 싸움을 벌이며, 목말라하는 신들에게 음료를 제공하려고 거인 히미르의 술 빚는 솥을 훔쳐낸다.

이런 시가에서 토르는 장엄함과 희극성 사이를 오간다. 〈알비스의 노래〉(Alvislied) 186) 에서 토르는 원래의 모습에서 벗어난다. 이 시에서 토르는 오딘처럼 난쟁이 알비스(Alvis) 187) 와의 대화에서 매우 침착한 지성을 갖춘 신이다. 토르는 여러 신들이나 거인, 바네(Wane), 알페(Alfe), 그리고 난쟁이 등이 세계의 사물에 대해서 부여한 명칭에 대해 알비스와 말을 나눈다. 또 토르는 '로키의 중상모략'이라는 뜻의 〈로카세나〉(Lokasena) 188) 라는 시가에서 로키와, 〈하르스바르트 노래〉(Harsbardslied) 189) 에서는 오딘과 충돌한다. 이 작품에서 로키는 히미르의 술 빚는 솥 주변에 잔치를 벌이려 모여든 남녀 신들에게 모욕적인 욕설을 해대는데, 이때 토르는 로키에게 육체적인 위협을 가하여

로 내어줄 것을 요구한다. 토르는 속임수를 써서 망치를 되찾고 트림을 척결한다. 이 이야기를 담고 있는 《에다》 시가가 〈트림스크비다〉이다.

186) 자신의 딸을 아내로 원하는 알비스를 토르가 지혜를 시험하는 것을 대화형식으로 꾸민 노래이다.

187) "전지전능한 자"라는 뜻으로 북구 신화에서 밤의 난쟁이이며 토르의 딸인 트루트(Thrud) 의 약혼자이다.

188) 아제족과 로키 사이의 적대관계에서 누가 그 시발자인지 밝히는 이야기이며 《에다》의 일부이다.

189) 오딘의 가명이다. 〈하르바르트 노래〉에서 뱃사공의 모습으로 나타난 오딘은 토르와 논쟁을 벌인다.

말문을 틀어막는 데 성공한다. 이때 잘난 체하는 난봉꾼 모습인 오딘은 토르를 아주 심하게 비웃으며 집으로 돌려보낸다. — 오딘은 이 작품에서나 〈지존자의 노래〉(*Havamal*) 190) 에서 경박한 사랑의 모험, 실패한 사랑 모험, 음탕하게 성공한 사랑 모험 등을 이야기로 풀어 놓는데, 이때 오딘은 그럼에도 불구하고 일관되게 고상하고 지혜로운 존재로 나타난다.

'품격의 노래'라는 의미의 〈지존자의 노래〉에서 토르는 일련의 긴 여행규칙과 교제규칙을 말하는데, 이 규칙들은 설득력 있는 토착 도덕률의 숨결을 느끼게 하며 좋은 의미에서 삶의 기쁨을 찾게 한다. 그러나 이런 문학의 일부인 루네 문자표 〈루나탈〉(*Runatal*) 에서 토르는 십자가 교수대에서 고통을 당하여 죽었다가 하나님과의 새로운 삶을 위하여 깨어난 하나님의 독생자의 모상(模像)으로 묘사되기도 한다. 191)

여타 교육적인 목적으로 쓰인 오딘 시가들은 옛날 수수께끼 푸는 재미를 드러내는 시가들인데, 이런 시가들 속에서 게르만 토착신앙의 모티브와 일련의 기독교 표상들, 즉 천지창조-죄지음-순결한 독생자의 죽음-구원-세계종말 등의 표상들이 자유롭게 서로 녹아들어 있다. 〈바프투르드니르의 노래〉(*Vafthrudnismal*) 192) 나 〈그림니르의 노래〉

---

190) 운문 《에다》의 하나로, 〈지존자의 잠언〉으로도 번역한다. 165연의 많은 분량이며 묘사대상은 아이슬란드 주민의 일상생활이지만, 간단명료한 언어로 쓰였으며 재치, 유머, 코믹, 반어, 대담성이 문체상의 특징이다.

191) [원주] 루나탈의 기독교적 특성에 대해서는 Bugge, Studien 317. E. H. Meyer, Völuspa 23. Detter, Zeitschr. L deutsches Altert. 36, 4.

192) 북구 신화에서 태초에 존재한 거인 파프트로드니르(Vafthrudnir)에 관해 전하는 글을 의미한다. 이 거인은 머리가 6개 달려 있었으며 냉기(冷氣) 거인과 서리 거인의 조상이라고 여겨진다.

(*Grimnismal*) 193) 에서 최고신은 이 세계의 시작부터 종말에 이르기까지 하늘과 땅의 모든 존재, 모든 장소와 시간, 이 세계의 운명을 모두 조망한다. '발더의 꿈'이라는 뜻의 〈발드르스드라우마르〉(*Baldrsdraumar*) 라는 시가에서 오딘은 자기 아들인 발더가 흉몽(凶夢)에 시달리는 것에 불안하여, 자기가 직접 나서서 지옥인 헬로부터 자기 아들이 곧 죽을 것이며, 이어서 세계가 종말을 고할 것이라는 정보를 얻는다. 한 여성 예언자의 예언 내용을 담은 〈뵐루스파〉는 천지창조로부터 시작해서 예수의 수난과 죽음을 거쳐 최후의 심판에 이르는 전체적인 기독교 구원의 역사과정을 토착신앙의 문체를 활용한 예언형태로 총괄하여 집약한다. 이는 그야말로 수수께끼 많은 스칼데 예술이 만들어낸 극히 대담한 수수께끼 구조가 아니고 무엇이겠는가!

또 다른 두 편의 시가에서 주인공은 토로도 오딘도 아닌, 프레이와 헤임달이다. 〈스키르니스말〉(*Skirnismal*) 은 감상적이고 낭만적인 음조를 지닌 가사이다. 이 작품에서 프레이 그리고 그의 하인 스키르니르(Skirnir)는 주인을 위해서 거인의 아름다운 딸 게르드(Gerd)에게 청혼하여 루네 문자에 대한 지식에 힘입어 목적을 달성한다. 〈릭스툴라〉(*Rigsthula*) 에 따르면 헤임달은 스스로를 "리그"(Rigr)라고 자칭했는데, 이 말은 켈트어 단어로 왕이라는 뜻이었다. 이 시가에서 헤임달은 지상을 떠돌아다니면서 하인, 농부, 귀족 등 세 계급을 만들어 세웠다고 한다. 그리고 왕은 나중에 귀족들 사이에서 배출된다. 〈힌들루의 노래〉(*Hyndlulied*) 에서 여자 거신 힌들라(Hyndla)는 프레이야와 이 신이 총애하는 오타르(Ottar)에게 선조에 관한 정보를 제공한다. 194)

---

193) 오딘의 입을 통해 전해지는 격언시로, 그 중심 영웅의 이름이 그림니르(Grimnir)이다.

《에다》의 영웅시가들, 특히 가장 중요하고 숫자가 많은 영웅시가인 〈니벨룽겐의 노래〉(*Nibelungenlieder*)는 독일 서사시보다 훨씬 풍성한 신화적 배경을 지니고 있다(81쪽 참조). 하지만 그 전설은 대부분 다른 민족으로부터 온 것이며, 신화는 나중에 첨가된 것이었다. 가장 오래된 영웅시가의 주인공은 〈빌란트 노래〉중 마술에 조예가 있는 철공장이 뷜룬다르비다(Völundarkvida)와 백조 처녀인데, 이 두 형상인물은 순수한 신화적 형상이지만 앙겔작센이나 북부 독일의 전설에서 받아들인 것이었다. 〈니벨룽겐의 노래〉와 이것을 보다 완벽하게 산문체로 묘사한 〈뷜숭가 전설〉에서 오딘은 운명의 주관자로서 행동연계에 수시로 개입한다. 또한 여성 영웅인 스바바(Svava), 지그룬(Sigrun), 지그드리파-브룬힐트(Sigrdrifa-Brunhild) 등은 발퀴레적 속성을 지닌다. 옛 신화처럼 지그드리파-브룬힐트는 가시에 찔려 죽음과도 흡사한 영원한 수면 상태로 가라앉으며 타오르는 불꽃이 그녀를 감싸 보호한다.

그러나 지구르트(Sigurd)와 그의 여인의 시체를 불태운다든지 브룬힐트가 지옥에 말을 타고 간다든지 하는 것은 나중에 나온 발더 신화의 장면들을 모방한 것으로 생각된다. 보다 확실한 점은 《에다》를 쓴 스칼데들이 저주받은 니벨룽겐의 보물에 관한 사전 이야기를 신들의 세계로 옮겨 전개하고 있으며 지구르트(Sigurd) 195)와 브룬힐트를 오딘과 친족관계로 연결했다는 점이다. 〈헬기의 노래〉(*Helgilieder*) 196)

194) [원주] 〈릭스툴라〉와 〈힌들루의 노래〉는 실제 《에다》 필사본에 포함되어 있지 않지만 이 가사의 특성 때문에 《에다》에 포함되었던 것으로 판단된다.
195) 게르만 신화에 다양하게 등장하는 영웅. 특히 니벨룽겐의 전설의 중요 인물이다. 'Sigu'는 현대어로 'Sieg'(승리), 'gurd'는 'Schicksal'(운명)을 의미해서 의미를 풀면 이 이름은 '운명적인 승리'라는 뜻이다.
196) 《에다》에 따르면 헬기는 헬기 회르바르드손(Helgi Hiörvardsson)을 말하

에서 말을 타고 달리는 9명의 발퀴레 중 가장 멋진 발퀴레가 이름 없는 벙어리 영웅인 헬기에게 이름을 부여한다. 헬기는 나중에 거인 하티(Hati)를 죽이고 그의 선대(船隊)는 하티의 딸에게 위협을 당한다. 노르네 여신들이 운명의 실타래를 연결시키고, 발퀴레 무리들이 전쟁터 위를 덮치며, 부부 신(神) 에기르(Aegir)와 란(Ran)은 바다 속에 살고 있고, 죽음을 관장하는 오딘은 친족들 사이에 싸움의 루네 문자를 들이밀며 헬기에게 자신과 함께 발할에서 만물을 지배할 수 있는 진기한 방법을 제시한다. 에인헤리어(Einherier)[197]의 무리가 발할에서 말을 타고 내려오면 사람들은 신들의 종말이 시작된 것을 알게 된다. 《에다》 영웅시가(詩歌)들의 작가들은 이런 식으로 아무런 거리낌이 없이 고대 독일이나 토착전설의 내용에 손을 대거나 신화의 잔재들에 대한 스칼데 특유의 욕구를 만족시키기 위해 새로운 신앙인 기독교와 대립하는 입장을 취했다.

이렇게 이방적 요소는 토착신앙의 마지막 무렵 그리고 기독교의 초기 무렵 예술, 전설, 신화 그리고 신앙에 대해서 때로는 강하게 때로는 약하게 영향을 끼쳤고 보다 풍부한 착상과 의미 충만한 신화세계를 그리고 또 윤리적 모순요소들이 격렬하게 충돌을 일으킴에 따라 예술적이고 모순요소가 많은 신화세계를 창조했다. 작품 구성요소에서 부분적으로 비(非) 북방적이긴 하지만 전체 구성 면에서는 완전히 북방적이다. 신화라기보다는 시문학으로서 이런 신화세계는 신앙전

는 것으로 회르바르드(Hiörvard)와 지구린(Sigurlin) 사이에서 벙어리로 태어난 아들이다. 발퀴레 스바바가 그에게 이름을 부여하자 말을 하게 된다. 뛰어난 영웅으로 성장하여 나중에 스바바를 아내로 맞아들인다.

197) 전장에서 사망한 뛰어난 전사들을 말한다. 이들은 죽음 후 발퀴레가 발할의 아스가르드 궁으로 옮기며, 거기에서 다시 살아나 최후 종말의 날에 있을 대회전을 준비하는 훈련을 거듭한다.

설을 담은 민중적 신화세계나 순간 소멸적인 파타 모르가나(*Fata Morgana*, 환영, 신기루)보다 상위에 있다. 여기서 파타 모르가나는 옛것을 흔들어 떨치지는 못했고 새것을 막아내지도 못하는 신앙 과도기 때 나타난 자유분방한 문학적 몽상을 가리키는 개념이다. [198)]

특이하게도 스스로 스칼데이며 동시에 노르웨이 왕조사인 《하임스크링글라》의 필자이기도 한 스노레 스툴루손은 위의 여러 《에다》와 스칼데 가사들을 모아 독특하고 유일한 《에다》인 《신(新) 에다》,[199)] 하나의 시론이기도 하고 중요한 스칼데에 대한 안내서를 편찬했다. 이 《신 에다》는 특히 산문으로 된 전체 북방 《에다》를 조망하게 해준다. 아이슬란드의 학문적, 문학적, 정치적 노력이 그 안에 모두 집결하여 정상을 이루는 위대한 인물인 스노레는 과거와 자신의 당대를 역동적으로 살 수 있었던 인물이었다. 그는 부단히 명예, 권력, 부를 추구하며 담력이 아니라 지혜로서 그것을 행했으며 자신 주위, 또 자신 위에서 선대의 여러 힘들과 노르웨이 선왕들의 힘 그리고 심지어는 옛 신들이 작용하고 있다고 느꼈다. 스노레는 입법원장으로서 알팅에 참여하기 위해 천여 명의 부하를 이끌고 레이캬홀트(Reykjaholt)를 떠나 행군할 경우 자신과 일행을 위한 야영막사를 세웠는데, 그는 이를 자랑스럽게 발할이라고 이름 지었다. 또한 그는 신들을 과거에 실재했던 인물들이라고 생각했고, 그렇기 때문에 전통적인 스칼데의 수법대

---

198) 모르가나(Morgana)는 켈트 신화에 나오는 요정으로 아발룬(avalun)에서 아서(artus) 왕을 양육한다. 메시나로 가는 길목에 나타나는 현상을 지칭하는 데서 유래한 '파타 모르가나'는 통상 황량한 지역의 수면에서 어른거리거나 자연의 외딴 곳에 보이는 신기루를 나타낸다.

199) [원주] Edda Snorra Sturlusonar(mit lateinischer Übersetzung) I.-III. Bd. Kopenhagen 1848-1887. Müllenhoff, D. Altert. 5, 166. Wilken, Untersuchungen zur Snorra Edda 1878.

로 북방 신화에 이방의 지혜를 혼합시켰다. 《신 에다》 도입부에서 신들의 궁전인 아스가르드의 안에서 세 단계 높은 보좌로부터 3명의 높은 존재가— 이 이름은 중세 시대에 오면 성 삼위일체이신 세 분의 이름으로 불린다—지식을 갈구하는 스웨덴 왕 길피(Gylfi)에게 신화에 대한 강의를 하는 장면이 나온다. 이 대목에서 앞에서 언급된 〈뵐루스파〉의 완결형 이념 체계는 보다 넓은 구조로 펼쳐지는데, 이 구조의 각 부분이나 틈새로 북방의 토착신들의 신화가 스며들어 있다.

이런 구조에서, 스노레가 《에다》의 집필 작업을 하는 도중에 피살된 것은 아니었지만, 《에다》가 완결되거나 조화로운 구성을 이룰 수 있었던 것은 아니었다. 오직 토르와 프레이만이 옛 신화의 정상부분을 점하고 있었고 오딘 이야기는 혼합성이 강한 특성을 지니고 있으며 발더나 로키는 그 뿌리까지 기독교화되어 있다. 또 다른 이방 요소인 동화적 부속품은 이미 운문 《에다》에서 이용된 터인데, 이런 요소는 훨씬 더 강력하게 전면에 나타난다. 최후의 위대한 스칼데인 스노레는 토착신 숭배나 민중계층에게 깊은 영향을 끼쳤던 영혼 숭배 또는 유령 숭배에 대해서는 전혀 또는 거의 기록하고 있지 않다. 그럼에도 이 《신 에다》는 우리가 운문 《에다》에서 찾아볼 수 없는 많은 귀중하고 보다 오래된 보배 같은 작품들을 포함한다.

삭소 그람마티쿠스는 스노레보다 약간 나이가 많은 동시대인이다. 그는 갈프리트 폰 몬무트[200]가 영국 연대기를 썼던 것처럼 1200년경 그의 덴마크 역사서, 라틴어로 된 민족적 작품을 창작했다. 이 작품

---

200) 제프리 폰 몬무트(Geoffrey von Monmouth: 약 1100~1154)를 가리키는 듯하다. 그는 성직자이며 학자였던 인물로 브리타니아 역사를 처음 썼던 인물 가운데 하나이다. 그가 쓴 《브리타니아 왕의 역사》(*Historia Regum Britanniae*, 1135)는 고대의 양식에 따라 브리타니아 왕들의 생애를 기술하고 있다.

은 원래 연대기이며 역사서이고 또한 교과서 및 기사(騎士) 서사시로 예정된 것이었다. 삭소는 명예지향적인 애국자, 냉정한 합리주의자 이면서도 몽환적·감상적 낭만주의에 사로잡혀 있었다. 그는 장식어 법에서 자신이 모범으로 삼은 유스틴(Junstin)201)을 넘어서려 했으 며, 그의 고대풍 시가들은 고대 북방 스칼데 문학의 음률을 전해 주 는데, 이런 시가는 호라츠의 운문과 흡사해지려는 경향을 보였다.

또 그는 아이슬란드의 풍성한 전설을 경외하던 사람이었으며 이 전 설을 노르웨이 선원들의 동화, 보다 소박한 덴마크 지방전설 그리고 널리 유포된 온갖 동화와 연결 지었다. 그는 고대와 현대의 모티브들 을 섞긴 했지만 토착신앙의 신화와 기독교 신화를 뒤섞지는 않았다. 고대 토착신들에 대한 그의 입장은 스노레보다 한층 멀리 있었다. 그 는 또 스노레처럼 토착신들이나 이 신들의 박해를 받는 거인이나 난 쟁이들을 선사시대의 사람들, 그것도 마법사로 파악했다. 그는 한걸 음 더 나아가, 이들이 보통 여인들과 사랑을 나누고 이 지상에서 사 람들과 섞여 싸움을 벌이고 이들로부터 도망치기도 한다고 생각했다. 흔히 고대 전설에서 오딘이 변장하거나 가명을 써서 나타나곤 했는 데, 삭소는 오딘을 항상 그런 식으로만 인식하지 않았으며 위험에 빠 진 영웅들을 밤에 발퀴레가 찾아가는 것도 불손한 것으로 파악했다. 그러나 덴마크인이었던 삭소는 오딘을 최고신으로 생각했다. 그러나 이 오딘은 자기가 아끼는 영웅에게 자신의 이름을 갖고 또 "신이 위 력"을 갖고 단 한 번 나타난다. 그러나 오딘은 다른 이름을 갖는 자 주 항상 깨어 있는 수호정신으로, 모자와 외투를 입은 지칠 줄 모르

---

201) 원명은 플라비아 네아폴리스 유스틴(Flavia Neapolis Junstin)으로 로마에 서 165년에 사망했다. 기독교주의 철학자이며 기독교 옹호론자였다. 기독 교 계시론과 그리스 철학을 연계하려 하기도 했다.

는 방랑자의 모습으로, 외눈에 긴 수염이 있는 노인네 모습으로 어느 순간 갑자기 나타난다.

덴마크 전설은 오딘이 기사의 모습으로 하늘을 나는 것으로 생각하지만, 그런 모습은 드물게 나타난다. 오딘과 그의 아내는 서로에 대해 정절을 지키지 않는다. 발퀴레 무리는 오딘과 전혀 관계가 없다. 오딘의 하늘 성채인 발할라에 대한 언급은 전혀 없다. 그런데 이와는 달리 대양 건너에 정원처럼 생긴 낙원이 자리 잡고 있는데 거기에는 화려한 성찬이 이뤄지고 그곳으로 들어온 인간들을 타락시키는 매혹적인 젊은 여인들이 있다. 이 낙원 바로 옆에는 온갖 더러움이 넘쳐나는 지옥이 있다. 이 낙원이나 지옥을 지배하는 것은 두 명의 리제이다.

삭소의 〈하딩의 전설〉(*Haddingsssage*)에서 어둠의 안개 제국과 태양이 빛나는 영역의 두 세계가 땅 밑에서 서로 부딪치고 또 물살로 창(槍)을 굴려대는 강 너머에서는 양편의 군사들이 세속적인 전사의 삶을 계속 이어간다. 삭소는 다른 곳에서 엘리시움(Elysium),[202] 플루토(Pluto)[203]의 왕국인 플레게톤(Phlegethon)[204]에 대해서 언급하고 있다. 이곳은 영웅들이 죽는 순간 웃으면서 기꺼이 추락하는 최종 목표지점이다. 그런 의미에서 〈하딩의 전설〉에는 게르만의 상상력과 그리스-로마 상상력이 혼합되어 나타난다고 할 수 있다.

---

202) 그리스어 엘리시온(Elysion)의 라틴어 표기이다. 이것은 그리스 신화에서 '사자들의 섬'이다. 그 주위를 둘러싼 바다가 오케아노스(Okeanos)이다.
203) 로마 신화에서 지하세계의 신이다.
204) 그리스 신화에서 스틱스(Styx), 아셸론(Acheron), 레테(Lethe), 코키토스(Kokytos)과 함께 지하세계를 흐르는 강이다. 이 강에는 물이 흐르는 게 아니라 불이 흐르며 모든 것을 불태워버리며 결코 꺼지는 법이 없다. 어떤 글에서는 끓는 피가 흐르는 것으로 묘사되기도 한다.

또 여기에서는 오딘이 마시는 문학의 음료, 오딘의 전우주적인 전지(全知)함, 오딘과 발더에 의해 조성되는 신들의 운명이 여러 번 언급될 수 있었을 터인데도 전혀 나타나지 않는다. 또 스칼데는 발더를 흠이 없고 정결하며 그의 죽음이 세계의 파멸을 초래하는 것으로 묘사하는 데 비해, 삭소의 글에서도 발더는 사랑병을 앓고 있는 욕정에 휩싸인 젊은이며 그의 죽음은 큰 의미를 띠지 않는다. 토르도 큰 비중이 없고 늘 긍정적인 모습은 아니다. 발퀴레와 숲의 요정들, 숲의 엘프 미밍(Mimimg), 의술을 지닌 비톨프(Witolf)와 함께 여러 리제와 리진(Riesin, 여성 리제)[205]이 중요한 역할을 담당한다. 또 사람들이 아이슬란드의 해안의 빙상들이 부딪치며 자아내는 우당탕하는 소리를 범죄자들이 죽어가며 내는 비명소리라고 감지한다. 죽은 자들이 마술을 통해 말을 할 수 있고, 이들이 비행을 저지르려고 무덤을 벗어나려는 경우 목을 자르거나 신체에 말뚝을 박아 제어할 수 있다.

아이슬란드 전설에 나타는 신화적 시각은 스칼데 문학, 옛 영웅 전설 그리고 삭소의 그것과 본질적으로 다르다. 그렇게 다른 이유는 묘사의 형식과 더불어 필자가 소속된 계급과 소속한 부족이 다르기 때문이다.

소박한 가정전설 작가들은 옛 조상들처럼 멀리 떨어진 섬의 민중적 전통에 의존했다. 그러나 기독교화된 궁정에서 활동하던 스칼데들이나 지식인 《에다》작가들은 다른 이상과 영웅 그리고 오딘을 신봉했고 중부 유럽의 기독교적 이미지와 이념세계에 사로잡혀 있었다. 덴마크 성직자들은 신화를 단순한 치장수단으로 더 많이 이용했다.

1000년에 이르기까지 기독교 사고와 토착신앙의 사고가 서서히 서

---

205) 리제(Riese)의 여성형이다.

로 용해되었으며 그 후에 토착신앙의 사고가 고대신화를 다뤘던 스칼데의 문체를 통해서 광범위하게 변형되었는데, 이 점을 인정한다면 본질적으로는 새롭고 기독교적이며, 형식적으로는 오래되고 토착신앙적인 전혀 새로운 이념국가가 고대 신화 유기체에 자리 잡을 수 있었다는 것을 이해할 수 있다. 독일과 영국에서 새로운 신앙으로의 전향은 처음부터 보다 계획적·직접적·사제 중심적으로 진행되었지만, 그 문학예술은 높은 수준의 기법을 성취하지 못했고 신화의 표현형식이나 북방 스칼데 문학이 지닌 저항력에 버금가지 못했다. 때문에 독일과 영국에서는 〈뵐루스파〉와 같은 주목할 만한 혼성 문학작품이 성립되지 못했다. 그러나 바로 이 때문에 또 다른 특이한 현상이 나타난다.

즉, 북방의 민중신화는 스칸디나비아 고유의 특징들을 지님에도 불구하고 북방 예술신화보다, 멀리 있는 독일 신화에 더 가까이 있다는 점이다. 또 이 북방 민중신화는 토착신들이나 귀신 또는 정령에 대한 신앙 특징들을 독일 신화와 공유한다. 또 예술신화의 경우 전체적으로 규범적 형이상학적 주도 이념이 아주 미세한 소리를 내며 그 안을 맥동하며, 그런 점에서 예술신화는 중세 교회교리와 공통점을 갖는데 북방 민중신화에는 독일의 신화와 마찬가지로 이런 주도 이념들의 기미가 존재하지 않는다. 또 이 북방 민중신화와 독일의 신화는 그 운명을 예술신화와 달리했다. 예술신화는 그것이 존재한 지 몇 백 년이 지난 뒤 제한적 존재기반이었던 교양세계로 흡입되어 소멸하고 말았지만, 민중신앙은 비록 여러 갈래로 찢기고 또 억압을 받았지만 끊이지 않고 이어져 오늘날까지 존재하고 있다. 그래서 우리는 이제 여전히 흘러가고 있는 게르만 신화의 4번째 원전에 접근하게 된다.

4. 게르만 민중전통 : 1200년부터 현재까지

중세 전성기 때 고대 토착신앙의 광휘는 다시 한 번 발휘되었다. 삭소의 덴마크 역사, 스노레의 아이슬란드 《에다》 그리고 어느 의미에서건 독일의 〈니벨룽겐의 노래〉에서이다. 1200년경 토착신화와 전설은 다시 한 번 뛰어난 독일 문학의 중심에서 모습을 드러냈다. 그 이후 이 토착신앙은 서서히 저 깊은 곳으로 가라앉게 되었고 높은 지위에 있던 토착신들과 영웅들은 새롭고 엄격한 교회이념이나 자유 신앙가의 이념을 지닌 기사계급이나 수도원 사제들에게 제 자리를 넘겨주었다. 그리고 새로 건설된 도시 안에 시민계급지향적이고 자유롭게 전수된 교양이 지배하기 시작했다. 이미 11세기 말엽 십자군 원정이 시작되기 전에 이미 동방으로부터 서양으로 물밀듯이 밀려와 저기 북방세계까지 다다른 동화, 우화, 소설에 대한 탐닉은 더 이상 제지될 수 없는 흐름이 되었고, 이들의 다채로운 색실들은 단순한 토착신화의 직물 사이로 다양한 형태로 스며들어갔다. 이런 이전 현상보다 더 강력하고 우려할 만한 것은 고대 게르만 미신이 동방, 그리스, 로마의 미신들과 혼합되었다는 점이다.

고대 게르만 미신이 기독교 관념들과 관습들을 장악하고 세례나 성찬식 같은 교회 성사(聖事)까지 변형시켜 마술행위에 써먹었다. 또 교회의 축성(祝聖)이나 서언(誓言)을 속되게 모방했다. 오늘날도 간혹 나타나는 암살 기도자는 기도를 통해서 누군가에게 해를 끼칠 수 있었다. 13세기 중기에 베르톨트 폰 레겐스부르크[206]의 설교문이 보

---

206) 베르톨트 폰 레겐스부르크(Berthold von Regensburg: 약 1210년경~ 1273). 중세의 유명 설교가이자 프란체스코 수도원 수도사이다. 회개를 촉구하는 설교가, 사교(邪敎) 척결 설교가로 십자군 운동을 찬성했지만 유대

여주듯이 이러한 미신이 숙명적으로 번성하고 있었다. 이런 흐름은 나중에 무시무시한 교회법령으로, 또 나아가서는 1489년의 《마녀 망치》(Hexenhammer)[207]로 발전했다. 게르만인들의 기독교 개종 이후 교회는 반복적으로 토착신앙에 입각한 미신을 강한 징벌로 금지조치를 내렸고 또 고해성사를 통해 열심히 추적하고 교회 고유의 데몬 이론과 축성, 귀신퇴치 등을 통해서 그런 노력을 강화시켰는데, 이런 고통스러운 연극은 잔인하고 거창한 양태로 계속 진행되었다. 심지어 많은 성직자들이 스스로 민중들에게 미신적인 주문이나 관습들을 알려주었다. 파리의 고위직 신부 제르송[208]은 미신적인 영성훈련 방법을 교회에서 몰아내려 했다가 사제집단의 완강한 저항에 부딪쳐 이들에 의해 오히려 퇴출당했다. 1456년 하르트리프[209]가 쓴 미신적

인 박해에는 반대입장을 견지했다. 1240년에 아우크스부르크에서 설교활동을 하다가 1246년부터는 레겐스부르크에서 활동하였으며, 1250년부터 설교가로서 전 유럽적인 명성을 얻었다. 그는 자주 야외에서 대규모의 청중에게 설교를 했다고 한다.

207) 《마녀 망치》(라틴어 명칭 *Malleus Maleficarum*). 마녀 퇴치를 정당화하는 논리를 전개하는 책으로 1486년 현 독일의 스파이(Speyer)라는 고대 도시에서 도미니크 수도사 하인리히 크라머(Heinrich Kramer)가 집필하여 발행했다. 17세기까지 29판이 발행되었다. 당시 유럽을 휩쓸었던 마녀사냥의 논리를 전개한 책으로 확인되지 않은 많은 종교적 편견들을 담고 있어 교회적으로나 학문적으로 인정받지 못했다.

208) 제르송(Jean Charlier de Gerson: 1363~1429). 프랑스 신학자이다.

209) 의사, 궁중작가, 번역가로 활동했던 요한네스 하르트리프(Johannes Hartlieb: 1400년경~1468)를 지칭하는 듯하다. 그는 1456년 《금지기법개요》(*Das Buch von verbotenen Kuns*)를 집필했다. 이 책에 마법연고 제조법에 관한 최초의 기록이 들어 있다. 그 전의 책에서 마법술에 경도되어 있던 터였지만, 1451년부터 1454년 사이에 이뤄진 니콜라우스 폰 퀴즈(Nikolaus von Kues) 추기경과의 만남이 작용하여, 하르트리프는 이 책에서 마법술과 미신을 독신(瀆神)으로 파악하는 입장을 취한다.

사술(邪術)에 관한 책에 따르면 왕들이나 대주교들조차 그런 미친 행위에 몰두하고 있었다. 파국이 올 수밖에 없었다.

케사리우스 폰 하이스터바하[210]의 《기적론》(*Dialogus miraculorum*)은 13세기 1/4분기 때 씌어진 "종교적 노벨레"로서 그 자체로는 무해하지만, 미지근한 책으로 여성 독자들을 겨냥한 것이었다. 지벤게르게 산중 너도밤나무의 쐴쐴 소리에 휩싸인 아름다운 수도원으로부터 맛대가리 없는 유령의 형상이 나타나다니! 많은 악마의 형상을 늙은 오딘의 모습이라고 쉽게 인식할 수 있었으며 타락한 천사의 모습은 곧 엘프의 모습이었다. 이 귀신 이야기는 15세기까지 치스터친서(Zisterzienser) 교파 수도사들의 흥겨운 교육을 위해 식사시간 때마다 낭독되기도 했다. 이와 비슷한 시기에 게르바시우스 폰 틸부리[211]는 《황제의 휴식시간》을 집필했다. 이 책은 갖가지 일화나 기묘한 이야기들로, 그중에는 난쟁이 전설이나 요괴전설 등으로 하르츠부르크 은둔생활 중에 있던 황제 오토 4세를 즐겁게 했다.

---

210) 케사리우스 폰 하이스터바하(Caesarius von Heisterbach: 1180년경~1240년 이후). 치스터친서(도미니크 수도원의 한 유파) 교파의 지식을 갖춘 수도승이며 쾨닉스빈터(Königswinter) 근처에 있는 소속 교파 하이스터바하 수도원의 주임사제였다. 쾰른의 연대기자(年代記者)이며, 기독교 문서 집필가 및 소설가였던 그는 《기적론》(奇蹟論, *Dialogus miraculorum*: 1219~1223)을 썼다. 여기에서 그는 기적의 역사와 동시대의 얼굴들에 관한 내용을 담았다.

211) 게르바시우스 폰 틸부리(Gervasius von Tilbury: 1150~1235). 영국의 법학자, 역사가, 지리학자. 노르망 귀족 집안 출신. 영국의 하인리히 2세를 섬겼으며 렝스의 대주교 빌헬름을 비롯한 여러 대주교를 섬겼다. 나중에 프랑스 앨즈의 제독으로 임명되기도 했다. 그가 쓴 《황제의 휴식시간》(1209~1214)은 황제 오토 4세를 위하여 쓴 책으로, 교양 수준의 지리학 및 세계사 관련 책이지만 그밖에 구전된 중세의 영국과 지중해 서사문학에서 발췌한 전설과 기사들이 담겨 있다.

13세기 중반부터 프란치스코 수도원 수도사이며 강력한 설교자 베르톨트 폰 레겐스부르크[212]는 보리수나무에 올라가서 우상숭배를 비난하는 설교를 퍼부었다. 그 자신이 베어볼프의 존재를 믿었으며, 옛 토착신들이 한때 실존했던 영웅이거나 실재한 데몬들이라고 생각했다. 또 그는 독일의 토착 여신 오스타라(Ostara, '봄의 여신')[213]를 의미하는 것이라 생각한 아스타로트(Astaroth)[214]를 바이에른 지방의 거짓 신의 범주에 귀속시켰다. 그러나 요일 이름을 해석하는 데 있어서 이 수도사는 일부 이름들이 독일 토착신들의 이름과 연계되어 있다는 것을 전혀 생각하지 못했다. 저녁 나들이하기, 투루텐(Truten)이나 마렌(Maren)에 대한 신앙 또는 성 처녀들인 "축복의 처녀들"(felices dominae)에 대한 신앙, 첫 만남[215]이나 전조(前兆)에 대한 신앙 따위를 그는 미신적인 것으로 규탄하였고 다양한 모습을 띤 남녀 마술사에 대해서도 신경질적인 비웃음을 터뜨렸다. 그런 다음 그는 동화에 나오는 거울 산과 유리 산에 대해서 유치한 수준으로 횡설수설했으며, 제사 마차[216]의 별자리에 있는 조그마한 어린아이들이

---

212) [원주] Berthold v. Regensburg: J. Grimm, Kleine Schriften 4, 326, 330, 361. Schönbach, Studien z. Geschichte der altdeutschen Predigt II(1900).

213) 게르만이나 고대 영국사회에서 "에소트라"(Esotra)로 불린 봄의 여신이며, 야콥 그림(Jacob Grimm)은 이 여신을 오늘날의 부활절 이름 "오스터"(Oster)와 연관시켰다. 이런 오해는 이미 700년경 '베다'(Beda)에서도 발생했는데, 학자들이 "고대 게르만 봄의 축제"를 부활할 때 이에 근거했다.

214) 《구약성서》(〈열왕기〉 상 18, 19정/〈에레미아서〉 7장, 18장)에 나오는 아스토레트(Astoreth) 혹은 아쉐라(Aschera)와 같은, 중동지방에서 숭배되던 풍요와 출산의 여신을 가리키는 듯하다.

215) 게르만 민속신앙에서 사냥이나 여행할 때 누구를 처음 만나느냐에 따라 그 날 행사의 행/불행이 결정된다고 생각했다.

216) 스웨덴에서 발견된 청동기 시대 유적 중에 나타난 제식(祭式) 그림과 관련

이것을 타고 하늘로 날아간다고 생각했다.

　민간 미신은 개혁의 대상이었지만 다른 미신들은 시스마(교회분열)[217] 이후 교황 통치와 사제계급의 정신적·규범적 타락의 산물들이었다. 종교적 지위를 차지하고 있던 성직자들은 신학자들만큼 각종 부조리 상태에 대해서 치열하게 투쟁하지 않았다. 그러니까 투쟁력이 있는 학자들은 프라하 대학(1348), 비인 대학(1365), 하이델베르크 대학(1386) 등 독일 대학들 출신들이었고, 이들은 자신들이 속한 교회 내부의 범죄적 삶을 조명하는가 하면, 위클리프[218] 파나 후스[219] 파에

　　된 것이다. 암벽에 마차를 끄는 짐승(말 등)과 바퀴, 그리고 이를 조종하는 사람의 형체들이 그려져 있었다.

217) 1378~1417년 가톨릭교회가 분열하여 2~3명의 교황이 할거한 사태를 말한다. 이 사태는 콘스탄츠 공회를 통해 해소되었다.

218) 존 위클리프(John Wycliffe, 약 1320~1384). 영국의 종교개혁가. 옥스퍼드 대학을 졸업하였으며, 1374년 교황이 납세문제로 영국 왕 에드워드 3세를 불러들였을 때 그도 사절단으로 따라갔다. 그 후 교구장이 되어 로마 교회의 부패를 탄핵하기 시작하였다. 그는 로마 교황 그레고리우스 11세로부터 이단이라는 비난을 받았으나, 계속해서 교황의 권력과 로마 가톨릭교회의 교리에 공격을 가하였다. 후에 종교개혁 운동의 여러 원리는 모두 그의 교설 가운데서 싹텄다고 할 수 있으며 위클리프 파 사람들에 의해 각지에 퍼졌다. 그는 민중에게 복음의 진리를 전하기 위해 라틴어로 된 성서를 영어로 번역하여 마침내 1382년에 완성하였다. 죽은 뒤 그는 독일의 보단 호에서 개최된 콘스탄츠 공의회의 결과에 따라 무덤에서 끌려나와 부관화형을 당하고 말았다.

219) 얀 후스(Jan Hus, 약 1372~1415. 7. 6). 체코의 신학자이자 종교개혁가이다. 그는 존 위클리프의 예정구원설을 기반으로 성서를 기독교 믿음의 유일한 권위로 인정할 것을 강조하는 복음주의적 입장을 보였으며, 교황 등 로마 가톨릭교회 지도자들의 부패를 비판하다가 1411년 대립하던 교황 요한 23세에 의해 교회로부터 파문당했으며, 콘스탄츠 공의회의 결정에 따라 1415년 화형에 처해졌다. 하지만 그가 화형당한 이후 그의 신학사상을 이어받은 사람들이 보헤미안 공동체를 만들고, 그의 주장은 마르틴 루터 등 알프스 이북의 종교개혁가들에게 영향을 끼치게 된다.

대한 반대투쟁이나 유대인들과 마녀 심판관에 대한 반대투쟁 그리고 특히 민중 사이에 널리 유포된 각종 미신들에 대한 반대투쟁에 심혈을 기울였다. 이런 미신에 대한 가장 일찍이 투쟁을 벌인 사람은 니콜라우스 폰 야우어[220] 였다. 그는 하등 거리낌 없이 이단자를 화형에 처하는 데에도 일조하였으며 1417년 콘스탄츠 공의회 대주교들 앞에서 성직자들의 규범개선을 요구하기도 했다.

1405년 하이델베르크 수도원장인 베르너 폰 프라이부르크(Werner von Freiburg)의 설교와 그의 축성(祝聖)을 금지시킨 재판이 열렸다. 니콜라우스의 글 〈우상숭배론〉(de superstitionisbus, 1405)은 이 재판과 관련된 것이었다. 니콜라우스의 글 외에도 동시대의 유사한 글이 많이 있다. 마테우스 폰 크라카우,[221] 요한네스 폰 프랑크푸르트(Johannes von Frankfurt), 니콜라우스 폰 딩켈스뷜,[222] 토마스 폰 하젤바하[223] 등의 글들이 바로 그런 글들인데, 토착신앙을 판단하는 데

---

[220] 니콜라우스 마그니 폰 야우어(Nikolaus Magni von Jauer: 약 1355～1435). 독일의 신학자이다. 1397년 프라하 칼대학 총장, 1406년 하이델베르크대학 총장이 되었다. 신앙정통주의 신봉자로서 신앙과 사제집단의 갱신에 매진했다. 그는 당대의 종교개혁가였던 존 위클리프와 얀 후스와 적대적 입장에 있었다([원주] Nicolaus v. Jauer: Franz, Der Magister Nic. Magni de Jauer, insbesondere S. 154 ff. Panzer, Bayer. Sager. 2, 256. Thomas v. Haselbach: Schönbach in d. ZdV. f. Volksk. 13, 3.).

[221] 마테우스 폰 크라카우(Matthäus von Krakau: 약 1335/40～1410). 하이델베르크대학 가톨릭신학 교수, 동 대학 총장(1396～1397), 보름스 대주교를 역임(1405～1410)했으며 방대한 저작물을 남겼다. 기독교 신앙에 입각한 실제 삶의 자세와 영성훈련 연구에 몰두하여 세속 고위 성직자의 천박한 처신이나 신학적인 무지함, 비현실적인 무관심에 대해서 비판적인 입장이었다. 또한 이들의 소유욕, 매관매직, 사적인 향락 탐닉 등도 비판했다.

[222] 니콜라우스 폰 딩켈스뷜(Nikolaus von Dinkelsbühl: 약 1360～1433). 본명은 니콜라우스 프룬츨라인(Nicolaus Prunczlein). 독일의 신학자이다.

에서 이런 글들은 조심해서 이용해야 한다. 이것들은 모두 온갖 미신적인 관습들을 총망라하여 연구한 책인 《종합론》(de universo)과 《믿음과 원칙에 관하여》(de fide et legibus)를 집필한 파리 대주교 빌헬름 폰 오베르뉴224)가 주장한 이색적인 악마론의 영향을 받고 있기 때문이다. 빌헬름은 동시에 《마녀망치》에 대한 권위자이기도 하다. 니콜라우스는 미신이 교회에 깊이 자리 잡고 있다고 판단하여 민중계층의 미신보다 교회 내부의 미신 축출에 한층 더 강력히 매진했다.

사실 교회 내부에서 옛 축성이나 서언이 기독교 방식으로 바뀌었는데, 토착신들 대신 그리스도, 성 삼위일체, 마리아, 4복음서 집필자(〈마태〉, 〈마가〉, 〈누가〉, 〈요한〉)와 사도들과 또 3명의 동방박사, 4명의 족장들(아브라함, 이삭, 야곱 등) 그리고 최초의 순교자 스데반과 그 후의 성자들이 자리 잡았다. 북구에서는 근세에도 한층 순박하게 토착신과 기독교 신의 이름이 서로 뒤섞여 있었다. 유틀란트 지역의 한 축복기도에는 프레이와 마리아가 그리스도와 함께 작용하고, 신(新) 아이슬란드 축복기도에는 그리스도와 토르의 이름이 뒤섞여 있다. 마녀사냥이 점점 더 증폭된 원인은 하나는 토착종교의 악몽신앙과 마법신앙이 악마와 이단자가 개인적으로 교류하고 있다는 기독교

---

223) 토마스 폰 하젤바하(Thomas von Haselbach: 1388~1464). 본명은 토마스 에벤도르퍼(Thomas Ebendorfer). 비인 대학의 교수로 총장을 여러 번 역임한 오스트리아의 신학자이자 역사가이다. 후스 교파 문제의 전문가로 이에 관련한 여러 심문에 참여했다. 그의 《오스트리아 연대기》(Cronica Austriae, 1463)는 역사기술의 기본자료이며 또한 당대의 유대인 박해와 유대인 화형사건에 대한 유일하고 방대한 교회 측 보고자료인 셈이다.

224) 빌헬름 폰 오베르뉴(Wilhelm von Auvergne: 약 1180~1249). 스콜라학파의 철학자이다. 소르본 대학 수학, 졸업 후 같은 대학에서 강의했다. 1228년 파리의 대주교 서품을 받고, 젊은 황제인 루이 9세의 자문관을 지냈으며, 1244년 황제의 임종에서 십자군원정 맹세를 받아냈다.

교회의 믿음과 엉망으로 혼합되었기 때문이고 또 하나는 기독교 수도사들의 여성 비하적 관념 때문이다. 225) 랑고바르트 왕들이나 카롤링거 왕조의 왕들은 이런 마녀사냥이 반이성적, 독신적이라고 하여 거부했다. 그러나 1484년 교황 이노센스 8세(Innocenz VIII)의 칙령과 1489년에 나온 마녀 이론서인 《마녀 망치》 때문에 어떤 다른 정신착란과는 달리 게르만인들의 영혼과 육체를 황폐화시키는 마녀사냥이 인정받았고, 이것은 종교개혁 시대를 넘어 요즘까지 전해졌다.

토착신화는 정겨운 흔적을 남겨두기도 했다. 즉, 시문학, 카니발 그리고 민중가요 등에 흔적이 남게 되었는데, 이것들은 14세기에 거의 동시에 나타난 것들이다. 고대 게르만 춘계축제는 예수 수난 전 40일 동안의 금식기간을 두 번의 축제로 나누어 버렸다. 첫 번째 축제는 2월이 끝날 무렵에 있고, 다른 한 번은 부활절이나 5월 1일 아니면 성령 강림절(오순절)에 있었다. 춘계축제 행사로는 가면놀이, 곰 가장놀이, 수탉 두들기기, 칼춤, 소녀 쟁기질이 있었고, 특히 주문을 외우고 노래를 부르는 가운데 행하는 여름과 겨울의 싸움이 특별한 것이었는데 바로 여기에서 카니발이 유래했다.

숲에 사는 남녀 나무꾼들이 숲 속의 고적함을 벗어나 무대 위에 오르고, 심술궂은 아낙들이 악마의 가축들을 도적질하고, 목동인 굼프레히트는 이 가축이 지옥에 빠지지 않도록 보호해야 하지만, 이 목동

225) [원주] 61. Hexenwahn vgl. Wuttke, Deutscher Volksaberglaube 3 1 50. Fastnachtsspiele hg. v. Keller(Bibi. d. liter. Vereins 2. Stuttgart. Bd. 28-3o, 40). Hahnentanz 40 no. 67, 89. Kuhn, Westf. S. 2, 127. ZdV. d. Volkskunde 3, 12 vgl. Schmeller, Bayer. Wörterb. 1, 1114. Fastnachtsbär Meier, Sagen a. Schwaben 371, 373. Morris dancers Brand-Ellis, Popular Antiquities 1, 247. Pflugumführen a. a. O. 1, 505. Mannhardt, Wald- and Feldkulte I. (Register.) ZdV. f. Volkskunde 3, 370.

은 오히려 악마와 어울려 악마의 선술집에서 흥청망청 술잔치를 벌이고 주사위놀이를 한다. 지옥 뒤에는 돌이 하나 있는데, 이 돌에는 햇빛, 달빛, 바람, 어떤 종소리도 닿지 않는다. 젊은 남녀들이 서로 짝을 이뤄 건초더미 위에서 꼭 껴안고 있다가 창고 바닥으로 굴러 떨어지는 소리가 들리면 사람들은 이것이 독일이나 영국에서 봄이나 늦가을 추수 때 일어났던 것처럼 젊은 남녀 쌍들이 언덕으로부터 굴러 내리는 것으로 생각했다. 226)

독일 민요의 한 하위 장르인 발라드(*Balladen*)에서는 야성남(野性男)이나 수중남(水中男)이 공포감을 일으키는 모습으로 갑자기 모습을 드러내며, 영국 발라드에서는 바다처녀가 나타난다. 영국의 로빈 후드(Robin Hood) 형상227)에는 후드(Hood) 혹은 후디(Hoody)라고 불린 놀기 좋아하는 숲의 정령의 모습이, 노래하고 마법을 행하는 기사 울링거(Ulinger) 형상에는 엘프의 모습이 들어 있다고 생각할 수도 있다. 이 울링거는 네덜란드에서 할로윈(Halewyn, 엘프의 친구), 영국에서는 엘프의 기사라고 불렸다. 라틴화된 엘핀(*Elfin*)이라고 할 수 있는 비너스 여인은 노래기사 탄호이저(Tanhäuser)를 산으로 유혹해 불러들인다. 독일인들과 영국인들은 자기 애인을 무덤 안으로 불러들인 유령을 잘 알고 있으며 뷔르거228)는 이 유령 형상을 자신의 발라드에서 대단히 성화(聖化)된 모습으로 그려냈다. 북방의 민중가

---

226) [원주] Das Wälzen: Mannhardt a. a. O. 1, 481. Myth. Forschungen 340.

227) [원주] 로빈 후드 신화에 대해서는 Wolfskehl, Germ. Werbungssagen.

228) 뷔르거(Gottfried August Bürger: 1747~1794). 발라드와 시작을 통해 유럽 낭만주의에 큰 영향을 끼친 독일 작가. 대작 《뮤즈의 연감》(*Musenalmanach*) 중에 발라드 진기한 유령 이야기를 담은 〈레오노레〉(*Leonore*)가 실려 있다.

사는 삭소의 시대인 1200년경 덴마크에서 활발한 움직임을 보였는데, 이런 민중가사는 한층 더 신선한 토착신앙의 냄새를 풍겼다. 《트롤렌 가사》(Trollenweisen)는 오래된 전체 데몬의 구성자들을 보여주는데 트롤, 거인, 난쟁이, 네크, 닉세, 남녀 물의 정령들 그리고 베어볼프, 엘프 등이 그것들이다.

그중에서 가장 자주 등장하는 데몬은 바로 엘프들인데, 그 상냥함은 자못 유혹적이지만, 그것들이 쏘아대는 것들은 사람을 죽이고 또 그것들이 부르는 노래는 마술력이 있는 것이어서 위험한 존재이기도 하다. 19세기 초까지만 해도 스웨덴 농민들은 여름밤에 추는 엘펜의 윤무 멜로디인 〈엘펜라이히〉(Elfen-leich)[229]에 맞춰 춤을 추었다. 북구 지역에서는 망치를 갖고 다니는 토르와 영웅 프욀스빈(Fjölsvinn)이 토르트(Tord)[230]와 스벤달(Svendal)이라는 이름으로 《에다》의 예술가사에서 빠져 나와 민중가사 속으로 들어왔다. 페로 제도의 가사들 속에서 신들은 자주 지상 여기저기에 나타나며 거신들이 아이슬란드나 노르웨이 민중가사에서처럼 인간들과 여러 가지 모험적 관계를 유지한다.

상당히 중요한 의미를 지닌 독일 전설은 중세 말엽에 완성되었다. 그중에 하나가 키프호이저(Kyffhäuser) 민족전설[231]이다. 이 전설은 올리브 산[232]에서 황제가 반기독교도들과 싸움을 벌이는 비잔틴 전

---

229) [원주] Elfenleich Hyltén-Cavallius, Wärend och Wirdarne x, 253.

230) [원주] Tord vgl. Bugge og Moltke Moe, Torsvisen 1897.

231) '키프호이저'는 튀링겐 분지 북동쪽 가장자리에 위치한 477m 고지의 산 이름이다. 전설에 따르면 황제(애초에는 프리드리히 2세였으나 나중에 프리드리히 1세 갈색 수염 바바로사 황제를 가리키는 것으로 변형됨)가 마법에 걸려 이 산에서 잠에 빠졌다고 한다. 그가 깨어남은 황제권의 회복을 가져오는 것으로 설정되어 있다.

설과 산골짜기에서 군대를 이끌고 나오는 보단 신 신화를 효과적으로 결합시키고 있다. 또 파우스트 전설과 '영원한 유대인'(Der Ewige Jude) 233)에 관한 이방전설234)은 몇 개의 고대 독일의 신화요소들을 자체에 끌어들여 접합하는데, 파우스트 전설은 외투 입은 공중비행 신화를, 유대인 전설은 '야생 사냥대'(Wilde Jagd) 235)의 질주 신화를

---

232) 키드론 계곡을 경계로 서쪽으로 옛 예루살렘과 이웃하는 산이다. 여러 개의 봉우리로 이루어진 석회암 산으로 성서와 후의 종교문학에 자주 나오며, 유대교와 그리스도교의 성지로 알려져 있다. 올리브 산은 《신약성서》에서도 자주 언급된다. 예수가 생애의 마지막 주 첫날 예루살렘으로 들어갈 때 (〈마태〉 21: 1, 〈마가〉 11: 1) 거쳐 간 길목으로, 예루살렘의 묵시적 멸망을 예언한 곳이기도 하다. 예수가 가롯 유다에게 배반당해 팔려가기 직전 기도했던(〈마태〉 26, 〈마가〉 14) 겟세마네 동산이 서안에 있다. 예수가 승천한 곳(〈사도〉 1: 12)으로도 손꼽힌다. 이곳에는 적어도 4세기부터 크고 작은 교회들이 건립되었으며, 현재 수많은 그리스도교 종파들이 자리 잡고 있다. 유대교의 옛 전승에 따르면 구세주의 시대는 올리브 산에서 시작될 것이라고 하며, 이 때문에 올리브 산기슭은 수세기 동안 유대교에서도 가장 신성한 묘역으로 여겨졌다.

233) '유랑하는 유대인'(auch wandernder Jude)이라고도 한다. 13세기에 쓰인 기독교 성담(聖譚)에 등장하는 형상이다. 그 근원은 예수의 수난과 관련되어 있다. 예수가 십자가를 지고 골고다 언덕을 올라갈 때 잠시 쉬기 위해 어느 집 앞에 섰는데, 이때 출신을 알 수 없는 한 사람이 예수를 비웃었고, 예수는 이에 대해 그가 최후심판을 하기 위해 다시 오는 그날까지 그 사람은 죽지 못한 채 세상을 떠돌게 되리라 저주한 이야기가 전해진 것이다. 1602년 독일의 라이덴(Leiden)에서 작자 미상의 이야기책이 출간되었는데, 여기에서 이 유대인에게 비유대인 왕의 이름인 아하베로스라는 이름이 부여되었다. 반유대주의 색채를 띤 이 변용은 전 유럽에 유포되었다. 온 시대를 통해 유랑하는 유대인 형상은 여러 이름으로 변용되어 대중용 이야기책에 등장해왔다. 그후 수많은 문학작품이나 미술, 음악에 주제화되었다. 이 형상은 20세기 국가사회주의 이데올로기의 유포과정에서도 위험스럽게 남용되었다.

234) [원주] Neubauer, die Sage vom ewigen Juden2 1893. Deli alte Fritzu. Napoleon Birlinger, Volkstümliches a. Schwaben 1, 50.

235) 게르만 신화의 한 개념이다. 이 개념은 '분노의 군대'(das Wilde Heer), '성

접합시켰다. 대체적으로 옛 역할들을 현대적인 형상이 대체하고 있다. 난쟁이는 산중의 수도자나 베네치아인으로 변하고, 토착신들이나 데몬들은 예수교파 승려나 프리메이슨 단원으로 바뀌었고, 늙은 프리츠, 나폴레옹 그리고 심지어 비스마르크까지 우리 토착신앙 세계를 활보하고 다닌다.

중세는 종교개혁, 신대륙 발견 그리고 인문주의에 의해 그 종막을 고하게 되었다. 이런 사건들은 미신이나 미신의 이해에도 영향을 끼쳤다. 하지만 그 어떤 것도 철저하지는 못했다. 다시 말해 옛 교회의 마녀 망상이나 전체적인 마녀 추방 열기는 새로운 교회에 다시 주입되었다. 마녀 화형의 불길은 프로테스탄트 세계 도처에서 환하게 타올랐다. 종교개혁가인 루터는 그 누구보다도 열렬히 순수한 기독교를 열망했지만, 어린 시절부터 교회의 이교적 전통을 흡입한 까닭에 그것들로부터 자유로울 수 없었다. 루터의 어머니는 어린 아들에게 마녀나 알프에 대해 많은 이야기를 해 주었다. 소년 루터는 닉세(Nixe) 신앙을 확신하여, 이 악마가 소녀들을 물속으로 끌어들여 관계를 맺어 괴물 아이들이나 기형아를 생산하고, 사람들을 괴롭힐 목적으로 이 아이들을 정상적인 아이들 곁에 눕혀 놓는다고 생각했다. 루터는 이런 아이들은 물에 빠뜨려 죽여야 한다고 안할트(Anhalt) 공국의 왕에게 권고하기도 했다. 이런 태도는 이런 위대한 종교개혁가의 속내로부터 기형아를 남자나 가축들이 접근하지 않는 악마의 해안에 매장하라고 권하는 고대 노르웨이 프로스타팅(Frostathing) 법236)의 엄격함이

난 군대'(das Wütende Heer)라고도 표현된다. 이는 밤하늘의 자연현상을 초자연적인 무리들의 사냥대 행렬을 의인화한 표현법이라 할 수 있다. 이 밤의 거센 바람은 특히 귀신들이 거세게 준동한다는 십이야(拾二夜, 성탄절부터 새해 1월 6일까지) 기간과 밀접하게 연관되어 있다. 영국에서도 '와일드 헌터'(Wild Hunter)라는 표현을 사용한다.

냉혹하게 터져 나온 것이었다.

이런 식으로 그의 든든한 선한 하나님 곁에 지극히 악독한 데몬의 패거리가 숨 쉬고 있는 것이다. 루터는 옛 교회방식으로 그리고 나중에 자신이 내세운 프로테스탄트 교리와는 반대로 수호천사의 존재를 믿었다. 모든 사람들이 자신의 높고 낮은 지위 또는 직업에 따라 각각 걸맞은 강력한 천사를 소유하고 있으며 이 천사가 악마를 막아준다는 것이었다. 그는 옛 동화 속에 담긴 사랑스러운 마법을 "나는 내가 여린 유년시절 받아들였던 그 진기한 이야기들이나 내 삶 속에서 내가 접했던 그런 것들을 어떤 대가를 지불하더라도 포기하고 싶지 않다"라고 말할 정도로 절실하게 느끼고 있었다.

그러나 16, 17세기 루터식 교회규범[237]은 예배에서 여러 축제 관습들을 철저히 배제시켰다. 예컨대 "성스런 신의 복장들", 우박 섞인 불, 물, 소금, 고기, 계란 등에 대한 교회의 축성과 또 기일(忌日)축제를 폐지했다. 다만 추수절 설교, 추수를 위한 기도, 추수감사절 축제 등은 남게 되었고, 루터가 완전히 없애려 했지만 뜻을 이루지 못한, 죽은 자들을 기억하는 일요일, 교회봉헌 기념일 등은 갖가지 신앙투쟁이나 전쟁에도 불구하고 계속해서 존재할 수 있었다. 스칸디나비아 땅의 폐쇄적이고 엄격한 루터주의는 옛 교회축제의 화려함에 더 심대한 타격을 가했고, 가장 큰 타격을 입혔던 것은 네덜란드, 영

---

236) 노르웨이의 하콘 하콘손(Håkon Håkonsson: 1217~1262) 왕이 프로스타팅이라는 관할지역에 대해 포고한 법률로 알려져 있다. 그 법의 서문 제1장에 그 내용이 실려 있다. 그 안에는 기독교인 법, 결혼 및 성범죄 관련법, 참회공동체법, 선박건조 및 무장의무법, 상속법, 토지교환법 등이 포함되어 있다.

237) [원주] Lutherische Kirchenordnungen: Pfannenschmid, Germ. Ernte-feste(an vielen Stellen).

국, 스위스에서 영향력을 지녔던 예술과 치장을 혐오하는 칼뱅이즘이었다. 변화무쌍했던 영국 종교개혁은 수시로 처지가 바뀌었던 5월 민속제(*Maifest*)238)에 그대로 반영되었다. 1566년 스코틀랜드 의회는 5월 민속제를 금지시켰고 엘리자베스 여왕 치하에서 영국 퓨리턴들은 5월제 여왕 마리안 양(孃)(Maid Marian)이 바빌로니아 시대의 창부를 육화한 것이라고 하여 추방해 버렸다.

퓨리턴에 의해 추락한 올드 메리 잉글랜드(Old merry England)의 상징물을 스튜어트 왕조가 다시 일으켜 세웠다. 그러나 1864년 장기의회 복무규정은 다시 이 상징물을 도처에서 넘어뜨려 버렸다. 크롬웰(Cromwell) 시절의 "마녀 추격대장"들은 마녀의 무리와 5월 나무239)들을 함께 불살라 버렸다. 스튜어트 왕조가 복고된 뒤에는 이런 것들이 다시 화려하게 꽃피어 났으며 다채로운 색깔의 장식 끈과 나뭇잎 장식들을 19세기에 이르기까지 뽐내었다. 19세기 그 무렵 미국의 문필가였던 워싱턴 어빙240)은 영국의 고대도시 체스터(Chester)에서 이런 축제 중의 하나를 접하게 되어 큰 기쁨을 느꼈다.

종교개혁시대의 지리학적·인류학적 발견들에 힘입어 이방 민족들에 대한 관심이 활발해졌다. 그리고 사람들은 자신이 속한 민족에 대해서도 관심을 쏟게 되었다. 여기에는 기독교적 또는 인문주의적 경

---

238) 민속신앙에서 5월 1일은 봄이 시작되는 날이었다. 다가오는 새 해의 풍요를 위한 축제를 벌인 것이 바로 5월제였다. 이날에는 각종 경기가 개최되고, 풍요를 기원하는 5월 나무(*Maibaum*, 주로 자작나무가 이용됨)가 집 앞이나 여러 사람들이 모이는 공중 광장에 세워졌다.

239) [원주] Der englische Maibaum, Maypole: Brand-Ellis a. a. O. 1, 238.

240) 워싱턴 어빙(Washington Irving: 1783～1859). 미국의 문필가. 유머작가, 풍자문학 작가이다. 《고트프리드 그레연의 스케치북》을 집필하기도 하였는데, 여기에는 미국의 분위기에 맞게 각색된 독일 전설이 포함되어 있다.

향이 작용하고 있었다. 독일기사단의 목회자였던 요한 뵈무스 아우바누스[241]가 자신의 저서 《제(諸) 민족, 관습법 및 제의》(*Omnium genium mores, leges et ritus*, 1520)에서 그런 입장을 취했다. 이 책은 16세기에 전 유럽의 애독서였다. 그밖에 《세속서》(*Weltbuch*, 1534)를 쓴 재세례파(*Wiedertaeufer*)[242] 목사 세바스티안 프랑크(Sebastian Frank)[243]나 《교황파의 권력》(*Regnum papisticum*, 1553)을 쓴 루터파

---

241) 요한 뵈무스 아우바누스(Johann Boemus Aubanus: 1485~1533). 뷔르츠부르크 지방의 아우프(Aub) 출신. 독일의 인문주의자이다. 독일 기사단의 본부가 있던 울름(Ulm)에서 사제생활을 하며 그의 중심 저술서인 《제(諸) 민족, 관습법 및 제의》를 집필하였다. 3권으로 된 이 책은 아프리카, 아시아, 유럽의 종족들에 대해서 기술하는데, 당시 독자의 반응은 매우 성공적이었고 그를 최초의 인문주의 인종학 학자로 자리매김하게 했다. 독일에 관련된 부분을 세바스티안 프랑크(Sebastian Franck)가 《세계서》(世界書)에, 그리고 세바스티안 뮌스터(Sebastian Muenster)가 《우주론》에 각각 평가 인용했다[[원주] Boemus, Frank u. Naogeorgus: Vogt in d. ZdV. f. Volkskunde 3, 369.).

242) 유럽 16세기 첫 4분기 때쯤 형성된 루터의 종교개혁 흐름 중에서 급진좌파의 경향을 띤 신앙운동 흐름을 나타내는 개념이다. 이 운동의 중요 목표는 예수의 모방, 형제동맹체이자 무권력체로서의 교회이며, 이들의 사고와 행동은 《신약성경》을 문자적으로 수용하여 해석하고 따르는 것이다. 성인이 되어 다시 세례를 받는데, 이는 유아세례의 의식적 극복을 의미하며 당대의 이런 행위는 사형에 해당되는 것이었다. 이들은 권력의 박해를 매우 심하게 받았으며 그 지도자들 다수가 순교했다.

243) 세바스티안 프랑크(Sebastian Franck: 1499~1542). 독일 연대기자(年代記者), 언론인, 지리학자, 신학자, 속담수집가이다. 16세기의 비중 있는 신비주의 저술가로 평가된다. 원래 가톨릭 신부였으나 루터의 교리에 영향을 입어 프로테스탄트로 개종했지만 나중에는 모든 도그마를 거부하고 '마음의 기독신앙'을 펼쳤다(Sebastian Franck (*20. Januar 1499 in Donauwörth; † 1542 oder 1543 vermutlich in Basel) war ein deutscher Chronist, Publizist, Geograph, Theologe und Sprichwortsammler und gilt als der bedeutendste mystische Schriftsteller des 16. Jahrhunderts.).

목사 나오게오르구스 혹은 키르히마이어[244]도 비슷한 입장이었다. 이 세 사람의 신학자들은 모두 널리 인기를 모으는 축제관습 중에서 토착신앙적 요소들을 파악했다. 프랑크 지역 교회에서는 성탄절 때 제단 위에 나무로 만든 아기 예수상을 세우고 경배하며 그 주위에서 춤을 추었는데, 앞의 세 사람들은 이런 춤판을 이다(Ida) 산중에서 갓 태어난 주피터 신 주위에서 추던 코리반트 사제들[245]의 흥청거리는 윤무(輪舞)와 비교한다. 이때 이들은 이 춤에 고대의 것이 아닌 게르만적 요소가 자리 잡은 것을 거의 알고 있지 못했다.

게르만인들은 16세기에 미신에 물들지 않은 자연과학적 이해를 받아들이기가 여전히 어려웠다. 자연과학의 개혁자인 테오프라스투스 파라셀수스[246]의 마음속에도 옛것과 새것이 서로 뒤엉켜 움직였다. 그는 자연연구를 스콜라 학자들로부터 빼앗아 의사들의 수중으로 옮겨 놓았다. 그러나 그가 쓴 《감춰진 철학》(*Verborgene Philosophia*)에서 산의 정령들은 땅속에서 광부들을 친절하게 또는 심술궂게 만나며 이들에게 각자의 죽음을 알려준다. 파라셀수스는 또 사랑스러운 물의 요정 운딘네(Undine) 동화를 이야기하기도 한다.

---

244) 나오게오르구스 또는 키르히마이어(Thomas Naogeorg, 또는 Thomas Kirchmeyer, Kirchmair, 1508~1563). 독일의 신(新) 라틴어 극작가, 신약성경학 연구가, 저술가, 종교개혁가이다. 종교개혁 시대에 드라마 작품을 통해 큰 영향력을 행사했던 인물이다. 도미니카 교단의 수도원에서 사제생활을 시작했지만 나중에 루터의 종교개혁에 동참했다.

245) 로마 신화에서 식물의 성장을 관장하는 키벨레(Kybele) 여신이 거느리는 사제들이다.

246) 테오프라스투스 파라셀수스(Theophrastus Paracelus: 1493~1541). 슈바벤 출신의 의사, 자연연구가, 철학자이다. 평생 유럽을 떠돌며 외과의사로서 활동하며 근대의학의 길을 연 사람으로 히포크라테스를 제외한 그때까지 의술의 권위에 대해서 세찬 비판을 가했다.

역사의 서술에서도 옛 토착신앙 내용의 유입을 막을 수는 없었다. 《짐머른 연대기》(Zimmernsche Chronik, 1566)도 이런 토착신앙 내용으로 가득 차 있었다. 짐머른 남작 가문의 시조모(始祖母) 중 "메르파이"(Meerfai)라는 여인이 있었다. 숲 속 지하왕국의 꼬마 난쟁이나 수호정령, 가정정령들이 여기저기 출몰하고, 또 신비한 난쟁이 왕 골데마르(Goldemar)가 라인 강변 하르데슈타인(Hardenstein)에, 안개 난쟁이가 보단 호 근처 보드만스(Bodmans)에 나타난다. 부테스헤르(Wutesheer)는 공중에서 쏜살같이 날아다니며, 마법사나 마술의 열쇠공에 대한 신앙이나 온갖 옛 토착신앙 관습이 교양인들의 화제가 된다. 《늙은 아낙의 철학》(Der Alten Weiber Philosiphey, 1612)이나 쉬미트[247]의 《솔질한 치마의 철학》(Gestriegelte Rockenphilosophie)은 둔중한 분위기의 길쌈방이 어떤 모습인지 보여준다.

그러나 이제는 프로테스탄트 국가들이건 가톨릭 국가들이건 이를 모두 걱정하고 나섰다. 지식인 계급이나 민중계급의 미신을 방지하는 각종 법령들이 공포되었다. 그중에서 가장 포괄적인 법령은 《바이에른 막시밀리안 대공령》(Landgebot des Herzogs Maximilian in Bayern, 1611)[248]이었다. 그러나 30년 전쟁은 공포에 질린 불행스러운 독일 민중을 미신 속으로 더욱 깊게 밀어 넣었다. 이런 측면은 알트마르크

---

247) 쉬미트(Johann Georg Schmidt: 1660~1722). 독일 계몽주의 시대를 살았던 약사, 자연과학자, 작가로서 활동하면서 동식물, 광물을 채집하고 자연과학 관련 글을 썼다. 특히 여성들이 베를 짜는 방에서 떠돌아다니는 마술 기법에 관한 이야기를 수집하여 이런 행태를 신랄하게 비판한 내용을 담은 글이 그의 대표작이랄 수 있는 《솔질한 치마의 철학》이다. 여기의 일부 내용들은 나중에 그림 형제의 독일 신화 책에 실렸다.

248) [원주] Das Landgebot des Herzogs Maximilian in Bayern: Panzer, Bayer. Sagen 2, 264 vgl. den Auszug in der Zeitschr. für deutsche Kulturgeschichte N. F. 2, 92.

지방 출신의 요한네스 프레토리우스(Johannes Praetorius: 1630~1680)가 쓴 《알프 난쟁이, 슈레텔 요마, 밤의 요괴에 관한 신(新) 세계상》(*Neue Weltbeschreibung von Alpmänner, Schröteln, Nachtmähren,* 1666, 1667)에 나타나 있다. 그는 자신의 발언 중 많은 부분을 스스로 꾸며 댄 것이라고 고백했기 때문에 그의 발언을 항상 옳은 것으로 신빙할 수는 없다. 프레토리우스의 책이나 《솔질한 치마의 철학》때문에 독일 여러 지방의 관념과 관습이 서로 뒤섞여 버린 까닭에 토착신앙의 양상을 지역적으로 구분하여 순수한 상태로 파악하는 것은 불가능한 것이 되어 버렸다.

이제 18세기 계몽주의가 다가왔고, 계몽주의의 선봉장인 토마시우스[249]가 마녀재판을 폐지시키려고 달려들었다. 그 이후, 프리드리히 대왕이 칭송하는 것처럼 여성들이 곱게 늙어 죽어갈 수 있게 되었다. 그러나 모든 곳에서 그랬던 것은 아니었다! 1775년 켐프텐 수도회에서 여전히 한 여자 일용 일꾼이 마녀로 몰려 화형을 당했으며, 1783년 글라루스[250]에서 마지막 마녀재판이 열렸다. 옛 미신들은 지식인 집단에서 서서히 퇴조했지만 민중계층 사이에서는 미신의 기본 속성들이 여전히 힘을 발휘했다. 우리 작가들은 레노레,[251] 박력 있는 사냥꾼, 마왕(魔王), 어부, 충실한 에카르트 등의 옛 형상인물들을 통해,

---

249) 토마시우스(Christian Thomasius: 1655~1728). 라이프치히 태생으로 독일 계몽주의를 대표하는 언론인, 철학자. 자연법론자이다. 특히 마녀재판과 고문의 철폐에 크게 기여했다.

250) 스위스의 주(켄톤) 이름.

251) 엘레노레(Eleonore)를 줄인 여성 이름이다. 독일 시인 고트프리드 아우구스 뷔르거(Gottfried August Bürger)의 발라드에 등장하는 레노레라는 여성 형상은 으스스한 느낌을 불러일으키는데, 그 때문에 이 작품은 유명하다. 단편소설의 대가 에드가 앨런 포(Edgar Allan Poe)도 레노레라는 이름의 형상인물을 그의 소설과 시에 비슷한 맥락으로 등장시켰다.

비록 시적 가상의 삶이긴 하지만, 새로운 형상인물에 대한 인식을 일깨웠다. 그러나 종국적으로 동화집이나 전설문집을 통해 게르만 민족의 토착신앙을 망각으로부터 구원한 사람은 19세기 그림(Grimm) 형제였다. 특히 형인 야콥 그림(Jakob Grimm)은 이런 민속신앙의 보고인 《독일신화》(*Deutsche Mythologie*, 21844, 31854, 41875-78)를 통해 놀라운 시각을 드러내 보여주었다.

각 지역에서 민속전통을 협력해 모아올리고 또 후세에 몰락 지경에 있는 게르만 토착신앙의 마지막 원전들을 후세에 전하기 위해 전문적이든 비전문적이든 관계없이 많은 손들이 함께 움직였다. 그것과 연계된 최근 민속학은 옛 토착신앙의 견인력이 오늘날에도 여전히 완전히 마비된 것은 아니라는 사실을 보여주었다. 또 민속학은 여러 서적에서 옛 북방문헌보다 더 완벽하고 확실하게 토착신앙의 세계를 특정한 관념의 그룹으로 나누어 드러내 주었다. 이 책의 내용배열에서 필자는 단원적 체계 모색보다 이런 이중적 구분법을 기준으로 삼는다.

마지막으로 우리 민족의 경계를 넘어선 새롭고 넓은 원전영역이 열렸다. 친족관계에 있는 인도게르만 신화, 다시 말해 인도, 페르시아, 그리스, 로마, 켈트, 라트비아 그리고 슬라브 신화들이 바로 그런 영역이다. 비교신화학은 많은 혼란요소와 오류개념들을 내포하고 있긴 하다. 하지만 비교신화학은 신화의 뿌리인 하급 데몬에 대한 신앙은 본질적으로 모든 민족들에게 동일한 형태로서 공통되어 있으며 또 거기에서 움터 나온 씨족인 토착신들의 신화도 각 민족의 범주를 넘어 동일하거나 비슷한 주요 가지를 펼친다는 사실을 보여줌으로써 지속적으로 공헌을 한다. 우리의 전통이 틈새가 있고 또 이해되지 않는 대목을 지니지만, 각 민족신화의 전체적 이 연관 체계는 우리 전통의 올바른 자리를 보여줄 것이다.

제2장

영혼 숭배

신화는 오랜 옛 시절의 종교적 색채를 띤 자연문학으로 이런 문학은 마법이 충만히 담긴 동화세계로 인간을 둘러싼다. 1) 이런 신화들은 요즈음 어린이 동화나 가정동화처럼 어린아이들만이 믿거나 집안의 오락거리로 이야기되는 그런 것이 아니라 온 민족이 마치 현실인 것처럼 바라보고 느끼며 두려움과 희망을 갖고 품고 있었던 것이었다. 왜냐하면 이런 신화들은 민족의 가장 내적인 고유함으로부터 발원한 것이었고, 좁은 인간의 삶의 그것 아니면 주변의 넓은 세계의 것이었건 간에 어떤 자연사건들이 투영되어 만들어진 형상물이었기 때문이다. 그 안에는 비밀스러운 초자연적 본질이 살고 움직이는 것처럼 보였다. 이런 식으로 시간적으로 가장 오래된 몽환적 상념들과 공포심, 희망 그리고 어떤 초인간적인 어떤 것에 대한 의존심과 같은 오랜 종교적 느낌들이 이미 서로 얽혀 있었다. 이런 종교적 감정들은 인간으로 하여금 환상의 형상들을 경배하게 하고 이것들에 제사를 드

---

1) Tylor, Primitive culture 1872; Lippert, Die Religionen der europäischen Culturvölker 1881; Lippert, Christentum, Volksglaube und Volksbrauch 1882; Rohde, Psyche; Lang, Myth, Ritual und Religion 1884.

리게 하고 또 이것들의 움직임과 운행을 제식(祭式)에서 극적으로 묘사하게 만들었다. 여기서 생겨난 제의(祭儀)들은 다시 부분적으로 신화의 이야기에 수용되었으며 그런 과정에 신화 이야기를 변용시켰다.

우리는 그러나 게르만 신화에서 그런 보다 확실한 흔적을 발견하지는 못한다. 반면에 문화의 발흥, 환상의 점차적인 약동, 여러 정서들의 섬세화 그리고 오성의 예리화 등과 더불어 보다 풍성하고 보다 자유롭고 의미 충만한 신화들이 흘러나왔으며, 이런 신화들은 문화의 현 상태들이나 정신적 움직임을 의인화했고 여러 가지 삶과 세계의 수수께끼들을 설명하려 했다. 이런 신화들은 또 옛 신화들과 통합을 이루거나 각 민족들의 운명, 소양 및 방향에 따라 정도의 차이가 있지만 넓은, 보다 흐릿하거나 보다 선명한 흐름들로 전체적인 신화로 확장되어 나중에는 부분적으로 유일신 종교의 훨씬 포괄적인 사상 체계 안으로 합류했다.

인간의 상상력은 신화의 주된 추동력으로, 완전히 죽은 비인격적인 사물이 어느 정도까지 일시적으로 생명력을 갖게 하거나 혼을 불어넣을 수 있다. 그러나 품격이 높은 사물이나 현상들만이 인간의 상상력을 자극하여 실질적으로 살아 있을 수 있고 인격화된, 일반적인 인정을 받을 수 있는 인상적 신화를 만들어낼 수 있다. 그런데 이런 고품격 사물과 현상 내부에는 3가지 특성들이 합쳐져 있는데, 첫째는 비밀스럽고 수수께끼 같으며 바로 그 때문에 경이롭다는 느낌을 불러일으키는 외관, 둘째는 감각적으로 튀고 인격적인 삶을 사는 듯한 가상(假像)을 제공하는 변화나 힘의 움직임, 셋째로 인간의 행복과 불행에 대한 강한 영향력 등이 그것이다. 오직 이런 것들에 대해서만 사람들은 그 초인간적인 의미와 힘을 인정했다. 인간의 현세에서 그런 현상들에 해당되는 것들은 우선 죽음이고 이어서 꿈, 그리고 보다 넓은 세계에 있는 것으로는 하늘과 공기 중의 현상들인데 악천후, 바람, 구름 떼, 하늘의 빛, 낮의 밝음, 거대한 천체, 마지막으로는 싹이 트는 대지 등이다.

언급된 여러 현상들 가운데 어떤 현상이, 마치 마법의 회초리로 선잠을 깨우듯이 환상을 일깨웠는지 누가 결정할 수 있을까? 이런 현상들은 생각이 미치지 못한 옛날 동시에 작용했을 수도 있다. 자연인은 삶을 당연한 것으로 여기는 반면 죽음은 도무지 이해할 수 없는 것으로 여긴다. 그리고 죽음은 망자의 가족들에게 결과를 안겨준다. 이런 죽음의 목격과 그 결과 때문에 우리의 지식범위가 미치는 옛 시대에 특별히 중요하고 포괄적인 신화 체계가 생성되었다고 할 수 있다.

게르만족, 인도게르만족 그리고 지구상 가장 미개한 민족들의 관념들이 일치한다는 의미에서 이런 신화 체계의 연륜을 확인할 수 있다. 이런 신화 체계의 나이만큼 정확하게 맞아떨어지는 측면은 없다. 이런 오랜 신화 체계에 대한 또 다른 분명한 증거물을 내놓을 수 있는데, 즉 이 분야에서 유래한 거칠고 빈약한 정령신앙이나 유령 숭배가 여타 다른 토착신앙보다 왕성하게 오늘날까지 살아남아 자라나고 있다는 점이다. 그것은 하나의 관념이 오래되면 될수록 그만큼 질기다는 일관된 심리학 법칙 때문이다. 토착신앙의 마지막이자 가장 아름다운 실체인 신들의 세계는 이미 오래전에 민족의 시야에서 사라져 버렸다. 최소한 대다수의 엘프들 역시 먼지에 뒤집혀 형체를 잃고 말았다고 여겨진다. 그러나 유령들의 존재는 많은 사람들의 상상력 속에 오늘날에도 살아 움직이고 있으며 교양 있는 심령론자들 사이에서 승리를 구가한다. 영안실, 묘소, 살인현장에서 그리고 심지어는 환한 조명이 충분히 밝혀진 극장에서조차 실제 문인이 유령 숭배를 호소할 경우 시신 부근에 있다는 느낌과 밤의 음침함이 합일을 이루는데, 이럴 때 사람들은 유령 숭배의 씨앗이 우리 모든 사람들의 마음속에서 꿈틀거린다고 말하고 싶어 한다. 레싱은 그의 《극작론》에서 "극작술에서 중요한 문제는 이 씨앗을 꽃피게 하는 것이다. 다만 문제는 비약이 이뤄지는 순간에 유령의 현실성을 뒷받침할 근거들을 제시할 수 있는 확실한 기법이다. 만약 극작가가 이런 기법을 발휘한다면 우리는 우리의 비속한 삶 속에서 원하는 바를 믿을 수 있을 것이고, 극장에서는 극작가가 의도한 바를 믿을 것임에 틀림없다. 셰익스피어 〈햄릿〉에 나오는 유령들 앞에서 사람들의 머리카락은 쭈뼛이 선다. 이런 유령들은 신앙이 스며 있는 두뇌든 아니면 신앙 없는 두뇌든 상관없이 우리의 두뇌를 덮는다"라고 썼다.

이미 원시인들은 죽음 뒤에 또 하나의 삶이 있다는 것을 감지하고 죽는다는 사실에 대해 죽음으로 억누를 수 없는 그런 또 다른 삶을 맞세웠다는 점이 우리의 마음을 뒤흔들고 고양시킨다. 그런 의미에서 원시인들의 비밀들—삶, 죽음, 영혼—은 바로 우리의 비밀들이라 할 수 있는데, 그 점은 우리를 부끄럽게 하고, 낮게 말하면 겸손하게 만든다. 그리고 바로 그 때문에 이 삶, 죽음, 영혼은 가장 오래된 종교의 토대마저 파 뒤집었으며, 우리 신앙의 밭을 가는 쟁기날이 된다.

이런 고대의 신화 덩어리는 바로 이런 영혼(Seele) 혹은 정령(Geist)이라는 개념을 중심으로 돌고 있다. 영혼 혹은 정령은 추상적인 것이 아니다. 이것은 독자적인 내면의 수많은 개별의 움직임들을 포괄적으로 관찰한 것으로부터 추출된 개념이다. 이것은 또 보다 고차원적이고 자유로운 현 존재 상태를 그리워하는 상태의 산물이 아니다. 죽어 가는 사람은 마지막 몇 시간 동안 아주 진기하고 다양한 변화양상들을 겪는데, 이런 변화를 고통스럽게 바라보는 데서 얻어진 것이 바로 영혼 혹은 정령이라는 개념이다. 이 죽어가는 시간에 호흡은 점점 무거워지고 느려지다가 갑자기 멈춘다. 또 눈이 뜨이고 시선이 음침하게 멍해지며, 몸에서 온기와 색깔이 없어지고, 몸이 창백해지며 차가워져서 돌처럼 소리 없이 뻣뻣이 굳어진다. 현재 우리가 공유하는 이해에 따르면 이런 과정들과 함께 육적(肉的)인 삶이 끝나고 아울러 동시적으로 이 육적인 삶에서 벗어져 나온 심령적인 삶, 영혼이 사라지는 것이다. 육적인 삶이 이제 더 이상 존재하지 않은 것이고 몸체를 하나의 죽은 덩어리로 남겨 놓는 것이다. 하지만 영혼은 그 자체로 또 다른 세계에서 소멸하지 않고 계속해서 존재한다고 생각된다.

옛날의 보편적 이해나 게르만인들의 이해는 완전히 달랐다. 그것에 따르면 영혼은 육체적인 종식과 함께 또는 심리적 삶 중에, 호흡하는 중에, 움직이는 중에, 몸에 온기가 있고 색깔이 있는 중에 벗어날 수도 있다. 육적인 삶 자체는 죽음에서 해체되는 것이지만, 이런 육적인 삶은 말하자면 이중으로 존재하는 것이었다. 즉, 육적인 삶은 살아 있는 자아 외에도 죽음에서 비로소 자유롭게 되는 또 다른 자아를 품고 있었다. 이 후자의 자아는 머릿속에 자리 잡고 있는데,[2] 죽어가는 동안 유동적인 실체로, 입김으로, 안개로, 빛이나 아주 작은 짐승의 형태로 입을 통해 빠져나간다.

그러므로 영원은 증발되는 것이거나 작게 응축된 것이긴 하지만 형체를 지닌 것이다. 영혼은 또한 떠나온 사체에 가능한 가까이 붙어 있는데, 무덤에서 사체 곁에 살거나 그 근처에 있으며 또는 사체가 떠나온 집, 집 부근의 나무들이나 언덕에 머무른다. 그러나 영혼이 영원한 것은 아니어서 그 영혼이 속했던 사체가 썩어 없어지면 같이 죽는다. 또 남아 있는 사람들이 죽은 사람들에 대한 기억을 하지 않

---

2) 머릿속의 영혼에 대해서 Zingerle, Sitten in Tirol² 52, 54.

으면 서서히 시들어 없어져 간다. 덴마크 돌무덤에서 오래된 사체들의 뼈들이 옆으로 치워지거나 겹쳐 쌓이고 그 자리에 새로이 매장된 뼈들이 채워지는데, 이런 사실도 영혼의 개념에 걸맞은 일들이다. 프랑크 왕국이나 메로빙거 왕조의 무덤 지역에는 많은 새로운 무덤들이 만들어졌다.

게르만적 시각에서 영혼은 움직이는 물체이다. '영혼'을 의미하는 '제엘레'(Seele)의 어원은 고트어(語) '자이알라'(saiwala)이고 '바다'를 의미하는 '제에'(See)의 어원은 고트어 '자이스'(saiws)이다. 그런데 이 두 고트 어휘는 동일한 뿌리에서 나온 것들로 모두 움직이는 어떤 것을 의미했다. 또 '정령'이라는 의미의 단어인 '가이스트'(Geist)에는 보다 격렬하게 움직이는 것들의 의미가 숨어 있었다. 북구어 '가이사'(geisa)는 '휙 소리를 내며 달려 들어오다'를, '가이스트르'(geistr)는 '격렬한, 불타는 듯이 뜨거운'을 그리고 '가이스트'는 '휙 소리를 내며 빠르게 드러내다'를 각각 의미했다. 3)

독일 전설들에는 휙 소리를 내는 귀신들의 이야기가 자주 등장한다. 또 숨결을 의미하는 어근(語根) '안'(an)으로부터 인도어 '아나스'(anas, 숨결)와 '아닐라스'(anilas, 바람)가 발생했고, 그리스어 '아네모스'(anemos, 바람)와 라틴어 '아니마'(anima, 바람과 영혼)가 나왔는데, 아니마는 그리스어 '프시케'(psyche, 숨결과 영혼)와 비견될 수 있다. 고대 독일어인 '운스트'(unst)나 '아노'(ano)의 어근도 '안'인데,

---

3) [원주] Altn. geisa u. s. w. : Indogerm. Forschungen 5, 12. 그리스어 단어인 'θυμό'는 Plato Cratylos p. 419에서 유래한 것이다. 이 단어는 "안개, 연기" 등과 같은 계열이며, 고대 독일어에서는 '폭풍'을 의미했다. 안개나 연기가 된 영혼에 대해서는 Laistner, Nebelsagen 128. Grimm, D. Sagen I, no. 249. Wuttke § 750. Mitteil. d. Schles. Gesellsch. f. Volksk. I, 12. ; Grimm, D. Sagen I, no. 249.

'운스트'는 '바람, 폭풍'을 의미했다. '아노'는 '우리의 조상들'을 의미할 수도 있었는데, 이 '아노'라는 단어는 원래 숨을 그친 사람, 즉 죽은 사람을 의미했고 그 이후에는 선조(先祖)를 의미하게 되었을 것이다. 또 고트어 '우스-아난'(us-anan)은 숨이 멈춘 것을 뜻하고, 동일한 어근에서 나온 어휘인 북방어 '왼트'(önd)는 영혼과 삶, '안디'(andi)는 정령, '외르-엔드'(ör-endr)는 죽음, 실제로는 숨을 멈춘 것을 의미했다.

영혼이 지닌 바람의 속성을 보다 확실하게 나타내는 것은 언어보다도 민속신앙이다. 이에 따르면 갑자기 강압적으로 압박을 받아 쫓겨난 영혼이나 불안정한 상태에서 죽은 영혼은 당연히 바람이 아니라 폭풍처럼 빠져나간다. 이 때문에 독일 전역에는 아직도 누군가 교수형을 당하면 폭풍이 일고 그 사람의 장례가 치러진 다음에야 이 폭풍이 잠잠해진다는 속설이 통용된다. 레크라인(Lechrain)[4]에서 갑자기 폭풍이 일어났을 때 사람들은 "어떤 자식이 또 목 매달렸군!" 하고 말한다. 그런 식으로 옛날에 모두 교수형을 당한, 성난 좀도둑 무리들이 오스나브뤼크 숲 속에서 한스 작스[5] 곁을 쏴 하는 소리를 내며 스쳐 지나갔었다 하고 그중 한 명은 바로 그날 교수대에 매달린 자였다는 것이다. 작스는 이 자와 대화를 갖게 되었는데, 이 좀도둑은 "마치 날카로운 바람처럼" 사라졌다. 슈바벤 지방에서 도취 상태로

---

4) 알프스 산맥 하단 독일 남부 바이에른 주 서부지역을 흐르는 도나우 강 지류인 레크(Lech) 강의 유역과 아우크스부르크(Augsburg) 사이의 지역을 지칭한다.

5) 한스 작스(Hans Sachs: 1494~1576). 독일 뉘른베르크 출신의 가수이자 잠언 집필가, 극작가이다. 구두 제작자이기도 했던 그는 일찍이 루터의 편에 서서 루터의 교리를 민중가요로 불러 퍼뜨렸다. 이를 통해 그는 16세기의 대표적인 문인의 위치에 올랐다.

죽은 자들이 뮈티스 무리들(*Muetisheer*)[6]과, 다시 말해 폭풍처럼 거센 무리들과 더불어 움직인다. 영국에서는 죽은 자들의 정령들에 대해서 이들이 가는 길을 방해하는 것들은 "마치 성난 회오리바람처럼" 뒤집어엎어진다는 말을 하고 있다.

세례를 받지 않고 산욕 중에 죽은 영혼은 두 가지로 불안요소를 지닌 영혼인데 이런 영혼이 회오리바람을 타고 사라진다는 것은 자못 감동적이다. 반면 평안하게 죽은 사람의 경우 스위스 토속신앙에 따르면 임종한 방의 공기 중에 미풍이 살랑거린다고 한다. 영국의 데본셔(Devonshire) 지방에서는 집안을 폐쇄시킬 경우 병자의 죽음을 지연시킬 수 있다고 믿었다. 그래서 바이에른 지방에서는 죽음을 쉽게 맞도록 하기 위해 사람들이 창문이나 지붕창을 열어 놓았을 것이다.[7] 독일의 공통습속에 따라 사람들은 죽음이 다가올 경우 한 개 이상의 창문이나 문을 열어놓았는데, 이는 영혼이 평안하고 쉽게 날아갈 수 있도록 하는 방법이었다.

사람들은 심지어 부채를 흔들어 영혼을 밖으로 몰아낸 뒤, 뒤에다 대고 "자 훨훨 날아가거라!" 하고 외쳤다. 스위스 아르가우(Argau) 지방에서는 지붕에 "유쾌한 출구", 즉 통풍구가 없을 경우, 죽은 집 주인의 영혼이 폭풍을 일으켜 지붕을 열어젖히는 방식으로 힘을 발휘하여 출구를 만들기도 한다고 믿었다. 때문에 스위스의 어떤 지방들

---

6) 밤하늘의 거센 바람을 의인화하여 표현하는 게르만 신화의 한 개념. 비슷한 개념으로 '야생 사냥대', '분노의 군대', '성난 군대'(das Wütende Heer) 등이 있다([원주] '뮈티스 무리들'(분노한 무리들)에 대해서는 Birlinger, Volkstüml. a. Schwaben I, 37.).

7) [원주] 지붕창 열기에 대해서는 다음을 참고[Lammert, Volksmedicin 103. Witzchel, Sagen a. Thüringen 2, 261. Im(wütenden Heer) Muetisheer, Birlinger, Volkstüml. a. Schwaben I, 37.].

에서는 "정령"이 출입을 용이하게 할 수 있도록 창문이나 지붕의 한곳이 항상 열리도록 했다. 운터인탈(Unterinntal) 지방에서는 오늘날도 여전히 불쌍한 영혼이 돌아다닌다고 믿었으며 독일의 다른 지역에서도 이미 1500년경 가일러 폰 카이저스베르크[8]가 증언한 바처럼 폭력으로 죽은 자나 세례를 받지 못하고 죽은 아이들의 영혼들이 1년의 열두 번째 달 열두 번째 밤에 분노의 무리를 짓거나 야생 사냥대의 방식으로 휘몰이를 한다고 믿었다. 이런 영혼들의 사냥몰이는 노르웨이의 아스케레이아(Aaskereia), 오스케라이(Oskerei)와 같은 북방 지역에서 일종의 동지제(冬至祭)인 율(Jul)[9] 축제의 야밤에 마을과 집들을 훑고 지나가는 정령들의 행렬인데, 여기엔 낮은 단계의 데몬들의 특징이 스며 있었다. 노르웨이에서는 이런 행렬의 선두에 어떤 신도 내세우지 않았지만, 독일과 덴마크에서는 보단이나 베르타 또는 홀다 여신을 맨 앞에 내세웠다. 바람 형태의 영혼 행렬에 대한 상념은 신성과 결합함으로써 가장 높은 형태의 신화적 표현에 도달했다.

그리스의 영혼 숭배도 비슷한 단계를 거쳤다. 서사시 《오디세이아》에서 결혼식에 임박해 죽은 판다레오스(Pandareos)의 딸들을 폭풍이 모두 휘몰고 가버리는데, 이는 분명히 그들의 숙명에 분노한 딸들이 바람의 형태로 나타난 영혼들이다. 그 다음 몇 시행에서 이 폭풍들은 하르피엔(Harpyien)[10]이라 불리는데, 결국 낚아채어 올라가는 바

---

8) 요한 가일러 폰 카이저스베르크(Johann Geiler von Kaysersberg: 1445~1510). 중세 말엽의 유명한 독일 설교가이다. 프라이부르크 대학 신학교수 및 총장을 역임했으며, 생애 마지막을 스트라스부르크에서 설교활동에 매진했으며 거기서 사망했다.

9) 현대 스칸디나비아어에서 성탄절을 의미한다. 그러나 율 축제는 북유럽에서는 동지제이다.

10) [원주] Harpyien: Od. 20, 63, 77 vgl. 1, 241. 14, 371.

람의 데몬이 되었다. 나중에 시집을 못가고 죽은 처녀들은 사냥의 여신 아르테미스의 무리나 사냥개가 빙 둘러싸고 짖어대는 대상인 사냥몰이의 양태로 묘사된 헤카테 여신 무리가 되어 쏴쏴 바람소리를 내며 날아다닌다. 인도에서는 악동들의 영혼인 부타스(Bhûtas)[11]가 폭풍신 루드라(Rudra)의 시종이 되어 공중을 날아다닌다.

숨결이 밀도가 짙어지면 안개, 연기가 되고 심지어는 구름으로 변한다. 호머의 작품에서 영혼은 연기나 그림자가 되어 사라진다. 근대 게르만 토속신앙에 따르면 티롤 지방에서 고품격의 영혼이 입으로부터 하얀 구름이 되어 빠져나와 떠오른다.[12] 슐레지엔 지방의 디헤른푸르트(Dyhernfurth)에서 사람들이 영혼을 위해 문을 열어주지 않자, 다음날 아침 숨을 거둔 그 방 천장에 하얀 구름조각이 끼어 있는 것을 발견하였다고 한다.

동프로이센에서는 사람이 죽은 지 40일이 지난 뒤 이 사람이 안개로 변한 부연형상으로 나타나 사람들이 알아볼 수 있었다고 한다. 사람들은 죽음 상태뿐만 아니라 죽음과 유사한 수면 중의 몽환 상태에서도 또 다른 자아인 영혼이 생생하게 나타날 수 있으며, 호흡하기 위해 벌린 입을 통해 세상구경을 나왔다가 꿈이 마무리되는 순간 다시 잠자는 사람으로 돌아올 수 있다고 믿었다. 헤센 주나 올덴부르크 지방의 전설에 따르면 꿈의 영혼은 먼지처럼 잠자는 삶의 입을 통해 빠져나간다. 그랬다가 이 영혼은 다시 되돌아오고 영혼과 함께 삶도 되돌아온다. 그러나 영혼이 나갔다가 그냥 있어 버리면 죽음이

---

11) [원주] Bhûtas: Caland, Totenverehrung b. einigen indogerm. Völkern 22.

12) [원주] 영혼이 떠나가는 것에 대해서는 Plin. Hist. Nat. 7, 52. Grimm, D. Sagen no. 433, 461. Liebrecht, Gervasius v. Tilbury 114. Panzer, Bayer. Sagen 2, 195.

이뤄진다. 이런 전설은 아이슬란드에서 완성되어 이어져왔으며 이미 1000년 이전부터 알려져 있었다. 아이슬란드에서는 파란 빛깔 먼지에 대해 이야기한 반면 고대 프랑크 지방에서는 아주 작은 곤충을 들먹인다. 600년경에 살았던 프랑크 왕국의 마음 착한 왕 군트람(Gunthram)이 언젠가 사냥을 나갔다가 신하의 성에서 하룻밤을 지내게 되었다. 그때 아주 작은 짐승이 마치 뱀처럼 그의 입에서 나와 근처 개천을 넘어가려 했다. 신하는 개천 위에 칼을 걸쳐 놓았고 그 작은 짐승은 그 칼을 딛고 물을 건너갔다. 그런 다음 이 짐승은 산속으로 들어갔다가 몇 시간이 흐른 뒤 다시 그 다리의 기능을 한 칼을 타고 개천을 넘어 왕의 입 안으로 들어왔다. 왕이 잠에서 깨어나 말하기를 꿈속에서 쇠다리를 통해 큰 강을 건너갔으며 그 너머에 있는 산중의 한 동굴에서 말로 헤아릴 수 없이 엄청난 보화를 발견했다는 것이었다.

수많은 종류의 작은 짐승 형태의 영혼을 더 자세하게 밝히기 전에 영혼의 또 다른 형태인 빛이나 불을 생각해 볼 필요가 있다. 영혼은 죽은 몸체를 차갑게 되도록 내버려두거나 아니면 프라이당크[13]가 "영혼이 바람(입김, 갓 등불)처럼 떨어져 나가 나를 마치 썩은 고기처럼 내버려 둔다"라고 대담하게 말하듯이 그렇게 움직인다. 독일 토속신앙에 따르면 잠자는 사람들 위에나 집 지붕 근처에 작은 불꽃이 떠다닌다거나 빛이 저절로 꺼진다거나 별똥이 집 방향으로 떨어지는 경우 죽음이 다가오는 것이다. 죽어가는 사람이 이런 갑작스러운 빛으로 자신의 죽음을 부재중인 사람들에게 암시하는 것이다. 영혼이 약

---

13) 프라이당크(Freidank: 12세기 말~1233년경). 유랑 목사. 슈바벤 또는 엘사스(Elsass) 출신으로 추정된다. 1228~1229년 사이에 프리드리히 2세의 십자군 원정에 참여했을 수도 있다.

간 이르게 떨어져 나와 남겨진 육체에게 죽음이 가까이 옴을 알리는 것이다. 북구 사람들은 자신들이 죽게 되면 '죽음의 빛'이 자신들의 머리카락이나 옷에 묻어 있다고 생각했다. 많은 옛 북구의 무덤 주위 는 불꽃이 감싸고 있었다. 14) 〈헤르바라르 전설〉(*Hervarar saga*) 15)에 따르면 앙간티르(Angantyr)와 그 형제들은 야밤에 불꽃 형태로 자신 들 무덤 위에 나타났다. 오늘날도 여전히 아이슬란드 유령들은 "죽음 의 횃불"에 둘러싸여 나타난다. 독일에서 얘기되는 영혼의 불꽃으로 는 이르비쉬(Irrwisch), 이르리히트(Irrlicht), 브륀리그(Brünnlig), 퓌츠휘퍼(Pützhüpfer), 비젠휘퍼(Wiesenhüpfer), 또 영국에는 도깨비 불을 가진 윌리(Willy), 덴마크에는 블라스만트(Blaasmand, 불의 남 자)나 리그테만트(Lygtemand, 빛의 남자), 스웨덴에서는 불의 정령, 엘드가스트(eldgast) 등이 있는데, 이것들이 늪지나 물에 잠긴 초원 또는 밭두렁 위를 떠다닌다고 믿었다. 16)

스위스 아르가우(Aargau) 17)에는 남녀의 도깨비불, 이르리히트가 존재했는데, 퓌르슈타인만리(Füersteinmannli)와 춘셀비블리(Zunsel-wibli)가 그것들이었다. 이 도깨비불은 특정한 사람들의 영혼이라고 생각했는데, 이 사람들이란 세례를 못 받고 죽은 아이들, 목매어 죽 은 사람들, 물에 빠져 죽은 사람들처럼 일찍이 애처로운 육체를 잃은

---

14) [원주] 무덤 위의 불꽃들에 대해서 Egilssaga 228. Gullporrissaga 47. K. Maurer, Isländ. Volkss. 1, 153.

15) 13세기에 맨 처음 쓰인 아이슬란드 전설로 4세기에서 5세기에 벌어진 동고트 족과 훈족 사이의 전쟁에 관련된 이야기이다.

16) [원주] 부유하는 불꽃(*Irrlichternamen*) 이름이나 전설에 대해서는 Grimm, DM. 4 § 764. 3, 279. Kuhn-Schwartz, Nordd. S. 426. Wuttke § 762. Rochholz, Aargauer S. 1, 45, 48. ZdV. f. Volksk. 3, 174. Brand-Ellis 1888, 3, 395.

17) 스위스의 주(켄톤)이다. 인구 52만 천 명 정도이며 온천이 많다.

사람들이거나 아니면 그들의 삶을 불안한 행위로 마감한 사람들로 이제 또다시 그런 행위가 있었던 장소를 찾아온 사람들이었다. 예컨대 경계석을 몰래 옮겨 속인 사람들이나 정직하지 못했던 측량사로 나중에 경계석을 어깨에 짊어지고 다녀야 했던 사람들, 어딘가에 돈을 파묻어두었다가 죽은 사람들이었다. 미텐발트(Mittenwald)에서 티롤 지방 사람들에게 총을 맞아 죽고 사지를 절단당한 프랑스인들[18]은 도깨비불 모양으로 남의 나라 땅에 마련된 무덤을 배회했다고 한다.

또 바덴(Baden) 지방에서 도깨비불 형태의 측량사 영혼들은 시뻘겋게 불타오르는 측량대를 가지고 서로 치고받았으며, 불꽃으로 타오르는 요괴인 푸츠(Putz) 무리들은 투구를 쓰고 병마(兵馬)를 타고 싸우면서 저기 고산지대에까지 올라갔다는 것이다. 도깨비불인 이르비쉬는 자기를 놀리는 여행자들의 뺨을 때려 자극을 주고 집에 불을 지르고 심지어 생명에 위협을 가하기도 하지만, 아주 드물게 여행자가 집에 도착할 때까지 길을 밝혀주는 마음 좋은 도깨비불도 있었다. 다른 영혼들처럼 이 도깨비불들도 왁자지껄한 휘몰이를 하고 다닌다.

새가 형체 없이 나타났다 사라지는 영혼[19]이라고 생각하는 것도 일리가 있다. 인도 사람들은 조상 피타라스(Pitaras)[20]가 새 형상으로 날아다닌다고 여겼고, 그렇기 때문에 장례 때 새들에게 먹이를 주었다. 그리스인들은 위령제 때 영혼이 부엉이나 박쥐로 나타난다고 생각했다. 게르만인들은 피살자나 자살자의 영혼들이 까마귀 모습으

---

18) [원주] 프랑스 사람들에 대해서는 Zeitschr. f. deutsche Kulturgesch. N. F. 2, 541.

19) [원주] Seelenvögel bei den Griechen: G. Weicker, der Seelenvogelin der alten Litteratur u. Kunst 1903.

20) [원주] Pitaras als Vögel: Sacred books of the East 4, 268 vgl. Leist, Arisches Jus Gentium 204, Arisches Jus Civile 207.

로, 죄 없이 살해당한 자들은 비둘기나 백조의 모습으로 나타난다고 생각했다. 파울루스 디아코누스(Paulus Diaconus)21)의 기록에 따르면 파비아(Pavia) 부근에서 비둘기들이 무덤기둥 위에 앉아 이방 땅에서 죽은 랑고바르트족 사람들이 묻힌 곳을 쳐다보았다고 하는데, 이때의 비둘기들은 죽은 자들의 영혼이 아니라, 그들의 친족들의 영혼이라고 생각되었다. 베스트팔렌(Westfalen) 지방에서는 미혼 처녀에게 "키비체(Kibitze) 새한테 시집가렴!"이라 말했고 스위스 아레(Aaare) 강가의 야생 키비츠 이끼 초원에서 처녀가 키비체 새로 변했다는 전설이 있다. 스웨덴에서 나비를 "노처녀 영혼"이라 부르고, 독일에서는 사람이 태어나기 전에 나비를 뜻하는 "파이팔터"(Feifalter)와 함께 날아다닌다고 한다. 사람들은 나방, 벌, 딱정벌레 그리고 여타 날아다니는 곤충들에 영혼이 숨어 있다고 믿었고 집안 귀뚜라미의 경우에도 마찬가지였다.22)

그러나 집에 사는 다른 동물들은 영혼의 변형이라고 믿는 동물들 중에서 훨씬 더 중요한 역할을 했는데, 무해한 집 뱀이나 생쥐, 족제비, 두꺼비 등이 그런 동물들이었다. 이런 동물들은 사람의 거처에 붙어살면서 낮은 소리를 내며 땅에서 기어 나오거나 날쌔게 스쳐지나가고 또 조용히 갑자기 땅속으로 숨어 들어가 버리는데, 이런 동물들은 돌아간 사람들이 옛집에 비밀스럽게 계속 살고 있는 영혼처럼 나

21) 파울루스 디아코누스(Paulus Diaconus: 720~787). 랑고바르트 역사 서술가이다. 아마도 칼 대제 주변의 학자들에 속한 인물로 추정된다[[원주] Paulus Diaconus: H. Langobardorum 5, 34.).

22) [원주] Seelen-Kibitze, Wildgänse, crickets, weiße Tauben s. Rochholz, Aarg. S. 2, 44. Deutscher Glaube 1, 147. Jahrb. d. Ver. f. nord. Sprachforschung 1877, 145. Birlinger, A. Schwaben 1, 282. Brand-Ellis 1888, 3, 189. Wolf, Beiträge 1, 246.

타난다는 것이다. 이런 영혼들의 몸체는 예전에 집 부근이나 집 내부에 묻혀 있는 경우로 상정되었다. 우리는 아주 푸근하거나 으스스한 요소들을 함께 지닌 인도게르만족 가정신앙의 가장 어두컴컴한 모서리에서 수많은 근세 자료들이나 또 훨씬 오래된 게르만 자료 및 인도게르만 자료들을 통해 이런 가정신앙의 양상이 드러나는 것을 보게 될 것이다.

일찍이 아티카시대의 묘비석이나 스파르타 봉헌 부조물에는 제물로 바쳐진 꿀이나 죽을 취하여 먹는 뱀의 형상이 그려져 있었다. 이런 죽이나 꿀은 뱀 양식이 아니라 사람 양식이었다. 아티카 양식 그릇 위에 새겨진 애도문의 묘사는 여러 영혼의 형상인 새와 뱀의 모습을 모두 통합한다. 봉분 곁이나 안에 날개 달린 사람의 형상이 뱀 위에서 날아다니는데, 이때 뱀은 묘비가 언급하는 죽은 자의 영혼이다.[23] 테오프라스트 파르셀루스의 〈성격〉 제16에 따르면 미신을 믿는 자는 집에서 성스러운 뱀을 보았던 자리에 즉시 조상을 숭배하는 신전인 헤론(Heroon)을 세운다.

영웅의 무덤가에는 흔히 이 영웅의 데몬 모습으로서의 뱀이 똬리를 틀고 앉아 있다. 이런 뱀처럼 이러한 "집안 수호 뱀들"이 사원이나 집 그리고 무덤을 지켜 준다고 믿었다. 이런 뱀은 모독을 당한 경우 재난을 가져다주기도 한다. 근세 그리스 신앙에 따르면 모든 집 깊은 바닥에는 집안 주인으로 뱀이 자리 잡고 있다. 이런 뱀이 집에서 모

---

23) [원주] Heroen, Seelen in Schlangengestalt: Roscher, Mythol. Lexicon 1, 2466, 2491. Rohde, Psyche 112, 149, 223, 234, vgl. B. Schmidt, Volkslebend Neugriechen 1, 184, 187. Die römischen Geniusschlangen: Preller, Röm. Myth. 2, 195, 203. P. Schwarz, Menschen und Tier im Aberglauben d. Griechen und Römer. Celler Progr. 1888, 44. Hopf, Tierorakel 189. Dio Cassius 41, 14, vgl. Horat. Od. 3, 27, 5.

습을 드러내면 행운을 의미하는데, 예컨대 예기치 않게 집안 우두머리가 돌아온다는 식이다. 뱀이 내쫓기거나 모독을 당하면 재난이 발생한다. 사람들은 뱀이 드나드는 땅 구멍에 빵을 찔러주며 "예쁜 것!" 하고 기분 좋은 말로 뱀을 달래준다 — 로마인들은 각자의 수호신들에게 뱀이 휘감은 제단을 만들어 바쳤고 침실에 뱀 몇 마리를 길렀다. 이 뱀들은 집안 가장이나 부인의 수호정령으로 여겨졌다.

이런 습속이 대단히 번성해 플리니우스는 불을 지펴 이런 번성을 억제하지 않는다면 뱀 새끼들이 로마인들 머리맡에서 자라지 않을까 걱정하기도 했다. 이 뱀이 죽을 경우 티베리우스나 그라쿠스 형제[24]의 아버지는 나쁜 전조로 여겼다. 잠을 자는 주인의 머리를 뱀이 휘감으면 로마인들에게 좋은 전조였다. 영혼은 머리에서 스스로 몸을 풀려 하지 않았다. 그러나 폼페이우스가 디라키움(Dyrrhachium)에서 타던 배를 떠날 때 보았던 뱀은 가까이 다가온 그의 몰락을 의미했다. 그것은 폼페이우스와 그의 부하들이 포기했던 영혼의 형상이었다 — 리타우엔(Litthauen)에서는 모든 가부장이 따뜻한 집 모서리에 뱀[25]을 한 마리씩 두고 있었고 풀 섶 위에 앉아 있는 그 뱀에게 먹을 것을 날라다 주었다.

큰 구렁이 렝겔나터(Ringelnatter)를 게르만인들은 집지킴이 뱀, 하우스오터(Hausotter), 하우스부름(Hauswurm), 하우스웅크(Hausunk)로, 스웨덴 사람들은 가르초름(Gårdsoorm) 혹은 리코름(Lyckoorm) 또는 마당 뱀, 행운 뱀이라고 불렀다. 고대 스웨덴의 교훈서인《영혼의 위로》(Seelentrost)는 1400년경에 이미 집지킴이 뱀인 톰프토르마

---

24) 그라쿠스(Gracchus) 형제: 로마 시대 때 로마의 개혁(B.C. 133~130)을 위해 투쟁했던 티베리우스와 가이우스 형제를 말한다.

25) [원주] Litth. Schlangen: Usener, Götternamen 86, 91.

(Tomptorma)26) 에 대한 뿌리 깊은 신앙을 금지시켰다. 지벤뷔르거 (Siebenbürger)27) 와 스위스에서부터 스칸디나비아 반도에 이르기까지 뱀 냄새가 고약함에도 불구하고 여기저기에서 사람들이 가축우리나 대청마루 아래에 뱀을 놓아두고 있었으며 그리스에서처럼 아궁이 모퉁이에 뱀한테는 어울리지 않을 듯한, 조상께 올리는 제물인 질 좋은 우유를 뱀 앞에 놓아두었다. 레크라인 강가에서는 지난 18세기 중엽까지도 여전히 각 가정마다 집안 수호 뱀을 한 마리씩 길렀는데, 이 뱀이 소리를 내면 그것이 가족 중 한 사람의 죽음을 암시하는 것이라 생각했다. 사람들은 이 뱀이 햇볕이 들 때면 침대 위 또는 부엌이나 샘가에 자리 잡고 있는 것을 볼 수 있었다.

역시 18세기 비슷한 시기에 스위스의 프리크탈(Fricktal) 지역 마그덴(Magden) 마을 사람들은 거의 모든 지하실에 집안 수호 뱀이 있다고 믿었으며, 이 뱀은 특별한 경우에만 모습을 드러내고, 레크라인 지역에서처럼 소리를 내어 가족의 애사(哀事)를 암시한다고 생각했다.28) 어떤 가정은 부모와 함께 살다가 죽는다는 두 마리의 뱀을 갖고 있었다. 유럽 중부 지방인 슐레지엔에서는 뱀을 아무도 본 적도 없지만 집의 가장 밑바닥에 똬리를 틀고 있다고 믿는 집 구렁이를 가정 수호 정령이라고 믿었다. 이 가정의 시조(始祖) 할머니인, 슐레지엔의

---

26) **[원주]** Tomptorma: Hyltén-Cavallius, Wärend och Wirdarne 2, Tit. LVIII. Olaus Magnus, Hist. gentium septentrion. 3, 1, 2-1, 301.

27) 루마니아 북부 지역 이름이다.

28) **[원주]** Lechrain-, Fricktal-, Bayreuther- und andere Hausschlangen: Leoprechting, Aus d. Lechrain 77. Rochholz, Deutscher Glaube und Brauch 1, 146. 2, 111. Lammert, Volksmedicin 99, vgl. Birlinger, A. Schwaben 1, 107. ZdV. f. Volksk. 4, 82, 456. Wolf, Beitr'ge 2, 244. Wuttke, D. Volksaberglaube §57.

'구렁이 여왕'은 '슬픔의 시간'에 집 담장으로부터 기어 나온다. 바덴 지방의 샤파허(Schappacher) 계곡에서는 이른바 구렁이가 있는 농장의 우두머리 농부가 죽으면, 구렁이 왕도 다른 뱀들과 함께 죽음을 맞이하고 그 이후에는 이 농장에서 축복이 떠나간다고 믿었다. 운문《에다》중에 아들 아틀리(Atli)의 죽음을 비통해한 어머니는 복수하는 의미에서 군나르(Gunnar)[29]의 심장 속으로 들어가 죽는다. 집 구렁이는 정령처럼 문지방 아래[30] 자리 잡고 있으며 그런 연고로 바이에른 지방이나 포이크트란트(Voigtland)에서는 이 구렁이를 의식하여 모든 문지방 위에서는 예컨대 장작을 패는 소리 등 어떤 소음이라도 발생하지 않도록 주의했다.

로마에서처럼 슈프레발트(Spreewald) 지역에서도 집을 지키는 수뱀이 모습을 드러내면 그것은 집안 부모의 죽음을 의미했다. 심지어 보헤미안 지방에서는 가족 수에 상응하는 뱀 가족이 존재하고 있어서, 어느 뱀에게 변고가 생기면 그것은 곧 그 뱀과 연계된 가족에게 그 일이 일어난 것이라고 믿었다. 슬라브인들은 리투아니아인들처럼 풍성한 뱀 숭배 제식을 갖고 있었는데, 앞에서 언급한 뱀과 가족의 흥사와 연관을 짓는 믿음은 이 슬라브인들 때문이기도 하지만 이와 동일하거나 비슷한 관념들을 게르만인들도 지니고 있었다. 예컨대 뱀이 집 가까이 다가오는 것은 노르웨이 신앙에 따르면 행운을 의미했고, 뱀이

---

29) 《에다》에 등장하는 아이슬란드 전설 속 남성의 형상인물이다. 그림힐드 (Grimmhild)와 규쿠(Giuku) 사이의 아들이며, 여동생 구드룬(Gudrun)과 남동생 회그니(Hoegni)가 있다. 훈족의 왕 아틸라(혹은 아틸)의 궁에 초대되어 혈투를 벌이다 독사들이 가득한 탑에 갇혀 죽음을 맞이한다. 유명한 독일 서사시〈니벨룽겐의 노래〉에서는 군터(Gunther)라는 이름으로 등장한다.

30) [원주] Seelen unter der Schwelle, auf dem Herde: ZdV. f. Volkskunde 3, 47. Wuttke §750.

길을 횡단해서 기어가는 것은, 로마에서처럼 재난을 의미했다. 바이로이트(Bayreuth) 지방에서는 집 뱀을 손상시키거나 직접 목격하게 되면 그 사람은 그해에 반드시 죽는다고 생각했다. 이런 집뱀은 그 가정의 아이와 내밀한 관계를 맺는다. 즉, 로마에서처럼 어린아이들은 목에 뱀을 감고 태어난다고 생각하는 것이다.[31] 전설에서 집뱀은 그집의 아이와 즐겨 놀고, 음식을 함께 나눠먹고 함께 잠도 자면서 이 아이에게 축복을 가져다준다. 그런데 한 번은 이 뱀과 같은 그릇으로 우유와 빵 조각을 먹던 아이가 뱀을 때리고 짜증을 내며 "이 빵 조각 먹어!"라고 외쳤더니, 우유가 순식간에 말라 없어져 버렸다. 아이 자신의 정령이 일을 당한 것이었다.

그러니까 뱀은 살아 있는 사람이나 죽은 사람의 정령으로부터 함께 사는 사람들이나 남겨진 사람들 그리고 가정의 수호정령으로 바뀌는 것이다. 이 뱀들은 족제비나 두꺼비들처럼 전체 가족을 지키는 가족 '무메'(Muhme)[32]가 된다. 1400년경 니콜라우스 폰 딩켈스뷜은 이 '무마'(Muma)에 대해 설명했는데, 그에 따르면 이 무마는 각 집을 찾아다니며 뚜껑이 열린 용기에서 음식과 음료를 취하여 먹고 마시며, 그 후에 사람들이 이 용기를 다시 채워 넣는다고 한다. 그렇지 않으면 집에 재난이 닥친다는 것이다. 이 무메는 집을 지키는 뱀을 의미하는 것인데, 사람들은 나중에도 이 무메에게 우유가 담긴 종제기를 갖다 놓았다.

족제비는 유쾌한 기분으로 꼬마 무메란 뜻의 뮐라인(Mühmlein),[33]

---

31) [원주] Der Schlangenhof u. Kind mit Schlange um den Hals: Baader, Volkss. a. Baden no. 98, 106.

32) 옛 독일어 체계에서 친족관계를 나타내는 말이었다. 우리말로는 '아주머니', '이모' 정도에 해당한다. 그러나 아주 가까운 이웃의 결혼한 중년 여성을 지칭하는 표현으로도 사용된다. 아래에 나오는 '무마'도 유사한 표현이다.

또 스페인에서는 대모(代母) 꼼마드레야(comadreja), 꼬마 산파라고 불리기도 했다. 근대 그리스인들이 집뱀을 보면 '예쁜 것!'이라고 부르며 인사를 건넨 것처럼 오버바이에른인들도 집 족제비를 보면 '예쁜 것' 또는 '프로이'(Froie)라고 불렀다. 또 다른 독일 지방에서는 이 족제비를 '꼬마 아가씨'로, 중세 그리스인들은 '꼬마 신부'라고 부르기도 했다. 그리스인들이나 로마인들은 독일인들에게 고양이가 그렇듯 이 집짐승인 족제비를 익히 잘 알고 있었지만, 특별한 일을 벌일 때나 범상치 않은 장소에서 이 족제비가 나타날 경우 재난이나 죽음에 대한 공포감을 불러일으켰다.

아테네에서 시민총회가 열릴 때 족제비가 나타나면 총회를 해산했다. 또 지붕 위에 족제비가 모습을 보일 경우, 독일에서 지붕 위에 불꽃(원전 150쪽 참조)이 나타나는 경우처럼 흉조였다. 족제비가 같은 집 근처에 여러 번 출몰하면 그것은 그 집에서 누군가를 불러내는 것이다. 이런 것처럼 이 족제비를 대신하는 고양이도 집의 정령으로 여겨진다. 스위스 아르가우에서 "검정 집고양이는 제 주인에 앞서" 죽는다. 레크라인 지방에서 족제비[34]나 고양이를 만나는 것은 안 좋은 만남이다. 또 티롤 지방의 신앙에 따르면 족제비가 슈프링 풀뿌리를 뜯어먹고 사람에게 입김을 불면 그 사람은 죽는다.

두꺼비[35]가 여타 다른 인도게르만족들에게 정령 동물로 여겨졌는

33) [원주] Müeme 1 ein-Wiesel u. Unke : Schmeller, Bayr. Wb. 2 1, 1599.

34) [원주] 족제비 이름들에 대해서 Frisch' Wörterbuch, Panzer a. a. O. 2, 353. Rhein. Mus. 44, 156. Wuttke § 170. Grimm, DM. 264, 944, 949. ZdV. f. Volksk. 3, 389. Katze Wieselersatz: Hehn, Kulturpflanzen 374. Griech. Wiesel- und Galinthiassage: P. Schwarz a. a. O. 42. Panzer a. a. O. 360. Roscher Lex. s. v. Galinthias.

지 필자는 확실히 알지는 못한다. 그러나 중부 이탈리아 토스카나 주 (州)의 농민들은 사람이 곧잘 두꺼비의 모습으로 변해 있다고 믿기 때문에 두꺼비를 함부로 죽이지 않는다. 또 시칠리아에서는 사람들이 집 두꺼비를 '막강한 요정'이거나 '얼른 이해 안 되는 천재'라고 여기기 때문에 빵과 포도주를 먹여 키운다. 알프스 동부지역의 게르만인들은 두꺼비를 불쌍한 정령으로 생각했다. 바덴 지방에서는 호주 (戶主)의 정령이 난로 아래서 두꺼비의 모습으로 울어대며, 수전노의 정령은 자신과 함께 파묻힌 돈 자루 위에 올라 울어댄다고 믿었다.

티롤 지방36)에서는 두꺼비 안에 불쌍한 영혼이 들었기 때문에 만령제 때 이 두꺼비를 죽여서는 안 된다고 믿었다. 사람들은 또 이 두꺼비들이 봄, 여름, 가을, 겨울이 시작되는 계절 변환의 첫 수, 금, 토요일인 분계(分季) 요일에 불쌍한 영혼들처럼 교회로 순례를 간다고 생각했다. 로마의 집 수호신인 라렌(Laren)이나 조상귀신들은 양식을 지키는 정령 게니엔(Genien)이나 페나텐(Penaten)으로 바뀌었는데, 그런 것처럼 두꺼비는 스웨덴에서 가정 수호신 "볼페터"(bolvaetter)로, 아르가우에서는 "양식견"(糧食犬)으로 이름 지어졌다. 이 정령들은 지하실의 생필품을 양호한 상태로 보존하며 우유를 먹고 산다. 스칸디나비아 지역에서는 이 정령들이 홀대를 당하면 불행과 악몽을 가져다준다고 믿는다. 반면에 레크라인 지역에서는 '30일 마리아 숭모제'37)에 족제비와

---

35) [원주] 무메 두꺼비에 대해서 Rochholz, D. Glaube, 2, 111. Nicolaus v. Dinkelsbühl b. Panzer, Bayer. S. 2, 353. Alemannia 11, 37. Muma aus Numina verschrieben? Franz, Nicolaus v. Jauer 171 ff.

36) [원주] 이탈리아에서의 두꺼비들에 대해서 Gubernatis, Die Tiere in der indogerm. Mytho- logie(übers. v. Hartmann) 629, 633, in Deutschland Wuttke §155, 763. Zeitschr. f. deu- tsche Mythol. 1, 7, 362. 2, 54. Baader, Volkssagen a. Baden no. 108. Neue Volkss. a. Baden no. 91.

함께 이 두꺼비를 잡아 꿰어 교회에 제물로 바쳤다.

　"피리로 생쥐 불러내기"(*Mäuser pfeifen*)는 "정령에게 신호하기"이
다.38) 척박한 대우를 받던 한 꼬마 광부가 피리를 불어 생쥐 떼와 어
린아이들을 로르쉬(Lorsch)39) 근처 전나무 숲으로 몰고 갔고, 하멜
른(Hameln)40) 시의 쥐잡이는 들쥐와 어린아이들을 콥펠베르크로 몰
아갔다. 바람 정령이 어린아이들과 그들의 영혼에 앞장서서 피리를
불며 이끌어가는 것이다. 하토 폰 마인츠41)가 창고에서 불태워 죽인
가난한 사람들은 생쥐의 형상으로 불더미에서 찍찍거리며 튀어나와
빙엔(Bingen)42) 부근 생쥐탑(Mäuserturm)까지 그를 따라간다. 여기
에서 생쥐들은 그 탑을 뜯어먹는다. 생쥐 성녀인 게르트루트43)는 크
라인 농부 월력과 게르트루트 소책자에 베 짜는 여인으로 묘사된다.
이 여인의 치마 위로 생쥐와 들쥐가 기어 다닌다. 이들은 겉으로 드
러난 정령들로 생각되었다. 사람들은 죽음이 있은 첫 번째 날 밤에

---

37) 30일 마리아 숭모제(*Frauendreißigst* 혹은 *Frauendreißig*). 마리아 승천일인
　8월 15일부터 9월 12일 사이의 기간을 말한다. 원래 효험이 가장 강력한 약
　초를 캐는 기간을 뜻했는데, 기독교에 수렴되어 성모 마리아 숭앙기간이 되
　었다.

38) [원주] Antike Mäuse: P. Schwarz a. a. O. 42, germanische Wuttke §60,
　168, 273. ZdV. f. Volksk. 3, 50. Die Lorscher und Hameler Sage.
　Wolf, Beitr. 1, 172. Mäusen pfeifen: Liebrecht, Volkskunde 332.

39) 라인 강 상류 헤센 주에 소재한 도시이다.

40) 독일 작센지방 베서 강변의 도시이다. 현재 인구 5만 8천 7백 명의 도시로
　매년 들쥐잡이 연극이 행해진다.

41) 하토 폰 마인츠(Hatto von Mainz). 하토 1세(850~913)를 가리키는 말로
　마인츠의 대주교 루드비히 4세 어린 왕을 섭정했다.

42) 라인 강 하구에 있는 현재 인구 2만 4천 명의 소도시이다. 근처 섬에 세관업
　무를 보던 탑 이름이 "생쥐탑"이었다. 지금은 작은 등대가 있다.

43) [원주] 성녀 게르트루트에 대해서 E. H. Meyer, Germ. Myth. 64, 177,
　vgl. ZdV. f. Volksk. 2, 199, S. Kakukabilla.

영혼들이 이 성녀한테 머물다가 떠난다고 믿었다.

　이런 동물신화의 의미는 분명하다. 정령의 이미지를 모색하던 중 인간의 상상력은 동물과 인간 사이의 돌발적인 상관관계, 즉 작은 형체의 집안 동물과 인간이 지닌 가장 고상한 것인 정령과의 상관관계를 설정한다. 이미 태곳적 게르만인들은 사람의 가옥에 얹혀 생존하며 땅을 기는 동물을 그 집에서 죽은 사람의 정령으로 생각했다. 조상귀신들로서의 이런 동물들은 하인들의 소유였으며, 이것들의 안위 여부는 후손들의 그것과 밀접하게 연계되어 있었다. 때문에 이들을 친절히 보살폈고 또 이들을 상처내거나 죽이는 데 겁을 냈다. 그렇게 해서 작은 동물들이 점점 더 많이 반인반신(半人半神), 게니우스 (Genius),[44] 개인이나 집의 수호신으로 추앙받았다. 이와 동일하거나 비슷한 정령 개념에서부터 북구 지역에 풍성하게 형성된 수행귀신이나 수호귀신에 대한 신앙이 생겨났다(이하 참조).

　그러나 정령의 변화능력은 훨씬 더 다양한 능력이다. 평범한 남자가 저승의 삶에서 집안 짐승으로 만족한다고 하지만, 명망가의 정령은 공식적으로 모습을 드러내기 위해 보다 위신이 있는 동물형상을 요구했다. 그리스에서는 다시 환생했으면 하는 반신반인의 조상은 많은 곳에서 늑대의 형상으로 나타났다.[45] 북구 사람들의 신(神) 필기아나

---

44) 로마 종교에서 남성 개인의 수호정령이다. 그 남성의 인격, 운명, 그리고 특히 생식력의 표현이다. 남성이 죽으면 이 정령도 소멸한다. 원래는 선조의 정령으로 자신의 후손들을 보살피는 수호정령이었다. 거기에서부터 수호정령이 발전되어 나온 것이고 사람들은 이것에 제사를 지내고 어려운 상황에 이 정령의 도움을 간구한다.

45) Heros als Wolf: Rohde, Psyche1 180. Bär, Wolf, Seehunde, Almtiere: E. H. Meyer, Germ. Myth. 65. ZdV. f. Volksk. 1, 427. 2, 15. 3, 170. Alemannia 19, 134. Thiele, Danske Folkesagn 3, 51. Verwandlungen in andre Tiere: Hertz, Werwolf S. 19.

수호정령은 마찬가지로 늑대나 곰의 형상으로 나타났다. 북구 전설 속의 영웅인 대담한 비야르키(Bjarki)가 졸고 있을 때 그의 수호신 필기아는 천막 밖 전투에서 곰의 형상으로 싸우다 비야르키가 잠에서 깨어나자 모습을 감춘다. 동물형상을 한 꿈의 정령은 다른 사람의 꿈속에 나타나 운명을 충분히 점지한다. 크림힐트(Kriemhild)는 솔개(Siegfried, 지그프리트)에 대해 꿈을 꾸는데, 이 솔개를 두 마리의 독수리〔하겐(Hagen)과 귄터(Günther)〕가 발톱을 세워 공격한다.

이와 비슷하게 군라우그(Gunnlaug)[46] 전설에서도 꿈꾸는 토르스타인(Thorstein)은 꿈속에서 지붕 서까래에 아름다운 백조(헬가, Helga)가 앉아 있고 그 주위에서 독수리 두 마리〔군라우그와 흐라픈(Hrafn)〕가 싸우다가 모두 죽어 떨어지는 광경을 본다. 그러나 마지막에는 이 백조가 솔개와 함께 그곳에서 피해 날아간다. 꿈속에서 이보다 더 자주 늑대들이나 백곰의 무리들이 덮쳐오는데, 이것들은 나라의 적들을 의미한다. 또 다른 죽은 이들은 그들의 성격이나 삶의 기간에 따라 이런저런 동물의 형상을 취한다. 덴마크의 페로 제도나 뤼겐(Rügen) 섬 주민들은 바다로 뛰어드는 둥근 머리 물개를 바다에 익사한 사람들이라 생각했다. 페로 제도의 에피파니아스 밤(Epiphaniasnacht)[47]에 이 물개들은 껍질을 벗고 사람의 몸으로 섬에 기어오른다. 절벽

---

46) 1000년경에 살았던 아이슬란드 음유시인(스칼데) 군라그 오름스퉁가 일루가손(Gunnlaugr Ormstunga Illugason)의 생애를 다룬 13세기 후반의 한 전설의 주인공이다. 이 전설은 토르스타인(Torstein)의 딸 헬가(Helga)를 둘러싸고 두 스칼데 군라우그와 흐라픈 사이에 벌이는 사랑의 투쟁을 주 내용으로 한다. 결국 이뤄지지 않는 사랑과 증오가 중심 동기이다.

47) '에피파니'(Ephiphanie)라는 말은 '신이 갑자기 모습을 나타내는 현상'을 가리키는 고대어이다. 기독교에서는 예수의 모습 속에 여호와가 나타나는 것을 의미. 특별히 이런 하나님의 출현이 있는 밤의 축제일이다. 가톨릭에서는 공현절이 있다.

동굴에서 춤추고 놀이를 하며 즐기려는 것이다.

덴마크 신앙에 따르면 물개는 매 9일마다 껍질을 벗고 사람이 된다. 티롤 산중의 목장에서는 목자들이 가축들을 학대하면 나중에 죽어서 황소나 암퇘지 또는 개가 되어 돌아다닌다고 믿는다. 포도주가 많이 생산되는 오버플락스(Oberflachs)에서는 불성실한 포도 압착 노동 십장이 집안을 쿵쾅거리며 돌아다닌다. 많은 마을 가축들48)은 밤마다 마을 근처에서 오가는 행인들을 숨어서 기다리다가 이들을 꼬드겨 송아지나 개 또는 돼지 형상으로 변모시키는데, 이런 가축들은 불량배의 정령들로 날씨 귀신의 성격을 지닌다.

살아 있는 인간들도 마술을 통해 동물로 바뀔 수 있다. 《에다》의 〈빌란트 노래〉에 나오는 공주들은 스스로 백조여인으로 변신하며, 〈헬게의 노래〉(Helgelied)에 나오는 이알 프라마르(Iarl Frammar)는 독수리 형상을 하고 있다. 가장 잘 알려져 있으면서 가장 악한 동물 형상은 늑대 형상이다. 이 늑대는 고고(古高) 독일어로는 베리볼프(Weriwolf), 레겐스부르크의 베르톨트(Berthold) 부근에서는 베어볼프(Werwolf), 영국에서는 웨어울프(werewulf, werwolf), 북구에서는 바르굴프(vargulfr, 범죄의 늑대) 또는 바룰프(varulf)라고 불렸다. 오늘날에도 여전히 베어볼프49)라는 말을 자주 쓴다. 앙겔작센 고고 독일어로 '베어'(wër)는 '남자'를 뜻했는데, 그렇게 보면 '베어볼프'라는 '남자늑대'를 의미한다. 그러나 앙겔작센어의 '웨어'(were)나 고고 독일어 '베리'(weri)의 어휘 유래로 볼 때, '베어울프'는 '옷 입은 늑대'

---

48) [원주] Dorftiere: Rochholz, Aargauer Sagen 2, 71.

49) [원주] Werwolf: Hertz, Werwolf 1862. Zeitschr. f. deutsche Myth. 1, 5. Wuttke, D. Volksaberglaube §407 f. Mannhardt, Germ. Mythen 633 f. Indischer Menschentiger: Vâjasaneyi-Samhita 30, 8. Çatapatha Brahmana 13, 2, 4, 2.

19세기에 그려진 베어울프의 모습

또는 '늑대 가죽을 입은 자들'을 의미한다. 베어볼프의 의미는 이 두 가지 사이에서 유동한다. 첫 번째 의미의 그리스어 베어볼프 이름은 이칸트로포스(Ikanthropos, 늑대인간)이었으며, 브르타뉴 지방에서는 덴브레이츠(Denbleiz, 남자늑대), 특히 스웨덴의 섬 지역에서는 폴크 워크(Folkwarg, 인간늑대)라고 했다.

저 멀리 인도에서는 비슷한 말로 "인간 호랑이"라는 명칭이 있었다. 두 번째 의미의 베어볼프에 관계된 말로는 고대 북구 단어인 '울프스함'(ulfshamr, 늑대 옷)이 있는데 이 단어는 바르굴프(vargulfr)의 껍질을 의미하며, 울프헤딘(ulfhedinn)은 늑대 가죽을 입은 자의 뜻으로, 이 개념은 고고 독일어의 고유명사인 '볼프헤탄'(Wolfhetan)이라는 단어에서 반복적으로 나타난다. 베스트팔렌-헤센 지역에서 베어볼프의 이름은 '뵉센볼프'(Böxenwolf)로 '바지 입은 늑대'의 의미로 쓰인다. 이탈리아에는 보통 단어인 베르시펠리스(verispellis, 가죽을 바꿔 입는 사람)나 고대 북구어 함람(hamrammr, 자기 옷이나 외면을 바꿀 수 있는 사람) 등이 있다. 독일에서 최초의 고증자료는 8세기경 보니파키우스가 내어놓았다. 거기에서 그는 한 설교를 통해 마녀나 거짓으로 꾸민 늑대를 의미하는 '픽티 루피'(ficti lupi)를 믿는 것을 금지시켰다.

이른바 파르첸(Parzen)은 세 자매 여신으로 갓 태어난 아이들에 대해서 언제든지 베어볼프로 변신하는 재능을 줄 수 있는 신들인데, 부르카르트 폰 보름스는 이 파르첸, 세 자매 여신에 대한 비슷한 신앙을 금지시키려 매우 노력했다. 몇몇 가문에서는 이런 변신 특성이 대대로 물려지는 것으로 여겨졌다. 그러니까 어떤 울프헤딘의 아버지는 울프함(Ulfhamr)이며, 그 할아버지도 울프함(Ulfhamr)이었다. 에길 스칼라그림손(Egil Skallagrimsson)은 자신이 베어볼프라고 생각했었던 위대한 스칼데였는데, 이 스칼데와 관련한 북구 전설은 이런 으스스한 종류의 동물 인간에 관한 이해를 보다 널리 파급시켰다. 이 기사 시인의 할아버지 울프(Ulf)는 새벽 여명부터 영리한 행동으로 자신의 살림을 경영하였고 자신이 거느리는 종들을 부단히 부렸다. 그러나 저녁이 되면 그 누구도 그에게서 말 한마디를 끌어낼 수 없었다. 그는 자신의 내부로 돌아와 잠에 푹 빠졌다. 그는 자신이 사용하는 고적한 침실 어둠 속에서 함람(hamrammr)의 형상이 되었다. 전혀 다른 형상을 갖는 것이었다. 그의 일 충동이 새롭게 깨어나는 것이었지만 그 방향은 전혀 달랐다. 그는 늑대가 되어 막강한 괴력과 야성으로 밤중에 사람들을 습격했다. 그 충동이 소멸하면 그는 다음날 아침 힘이 소진된 채 침대에 누워 있었다. 사람들은 이런 밤의 야수화(野獸化) 과정 때문에 그를 '밤의 늑대'라는 뜻을 지닌 말인 '크벨둘프'(Kveldúlfr)라고 불렀다. 50)

〈뵐숭가 전설〉에서는 두툼한 금반지를 낀 두 남자가 9일 동안 늑대 가죽을 입고 있다가 10일째 되는 날 그 가죽에서 벗어나 잠자리에 들기 전에 이것을 벽에 걸어둔다. 그러자 지구르트의 아버지 지그문트와 계모 진푀틀리가 이 늑대 가죽을 발견하고 뒤집어쓴 후 괴성을 질러가며 숲 속을 돌아다니면서 늑대들과 어울려 푸짐하게 먹어대고 차가운 호흡과 함께 상처를 빨아먹는다. 폼머른(Pommern) 지역의 전설에 따르면 늑대인간은 9일이 아니라 3년, 7년 또는 9년 동안 늑대의 몸에 있어야 한다. 노르망디, 아일랜드, 아르메니아 등지에서는 이런 변신기간이 7년이다. 독일의 북부와 동부지역(후방 폼머른 지역)

---

50) [원주] Kveldulfr: Egilsaga c. 27.—3, 7, 9 Jahre in Wolfsleib: Jahn, Volkssagen a. Pommern 383, 386, vgl. Hertz a. a. O. 28, 108, 112, Grimm, D. Myth. 4 2, 916.

에서는 늑대가 이미 소멸해 버렸지만 베어볼프에 대한 신앙이 아직도 살아 있는데, 이 신앙에 따르면 성탄절에서부터 성(聖) 삼왕절(三王節, 1월 6일) 사이의 12일 동안 태어난 아이들은 반드시 베어볼프가 된다는 것이다.51) 부르카르트 폰 보름스가 우리에게 가르쳐 주었듯이, 갓난아이들에게 이런 베어볼프로 변신하는 능력을 주는 존재는 운명의 여신들이다.

독일 미신에 따르면 한 부부의 7번째 아이는 베어볼프가 되며, 덴마크 미신에서는 쉽게 아이를 낳으려고 마법의 도움을 받는 여인의 아들은 베어볼프, 딸은 밤의 악령이 된다고 한다. 북구 지역에서는 베어볼프로 변신하는 사람은 맞닿은 눈썹이 특징이라고 한다.52) 늑대 털이나 인간의 피부로 만든 허리띠를 두르면 사람이 스스로 베어볼프로 변신할 수 있는데, 이런 늑대인간은 사람이나 가축을 잡아먹기 위해 야밤에 배회한다는 것이다. 이 뷕센볼프는 사람들의 등을 덮친다.

이 늑대인간의 마법을 푸는 방법53)은 세례명을 불러주거나, 베스트팔렌 지방에서 '반짝반짝 닦아내는 행위'라는 뜻의 '브랑크마켄' (Blankmaken), 즉 그 몸체 너머로 쇠 조각을 던지거나, 몸체를 향해 단검 끝을 겨냥하거나 상처를 입히는 방법 등이 있다. 상처를 입히는 것이 곧바로 효력을 발휘하는 것은 아니지만, 다시 인간의 형체로 돌아온 뒤 그 자리에 상처가 나있는 것을 확인할 수 있다. 부활절 화염

---

51) [원주] Werwolf in den Zwölfnächten geboren: E. H. Meyer, Germ. Myth. §143.
52) [원주] 맞닿은 눈썹에 대해서 Grimm, D. Mythol. 4 2, 918. 3, 133.
53) [원주] 베어울프의 마법을 푸는 방법에 대해서 Hertz a. a. O. 84 ff. Wuttke, § 408. Jahn, Volkssagen a. Pommern 384, 387.

나무로 만든 십자가 3개가 꽂힌 늑대 덫은 이 늑대인간을 생포할 수 있다. 이 늑대인간이 쫓겨서 다시 인간의 모습으로 침대 속에 들어와 있다고 하더라도 늑대꼬리는 밖으로 드리워진다. 슐레스비히-홀스타인 지방에서는 늑대인간은 "무감각한"54) 존재, 즉 불사의 존재로 알려져 있었다. 16세기에서 17세기로 넘어올 때까지 북부·중부 프랑크 지역, 독일에서도 베어볼프 재판이 아주 성했다. 1589년 쾰른 지방 에프라트(Epprath)55)의 베어볼프56)로 알려진 페터 스투베(Peter Stube)라는 사람이 처형을 당했는데, 그는 자신이 13명의 아이를 찢어 두개골을 파내어 먹었다고 고백했다고 한다. 1610년에 뤼티히(Lüttich)에서 베어볼프 2명이 동일한 범죄혐의로 처형당했다.

이 베어볼프 신앙은 모든 유럽 인도게르만 종족들과 인도게르만 계통의 아르메니아인들에게 공통된 현상이었으나, 페르시아인이나 인도 사람들에게는 확인되지 않았다. 하지만 이 신앙은 아주 오랜 게르만 기록에 의하여 아주 오랜 태고 시절까지 거슬러 올라간다. 이미 고대 그리스에서는 이 베어볼프 질병이 알려져 있었는데, 이 질병은 고대 제우스 숭배에서 리카이오스(Lykaios)57) 이야기로 나타난다.58)

---

54) [원주] "무감각한"(*gefroren*) 존재에 대해서 Müllenhoff, Schlesw.-holst. Sagen 231.
55) 독일 중서부 프랑스 접경지역의 도시로 노르드라인-베스트팔렌 주에 속한다.
56) [원주] Werwolf v. Epprath: Ennen, Gesch. d. Stadt Köln 4, 761.
57) 혹은 리카온(Lykaon)이라 한다. 그리스 신화 속에서 리카이오스는 아르카더의 왕 펠아스고스(Pelasgos)의 아들로 지상에 머물던 제우스에게 사람 고기를 내놓았고, 분노한 제우스는 이 리카이오스를 늑대로 만들어 버렸다. 그런 다음 제우스는 인간세상을 홍수로 징계했다.
58) Zeus Lykaios: Müller, Mythol. d. griech. Stämme 2, 79, 99. Kalikantsaren: B. Schmidt, Neugriech. Volksleben 144. Russische Weihnachten in Wolfspelzen: Wolf, Zeitschr. f. deutsche Mythol. 4, 196

리카온은 아르카디아 높은 산 위에서 제우스신에게 아이를 제물로 내어놓는데, 이 때문에 그는 징벌을 받아 늑대로 변한다. 리카온은 9년 동안 사람고기를 먹지 않고 지내다 10년째 되던 해에 다시 인간의 형상을 입게 된다. 이런 이야기는 게르만인들이 말하는 9일 동안 또는 9년 동안 늑대의 삶을 연상시킨다. 헝클어진 머리카락에 날카로운 발톱을 지닌 신(新)그리스의 칼리칸차르(Kalikantsar) 또는 베어볼프는 역시 베스트팔렌 지방의 뵉센볼프처럼, 성탄절과 성(聖) 삼왕절(三王節) 사이, 즉 십이야(十二夜) 기간 한밤중에 태어난 사람인데, 이들은 우연히 마주치는 사람을 노리다가 그 얼굴을 찢어발기는 일을 벌인다. 이런 이야기는 또한 독일의 베어볼프 신앙과 일치하는 대목이다. 이 12일간의 시간은 또한 베어볼프의 약탈기간이기도 하다. 이것은 리프란트나 폴란드 지역의 베어볼프의 그것과 마찬가지이다. 러시아나 루시니아 성탄절 축제에서 늑대 가죽으로 위장한 형상인물이 돌아다니며 붙잡은 사람을 집안이나 마당에서 골탕먹이는 놀이를 한다. 독일에서도 성탄절 때 늑대로 변장한 사람들이 있었다.

북방 게르만인들은 절반은 사실이고 절반은 상상의 행위인 이런 인간 야수화 과정의 변형을 만들기도 했는데, 베르세르커[59] 행보, 다시 말해 베르세르커의 열기가 그것이다. 바이킹 시대에 많은 북구 사람들의 중요 관심사는 약탈, 살인, 전쟁이었다. 이 시대환경에 따라 앞에 말한 인간의 야수화 설화는 군사적 특징을 지니게 되었다. 베르세르커, 즉 곰 가죽을 뒤집어쓴 형상은 갑옷 대신 곰 가죽을 입은 군인들이었다. 적을 대면하면 그들은 미친 듯한 투쟁열기에 휩싸이곤

---

vgl. Hertz 114, 117.

59) [원주] Berserker: Du Chaillu, the Viking Age 2, 423. Berserkr-gangr: Fritzner, Oldnord. Ordbog s. v.

했다. 이 열기 때문에 군인들은 비상한 괴력을 발휘하고 모든 고통에 대해 둔감해지는 효과를 얻었다. 그들은 뜨거운 불도, 차가운 얼음도 꺼리지 않았고 자신들의 방패 모서리를 이빨로 씹고 칼을 휘두르며 마치 늑대들처럼 으르렁거리며 적을 향해 돌진했다. 그리고 자신들의 돌격을 방해하는 것은 사람이 되었든 나무가 되었건 가리지 않고 베어 넘어뜨렸다. 이런 정서적 폭발현상이 있은 다음 그들은 마치 중병을 앓고 난 다음처럼 기진맥진하여 쓰러져 버렸다. 그들은 전쟁 때 그런 것처럼 이런 열기를 이용하여 직업을 창출했고, 자신들을 가장 값비싸게 고용한 왕들에게 집단적으로 봉사했다. 덴마크 전설 속의 왕 롤프 크라키(Hrolf Kraki)가 보유한 12명의 베르세르커는 어떤 때는 작센 경계지역에서, 또 어떤 때는 스웨덴 베너(Waener) 호수의 빙판에서 전투를 벌였다.

900년경 하랄드 쇤하르도 여전히 베르세르커의 도움을 받았는데, 이들은 갑옷 위에 늑대 가죽을 뒤집어쓰고 있었다. 또 쇤하르의 스칼데 토르브외른 호른클로피(Torbjörn Hornklofi)는 궁정배우와 왕의 애견과 함께 괴성을 질러대는 이 영웅들을 찬양하는 시를 짓기도 했다. 이 베르세르커들은 스스로 오딘 신의 총아(寵兒)라고 행세하곤 했지만, 여타 다른 "전사들"은 이 베르세르커[60]를 꺼려하거나 심지어 경멸하기까지 했다. 원래 지녔던 야성적 열정은 불손하고 이익을 추구하는 배우 짓으로 변질되었고, 한때 신들린 자들의 괴로움이라고 할 수 있었던 것이 정상적인 사람들의 질 나쁜 행태가 되어 버렸다. 그 때문에 아이슬란드 사람들은 이런 베르세르커들에게 법으로 부분적인 추방령을 내렸다. 내가 파울루스 디아코누스[61]의 책 1. 11의 한

---

60) [원주] 베르세르커와 전사들에 대해서 Müllenhoff, D. Altertumskunde 5, 315, 326. Das Gesetzbuch Gragas I. 23 straft Berserkrgang.

부분을 올바르게 해석했다면, 남부 게르만인들은 바이킹 시대 몇 백 년 전에 벌써 이 베르세르커의 존재를 알고 있었던 듯하다. 즉, 랑고바르트족이 남쪽으로 이동 중에 아시피터(Assipiter)족과 맞서게 되었는데, 이때 이들은 적의 숫자가 엄청나고 자신들이 소수인 것을 알고 재빠르고 영리하게 한 가지 소문을 퍼뜨렸다.

소문의 내용은, 랑고바르트족이 개 대가리를 한 흉측한 인간들의 무리를 거느리고 있는데 이들은 사람 피를 갈구하며, 그들의 갈증이 해소되지 않으면 자신들의 피를 빨아먹는다는 것이었다. 플리니우스와 솔리누스(Solinus)의 책으로부터 개 대가리 모양의 두상을 지닌 전설의 부족인 키노케팔렌(Kynokephalen)족[62]의 이름이 알려졌는데, 이 부족이 늑대 가죽이나 곰 가죽을 뒤집어쓴 랑고바르트 전위대의 모습으로 나타난 것이었다. 바이에른이나 티롤 지방의 맹견(猛犬)인 라우퍼(Raufer)는 적절한 상대가 없을 경우 마치 황소처럼 잔디를 잡아 뜯는 버릇이 있는데, 이 모습에는 바로 예전 그런 투사의 열기가 살아 있다고 할 수 있다.

인간 정신의 야행(夜行)적 측면에 대해서는 정령신앙의 관점에서 일정한 설명이 이뤄질 수 있다. 겉옷이나 외피를 상상 속에서 갈아입는 것을 고대 북방에서는 "함스킵타스트"(Hamskiptast)라고 했고, 이 말과 연관하여 독일어의 "노발대발하다"[63]라는 말이 있는데, 이런 표현은 본질적으로 육체로부터 영혼이 빠져나가는 것을 의미했던 그리

---

61) 파울루스 디아코누스(Paulus Diakonus: 720~787). 랑고바르트 부족의 역사학자. 칼 대제 주변 학자에 속한다. 《랑고바르트 부족사》를 남겼다.

62) 동부 테살리아 지방의 키노케팔라이(Kynokephalai) 산맥 부근에 살던 종족으로 전해진다.

63) 원래 "피부를 빠져나가다"(Ausderhautfahren)라는 은유적 표현이다.

스어 표현인 엑스타시스(Ekstasis)와 일치하는 것이다. 영혼이 죽음 상
태에서는 영속적으로, 꿈속이나 혼절 상태에서는 일시적으로 떠나는
것처럼 영혼은 황홀경에서 마찬가지로 육체로부터 벗어나거나 아니면
육체의 주인 노릇을 한다고 할 수 있다. 영혼은 육체를 휘몰아 새롭고
낯선 움직임으로 몰아넣는다. 호전적인 남성은 죽음이나 몽환 중에 늑
대 또는 곰[64]과 같은 맹수의 모습으로 나타난다는 뿌리 깊은 망상 때
문에 불안정하게 활동하는 남성이 흥분을 유발하는 저녁의 어둠 속에
서 자극을 받아 스스로 그런 맹수로 바뀌었다는 느낌을 받을 수도 있
다. 늑대가 조용한 밤에 외롭게 가축 떼를 물어 죽일 때, 이 늑대를
채웠을 것 같은 애상적인 야성, 이런 야성을 남성은 자기의 감각과 사
지에 억지로 부과했을 것이다.

　사람들은 밤중에 턱없이 분주한 주인의 활동성을 이런 망상에 사로
잡힌 것으로 쉽게 해석했고 또 그에 관한 이런저런 이야기들을 사실인
양 여기게 되었다. 이런 믿음과 현실은 어느 정도까지 일치한 것일까?
사람들은 베어볼프가 그 다음날 창백한 얼굴을 하고 수염에 피를 묻힌
채 귀가하는 모습을 보았다고 주장한다. 그런데 화평을 깨뜨려 공동
체로부터 내몰린 자, 추방당한 자들은 고트족이나 살리아 프랑크족들
사이에서 바르크(Warg), 늑대 혹은 숲 속에서 늑대처럼 살아가는 야
생인이라 불렸다. 이들은 고대 게르만어로 "불페스 헤포드"(wulfes heá
fod)라는 늑대 머리를 달고 있었으며, 이런 형상은 하늘이 열리고 사
람이 사는 곳이면 어느 곳에서건 가는 곳곳, 심지어 사원에서조차 "바
르그 리 베움(vargr i veum, 사원 안 늑대)이라고 해서 배척당했다. 곰
이나 늑대는 고대 북방 법률에서나 작센 법전에 따르면, 수렵이 금지

---

64)　[원주] 곰과 늑대는 평안이 없는 상태에 늘 있다. Gulathingslög 94 u.
　　Sachsenspiegel II. 61 § 2. 참조.

172

된 숲 속에서조차 평안함이 없는 처지였다.

베어볼프들은 연중 가장 어두운 시기인, 십이야(Zwölfnächte)[65] 중에 행패를 부리거나 아니면 그 시기에 태어난다. 베어볼프는 9일째 되는 날 아니면 3, 7, 9년째 되는 해에 털갈이를 한다. 이 점은 또한 영혼 숭배와 관련이 있다. 또 알려진 바로는, 물개로 변한 익사자가 9일마다 다시 사람이 되려고 털을 벗는다. 대체로 독일이나 고대 그리스에서 일찍 사망한 사람들은 죽은 지 9일째 되는 날, 죽은 자들을 위한 제사가 진행되는 동안 새로 모습을 나타내기도 한다는 주장도 있다. 폼머른 지방에서 이런 야생자들은 아홉 사자라고 불렀는데, 그 이유는 베어볼프의 삶이 9년간 지속된다고 생각했기 때문이었다. 이 9년이라는 시간은 그리스에서 살해 이후 이뤄지는 자기추방 형태인, 늑대의 삶이 필요한 기간이기도 했다.

그랬다. 1685년 사망한 안스바하(Ansbach)의 시장이 그랬듯이, 무덤에서 되살아난 재생인들은 곧바로 베어볼프가 되어 떠돌았다.[66] 떠돌이 시체는 그러므로 실제 마술로 변환된 살아 있는 사람의 형상을 갖추고 있었다. 다시 말해서 폼머른 지방에서는 해명의 기회를 갖

---

65) 12월 25일 성탄절부터 이듬해 새해 1월 6일 그리스도 공현절(公現節)까지의 12일간의 밤을 말한다. 이는 원래 음력절기와 양력절기 사이의 차이가 나는 일수(日數)인데, 옛 게르만 풍속에서 기독교 풍속으로 이월된 풍속과 관계가 된다. 이 기간은 자연의 절기에 빠져 있는 기간으로 여겨졌으며, 그 중간인 12월 31일 실버스터탁(Silverstertag)에는 죽은 영혼들이 죽음의 세계를 벗어나와 휘몰고 다닌다는 야성의 사냥(der wilde Jagd)이 벌어진다고 여겼다. 그밖에 이 기간 동안 여러 귀신이나 정령들이 준동을 한다고 믿었다.

66) [원주] 베어볼프와 재생인에 대해서 Jahn a. a. O. 381. Hertz a. a. O. 88 f., 109, 129. Rußwurm, Eibofolke 2, 201, 264. Rückkehr der Toten am 3. oder 9. Tage: Wuttke §747. Über die neunjährige Sühnzeit d. Griech., die Ennaetëris: Rohde, Psyche 503, 579.

지 못한 채 죽은 범죄자는 베어볼프가 되어 인육을 먹고 산다고 알려졌으며, 노르망디 지방에서는 파문당한 자의 시체가 베어볼프 형상으로 바뀌어 관과 봉분을 뚫고 나왔다고 한다. 영국 무영지(無領地)의 왕이었던 존67) 은 사후에 베어볼프 형상으로 떠돌았다고 한다. 그 밖에 단치히(Danzig) 설화에서는 무덤에서 나온 베어볼프가 뱀파이어가 되는 것으로 나타난다. 이런 경우에서 이 음침한 형상이 어떤 옛 행로를 가고 있는지 인식할 수 있다. 그리스 영웅들이 늑대 형상으로 되돌아와서 뱀파이어의 악행을 저지르기 때문이다. 스웨덴 도서지방의 설화는 늑대들이 재생인들을 발견하는 족족 이들을 찢어발겼다고 전하는데, 마치 늑대들이 이 재생자를 사랑의 경쟁자로 보는 듯이 전하는 이런 설화는 유별난 것에 속한다.

베르세르커의 열기는 바카스 무녀들의 엑스타시 상태와 더 비견되기도 한다. 이 무녀들은 야밤에 트라키아의 신 디오니소스를 위한 축제68) 를 벌이며 격렬한 윤무를 추다가 광기의 상태에 도달하곤 했다. 이들은 단검과 담쟁이가 감긴 디오니소스의 지팡이, 티르소스 지팡이를 휘두르고 뱀을 목 졸라 죽이거나 찢어발기며 풀어헤친 물결머리 위에 불을 붙였다. 이때 이들은 불의 뜨거움이나 다른 상처들에 대해서 전혀 고통을 느끼지 못했다. 또 이들은 완전히 기진맥진할 때까지 제물로 바쳐진 피 흐르는 고기를 이빨로 물어뜯었다. 이 양상에서 우리는 여성적·그리스적인 엑스타시 현상을, 앞의 경우에는 남성적·북방적 엑스타시 현상을 보는 것이다. 또 광기의 동력이 앞의 경우가 윤무(輪舞) 라면, 뒤의 경우는 치열한 전투인 셈이다.

산 자들이 겪는 영혼의 도취 현상에 관한 에피소드로부터 사자의

---

67) [원주] 무영지 왕 존(John)에 대해서 Hertz 110.
68) [원주] Dionysoskultus: Rohde, Psyche 301.

영혼들이 우리들을 다시 끌어당긴다. 영혼은 공중의 영역이나 동물세계를 벗어나 비슷하게 중심 깊은 곳에 자리 잡은 식물세계를 이용하려 하였지만 절반의 성공밖에 거두지 못했다. 가옥 주위에 위치한 나무나 덤불은 집안 동물이나 앞에서 말한 영혼의 짐승들처럼 가정에 속한 것들이다. 이런 나무나 덤불들은 한쪽 지역에 위치하며 실질적으로 완벽한 영혼의 구체화라고 간주할 수 있기엔 충분한 생명감을 보여주지 못한다. 그러나 무성한 나뭇잎이 때로는 조용히, 때로는 속삭이듯 혹은 크게 **쏼쏼** 소리를 내면서 이러한 나뭇잎은 영혼이 머물기에는 한층 더 적합하다. 다시 말해 사망한 자가 은밀하고 푸르른 망대에서 뒤에 남은 가족들의 안위를 세심히 지켜 주는 것이다.

고대 게르만인들에게 고유한 이런 관념들은 스웨덴-노르웨이의 지킴이 나무[69]인 바르트래트(Vårdräd) 혹은 가문(家門) 나무인 보트래트(Boträd)에서 가장 오랫동안 잘 유지되었다. 우리의 기억에는 바르트래트가 자리 잡고 있다. 이 바르트래트는 뱀이나 빛 또는 사람의 가상(假像)으로, 그러니까 영혼으로 자기를 드러낸다. 또 보트래트는 톰테구버(Tomtegrubber)의 나무·농장의 조상으로 불리며, 고대 스웨덴 문서 〈영혼의 위로〉에는 (비난 투의) 톰테구다(Tomtegudha), 즉 '농장의 신들'이라는 명칭이 붙여졌다. 이런 나무는 제사와 기도의 대상이 되며 임산부는 위급한 때에 이 나무를 껴안는다. 이것은 이 나무 자체가 영혼이나 신이어서가 아니라 조상의 정령들이나 집안 수호정령이 자리 잡고 있는 처소이기 때문이었다.

그런 이유 때문에 많은 스웨덴의 성씨가 이런 나무들로부터 유래한다. 그 예로 줄기가 3개인 '호프린데'(Hoflinde) 나무에서 린델리우스

---

69) [원주] Wacht-oder Hausbaum: Mannhardt, Wald-und Feldkulte 1, 39, 44, 51, 59.

(Lindelius), 틸리안더〔Tiliander, 린데만(Lindemann)〕 그리고 전 세계적으로 유명한 린네우스(Linnaeus) 또는 린네(Linné)라는 성씨가 그런 것들이다.

코버슈타인[70]은 영혼이 실제로 나무나 꽃으로 바뀌었다고 믿는 신앙이 고대 인도게르만적인 양상이라고 간주하는데, 이러한 신앙은 막강한 힘을 지녔던 재생인 신앙이 나중에 부드럽게 변화하여 나타난 곁다리 현상인 것처럼 보인다. 우리들은 저주를 받아 번개에 맞아 죽은 3명의 처녀 영혼이 나중에 커다란 나무 안으로 스며들어갔다는 이야기를 여러 곳에서 듣는다. 또 많은 민요나 지역설화에 따르면 피살된 사람이나 죄 없이 사형당한 사람 또는 젊어서 죽은 연인들의 무덤이나 흐르는 피에서 하얀 백합, 붉은 장미, 미르테 꽃, 담쟁이넝쿨, 심지어는 떡갈나무나 마가목 등이 솟아났다고 한다.

두 연인이 그 아래 쉬고 있을 때, 이 초목들이 서로 가까이 다가갈 수 있도록 가지를 드리우고 무성해진다는 것이다. 마가렛과 윌리엄에 관한 한 영국의 발라드는 이 연인들의 가슴으로부터 장미넝쿨이 솟아나와 두 연인이 묻혀 있는 교회의 첨탑 꼭대기까지 올라가 사랑의 매듭으로 엉겼다고 전한다. "서로에 속하여 충만해지고 완성되는 두 젊은 연인들이 갑자기 떨어지게 되고 동시에 현세를 벗어나게 된 것을 일반적 정서가 감당하기 어렵다. 이때 상상력의 도움을 받는데, 이 두 사람의 죽음으로부터 새로운 삶이 움터 나오게 하고, 옛 삶이 이어지며, 이것이 가시화됨으로써 정서가 안정된다".

사람들은 무덤에 피는 꽃을 폭력에 의해서나 죄 없이 죽은 사람들이 무죄함을 증명해주는 억누를 수 없는 징표로 간주하기도 했다.

---

70) [원주] Koberstein : Vorstellungen von dem Fortleben menschlicher Seelen in der Pflanzenwelt 1849. Weimar. Jahrb. 1, 72, 479.

나중에 동식물에 대해서 어떤 동정심을 부여하는 자연관이 형성되었는데, 바로 이런 동정심이 재난의 장소로부터 이런 징표들을 필연적으로 밀어 올린다고 생각했었을 것이다. 그러나 그런 불행의 장소에서는 한 오라기의 풀도 자라나지 않고, 소나무가 자라지 못하고 바짝 마르기도 한다.[71] 달랠 길 없는 슬픔이 영원한 징벌처럼 그 장소 위에 드리워진 것이다. 전쟁에서 사망한 왕의 입에서 떡갈나무가 높게 자라나고, 자살자의 입에서는 가시나무나 엉겅퀴[72]가 커 나온다. 북부 프리슬란트 무덤가에 있는 들장미 덤불 아래에는 재생인들이 살고 있다.

이 인간 형상의 영혼 형태는 깊은 정서적 영향력이나 시적 추동력의 면에서 지금까지 앞서 언급된 모든 영혼 형태보다 훨씬 우월하다.

존경이나 사랑, 두려움 또는 미움의 대상이 되었던 이들은 죽은 뒤 남은 사람들의 분노나 놀란 마음속에 꿈속 영상이나 생생한 환영으로 떠오르곤 한다. 이때 이런 꿈속 영상이나 환영은 이들이 살아 있을 당시의 삶의 부피를 갖춘 정령으로 변한다.[73] 이런 정령은 간혹 마치 햄릿의 아버지처럼 그림자처럼 그냥 나타나 스쳐지나간다. 그러나 이런 정령은 무덤의 연기에 휩싸여 모양이 이지러지거나 성화(聖化)되어서, 창백하거나 음침한 형상으로 또는 거인처럼 크게 늘어난 모습으로 더 자주 출몰한다. 어떨 때는 조용히 나타나 순식간에 스쳐지나가며, 또 어떨 때는 확실한 몸체와 생생한 거동 그리고 사람들 사이에

---

71) [원주] 살인현장에서 자연이 말라 죽는 현상에 대해 Bockel, Hess. Volks-lied XCI. Wuttke §741.

72) [원주] Distel u. Dorn: Jahn, Pomm. Sagen 398.

73) [원주] Geister i. d. Kleidung d. Lebens Brand-Ellis a. a. O. 3, 69. Die Höllenkraft solcher Geister kennt auch Petrons Satyricon: fortis tamquam Orcus.

서 느낌을 지닌 채 나타난다. 북유럽 설화는 이런 모습을 지옥의 힘을 갖추고 있다고 말한다. 환상의 재생인 모습은 대부분 공포심을 일으키는 귀향자이며, 살아남은 자들을 돕거나 위로하는 자가 되기도 하는데, 이런 재생인의 모습은 바로 영혼신화의 가장 높은 수준의 고전적 전형이며 가장 오래된 인류학의 값진 유산 중의 하나로 남아 있다. 기본원소, 동식물과 연계된 정령신앙은 불특정한 특성을 지니거나 아니면 대개 정적·전원적인 특징을 지닌다. 이에 비해 재생자 신앙은 여타 다른 어떤 것보다 가장 오래된 인간 영혼의 근원적 신앙을 드러내는 것이다. 이런 신앙으로부터 시신(屍身)의 냄새를 풍기며 생명으로 치닫는 시문학이 흘러나오게 된다. 이런 시문학은 인갑 심성의 전 음계를 포괄하는데, 이는 극한 슬픔이 배인 정령 공포심에서부터 시작하여 지극히 뜨거운 양심의 가책과 극히 감동적인 모성적 근심을 거쳐 경건한 전율에까지 이른다. 우리 또한 현실을 초월한 정령의 위력 앞에 이런 경건한 전율을 느끼게 된다.

이런 야성적이고 삶을 갈망하는 신앙은 예외 없이 내밀하고 부드러운 신앙이 될 수 있는데, 이런 신앙의 뿌리는 저 멀리 석기시대에 닿아 있다. 석기시대 이후부터는 사자의 시신을 불태워 없애고 그중 유골 몇 개만을 잿더미 속에 남겨 놓았던 것과는 달리, 석기시대에는 사람들이 시신 전체를 땅에 묻었다. 석기시대는 또한 폭력과 존속살인 및 자조의 시대이기도 했다. 이런 시대에 살인을 행한 자들은 악행을 범한 뒤에도 양심상의 공포심까지는 느끼지 않았지만, 억누를 수 없는 유사한 감정, 즉 살해당한 자가 보상의 권리를 제기하거나 자신을 대신해서 복수해 줄 후손을 남기지 않았을 경우 특히 보상받지 못한 자로서 스스로 보상받기 위해 피의 복수를 틀림없이 시도할 것이라는 느낌 정도는 갖고 있었다. 피살자의 분노한 영혼은 살아남아 땅에 묻힌 육체를 일시적인 사후 삶을 위해 끌어낼 수도 있었다. 이는 마치 베어볼프 영혼이 살아 있는 영혼을 자신의 형상 안으로 강제적으로 집어넣는 것과 같은 현상이었다. 피살자만 다시 살아나는 것은 아니었다. 살았을 때나 죽었을 때 제대로 권리를 갖지 못했던 자, 죽기 전에 삶을 포기하지 않으려 했던 자 또는 만족을 느끼지 못하고 매장된 자 등 모든 사람들이 살아 돌아올 수 있었다. 그러니까 이런 사자의 귀환현상은 인도게르만족 신앙의 한 형태였음을 알 수 있다.

고대 인도에서 이 재생인들74) 은 남아 있는 사람들을 들볶고 아직 태어나지 않은 아이들의 영혼을 흡혈귀로 만들어 데리고 돌아다녔다. 죽은 자를 뜻하는 프레타(Preta) 는 굶주린 채 지상을 떠돌다가 특별한 제사를 받으면 저승에 있는 조상들인 피타라스(Pitaras) 에게로 나아갔다. 피타라스는 후손들이 존경대상인지 아니면 경시를 당했는지에 따라 후손들을 보호해 주거나 징계했다. 아내의 부정을 괴로워한 나머지 사망한 남편은 아내를 괴롭히려고 매일 밤 찾아온다. 그러나 가문의 수장들이 죽은 다음에 데몬이 되어 자신들의 무덤을 찾아온다는 믿음은 일반적으로 비난을 받았다. 인도의 서사시《마하바라타》 (*Mahabharata*)75) 에서 브라만(*Brahman*) 계급을 증오하는 사람들이 죽

---

74) [원주] Indische Wiedergänger: Indische Studien 15, 353. Oldenberg, Religion des Veda 60. Kinder Blutsaugera. a. O. 569. Fußfessel indischer Leichen: Zimmer, Altind. Leben 402. Kyros: Xenophons Kyropaedie 8, 7, 18.

75) '바라타의 큰 이야기'의 의미로 인도의 가장 유명한 서사시. B. C. 400년부터 A. D. 400년 사이에 쓰인 것으로 추정된다. 그 토대는 매우 오래된 전통이다. 대략 10만 개의 이중운율로 구성되어 있다. 이야기의 테두리는 두 형제 지간의 왕가 사이에 벌어지는 전쟁상황이다.

어서 요괴가 된다는 믿음은 카스트제도의 존치를 위해 이용되었다.

페르시아인들도 비슷하게 생각했다. 크세노폰(Xenophon)[76]은 키로스(Kyros) 왕의 임종에서 부당한 일을 당한 사람들의 영혼은 살인자에게 경악을 불어넣는다는 점을 환기시켜 주었다. 이때 그는 페르시아인들의 신앙을 제대로 파악한 것이었다. 그리스에서는 사자들의 재생에 대한 신앙이 여러 가지 색깔을 띠고 나타났다. 《일리아스》에서는 파트로클로스가, 에우리피데스의 헤쿠바에서는 피살된 풀리도로스가 고요함을 얻고 싶어 매장해 달라고 애소한다. 헤시오도스[77]에 따르면 가장 오래된 황금종족의 인간은 죽은 다음 지상의 데몬이되어 "안개에 휩싸인 채" 즉, 모습을 숨기고, 옳고 그른 것을 감독하는 인간의 파수꾼이 되었다. 플라톤은 자신의 철학에 대해서 궤변을 늘어놓긴 했지만 사자들의 불안정에 대한 민중적인 설명을 제시하기도 했다.

그는 자신의 감각성을 떼어 놓지 못한 영혼들이 오랫동안 무덤 주위를 배회하고, 그 이유는 감각적인 열정이 마치 못으로 그러는 것처럼 영혼을 육체에 박아 놓고 영혼을 육체적인 양상으로 만들기 때문

---

76) 크세노폰(Xenophon: B. C. 426~355). 아테네 출신의 작가, 정치가, 장군이다. 그의 생애에서 가장 큰 경험은 페르시아 왕자 키루스에게 고용된 그리스 용병대에 들어간 것이었다. 그는 처음에는 용병으로 복무했지만, 키루스가 죽은 뒤에는 '만인대'(萬人隊)라고 부르는 그리스 군대의 지휘관으로 선출되었다. 그는 키루스가 죽었을 때 고국에서 1,500㎞ 떨어진 곳에 있던 이 부대를 이끌고 이민족과 계속 싸우면서 낯선 땅 쿠르디스탄과 아르메니아 지역을 지나, B. C. 400년 초 마침내 흑해 연안에 있는 그리스 도시 트라페주스(지금의 터키 트라브존)에 도착했다. 그의 책 《소아시아 원정기》의 바탕이 된 이 위업은 젊은 그에게 명성과 부를 가져다주었다.

77) 헤시오도스(Hesiod, Hēsíodos: B. C. 7세기 전 출생). 그리스 문인으로 농사와 가축사육을 생업으로 삼았다. 그의 《신통기》는 호머의 《일리아스》, 《오디세이아》와 함께 그리스 신화의 핵심 원전이라 할 수 있다.

이라고 했다. 그러나 이런 통상 신앙에는 크게 두 종류의 재생인들이 존재한다. 즉, 이른 죽음을 맞은 자들인 아오로이(Aoroi)와 죽음 후에 버려진 자들이다. 78)

전자는 폭력에 의해 죽은 자들, 자식을 두지 못하고 죽은 자들, 결혼을 못하고 죽은 자들이다. 또 후자는 죽어서 매장되지 못한 자들, 적절한 제사를 받지 못하고 버려진 자들이다. 그들이 살면서 또는 죽은 상태에서 얻지 못했던 것을 그들의 영혼들이 보충하려고 하는데, 이때 이 영혼들은 복수하려고 달려드는 방황의 귀신인 알라스토레스(Alastores)가 되어 개별적으로 돌아다니거나 무리를 지어 헤카테(Hekate) 79)의 무리 중에 위협적으로 스며든다. 다시 말해 민감한 명예심을 가진 영웅들이 그들을 모욕한 자들에 대해 무서운 공격을 가한다. 이 영혼들은 흡혈귀와 같은 악몽을 이용하여 괴롭히고 가족 전체를 패망케 하며, 마주치는 사람들의 목을 졸라 죽인다. 심지어는 광활한 대지 위에 가뭄과 전염병을 내리기도 한다. 이 때문에 이런 영혼들은 마술계에서 옛날이나 오늘날이나 모두 중요한 역할을 한다. 이것은 무덤으로부터 억지로 기독교로 개종한 "코린트의 신부"를 몰아내어 빼앗긴 이교도 신랑을 껴안고 그의 심장 피를 빨아먹게 한다. 새로운 신앙은 응보와 충족을 위한 이런 막강한 행보를 억제시킬 수 없었다. 죽은 이의 넋, 조상들, 기독교도 로마인들이 복수심이나 지상세계에 대한 동정심 때문에 다시 불려나왔다.

프랑스어로 르베낭(revenant)이라는80) 재생인 존재를 모든 게르만

---

78) [원주] Rohde, Psyche 166. 177. 373. 522. 651. 654. Hesiod. Erga 113. 252. Plato, Phaedon 80. 113. vgl. Roscher, Mythol. Lexicon 1, 2477. Heroen beim Zaubern: Jahrb. f. Philol. Suppl. 16, 792.

79) 그리스 신화에서 마법과 유령의 신. 어둠의 여신, 명계의 여신으로 자리매김된다.

인들은 대개 허상이라는 뜻의 "유령(Gespenst), 드라우그(Draugr)"라고 말한다. 또 방언으로는 운게호이어(Ungeheuer), 감시자, 아홉 사자들이라 말하기도 한다. 이런 유령의 움직임은 재생, 사후 출몰, 사후 떠돌기 등이다. 게르만의 재생인들 규모는 대단히 큰 편이다.

피살자, 익사자, 기아자, 연인들, 산욕에 죽은 여인들과 임종 시에 아들이 없었거나 예를 갖춘 장례를 치르지 못한 사람들 등이 재생인들에 속한다. 또 식어 버린 심장에 비행(卑行)에 대한 기억이나 재산에 대한 걱정이 담겨 있는 사람들, 서약이나 사냥의 떠들썩한 재미 때문에 고요함을 얻을 수 없는 사람들, 무기력하거나 세례를 받지 못하고 죽은 아이들이 모두 이런 재생인들에 속한다. 이들의 허상(虛像)인, 사후 운명은 재생인들의 복수를 행하거나 재생인을 징벌, 위로, 만족시키는 일을 하는데, 이런 사후운명은 이런저런 현실의 운명 양태에 따라 다양한 모습을 띤다. 이렇게 간략하게 윤곽이 드러나는 삶의 궤적들은 개별적으로 가장 음침하고 때로는 말할 수 없이 감동적인 사후(死後) 작용을 한다. 날카로운 화음으로 마무리되었던 삶이 또다시 둔중한 소리를 울리는 것이다.

가장 오래된 재생인들은 피살자와 살인자의 영혼들인 듯싶다. 이 양자는 서로를 자극하여 무덤 속의 안정을 깨뜨린다. 살인을 행한 자가 가까운 위치에 있을 경우, 이 거리를 "모르트마일"(Mortmeilen)[81] 이라고 하는데, 이 때문에 관 위에 눕혀져 있던 피살자의 굳은 피가 다시 흐르기 시작한다. 하겐이 지그프리트의 관에 가까이 다가가자,

---

80) [원주] Namen der Wiedergänger. E. H. Meyer, Germ. Myth. §94. Wuttke §754. Brand-Ellis a. a. O. 3, 228. Gonger: Müllenhoff, Schlesw.-holst. S. 183.

81) "모르트마일"에서 '모르트'는 독일어 '모르트'(Mord, 살해)라는 단어와 연관 되는 듯하며 '마일'은 거리의 척도이다.

상처에서 피가 많이 흘렀다. 사자왕 리처드 1세[82]가 부친의 시신에 접근하자, 부친의 코에서 코피가 쏟아졌다. 이는 마치 신에게 죽음의 원인자로 여겨지는 자를 소리를 질러 알리려는 것 같았다. 1503년 바젤에서 살해된 한 여인의 남편이 자신이 살인을 하지 않았다고 맹세하는 순간 열려 있던 여인의 관 사이로 피가 뚝뚝 떨어졌다. 이런 현상을 관구(棺柩) 재판(*Bahrgericht*)[83]이라고 하는데, 인도 신앙에서 유래한 이 신명재판은 서부 유럽에서는 12세기경이 되어서야 비로소 아르투스 왕 설화소설에 등장했다.

그러나 이런 신명재판은 오늘날에도 바덴 지방에 여전히 사라지지 않고 남아 있다.─동부 독일의 신앙에 따르면 피살된 자나 여타 재난을 당한 자들은 죽은 뒤에도 마치 여전히 살아 있는 것 마냥 오랫동안 떠돌아다닌다.[84] 고대 북구 지역에서는 법률적으로 사형수는

---

82) 사자왕 리처드 1세(1157~1199). 영국 헨리 2세의 셋째 아들로, 부친에 대해 반기를 들어 왕권을 쟁취한 왕(재위: 1189~1199)으로 제3차 십자군 원정에 참여하였다. 원정 회군 도중 신성로마제국(오스트리아)의 포로가 되기도 하는 등 우여곡절이 많은 영국 왕. 그의 모험담은 다양한 대중문학과 영화의 소재가 되었다.

83) 피살당한 자의 시신을 담은 관(棺)에 살인자가 접근하면 시신에서 다시 피가 나온다는 민속신앙에 근거하여 이뤄지는 재판을 의미한다. 독일어 'Bahre'는 '관'을, 'Gericht'는 '재판'을 의미한다([원주] Bahrgericht mittelalterlichen Ursprungs: Lehmann in d. Germanist. Abh. z. 70. Geburtstag K. Maurers 1893, Christensen, Baareprøven. 1900. Älteren Ursprungs: Brunner, Deutsche Rechtsgeschichte 2, 683. Vgl. noch Baechtold, Roman. Forsch. 5, 225. Schönbach, Stud. z. Gesch. d. altdeutschen Predigt 2, 115. Brand- Ellis 1888. 3, 229. Birlinger, A. Schwaben 2, 470. ZdV. f. Volkskunde 6, 208. 284.).

84) [원주] Umgehende Ermordete Wuttke §754. Brand-Ellis a. a. O. 3, 67. Verbrecher auf der Flutgrenze begraben GulaÞingslög §24. Grettissaga c. 19 vgl. Lex. Frison. (M. Germ. 3, 696).

반드시 강변에 묻게 했는데 흐르는 물이 이 사형수의 재생을 막도록 하기 위한 것이었다. 시신을 묻거나 덮는 것을 "힐리아"(hylja) [85] 라고 하는데, 이 힐리아는 나중에 북부 유럽에서 시신을 발견한 사람이 반드시 행해야 할 법적 의무로 규정되었다. 심지어 살인한 자도 자기가 죽인 적을 반드시 그렇게 했다.

그렇게 하지 않을 경우 추방당했고 또 살인에 매장 불이행이라는 비행이 겹치는 까닭에 다시 살아난 피살자의 복수를 한층 더 심하게 당할 것이라고 생각했다. 앙겔작센 법에 따르면 살인한 사람은 죽은 사람에게서 아무것도 취해서는 안 되며, 시신을 머리는 서쪽, 발은 동쪽을 향하도록 하고 판때기 위에 눕혀야 한다. 고대 바이에른 풍속법은 사자를 훼손시키지 않는다는 규정을 엄격하게 준수하여, 썩은 고기를 먹는 새들을 쫓으려 화살을 쏘았다가 시신에 화살이 박히게 한 자를 사형하도록 하였다. ― 살인자들 중에서 특히 자살자들이 재생하는 경우가 많았다. 이들은 자신이 육체를 벗어 버린 곳을 향해서 줄곧 다시 달려갈 수밖에 없고, 그 장소는 흉한 곳으로 여겨지게 되면 거기서 사람들은 편한 죽음을 맞을 수 없게 된다. 고대 스웨덴 법은 자살자가 죽은 다음 다른 방정한 민중들을 덮치지 않도록 그 시체를 불태우도록 규정했다. 부친을 살해한 자, 즉 부친을 때린 자식의 손이나 위증한 자, 도둑, 도벌꾼의 손은 나중에 무덤에서 튀어나온다는 주장이 있었는데, 이는 재생자 사상이 약화되어 새롭게 표출된 것이었다. 익사한 자들은 장례만찬에 참여하기를 원한다.

그래서 익사한 아일랜드인 토로드(Thorodd)는 같이 재난당한 사람

---

85) [원주] Hylja hrae: E. H. Meyer, Germ. Myth. S. 71, vgl. Wuttke § 740. Wolfdietrich Str. 578(DHB. 3, 148). Umgehende Selbstmörder: H. -Cavallius, Wärend 1, 439. 472.

들과 함께, 죽은 지 9일이 지난 다음 사람들이 망자를 애도하며 맥주를 마시는 홀에 물에 젖은 모습으로 나타난다. 또 슈바벤 지방에서는 물이 익사자를 9일 동안 품고 있다가 다시 밖으로 던져 놓는다고 생각한다. 슈타이어마르크(Steiermark, 오스트리아의 지명 — 역자)에서는 익사자가 빠져 죽은 장소에서 또 다른 사람 하나가 익사할 때까지 그곳 근처에 머문다고 한다. — 적절하게 장례가 치러지지 않은 사람은 무시무시한 복수를 한다.

옛 아이슬란드의 〈에이르비기야 전설〉[86]에 따르면 어느 날 저녁 권위적인 토롤프(Thorolf)와 그의 아들은 서로 분노하여 헤어진다. 집으로 돌아온 노인은 의자에 앉아 아무 말도 하지 않고 식음을 전폐한다. 부하들이 잠자러 들어갔다가 다음날 아침 다시 왔더니 토롤프는 그 자리에 앉아 죽어 있었다. 소식을 듣고 달려온 아들은 부하들이 토롤프의 얼굴에 드리워진 불쾌함에 경악하는 것을 감지하고, 부친이 앉은 의자 뒤로 접근하여 육중한 노인을 어깨에 들쳐 메고 망토로 화가 안 가라앉은 머리를 감싼다. 그런 다음 그는 벽을 뚫게 하고, 그 구멍을 통해 시신을 밖으로 끌어낸 다음 다시 벽을 봉했다. 왜 이렇게 했을까? 그리스인들의 그것처럼, 게르만인들의 장례지침이나 북구의 장례지침[87]인 "나비야르기르"(nábjargir)에 따르면, 사람이 죽으면 맨 먼저 하는 일이 "악한 눈길"로 재난을 불러일으키지 않도록 무섭게 뜬 두 눈을 감기는 일이다.

독일에서는 이에 덧붙여 망자의 눈이나 입에 작은 돌이나 동전을 채

---

86) 아이슬란드 서쪽 스네펠스네스 지역의 한 농장인 에이르(Eyrr) 주민들의 설화. 그 안에는 초자연적인 환상 이야기가 담겨 있다. 동물들이 마루를 뚫고 나온다거나 죽은 사람이 몸을 따뜻하게 하려고 집안으로 들어온다는 등의 이야기가 그런 예들에 속한다.

87) [원주] Totenhilfen: Eyrbyggja Saga c. 33. 50. Njalssaga c. 98.

우기도 한다. 88) 이는 그리스에서처럼 지하세계 뱃사공에게 노잣돈인 나울론(Naulon)을 의미한다기보다는 돈으로 망자를 달래려는 것이다. 또 다른 북구 신화에서는 두려움을 주는 망자의 피부를 머리 위로 벗겨내기도 한다. 북구의 토롤프의 경우와 비슷하게 독일에서 생전에 악한 일을 자행했던 자가 죽을 경우, 다시 집으로 돌아오지 못하게 하기 위해 그 시신은 문턱 아래로 끌어내었다. 오늘날에도 비슷한 이유로 시신은 정식 문이 아닌 창문을 통해서 밖으로 내어간다.

망자의 귀환을 두려워하여 저 멀리 인도네시아에서는 담벼락에 구멍을 뚫기도 한다. 그러나 소홀히 처리당한 토롤프에 대한 주의조치는 아무런 강제효과가 없었다. 해가 지자마자 이 토롤프는 다시 사람과 가축들 사이에 나타나 난리를 벌이고 심지어 농지까지 황폐화시켰다. 결국 그의 시신을 이장하고 새로 만든 무덤 주위로 빙 둘러 담을 쌓게 되었다.

많은 사자들이 투쟁심이나 소유욕, 탐욕을 억제하지 못하고 죽음의 평화를 스스로 깨뜨리고 만다. 중부 프랑스의 카탈로니아 평원 전투의 전사자들은 마라톤 전투의 전몰자들처럼 새로운 원정을 위해 다시 일어선다. 회그니(Högni)의 딸 힐데(Hilde) 89)는 헤이(Haey) 섬에서 마술을 부려 무기를 든 채 죽어 돌로 변한 전사자들을 다시 깨어

---

88) [원주] Geldabfindung: Rohde, Psyche 282. 367. Lippert, Christentum u. Volksglaube 401. Haut ums Haupt schlagen, belg á oder yfir höfuđ Eyrb. S. C. 20. Laxd. S. c. 37. Fas. 2 2, 66. Leichen durch ein Mauerloch, Paul, Grundriß 1 11. 2, 227. Birlinger, A. Schwaben i, 86. Indonesien: Schurtz, Urgeschichte d. Kultur 567. Rohde, Psyche 22. 200. 282. 627, vgl. Oldenberg, Religion d. Veda 488.

89) [원주] Hilde: Skaldskaparm, c. 5o. Saxo Grammat. 5, S. 238. Andre Geisterschlachten: Praetorius, Weltbeschreibung 196. Meier, Schwäb. Sagen 1, 123.

나게 해서 신들의 황혼이 이를 때까지 싸우도록 만든다. 한 독일 전설에 따르면 전사자들이 자기 동료들이 패배하려는 순간 이들을 도우려고 무덤에서 뛰어나온다. 열정적인 사냥꾼들, 특히 도대체 휴일의 평안함을 염치없이 무시할 정도의 사냥꾼들은 재생인의 모습으로 활발한 사냥대열에 끼어든다. 부지런한 집주인은 다시 나타난다. 아이슬란드인 비가라프(Vigahrapp)는 편안하게 집안 살림살이를 내려다볼 수 있도록 자기가 죽은 다음에 바로 부엌문 곁에 선 자세로 묻어달라고 부탁한다. 90)

그러나 하인들의 행동에 성이 차지 않자 화가 난 그는 하인들을 괴롭히거나 죽이고 또 심지어는 비옥한 대지와 연어와 바다표범 목장을 황폐화시켜 버린다. 그러자 사람들이 그의 시신을 꺼내어 불태운 후 그 재를 바다에 뿌렸다. 한 오버바이에른 지방의 농부 귀신은 비가라프보다는 약간 온화한 행태를 보인다. 그는 자식들을 위해 곳간과 가축축사를 지키며 게으름피우는 하인들의 뺨을 후려친다. 프리티오프(Fridthiof)의 아버지는 왕의 묘지 맞은편 해안에 묻히기를 원했는데, 이는 중요한 일이 발생하면 피오르드 해안 너머로 서로 쉽게 불러낼 수 있도록 하기 위해서였다.

마지막으로 욕심쟁이, 고리대금업자, 사기꾼, 식언(食言)자, 그리고 또 노르웨이의 경우 술꾼과 냉소주의자 등은 죽음의 평화를 누리지 못하고 떠돌이 노릇을 한다. 특히 성탄절 전후 가장 밤이 긴 시기에 떠돈다. 이때 불신앙의 금식 거부자들은 애초에 나타나는 모습이

---

90) [원주] Vigahrapp: Laxdaela Saga C. 17. 24. Die Humse: Birlinger, Volkstüml. a. Schwaben, 1, 283 vgl. Wuttke § 747. Wortbrüchige: Wackernagel, Kl. Schriften 2, 407. Jahrb. f. Gesch. v. Elsaß-Lothr. 1892, 14.

불명확하다. 이들을 쳐다본 소들이 광포해져서 서로 부딪혀 다치고 사람들은 제 정신을 잃는다. 사람들은 그 다음날 짐승과 사람들이 부서진 뼈만 남겨두는 것을 목도한다. 심지어 가장 무서움을 모르는 용사 그레티르(Grettir)[91]는 그가 제압했던 재생인이 쓰러질 때 그 희미한 눈초리가 달을 쳐다보고 있는 것을 보았다. 이 때문에 그는 거의 무기력한 상태에 빠져들었다. 그를 무해하게 만들기 위해 사람들은 잘려진 그의 머리를 엉덩이와는 반대 방향에 놓아두고 '차가운 석탄' 위에서 불태워 버렸다.

화해의 찬란한 빛으로 사랑이 이 음침한 상념세계 안을 밝게 만든다. 즉, 신랑·신부의 사랑, 부부 간의 사랑, 그리고 어머니의 사랑이 그것이다. 단단히 결속되어 쌍을 이룬 사람들은 서로를 향해 불가항력적인 그리움 속에서 소멸하지 않는 정절로 삶에서 죽음으로, 죽음에서 삶으로 서로를 향해 치닫는다. 재생인에 대한 신앙은 신성한 양태로 변하여 불멸의 시문학으로 나타난다. 훈딩(Hunding)[92]을 죽인 헬기를 다룬 두 번째 《에다》 가사는 오딘이 이 전몰영웅을 발할에 받아들이고 있음을 적었다. 헬기는 그러나 고향방문의 기회를 허락받는다. 그런데 헬기의 남은 아내인 지그룬의 하녀는 헬기가 늠름한 부하들을 대동하고 자신의 둥근 묘소로 말을 타고 가는 것을 목격하고 자

---

91) 〈강자(强者) 그레티르 전설〉(*Saga von Grettir dem Starken*)은 14세기에 기록된 전설로, 바이킹의 전형이라고 할 수 있는 그레티르라는 북구 영웅에 관한 이야기이다. 많은 아이슬란드 전설처럼 필자는 익명이다. 그레티르는 고분고분한 남성이 아닌, 반항적이고 과격하며 성미 급한 인물로 그려진다. 많은 세월 법적 보호를 받지 못한 채 떠도는 삶을 산다([원주] Grettir: Z. f. d. Phil. 30, 54.).

92) 후나란트(Hnaland)의 왕이다. 헬기 훈딩스바니(Helgi Hundingsbani)에게 살해당했다.

신의 마님에게 헬기의 무덤이 열렸으며 그가 나타날 것이고, 아내에게 자신의 상처에서 솟아나는 피를 멈춰달라고 부탁할 것이라고 말해준다. 그러자 지그룬은 헬기의 무덤 안으로 들어가 이렇게 말한다.

> "그대가 피 흘리는 브륀네를 팽개치기 전
> 이제 나는 생명 없는 왕이신 그대에게 입 맞추려오
> 나의 헬기여, 그대 머리카락은 서리에 물들었고
> 그대 온몸은 시신의 이슬로 젖었구려."

이에 대해 헬기는 이렇게 노래한다.

> "지그룬 폰 세파피월이여! 오직 그대 탓으로
> 헬기 몸에 고통의 이슬이 뿌려졌도다
> 황금 치장한 이여! 분노의 눈물을 흘리는 구려
> 잠자러 가기 전의 햇살이여.
> 모든 여성이 피 흘리는 영웅 가슴에
> 습한 차가움으로, 절실하게, 무거운 비애로 떨어진다오."

이제 그날 밤 두 사람은 함께 무덤에서 달콤한 음료를 마시고, 죽은 자의 품 안에서 행복한 수면에 취한다. 이윽고 헬기는 시간이 되어 아침에 말을 타고 아침 햇살이 붉게 비치는 길을 간다. 이 시에 첨가된 산문이 밝히듯이, 이 두 사람이 나중에 다시 태어나 남자는 다른 헬기가 되고 여자는 카라(Kara)가 된다는 것은 나이든 여인네들이 지녔던 아주 오랜 믿음이었다. 재생인의 영혼이 단순히 가상(假像)으로서가 아니라 완전한 새로운 삶으로 돌아오는 경우도 있는데, 이는 가장 좋은 형태의 재생과정의 종결로, 북구 여기저기에서 지금도 이뤄지는 종결이다. 산문의 첨언에 따르면 여인은 전혀 다른 사람

내부에서 다시 태어날 수도 있다. 즉, 영혼의 이동에 가담한다. 이런 영혼이동[93]은 북구 사람들에게 전혀 낯선 것만은 아니다. 단순하고 오랜 재생인 전설은 망자의 유일한 거처인 이 세상 무덤과 연관되어 있는데, 앞의 《에다》 가사는 이런 통상적인 재생전설에 변형을 가한다. 이 전설은 무대의 일치성을 상실한 채 나중에 고안된 죽음의 세계인 발할이라는 화려한 배경 위에서 펼쳐진다. 그러나 게르만 민요는 도처에서 그보다 오래된 한층 단순하고 더 감동적인 이본(異本)을 보유한다. 덴마크 기사 아게(Aage)는 암흑세계에서 가슴에 상처를 안고 사는 신부 엘제(Else)에게 돌아온다. 그러자 엘제는 하얗게 변한 자신의 머리를 빗으며 무덤 안이 어떻더냐고 묻는다. 아게는 이렇게 대답한다.

> "그대가 기뻐하고
> 그대의 마음이 흥겨울 땐
> 언제나 내 관(棺)은
> 장미 잎으로 붉게 채워졌다오.
> 그대가 근심에 싸여 있고
> 그대 마음이 무거울 땐
> 언제나 내 관은 뚝뚝
> 떨어지는 피가 가득했소."

그러자 엘제는 다시 암흑의 세계로 가라앉는 아게를 따라간다. 이와 흡사하게 스코틀랜드에서 마가레테(Margarete)는 무릎까지 묶여 있음에도 기나긴 겨울밤 내내 연인 빌헬름(Wilhelm)을 뒤쫓아 다닌다. 그러나 수탉이 울자 빌헬름은 마가레테를 혼자 남겨둔 채 안개 속

---

93) [원주] Seelenwanderung: Storm im Arkiv f. nord. filol. 9, 199.

으로 사라지고 만다. 그 순간 마가레테의 예쁜 몸은 무너지고 만다. 이제 우리 앞에 뷔르거(Bürger) 94)의 발라드 시집 《레노레》(*Lenore*) 95) 의 한 독일 민요에 담긴 독특한 분위기의 이미지가 나타난다.

　"달이 환히 비치니
　망자들이 말을 세차게 달리누나
　'사랑스런 이여, 무섭지 않니?'"

　모라비아의 소먹이는 땅에서 부르는 민요에서는 한 과부의 눈물이 무덤 속의 남편 셔츠에까지 스며들었고, 나중에 그런 말을 듣게 된 과부는 남편 곁에 항상 같이 있으려 무덤 안으로 들어간다. 이와는 반대로 폼머른 지방에서는 뜨겁게 사랑하다 죽은 여인이 매일 밤 무덤에서 나와 남편 침대 곁으로 다가와 친근하게 말을 건다. 그러던 어느 날 아침 남편이 이 여인 무덤 위에 길게 뻗어 넘어져 있는 것이 발견되었다. 그는 마치 무덤 풀에 키스를 하고 팔로 껴안는 듯한 자세를 취하고 있었다. 토르그니르(Thorgnyr)는 집 근처에 있는 죽은 아내의 커다란 무덤 곁에서 연회를 베풀고 말참견을 하며 또 노는 것을 쳐다봄으로써 여인에 대한 애착을 훨씬 더 부드럽고 편안하게 표출한다. 이에 비해 아르가우에서 죽은 신부는 신랑이 따라 죽을 때까지 내내 십자로96)에서 격정적으로 춤을 춘다. 통상 회오리바람은 사

---

94) 뷔르거(Gottfried August Bürger: 1747~1794). 괴테 시대의 발라드 시인으로 독일 문학에 민중정서를 불어넣었다. 발라드 시집 《레노레》(1774)가 있다. 그밖에 번역 작품이 다수 있다.

95) [원주] Lenorensage: Wackernagel KI. Schriften 2, 399. Jahn, Volkss. a. Pommern S. VIII. Schroer, SB. d. Wiener Akad. 6o, 235. Erich Schmidt, Charakteristiken 225.

96) [원주] Braut auf dem Kreuzweg: Wuttke § 749. Wackernagel, Kl.

거리를 좋아해서 바람 신부라고 부르기도 하는데, 사람들은 앞의 신부에게서 그런 회오리바람을 느낄지도 모른다.

산욕을 겪다 죽은 어미가 남겨진 아이를 찾아오는 감동적인 이야기도 오래된 것이다.[97] 이 여인은 일주일 내내 한밤중에 발소리를 죽여 나타나 불을 끈다. 곧이어 갓난아이가 탐욕스럽게 젖을 빠는 소리가 들리고, 여인은 조개스프를 끓이고 기저귀를 빨래한다. 여인은 닭이 새벽 첫 울음을 울 때까지 꼬박 밤을 새우면서 아기의 요람을 흔들며 노래를 불러준다. 오버엘사스에서는 모성의 의무를 부여받은 마리아께서 조용한 밤중에 우유 샘 곁에서 엄마 없는 아이에게 우유를 먹여준다. 그러다 아침이 되면 아이는 요람에서 입에 우유를 묻힌 채 생글생글 웃고 있다. 슐레지엔에서는 이런 젖먹이 어미에게 침대를 마련해준다. 이런 어미의 귀환을 원하지 않을 경우 사람들은 아이 기저귀에 돌을 담아 여인의 무덤 위에 올려놓는다. 그렇게 되면 여인은 그냥 무덤에 남아 있게 된다. 부르카르트(Burchard) 시대인

Schriften 2, 413.

97) [원주] Wöchnerin: Wuttke §748. Birlinger, Volkst. a. Schwaben 1, 475. Kind im nassen Totenhemd: Grimm, Marchen no. 106. Wuttke §728. -liederabschneiden, : Rohde, Psyche 253. Herzausreißen, Festnageln: B. Schmidt, Neugriech. Volksleben 167. 171. Pfahlung und Kopfabschneiden und andre Abwehrmittel: Hertz, Werwolf 110. Maurer, Island. Sagen 57. Lyncker, Hess. Sagen no. 192. mit Verbrennen Grohmann, Abergl. a. Bohmen 1, 191. -Beschwörungen kommen z. B. vor in Baader, Volkss. a. Baden no. 119. 128. - Mit Steinen, Reisigbewerfen: altn. gryta I hel, dysja, kasja Fritzner, Ordbog u. in Schweden H. -Cavallius, Warend 1, 486. Andre Belege in Kauffmanns Balder 257. Gehört hieher das lignum insuper impositum der Lex Bajuv.? s. Lindenschmitt, Handb. d. deutschen Altertumskunde 1, 126. Wuttke § 738. 740. Zu Tacitus' Germ. C. 27 vgl. Seneca Ep. 99, 24 Baumstark. Ausführliche Erläut. z. Germania 1, 731.

1000년경 사람들은 잔인하게도 산욕에서 죽은 여인을 갓난아이와 함께 격리시켜 버렸다. 무덤에 어미와 아기를 말뚝으로 박아 단단히 가두었다. 또 여인들은 세례를 못 받고 죽은 아이가 무덤에서 되살아나 해를 끼치지 않도록 아이에게 말뚝을 박았다. 근세 전설에서는 아이가 수의(壽衣)를 입은 모습으로 울고 있는 어미 앞에 나타나 이렇게 말한다.

> "아이고, 어머니. 이제 그만 우세요. 내 옷이 어머니 눈물로 젖어 관에서 잠을 이룰 수가 없군요!"

삭소에 따르면 피를 빨아먹는 재생인 아스비트(Asvit)도 말뚝에 박혔고 근세에 와서는 폼머른 지방에서도 산욕으로 사망한 여인과 세례를 못 받고 죽은 아이도 똑같은 일을 당했다고 한다. 사람들은 재생인의 머리를 자르거나 아니면 발바닥을 꿰뚫기도 했다. 또는 토롤프와 비가라프(Vigahrapp, 187쪽 이하 참조)처럼 재생인을 다시 파내어 불태우기도 했다. 많은 죽은 사람들의 머리, 손발이 잘리고 태워졌으며, 여타 신체 부분들과 함께 땅에 묻히거나 다른 묘지에서 두개골만 발견되는 경우가 있었는데, 이런 것들이 앞의 사실로 해명될 수 있는 것일까? 이런 점들은 오직 게르만족들에게만 해당되는 기준은 아니었다.

북구 사람들은 마법사, 도적, 추방된 자 등이 더 이상 악행을 저지르지 못하도록 죽지 않은 상태에서 그들에게 돌을 던져 죽였다. 그리고 나중에 그 곁을 지나면서 동일한 의미에서 돌 더미 위에 또 돌을 던졌다. 다른 경우로 스웨덴에서는 사람들이 주살당한 자의 꼬임으로 혼란당하는 것을 두려워했다. 올덴부르크(Oldenburg)나 포아크트란트 신앙에 따르면 불쌍한 영혼에 평안을 주는 최선의 방법은 시신을 깊게 묻거나 잔디로 단단히 덮는 방법이다. 보다 정신적인 방법으로는 주문을 외우는 것인데, 이런 방법으로 영국에서는 재생인들을 엄숙하게 바다로 몰았으며, 독일에서는 나중에 성직자가 숲이나 펠드베르크(Feldberg, 슈발츠발트에 있는 1,493m 고지의 산 — 역자) 산으로 몰아갔다.

운명에 의해 귀환이 규정되어 있는 사자들뿐만 아니라, 통상적 상황에서 죽은 사람들과 제대로 매장된 사람들에 대해서도 존경의 마음보다는 두려움이나 조심하려는 마음이 더 강했다. 재생인들에 대해 존경심을 가진 것은 나중의 일이었고, 또 특별히 사회적 고위 인사들 사이에서 보다 넓게 나타났다. 기분 좋은 상태에서 또 병을 앓지 않고 죽어가는 사람의 생명이 너무 질기면 임종에 온 사람들의 애도가 죽어가는 사람을 너무 힘들게 했다. 고대 게르만인들이 죽은 사람들을 다룰 때 지닌 기본적 정서는 두려움이었다. 이에 대해서는 1000년 경의 부르카르트 폰 보름스[98]가 최초로 충분한 증언을 하고 있다.

그는 모자를 말뚝 박는 끔찍스러운 행위뿐만 아니라, 재미난 시신 망보기, 알곡 태우기, 상가에서 빗 두드리기, 넓게 펼쳐진 마차 한가운데 관 올려놓기, 시신 들것 밑에 물 붓기 등을 언급한다. 이 분야에서 민속전통도 특히 풍성하고 확고하다. 전 독일과 북구에서 사람들은 망자의 영혼들이 열린 대청에서 지붕 구멍이나 굴뚝을 통해 벗

---

98) Burchard v. Worms bei Grimm, D. Myth. a 3, 406 ff. Gallée, Sporen van indogermaansk ritueel in germaansche lijkplechtigheden 1901. S. 1 ff. -Wecken im Sterbehause: Jahrb. f. Gesch. v. Elsass- Lothr. 1892, 13. Herdfeuerlöschen: Leist, Altarisches Jus Gentium S. 198, in Griechenland: Preuner, Hestia S. 474, in Persien: Kagi, die Neunzahl b. d. Ostariern S 9, in Deutschland: Wuttke, D. Volksabergl. §737.

어날 수 없었기 때문에 자유롭게 날아 떠나가도록 창문을 활짝 열어
두었다. 또 영혼들이 떠나가다 도중에 냄비를 은신처로 삼을 수 없도
록 모든 냄비를 엎어 놓았고, 또 망자가 쓰던 식기들은 영혼들이 달
라붙지 못하도록 모두 깨 버렸다. 또 집에서는 영혼을 흥분시키는 일
이 없게 아무도 돌아다니지 못하도록 했고, 물레나 마차바퀴 등 둥근
것이 도는 것도 방지했다. 또 한편으로는 과일, 포도주나 맥주가 맛
이 가지 않도록 뒤흔들고, 함께 죽는 걸 방지하기 위해 마구간의 가
축들을 몰아내고, 나무나 꿀벌을 향해 죽음을 알려주며 상가에서 자
는 사람들을 모두 깨운다.

  사자가 침상이나 짚단 위 또는 나무 받침대 위에 눕혀져 있을 경우,
시신 지키는 사람이 이를 보호할 뿐만 아니라, 즐겁게 해 주어야 했
다. 시신 지키는 일[99]은 이미 〈니벨룽겐의 노래〉에서 3일 낮과 3일
밤, 지금은 대개 이틀 밤 동안 이뤄졌다. 사자들이 기분 좋은 상태에
서 산 자들과 헤어지도록 했으며 진한 농담으로 무서움을 잊게 하였
다. 10세기와 11세기에 레기노 폰 프륌[100]과 부르카르트 폰 보름스는
노래, 춤, 가장(假裝) 행위를 금지시켜야 했고 13세기 츠볼레(Zwolle)
시(市)의 조례는 시신 감시인의 수를 12명의 남자와 4명의 여인으로
제한할 필요가 있다고 규정했다. 쾰른 선제후는 18세기에 시신 보호

---

99) [원주] Leichenwache: Kuhn, Westf. S. 2, 48. Zingerle, Sitten in Tirol
    2 49. E. H. Meyer, Bad. Volksleben. S. 588. Jahrb. d. Ver. f.
    niederd. Sprachforsch. 1877, 150, im Norden: Paul, Grundriß 1 II. 2,
    22. 7. Verbote: Montanus, Deutsche Volksfeste. S. 91.

100) 레기노 폰 프륌(Regino von Prüm: 약 840~915). 음악이론가, 교회법학
     자, 역사가이다. 892~899년 사이 독일과 프랑스 국경 부근에 위치한 프륌
     이라는 도시 수도원의 제 7대 원장을 지냈으며 노르만인들에 의해 파괴된
     수도원 복구에 몰두했다.

자들이 벌이는 연회나 난잡한 놀이를 재차 강력하게 금지시켰으며, 베스트팔렌의 자우어란데(Sauerlande)에서도 부정한 관계나 광란의 놀이를 마찬가지로 엄금했다. 티롤과 슈바르츠발트(Schwarzwald) 지방에서는 시신 감시인들이 대개 기도를 드리면서도 중간 중간에 놀이를 하거나 술을 마시며 재미난 이야기를 나누기도 한다. 스칸디나비아에서도 이런 시신 지키기는 계속되고 있다.

부르카르트 폰 보름스에 따르면 망자가 누워 있는 집에서는 알곡을 태웠는데, 이는 게르만적인 전통이며 서(西)프리슬란트에서는 삼위일체 교리에 따라 한 주먹의 보리 알곡을 3번 사자 주위에 뿌렸다. 독일 전설에 따르면 무덤 주위에 알곡을 뿌리고, 또 무덤에서 알곡이 발견되기도 한다. 101) 부르카르트 폰 보름스는 이밖에 여인들이 직조용 빗을 시신 위에서 두드리는 것을 금지시켰다. 천을 흔드는 것처럼 영혼을 쫓아내는 것이라 생각했기 때문이다.

독일, 네덜란드, 스웨덴의 많은 곳에서 시신이 침상이나 집에서 밖으로 옮겨질 때 발은 문 쪽을 향하도록 한다. 그렇게 하면 시신이 돌아오는 길을 찾지 못한다는 것이다. 때문에 파트로클로스102)는 얼굴이 텐트 문 쪽을 향한 채로 누워 있었다. 부르카르트 폰 보름스에 따르면 시신을 들어 올리면 사람들은 그 들것 밑에 말없이 물을 뿌렸다. 이처럼 오늘날에 와서도 여러 지방에서 관이 나간 뒤에 그 자리에 밀가루나 재, 불꽃을 세 번씩 뿌린다. 저지 독일이나 동부 네덜란드에서 사람들은 침상 밑이나 그 곁에 물 한 사발을 뿌렸다. 이 습속

---

101) [원주] Korn ins u. aufs Grab: Gallée, Sporen S. 6. Leiche mit den Füßen voran hin-ausgetragen: Z. d. Ver. f. Volksk. 11, 153. Lippert, Volksglauben u. Christenthum S. 386.

102) [원주] Patroklos: Ilias 19, 212.

에서부터 영혼용 욕조가 발전되어 나왔는데, 사람들은 창문 곁에 이런 욕조를 놓아둔다. 또 시신이 나간 방을 깨끗이 청소하거나 방지차원에서 문턱에 빗자루나 칼, 도끼를 놓아둔다.

서프리슬란트에서는 시신을 무릎 높이보다 더 높게 들지 않도록 되어 있다. 103) 부르카르트 폰 보름스는 이를 건강을 고려했기 때문이라고 말한다. 네덜란드의 어떤 지역에서는 시신이 "랑크 수레" 위에 놓이는데, 이 랑크 수레란 긴 수레 재목으로 연결된 2개의 바퀴로 만들어진 수레이다. 부르카르트 폰 보름스도 이렇게 서로 나뉘는 수레를 잘 알고 있었다. 최근까지 베스트팔렌 지방에서는 사람들은 시신을 쌌던 밀짚104)을 시신이 가는 길105) 위에, 오스트리아에서는 망자의 농토에, 네덜란드에서는 십자로에 떨쳐 놓았고 또 매장장소 앞에서 그 짚을 불태웠다. 이런 방식으로 사자와 그의 집과의 관계를 완전히 소멸시켰다. 다만 예외적으로 바이에른 지방에서만 시신만을 싣고 죽음의 길을 달렸는데, 이런 길을 네덜란드에서는 리크(Lijk)의 길, 노드(Nood)의 길 또는 레(Ree)의 길이라 불렀다.

사람들은 망자에 대해 적절히 곡소리106)를 내었다. 이 곡소리를 타키투스는 아주 예리한 대립명제로 표현한다.

---

103) [원주] Nicht höher als die Kniee: Gallée, Sporen S. 8. Abwehr durch Eisen: Rohde, Psyche S. 52, durch andre Mittel: Wuttke, D. V. § 723. 729. 737.

104) [원주] Rewestroh: Wuttke § 729. 739. Gallée, Sporen van indogermaansk ritueel S. 8.

105) [원주] Leichenweg: Z. d. Ver. f. Volksk. 11, 155. Gallce S. zo.

106) [원주] Totenklage: Jordanes, Getica c. 30. 41. Paulus Diaconus 2, 28, in Siebenbürgen: Z. d. Ver. f. Volksk. 4, 18, in Griechenland: Rohde, Psyche 204 vgl. Z. f. deutsche Philologie 24, 2.

"독일 사람들은 죽음에 대한 슬픔은 빨리 표현하지만, 고통은 느리게 느낀다. 그러나 여인들의 조곡(弔哭)은 명예의 회상이고, 남정네들의 조곡은 정절의 회상이다."

그러나 과도한 조곡은 죽음의 평안함을 깨뜨린다고 타키투스는 적었지만, 서(西)고트 왕 알라리치(Alarich)와 테오데리치(Theoderich) 그리고 랑고바르트의 왕 알보인(Alboin)[107]의 장례식 때에는 조곡이 행해졌다. 12명의 게르만 귀족 소년들이 베어볼프의 언덕무덤 주위를 말을 타고 달리며 남자들의 죽음을 가장 온화하게 곡하며 찬양했다. 〈인디쿨루스〉는 조곡인 〈다트시아스〉를 배척했고, 10세기경의 레기노 폰 프륌은 이 조곡을 "사탄의 노래"라고 비난했다. 지벤뷔르거와 헝가리, 크라인의 독일인들의 경우 독자적으로 고용된 여인네들이 장례식 때 그들의 가락을 노래했는데, 이는 이방 풍속의 영향을 추측케 한다. 엘사스의 뮌스터 계곡에서는 죽음이 발생한 경우 즉시 큰 소리로 울며 상가로 뛰어들었다. 라인 강변의 뷜하임에서는 얼마 전까지 여인네들이 곡하는 것을 직업으로 삼기도 했다. 슐레지엔에서는 시신에 결코 눈물이 떨어져서는 안 되게 되어 있었다. 눈물이 떨어질 경우 시신의 안정이 깨지고, 눈물 흘린 사람은 이 시신에 의해 끌려간다고 알려져 있었기 때문이었다.

정령신앙, 특히 게르만인들의 정령신앙에 대한 가장 오래된 기록들은 장례절차[108]를 전한다. 장례장소, 건축양식 그리고 무덤의 내

---

107) 알보인(Alboin: 526~573). 랑고바르트족을 이끌고 이탈리아에 랑고바르트 왕국을 세웠다.

108) [원주] Totenbestattung, deutsche Lindenschmitt, Handbuch d. deutschen Alterthumsk., nordische S. Müller, Nordische Altertumskunde, übers. v. Jiriczek 1897/98, griechische Rohde, Psyche 31. 209. 696.

용물 등은 멀거나 가까운 선사시대의 사고방식에 대해 다양한 해명을 제공한다. 전기 신석기시대에 사람들은 부싯돌을 이용하여 만든 엉성하고 조잡한 도구로 꾸려나갔는데, 이 시대의 무덤들은 확실하게 검증될 수 없었고, 게르만 무덤들은 특히 그러했다. 당시 시신들은 특별한 관례와 무관하게 대충대충 땅에 파묻혔던 것 같다. 그러나 후기 신석기시대와 더불어 신체를 조심스럽게 매장하는 관습이 시작되었다. 이 신체 매장은 수백 년이 지난 다음 화장관습에 의해 밀려났지만, 나중에는 이 화장관습을 다시 전 지역에서 몰아내었다. 그런 의미에서 수천 년의 역사 속에서 화장은 하나의 에피소드에 불과하다고 할 수 있다.

또 화장은 몇몇 게르만 부족들에서 전혀 나타나지 않았는데, 특히 하위계급에서 그랬다. 후기 신석기시대에 와서 사람들은 사자들을 위해 돌로 작은 방을 마련해 주었고, 그 다음에 이를 커다란 규모의 석실이나 거인총(巨人塚)으로 확대하였다. 청동기시대가 시작되면서, 그러니까 대략 B. C. 1500년경 석관(石棺) 형태인 단순한 자르크(Sarg)가 나타났다. 대개 북부 독일이나 덴마크 평원에 위치한 이 돌집은 힘들여 끌어온 표석으로 만들어졌다. 거인총은 그 어느 것보다 야지의 우울한 매력과 산중(山中)의 고적(孤寂)감을 고양시키는 것이었으며, 이 거인총의 바위 담장은 절반 또는 전부가 흙으로 덮여 있는 가운데 마치 사원처럼 더 큰 돌담장에 둘러싸여 있다. 하지만 이 거인총은 원래 예배를 드리기 위한 기념물이라기보다는 사자를 그 안에 넣어 보호하고, 산 자들에게 돌아오는 것을 방지하려는 의도로 만

698. -Opferbrandstellen s. Müller a. a. O. 1, 99. Lindenschmitt 130. Rohde, Psyche 31. 33. Weinhold SB. d. Wien. Akad. Phil. -hist. Kl. 1858. 29, 121 ff. Das Königreich Würtemb. I, 129.

들어진 단단한 집이었다. 유골들은 크고 작은 공동체의 넓은 무덤에 놓여 있으며 그 옆에는 목이 긴 잔, 대단히 매끈하게 연마된 돌도끼, 이미 사용한 별 가치 없는 도구들이 함께 있다. 석실 안의 불이 탄 잔해는 사람들이 그 안에서 가끔 불을 피워 사자가 따뜻하고 편안하게 머물 수 있도록 했다는 증거이다. 그러니까 사람들은 사자들이 어느 정도 기간 살아남아 있다고 생각했었던 것이다. 그 때문에 나중에 죽은 사람들의 유골이 들어서면, 그 이전 유골들은 옆으로 치워지거나 아무렇게나 겹쳐 쌓여졌다. 발견된 두개골에 따르면 이런 유골들은 게르만인들의 것이었다.

엄청나게 커다란 활 모양의 석묘 군집이 인도에서부터 스페인에 이르기까지 또 거기에서부터 서유럽을 관통하여 바익셀(Weichsel) 강109)에 이르고 또 스웨덴 쪽을 향하는데, 그 가장 북쪽에 게르만인 무덤들이 자리 잡고 있다. 동양에서 관행적인 바위무덤이 더 인공적이지만 한층 더 단순한 서양 돌무덤의 모범이 되었을 것이라고 추정된다. 이런 돌무덤은 이집트의 피라미드나 미케네의 봉분 등에서 최고수준의 예술형태에 도달했다. 어쨌든 대단히 제한적인 불멸신앙과 민족에서 민족으로 옮겨간 문화전달 매체로서 돌무덤과의 연관관계는 그렇게 확실하게 연결되지 않는다. 때문에 이런 불멸신앙이 이미 성취된 것이 아닐 수도 있다는 추정을 낳는다. 그러나 이런 수입된 이방 무덤형태에서 불멸신앙의 근거를 새로이 발견했다고 할 수는 있다. 전기 청동기시대에 오면 석기가 청동기에 자리를 내주게 되는데, 이 시대에 이르기까지, 그러니까 대략 B. C. 1000년이 시작될 무렵 시신들이 태워지지 않은 채 석실이나 석관에 안치되었다.

---

109) 폴란드에서 가장 긴 강. 비스와 강이라고도 한다.

전기 청동기시대는 북구의 경우 B. C. 8세기경에 시작되는데, 이 시기 임박해서 동양에서 유래한 화장이 게르만족 사이에 관행화되었다. 이는 신앙의 팽창에서 비롯된 듯하다. 영혼을 죽은 육체로부터 더 확실하게 분리시키려 한다든가, 둔중한 무덤 정적으로부터 자유롭게 풀어주려 한다든가 또는 보다 환한 공간에서의 또 다른 삶을 확보해 주려는 것이었을까? 인도의 가장 오래된 원전인 《리그베다》[110]에 따르면 조상들은 화장 여부로 나뉜다. [111] 사자를 위한 제사에서 기도대상이 되는 것은 화장 안 된 조상들이다. "대지여, 일어나소서. 당신을 억누르지 마소서. 땅이여, 어머니가 옷 속에 품듯이, 그 분을 감싸 주소서"(10, 18, 11). 이에 반해 불에 태워진 조상들은 마치 수레를 타고 가듯 가볍게 움직여 사자들의 왕 이아마(Iama)의 제국으로 들어가 이아마 그리고 새로운 육체를 받아 빛을 발하는 조상들과 합일이 된다(10, 14, 8). 《일리아스》7, 410에 따르면 사자들은 불 태워진 다음에야 비로소 부드러워지고, 《오디세이아》11, 222에 따르면 죽음의 불이 살과 뼈를 잇는 힘줄을 없애주고, 이때 영혼은 거기를 벗어나 날아간다. 화장관습은 호머 문학의 태생지인 소아시아에서 7세기경에 비로소 아티카로 옮아왔다. [112] 그리고 B. C. 5세기의 로마 12 동판법에 매장과 화장의 두 가지 관습이 언급된다. 게르

---

110) 힌두교 성전인 4개의 《베다》〔《리그베다》(*Rigveda*), 《사마베다》(*Sama-veda*), 《야유르베다》(*Yajurveda*), 《아타르바베다》(*Atharvaveda*)〕중 가장 오래된 것으로 B. C. 1750년부터 1200년 사이에 편찬된 것으로 추정된다.

111) [원주] Altindische Bestattung: M. Müller i. Z. d. deutschen Morgen-länd. Gesellschaft 9, 5. Schrader, Indiens Literatur u. Cultur S. 41. Oldenberg, Religion des Veda S. 584.

112) [원주] Attischer Leichenbrand: Dietrich. Nekyia S. 46. Deutscher L.: J. Grimm, Kleinere Schriften 2, 211.

만인들은 불에 태워진 뼈를 질그릇에 담아 돌로 둘러싸인 작은 공간에 두거나 나무상자에 보관하거나, 용기에 담지 않은 채 땅속에 묻었다. 그 후 옛 관습에 따르면 일찍이 불에 태우지 않은 유골 위에 그랬던 것처럼 불에 태운 유골 위에도 둥근 흙 지붕을 씌웠다.

가장 오랜 것으로 평가되는 문헌인 타키투스의 기록도 신청동기시대 유골단지보다 훨씬 뒤늦게 나온 것이다. 그에 따르면, 유명한 남성들의 시신은 일정한 종류의 장작 위에 놓여서 지녔던 무기와 심지어 타던 말과 함께 불태워졌다. 타키투스가 가장 잘 알았던 서부 독일인의 경우 이런 관습이 5세기 전에 벌써 소멸해 버렸다. 살리엔(Salien)113) 왕조의 법114)은 매장에 대해서만 말하고 있다. 민족이동에 뿌리를 두고 있는 독일 영웅설화는 단 한 번도 화장(火葬)에 대해서 말한 적이 없다. 또 부르군트, 바이에른, 랑고바르트, 고트족의 역사서와 법률서에도 거기에 대한 지침이 전혀 없다.

반면에 역사적으로 가장 잘 알려진 시신을 처리하는 방법은 매장이었다. 서고트족은 자신들의 왕 알라리치 1세115)를 많은 보물들과 함께 부젠토116) (Busento) 강변의 건조한 지역에 안치했고, 그 이후에 노년의 왕 테오데리치117)를 성장(盛裝)시켜서 적군을 마주보는 카탈로니아 평원118)에 매장했다. 프랑크 왕 킬데리치119)와 랑고바르트

---

113) 1024~1125년 사이 신성로마제국의 황제가 되었던 독일의 왕가를 가리킨다. 왕가를 이룬 왕은 콘라드 2세였다.

114) [원주] Das salische Gesetz: Lex Salica 55, 1. 2.

115) 알라리치 1세(Alarich I: 370~410). 서고트족의 족장으로 로마를 접수한 최초의 게르만 족장이다.

116) 이탈리아 남부 장화 모양 앞 끝에 해당하는 지역을 흐르는 강이다.

117) 418년부터 451년까지 서고트 왕국을 지배했다. 알라리치의 사위로 있다가 왕이 되었다고 한다. 서로마제국으로부터 갈리아 지역의 일부를 할당받아 그 지역에 서고트족의 왕국을 세웠다.

왕 알보인은 완전군장을 갖춘 채 그의 애마와 함께 매장된 최초의 왕이었다. 카이저 오토 3세[120]는 칼 대제가 아켄의 대성당 무덤에서 왕좌에 앉아 있는 것을 보았다고 한다. 다만 작센인들은 시문학에서 뿐만 아니라 실제적으로 화장관습에 끈질기게 매달렸다. 베어울프의 "유골함"은 무기로 치장된 장작더미 위에 불태워졌고, 그 연기는 근처 바다 위로 날아갔다. 그리고 유골을 태운 장소에 바닷사람들이 볼 수 있도록 높고 넓은 흙 언덕을 쌓았다. 그러나 칼 대제는 화장과 작센인의 그런 식의 봉분매장을 사형으로 징계했다.

서유럽 북방 게르만인들은 묘지유적이 알려주는 것처럼 이미 민족이동 이래 점차적으로 화장을 포기했다. 때문에 서기 900년 이후부터 사람이 살게 된 아이슬란드에서도 화장의 흔적이 전혀 발견되지 않는다. 동유럽 북부 게르만인들은 10세기경에도 여전히 옛 관습에 머물렀다. 그러나 노르웨이와 아이슬란드의 설화와 문학작품에서도 화장관습이 소멸한 뒤에도 수백 년 동안 여전히 전사한 영웅들을 위해 쌓은 장작더미에 불을 붙이는 광경이 묘사되었다.[121] 이는 옛 회화적 모티브를 상실하지 않기 위해서였다.

지그프리트는 고향설화에서는 땅에 묻히지만 북방설화에서는 장작더미 위에서 연소된다. 지그프리트와 더불어 아내 브린힐드,[122] 남

---

118) 지금의 프랑스 중부지역의 평원 이름. 살롱 평원이라고도 한다. 451년 테오데리치 1세와 서로마제국 아이에테스의 연합군이 아틸라가 이끄는 훈족의 진입을 저지한 대전투가 벌어진 평원이다. 이 전투에서 테오데리치 1세가 전사했다.

119) 481년에 사망한 메로빙거 가문 출신의 프랑크 왕이다.

120) 오토 3세(Otto III: 980~1002). 3세(983)에 독일 왕이 되었고, 986년부터 1002년까지 독일 왕 겸 신성로마제국 황제로 통치했다.

121) [원주] Nordische Leichenbrände: Bugge, Studien 1, 242. Harald.

122) 〈니벨룽겐의 노래〉를 비롯한 여러 전설 속에 등장하는 여성 형상. 지그프리

녀 종들, 애견 두 마리, 보라매 두 마리, 당당한 부하들 모두 함께 불타 죽었다. 이는 죽음의 세계에 앞서 간 영주의 뒤로 닫히는 헬 (Hel)의 문이 지그프리트의 뒤꿈치를 치지 않도록 한 것이었다. 그러나 순수한 북방 신과 영웅들의 장례에 대한 글 가운데서 북구의 전통은 흔들리고 있다. 삭소에 따르면 발더는 군왕의 장례를 받았지만, 아일랜드 산문《에다》에 따르면 땅 위로 끌어올린 배 위에서 거창한 화장의 예를 받았다. 발더가 배 위로 옮겨지는 순간 그의 아내 난나 (Nanna) 123)의 심장은 터지고 말았다. 그가 타던 애마도 마구를 갖춘 채 불태워졌고, 배는 바다로 들어갔다. 덴마크 왕 하랄드 힐디톤 (Harald Hilditönn) 124)은, 삭소에 따르면 말과 수레, 무기와 함께 배 뒷부분에서 불태워졌고 그의 유골은 레트라(Lethra) 125)에 매장되었다. 반면 다른 전설에 따르면 흐링(Hring) 왕은 하랄드의 시신을 깨끗이 씻고 무장해서 수레에 싣고 파 놓은 둥근 언덕으로 모시게 하고 타던 말을 죽이고 말안장을 사자에게 놓아두었다고 한다. 그것은 하랄드 왕이 자신의 선택에 따라 말을 타고 갈 수도 있고, 수레를 타고 갈 수 있도록 한 것이었다. 이때 흐링의 전사들은 무기와 반지들을 무덤에 던져 넣었다. 스웨덴 사람들은 죽은 신 프레이를 불태우지 않고 땅에 묻었는데, 그들의 땅이 프레이의 재능과 좋은 시절, 126) 평화를 얻게 하려 하기 위해서였다.

트(Siegfried), 지구르트(Sigrud) 등과 연관을 맺는다.

123) 게르만 신화 속의 선(善)과 빛의 신 발더의 아내이다.

124) [원주] Hilditönn: Saxo VIII. 391 vgl. mit Fornaldar Sögur 1, 387.

125) 게르만 신화 속에 등장하는 덴마크 동쪽 큰 섬 제란드의 어느 곳이다. 덴마크 왕궁이 있는 곳인데, 처녀들의 수호여신이며 아침이슬처럼 맑은 여신 게피온이 오딘의 아들 스콜드(Sciold)와 결혼하여 살았다는 곳이다.

126) [원주] Um gute Zeit = til árs: Fornmanna Sögur 10, 21-2.

북구와 독일 무덤 유적물에 따르면 청동기시대 전성기에 무기나 다른 전쟁도구나 사냥도구보다는 고대 부흥기의 유행에 따른 완벽한 형태의 용기, 식기와 음료기기 등이 봉분 속에 놓여졌다. 용기들이 자주 구불구불한 띠 모양의 비게르만적인 장식을 띠는 것을 감안할 때, 이런 특징의 부장품이 남방에서 유래한 것이라는 것을 분명히 알 수 있다. 사람들은 망자의 현재적 삶을 죽음 뒤에도 가능한 충분히 향유할 수 있도록 형상화하려 했다. 대부분 후기에 나온 장례기록들에는 여러 시대의 관습들, 청동기시대의 화장관습과 후기 바이킹시대 전쟁장비 등에 대한 내용들이 뒤섞여 들어 있다. 앞에 인용한 글에서 타키투스도 불의 제단에서 무기나 말과 같은 부장품을 발견했지만, 북방세계에서는 바이킹시대에 와서야 비로소 새로운 전쟁정신이 무덤에 반영되었다. 그리고 그때에 비로소 시신들도 그 다음의 투쟁활동과 발할의 삶을 위해 무장을 갖추기 시작했다. 〈잉링거 전설〉(Ynglingasaga) [127]은 발할에 사는 모든 전사들에게 장작더미 위에 놓였던 모든 것들이 그의 소유물이 될 것이라고 약속한다. 이 때문에 후기 신석기시대 것으로 보이는 보른홀름(Bornholm) [128] 섬 무덤들에 완전한 군장, 칼, 가위, 숫돌 그리고 또 망자가 타던 말과 개, 덴마크산 체구가 큰 개 등이 들어 있었다. [129]

---

127) 아이슬란드 중세문학 중의 하나이다. 스노레 스툴루손이 편찬한 노르웨이 역대왕기(歷代王記)인 《하임스크링글라》의 첫 장이 바로 이 작품이다. 내용은 잉링거(Ynglinge) 종족에 관한 것으로, 스칸디나비아에 북방 신들이 도래한 것과 프레이 신이 웁살라(Uppsala)에 잉링거 가문을 세운 과정을 적고 있다. 또 이 전설은 이 종족이 노르웨이로 이주하기까지 스웨덴의 잉링게 종족이 겪은 일들을 추적한다. 이 전설에서 잉링거 종족은 하랄드 쇤하르 왕의 선조로 언급된다.

128) 덴마크 동해에 있는 섬이다.

129) [원주] Bornholmer Gräber: S. Müller, Nord. Altertumsk. 2, 285, vgl.

그래서 화장됐거나 안 된 시신을 덮은 무덤에는 갖가지 보물들이 들어 있어서 산 자들로 하여금 도굴(또는 "하우그브로트, *Haugbrot*) 할 욕심을 갖게 했다. 노르웨이의 긴 해안을 항해하는 사람들은 그런 둥근 무덤을 많이 볼 수 있으며, 뱃사람들은 그 안에 들어 있는 사람들에 대해서 이야기하며 시간을 보냈다. 이에 대한 감사로 이들 중의 하나인 죽은 바트나르(Vatnar) 왕이 무덤에서 나와 꿈속에 이야기꾼에게 다음과 같이 말한다.

> "네가 내 전설130)을 말했구나. 이제 네게 대가를 지불하마. 내 무덤에 있는 보물들을 찾아보아라. 넌 뭔가를 발견하게 될 것이다."

그 이야기꾼은 많을 것을 찾아내었다.

게르만 고유의, 특히 북방 게르만인들에게 특유한 것으로는 사자를 배에 태우는 것이었다. 131) 이때 배에 손상을 입히지 않고 시신과 함께 바다로 밀어 넣기도 하고 아니면 땅에 묻기도 했으며, 어떤 경우에는 시신과 배를 함께 불을 붙여 바다로 밀어 넣거나 배와 시신을 함께 불로 태워서 흙으로 덮었다. 앞에서 언급했듯이 발더는 불타는 배에 실려 바다 파도에 맡겨졌다. 반면 하랄드 힐디톤은 배 후미에서 불태워진 다음 흙 언덕으로 덮였다.

스킬드132)는 덴마크 왕족의 시조이다. 〈베어울프〉 시(詩)에 따르면 그의 부하들은 스킬드가 사망하자 배 한가운데 마스트 옆에 눕히

255.

130) **[원주]** Grabhügelsagen: Olrik, Sakse's Oldhistorie 2, 281.

131) **[원주]** Schiffsbestattungen: S. Müller a. a. O. 2, 257 ff.

132) **[원주]** Skyld: Beowulf V. 28 ff.

고 그의 머리 위쪽에 황금 깃발을 단단히 고정시킨 뒤 배를 바다로 밀어 넣고 정처 없이 흘러가게 했다. 민족이동을 통해 이런 배를 이용한 장례가 내륙으로 옮겨진 듯하다. 15세기경 베른의 오버란트(Oberland)[133]에서 많은 유골이 담긴 사자의 배가 땅속에서 발견되기도 했다. 그러나 가장 중요한 기록인 고고학적·역사적인 기록이 아직 나타나지 않고 있다. 얼마 전에 대략 서기 900년경 것으로 추정되는 배 무덤이 노르웨이 고크슈타트(Gokstad)에서 발견되었다.[134] 이 배 무덤은 1개의 마스트와 32개의 노가 달린 배가 들어 있었으며 배에는 방패들이 걸려 있었다. 그리고 불에 타지 않은 채 누워 있는 사자 옆에는 여러 마리의 말과 개가 함께 묻혀 있었다. 노르웨이 외에 스웨덴에서도 또 다른 배 무덤이 발견되었지만, 덴마크에는 그 예가 없다.

그러나 똑같은 시기에 아랍인 이븐 파들란(Ibn Fadlân)[135]은 스칸디나비아 러시아인들, 즉 러시아인 국가를 세웠던 동부 북방 게르만족의 배 장례에 대해서 쓰고 있다.[136] 이븐 파들란은 921년과 922년 볼가 강변 불가리아인들 틈에서 이 스칸디나비아 러시아 상인들을 만났던 것이다. 이들은 한 가난한 사람이 죽자 준비된 작은 배에 그 시신을 실은 뒤 배를 불태웠다. 부자가 죽으면 사람들은 그의 재산을 3

---

133) [원주] Berner Totenschiff: Mathesius, Sarepta 1562. Bl. 23.

134) [원주] Das Schiffsgrab bei Gokstad: S. Müller a. a. O. 258.

135) 아랍 출신의 여행기록가로 당시 아랍 칼리프 사절단의 일원으로 921년 1월 21일 바그다드(Bagdad)를 출발하여 922년 3월 22일 현재 러시아의 일부 지역인 볼가 불가리아(Wolgabulgaria)에 도착하였다. 그는 이 사절단 여행에 대한 기록을 남겼다.

136) [원주] Ibn Fadlân: Brunner in der Zeitschr. der Savignystiftung 32 (19), 115 ff.

등분하여 1/3은 가족에게 주고, 1/3은 배의 치장과 설비비용으로, 나머지 1/3은 술을 사는 데 사용하였다. 술의 용도는 젊은 여인(사자의 애첩?)이 스스로 목숨을 끊어 주인과 함께 불태워지는 날 마실 술이었다. 그들은 배 한 척을 뭍으로 끌어올리고 그 안 침대보와 베게가 놓인 침상 위에 성장(盛裝)한 사자를 눕혔다. 그런 다음 그들은 술과 과일, 바질리엔 약초, 빵, 고기, 양파, 그가 사용하던 무기들을 그 옆에 가져다 놓았다. 그들은 다시 개와 마구 쫓기고 지친 말고기를 두 토막으로 나눠 배에 던져 넣었다. 마지막으로 죽인 수탉과 산 닭 각각 한 마리를 그 안에 넣었다. 사람들은 이 배를 그 내용물과 함께 불태운 후 그 위에 흙 언덕을 쌓았다.

거의 천 년 동안 내내 사람들은 자주 반복해서 무덤 부장품으로 무기, 말, 개 등을 발견할 수 있었다. 이런 부장품 사이에 호전적이거나 사냥을 좋아하는 부류의 사람들이 누워 있다. 시대의 유행과 죽은 사람이 속한 계급과 재산의 정도 및 사람 성격에 따라 전투장비에 보석, 가정기재, 양식, 부적 등이 소장품으로 더해졌다. 예컨대 제란드에서 출토된 청동 무덤 용기[137]에는 말 이빨이나 마가목 외에 새나 족제비, 구렁이의 잔재가 들어 있었다. 이는 마치 앞에서 이미 우리가 집 수호신으로서 거명한 적이 있었던 것들(151쪽)을 사자의 영적 삶을 보호하고 연장하기 위해 선정한 것 같은 느낌을 준다. 바다를 오가는 북구 사람들은 여기에 배를 첨가했다. 배는 그들의 신앙생활이나 예술에서 내륙에 사는 사람들에게보다 훨씬 더 중요한 역할을 했기 때문이었다. 유틀란트(Jütland)[138] 사구에서 발견된 후기 청동기시대 질그릇에는 약 100개가량의 금으로 만든 배 모형들[139]이 뒤

---

137) [원주] Ein seeländisches Bronzegefäß: S. Müller a. a. O. 1, 471.
138) 덴마크 동해와 북해 사이의 반도(半島).

엉켜 있었는데, 이것들은 신들에게 바친 봉헌예물이었던 듯하다.

 똑같은 시대의 스칸디나비아 암벽문자는 무장한 남자와 말 수레 외에 높은 꼬리부분을 가진 배를 가장 자주 보여준다. 이 배들은 자주 떼를 이룬다. 나중 후기 철기시대에 오면 이 배들은 사자의 숭배를 위해 사용되었다. 덴마크에서 사람들은 여러 군데에서 무덤 주위에 둥글고 띄엄띄엄하게 2열의 배 모양 돌을 깔았다. 우리가 이해하는 것처럼 배 장례가 보다 깊게 영향을 끼친 것이다. 이 배는 사자를 다른 세상으로 싣고 가는 역할도 하지만, 앞을 가로막는 바다 위를 사자 및 사자와 함께 매장되었거나 불태워진 말 또는 (말을 대신한) 소를 보다 안전하게 데려가기 위한 역할을 한다. 하랄드 힐디톤은 발할로 가는 여행을 마차나 말로 가고 싶어 했고, 유틀란트 시신에 덮여 있던 소가죽들은 아마도 이 시신들에게 제물로 바쳐진 동물들의 도움을 보장하는 것이었다. 140)

 806년 성 갈렌(St. Gallen) 141)의 고문서로 처음 알려진 바에 따르면, 기독교시대에 와서 게르만이나 켈트인 지역에서는 장례 관 앞뒤를 가는 말이나 소는 사자의 영혼 안위를 위해 무덤에 넣지 않고 교회에 바쳐졌다. 이 대목에서 인도의 장례관례를 생각할 수도 있다. 그에 따르면, 사자의 신체 마디마다 소털을 붙이고 소꼬리를 사자의

---

139) [원주] 100kleine Goldboote: S. Müller a. a. O. 1, 431.

140) [원주] Pferd u. Rind als Totenbeigaben: Brunner a. a. O. 125 ff, ZdV. f. Volksk. II, 406 ff.

141) 거처를 정하지 않고 세상을 돌며 선교활동을 했던 중세 초기의 기독교 성직자로 주로 독일과 스위스 접경에 위치한 호수 보덴세(Bodensee)에서 활동했던 갈루스(Gallus: 550~620년 또는 645년에서 650년 사이 사망)가 보덴세 근처에 세웠다는 스위스 도시. 이 도시는 또한 성 갈렌 칸톤(州)의 주도이기도 하다. 성 갈렌 교회와 성 갈렌 도서관이 유명하다.

손에 쥐어준다. 사자가 길을 가다가 현기증을 일으켜 넘어지지 않도록 하려는 것이다.

오늘날도 인도에서는 임종의 자리에 풍성하게 장식된 소가 여전히 끌려나온다. 망자가 소꼬리를 잡고 저세상으로 안전하게 건너가도록 하려는 것이다. 메클렌부르크(Mecklenburg)의 옛 사람들은 특이하게도 죽어가는 사람이 가족들과 헤어지기 전 방 안으로 가축을 끌어들여 이 동물 안으로 망자의 영혼이 숨결을 통해 스며들어가도록 했다. 독일어 관용어법에 있는 "검정 소가 그를 누른다"라든가 "검정 소가 그를 밟았다" 같은 표현은 "그가 중병에 걸렸다"와 "그가 죽었다"의 의미이다. 노르웨이의 시(詩) 〈드라우마크베디〉(Draumakvaedi)142)는 이 세상에서 가난한 사람에게 소를 한 마리 줄 수 있는 사람은 행복한 사람이라고 칭찬하며 죽음의 다리인 걀라르브루(Gjallarbru)를 지날 때 그 사람은 비틀거리지 않을 것이라고 적고 있다.

이 시는 또 이 세상에서 가난한 이에게 신발을 준 사람은 행복하다고 말하는데, 저승으로 가는 가시밭길을 헐벗은 발로 걷지 않을 것이기 때문이라는 것이다. 홀슈타인 사람인 고데스칼크(Godeskalk)143)는 1190년에 몽환 중의 여행에서 풍성한 보리수를 보게 된다. 이 나무에는 신발이 주렁주렁 걸려 있었는데, 이는 살면서 자비를 베푼 사람들이 저승 가시밭길을 건너갈 때 신으라고 그들에게 건네진 것이다. 이런 저승신발은 요크셔(Yorkshire) 민속신앙에 따르면 사람들이 사는 동안 가난한 사람에 나눠 준 그 신발들이다. 그래서 매장할 때 저승여행에 필수적인 물품으로 신발을 잊지 않았다. 북구에서는 발할을 향해 갈 때 신을 헬(Hel) 신발144)를 사자 발에 묶어주는 것이 관습이었다.

---

142) [원주] Draumakvaeđdi: Zeitschr. f. deutsche Mythol. 4, 420.

143) [원주] Godeskalk: Müllenhoff, Deutsche Altertumsk. 5, 114.

독일에서도 사자들이 저승의 뾰족뾰족 나온 돌과 가시밭길을 잘 지나가도록 신발을 마련해 주었다. 아직 소멸되지 않은 감동적인 독일 민속에 따르면 아이를 낳다 죽은 여인에게 신발을 마련해 주는데, 이는 이 신발을 신고 와서 뒤에 남은 아이에게 젖을 먹일 수 있도록 한 것이다. 기독교 시대에 오면 사자들의 신발을 무덤에 넣는 대신 가난한 사람들에게 '하나님의 신발', '루카스(Lukas) 신발', '헤드비히(Hedwig) 신발'이라는 이름으로 기증하거나 가난한 사람들을 위해 사람이나 동물의 모양을 한 빵으로 바꾸었다.

이런 사자들의 많고 적은 재산은 관습적으로 정확하게 계산된다. 앞에서 언급한 볼가 강변 북방 러시아계 북방인의 재산 중 1/3은 수의(壽衣)를 만드는 데 사용되었다. 동산으로 추정되는 재산 1/3은 장례식 비용으로 할애되는데, 영국, 프랑스, 독일이 기독교로 개종된 뒤로는 이 금액은 사자의 몫이 되었다. 이를 각각 the dead parts, la partie au mort, der Totenteil 145) 또는 '영혼의 몫', '영혼구제헌금'(Seelschatz, Seelgeraet)이라고도 했다. 나머지 1/3은 무덤에 넣지 않고 교회나 가난한 사람들에게 나눠 주었다. 이를 통해서 영혼구제헌금을 무덤이 열린 상태에서 나눠 주고 고대 토착신앙 시절의 전사 유물들인 무기와 전마(戰馬) 등이 기독교 교회에 헌납된 것을 이해할 수 있다. 그러나 사람들이 토착종교 시절에 이미 재산의 분배 규정을 항상 엄격하게 준수한 것은 아니었다. 〈바튼스델라 전설〉(Vatnsdaela saga) 146)에서는 영웅이 전쟁에서 얻은 모든 것이 유산으로 물려지지

---

144) 헬은 게르만 신화에서 사자들의 세계이다. 그리스 신화의 하데스에 해당한다([원주] Helschuh Helskór: Tvaer sögur af Gisla (1849) S. 241 vgl. ZdV. f. Volksk. 4, 424. 11, 455.).

145) [원주] Totenteil: Brunner a. a. O. 107 ff.

않고 그의 온전한 소유물로 간주되어 무덤 속에 함께 묻힌다.

아직 고려되지 않은 것은 가장 최고수준의 사자 부장물이라고 할 수 있는 죽은 사람과 밀접한 관계에 있었던 측근 인사들의 문제이다. 타키투스에 따르면 독일 영주의 가신들은 전쟁에서 사망한 주군보다 오래 사는 것을 비방했다. 시종들은 주군과 함께 한 무덤에 들어가기를 원했는지도 모른다. 난나는 남편을 따라갔고, 브린힐드는 남녀 하인들을 데리고 장작더미 위로 올라갔다. 147) 그러나 이것은 현실과는 무관한 순수한 시문학의 이야기일 뿐이다. 삭소에 따르면 피를 나눈 형제들은 한 사람이 죽으면 그 뒤를 따라 다른 형제도 묻히는 것을 서로 맹세했다. 148) 또 다른 이야기에 따르면 살아남은 사람은 죽은 사람의 흙무덤에서 3일 밤을 보낸다.

죽은 사람에게 모든 물건들을 계속해서 사용하도록 관에 넣어주는 규범의 잔재가 기독교 교리와 모순을 일으키지만, 모든 게르만인들에게 오늘날까지도 여전히 존재하고 있다.

그런 일회적인 사랑의 선물뿐만 아니라 반복되는 제사(祭祀)도 사자들에게 음식을 마련해 주거나 예를 표시하기 위한 것이다. 차카리아스(Zacharias) 교황149)의 기록150)에 따르면 748년경 독일인들은

---

146) 아이슬란드의 북부에 위치한 바툰스달루(Vatnsdalur) 계곡에 얽힌 전설로, 여기에 맨 처음 이주한 잉기문두(Ingimundur)와 그의 아들들의 이야기를 담고 있다.

147) [원주] 아내의 동반장례에 대해 Flateyjarbok 1, 88.

148) [원주] 형제들의 동반장례에 대해 Brunner a. a. O. 137.

149) 차카리아스 교황(Zacharias, 679~752, 재위: 741~752). 그리스 출신으로서의 마지막 교황이었다. 프랑크 왕국이 메로빙거 왕조에서 카롤링거 왕조로 바뀌는 과정을 정통으로 인정했으며, 랑고바르트 왕국의 왕들에 대한 능숙한 외교적 수완의 발휘로 평화로운 치세를 이룰 수 있었다.

150) [원주] P. Zacharias an Bonifaz: Jaffé, Bibliothek 3 no. 66.

제사 때 신들에게 소와 염소를 바쳤는데, 이런 짐승들은 실제로는 신들이 아니라 죽은 사람들에게 바쳐진 것이었다. 739년 교황 게오르크 3세, 그 직후 〈인디쿨루스〉 제1항 그리고 조금 나중에 부르카르트 폰 보름스는 여러 명의 죽은 사람과 교회 성인들에게 동시에게 바쳐지는 독일식 제사를 강하게 규탄했다. 그러나 북구에서는 최소한 올라프 게이르슈타달프(Olaf Geirstadaalf) 왕을 풍요를 위한 알프(Alf) 신, 즉 반신(半神)으로 모셨으며, 사람들은 다수의 농토를 보호하고 축복을 내리려는 목적으로 흑발(黑髮) 왕 할프단(Halfdan)[151]의 유물(遺物)을 그리스 영웅이나 기독교 성자의 유물처럼 널리 나누어 주었다.[152]

림베르트[153]가 쓴 성자 안스가르(H. Ansgar)의 생애에 따르면, 스웨덴 사람들은 에리히 왕을 신들의 대열로 치켜 올리고, 그를 위한 신전을 짓고 그 안에서 그에게 제사를 올렸다.[154] 미케네 왕국 궁형 분묘나 불태우지 않은 시신을 담고 있는 게르만 거인총의 화대(火臺)는 제사장소로 추정된다. 메로빙거 시대 무덤지대에 있는 전혀 가공하지 않은 구덩이는 재, 숯, 질그릇 조각들로 채워져 있는데, 이는 이 구덩이에서 죽은 사람에게 음식을 바치고 또 무덤 위에서 먹을 음식을 준비했다는 증거이다. 고대 게르만 제사 터는 자주 법정이나 회

---

151) 흑발(黑髮) 왕 할프단(Halfdan des Schwarzen: 810~약 860). 노르웨이의 왕이었다.

152) [원주] 유물 숭배에 대해서 Usener, Götternamen 251.

153) 림베르트(Rimbert: 830~888). 독일 브레멘과 함부르크의 주교로 활동했고 그의 선임자였던 사제 안스가르(Ansgar)의 전기를 집필한 것으로 유명하다. 그 안에서 바이킹족과 덴마크 동해 주변에 정주했던 쿠렌족 사이의 전쟁에 대한 기록을 담았다.

154) 에리히 왕의 신격화에 대해서 Vita S. Ansgarii c. 23. Islendinga Sögur 1, 47, 291.

합의 장소로 사용되었는데, 바로 이런 이유로 중세 시대에 와서도 일찍이 죽은 사람을 위한 제사 터였던 곳인, 넓은 무덤 흙 언덕에서 재판이나 집회가 열렸다.

아우크스부르크 근처의 군첸레(Gunzenlê)나 네카르 강변의 로텐부르크 근처 비르틴레(Birtinlê)가 그 예이다. 155) 남부 스웨덴 지역 블롬스홀름(Blomsholm) 156)의 배 모양 무덤 한가운데에는 커다란 제석이 딸린 원형의 석조 재판대인 "돔링"(dómhring)이 서 있다. 나중에 제사는 토착종교 묘지에서 기독교 묘지로 옮겨졌다. 제사와 함께 연회, 합창, 춤들도 교회 안으로, 그러니까 교회의 전실(前室)인 "천당"으로 옮겨졌다. 1348년 라인 강 하류 묘지에서의 유흥은 금지되었다. 1638년까지도 영국 교회는 이 문제에 대해서 여론조사를 벌였다.

망자에 대한 제사가 토착종교 묘지에서 교회묘지로 옮겨진 것보다 더 영향력이 컸던 것은 실용성 때문에 일찍이 제사가 무덤에서 상가(喪家)로 옮겨간 일이었다. 상가에서는 장례만찬(Leichenmahl) 157)이 이뤄지는데, 시신이 집 밖으로 옮겨지기 전에 하는 예는 드문 편이고 대부분 매장 이후에 이뤄졌다. 이것을 저지 독일어로는 '위로의 맥주연'(Tröstelbier) 또는 참회의 만찬, 조의(弔意)의 만찬이라는 의미로 '뤼에텐'(Rüeaten)이라 하고 북·중부 독일에서는 '모피 음주(飮酒)' (Fellversaufen), '피부 음주'(Hautversaufen), '연모피 음주'(Bastversaufen), 작센하우젠 사람들은 '위령춤'(Totenvertanzen), 바이에른 사람

---

155) [원주] Gunzenlé u. Birtinlé: Uhland, Schriften 8, 600.

156) [원주] Blomsholm: Du Chaillu, Vikingsage 1, 369.

157) [원주] Gelage u. s. w. auf Kirchhöfen und in Kirchen: Pfannenschmid, Weihwasser S. 74. E. H. Meyer, Germ. Mythologie §72. E. Martin in den Gött. Gel. Anz. 1893. S. 126. Lammert Volksmedizin S. 110.

들은 일반 표준어로 '위령주'(Totenvertrinken)라는 의미인 '아인다익텔른'(eindaicheln)이라고 한다. 158) 추모의 날이라는 의미의 영어 "마이닝 데이즈"(minnying days), 유틀란트어 표현인 "축복받아 잠든 몸의 평안을 마신다"(der seligen Leiche Heil trinken), 그리고 고대 북방어 표현으로 유산을 마신다는 뜻의 '드레카 에르피'(dekka erfi) 혹은 상속의 맥주라는 의미의 '에르피욀'(erfiöl) 159) 등은 이미 보다 높은 함축의 의미를 나타낸다.

북구에서 상속 배분은 장례 당일이나 사후 7일 혹은 30일째 또는 거리 문제가 클 경우 종종 장례 1주년 되는 날에 이뤄졌다. 그러면 마치 율 축제나 팅에 오는 것처럼 이날 원근에서 조객이 와서 함께 3일 동안 행사를 치렀다. 가장 가까운 친족, 예컨대 히얄티(Hjalti)의 아들들은 부친의 상속 연회에 대단히 아름다운 복장을 하고 나타나 사람들이 마치 아젠 신족이 오는 것으로 믿을 정도였다. 첫날 저녁에 상좌는 거기에 임해 있을 것으로 생각하는 명예의 손님, 즉 망자의 혼령을 위해 비워두고, 이 정도 수준의 상좌에 상속인이 자리한다. 그런 다음 망자와 신들을 위한 건배를 함으로써 상속인은 망자와 따듯한 이별을 했다. 이후에 그는 비어 있던 상좌에 오르고 상속재산을

158) [원주] Tröstelbier u. s. w. vgl. den Trostbecher nehmen, die Hüül-grütte Heul-grütze, das Leid vertrinken: Am Urquell. 1890. N. F. 1, 113. ZdV. f. Volksk. 4, 189.

159) [원주] Erfiöl: Pauls Grundriß1 II. 2, 227. GulaÞingsl. 23, 122. Du Chaillu, Vikingage 2, 47 vlg. Fornaldarsögur 1, 231, 227. Guđrunar hvöt 8. Nordengl. arval, arvil Brand-Ellis 1890. 2, 237. Rückkehr der Toten zum Leichenschmaus, Wuttke, Deutscher Volksaberglaube §747. Bavaria 2, 237. Schönwerth, Oberpfälz. S. 2, 281. ZdV. f. Volksk. 11, 19. Indisches Erb-und Totenmahl: Caland, Totenverehrung 2. Manu's Gesetze Sacr. Books of the East 25, 354.

차지하였다. 그러나 근세에 나온 말에 따르면, 동프로이센에서 망자의 영혼은 이 연회가 진행되는 동안 자신의 관을 땅속에 내릴 때 사용했던 큰 천 뒤에 머물러 있거나, 아니면 보이지 않은 상태로 그를 위해 의자, 촛불, 음식, 음료 등이 마련된 식탁 자리에 앉아 함께 식사를 했다. 그리고 왔던 손님들과 함께 영혼도 떠나간다. 이 망자를 위한 의자는 슐레지엔에서도 관례적인 것이었다. 올덴부르크에서는 망자가 사후 3일, 포이크트란트에서는 사후 9일째 되는 날 집에 돌아와 물에 빠져 사망한 테로트(Therodd, 184쪽 참조) 처럼 제사음식의 자기 몫을 확보한다.

고대 그리스에서처럼 망자가 돌아온다는 의미에서 작은 움직임도 의미를 띤다. 예컨대 망자가 집의 음식을 내어놓으라고 요구한다. 티롤 지방에서 누군가 집에서 굽는 브로삼 빵160)을 땅에 떨어뜨리면, 떨어뜨린 사람은 이렇게 말한다.

"불쌍한 영혼들아, 얼른 집어라. 안 그러면 마귀가 낚아챈다."

또 브로삼 빵을 불에 던지면, 영혼들이 다가온다. 그리스에서도 식탁에서 떨어진 빵은 망자들, 즉 영웅들의 몫이었다.

여기에서 우리는 다시 인도게르만족에게 공통적인 독특한 축제습관을 만나게 된다.161) 인도의 여러 지방은 망자를 추모하는 제삿날의 선택과 숫자가 모두 일치하지는 않는다. 그러나 사후 1, 3, 7, 9일째는 망자에게 물을 드리는 날로 가장 선호되는 날이고, 사후 30일

---

160) [원주] Brosamen: Usener, Götternamen 249.

161) [원주] Indogermanische Totenfeier: Caland, Totenverehrung b. einigen der indogerm. Völker 1888. Kaegi, Neunzahl 10 ff.

은 망자 위령제로서 가장 선호된다. 3일째 되는 날이나 늦으면 10일(혹은 9일?)째 되는 날 상속자는 망자를 경단을 차린 제사에 초대하고 이와 함께 상속권을 행사하기 시작한다. 죽은 페르시아인의 영혼은 양이나 염소고기 요리를 차린 연회까지 사후 3일 동안 몸에 머물며, 사후 9일 동안은 집에서 불을 전혀 피워서는 안 된다. 30일째 되는 날에는 망자를 위한 제사가 열린다. 그리스인들은 3일째 되는 날 트리타(Trita)라는 묘지제사를 드리고 회작(會酌) 연회인 페리데이프논(Perideipnon) 162)을 갖는다.

이 연회에서는 사람들이 잔을 돌려가며 마시면서 이 연회의 주빈인 망자를 찬양했다. 또 9일째와 10일째에 무덤 위에 식사를 놓아두었고 30일째 날 아테네에서 추모기간을 마무리한다. 로마인들은 3일째와 7일째에 망자에게 침묵의 연회인 실리체르니움(Silicernium) 163)을 마련하고 8일과 9일째에 집에서 규모가 큰 정적(靜寂)의 만찬인 9일제를 치렀다. 아마도 회작이 더 오랜 것일 터이지만, 이것은 12 목판법164)이 금지시켰다. 그러나 "제사 없이 상속 없다"는 기본원칙은 그대로 남아 있었다. 두 고대의 모범 민족은 위령 연제(年祭)도 드렸다. 리투아니아의 망자 제사는 9일째 되는 날 끝났다. 이 토착신앙의 제사를 교회도 성경에 근거하여 받아들여 망자 미사에 활용하였다. 그리하여 독일의 중세 시대에 3, 7, 30, 40일째 되는 날은 장엄한 위

---

162) [원주] Perideipnon: Rohde, Psyche 213, 699. Silicernium: Kaegi, Neunzahl 6.

163) [원주] Silicernium: Kaegi, Neunzahl 6.

164) B. C. 450년에 로마에서 집대성된 법률로, 12개의 목판에 적혀 로마의 포룸 로마눔(Forum Romanum) 광장에 내걸렸다. 이 법은 로마 공화정시대에 벌어졌던 세습귀족과 로마 평민 사이의 격렬한 대립관계의 산물이며 그 이후에 계속 보완되었다.

령예배가 열렸다. 많은 성직자들은 이 망자 제사를 기독교적인 스타일과 동시에 토착신앙의 스타일로 함께 운용하는 경향이 있었다. 이 때문에 868년 보름스 교구장 회의에서 사제들이 3, 7, 30일째의 망자 제사나 연제에서 취하거나, 성자를 기리고 망자의 영혼을 위해 건배하는 행위나 우스개 이야기를 하거나 노래하거나, 곰이나 무희들과 추잡한 농담을 하는 행위들과 탈라마스케(talamascae)라는 가면놀이를 금지시켰다. 프랑크푸르트 임대업자의 만담시(漫談詩)에서는 사람들이 '죽은 사람의 건강을 위한' 망자 제사 때 술을 마신다.

고대 인도게르만족 시대에 개인의 죽음을 위한 제사뿐만 아니라, 이미 한 부족이나 한 공동체에 속하는 다수의 죽음을 기리는 포괄적이고 공통적인 제사도 행해졌다. 기리는 대상은 3대 조부까지 올라갔다.165) 한 인도 법전은 "거슬러 올라가는 네 번째 조상은 인정하지 않는다"고 적고 있다. 나중에 사람들은 12번째 조상까지 제사를 올렸고,

---

165) [원주] Dreiahnen bei Indern, Griechen, Römern und etwa noch den Iren: Leist, Altarisches Jus civile 1, 47, 194, 212, 232, 461, bei Indern Kaegi 6. Caland 3, 7. Indischer Mütterkult: Caland 36, 43. Beschüttung mit Reis, Nüssen: Mann-hardt, Myth. Forsch. 354 ff., 361. Ahnendienst b. d. Hochzeit: Weber, Ind. Stud. 5, 207, 217, 394. Ludwig, Rigveda III. Bd. 473. Winternitz, Denkschr. d. Wien. Akademie. Phil. hist. Classe 40, 40. Dunkle u. späte Zeit der ind. Toten-feier Caland 12, 13, 42 ff. 47. Sacr. B. of the East 2, 139, 252. "Gehet fort, ihr Väter": Caland 21. Oldenberg, Religion des Veda 553. -Drittvater, Tritopatores: Leist a. a. O. 195. Rohde 226. Beschüttung mit Früchten: Mannhardt a. a. 0. 363. Die Tage und die Anthesterien: Rohde 215, 216. "Aus der Türe, ihr Seelen": Roscher, Mythol. Lex. s. v. Keren Sp. 1148. -Parentalia: Caland 74 ff. Preller, Röm. Myth. 2, 98. Lemuria: Preller 2, 118. Manes exite paterni: Ovids Fasten 5, 421. Totenspeisung im Mittelalter am I8. Februar: Burckhardt, Cultur d. Renaissance 484.

사망한 어머니들에 대해서도 제사를 올리라고 간곡히 부탁했다. 결혼하는 젊은 한 쌍은 다산의 징표로 사람들이 뿌리는 쌀 알곡을 몸에 맞고 또 신부가 가정의 불과 조상들에게 절을 함으로써 제사를 올렸다. 인도의 가정규율은 겨울이 시작한 뒤 두 번째 달 중간 날 오후와 겨울이 끝나기 전 두 번째 달 중간 날 오후를 일반적인 주(主) 위령제 날로 정했다. 제삿날 조상들이 찾아와 음식과 음료로 힘을 얻으면 사람들은 "자, 조상님들, 님들의 깊고 오랜 길로 빨리 떠나시옵소서!"라고 말하며 떠나보내면서 아울러 마을 지경까지 그들을 배웅했다. 페르시아인들은 2월 말에 조상들과 가난한 사람들에게 식사를 대접했다.

그리스인들도 봄과 가을이 끝나는 달 마지막 3일 저녁 무렵 망자들에게 음식을 내어놓았다. 그들도 마찬가지로 제물을 놓으면서, "영혼들이여, 문 밖으로 나가소서!"라는 말과 함께 영혼을 몰아내었다. 아티카 지방에서는 새로 결혼한 새댁이 겁을 잔뜩 먹은 채 3대에 걸친 조상들에게 자식의 축복을 달라고 기도했다. 로마인들은 신랑이 호두를 뿌리며 집안으로 들어서는 순간 조상의 영정이 서 있는 신주함을 열어 제켰다. 그들 역시 봄·가을에 추모축제를 열었는데 특히 낮이나 달이 끝날 무렵에 그렇게 했다. 그들은 또 5월에 안정을 하지 못하고 떠도는 영혼인 레무르(Lemur)를 "조상님들, 밖으로 나가소서!" 하는 외침을 9번 외치면서 콩 요리로 제사를 올렸다.

토착신앙의 게르만인들이 드리는 망자 제사도 동일한 궤로 움직였으며 개종 이후에도 게르만인들은 이 방식을 버리지 않았다. 그들도 이 제사를 계절 끝 무렵으로 밀어 놓았다. 라인 강 지역 오버팔츠 지방에서 불쌍한 망자의 영혼들[166]은 매주 토요일 정죄의 불길에서 벗어나 집으

---

166) [원주] Arme Seelen: Wuttke § 752. Zingerle, Sitten in Tirol 2 no. 1124.

로 돌아왔다. 이날 칠러탈(Zillertal) 167)에서는 불에 덴 상처에 문지를 버터 한 조각이 부엌의 세발 화덕 위에 한 조각 놓여졌다. 티롤과 보헤미아 지방에선 영혼들이 만성절(Allerheiligentag, 萬聖節) 168)의 정오 종소리나 저녁 종소리부터 시작해 그 다음날 만인성도절(Allerseelentag, 萬人聖徒節) 169) 아침 종소리까지 머물렀다.

마르저(Marser) 170) 족은 추수가 끝나는 무렵 탄파나 여신171) 신전에서 축제를 벌였는데, 이 축제에 망자들도 참여하는 것으로 생각했다. 작센족은 531년 분리전쟁에서 승리한 후 동일한 시기에 확실한 옛 풍속대로 3일 동안 내내 그들의 망자들을 위한 축제를 벌였다. 교회는 수호천사인 성 미카엘 축제를 9월 29일로 옮기고 그것과 연관된 축제기간인 "마인베케"(Meinweke) 혹은 "공동주간" 동안에 매일 위령미사를 올렸다.

---

167) 칠러탈: 오스트리아 티롤(Tirol) 주에 위치한 인(Inn) 강을 끼고 이어지는 협곡지역.

168) 라틴어로는 'Festum Omnium Sanctorum'이라고 하는 기독교 축제. 모든 성인들과 인간은 모르지만 오직 신만이 아는 모든 성인들을 추모하는 축제일이다. 만성절은 서유럽 교회에서는 11월 1일로, 동방정교에서는 오순절이 지난 첫 일요일로 정해져 있다.

169) 라틴어로 'In Commemoratione Omnium Fidelium Defunctorum'이라고 하며 서유럽 교회에서는 11월 2일이다. 이날은 기도, 헌금, 중보기도 등을 통해 망자의 넋을 위로하고 그 고통을 덜어준다. 이 성일은 10세기에 클루니 베네딕트 수도원에서 시작되었으며 알프스 산맥을 끼고 있는 여러 지역의 민속풍습과 연결되어 있다.

170) 게르만 부족들 중 소규모의 부족으로 라인 강, 루르 강, 리페 강 사이에 거주했다. 로마의 게르마니쿠스의 침공에 많은 피해를 당했던 부족이었다. 타키투스는 게르마니쿠스와 함께 참여하여 이 부족에 대한 기록을 남겼다.

171) 타키투스에 의해 알려진 게르만 여신으로 충만과 예언의 여신이다([원주] Tanfana: Zeitschr. f. d. Altert. 23, 23. Gemeinwoche: Pfannenschmid, Germ. Erntefeste 165, 485. Zeitschr. f. Volkskunde 11, 195.).

북방지역에서는 가을축제 때 신들과 망자들을 찬양하는 기억의 잔을 들었다. 이 기억의 잔 이름은 나중에 미칼스미니(Mikjalsmini)라고 불렀다. 성 미카엘 교회 봉헌은 오버바이에른 사람들의 견해에 따르면 하늘과 지상에서 함께 이뤄진다. 다시 말해서 망자들이 하늘에서 교회봉헌을 하며 그 사랑을 마시고 동시에 지상에 살아남은 친구들이 그것을 축하한다. 오딜로 폰 클루니[172]는 10세기에 전반적인 영혼제의 날을 11월 초로 지정했다.

특히 티롤에서는 새로운 기독교 관습과 옛 토착종교의 관습이 강력하게 융합되어 있었다. 수천 년 전에 차가운 돌무덤에 들어 있는 망자를 위해 불을 지폈던 것처럼(200쪽 참고), 이번에도 사람들은 만인위령의 밤을 대비해서 망자들의 영혼이 따뜻해질 수 있도록 불을 넣는다. 사람들은 영혼들을 위해 일종의 도넛과 특별한 형태로 만든 과자들, 우유를 식탁 위에 놓아둔다. 스웨덴에서는 율 축제의 저녁이 되어서야 비로소 망자들을 따뜻한 물이 있는 욕실에 가능한 소리를 내지 않고 받아들여 상좌를 내어주고 음식을 대접하여 힘을 북돋아준다. 노르웨이에서는 율 축제의 저녁에 망자들에게 침대를 제공한다.[173]

앞의 네(四) 부류 인도게르만 민족들이 갖는 망자를 위한 봄 축제를 게르만족들도 유지하고 있었다. 특히, 은밀한 방식으로 이뤄지긴 하지만 영혼들과의 이별 같은 특별한 움직임이 더욱 그랬다. 성 베드로 축일(Petri Stuhlfeier)[174]에 망자들에게 식사를 제공하고 미사

---

172) 오딜로 폰 클루니(Odilo von Cluny: 962~1048). 프랑스 베네딕트파 신부. 993/994년부터 클루니 수도원장이었다. 그에 의해서 만인성도절이 시작되었다.

173) [원주] Seelenempfang in Schweden u. Norwegen: Hyltén-Cavallius, Wärend 1, 176, 493. Storaker, Folkesagn 55.

후 집에서 또 토착신앙의 잘못된 관습에 매몰되는 사람들에 대해서 567년 투르의 제2 시노데(교구장 회의)는 부정적인 입장을 표명했다. 로마 교회에서 최소한 12세기까지 오직 고대 로마 위령제 날인 2월 22일, 즉 카리스티아(Caristia)에 이 축제가 이뤄졌다는 점을 유념해야만 한다.

로리키우스[175]는 16세기에 슈바벤 지방에서 벌어진 이교도적인 비행(卑行)을 비방하고 있다. 그 지방에서 사순절 첫 일요일, 그러니까 봄의 축제와 엇비슷한 시기에 사람들이 밤새 내내 망자의 영혼들을 위해서 고기음식을 마련해 두었던 것이다. 또 오덴발트와 니더라인(Niederrhein) 지방에서도 사람들이 사랑스런 꼬마 천사들, 즉 영혼들에게 대접할 맛있는 음식을 만들고 이들이 활짝 열린 창문을 통해 밤새 식탁에 앉을 수 있도록 했다. 비슷한 계절에 아테네에서 사람들은 영혼을 접대한 뒤에 "영혼들이여, 이 문으로 나가주소서!" 하고 외쳤고 인도나 로마 사람들도 이런 종류의 영혼과의 이별방법을 잘 알고 있었다. 동일한 외침이 베스트팔렌이나 바덴지방 오테나우 성 베드로 축제에 오늘날까지 은밀하게 있었던 듯하다.

이 축제는 보름스 시노데가 배격한 정령 음식대접을 포기하긴 했지만, 아테네 축제처럼 추방을 의도하기도 했다. 큰 소리로 "나가라 하는 외침"과 문설주를 두드림으로써 우리가 영혼의 변형이라고 여기는

---

174) 성 베드로 축일: 이 축일은 베드로 성도가 교회의 수장(首長) 자리에 앉게 된 것을 기억하는 날이다. 기독교 이전의 망자들을 위해 의자를 비워두었던 토속신앙의 망자기념일과도 연결되는데, 매년 2월 22일이 축일이다[원주] Petri Stuhlfeier: Lippert, Christenthum 596. Kuhn, Westf. Sagen 2, 119. E. H. Meyer, Bad. Volksleben 78. Jahn, Deutsche Opferbräuche 94, 115. Usener, Religionsgesch. Unters. 1, 267.).

175) 로리키우스(Jodocus Lorichius: 1540~1612). 독일의 신학자이다.

두꺼비, 뱀, 쥐, 나방 등을 문 밖으로 내쫓았다. 그러나 슈바벤, 바이에른, 프랑크 사람들이 레타레 날(Laetaretag)의 봄 축제 때 "나가라, 나가라, 죽음아 나가라, 죽음아 나가라" 하고 노래하는데, 이것 역시 영혼관련 옛 습관의 아슬아슬한 은폐에 불과하다.

조상들에게 인사하는 신혼부부의 가정행사는 인도나 그리스, 로마에 모두 있었던 풍습이었다. 176) 교회는 이런 가정행사를 소멸시킬 수도 없었고 또 그렇게 하려고 하지 않았다. 스웨덴의 농촌 베렌드 지방에서 신랑은 자신과 처가 집안의 죽은 조상들의 평강을 기리며 잔을 마셨다. 레크라인, 오버슈바벤, 바덴, 자알루이스와 같은 지역에서 신혼부부는 결혼식 전이나 후에 친구들과 더불어 상속받은 묘지에 들러 거기에 기도를 드렸다. 묘지에 발을 들여놓는 것을 자알루이스 부근에서는 "손님으로 모신다"라고 표현했다. 조상에게 올리는 기도는 대개는 자식의 축복을 달라는 내용을 담았으며, 이 축제과정의 그 단계에서 독일에서는 조상에 대한 기도와 관련하여 최소한의 과일들을 흔드는 행동이 이뤄졌다.

츠빅카우 지역 사람들은 젊은 신혼부부가 교회를 나서면 이 부부에게 보리 이삭을 건네주었고 오버엘사스와 메클렌부르크에서는 알곡이나 아마 씨앗을 뿌려주었다. 결혼뿐만 아니라 다른 중요한 결심을 할 경우 사람들은 조상이 묻힌 곳을 찾았다. 그래서 막강한 스노리(Snorri)도 자신의 친구에게 조상의 묘가 있는 성산(聖山)인 헬가펠 177) 산에 함께 가자고 요청했다. 거기에서 받은 조언이 자신에게 대

---

176) [원주] Totengedächtniß bei der schwedischen Hochzeit Hyltén-Cavallius, Wärend 1, 170, bei der deutschen v. Leoprechting, A. d. Lechrain 243. Z. f. deutsche Mythol. 1, 398. Birlinger, A. Schwaben 2, 249. Schönwerth, Oberpfälz. Sagen 1, 102. E. H. Meyer, Bad. Volksleben 296. Beschüttung des Paares, Mannhardt, Myth. Forsch. 358.

단히 통상적으로 유익할 것이라고 스노리가 믿었기 때문이었다. 죽은 조상들이 집안의 수호정령으로 간주된 것이 분명하다.

이러한 사자 숭배가 좁은 씨족사회를 벗어나 어떻게 광범위한 영향력을 갖게 되었는가 하는 것은 게르만인의 '길데'(Gilde) 178) 에서 가장 뚜렷이 나타난다. 북구에서 게르만인에게 척도가 되는 중요한 축제는 상속 연회인데, 이것과 흡사하게 길데는 북구에서 가장 오래되고 완벽한 형태로 보존되었다. 북방의 길데는 혈연관계가 아닌 엄숙한 맹세를 통해 만들어진 연맹을 기초로 한 혈맹관계였으며, 그 구성원들은 아주 옛 초기단계에서는 씨족들이 감당하던 의무를 그대로 물려받았다. 이때의 의무란 회원의 피살에 대해 복수하거나, 아니면 그에 대한 배상금을 받거나 또는 사자 숭배 등을 행하는 것이었다. 게르만인들은 예부터 돈을 함께 모아 제사를 지냈는데, 이를 고대 북방어로는 '길디'(Gildi), 고대 작센어로는 '겔드'(Geld), 앙겔작센어로는 '길드'(Gild) 라고 했으며 이것들은 기본적으로는 죽은 동지들을 위해 살아 있는 동지들이 베푸는 행사였다. '길데'는 바로 여기에서 비롯된 것이었다. 상속자는 이 연회에서 부친 숭모(崇慕) 절차에 토착신들의 숭모절차를 첨가시켰다.

기독교시대에 와서는 그리스도와 그 사도들에 대한 숭모절차를 행하게 되었는데, 전설에 따르면 투르 폰 마르틴 주교가 올라프 트릭바손179) 왕에게 숭모의 잔을 들 때 토착신들 대신 그리스도와 그의 제자들의 이름을 외치라고 명했다고 한다. 그래서 예컨대 스베인(Svein)

---

177) Helgafell: Zd V. f. Volksk. 12, 206.

178) [원주] Gilde: v. Amira in Pauls Grundrif3 t 2, 2, 147.

179) 올라프 트릭바손(Olaf Triggvason: 964~1000). 995년부터 노르웨이의 왕으로 노르웨이의 기독교화를 폭압적으로 시행한 것으로 유명하다.

왕은 상속자로서 앙겔작센 왕 에텔레드(Äthelred)에 대한 복수약속과 함께 부친인 크누트(Knut) 대왕의 숭모절차를 한 후, 그리스도 숭모 그리고 마지막으로 성 미카엘 성도의 숭모를 행했다.

스웨덴 길데와 같이 기독교 길데에서는 죽은 조상을 기리는 숭모의 건배가 죽은 회원들의 영적 안위를 위한 형제들의 숭배, 나중에는 자매들의 숭모건배에 의해 밀려났다. 그 다음 순서로는 하늘에 계신 하나님과 삼위일체 성령 그리고 수호성자인 에리히나 올라프 그리고 만인성도들을 기억하기 위한 돌림건배가 행해졌다. 친족살해와 사자 숭배와 연계된 고대 토착망령 예배는 특히 779년 발표된 칼 대제의 금지법의 원인이라고 할 수 있다. 이 금지법에서 칼 대제는 작센족의 길데 회원들에게 상호맹세를 금지시키고 다만 화재나 물난리 때 서로 도와주는 것 정도만 용인했다.

그러나 사람들은 죽은 영혼과의 교류를 제사를 통해서만 했던 게 아니라, 원시제의인 '마술'(Zauber)을 통해서도 이루었다. 이 마술은 이런 영적 교류에 강력한 씨족적 뿌리를 갖고 있다. 죽은 조상들은 나이 면에서 살아 있는 자들보다 우위에 있고 전혀 다른 공간으로 비껴나 있으며, 후손들보다 아는 것이 더 많다. 임종에 있는 사람은 미래를 내다 볼 수 있었다. 예컨대 치명상을 입은 지그문트가 아직 태어나지도 않은 자기 아들인 지구르트가 장차 누릴 명성을 얻게 될 것을 예언한다. 지구르트는 죽음 직전에 있는 자의 저주가 두려워 그가 죽인 공룡 파니르(Fanir)의 이름을 부르는 걸 꺼려한다. 사람들은 망자들에게 초인적 능력이 있다고 믿었으며 의심이 생길 때나 어려움에 처할 때 망자의 조언이나 도움을 확보하려 했다. 그래서 사람들은 망자의 무덤을 찾아가 엄숙한 외침이나 주문 또는 지하세계의 루네 주문인, 헬리루넨(Hellirunen) [180]으로 망자를 잠에서 깨웠다. [181] 이런 망자를 불러

기사들의 무덤이 있는 지역에 세워진 관대들

내거나 망자에게 묻는 행위를 8세기경 프랑크의 〈인디쿨루스〉 법령은
신성모독 행위로 간주하여 배격했다. 스비프닥(Swipdag) 182) 은 신부
를 맞으러 떠나기 전에 어머니인 그로아(Groa)를 무덤에서 불러내어
일어날 일을 마술언어로 말해 달라고 청한다. 헤어푀르(Hervör) 183) 는
주문을 외워서, 망자가 된 부친 앙간티르(Angantyr)가 무덤에서 저주
가 배인 보검 티르핑(Tyrfing) 184) 을 던져주게 만든다. 12세기경 한 노
르웨이인이 망자들로부터 조언과 감춰진 사실에 대한 정보를 듣기 위
해 오르케이(Orkeys) 제도185)에 있는 무덤들을 찾아갔다. 그런 것처

---

180) [원주] Hellirûna: Grimm DM. 2, 1028. Wuttke § 773.

181) [원주] Wecken der Toten: Storm Ark. f. nord. filol. 9, 199.

182) 북구 신화의 여신 멩글뢰드(Menglöd)의 약혼자이다. 이 여신은 애인과 헤
    어진 뒤 피욀스비드(Fiölsvidr)가 감시하는 성에서 불꽃에 둘러싸여서 애타
    게 애인을 기다린다. 나중에 극적인 상봉을 한다.

183) 아이슬란드의 '헤르바라'(Hervarar) 전설에 나오는 여성 영웅. 남장을 한 전
    사였다고 한다. 이 전설은 5~6세기경의 동고트족과 훈족 사이의 전쟁에 관
    련된 것이다.

184) 북구(아이슬란드) 전설에서 난쟁이 드발린(Dvalinn)과 두린(Durinn)이 만
    들었다는 신비의 칼.

럼 얼마 전까지 독일에서 '현명한 사람들'이 야밤에 묘지에 찾아가 미래에 대한 질문을 하곤 했다. 앞의 그 늙은 북방인은 교수대를 찾아가, 거기에 매달려 흔들리는 시체들에게 《에다》에 나오는 시 〈지존자의 노래〉를 통해 전수된 루네 주문을 외워 걷게 하고 말하게 하려 한다. 여성 예언자인 뵐루르는 밤마다 들판에 나가 앉아서 거기에 모인 많은 정령들로부터 그들이 소유한 지혜들을 얻어낸다. 그러므로 예언은 영혼 숭배의 영역에서 유래하고 있고, 최고신조차 이런 예언의 도움이 필요했다. 발더의 악몽에 경악한 오딘은 지하세계인 헬로 말을 타고 내려가, 이미 오래전에 죽은 뵐바(Wölwa)를 찾는다. 그 뵐바 위에는 많은 눈과 비가 쌓여 있었다. 그러나 오딘은 뵐바를 강제하여 신들의 운명에 대한 정보를 얻어낸다.

　기독교인들의 무덤은 십자가 표시나 경건함을 표현하는 비석 아래에 놓여 있다. 이에 비해 북방의 묘석이나 유골단지는 새겨진 망치 형상이나 하켄 십자가, 토르의 번개무기 그리고 "토르여! 이 무덤에 축복을!"이라는 루네 문자로 쓰인 비문(碑文)을 통해 보호받고 있다(82쪽 참조). 청동기시대에 북방 사람들은 비명(碑銘)이 없는 거대한 바위를 옆에 세우거나 때로 무덤에 이른바 바우타(Bauta) 돌[186]을 곧추세우기도 했다. 이는 실제로는 망자들을 그 안에 붙잡아 두기 위한 것이었다. 이 바위들은 나중에 루네 문자가 새겨짐으로써 기념비로 바뀌었다. 이 바우타 돌과 내부적으로 연결되어 있는 것이 하리스타도(Haristado)라는 군인들의 탑 혹은 잘리어 법령[187]이 새겨진 슈타

---

185) 북스코틀랜드 앞 북대서양에 위치한 제도이다.

186) Bautastein: S. Müller s. v. (Ch)aristado h. e. stapplus: L. Sal. tit. 339. L. Bajuvar. tit. 19 C. 8. Rebrett: E. H. Meyer, Bad. Volksleben S. 597. Z. f. Volksk. 8, 205.

펠(Stappel)이라는 돌기둥이다. 이 돌기둥은 묘에 넣어두었다.

바이렌-알레망 지방의 관대(棺臺)[188] 역사는 분명히 나타나 있다. 사람이 죽으면 사람들은 곧 이 시신을 나무판 위에 눕혀 무덤 있는 곳으로 옮기고, 시신을 파헤쳐 놓은 구덩이에 내려놓는다. 이어서 이 나무판으로 그 구덩이 위를 덮었다. 이 마지막 과정을 바유바렌 법령 (das bajuwarische Gesetz)[189]이 분명히 밝히고 있다. 취리히 농촌이나 람자우(Ramsau)[190]에서는 나중에 이 시신 판에서 시신을 내려놓은 뒤 가져가서 추모용으로 개울 위에 걸쳐 놓거나 길가에 세워두었다. 바이에른에서는 시간이 더 흐른 뒤에 목수가 나무판을 그냥 세워두었고, 그 다음에는 관으로, 또 나무 십자가로 만들어 세워두었다.

잘츠부르크에서는 이 나무판을 운구 때 함께 가져갔으며 영면식 (Totenrast, 永眠式) 때 짧은 기도를 드리며 최초의 십자가나 성자들의 모습이 걸린 고목 곁에 내려놓았다. 또 핀츠가우(Pinzgau)[191]에서는 장례식에서 돌아온 뒤 나무판을 망자 가족의 창고에 수평으로

187) '렉스 잘리카'(Lex Salica)라는 잘리어 법령은 메로빙거 왕조의 클로드비히 1세 때인 507년부터 511년 사이에 제정된 법률로 보존되어 온 고대 법률 중의 하나이다. 본질적으로 씨족법으로 '잘프랑크'(Salfranken)의 씨족 이름을 법률 이름으로 불렀다.

188) '관대'의 원어는 'Totenbrett', 'Leichenbrett', 'Reebrett'이다. 'Brett'는 '나무판'이며, 'Toten'(망인), 'Leiche'(시신), 'Re'와 결합한 복합명사이다. 시신을 안치하는 관(棺)이 사용되기 전에 나무판 위에 시신을 눕혀 두었다가, 이 나무판 위에 싣고 무덤으로 이동했으며, 매장 이후 이 나무판을 세워두기도 했고 태우기도 했다.

189) '바유바렌'(Bajubaren)은 원래 게르만족 이동 말기에 형성된 '바이엔'(Baien) 부족을 지칭하는 개념이며, 이 바이엔족은 '알트바이에른'(Altbayern) 부족과 함께 현재 오스트리아 대부분 지역과 티롤 지역에 거주했다.

190) 오스트리아의 다하슈타인 남쪽 발치에 위치한 고지대이다.

191) 오스트리아 잘츠부르크의 서쪽 지역이다.

고정되거나 수직으로 땅속에 꽂아두었다. 그렇게 해서 개울 위에 걸린 관대나 추모판 위를 넘어가거나 그 곁을 지날 경우, 이 판때기들은 사람들에게 불쌍한 영혼을 위해 기도하게 경고하는 역할을 하게 되어 있었다. 자유롭고 조용한 자연 한가운데에 많은 숫자가 세워져 있을 경우 이런 판들은 또 다른 세계를 환기시키는 망자의 기념물로 정서를 사로잡게 된다. 이는 스웨덴이나 보른홀름(Bornholm)[192]에 대개 많은 숫자로 몰려서 서 있는, 다듬지 않은 높은 암석과 흡사한 것이다.

인도게르만 민족들의 관념들과 관습들에는 모순들이 가득하지만, 이런 형형색색의 혼란들을 마치 핵심의 가닥처럼 관통하는 하나의 원시감정과 기본관념이 있다. 즉, 사람이 죽은 뒤에도 영혼은 영원히 살아 있는 존재일 수는 없지만 다소 간의 차이를 두고 대략 3세대 정도는 계속 살아 있다는 것이다. 영혼은 바람이 되어 날아다니고, 동물이 되어 집에 살며, 늑대의 형상으로 싸돌아다니며 인간의 모습을 한 재생인으로 되돌아온다. 영혼은 또 뒤에 남아 있는 사람들에게 막강한 영향을 끼친다. 영혼은 쉽게 성질을 부리기 때문에 사람들은 영혼을 막으려 하고 달래려 하지만, 영혼은 자신을 사랑이 충만한 존경대상으로 만들기도 한다.

이것은 특히 죽은 다음 3일째와 9일(10일)째, 나중에는 7일째와 30일째 되는 날 위령제사를 요구하며 1년째 되는 날의 제사도 요구한다. 또 영혼 전체의 삶의 방식이 계절에 따라 변한다는 의미에서 봄과 가을의 전체 제사도 요구한다. 산 자와 죽은 자 사이의 교류가 활발하게 이뤄지며, 이 교류는 예컨대 결혼할 때 조상들에게 기도하는 것처럼

---

192) 덴마크 코펜하겐으로부터 동남쪽 150km에 위치한 무인도이다.

확고한 가족 유대감을 지탱시켜 준다. 그래서 영혼의 처소는 흔히 그가 살아 있는 사람으로서 머물던 집이 되거나 아니면 집 부근, 무덤 근처나 인근에 있는 산이 된다. 성스러운 바위 헬가펠(Helgafell)[193]은 스노레의 조상들을 받아주고, 홀거 단스케(Holger Danske),[194] 지그프리트 그리고 3명의 그뤼틀리(Grütli) 용사들이 모두 산으로 들어간다.

영혼들은 그러나 외딴 황무지나 숲 속 언덕에 살기도 해서 안개 긴 공기나 휭휭 소리 내는 공중에서 불안정하게 떠돌기도 한다. 영원한 지속이 없는 것처럼, 영혼들에게도 실상 저승이 존재하지 않는다. 그러나 일찍부터 인과응보의 믿음은 존재하고 있었다. 이것은 인도게르만족의 원시신앙이며, 이 신앙은 엘프신앙이나 토착신들에 대한 신앙을 통해 확대되고 고상하게 되었으며, 시문학과 철학의 발달에도 불구하고 또 기독교로의 개종에도 불구하고 독일 민족의 보다 수준 높은 영혼불멸 사상에 여전히 연결되어 있다.

영혼신앙은 다른 토착종교 영역에서 강력한 영향을 끼쳤다. 영혼은 예컨대 바람의 형태로 바람 데몬과 바람 신들의 영역으로 넘어가기도 한다. 죽음의 순간에 나타나는 동물로서 또 재생인으로서 영혼은 특별한 수호정령이나 복수의 정령에 대한 신앙을 일깨우고 강화시킬 것임에 틀림없다. 영혼이 바람 안에서 데몬이나 토착신들과 통합되기 때문에, 영혼이 이들의 처소나 쉬는 공간으로 들어가 그 곳을

---

193) "성산"(聖山)을 의미하며, 아이슬란드에는 같은 이름의 산들이 매우 많이 있다.

194) 전설 속의 형상인물로 덴마크 민족영웅이다. 고대 프랑스 영웅 서사시 전승에 따르면 칼 대제의 부하였던 고드프레트(Godfred) 왕의 아들이다. 바바로사 왕처럼 크론보르크 성 아래에 앉아 있으면서 덴마크가 위난에 처하면 도움을 준다. 중세 후기에 프랑스 기사 서사시를 통해 덴마크에 알려졌다.

지옥이나 천당으로 형상화한다는 것이 충분히 일어날 수 있는 일이다. 오랜 위령제 시기나 그 관습들은 부분적으로는 자연정령이나 토착신들을 겨냥한 것들이다. 이 영혼신앙은 심지어 여러 수준 높은 신화형성이나 문화형식의 예비학교가 되었다.

이런 것들은 이전의 오랜 삼림의 보호 아래 성장하다가 종국적으로는 원래의 숲을 넘어서 성장한, 나중에 조성된 넓은 보호림에 비견될 수 있다. 이제 우리는 게르만 신화의 또 다른 영역을 살필 것이다.

제3장

알프 신앙

임종의 침상이나 무덤은 수많은 영혼신앙이 생겨나는 곳이었다. 또한 그곳은 또 다른 체험과 인상들이 뒤얽히며 신화가 생겨날 때 꿈이 작용하는 곳이기도 하다. 1) 죽어가는 사람의 꿈속 그림은 그것이 아무리 영향력이 있다손 치더라도 신앙영역을 주도할 만한 힘은 갖지 못한다. 그러나 이 꿈이 병적으로 강화되어 악몽이 되는 경우가 있다. 이때 이런 꿈은 또 다른 상상의 덩어리나 악몽신앙을 불러일으키는 풀무가 되기도 했다. 이런 꿈의 유래는 아주 오랜 것이었다.

오토 4세2) 때의 한 궁정 신하3)가 이 가위눌림을 설명한 적이 있었다. 그는 이것을 신체 용액의 농도가 짙어지면서 발생하는 병적 환영이라고 설명했다. 공기가 급격하게 독성을 품을 경우, 조금 일상적으로 표현하자면 잠자는 사람의 호흡이 무겁고 거칠어질 경우에 발생한다는 것이다. 식사를 많이 한 후 좁고 답답한 침실에 있으면서 코와

---

1) [원주] Laistner, das Rätsel der Sphinx 1889. Roscher, Ephialtes 1900. Wuttke, Deutscher Volksaberglaube §228. 402-405. 419.

2) 오토 4세(Otto Ⅳ: 1238~1309). 신성로마제국 황제. 현 독일 북동부에 위치하며 베를린을 둘러싸고 있는 브란덴부르크 주가 그의 정치적 기반이었다.

3) [원주] Hofmann Otto's Ⅳ. : Liebrecht, Gervasius v. Tilbury 39.

입이 좁혀지거나 막힐 경우 그런 가위눌림이 발생한다. 잠자는 사람은 거북스러운 옥죄임이 침상 끝부분에서부터 서서히 몸으로 옮겨와 가슴, 목 그리고 입으로까지 올라오는 것을 느낀다. 이 옥죄임은 점점 더 심해져서 숨 막히는 정도까지 도달할 수 있는데, 이럴 경우 잠자는 사람은 입을 갑자기 벌리며 울컥함으로써 그런 억압의 과정으로부터 풀려나기도 한다.

그러나 이보다 더 흔한 방식은 공포의 신음소리나 외침 또는 살려달라고 외치는 동작을 함으로써 막혔던 숨길이 풀려나는 경우이다. 잠자던 사람은 심장이 두근거리고 땀을 흘리면서 잠에서 깨어난다. 그의 신경을 강력히 자극하는 것은 짓누르는 억압의 고통뿐만이 아니라 복잡한 환영들인데, 이런 유형의 꿈속 환영들은 의식을 마비시키는 음료들이 유발하는 허상들과 비슷한 것들이다.

악몽의 열기가 가장 높을 경우, 악몽에 시달리는 사람은 회오리에 휘말려 바다와 온 땅을 넘나들고, 꼭대기에서 저 깊은 낭떠러지까지 곤두박질친다. 또 뜨거운 불덩어리가 그 주변을 맴돌거나 몸을 불태우며 그러다가 결국 거센 폭발음과 함께 이런 혼미가 갑자기 중단된다.

이런 악몽의 경련 상태는 요즈음보다 옛날의 미개한 시대에 보다 더 자주, 더 강력하게 발생했다. 이는 사냥의 노획물에 식량을 의지했던 미개인들이 심한 식량부족과 턱없는 식량과잉을 지나치고 급격하게 반복했고, 특히 식량과잉이 과식을 유발하고 더불어 병적인 몽환 상태를 가져왔기 때문이었다. 자욱한 연기가 끼어 있고 좁고 답답한 취침장소와 사람과 짐승이 동거하는 주거, 취침조건은 그런 몽환 상태를 더욱 잘 조성했다.

게다가 개나 고양이가 잠자는 사람 위에 가슴이나 몸 위에 누워 있으며 부담을 주는 것이 얼마나 자주 일어났겠는가! 또 제멋대로 흐트

러져 있는 침상 상태도 가위눌림이 강화되는 요인이었다. 이는 경험적으로 알 수 있는 것인데, 침대 이불 모서리나 침대 쿠션 털 또는 침대 요 속의 밀대 등이 잠자는 사람 입술 사이로 들어가서 그것이 꿈속에서 마치 뻣뻣한 털을 가졌거나, 깃털이 달리거나 또는 콕콕 찔러대는 가시를 가진 생명체로 느껴지도록 할 수 있었기 때문이다.

두려움을 불러일으키는 밤의 암흑 상태는 우리가 이미 앞 장에서 보았듯이, 활발한 상상력에 온갖 유령의 형상을 어른거리게 하는 법인데, 이런 암흑 때문에 고통스러운 가수(假睡) 상태의 경악(驚愕)을 더욱 상승시킨다. 수수께끼 같은 현상들이나 육체를 가진 모든 존재들의 완벽한 움직임, 그리고 사람의 상태에 미치는 실제적 영향력 등이 신화를 형성할 수 있을 정도의 자극적 과정의 요인들인데, 이런 요인들을 가위눌림이 모두 포함하고 있다.

악몽의 누르는 상태뿐만 아니라, 악몽이 오는 것, 악몽이 피할 수 없게 조용히 접근하는 것, 그리고 그것이 갑자기 소멸해 버리는 것 등의 일련의 과정을 설명하는 것은 불가능하다. 그러나 악몽은 두텁고 육중한 실체로써 그 실체성이나 감각적 현실성 그리고 통상적인 꿈의 내용에 있어 여타 모든 환상내용을 훨씬 뛰어넘었다. 통상적인 사람들은 악몽을 보고 들을 수 있었을 뿐만 아니라, 이 악몽이 대담하고 야멸치게 자신 위로 무겁게 덮쳐오는 것을 느꼈고 게다가 먼지 구덩이에서 벗어나 잠을 깨는 순간엔 땀방울이 뚝뚝 떨어지거나 심장이 거세게 두근거렸다. 그렇게 잠을 자는 행위와 잠에서 깬 상태를 구분하는 것은 거의 불가능했다. 그야말로 잠자는 것이나 깨어 있는 것이나 정말 동일한 것이었다!

그러나 이런 악몽은 여전히 몇몇 개별적인 사람들이나 그들의 생애 중에서 일시적인 한순간들에 한정된 일들이었다. 그렇기 때문에 악몽이 신화로서 형성되는 일은 늘 제한적인 범위에서만 이뤄졌고 일찍부터 다른 신화의 군집으로 연결될 필요가 있었다. 거기로부터 지원도 받고 내용의 보충도 받을 수 있었기 때문이었다.

이런 악몽은 수천 년 전부터 있어왔고 지금도 모든 인도게르만족들에게 불쾌한 것으로 알려져 있다. 인도인들은 독일의 엘프와 비견될 만한 간트하르바(Gandharva)[4]라는 불쾌한 존재를 언급하는데, 이 간트하르바는 춤추며 숲에서 나와 개나 원숭이 또는 고집 센 아이들처럼 잠자는 사람 목에 매달리는 존재이다. 그리스인들은 이 악몽을 벌쩍벌쩍 뛰어오르는 존재라는 의미의 '에피알테스'(Ephialtes)라고 불렀고,[5] 로마인들은 행인의 목을 조르는 존재라는 의미의 인누스(Inuus)나 목에 올라탄 존재라는 의미의 '인쿠부스'(Incubus)라고 불렀다. 또 리투아니아인들은 엄청나게 큰 손과 발을 지닌 존재라는 의미로 '아이트바르스'(Aitvars)로, 라트비아인들은 맥이 빠져 말을 타고 달리는 존재라는 의미의 '레톤'(Leeton)이라 불렀다.

지금 독일에서 악몽의 뜻을 지닌 '알프'(*Alp*)라는 단어[6]는 루터 시대에 이르기까지 단지 중부 독일지역에서만 통용되었고, 전체 게르만인들은 이 악몽을 원래 전혀 다른 차원의 신화적 존재인 엘프군(群)에 속한 자연정령(*Naturdämon*)의 하나로 여기고 있었다.

그리고 중세 말엽에 와서야 '엘프'라는 명칭에서 '알프'로 바뀔 수

---

4) 인도 《베다》 경전에서 하늘의 비밀과 진리를 알려주는 신이다.

5) [원주] Ephialtes: Roscher a. a. 0. Inuus, Incubus: Roscher a. a. 0. 44. 59. 60. Aitvars, Leeton: Usener, Götternamen 85. 107.

6) [원주] Namen des Alps: Kuhn, Westf. S. 2, 22. Kluge, Etymologisches Wörterbuch s. v. Alp. Z. d. Volksk. 3, 445. Mâr fem: Fromm. Mundarten 3, 273. 5, 521. Alem. D(T) oggeli Drückerlein: ZfdA. 13, 44. Trempe, Stempe: Grimm, DM. I, 230. 3, 90. ZfdPhlil. 4, 83.

있었다. 그 이유는 원래의 '알베'(Albe) 혹은 '엘프'도 악천후로 인한 후덥지근함이나 회오리바람을 통해 압박이나 호흡곤란과 같은 육체적 불편함을 유발할 수 있었기 때문이었다.

이보다 더 오래되고 보편적인 고고 독일어 및 고대 북방어 명칭은 '마라'(Mara)였다. 이 명칭은 '에피알테스', '인쿠부스', '아이트바르스' 및 '레톤'이나 라인프랑크 지방의 명칭인 '마르'(Mahr)가 여성성을 띠는 것과 차이가 난다. 이에 비해 앙겔작센의 단어인 '마라', 즉 원래 '나이트메어'(nightmare)나 저지 독일어 명칭인 '모르'(moor)는 남성성을 띠며 중세 독일어 명칭인 '마르'(mar)나 폼머른 지방 명칭인 '마르트'(Mahrt)는 남성인지 여성인지 분명치 않다.

신고(新高) 독일어 시대에 와서 주로 사용된 명칭은 여성성이 담긴 명칭들이었다. 네덜란드인들은 '나하트메리'(Nachtmerri)라는 명칭을 쓰고, 프랑스인들은 '꼬쉬마르'(Cauchemar)라는 명칭을 쓰고, 라틴어 '칼카레'(calcare)에서 나온 '트레트마레'(Tretmare)라는 말도 있으며, 슬라브인은 여성성 명칭인 '모라'(mora) 또는 '무라'(mura)라는 명칭을 가진다.

그밖에 보헤미안 명칭으로는 남성성 명칭인 '모로스'(morous)가 있는데, 이는 폼머른 지방 명칭인 '무라웨'(murraue)와 근사하다. 발음하기 매우 어렵지만 여러 형태를 지닌 이 명칭은 '방해하다'는 뜻의 '마렌'(marren) 또는 고대 북방어인 '누르다'는 뜻의 '메랴'(merja)로 되돌아간다.

이와 비슷하게 오스트리아(트루드, Trŭd), 바이에른(트루데, Trŭde), 몇 개 중부 독일 부족(드루데, drude)의 명칭들은 각각 고트족 명칭으로 '밟다'(treten)는 뜻을 가진 '트루단'(trudan)에서 유래한다. 고고 독일어 '트루타'(truta)와 '트루타레'(truare)는 '무거운 발걸음'(trotte) 또는 ‘억압’(*presse*)의 뜻과 ‘뛰어오르는 자’라는 뜻을 각각 지니고 있었다. 그러므로 ‘트루데’는 밟아주는 여인, 무겁게 걷는 여인이다. 가장 널리 쓰이는 이 3가지 명칭 ‘알프’, ‘마레’(mare), ‘트루데’는 수많은 사투리 명칭들로 둘러싸여 있다.

프랑크족은 알프 등을 ‘발을 동동 구르는 여인’이라는 의미의 ‘트렘페’(Trempe)라고 말하며, 또 티롤 사람들은 ‘짓밟는 여인’이라는 뜻의 ‘슈템페’(Stempe)라 부른다. 슈바벤족이나 알레만족은 그 대신 의미가 분명치 않은 ‘슈레텔레’(Schrättele)와 ‘누르는 사람’이라는 뜻의 ‘토겔리’(Toggeli)나 ‘렛첼’(Rätzel), ‘드루켈’(Druckel) 또는 ‘두꺼비’라는 뜻의 ‘로르크’(Lork)라는 명칭을 사용했다. 이런 명칭들은 이런 존재의 성(性) 구분을 불가능하게 한다.

하지만 취리히 사람들은 “밤의 소녀가 나를 짓눌러!”(’s *Nachtfräuli hat mi drückt!*)라고 말한다. 이때 친절히 사용한 여성 명칭인 ‘밤의 소녀’, “나하트프로일리”(Nachtfräuli)는 이 명칭보다 조금 진지한 올덴부르크-프리스란트 명칭인 ‘발리데르스케’(Walriderske)와 대비된다. 이 발리데르스케는 고래를 타고 가기, 죽은 듯이 뻗어 잠자는 사람 타고가기, 죽도록 타고 달리기 등을 의미했다. 이런 명칭이 나타난 것은 알프, 즉 악몽에 생명을 위협하는 힘이 있다고 생각했기 때문이었다.

악몽의 위압적이고 음침한 특성은 보다 많이 사용되는 ‘운게호이어’(Ungeheure)라는 명칭에서 훨씬 선명하게 드러난다. 이 명칭은 중세 때 나타나서 지금까지 브레멘과 폼머른 지방에 살아남아 있다. 이 알프의 주된 활동인 밟고, 누르고, 말을 타는 행위들은 이미 보다 오래된 묘사들로부터 나타났다. 고대 〈잉링거 전설〉 제16장에 따르면 ‘마라’는 노르웨이 왕 반란디(Wanlandi)의 다리를 밟아 둘로 쪼갠 후 그의 두개골을 눌러 죽게 만든다.

이 트루드의 밟는 동작은 다음과 같은 오랜 주문을 연상시킨다.

"트루덴의 머리여, 내 집이나 마당, 마구간이나 외양간에 들어오지 마라. 내 잠자리나 살이나 피, 내 육체와 영혼에도 들어오지 마라. 그리하여 네가 나를 밟는 일이 없도록, 딴 집으로 들어가렴. 그리하여 세상 산들을 모두 넘고, 모든 나무의 잎사귀들을 헤아리고 세상 모든 물길을 넘어가서, 이윽고 우리 집 안으로 행복한 날이 돌아오도록. 아멘."

《로마누스 단편》(*Romanusbüchlein*)과 같은 오늘날 널리 유포된 마법책이나 《진정한 영적 방패》(*der Wahre Geistliche Schild*) 같은 교리서는, 헝가리 치프스(Zips) 지방 농부들에게 그랬던 것처럼 아르가우 지방, 그러니까 독일 남부·서부 지방 농부들에게 이런 주문을 권고하며, 바이에른에서는 이러한 주문들이 집안 방이나 침대 등에 그려진 드루덴푸스(*Drudenfuss*), 즉 오극성(五極星, *Pentagramm*) 표식 주위에 적혀 있었다. 7)

또 어떤 네덜란드 주문은 오늘밤 자신들을 괴롭히지 말고 대신에 흉측한 짐승들이나 모든 물길에 저주를 내리고 모든 나무에 바람을 불어넣고 또 보리 알곡들을 일일이 세도록 마에르(Maer)에게 부탁한다. 그래서 인도 사람들은 자신들을 괴롭히는 악령들인 간트하르바와 그것의 아내들인 압사라스(Apsaras)를 엄숙한 주문을 외워 여울목

---

7) [원주] Truden-, Alp-u. Marenfuß: E. H. Meyer, Germ. M. 58. Beschwörung des Trudenkopfs, Alps, Schrättele's, Bettzaierle's, der Elbin v. Leoprechting 26. Grimm, DM. 4 2, 1042. ZfdMyth. 4, 113. Meier, Schwäb. Sagen 172. 177. Wuttke § 228. Kuhn, Nordd. Sagen S. 461. Indische Beschwörung: Z. f. vgl. Sprach-forschung 13, 118.

트루덴푸스. 오극성의 표시는 밤의 악몽을 방지한다는 의미를 띤다.

이나 높이 솟은 나무들 안으로 내쫓아 버렸다. 이것들이 그 안에서 마음껏 떠들거나 난리를 피우도록 하기 위해서였다.

알프의 북부 독일어 명칭인 모르와 관련해 "헤 헤트 미 드룩트"(*he het mi drukkt*) 라는 말이 있다. 표준말로는 "dich hat geriten der mar" 로 "마르가 나를 타고 달렸다"라는 의미다. 때문에 그런 꿈을 꾼 사람을 마르트리덴(martridden), 모르트리덴(mortridden), 혹은 마레리트(mareridt) 라고 부른다. 8)

중세 때 이 알프는 올덴부르크 지방의 발리데르스케나 아이슬란드의 알페모에(Alfemoe) 처럼 해당되는 사람에게 '재갈을 물린다'고 알려져 있었다. 이런 달리고 싶은 충동 때문에 노르웨이의 알프는 라트비아의 레톤처럼 말을 타고 노르웨이부터 티롤의 마구간까지 달려 들어가 그 안팎에서 힘이 완전히 바닥날 때까지 이 가축들을 내몰게 된

---

8) [원주] Alpdrücken, -reiten: Grimm, DM. 4 1, 384. 3, 133. Brem. nieders. Wb. s. v. Moor. Kuhn, Westf. S. 2, 22. Zäumen: E. H. Meyer, Germ. M. 77. W. Müller, Mittelhochd. Wb. 1, 24. Baader, Bad. Volkssagen 57. 307.

다.9) 그 다음날 이 가축들은 숨을 거칠게 내뿜으며 온몸이 땀에 젖은 채 갈기는 도무지 풀 수 없을 정도로 얽힌 채 서 있게 된다. 이 알프는 암소의 젖을 빨아먹고 암염소나 돼지들은 거들떠도 안 본다. 그러나 레크라인 강변 지역에서는 돼지는 알프에게 전율의 대상이다. 마지막에 이 마레가 모든 힘을 소진하게 되면 나무 한 그루를 감싸고 거대한 '세계의 괴력'으로 나무를 억누른다. 그리고 이 마레는 스스로를 억눌러 죽음에 이른다. 마레에 휩싸인 밤나무들은 그때부터 병을 앓게 되어 바람 한 점 없는 날씨에도 몸체가 떨게 된다.

이런 마레의 비밀스런 움직임을 처음부터 끝까지 팽팽한 상상력이 일관되게 추적했다. 마레가 은밀하게 다가오거나 집안으로 스며드는 것을 사람들은 다양한 방식으로 설명했다. 남부 독일의 슈레텔리 (Schrätteli)는 마치 그림자처럼 산에서 내려와 각 집으로 떠내려 온다.10) 알프는 나비랑 비슷하다. 알프는 악령이 깃든 남자 "랫첼" (Rätzel)의 찡그려 오므라진 눈썹으로부터 날아올라 잠자는 사람의 가슴 위에 내려앉는다. 알프는 활짝 열린 창문이나 방문을 통해 들어오는 법은 결코 없으며, 대개 살랑거리는 바람결처럼 목재 옹이구멍이나 열쇠구멍을 통해서 방으로 들어온다고 사람들은 예나 지금이나 믿고 있다.

---

9) [원주] Alp auf Pferden: Wuttke § 402. Faye, Norske Folkes. 2 76. Zingerle, Sagen a. Tirol 426. Panzer 1, 88 Thiele, Danske Folkes. 3, 19o; auf Geißen u. Schweinen Laistner 2, 175. v. Leoprechting II; auf Bäumen: Laistner 1, 306. Wuttke § 403.

10) [원주] Alp als Schatten: Laistner 2, 307, Sonnenstrahl: Frommann, Mundarten 6, 204, Zugwind: Mitteil. d. schies. Gesellsch. f. Volksk. 1, 8. Abendmahren: Laistner 2, 318. Habergeiß: Laistner, 2, 220. 251. Mannhardt WFK. 2, 181.

슐레지엔의 어느 마을에서는 1889년에 세상을 뜬 여인이 틈새바람처럼 닫힌 문을 통해 한 주부의 침대 안으로 들어와 그 주부를 괴롭히다가 그 남편이 하도 욕설을 퍼부어대어 도망가고 말았다고 한다. 캐르텐(Kärthen)[11]에서는 이 슈라틀(Schrattl)이 벽에 어른거리는 햇살에서 노닌다. 황제가 앉는 의자를 제작하는 어떤 공인의 묘사에 따르면 슈레텔레는 열쇠구멍으로 숨어들며 이것이 방 안을 뚜벅뚜벅 걸어가는 소리를 내고 아래로부터 위로 기어올라 깃털을 넣은 이불 위에서 바스락거리는 소리를 내다가 어느 사람 가슴 위에 내려앉는다고 한다. 이 공인은 또 달빛이 비치는데 한 남자가 침대 위로 몸을 기울이더니 어떤 사람에게 다가가더라며 달빛을 받고 나타난 한 남자에 대해 말하기도 했다.

오버팔츠(Oberpfalz) 지방에서는 달이 뜨기 전에 드루드(Drud)가 나타나는 법은 결코 없다. 베스트팔렌과 튀링겐 지방에서 마레는 달에 취해 있는 존재로 알려져 있다. 자극을 주는 달빛은 유령처럼 알프를 감싸며 그것의 힘을 강화시켜 준다. 중세 때 한 시인이 자신의 애인에 대해, "그녀가 꼭 알프처럼 내 가슴 위로 살포시 내려앉는구나!"라고 노래했는데, 우리는 이제 그 시인의 노래를 제대로 이해할 수 있다.

두꺼비는 육중한 몸체를 지녔으면서도 소리를 내지 않고 움직인다고 해서 알프로 여겨지고 있으며, 그 이름도 로르크가 된다. 이보다 더 섬뜩한 것은 슈타이어마르크 지방의 도요새와 쏙독새이다. 이것들은 어마어마하게 큰 머리통을 가진 것이 부엉이처럼 소리 내지 않고 날아다니다가 열쇠구멍으로 들어와서 그 육중한 몸으로 잠자는 사

---

11) 옛 프러시아 땅이었지만 지금은 폴란드 북동부에 위치한 도시로 현재 명칭은 바르토스치체(Bartoszyce)이다.

람의 가슴 위에 내려앉는다.

호흡곤란을 극심하게 만드는 침대도구들이나 이불 등의 상태 그리고 누르는 무게에 따라 각각 꿈을 꾸는 사람들을 괴롭히는 동물형상들이 바뀌어 나타난다. 이것들은 하슬리탈(Haslital)12) 지역 여러 계곡에서는 동굴벌레, 아이펠(Eifel) 산맥에서는 공룡, 니더작센 지방에서는 운케(Unke) 두꺼비라고 불리는 미끈미끈한 뱀장어나 뱀과 같은 형상이기도 하고, 털이 나고 거칠거칠하며 가시가 돋은 푸들, 담비, 고슴도치 또는 고양이 형상이 되기도 한다.13)

이 형상은 고양이처럼 가슴 위에서 가끔 그르렁거린다. 또 이 형상이 단단히 껴안고 무겁게 부딪치며 압착하기 때문에 곰, 돼지 또는 염소가 되기도 한다. 그래서 그 명칭이 염소 마르테 또는 염소 마녀가 된다. 저지 부퍼 지방에서는 심지어 큰 말이 열쇠구멍을 통해 스며들어가서 앞발을 잠자는 사람 가슴 위에 얹고 불타는 듯한 눈초리로 그를 쏘아본다는 말도 있다. 가장 고통스러운 형상은 슈레텔레가 거머리 형상이나 실 뭉치 안으로 몸을 동그랗게 말았다가 다시 엄청나게 긴 형상으로 몸을 늘이는 경우이다.

이 짐승의 형상이 암시하듯 짐승은 억누르는 순간에는 이미 존재하지 않는다. 여기에 덧붙여지는 것이 고통스럽게 빨아들이는 움직임이다. 알레만족들이 도켈레(Dockele)라 부르는 슈레텔레는 고양이의 형상으로 어린아이의 작은 가슴 심지어는 성인 남성의 가슴을 빨아들여서 몸집이 부풀어 올라 누르면 우유를 뿜기도 한다.

---

12) 스위스 베른(Bern) 주에 위치한 지역으로 스위스에서 가장 긴 강인 아르(Aare) 강이 흐른다. 'Tal'은 독일어로 '계곡'이라는 뜻이다.

13) [원주] Alp als Aal und andere Tiere: Laistner 1, 90. 2, 1. 9. 63. 172. Wuttke § 402. Kuhn, Nordd. S. 520. Strackerjan, Oldenburg. S. 1, 375.

이에 비해 이 도켈레는 여인들의 젖을 빨아낸다. 레크라인 강변에서 어린애가 어머니의 젖가슴에 매달려 젖을 먹을 때 엄마는 습관적으로 축성된 왁스로 만든 트루데 오극성 표식을 유방 언저리에 올려놓고 트루드가 어린애의 젖을 빼앗아가지 않도록 한다.

반면에 알프는 가끔 성인들의 피를 홀짝홀짝 다 마셔버려서 그들이 창백해지고 몸이 쇠하여 죽게 만든다. 또 이 알프는 이런 탐욕 때문에 슬라브인들의 뱀파이어와 연관을 맺는다. 그러나 이 알프가 늘 아이들에 대해 적대적인 것은 아니다. 슐레지엔 지방에서 말하기로는, 그 지역의 알프에 해당하는 위델(Jüdel)은 잠자면서 방실거리는 아이들과 놀고 있는 것이라고 한다.

마레는 가슴을 넘어 계속 위로 올라가 목덜미에 이르러 입 속에 바람을 불어넣으며 혀를 사람 목구멍에까지 깊이 밀어 넣어 그들이 소리를 지를 수도 없게 만들어 버린다. 그리고 고통받는 그 사람의 시각과 청각이 요동하게 된다. 작은 빛살과 불꽃들이 이 고통받는 사람을 감싸고 둔중한 폭발이 그의 다리와 골수를 뒤흔든다. 갑자기 팔을 내팽겨 친다거나 베개를 내던짐으로써 잠자는 사람은 억눌린 가슴을 자유롭게 만들고 그때야 비로소 고함소리가 터져 나온다. 이보다 훨씬 온건한 방식이 있다. 즉, 트루덴의 내쫓는 주문에서처럼, 마당에서 새벽닭이 '꼬끼오' 소리를 내거나 다정한 아침이 집에 찾아오는 경우, 마레는 대개 잽싼 짐승들 — 하얀 쥐, 나비 — 또는 연기처럼 소리 없이 모습을 감춰 버린다. 또 어떤 경우에는 이 마레는 억압에서 풀려난 잠자던 사람의 움찔하는 동작에 잡혀서 전혀 해가 안 되는 솜털, 빗자루의 솔, 밀짚처럼 이불 위에 놓이기도 한다.

억압에서 벗어나는 고함소리에 알프는 몸을 피하는데, 이 고함소리에서 온전한 형태를 갖춘 방어와 구축의 수단[14]으로서 다양한 내용을 담은 외침소리들이 생겨났다. 슈바벤 지방의 슈레텔레는 저주를 견디지 못하고, 자기 이름을 큰 소리를 부르는 것도 불편해하고 기독교시대에 와서는 예수나 신의 이름을 외치는 것도 싫어한다.

이런 외침의 최고봉은 다음과 같은 엄숙한 주문이다. '트루데 머리여'라는 외침(239쪽 참조)으로 시작하고 알프로 하여금 산과 숲의 나뭇잎들을 헤아리도록 명령하며 성(聖) 삼위일체 이름을 호명함으로써 마무리 짓는 주문이 그것이다. 마르트(Mahrt)는 성스러운 숫자인 3 이상을 셀 수 없다는데, 덴마크에서 사람들은 머리 위로 커다란 체를 들어 올려 이 마르트가 작은 구멍을 세도록 만들어 그것이 해를 입히지 못하도록 하기도 했다.

사람이 잠에서 깨어나는데도 알프가 도망가지 않거나 알프를 쫓아내고 싶을 때는 못으로 박아버리겠다고 위협하거나 선물을 주겠다고 약속하곤 했다. 선물로는 3개의 동전, 세 봉지의 하얀 소금, 밀가루나 계란이었고, 사람들은 그것을 왼손으로 건네주었다. 사람들은 알프를 다음날 아침식사에 초대하거나 아니면 달아나는 알프의 뒤에다 재빨리 "내일 빌리러 와!"라고 외친다.

독일 몇몇 지방에서는 농부들이 지난 밤 자신을 짓눌렀던 미지의 존재를 위해서 문어귀에 치즈15)를 놓아두었다. 뮌헨의 오랜 필사본은 악마에게 뭔가를 바치고 또 슈레틀라인이나 트루트에게 '붉은 구두'를 바치는 이들에 대해서 극구 반대한다.16) 슐레지엔의 카우풍

---

14) [원주] Befreiungs-, Abwehrmittel: Laistner 1, 5o ff. 184. 2, 346. Kuhn, Westf. Sagen 257. Wuttke § 256. Schmeller B. Wb. 2 1, 649. Sieb: ZdV. f. Volksk. 4, 382.

15) [원주] Quarkkäse: Lippert, Volksglaube u. Christent. 179.

16) [원주] Schuhopfer: Schmeller a. a. O. ZdV. f. Volksk. 2, 5.

(Kauffung)에서는 요즈음 사람들이 상당한 선물을 얻어낼 요량으로 의도적으로 스스로를 알프의 후광으로 몸을 감싸기도 한다. 사람들은 또 다른 방법을 통해서 알프의 존재를 확인하고 싶어 한다. 사람들은 잠에서 깨어날 때 밀짚이나 실 혹은 이불깃털을 움켜쥐면 이런 물건의 무해함에 착각하지 말고 그것을 확실하게 못 박아야 한다고 생각한다. 그러니까 사람들은 그것이 완전히 소멸되도록 또는 살려달라고 하소연하는 노인으로 정체가 드러나도록, 못을 박거나 냉정하게 비틀어 버린다.

메피스토펠레스는 "악마나 귀신들은 그들이 스며들어온 곳으로 반드시 나가게 된다"고 했는데, 알프가 방 안에 아직 있다면 사람들은 기둥구멍이나 열쇠구멍을 틀어막는다. 그러면 알프를 잡게 된다. 사람들은 그러나 미리 알프를 방지할 수 있는 수단들을 마련하기도 하는데, 물이나 불, 날카로운 도구, 마술 표시 및 악취가 풍기는 물건들이 그런 것들이다. 예컨대 오버팔츠 지방에서는 사람들이 침대 다리들을 물속에 놓아두었다.[17] 이는 트루데가 올라올 수 없도록 한 것이다. 불이 타는 초나 아직 불이 안 붙여진 붉은 왁스 막대도 알프를 떼어 놓는 도구가 된다.

마찬가지로 가슴 위에 불 꼬챙이나 평평한 삼빗, 칼 등을 올려놓는다. 그러면 페로 제도에서는 악령의 몸에 이 칼날이 박힌다고 생각한다. 여기서나 또 노르웨이의 텔레마르켄(Tellemarken)에서 사람들은 보자기에 감싼 칼로 몸 주위를 도린 후 한 손에서 다른 손으로 옮기는

---

17) [원주] Bett ins Wasser: Laistner 1, 196. Messer u. dgl. : v. Leoprechting II. Wuttke § 419 ff. 713. Bock: E. H. Meyer, Bad. Volksleben 370. Indisches Bockshorn: E. H. Meyer, Indogerm. Mythen 1, 17. 90. 169. -Marr-abeschwörung: ZdV. f. Volksk. 2, 5. 3, 445.

데 이것을 3번 해야 한다. 이때 다음과 같은 주문을 외운다.

"마라, 마라, 미니
네가 여기에 들어 있니?
저번에 때린 걸 생각하지 마
언젠가 네 코뼈 위에
슈르두르 지구문다르손을 주었었지?"

최고의 영웅인 지구르트나 지그프리트는 이 대목에서 마레를 겁주는 형상으로 나타난다. 오스트리아에서는 문지방 위에 놓인 하루살이 가지, 바이에른에서는 엄마 가슴 위의 트루덴 오극성 표식, 그리고 거의 모든 지방에서 침대 밑에 십자가 모양으로 서로 엇댄 신발한 쌍,[18] 스위스와 포알베르크(Vorarlberg)[19] 지방에는 베개나 침대에 걸려 있고 작은 구멍이 난 돌인 "쉬라텐"(*Schratten*)이나 "토기"(*Toggi*) 같은 것이 마레를 막아주는 구실을 한다.

이런 돌들은 도나르 신에게 바쳐진 도나르 돌들의 일종들일 수 있다. 동프로이센 지방에서 '도나르의 날'인 돈너스탁(*Donnerstag*, 목요일)에는 말의 저녁 여물을 주지 않았다. 말이 마르에게 짓눌리지 않도록 하기 위해서이다.

오버라인 지방에서부터 러시아에 이르기까지 마구간에서 마르를 가장 강력하게 방어하는 것은 뿔을 갖고 심한 악취를 지닌 검은 숫염소이다. 인도인들은 알프의 일종인 간트하르바와 압사라스를 염소뿔과

---

18) [원주] Schuhpaar: ZdV. f. Volksk. 2, 5. Schratten-, Toggistein: Laistner 2, 77. 174. Hexenkrauter: Fundgruben 1, 327. 358. ZdV. f. Volksk. 3, 445. Wuttke §127. Menschenkot: Wuttke § 403.

19) 오스트리아의 맨 서쪽에 위치한 주(州).

심한 악취를 풍기는 풀들로 쫓아낸다.

독일 중부 지방에서는 마편초의 일종인 베르베나(Verbena)라는 풀과 나무에 기생하는 홀츠부르츠(Holzwurz)라는 풀을 피워 연기를 내어 알프를 쫓아낸다. 또 남부 독일에서는 알프를 방지하기 위해 강한 냄새를 풍기는 풀인 헥센을 내걸거나 침대 위에 놓는다. 심지어 헤센 지방에서는 알프의 위협을 받는 젖꼭지를 가끔 사람의 대변으로 문질러 준다.

일련의 유치하고 거친 견해나 방어방법들은 머나먼 고대 시절에서부터 유래한 것이고 그리스인들과 같은 여타 인도게르만 종족들에게도 동일한 방법이나 독특한 양상으로 존재하는데, 이런 것들이 오늘날의 게르만 종족들에게 원시적인 흔적을 남겨주었다.

알프 신화는 아직 그 가장 풍성한 꽃들을 펼쳐 보인 것이 아니다. 두려움의 내용인 억압을 쫓아내는 것은 짐승들뿐만 아니라 사람들에 의해서 행해졌다는 느낌을 떨쳐버릴 수 없다. 다시 말해 다양한 형상을 지닌 악몽 이미지의 군집에서 인간의 형상을 빼놓을 수 없다.[20]

어떤 사랑하는 여인이나 증오를 품은 여인이 밤의 어둠에 휩싸여 잔인한 쾌감이나 고통을 얻기 위해 친구나 적을 왕성하게 돕거나 괴롭히지 않을 이유가 어디에 있으며, 이런 여인들의 영혼이 꿈속에서 이런 목적을 가지고 열정적으로 그들의 입으로부터 솟구쳐 나와 이웃 사람들의 집안으로 스며들어가는 일이 일어나지 않을 이유가 있을까? 이미 고대에서도 산 사람뿐만 아니라 재생인들도 이런 감정에 격렬하게 휩싸여 악몽이라는 악한 수단을 취하여 자신을 만족시켰다.

이런 견해를 통해서 알프 신화는 이미 앞에서 말한 바 있는 정령신

---

20) [원주] Menschen, Seelen werden Alpe: Wuttke § 405. Gervasius v. T. III p. 86. Laistner 1, 104.

화(Seelenmythus, 精靈神話)와 서로 얽히는데, 이런 알프 신화는 또 다른 측면에서 다음 장에서 다룰 자연 데몬 체계로 연결되기도 한다. 실제적으로 사람들은 집에서 괴롭히는 귀신들을 그럭저럭 받아들였다. 그렇다고 하더라도 한번 자극을 받은 사람의 상상력은 이런 귀신을 계속해서 쫓아다니는데 단지 밖으로만이 아닌 광활한 자연계 안으로까지 밀고 들어간다.

이 귀신은 반드시 어딘가에 몸을 숨기고 있을 것이기 때문이다! 이것은 밖에 드러내 놓고 새로운 공격을 대비하지 않는다. 그럼 그 모양은 어떤 것일까? 알프가 실제로 느낄 수 있는 본래의 형태, 즉 병리학적 형태를 내보이는 경우는 지극히 드물다. 스위스에서의 모습인 슈레텔리는 그림자처럼 밤에 산에서 집으로 내려왔다가 못된 짓을 저지르고 나서는 다시 그림자처럼 계곡이나 산으로 모습을 감추고 낮동안 거기에서 숨어 지낸다.

바이에른의 형태인 하버가이스(Habergeiß, 도요새, 메추리, 242쪽 참조)는 머리로 잠자는 사람을 짓누르는 것인데, 이 하버가이스는 달빛이 비치는 밤에 밖에서 올빼미가 나는 방식으로 날면서 메귀리를 새까맣게 만든다. 부퍼(Wupper) 강[21] 하류지방에서는 불이 활활 타는 듯한 눈초리를 가진 말이 어둠 속에서 유령처럼 들판을 헤맨다. 슈타이어마르크(Steiermark)[22] 지방에서 사람을 짓누르는 귀신인 "퇴린"(Törin, 멍청한 여인)[23]은 낮 동안 꼴 더미 위에 자리 잡고 있다.

마레는 인도 지방의 자매격인 압사라스처럼 높은 나무 열매 안으로

---

21) 부퍼 강: 독일 노들라인-베스트팔렌 지방을 흐르는 강으로 길이는 117㎞이며 라인 강에 합류한다.
22) 오스트리아 중남부 지역의 주이다.
23) [원주] Törin: Krainz, Mythen u. Sagen a. d. steir. Hochland no. 310.

들어가기를 제일 좋아한다. 그렇게 되면 이 나무들은 그 압박을 받아서 계속 몸을 떨게 되고 비틀린 가지들은 마렌 보금자리나 마레타켄 (Maretakken)[24] 이라는 명칭을 갖는다. 이 마레는 산딸기 덤불 위에서 쉬거나 알곡에 들어간다. 그러면 그 알곡으로부터 검정 빛깔의 독성 있는 맥각(麥角)이 움터 나온다. 알프 귀신들은 대개 원래는 물건이나 짐승 형상으로 침실에서 활동하는데, 이것들이 사람의 형상을 한 자연정령으로 바뀐다. 특히 빈트엘핀네(Windelfinne, 바람의 엘프녀)가 된다. 이것들은 공중을 자유롭게 날아다니다가 숲이나 복도에 내려앉았다가 없어진다. 고대 북방 신화는 이미 밀접한 혈맹관계를 드러낸다. 즉, 눈 폭풍 여성 리제 드리파(Drifa)는 마라를 통해서 약혼자 반란디(Vanlandi)를 죽게 만든다.

이제 알프 신화가 실제 인간 주위에 또 인간 외모의 데몬 주위에 자리 잡고 답답한 침실의 벽을 뚫고 나가게 되었는데, 이제야 비로소 실제 삶에 존재하는 모든 열정들과 위험요소들이 이 알프 신화의 꿈 영역 안으로 흘러 들어오게 된다.

꿈과 현실은 그렇게 어렵지 않게 서로의 영역을 넘나들게 되었다. 꿈속에 등장하는 이웃이나 마을사람들은 알프 고통을 유발하는 자들이라는 의심을 받게 되었다. 그리고 꿈의 신화가 실재 현존재 안으로 돌아와 자라게 됨으로써 사람들은 이렇게 혐의를 둔 사람들에게서 꿈속에서 체험한 사건의 흔적을 뜬 눈으로 감지할 수 있다고 주장한다. 그렇게 해서 마을에서는 꿈과 삶이 마구 뒤엉킨 매우 짜증나게 만드는 특이한 기록들이 만들어졌다. 그러나 그런 알프신화는 그 자체로 비밀스러운 매력을 지니고 있었다. 그리고 이 신화는 자연계에서 초인

---

24) [원주] Maretakken vgl. marhrísla Snorra Edda 2, 483.

간적으로 지배하는 엘프 아낙네들(Elfweiber)과 연계관계를 갖게 된다.

알프의 억압능력이라는 슬픈 능력을 부여받은 사람들은 민속신앙에 따르면 데몬을 태어나게 했거나 데몬의 영향을 받아 태어난 것임에 틀림없었다. 이런 사람들이 태어난 것은 나쁜 징조가 나타난 시기였거나 10월 16일 전후 갈루스(Gallus) 주(週)[25]의 일이었다. 갈루스주란 목동들과 함께 온갖 종류의 나쁜 귀신들과 정령들이 들판에서 마을로 돌아오는 때를 말한다.

이런 사람을 낳은 어미는 출산의 고통을 겪을 때 마귀의 이름을 부르거나 세례를 받을 때 실수를 범한다. 낳을 때 이가 나온 채 태어난 아이는 알프의 억압능력을 지닌 아이이다. 7번째로 태어난 아들이 베어볼프가 되는 운명처럼(168쪽 참조), 7번째로 태어난 딸도 마르트가 될 운명이다.

베어볼프이건 마르트이건 두 귀신 모두 찌푸려 오므린 눈썹에서 그 존재를 확인할 수 있다. 평발을 가진 늙은 여인도 마레로 여겨진다. 콘스탄츠에서는 사람들이 "오리발 모양의 트루테"를 지금도 곁에 두지 않는다. 또 사람들은 넓은 폭으로 억누르는 알프·드루텐·슈레텔레스의 발을 나중에 오각형(☆)이나 육각형(✡) 별 모양으로 양식화하여 마법을 방지하는 방책으로 사용하였다. 저지 독일어 이름인 메렌포에트(Maerenvoet)라는 이름은 바로 여기에서 유래한 것이다.

여성성은 남성성에 비해 열정이나 알프 억압에 더 잘 노출되어 있다. 고통을 겪는 소녀의 병적 상상력은 야생적인 미신과 잘 조응한다. 사랑, 증오, 시기심 같은 정서는 젊은 남녀를 쉽게 미신으로 몰고 갔다. 나이 먹은 여인들은 악의, 간계의 욕구, 시기심에 휩싸여

---

25) [원주] Galluswoche: Laistner 2, 354.

미신에 집착한다. 많은 사람들이 이런 식으로 제대로 된 마녀 찬양에 집착했다는 것을 부정할 수 없다. 그러나 이들은 그들의 악의적인 행위 때문에 희생을 치를 수밖에 없다.

이런 여인은 방이나 공방, 방앗간26)에서 잠을 깬 도제들의 손에 잡힐 경우 나사로 조여지거나 못 박힘을 당하며 그 다음날 발가벗은 여인의 몸으로 나사구멍에 손가락을 끼인 채 서 있는 모습으로 나타난다. 또는 늙은 여인의 죽은 모습으로 벽에 걸려 있다. 사람들이 고양이 앞발을 자를 경우 그 다음날 여인이 한 손이 잘린 채 침대에 누워 있게 된다.

남부 독일 전역에 한 가지 전설이 있다. 아주 오래된 전설로 추정되며 남성적이고 경직된 베어볼프 전설에 상응하는 여성적이고 부드러운 전설이다. 내용은 다음과 같은 것이다. 27) 어떤 여인이 언젠가 하녀가 한밤중에 창백한 낯빛으로 벽에 기대어 서 있더라는 것이다. 그런데 그 다음날 이 하녀가 그 여인에게 울면서 고백하길 자신이 짓누르려 밖에 나가야 했으며 그것을 고칠 수 있는 방법은 자신이 뭔가 짓눌러 죽일 수 있는 수단을 갖는 방법밖에 없다는 것이었다. 그리고 "아, 저 때문에 마구간의 제일 좋은 암소가 질식해서 죽을 거예요"라고 그 하녀가 말했다. 그 다음날 아침 정말 그 암소는 마구간에서 죽은 채 발견되었고 그 하녀는 이제 자유로운 상태가 되었다. 이런 야밤에 떠돌아다니는 여인네들은 북부 독일 전설에 따르면 훨씬 더 격정적으로 사람이나 고양이의 형상 또는 재빨리 굴러다니는 굴렁쇠나

---

26) [원주] Müllerburschensage: Laistner 1, 56 vgl. 2, 2.
27) [원주] Drückende Nachtwandlerin: Wuttke § 405 f. Mitteil. d. schles. Gesellschaft f. Volksk. 1, 8. Grohmann, Sagen a. Böhmen S. 212. Laistner 1, 105.

바퀴 형상으로 나타난다.

이런 여인들은 찬송가를 부르며 들판을 쏘다니고 맨손으로 가시를 따내며 커다란 강을 수영으로 건너다니며 불 속에 뛰어들기도 하고 야밤의 온갖 고통을 당하다 서서히 말라 이른 죽음을 맞는다. 이런 불특정한 광증(狂症)을 대신하는 것이 특정인에게 부여되는 특정한 격정이다.

하우엔슈타인 쪽 슈바르츠발트에서는 소녀한테 거절당한 청년이 슈레텔레가 되어 열쇠구멍을 통해 방 안으로 스며들어 소녀의 침대 위에 몸을 눕힌다. 또 그곳에서는 작센 지방에서처럼 버림받은 여인이 그와 흡사하게 행동한다. 밤베르크 전설 속에서 어떤 물방앗간 여주인이 마레가 되어 자신의 사랑을 거절한 하인을 괴롭힌다. 남을 괴롭히는 귀신이 이제 벌써 연모(戀慕)의 귀신으로 바뀐 것이다. 비슷한 전설에서 이제 그것은 육체를 지닌 형상이 아니라 꿈속에 사로잡힌 정령이 되어 압박하는 일에 나선다.

알프의 고통은 우리가 재생인 신화에서 이미 파악했듯이 무덤에서부터도 나타난다. 물에 빠져 죽은 실터(Sylter)는 물에 푹 젖은 옷의 육중한 무게를 갖고 알프처럼 잠자는 사람의 침대 위를 덮친다. 짓누르는 무게가 몸서리치게 하는 고함소리로 바뀌고, 올덴부르크 지방에서는 피살당한 자의 귀신, "돌려 조이는 것", 또는 "굴러가는 바퀴"[28]가 이런 괴성과 함께 황무지를 무시무시하게 휩쓸고 가면, 짐승들이 놀라 몸서리칠 정도다.

알프 신화는 그것이 엘프 신화로 바뀌게 될 경우, 비로소 완전히 아름다운 상태를 펼치게 된다. 엘프 신화가 그런 식이고, 거기에서부

---

28) [원주] Dat lopend Rad: Strackerjan, Oldenburg. Sagen 1, 235.

터 광휘가 나타나는 것이기 때문에 여기에서는 그 빛나는 극점이 다만 언뜻 접촉될 뿐이다. 마레가 어떤 밤에 떠도는 여인이나 육체를 벗어난 정령 또는 재생인이 아닌, 다시 말해 인간적인 어떤 존재가 아닌 엘프 같은 존재가 될 때, 전혀 새로운 상황이 빚어졌다.

물론 그것은 데몬이면서 원래는 알프였다. 그것은 엘프 같은 존재로서 날씨의 변화에 명백히 모습을 드러내는 자연의 힘을 지니고 있다. 그것은 햇빛을 받고 열쇠구멍이나 빈틈을 통해 젊은이에게 날아든다. 그것은 야밤의 몇 시간을 함께 있은 뒤 늘 다시 그곳을 벗어나는 것이 아니라, 어쩔 수 없이 그 젊은이 곁에서 오랜 햇수 동안 머물게 되었다. 서로 다른 두 세계의 존재가 어우러져 하나의 지속적인 연합체를 이루었다. 엘프가 알프를 섬기거나 혹은 결혼을 이루었다. 엘프는 영리하고 능숙하며 자주 마술적인 아름다움을 지녔기 때문이다.

그러나 이런 관계가 지속되는 것은 위험한 조건과 연계되어 있었다. 양자는 서로에 대해서 어떤 이질성을 넘어설 수가 없었으며 모든 사랑을 관통하여 어떤 긴장감이 항상 진동하고 있었다. 알프의 출처가 대지(大地)인데 비해 엘프의 본향은 대지 위 허공이다. 그래서 엘프는 늘 잠재울 수 없는 본향에 대한 동경을 품고 있다.

사람들은 이 낯설고 극히 도피적인 여인의 아름다움과 고상함을 대단히 높이 평가했다. 그 이유는 아이슬란드에서부터 그리스와 인도에 이르는 지역에서 출현한 우수하고 자존적인 왕족들이 유한한 생명을 가진 존재와 압사라스, 네라이데, 엘핀과 같은 존재의 진기한 결합에서 비롯되었다는 생각 때문이었다.

엘프 미녀의 알프적인 억압활동이 지속적인 삶의 공동체에 이르지 못하고 정반대의 귀결로 이어지는 경우도 종종 있었다. 오래 고통을 주는 귀신 본성이 여전히 더 많은 편이었다. 몬타포너라는 아주 힘센 남자가 양손으로 자기 가슴 위에 놓인 도기(Doggi)의 땋은 머리를 단단히 움켜쥐었다. 그리고 몬타포너가 자기 아내를 불러 그녀가 불을 켜고 들어서면, 그는 더 이상 도기를 제어할 수 없게 되었다. 이 도기는 바람처럼 재빨리 문 쪽으로 날아갔고, 사람들은 이 도기의 두 꽁지머리가 문설주를 싸고도는 것을 볼 수 있었다.

페로 제도의 마레는 아리따운 창녀와 비슷하다. 그것은 밤 시간에 자신이 괴롭히는 남자의 가슴에 찰싹 붙어서 이 남자가 숨을 쉴 수 없고 사지를 움직이지 못하도록 만든다. 마레는 남자의 입 속으로 손가락을 넣어 치아를 센다. 마레가 그 숫자 세는 것을 마치면 남자는 생명을 잃는다.

올덴부르크 지방의 홀아비에게는 일이 전혀 다른 방향으로 이뤄졌다. 언젠가 이 남자는 발리데르스케[29]가 가까이 다가오는 걸 느껴서 손을 뻗어 그것의 아주 연약한 팔을 잡아채었다. 그러나 그것은 문의 가죽손잡이 구멍을 통해 그의 손길을 빠져나갔다. 그러나 이 홀아비는 그 다음날 밤에 아주 예쁜 처녀의 모습을 한 발리데르스케를 잡아내는 데 성공했다. 남자가 구멍을 단단히 막아두었던 것이었다. 이 처녀는 수년 동안 이 남자의 충실한 하녀가 되었다. 그러나 나중에 이 남자가 그 구멍을 개봉하자마자, 이 이방 여인은 "아 천사의 나라에서 종소리가 아름답게 울리누나!"라고 외치며 사라지고 말았다. 그러나 이 발리데르스케는 그 후에도 눈에 보이지 않게 이 남자가 죽을 때까지 남자와 그의 자식들의 옷을 마련해 주고 빨래를 해 주었다

포알베르크[30] 지방과 그라우빈트(Graubünd)[31] 지방의 마레인 도

---

29) [원주] Walriderske: Strackerjan a. a. O. 1, 387. Doggi: Vonbun, Beiträge S. 42. Kuhn, Nordd. S. S. 14. Laistner a. a. O. 1, 110.
30) 각주 19번 참조.

기에 대한 이야기도 이와 비슷하다. 하지만 더 아름다운 이야기인 경우가 흔하다. 아주 아름다운 금발의 이 마레는 벌거벗은 채 한 남자의 침대 가장자리에 붙잡혀 있었다. 마레가 아이를 임신하여 함께 살게 되었다. 그러다가 이 마레는 남자에게 자신이 숨어든 구멍을 보여달라고 졸랐고 남자는 어느 분위기 좋았던 시간에 마레에게 이 구멍을 보여주고 말았다.

스마란트(Småland) [32]에서도 한 알프 처녀가 벽의 구멍을 통해 햇살과 더불어 집안으로 스며들어왔다가 붙잡혀 그 집 아들과 결혼했다. 이 아들에게 4명의 아이를 낳아주었고, 이 아이들을 통해 유명한 가문의 시조모가 되었는데, 어느 화창한 날 그녀가 들어왔던 그 방식으로 행적을 감추어 버렸다. 아주 방종한 마레들이 화려한 백조 여인[33]이 되어 방이나 마구간 또는 방앗간이 아니라, 야외 생수욕장에서 나포되는 고도의 시적인 변용을 여기서는 다루지 않기로 한다. 왜냐하면 그렇게 되면 자유로운 자연의 현상들로부터 창조된 엘프 신화를 미리 다루게 되는 것이기 때문이다.

알프가 햇살 속에서 방 안으로 침투해 들어가지 않고, 추수할 무렵의 대낮 열기 속에서 밀알이 품은 뜨거운 논밭 위에서 몸을 흔들고 있다면, 그것은 자연정령, 햇살가시를 만드는 정오의 엘프와 같은 특성을 갖게 된다. "알프가 후보자의 꿈속에 살해욕구로 충만한 검열관의 모습으로 나타난다"라고 했을 때 이 알프는 완전히 현대화 되어 있는 것이다.

---

31) 스위스의 맨 동쪽에 위치한 칸톤이다.

32) 스웨덴 남부의 역사성이 높은 지역 이름([원주] Småland: Grimm DM. 4 1, 382.).

33) Schwanweiber: Laistner a. a. O. 1, 117. Examinator a. a. O. 1, 44.

제4장

엘 프

우리는 정령과 마레의 영역을 지나왔다. 그리고 이제 새로운 영역, 자연정령의 영역에 발을 딛게 된다. 가족의 임종 자리나 무덤에서 또는 알프의 괴롭힘을 당한 육체의 병상에서만 상상력이 의미심장한 신화를 빚어내는 표현들을 발견하는 것은 아니다. 변화무쌍한 자극과 경악, 축복과 위험들과 관련된 자유로운 자연이 이제 풍성한 상상력의 보고가 되었다.

상상력은 넓은 대기권의 형상을 지상적이지만 속세를 넘어서는 기적의 땅으로 바꿔 놓았다. 여러 날씨 현상은 오늘날도 여전히 가장 강력하고 현명한 문화인들조차 확실하게 장악하고 있다. 상상력은 이런 날씨 현상이나 수많은 날씨의 형태, 소리, 색깔, 불빛들 그리고 유별난 작용들로부터 마술적인 동물들과 수백 가지의 사람 모양 정령들과 신들을 창조했다. 그리고 이들이 바로 앞서 말한 기적의 나라 주민들이 되었다.

대지도 상상력의 놀이터였다. 빛의 힘이나 날씨의 힘들은 계속해서 산과 하천 그리고 숲과 들판에 작용하였기 때문이다. 그렇게 해서 괴테의 표현을 빌리자면 활발한 "세계대상들의 변화무쌍한 삶"이 성립되었던 것이다.

구름들이 상상력 안에서 산이 되었다. 때문에 고대 북구어 클라크(*klakkr*)는 동물 가죽과 구름을 의미했고, 앙겔작센어의 클루드(*clûd*)는 산을, 영어의 클라우드(*cloud*)는 구름을 의미했다. 그러나 사람들은 구름으로부터 숲, 강, 호수, 나중에는 성과 탑을 읽어 내었다. 가지를 치는 엄청나게 큰 구름 형상은 마치 그 밑동에 큰 샘을 가진 거대한 나무처럼 생각되었다. 사람들은 요동치는 구름에서 뛰어다니고 위로 솟구치거나 날아다니는 동물들로 인식했고 천둥번개가 치는 구름에서는 괴물, 날개를 치고 불을 뿜는 공룡, 거대한 신화적인 동물 형상을 인식했다.

번개는 불타는 뱀이나 솟구치는 숫염소였다. 그러다가 이 번개는 다시 작열하여 쏘는 무기 그리고 원시시대의 투박한 돌이나 곤봉으로부터 망치, 도끼, 창을 거쳐 영웅들이 사용하는 황금 검으로 변했다. 번개는 또한 채찍이나 회초리 또는 대포알로 이용되기도 했다. 무섭게 내리는 빗줄기는 맛있는 음료수로 바뀌었고, 구름 속에 숨은 태양, 달, 그리고 번개는 번쩍번쩍 빛나는 황금 지팡이나 공룡이 지키는 보물로 바뀌었다. 높이 피워 올랐다 사그라진 악천후의 구름들은 불이 활활 타오르는 대장간 화덕이나 오븐과 비슷한 것이 되었다. 아침저녁으로 마법처럼 펼쳐지는 색깔놀이를 보이는 동쪽과 서쪽 하늘은 한층 더 비밀스러운 한 단계 높은 빛의 나라들이 되었다.

상상력은 상부세계의 변용으로부터 많은 특징들을 지상에 덧입혔다. 사람들의 이야기를 따르면 어떤 지상의 산들은 하늘의 산들을 이리저리 깨뜨리고 맞부딪치게 할 수도 있고 그 품안에 황금무기나 보물 또는 생명수나 엄청난 수량의 호수를 품을 수도 있다. 그 앞에 악룡(惡龍)이 둥지를 틀고 있다. 그러나 이 악룡은 가파른 비탈을 넘어 고산 목장 안으로 쳐들어가서 통나무들과 나무들을 휩쓸어 버린다. 그렇게 되면 사람들은 "악룡이 발작을 했어!"라고 말한다. 저 광활한 북해에서도 그 악룡은 넘실거리며 불을 뿜어대며 몸을 요동친다.

이런 해석과 더불어 인간의 자연과의 정신적 투쟁이 시작되었다. 자연은 인간에게 예속 상태를 그리고 동시에 수많은 종류의 고양감을 가져다주었다. 인간이 상상력이라는 장난감을 과학이라는 무기와 맞바꾸게 된 나중에서야 비로소 자연은 인간에게 서서히 승리를 안겨주었다.

때로는 온순한, 때로는 막강한 힘으로 작용하는 대기의 힘들은 인간의 형상에서 최고의 경지로 표현된다. 전자는 열등인종적 형상이고, 후자는 초인적 형상이며, 이것들이 바로 엘프와 리제이다. 그리고 이것들은 이제 정령과 마레의 옆자리에 들어서게 된다. 옛날 명칭인 알프의 복수형은 엘베(Elbe) 또는 엘버(Elber)이며 여기에서 엘버펠트(Elberfeld, '알프들의 평원')라는 고유명사가 유래했다. 독일의 이 옛날 명칭을 대체한 말이 영어 명칭인 엘페(Elfe)로서 이 말은 1762년 빌란트(Wieland)가 셰익스피어의 《한여름 밤의 꿈》을 번역하면서 도입한 명칭이었다.

북구 지역에서의 명칭은 알프르(Alfr), 엘프이다. 사람들은 이것이 고대 인도의 기술이 뛰어난 데몬 족속인 리부(Ribhu)[1]와 일치한다고 생각하는데, 통상 불확실하지만 '붙잡는 사람' 또는 '영리한', '능숙한', '빛나는', '밝은'의 뜻으로 해석한다.

이에 따르면 엘프라는 이름이 갖는 본래 의미는 의심스럽고, 수백

---

1) [원주] Ribhu von rabh greifen: Bergaigne, la religion védive 2, 408; dagegen zu griech. αλφ-, lat. alb-, germ. alb-glänzend gezogen: Wadstein, Alfer ok Ölvor(Uppsalastudier S. 152).

가지의 형태나 색깔로 드러나지만, 그 본질은 그만큼 더 명백해 보인다. 엘프는 사람보다 크기가 작은 데몬들로, 활동성과 교묘한 재주 그리고 인간, 영웅 및 신적인 현존재의 일에 참견하는 특징을 지니고 있다.

엘프의 근원적 요소들은 다양한 형태의 격렬한 대기 움직임으로, 이것들은 번개와 거센 바람 충격, 어두컴컴한 구름떼에서부터 먼지를 일으키는 햇살, 뜨거운 대기가 격렬하게 뒤흔들리는 것, 아주 부드러운 안개 등 다양한 양상들이다. 다른 말로 하면 악천후 엘프와 바람 엘프 그리고 대부분 여성그룹으로 빛의 엘프와 친족관계에 있는 구름 엘프들이 존재한다는 말이다.

그러나 악천후 엘프와 바람 엘프는 구름에 감싸인 상태를 필요로 한다. 이에 비해 여성 구름 엘프들은 마법을 일으키는 번개를 눈에 담고 있으며 소용돌이 바람 춤에 열정적으로 순응한다.

독특한 태양 엘프나 달의 엘프는 증빙할 수가 없으며 엘프를 빛의 엘프, 어둠의 엘프, 암흑의 엘프로 삼분(三分)했던 고대 북방의 분할법은 대기현상의 변화로 충분히 설명될 수 있다. 대기의 엘프들은 서로 각기 다른 지역적인 영향권에 따라 산의 엘프, 대지의 엘프, 숲의 엘프, 하천 엘프로 변하게 되며 이때 원래 지니고 있는 기상적인 본성이 소멸되는 것은 아니다. 앙겔작센 표기법은 엘프를 문트(Munt, 산) 엘프, 부두(Vudu, 숲) 엘프, 펠트(Feld) 엘프, 빌데(Vylde) 엘프, 세(Sae) 엘프, 둔(Dûn, 언덕) 엘프로 구분했고, 여기에 셰익스피어는 순수한 자연감정으로 폭풍 엘프와 악천후 엘프를 덧붙였다. 아이슬란드인들은 오늘날도 여전히 동굴, 암벽, 하천, 공기 중에서 알파(*Alfar*)를 찾아낸다.

유틀란트 전설에 따르면 하느님이 죄를 범한 천사들[2]을 하늘로부

터 쫓아내면, 그중 몇몇이 산 위로 떨어져 브예르크폴크(Bjärgfolk)
가 되고, 숲이나 풀밭에 떨어진 자들은 엘레폴크(Ellefolk) 그리고 집
안으로 떨어진 것은 니서(Nisser)가 되었다고 한다.

이것들이 처한 날씨에 따라 어떨 때는 빛나고, 아름다우며, 유용
하고 근면하지만, 어떨 때는 어둡고, 추하며, 무섭고, 해가 되며, 음
흉하다. 그 때문에 이것들은 오만가지 이름을 모두 갖고 있다. 노르
웨이에서는 홀드렌(Huldren, 감춰져 있는 것), 독일에서는 비슷한 울
림의 이름으로 '착한 것'이라는 뜻의 홀덴(Holden), 홀렌(Hollen), 아
이슬란드에서는 '사랑스러운 것'이라는 의미의 류플링가(Liuflingar),
다른 곳에서는 하얀 아낙네(weiße Weiber) 또는 하얀 여인들(weiße
Frauen)이라는 이름이 있었다.

특별히 낯선 이름으로는 영어 이름인 페리스(Fairies)와 독일 이름
페엔(Feen)이 있다. 페엔은 엘프와 마찬가지로 빌란트가 셰익스피어
의 《한여름 밤의 꿈》을 번역하면서 끌어 온 명칭이었다. 산과 땅속에
자리 잡은 엘프 이름은 츠베르크(Zwerg, 난쟁이)이고, 이것의 앙겔작
센 명칭은 드베오르그(dveorg), 영어명칭은 드워르프(dwarf)이며,
그중에서 가장 유명한 엘프의 이름은 엘프의 왕이라는 의미의 알버리
히(Alberrich) 또는 엘버리히(Elberich)이다.

보다 더 포괄적 명칭으로는 이것 말고 비히트(Wicht)3)가 있으며,
고트어로 바이츠(Vaihts), 고대 북방어로 여성명사인 베트르(vaetrr)
가 있다. 이 단어는 실제 하나의 물건, 어떤 것 그리고 더 나아가서
는 수수께끼 같고 초인적인 존재를 의미하며 라틴어로 레스(res), 프

---

2) [원주] Gefallene Engel: Zingerle, Sagen a. Tirol 39. Mannhardt, Wald-
   u. Feldkulte, 111.

3) [원주] Wicht: Laistner, Rätsel d. Sphinx 2, 403.

랑스어로 '쇼스'(chose), 북구어로 '운게호이어', 독일어로 '츠베르크'라고 말하는 것과 비슷한 의미이다.

이것은 거의 모든 단계의 신화적 생명계를 관통하고 있다. 즉, 비히트는 망자의 귀신들, 꼬마 총각 비히텔(Wichtelmännchen), 리제, 발키렌(Walkyrien), 신 그리고 교회에서는 심지어 마귀라고 불리기도 한다. 이런 모든 힘들이 통합된 이 토착신앙의 비히트에게 제사를 드리는 일은 고대 북구 교회법에서는 불신앙의 중요한 특징으로 간주되었다.

이 비히트 무리는 어떨 때는 악하고 어떨 때는 선한 존재였으며, 그러다가 고상한 비히트들이라는 명칭을 얻었다. 인간이 이 비히트와 가장 내밀하게 연관을 맺는 곳은 가정이었다. 비히트는 출산이나 가정사에 도움을 주었고, 그들이 보호해줄 사람을 팅 회의나 사냥에 동반했고 심지어 북방에서는 이것들이 가정의 평화나 전체 나라의 평화를 지켜 주었다. 스칼데였던 에길 나이트슈탕에(Egil Neidstange)는 그 나라의 비히트들에게 왕을 쫓아내 달라고 청원하기도 했다(102쪽 참조). 아주 오랜 아이슬란드 법에 따르면 뱃머리 목재 위에 새겼던 무서운 인상의 얼굴 각인이 그 나라의 비히트들을 놀라게 해서는 안 된다고 명기했다. — 우리는 특별한 종류의 엘프 유형과 관련하여 또 다른 이름들을 언급할 것이다.

엘프신앙은 정령이나 마레 신앙처럼 태고시대부터 있어온 것이다. 우리 선조들은 정령이나 마레를 집안이나 무덤가에서 갑자기 대면했다. 이에 비해 자유로운 자연에서 그들이 만난 친구나 적이 리제 같은 것이었고, 이 리제보다 더 자주 대면한 것이 바로 엘프 같은 존재였다. 그것도 여타 인도게르만 부족들과 함께 사는 동안에 그러했다.

인도의 여성 엘프의 이름은 압사라스, 구름 떠돌이 또는 하천 떠돌이 등이었다. 신구(新舊) 그리스의 님프와 네라이데(Neraide)도 그 이름들이 하천과 연관되어 있었다. 그런 것처럼 게르만족의 여성 엘프들은 원래 구름의 여인들이었으며 나중에 인도와 그리스의 여성 요정들처럼 대지의 하천에 즐겨 머물렀다. 4)

엘프와 흡사하게 압사라스도 산과 숲, 높은 나무에 산재해 있고, 《일리아스》에서도 이미 님프의 무리들이 샘을 비롯하여 산과 작은 숲, 약초 많은 저지대 초지, 들판과 나무들 위에 산다. 이 님프들은 네라이데, 오케아니데, 오레아데, 드리아데, 하마디리아데 그리고 들판의 님프 등으로 나뉜다.

신(新)그리스의 네라이데들도 우리의 엘프들처럼 집안 귀신들로 물레를 돌리는 일이나 집안 청소를 도와준다. 앞에서 거명한 민족들은 이런 다양한 모습의 님프와 엘프에게 마술적 형상, 위험한 감각의 변화, 친절함, 악의, 증오심, 높은 수준의 우아함 등의 속성을 부여한다.

이것들은 가냘프고 빛나는 사지와 불타오르는 눈빛을 갖고 매력적인 윤무를 추며 모든 저항을 제압하는 아름다운 노래를 부른다. 〈리그베다의 노래〉에 따르면 사슬을 이루며 나는 새들처럼 압사라스들도 바다 위를 날거나 바다 속에서 잠수오리들처럼 노닐었다. 이들이 바다 수면을 아름답게 장식하고 있노라면, 여신의 반열에 오른 아름다운 아프로디테가 백조를 타고 창공이나 바다 위를 달리는 모습을 볼 수 있었다. 5)

---

4) [원주] Elfinnen, Apsaras, Nymphen-Neraiden: E. H. Meyer, Indogerm. Mythen 1, 183. Mannhardt, WFK. 2, 204.

5) Apsaras in Schwanform: Rigv. 10, 95. 1, 183 ff. v. Schroeder, Griech. Götter u. Heroen 1, 32 ff. Weber, Indische Streifen 1, 16. Revue celtique 2, 287. Nymphenarten: Nägelsbach, Homer. Theologies 89 f.

우리의 엘프들은 자주 호수와 샘 곁에서 목욕하기 위해 백조의 옷을 벗는다. 앞서 언급한 세 민족의 경우에 모든 엘프는 눈처럼 하얀 깃털 대신 하얀 면사포와 부드러운 옷으로 몸을 감싼다. 인간의 상상력은 자연의 힘들이 외롭게 마술적으로 작용하는 것으로부터 최고의 미를 인식하고 싶어 한다.

힌두는 광채가 나는 미모를 지닌 한 여인6)에게 놀라워하면서 이렇게 물었다. "그대가 압사라스인가?", "네라이데만치 아름답다". 이러한 표현은 현재 그리스에서도 여전히 통용된다. 앙겔작센의 "엘프 같은 아름다운"(elfscín)이나 고대 북구어의 표현인 "프리트 셈 일프코나"(frid sem alfkona, 엘프처럼 아름다운, 엘프 여인처럼 아름다운)라는 표현은 게르만인들이 인도적인 여성미를 표현하는 최고의 찬사였다. 이런 미모의 여성 엘프들이 남성 엘프들이나 실제 남자들을 매혹하는 능력을 갖고 있다는 믿음이 일반적이었던 것은 이해할 수 있는 대목이다. 엘프의 이런 유혹적인 위엄은 이 모든 세 종족들에게 자극적인 신화 커플을 내보였다. 엘프는 데몬이나 인간의 남성적 속성을 자신의 힘 안으로 끌어들인다 — 아니면 이 남성적 속성이 여성 엘프를 속성 안으로 끌어들인다고도 할 수 있다. 그리고 이 양자(兩者)의 결합으로부터 거창한 행복이나 불행이 발생한다.

세 번째 신화는 남성 엘프 사회에 속한 것으로, 나중에 나타난 대장장이 기술에 관한 것이지만, 인도게르만적 특성을 지니고 있다. 인도인이나 게르만인들 모두 리부(Ribhu)7) 족속의 우두머리 리부크샨

Griech. Schwanjungfrauen: v. Schroeder a. a. 0. 1, 39 ff.

6) [원주] Ihre Schönheit: E. H. Meyer a. a. O. 1, 184, neugriech. 186, nord. Fornald. Sögur 1, 387. Im Drama hat die Apsaras Urvasi einen Schleier.

(Ribhukschan)이나 엘프 족속의 왕격인 알버리히를 잘 알고 있었다. 8)
그리고 이 두 족속 중에서 각각 3명의 걸출한 대장장이가 배출되었다.
이들은 다른 데몬 출신의 우수한 대장장이들과 하늘의 대장간에서 시
합을 벌여 누가 세계 최고의 무기, 연장 및 장신구를 만드는지 겨루었
다. 여성 엘프가 미모 때문에 그렇듯이 뛰어난 기술의 남성 엘프들은
그런 능력 때문에 인간 남성들과 연결된다. 남자들이 남성 엘프들 앞
에 쇠를 가져다 놓으면 반신(半神) 같은 대장장이 장인은 그 쇠로 성
능 좋은 솥과 무서운 무기들을 만들었다. 엘프의 무리들은 산과 바다,
들판과 집안에서 사람들과 대단히 활발한 교류를 한다.

엘프의 무리들은 자연과 완벽하게 신선한 결합을 이루지만 정령이
나 마레와는 별 관계가 없다. 또 엘프가 리제나 신들이 지니지 못한
인간세계와의 사적 차원의 교류를 갖는 점은 엘프 신화를 여타 신화
적인 무리들과 구별되게 한다. 게르만인들은 엘프와의 이런 내밀한
관계를 독특한 방식으로 표출했다. 리제의 이름을 따서 아이 이름을
짓지는 않지만, 신들의 이름으로 그랬듯이 엘프의 이름을 빌어 자식
의 이름으로 삼는 경우가 종종 있었다.

거의 모든 부족들은 엘프가 아이를 보호해 주고 또 갖고 있는 재능
을 아이에게 전이시켜달라는 의도로 아이들 이름을 엘프의 이름으로
장식했다. 랑고바르트 왕자인 알부인(Albuin), 즉 알빈(Alwin) 왕자
나 앙겔작센족의 알프레드 왕자의 이름은 '엘프의 지혜를 얻는 자'라
는 뜻이었다.

알브루나(Albruna) 역시 비슷한 뜻을 갖는 이름으로 이미 타키투스

---

7) 인도 신화 속의 기술이 뛰어난 귀신(도깨비) 족속. 이 책 243쪽 참조.
8) [원주] Ribhucharakteristik: Anzeiger f. d. A. 13, 31. Bergaigne, Religion
   védique 2, 409 f.

가 언급한 여성 예언자의 이름이었다. 알비가르디스(Albigardis), 알브헤이다(Albheida), 알브힐트(Albhilt), 엘프린트(Aelflint) 등의 이름도 비슷한 의미를 갖고 있었던 듯하다. 알보플레디스(Albofledis)는 엘프의 순결함을 뜻하고, 알프라우크(Alblaug)도 마찬가지이다. 또 알프닥(Alfdag)은 엘프의 광채를 뜻한다. 엘프의 강력함과 대담함을 나타내는 이름으로는 알프스빈다(Albswinda), 알프하르트(Alfhard), 알프난트(Alfnand) 등이 있으며, 그 뿌리는 알프게르(Alfger)라는 이름이다. 엘프의 우두머리를 연상시키는 이름으로는 알프헤레(Alfhere), 엘프볼트(Aelfwold), 알프바르트(Alfward) 등이 있지만 그중에 가장 뚜렷한 이름은 역시 알버리히이다.

앞에서 우리가 칭찬했던 타키투스의 종교 보고서가 얼마나 부족한 부분이 많은가! 그는 우리 삶 속에 깊게 뿌리내린 엘프의 속성에 대해 전혀 아무것도 언급하지 않는다. 우리는 5백 년이 지난 다음에야 비로소 간접적으로 그리스인 아가티아스[9]를 통해 이 엘프에 대해서 알게 되었다. 그는 알레만인들이 나무, 강, 언덕, 동굴 등에 대해 제사를 지내는 일에 대해서 알려주고 있다. 그 이후로 1200년경 헬몰트(Helmold)[10]에 이르기까지 역사가들이나 대주교 회의 결의문, 카롤링거 법전은 샘이나 암석, 나무들을 경배하는 것에 대해서 분노를 터

---

9) 아가티아스(Agathias: 530~582). 그리스의 시인이자 역사가. 소아시아 반도 서쪽 해안 지역인 엘로이안(Aeolian) 지역 도시 미리나(Myrina) 출신이다. 청년기에 법학을 공부했던 것으로 보이며, 로마 황제 유스티니아누스 1세 치세 때 활동했다.

10) 헬몰트(Helmold: 1120~1177 이후). 옛 게르만 부족 연맹체인 작손(Saxon)의 역사가이자 현(現) 슐레스비히-홀슈타인 주 보사우(Bosau)의 주교사제로 활동하며 엘베 강 하역에 자리 잡았던 슬라브인들의 기독교 교회에 큰 활동을 했던 인물이다.

뜨렸다. 칼 대제는 당시 관습적으로 행해지던 등명(燈明) 행사를 프랑크 전 지역에서 처벌했고 특히 작센인들의 지역에서 그러했다. 11)

영국과 노르웨이에서는 크누트(Knut) 왕12)과 성(聖) 올라프(Olaf) 왕13)은 이 제식을 금지시켰다. 아일란트에서는 최초의 주민들이 어느 곳에서는 돌에게, 또 다른 곳에서는 숲에 또 어떤 곳에서는 폭포에 제사를 올렸다. 어떤 사람은 그런 것에 나중에 유산을 바치겠다고 약속했고, 그가 임종하던 날 실제로 그가 소유한 모든 양들이 물속으로 뛰어들었다.

게르만인들은 이런 대상들을 그 자체로서가 아니라 거기에 내재한 정령들을 숭배했다. 이는 일반적으로 조잡한 물신 숭배를 혐오하는 종교적 특징 때문이기도 하지만 언급한 대상물 안에 존재한다고 믿은 산, 암석, 숲, 나무, 샘들의 엘프의 존재 때문이다. 노르웨이 굴라팅 (Gulathing) 14)의 후대 기독교법은 작은 숲, 언덕, 폭포 등에 거하는 지방정령을 믿는 것을 금지했다. 리제는 어느 곳에서도 경배의 대상

---

11) [원주] Verehrung von Naturgegenstanden: Grimm, D. Myth. 82 ff., 484 ff., Die alteren Konzilsu. Kapitularienbeschlüsse bis auf Karl d. Gr. zusammengestellt von Gröber in der Festschrift f. Weinhold 1893, S. 5.

12) 크누트 왕(Knut der Große: 995~1035). '대왕'의 칭호를 받았던 왕으로 영국의 연대기로는 크누트 1세이고, 덴마크 셈법으로는 크누트 2세이다. 11세기에 영국, 덴마크, 노르웨이 및 스웨덴 일부 지역을 포함한 북방 거대 왕국을 지배했다.

13) 올라프(Olaf) 왕이라는 이름으로 역사에 등장하는 인물로는 덴마크 왕 올라프 1세(Olaf I.: 1058~1095), 스웨덴 왕 올라프 2세 브뢰른손(Olaf II. Björnsson: 970~975), 스웨덴 왕 올라프 3세 스쾨트코눙(Olaf III. Skötkonung: 995~1022)이 있다.

14) 노르웨이에서 여러 개의 팅이 모인 연합체였다. 그것이 개최되었던 지역은 노르웨이 남서쪽 작은 피오르드 해안 근처의 굴렌(Gulen)이라는 곳으로 추정된다.

이 되지 못했다. 적어도 어떤 특정한 지역에서는 그러했다. 또 당시 이교도 지역에서 토착신들 숭배는 다만 사원과 연계되어 있을 뿐이었고 이미 개종한 주민 지역에서는 자유롭게 밖으로 나올 수 없었다. 결국 얼핏 보면 자연 숭배와도 같은 것들 중 유별난 것은 엘프의 숭배와 거의 일치한다. 사람들이 우물가에서 불을 붙이고 독일의 경우 성탄절 날 등불을 들고 우물 안을 들여다보았다. 그런 것처럼 사람들은 나중에 통용된 아이슬란드의 '율' 축제 관습처럼 집안에 환하게 불을 켜고 엘프를 영접했다.

앞에서 아이슬란드인들이 자기 양들을 폭포에게 바친다고 약속했듯이, 나중에 한 노르웨이의 바이올린 연주자는 자신이 스승으로 삼은 폭포 알프, 포세그림(Fossegrim)에게 목요일 저녁 하얀 새끼염소 한 마리를 그 폭포 물속에 던져 넣었다.15) 사람들은 나중에 대주교의 결의문을 거스르고 엘프의 자비를 구하기 위하여 십자로가 있는 곳으로 나아갔다. 게르만 민족이 이 엘프신앙에서 벗어나는 데 얼마나 어려웠는지는 몇 개의 영국 기록들이 알려주고 있다. 초서16)가 14세기경에 전한 바에 따르면 아서 왕 시절에 전 국토가 요정들(패리스, Fairies)로 가득 찼었으며, 엘프의 여왕이 즐거워하는 추종자의 무리들과 함께 푸른 초원에서 춤을 추었는데, 걸식 승려가 이들을 쫓아버렸다는 것이다.17)

---

15) [원주] Stein-, Wald-u. Wasserfallopfer auf Island: Landnamabok 3, 17. 5, 5. Das jüngere Christenrecht: vgl. Grágás II. 210.

16) 초서(Geoffrey Chaucer: 1343~1400): 《캔터베리 이야기》(Centerbury Tales)를 쓴 영국의 작가이며 시인. 당대 영국 문학은 라틴어, 프랑스어, 앵글로노만어로 집필되었으나 초서는 민중어를 문학어로 활용하여 중세 영어를 문학어가 되게 했다.

17) [원주] Englische Elfen: Percy Reliques of ancient english poetry ed.

그러나 수백 년 뒤 대주교 코르베트(Corbet)[18]는 엘리자베스 여왕이 수도사 제도를 폐지한 후 요정(페엔)이 이 나라를 떠나 버렸다고 진지하게 말했다. 또다시 3백 년 후 지성인 콜러리지[19]는 엘프가 실제로 존재했다고 말했다.

많은 농부들은 오늘날도 여전히 많은 개천이나 밭, 산자락에서 엘프의 가벼운 작용을 감지할 수 있다고 믿는다. 그리고 이 엘프 전설은 고향에서 사람들이 즐겨 찾는 몇 군데 장소에서 마치 녹아내리는 부드러운 향수처럼 작용하고 있다. 근세의 문학이나 음악의 경이로운 음색들은 바로 이런 엘프신화 덕분이며, 아직도 그것은 소진되지 않고 남아 있다. 엘프 족속들은 다양한 자연영역에 자리 잡고 있으며 그 자체로 이중적인 의미를 지니고 분열적이며 여러 인간관계에 개입한다. 또 거기에 순응하기도 한다. 이런 엘프 족속들의 특징을 규정하는 것은 쉽지 않다.

이미 앞에서 언급했듯이 기후현상이 좋거나 나쁘거나에 따라 아름답고, 환하며, 유용하고, 근면하며 착한 엘프가 있었고 반면에 혐오스럽고, 어두우며, 해가 되고, 폭력적이며 음흉한 엘프가 존재했다. 엘프는 평균적으로 사람 몸집 크기이다. 산의 엘프나 츠베르크는 섬에는 없고 저 뒤로 숨어 있다. 그러나 덩치가 큰 아일랜드의 알파는 사람보다 더 부드러운 살결과 더 부서지기 쉬운 뼈를 갖고 있다. 독일 츠베르크 왕 골데마르의 두 손은 마치 쥐나 개구리처럼 만지면 매우 보들보들하다.

Schröer S. 697 ff.

18) 리처드 코르베트(Richard Corbet: 1628~1632 옥스퍼드 대주교 재임).

19) 콜러리지(Samuel Taylor Coleridge: 1772~1834). 영국의 낭만주의 작가, 시인, 비평가이다.

골데마르는 단순히 그림자로 나타나기도 한다. 엘프들은 모두 "슈빅"(Schwick)이나 고대 북방어로 스쿠기(skuggi)라고 하는 그림자처럼 재빨리 사라지기를 좋아한다. 엘프들은 문이 닫혀 있더라도 집안으로 들어올 수 있다. 여성 엘프들은 대부분 우아하며 윤이 나는 피부나 날씬한 몸매, 풍성한 머리카락으로 매력을 발산한다. 삭소는 신화 속의 왕인 알프가 은빛 머리카락을 갖고 있었고, 그의 애인 알프힐트(Alfhild)가 면사포 옷을 벗으면 그녀의 빛나는 미모로 사람들 눈이 멀게 되었다고 전한다. 산문 《에다》에 따르면 이 알프는 태양보다 더 아름답다.

그러나 다른 엘프는 빛나는 치아에 묶은 긴 머리를 하고 있다. 하천의 엘프인 닉세 무리들은 강렬하게 쳐다보는 눈빛, 녹색의 치아, 녹색의 물결 머리를 갖고 있으며 물고기의 몸체를 하고 있다. 엘프는 붉은 또는 녹색의 꼭지 모자를 자주 쓰거나 자신의 몸을 보이지 않게 하는 요술두건을 쓴다. 여성 엘프는 백조의 셔츠, 비단옷을 입고 있다가 이것을 목욕할 때 던져 버린다. 신화적 존재 중에서는 엘프가 오직 유일하게 인간과 흡사한 현존재를 살며 인간들과 내밀한 관계를 유지한다.

엘프는 인간의 방식대로 그리스 님프처럼 태어나고 성장하며 죽는다. 통상 이것들은 님프보다 오래 산다. 그러나 이 점에서 엘프는 서로 차이를 보인다. 들판의 엘프는 매년 각 밭에서 새로이 태어나며 추수할 때 잡혀서 마지막 볏단에서 계속 살다가 마침내 타작마당에서 알곡을 탈곡할 때 죽는다. 집안의 엘프는 이와 반대로 집안에 확고하게 둥지를 틀고 몇 세대 동안 산다. 어떤 다른 엘프는 원시의 숲만큼 오래 사는 것으로 유명하다. 엘프는 빵을 굽고, 술을 빚으며 세탁도 하고 물레를 저으며 살림을 잘 돌본다. 또한 우유를 예외적으로 많이 생산하는 가축을 자기 소유로 갖는다. 그리고 춤이나 노래 그리고 대장장이 일에서 인간을 능가한다.

츠베르크는 하나의 족속을 이뤄 그들만의 독특한 축제, 예컨대 율을 즐기기도 하고 협의기구를 가지며 심지어는 자체 부엌도 갖는다. 이 종족은 다스리는 왕을 두는데, 알버리히, 라우린(Laurin), 골데마르, 피페(Pippe)가 그들이고, 아이슬란드에서는 두 왕이 나란히 등장한다. 엘프는 인간에게 선물을 주고 기쁘게 하지만 또한 상처를 주고 병들게 하며 죽이기도 한다. 엘프가 인간에게 끼치는 마법이라는 것도 인간이 엘프를 끌어당길 때 구사하는 마법보다 거의 크지 않다. 엘프신화에서는 이런 교호작용이 매우 중요하다. 그런 의미에서 엘프신화는 리제신화나 중요 신들의 신화보다는 정령신화나 마레신화와 비슷하다.

엘프와 엘핀(여성 엘프) 모두 가정의 귀신으로 지속적인 임무수행을 위해 또는 애인처럼 결속을 위해 사람 편을 든다. 여성 엘프들은 외모나 노래, 놀이 및 음주행위를 통해서 남자들을 산, 숲, 호수로 불러들이고 사랑으로 그들을 행복하게 해준다. 그러나 엘핀은 또한 남자들을 미혹하여 힘을 소진시키고 우울증에 빠지게 하거나 미치게 만든다. 구체적으로 닉세는 저녁에 물레를 짓는 방으로 스며들어 춤을 즐기다가 남자를 물속으로 유인하거나 침대에서 죽게 만든다.

엘프는 여인네들을 산실(産室)로 데려와 자신의 산파술을 발휘하여 사람의 아이를 자기들의 아이로 바꿔치기한다.[20] 엘프는 인간들과 사귀면서 인간을 행복하게 또는 불행하게 할 때도 있는데, 엘프는 이런 사귐을 포기할 필요를 자주 느껴 인간으로부터 멀리 떨어진 다

---

[20] 바꿔치기를 당한 아이(Weichselbalg)는 통상 기형아, 못난 아이, 괴상한 아이, 말썽장이 등이 된다.

른 나라로 옮겨갈 생각도 한다.

기독교시대에 와서 인간과 교제하고 싶어 하는 엘프의 욕구는 기독교적인 축복에 대한 소망으로 바뀌었다. 때문에 엘프도 교회를 갖게 된다. 그런 다음 엘프는 기독교 신화 체계로 옮겨졌다. 즉, 빛의 엘프는 《에다》에 따르면 중세의 천사처럼 제3의 하늘에 살고 있다. 또 남부 티롤 지방 숲의 엘프인 노르겐(Norgen)은 천사가 하늘에서 추락[21]하여 나무에 걸려 머무는 것이라고 생각되었으며, 이것이 그리스에서는 시레네(Sirene)가 되었다. 아이슬란드의 알파는 하나님께 대항하여 일으킨 루치퍼의 모반 때 중립을 지킨 천사이거나 주님이 찾아오셨을 때 세면을 하지 않았던 이브의 아들[22]이라고 했다.

정령이나 마레처럼 엘프도 현실적인 삶에서 하나의 힘이다. 그런 고로 사람들은 음식을 먹을 때 나무 밑이나 암벽 곁, 샘가, 십자로에서 엘프의 마음을 달래는 기구(祈求)를 하며 반대로 불, 천둥 쐐기, 칼, 촛불 그리고 종소리 등을 통해서 엘프를 쫓아내기도 한다.

엘프의 본향(本鄕)은 격동하는 대기이며 그 안에서 비바람, 바람, 구름 따위들이 우글거린다. 뇌우 엘프는 번개화살, 즉 "알프의 화살"[23]로 무장했다. 원래 불타는 돌이 식어 벨렘니트(Belemnit)[24]라

---

21) [원주] 추락한 천사에 대해서는 앞의 260쪽 참조.

22) [원주] 아이슬란드에서 전해지는 이브의 씻지 않은 아이들에 대해서는 다음의 책 참조. Arnason, Islenzkar Thjoðsögur 1, 5, 99. Sirenen: Dietrich, Nekyia 220.

23) [원주] Alpschoß im J. 1618: Schmeller, Bayr. Wb. 2 2, 479. Für Blitz auch Blickschoß: Osterspiel v. Muri in Kurschner, Deutsche Nationalliteratur 14, 242. Êsa-, ylfa hagtessangescot: Grimm, D. Myth. 4 2, 1039.

24) 지금은 멸종된 원시 오징어 형상의 화석이다. 이것을 나타내는 여러 나라 어휘들이 모두 '엘프'와 연관되어 표현되고, 또 길고 뾰족한 형상 때문에 '화살'

는 화석이 되었다. 이것을 돈너슈타인(Donnerstein, 천둥의 돌)이라고
도 부르는데, 스웨덴어로는 엘프크바른(Aelfquarn), 영어로는 엘프스
톤(Elfstone), 스코틀랜드어로는 엘프플린트(Elfflint)라고 한다. 바로
이 벨렘니트는 나중에 화살로 이해되었고, 이를 노르웨이어로는 알
프필(Alfpil), 스코틀랜드어로는 엘프아로우(Elfarrow) 혹은 엘프볼트
(Elfbolt)라고 표현한다.

앞에서 말했듯 마레, 드루테, 슈레텔레 등이 엘프 가운데 뒤섞였
기 때문에 돈너슈타인도 마렌슈타인(Marenstein), 드루텐슈타인
(Druttenstein), 슈라텐슈타인(Schrattenstein), 또한 영어로는 학스톤
(Hagstone)이라 명명되기도 한다. '천둥화살'이라는 뜻의 돈너슈타인
이 어깨 빗장뼈 사이에서 유발하는 통증을 "마녀의 화살"(Hexenschuß)
이라 하는데 네덜란드어로는 "슈피트"(Spit) 즉, "찌름"이고 스웨덴어,
덴마크어, 영어로는 "엘프의 화살"(Elfschuß), 노르웨이어로는 "엘프
의 불길"(Elffeuer) 또는 "츠베르크의 화살"(Zwergschuß)이라 한다.

이미 천 년 전에 한 앙겔작센인이 말하기를, 막강한 여인인 마녀들
이 요란하게 들판을 말 타고 달리며 날카로운 소리를 발하는 창, 즉
'신들의 화살', '엘프의 화살', '마녀의 화살'을 쏘면, 병 앓는 자의 피
부와 살과 피와 사지에 아주 아프게 찔리는 고통을 유발한다고 했다.
그 다음 그는 마법으로 작은 창을 불러내고, 운홀데(Unholde, 요마)
에게 단검을 던지겠다고 위협했다. 1675년 독일의 한 마녀가[25] 화살

의 의미를 포함한다.

25) [원주] Hexensegen v. 1675: Alemannia 17, 242. Mannhardt, WFK. 1,
    66 ff. ; Elverod: Danmarks gamle Folkeviser 3, 810. ; Pilwiz in
    Wolframs Willehalm 324, 6. ; Das Handbeil der Hexe: Baader, Volkss.
    a. Baden 377. ; Tiroler Hagelsteine: Zeitschr. f. Volksk. 4, 1o8 vgl.
    Finnball in Aasens Ordbog.

쏘는 것26)을 반대하여 다음과 같이 말했다.

"모든 구름은 녹아내리고 모든 물은 흘러간다. 석궁의 화살도 날아가
고, 너의 모든 뼈들도 다 쏘아 없어진다."

덴마크 민요에 따르면 엘프는 우선 엘프 나뭇가지라는 엘벡비스트
(Elvekvist)를 빗장뼈 사이에 쏘며, 산왕(山王) 엘프의 회초리인 엘베
로트(Elverod)27)로 때린다. 볼프람 폰 에셴바흐28)는 엘프의 필비츠
(Pilwiz)가 무릎 사이로 발사가 되어 도주하는 자의 다리를 마비시킨다
고 전한다. 또한 독일 전설은 백설(白雪) 여인과 마녀는 '야생의 사냥'
때 엿듣는 자와 불쾌한 자의 등에 손도끼를 던져 찍었다가, 7년 후 손
도끼가 빠져 나오게 한다고 전하고 있다.

노르웨이에서 여성 엘프인 홀드레(Huldre)는 가축 몸 안에 엘프 구
슬인 알프쿨라(Alfkula)를 쏜다. 이것은 소의 위에서 흔히 발견되는
머리카락 뭉치를 말한다. 티롤 지방에서는 하겔슈타인(Hagelstein,
우박구슬)이라고 하는데 마녀가 채운 것이라 생각한다. 사람들은 또
번개가 황금으로 된 불 채찍이라고 생각했는데, 〈니벨룽겐의 노래〉
에서 츠베르크의 우두머리 알버리히는 이것을 갖고 지그프리트에게,
아르가우의 슈티펠리(Stiefeli)는 나무꾼 여인에게 덤벼든다. 그러나

---

26) [원주] Hexensegen v. 1675: Alemannia 17, 242. Mannhardt, WFK. 1, 66 ff.

27) [원주] Elverod: Danmarks gamle Folkeviser 3, 810.

28) 볼프람 폰 에셴바흐(Wolfram von Eschenbach: 1160/80～1220년 추정). 중세 독일의 서사시 시인이며 많은 민네(Minne) 연가(戀歌)를 썼다. 그는 또한 성자 빌헬름을 그린 운문 소설 《빌레할름》(Willehalm)을 썼다. 이 작품은 프랑스 프로방스의 전설에 입각한 작품으로 제국이념이 드러나고 또 기독교도와 이교도 사이의 투쟁을 강조함으로써 세기말의 분위기를 드러낸다. 이는 중요한 중세문학 작품 중의 하나이다.

알버리히는 그 서사시에서 구름으로부터 산 계곡 사이로 내려오는 것으로 되어 있다.

알버리히는 모습을 감춰주는 구름망토인 마술망토를 쓴 채 재빨리 채찍을 들고 암벽에서 튀어나온다. 이 망토는 그 안에 또 다른 무시무시한 번개를 품고 있어, 이 번개는 알버리히에게 남자 10명 또는 20명의 힘을 빌려 줄 수 있는 것이다. 그럼에도 불구하고 지그프리트의 노래에 따르면 알버리히는 지그프리트에게 패하자, 그를 깊은 산속 니벨룽겐의 보물이 있는 곳으로 안내한다. 이것은 다른 무기들과 함께 칼과 번개를 갖고 있으며 혼자 악룡을 죽일 수 있을 정도의 위력을 지니고 있다.

번개현상과 관련된 환상적인 놀이가 여기에서 그치는 것은 아니다. 보물 위에는 황금으로 만든 작은 지팡이가 놓여 있다. 이 지팡이는 구름의 보물 덮개를 열고, 구름으로부터 풍성한 비를 만드는 습기를 얻어 내고 또한 이 지팡이를 갖는 사람을 사람들의 우두머리로 만들어준다. 이 작은 지팡이의 마력은 나중에 가지가 스스로 나뉘는 개암나무 지팡이, 톱니형 번개의 모습 그리고 마법의 지팡이인 "빈셸루트"(Wünschelrute) 29) 로 변이된다. 이 빈셸루트30) 의 도움으로 사람들은 땅속에서 금맥이나 수맥을 탐지하고 바이에른에서는 번개의 위험으로부터 사람을 보호한다.

티롤 지방의 알베르나 알프 그리고 저지 독일 지역의 알프 또는 드락(Drâk, 악룡) 은 위와 같은 상상의 영역에 속하는 것들이며, 불을

29) 빈셸루트라는 단어를 뜯어보면 재미있다. 빈셸(Wünschel) 은 희망, 소망(wunsch) 이라는 명사의 축소형으로 '작은 소망'의 의미를, 루테(rute) 는 '작고 긴 나뭇가지'를 의미한다. 그래서 이 빈셸루트는 작은 나뭇가지를 휘둘러 때리면서 작은 소망을 이뤄내는 것을 뜻하는 것으로 추정된다.

30) [원주] Wünschelrute schützt vor Blitz: Zeitschr. f. Volksk. 11, 11.

품은 대기현상으로 오스트리아에서 "트라겔"(Tragerl)이라고 불리는 현상도 마찬가지이다. 트라겔은 사람들에게 다른 사람의 재물을 날라다주는데, 폼머른 지방에서 트라겔의 색깔이 푸른색이면 알곡을, 붉은 색이면 금을 날라다 준다고 알려졌다.

대체적으로 이와 유사한 대기 중의 불(火) 현상으로는 예컨대 도깨비불이나 성 엘모(Elmo)의 불[31]이 있는데, 이런 불 현상에는 엘프 유형의 갖가지 유령형상이 들어 있다고 보았다. 길을 가는 행인 앞으로 이런 유령 불이 스쳐가면서 그를 향해 활짝 웃으며 손짓을 해서 헛길로 유도하기도 한다. 이런 것들은 마차에 올라타는 것도 즐겨한다. 마을의 가축들이 접시만한 크기의 눈에 불을 품고 늘 똑같은 골목길이나 똑같은 대로 위에 모습을 나타내는 경우도 있는데, 이것들은 부분적으로는 국지적으로 나타나는 특이한 불 현상에서 비롯된 것들이다.

뇌우 엘프와 산맥의 엘프는 독특한 무기와 장비, 보물들의 소유자였던 것만은 아니다. 이것들은 경이로운 능력을 갖춘 대장장이로 발전하기도 했다. 그렇게 해서 천둥 돌멩이, 천둥 몽둥이, 천둥 도끼, 천둥 망치 및 채찍 등이 나중에 청동 도끼, 청동 망치, 창, 검 등으로 바뀌었다. 이런 능숙한 번개 엘프는 부엌 불을 불러일으키는 바람엘프의 지원을 받아 세계최고의 명인 대장장이가 되었다.

산문 《에다》 중에서 이런 엘프에 관한 완성된 일화 형태의 신화 한 대목을 다음과 같이 읽을 수 있다.[32] 언젠가 토르는 로키가 자기 아내인 지프(Sif)의 머리카락을 몽땅 잘라 버린 것을 알게 되었다. 이 파렴치범을 붙잡은 토르는 자기 아내에게 다시 자라날 수 있는 황금으로 된 머리카락을 마련해 놓지 않으면 로키의 뼈를 모두 가루로 만들어

---

31) 폭풍이 불 때 배의 돛이나 탑처럼 뾰족한 물체에 나타나는 전광이다.

32) [원주] Mythus von den Meisterschmieden: Edda 1, 340.

버리겠다고 맹세했다. 그러자 로키는 이발디(Iwaldi)의 아들인 어둠의 엘프를 찾아갔다. 그러자 이 엘프들이 지프를 위한 머리카락과 함께 프레이에게는 스키트블라드니르(Skiðblaðnir)라는 마법의 배를, 오딘에게는 궁니르(Gungnir)라는 마법의 창을 만들어주었다.

성공에 취한 로키는 츠베르크 브로크르(Brokkr)를 찾아가 자기 머리를 담보로 맡기고 그의 형인 진드리(Sindri)에게 이런 값진 장신구로 똑같이 3개를 만들어달라고 부탁했다. 그러자 진드리는 돼지껍질 하나를 화덕에 넣은 후 브로크르에게 불에 바람을 불어 그 껍질을 다시 꺼낼 때까지 불이 꺼지지 않도록 하라고 명했다. 진드리가 대장간을 떠난 후 하루살이가 날아와 손바닥을 찔렀지만 브로크르는 계속해서 부지런히 풀무질을 했다. 진드리가 돌아와서 불에서 그 일감을 꺼내었는데 황금 강모(剛毛)가 솟은 멧돼지가 되어 있었다. 그 다음 화덕 안에 금을 넣었다. 이번에도 하루살이가 와서 손을 물었지만 브로크르는 아주 세게 풀무질을 계속했다. 진드리가 와서 물건을 꺼내자 이번에는 금반지인 드라우프니르(Draupnir)가 나왔다. 마지막으로 진드리는 화덕 안에 쇠를 넣었다. 그때 하루살이가 달려들어 풀무질을 하는 브로크르의 두 눈 사이를 찔렀다. 눈으로 피가 흘러들어 아무것도 볼 수 없었다. 최대한 빨리 손을 들어 하루살이를 잡아 훑어 버렸지만 풀무는 그 사이에 약해지고 말았다.

이제 진드리가 돌아오자 일을 모두 망쳐 버렸다고 말했다. 그리고 화덕에서 망치를 꺼냈다. 진드리는 이 망치와 앞의 두 귀중품을 브로크르에게 주어 로키의 저당을 해제하기 위해 아스가르드의 신들에게 보냈다. 브로크르와 로키가 대장간 제품들을 들고 가자 신들이 판결석에 앉으면서 오딘, 토르, 프레이가 판결을 내리기로 결정했다.

이때 로키는 오딘에게 궁니르 창(槍)을, 토르에게는 지프의 머리카락을, 프레이에게는 스키드블라디니르 배를 바치고, 이들에게 자세히 설명하기를, 창은 한 번 찌른 곳에서 결코 박혀 있지 않으며, 황금 머리카락은 피부에 단단히 붙어서 잘 자라나게 되고, 또 배는 어디에서든지 순풍을 맞을 것이고 그 외에도 마치 손수건처럼 편하게 접어서 호주머니에 넣을 수도 있다고 말했다.

이제 브로크르가 자신의 작품을 내어놓았다. 그는 오딘에게 반지를 주면서 9일째 밤이 되면 똑같은 무게의 새 반지 8개가 이 반지에서 떨어져 나올 것이라고 말했다. 프레이에게는 멧돼지 굴린부르스티(Gullinbursti)를 선사하면서 이 멧돼지는 공중과 바다를 밤낮으로 어떤 준마도 따를 수 없는 속력으로 달릴 것이며 그 강모는 밤과 세계의 어떤 깊은 어둠도 밝힐 수 있다고 말했다. 마지막으로 토르에게 망치를 선사하면서 대상이 무엇이든, 아무리 체구가 크더라도 이 망치로 공격할 수 있고 빗나가는 법이 없으며 망치를 투척한 후에도 다시 손 안으로 돌아오게 되어 있다고 설명했다. 게다가 이 망치는 앞가슴 주머니에 넣을 수도 있다고 했다. 다만 손잡이가 약간 짧다는 말을 덧붙였다.

그러자 신들은 귀중품 중에서 망치가 최상의 제품이고 신들의 최악의 적인 사악한 라이프리제(Reifriese, 서리거인)를 막을 수 있는 가장 강력한 도구라고 평가했다. 때문에 신들은 츠베르크에게 로키가 내기에서 걸었던 담보를 주겠다고 말했다. 로키는 자신의 머리를 구하려고 나섰지만, 츠베르크는 그것을 거부했다.

"그럼, 나를 잡아라!"라고 로키는 말했지만, 브로크르가 잡으려 하자 로키는 벌써 산 너머 저 멀리 도망가 버렸다. 로키의 신발은 대기와 바다를 관통할 수 있었다. 츠베르크는 토르에게 로키를 잡아달라고 부탁했다. 그러자 토르가 로키를 잡아왔다. 츠베르크가 로키의 머리를 자르려 하자, 로키는 "내 머리에 대해서는 권리가 있지만, 내 목을 자를 권리는 없어!"라고 말했다. 그러자 츠베르크가 가죽 끈과 칼을 가져와 로키의 입술을 뚫으려 했다. 입을 꿰매려는 것이었다. 그러나 칼이 뭉툭했다. 로키는 브로크르에게 형이 쓰던 송곳이 더 나을 것이라고 말했다. 말이 끝나자마자 송곳이 나타나 로키의 입을 꿰뚫었고, 브로크르가 그 입술을 꿰매었다. 로키는 이 실을 뜯어 버렸는데, 그 실 이름이 바르타리(Vartari)였다.

이런 격자소설을 읽노라면 우리는 신들의 내기를 둘러싼 완전히 기상학적인 특징을 담은 예술작품들을 발견한다. 그리고 이런 것을 생산하는 두 부류의 재주 있는 데몬 이야기가 옛 시절 완성되어 있었다는 것을 인식할 수 있다. 지프의 황금 머리카락은 통상 대지의 여신이 추수를 축복하는 것으로 해석될 수 있지만, 번개가 치는 현상과도 관계가 있다.

스키드블라디니르 배는 분명히 신들을 싣고 가며 어떤 날씨에도 계속 달릴 수 있고 비가 온 후에 사라지는 구름 이야기이다. 궁니르 창은 끊임없이 흔들리며 소리를 내는 바람을 뜻하는데, 셰익스피어도 바람을 날씨의 창(槍)이라고 말한 적이 있다. 방울 반지들은 계속해서 부가 축적되는 것을 상징하는 것이며, 황금 멧돼지는 태양이나 빛을 발하는 특별한 날씨 구름인데, 그리스인들은 번개나 멧돼지 이빨에 대해서 아르게테스(Argetes)라는 동일한 단어를 사용하는 데서 그것을 유추할 수 있다.

브로크르의 실수에도 미월니르(Mjöölnir) 망치는 최고의 작품으로 평가받는데, 이 미월니르는 천둥번개가 칠 때도 창공을 뚫고 날아가며 자동적으로 천둥 신의 손안으로 돌아오며 약간 짧은 손잡이가 있다. 이런 식으로 천둥 쐐기는 봄과 여름 뇌우 때 토르의 철 장갑으로부터 날아가지만 겨울에는 그 힘이 약해진다. 이것은 바로 손잡이가 짧다는 특징에서 표현된다.

이 전설에는 옛 특징들이 모두 숨겨져 있는데, 그것이 지닌 기상학적 의미는 여기에 상응하는 그리스와 인도 전설에 훨씬 더 명료하게 표출된다. 헤시오도스에 따르면 키클로프(Kyklop) 3형제〔천둥장이 브론테스(Brontes), 번개장이 스테로페스(Steropes), 천둥 쐐기장이 아르게스(Arges)〕가 제우스에게 천둥과 번개 그리고 천둥 쐐기를 만들어주었고, 이것들을 이용하여 제우스는 티탄족들을 제압하고 인간과 신들을 통치한다는 것이다. 33) 그러므로 번개 무기는 게르만 북방세계에서는 실질적 통치의 상징이며 최고 대장장이의 작품이다. 약간 후기의 아폴로도르(Apollodor)에 따르면 다른 신들도 위에서 엘프로부터 도움을 받듯이 키클로프로부터 위장망토 같은 것을 도움받는다. 포세이돈도 삼각파도를 갖추고 있었다. 34)

날씨의 조작, 악한 눈초리, 작은 형체 등의 특징을 갖는 엘프와 보다 더 가까운 친족관계를 지닌 존재로는 그리스 신화의 텔키네(넨)〔Telchine(n)〕 무리가 있다. 다른 사람들은 이 텔키네를 최초의 철공장이 및 청동 장인이라고 말하는데, 그들이 포세이돈에게 삼지창을 만들어주었다고 한다. 그런데 이들이 만든 보물과 선물에는 츠베르크 안드바리(Andvari)가 만든 니벨룽겐 반지에 그런 것처럼 저주가 깃들어 있다.

인도의 리부도 대장장이 기술을 갖고 있는데, 그 이름은 게르만족의 엘프 이름과 일치한다. 그리고 그 최고의 작품이 번개이다. 게다가 이 번개 역시 신들에게 바치는 선물이다. 《리그베다》에 나오듯이 대

---

33) [원주] Hesiod in seiner Theogonie 139, 504, 853.
34) [원주] Apollodor Bibl. I, 1, 3(2, 1).

기 중의 이 남성들을 혹자는 물 또는 불로, 또 다른 사람들은 화살을 쏘는 존재, 즉 주요 사물에 번개를 치는 자라고 설명한다.

당시 신들의 우두머리였던 인드라(Indra)는 천둥 신으로 리부는 이 천둥 신에게 담황색의 말, 즉 번개를 만들어 바쳤다. 또 다른 대목에서는 이들이 인드라에게 "번개"를 목재로 짜 바쳤다고 되어 있다. 또 그들은 철갑전차[35]와 생각의 속도로 하늘을 맴도는 수레를 만들었다고 하는데, 이 수레는 북구의 구름 배(舟)를 연상시킨다. 또 가죽에서 계속적으로 반복해서 암소를 만들기도 했다. 이때의 암소는 가죽으로 만든 북방의 황금 털 멧돼지와 비슷하다.

게르만인들의 엘프, 츠베르크, 그리고 티롤 지방의 카저맨라인(Kasermännlein, '카저의 작은 남자들'), 영국의 픽시스(Pixies), 북구의 훌드렌에 대해서 여기저기에서 말하는 것에 따르면 이들은 가을에 알프스 고산지대 마구간에 끌어다 놓은 암소를 잡아먹고, 리부처럼 그 가죽과 뼈로 다시 암소를 살려 놓는다고 한다. 이것은 분명 봄이 오면 풍성한 결실을 주는 구름 암소일 것이다. 이것은 마치 리부 무리들, 티롤 지방의 알베른(Albern)이 그렇게 하듯 채소들을 다시 자라나게 하는 것과 같은 것이다.

제1대 리부는 '리부의 왕'이라는 뜻의 리부크샨(Ribhukschan)이다. 이는 제1대 엘프가 엘프의 우두머리인 엘버리히, 알버리히인 것과 마찬가지이다. 또 리부크샨이 인드라에게 번개를 주조해 바쳤듯이 북구의 알프릭(Alfrik)은 3명의 츠베르크와 함께 프레이야에게 목걸이를, 독일의 알버리히는 오르트니트(Ortnit) 왕에게 반지 모양의 철갑 수레[36]를 만들어 바쳤다. "엘프의 제후"인 빌란트[37]는 거장(巨匠)

---

35) [원주] Ribhus Panzerschmiede: Rigv. 3, 34, 9.

36) [원주] Alberich Panzerschmied W. Grimm, DHS. 2 s 220.

대장장이다. 특히 주목할 점은 인도에서도 데몬 예술가들의 내기 결정권을 신들이 쥐고 있다는 점이다. 이때 북구의 불(火)의 신 로키가 그러했듯이, 인도에서도 불의 신 아그니(Agni)가 이 일을 자극한 주체가 된다.

트바스트리(Tvashtri), 즉 예술가는 인드라를 위해 번개를 만들었을 뿐만 아니라 이 3명의 리부를 비난했다는 신들을 위해서 술잔을 만들기도 했다. 그러자 아그니가 신들을 위해 하나의 술잔으로 4개를 만들라는 숙제를 내었다. 리부들은 이 숙제를 풀었고, 트바스트리는 내기에서 진 채 자기 아내에게 피신했다. 부분적으로는 그리스의 것도 포함되어 있는 이 인도의 대장장이 신화의 밑바닥에는 현실 초월적인 뇌우의 위력에 대한 관념이 자리 잡고 있다.

천상 신들의 주조기술은 그것의 마술적인 대장간들과 함께 산중으로 옮겨졌다. 명인 헤파이스토스(Hephaistos)의 조수들이었던 키클로프가 지중해 화산 안에 뜨겁게 불타는 화덕을 갖고 있었고 게르만인의 츠베르크들도 지하동굴에서 영웅과 평범한 인간을 위해 활동하고 있었다.

인도, 그리스 및 게르만의 예술가 전설이 일치한 것은 이것들이 공통의 자연신화에 근거하고 있기 때문이다. 반면 게르만의 빌란트 신화가 다이달로스와 헤파이스토스 신화와 일치한 것은 더 특이한 점인데, 이는 이미 청동기시대에 헬레니즘 남부 지역으로부터 미케네 문화의 나선형 문양양식[38]이 유럽을 관통하여 북구에까지 이르렀다는 문화 전이현상으로 설명할 수 있다.

고대 게르만 엘프 이야기와 다이달로스와 헤파이스토스 이야기의

---

37) [원주] Elfenfürst Wieland: Völundarkv. 13.
38) [원주] Spiralornamentik: Müller, Nord. Altertumsk. 1, 294.

혼합을 통해 북구에 문학성이 풍성한 예술가 소설이 발생했는데, 이 점을 《에다》의 〈벨룬드의 노래〉(Völundslied)가 훌륭하게 설명해 주고 있다.

목이 하얀 엘프의 제왕 빌란트와 그의 형제 슬락피드르(Slagfidr)와 에길은 목욕하던 세 공주를 제압하여 아내로 삼았는데, 이 세 공주는 어떨 때는 발퀴레가 되어 무기를 휘두르고 다니고 또 어떨 때는 백조의 옷을 벗어 제치고 호숫가에서 평화롭게 아마포를 물레질하기도 하는데, 이 3형제와 8번의 겨울을 지낸 다음 이 세 여인은 전쟁터 생활을 그리워하며 날아가 버렸다.

에길과 슬락피드르는 동쪽과 남쪽으로 이들을 찾으러 나섰다. 빌란트는 외롭게 홀로 남아 깊은 볼프스탈 계곡에서 연인 알비트(Alvit)가 돌아오기를 기다리며 붉은 금과 보석을 합하여 값진 주조물을 만들었다. 그러던 어느 날 사냥을 나갔는데, 니두트(Nidud) 왕[39]의 부하들이 빌란트의 집으로 침입하여 화려한 주조물들을 발견하고 놀라워했다. 그러나 그들은 7백 개의 반지 중에서 단 한 개만 갖고 갔다.

빌란트가 집에 돌아와 반지 한 개가 없어진 것을 발견했을 때 그는 알비트의 짓이기를 바랐다. 그는 오랫동안 앉아 있다가 잠이 들고 말았다. 깨어났을 때 참담하게도 그의 팔과 다리는 묶여 있었다. 그런데 이때 니두트 왕은 빌란트의 집 가죽 끈에 매달려 있던 금반지를 훔쳐와 딸 베드빌트(Bödvild)에게 주고 자기는 빌란트의 칼을 가졌다. 이어 이 명인의 복수를 두려워한 왕비의 조언에 따라 그들은 빌란트의 오금 힘줄을 잘라버리고 세슈타(Seestatt) 섬에 유폐시켰다.

---

39) 《에다》에서 니두트로 거명되어 있지만, 다른 전설에 따르며 '니둥'(Nidung) 왕으로도 거명된다. 이 니둥 왕은 빌란트의 팔, 다리 힘줄을 끊어 불구로 만들었고, 빌란트는 나중에 니둥의 아들을 죽여 복수한다.

이제 빌란트는 온갖 보석들을 만들어 왕에게 바쳤다. 왕을 제외하고 그 누구도 빌란트에게 가지 못하도록 하였다. 그러나 빌란트는 망치질을 하면서 끊임없이 복수할 방도를 찾고 있었다. 그러던 어느 날 왕의 두 아들이 호기심을 억제하지 못하고 빌란트의 작업장으로 몰래 들어와 금 궤짝 안을 들여다보았다. 이때 빌란트는 이 궤짝 뚜껑을 떨어지게 하여 두 왕자의 목을 잘라버리고 다리를 풀무 밑 시궁창으로 처박아 버렸다. 왕자들의 두개골은 은을 입혀 왕에게 보내고, 그 두 눈동자는 보석으로 만들어 왕비에게 보냈다. 또 아이들의 치아로 목에 거는 장식품을 만들어 왕자들의 누님인 베드빌트 공주에게 보냈다.

이때 베드빌트 공주는 그 이전에 알비트가 끼던 반지를 자랑하다가 그만 반지가 부서지고 말았다. 그러자 빌란트는 공주를 위로하며 반지를 다시 만들어주겠다고 약속했다. 그는 공주에게 맥주를 먹여 의자에서 잠들게 한 뒤 공주를 덮쳐 버렸다. 빌란트는 웃음을 터뜨리며 하늘로 날아 올라갔고, 공주는 연인이 무사히 갈 수 있을까 걱정하고 또 아버지의 분노를 걱정하며 섬을 떠났다. 왕은 아들들의 죽음 때문에 잠을 이루지 못한 채였다. 아들들의 머리가 그의 몸을 얼어붙게 만들었던 것이다. 그때 하늘로 날아 올라가는 빌란트를 본 왕은 이렇게 외쳤다. "내 어린 아들들한테 무슨 일이 일어났느냐?" 그러자 빌란트는 모든 것을 알려주었다. 왕은 빌란트를 쏘아 떨어뜨릴 만한 힘 있는 부하를 단 한 명도 갖고 있지 않았다. 베드빌트 공주는 자기가 당한 치욕을 털어놓았다.

벨란트(Weland), 빌란트, 고대 북방어로 벨룬드(Völundr)는 다이달로스마냥 기술인을 의미한다. 그는 알프의 우두머리로 츠베르크의 가르침을 받아 반지, 술잔, 칼 등을 제조했고 아밀리아스(Amilias)라는 대장장이와 미뭉(Mimung)이라는 칼을 만드는 시합을 해서 승리하기도 했다.

빌란트는 또 다이달로스가 최초의 인간 형상을 조각했듯이 레긴 (Regin)[40]의 충실한 모상을 만들었다. 그는 다이달로스처럼 혹독한 통치자가 그를 부자유하게 억압하자 인공날개를 이용하여 포로 상태를 벗어났다. 비행을 할 때 다이달로스는 아들 이카로스와 함께 했지만, 빌란트는 동생 에길을 동행으로 삼았다. 헤파이스토스도 다이달로스라는 별명을 얻었다. 또 빌란트가 작업장에서 베드빌트를 덮쳤듯이, 헤파이스토스도 작업장에서 아테네를 괴롭힌다.

두 번째 엘프 집단은 바람의 엘프들이다. 그 이름은 오래된 츠베르크 이름으로 '바람 부는 자'의 의미인 빈달프(Vindalfr)와 구스트르 (Gustr)[41]이다. '몸을 굽히는 자'란 뜻의 베익비르(Beyggvir)와 '곱사등이' 베일라(Beyla)는 우아한 한 쌍의 바람 엘프로 프레이의 두 하인이며 부부지간이다. 그 이름 자체가 이미 고요한 날씨의 오르고 내리는 파동현상을 반영한다.[42]

북방 니벨룽겐 보물에 저주를 내렸던 츠베르크 안트바리라는 이름의 의미는 신(新)아이슬란드의 부드러운 역풍을 나타내며, 운문《에다》에서는 구스트르로 표기된 것 같다. 뇌우 엘프들이 번개를 치는 것처럼 바람 엘프의 숨결도 사람과 가축에 질병을 불러일으켰다. 노르웨이의 알프구스트(alfgust), 스웨덴의 엘프레블라스트(elfreblast)는 '엘프의 숨결'이라는 말로, 예컨대 야생 사냥대의 폭풍이 유발하는

---

40) 북구 신화에 나노는 츠베르크 중의 하나이다. 악룡 파프니르(Fafnir)와 구렁이 오트르(Ottr)와 형제지간이다. 레긴은 또 지구르트의 양부(養父)이기도 하다.

41) [원주] Gustr in der Liederedda: Reginsmál 5.

42) [원주] Vier Zwerge: Edda 1, 50, 314.

사지 악성종양 질병이다. 어떤 질병들은 '날아다니는 엘베'(fliegende Elbe)라는 명칭을 갖기도 했는데, 앙겔작센어로 호흡질환을 엘프타들(aelftadl) 또는 일프타들(lyftadl)이라고 불렀다. 이런 병을 방지하기 위해 아이들 목에 천둥쐐기나 목요일 저녁에 만들어진 '엘프 십자가'를 걸어준다.

바람 엘프의 기본 형태는 회오리바람으로 남성적이다. 그러나 빙빙 돌며 움직이는 동작이 춤추기 좋아하는 여성 성향이라고 해서 자주 여성인 것으로 이해되기도 한다.

볼프람 폰 에센바흐43)와 베르톨트 폰 레겐스부르크44)가 밝히듯이 바람의 엘프 이름인 필비츠 혹은 빌비츠(Bilwiz)는 서(西)슬라브어 계통이다.45) 이 바람의 엘프는 동남부 독일이나 중부 독일에서 칼을 가지고 하지(夏至)날 초저녁이나 성 바이트(Veit)46) 절이나 성 베드로-바울절(Hl. Peter und Paul)47)에 들판을 관통하여 달리거나 뒤에 먼지구름을 일으키는 검정 염소 등 위에 올라 달려간다. 그래서 이 바람의 엘프는 곡창지대를 훑고 지나가며 물결 모양이나 염소가 뛰어오

---

43) 볼프람 폰 에센바흐(Wolfram von Eschenbach: 1660/80~1220년 이후). 독일 중세 서사시 작가이다.

44) [원주] Berthold: Schönbach, Studien z. Geschichte der altdeutschen Predigt 2, I8.

45) [원주] Pilwiz westslavisch u. lithauisch: Zeitschr. f. österr. Gymn. 1858, S. 400.

46) 성 바이트 혹은 성 비투스는 이탈리아 시칠리아에서 태어났으며, 로마 황제 디오클레티아누스 때 순교했다. 12 수호성자들 중의 하나이다. 이 성자는 약제사, 여관, 양조장 등의 수호자이다.

47) 기독교의 베드로와 바울 사도의 순교일을 기념하는 종교축일로 6월 29일이다. 4세기 초 초기 기독교 교회에서 시작되었다. 현재 많은 지역에서 공휴일이다.

르는 모양 그리고 발자국 넓이의 파인 자국을 남긴다. 그래서 이름
짓기를 빌비츠 자국, 빌메스(Bilmes) 자국, 염소(*Bocks*) 자국 또는
늑대 자국(*Wolfsschnitt*)이라고 한다.

이 바람의 엘프인 필비츠 혹은 빌피츠는 이미 14세기에 마녀에 대
응하는 남성 엘프로 간주되었으며 시기심 많고 마녀와 같은 여러 기
예를 갖고 있는 남성 엘프로 이웃의 곡식들을 제 창고로 훔쳐 넣는
짓을 저지르는 엘프이다. 일찍이 이 바람 엘프는 곡창지대를 황폐하
게 만드는 회오리바람 유령이었으며 그보다 더 이른 시기에는 미쳐서
빙빙 돌며 날뛰는 염소48)였을 것이다. 그래서 인도인들은 회오리바
람을 외발 염소로 상상했다. 급박한 회오리는 중세 때 수염과 머리카
락을 뒤엉키게 하고 곰팡이가 슬게 하였으며, 이때 그런 머리카락을
"필비스 더벅머리"(Pilbiszotte)라고 하였다. 작가인 한스 작스(Hans
Sachs)49)가 사용한 '빌비첸'(bilbitzen)이라는 단어는 '머리카락을 잡
아 뜨다', '엉키게 하다'는 의미였다. 사람들은 이 바람 엘프를 위해
"필비스나무"(Pilbisbaum)에 어린이옷을 걸어 두었다.

엘핀, 마레, 포알베르크 지방의 페네(Fene) 무리들 그리고 이것이
베네치아에서 왜곡되어 만들어진 명칭인 엘펜폴크(Elfenvolk) 등은
이런 회오리바람 또는 저지 독일의 도르(Door) 바람을 타고 달린다.

---

48) [원주] Wind ein Bock: E. H. Meyer, Indogerm. Myth. 1, 169.
49) 한스 작스(Hans Sachs: 1494~1576). 재단사의 아들로 출생하여 신발 제조
공 수업을 쌓던 중 궁정에서 잠시 신발 제작공으로 일을 하다가 음유시인의
수업을 결심했다. 뉘른베르크에 정착하여 구두 제조 직장(織匠)으로서 활동
하면서 동시에 문인으로 활동했다. 일찍이 종교개혁 운동을 지지했고 루터의
교리를 서민풍의 문체로 쓴 〈비텐베르크 나이팅게일〉이라는 장시(長詩)를
통해 전파하여 시인으로서 처음 명성을 얻었다. 그 이후 작스는 6천 편 이상
의 작품을 발표하여 16세기 최고의 시인의 자리에 앉았다.

알프스 엘프인 "알름푸츠"(Almputz)는 여름철에 위험한 뇌우가 몰려오기 전에 바람의 신부처럼 비명을 질러대며, 늦가을의 "카세르만들레"(Kasermandle)처럼 이마에 커다란 외눈을 달고 버려진 고지창고로 들어간다 — 회오리바람인가?

엘프 무리는 허리띠를 만들기도 하는데, 티롤 지방 설화에서는 이것을 회오리바람을 뜻하는 "빈트브라우스"(Windbraus)라 이름 짓는다. 많은 전설에서 이 엘프는 허리띠를 두른 남자나 나무 그리고 기둥을 순식간에 뽑아 버린다. 마레나 트루트(Trut)가 내려앉은 곡물지대는 검은색으로 변하는데, 회오리바람이 내려앉는 곳도 마찬가지이다. 그래서 발리데르스케가 자리 잡고 앉은 곳의 산딸기는 썩어 버린다. 마르가 압력을 가한 나무는 줄곧 흔들리기 때문에 그 나무는 쉴 수가 없다. 심하게 흔들리는 소나무 꼭대기를 영어로는 마레의 꼬리(*Mares' tail*)라고 말한다. 뱃사람들 말로는 폭풍을 예고하는 기상(氣象)나무를 나타내는 단어이다. 활발한 엘프가 쉬는 나무 안에는 뒤엉키고, 둥지 같은 연쇄 얽힘이나 겨우살이 집단이 만들어진다. 이를 가리키는 명칭들 즉 알프루텐(Alpruten), 드루덴루텐(Drudenruten) 또는 베터뷔셰(Wetterbüsche), 헥센뷔셰(Hexenbüsche), 마렌네스터(Marennester), 돈너베젠(Donnerbesen), 마렌크바스텐(Marenquasten) 등의 단어가 생겨났다.

엘프는 이런 나무로 때리기도 하고 맞기도 한다. 나무에서 떨어지는 물방울을 맞는 사람은 악몽을 꾸고 두통을 앓는다. 스웨덴인은 마구간에 마렌크바스타르(Mareqvastar)를 걸어놓았는데, 이는 말갈기에 마르의 털 북데기가 생기지 않게 하려는 것이다. 마레가 말갈기나 사람의 머리카락을 엉키게 하여 알프 더벅머리(Alpzopf), 드루텐 더벅머리(Drutenzopf), 비히텔 더벅머리(Wichtelzpof), 홀렌 더벅머리

(Hollenzopf) 또는 이러한 것들의 꽁지머리(-schwanz)를 만들기 때문인 것이다.

더 이상의 것도 있다. 엘프는 정신까지도 혼란케 한다. 백치나 멍청이를 그래서 엘벤트레취(Elbentrötsch), 엘프스트(Elbst), 드루트(Drut), 슈레텔(Schrättel)이라고 한다. 바람 귀신으로 엘프는 도둑 습성이 있다. 북방의 츠베르크 이름은 대도(大盜)라는 의미의 알프오프(Alpjófr)이고 독일어 이름은 역시 "우두머리 도둑"이라는 뜻의 엘버가스트(Elbegast) 또는 알가스트(Algast)이다.

독일 전설에 나오는 엘프인 베네디거(Venediger)는 회오리바람 조종사로 사람들을 멀리까지 끌어간다. 또 엘프는 구체적으로는 완두콩과 여자들 꽁무니를 쫓아다닌다. 그래서 음탕한 츠베르크 왕들을 가리키는 말이 라우린과 골데마르이다. 저 엘버리히는 오르트니트 왕의 어머니를 겁탈하고 또 다른 엘프는 디트리히(Dietrich)와 하겐의 어머니를 겁탈한다.[50]

알프스 산중에 있는 야생 꼬마 총각(Wildmännlein), 야생 꼬마 처녀(Wildfräulein), 펭엔(die Fengen), 백설 소녀(Schneefräulein)나 북방 바다 위의 마르벤딜(Marbendill)은 낮은 음성으로 중얼거리거나 큰 소리로 위협하며 날씨의 급변을 예고하는 바람 엘펜들이다. 그중에서도 미래를 예측하고 예언하는 것은 단연 엘버리히이다. 이들은 사람들에게 경고자 역할을 한다. 온유하고 서늘한 바람들처럼 이런 엘프들은 치유력을 갖기도 한다. 이런 엘프는 이미 옛 북구 사람들에게 치유의 손인 "레크니스헨드"(laeknishendr)였다. 이들의 삶은 음악과 춤이다.

---

50) 오르트니트, 디트리히, 하겐 등은 모두 게르만 영웅 서사시에 등장하는 인물들이다.

부드럽게 속삭이며 노랫가락처럼 **쐴쐴** 소리를 내며 하늘로 올라가는 바람 속에서 이런 엘프들은 그들의 유혹의 방법인 고고 독일어로 된 엘프의 놀이 〈알프레이히〉(*Albleich*)를 연주하기 시작한다. 이 알프레이히는 북방에서 〈엘프발렉〉(*Elfvalek*)[51] 또는 〈엘라스펠〉(*Ellaspel*)이라고 불리기도 한다. 이때 또 연주되는 것으로는 훌드렌의 멜로디인 〈훌드레슬라트〉(*Huldreslaat*)도 있고, 덴마크에서 마왕(Erlkönig)의 딸이 잿빛의 잎사귀가 성근 버드나무 주위에서 안개의 윤무를 출 때 울리게 한 엘프 왕의 노래 〈엘레콩게스틱〉(*Ellekongestykk*)도 있다. 스웨덴에서는 100년 전까지 농부들이 다음과 같은 우아한 엘프 멜로디에 맞춰 춤을 추었다.

포알베르크 지방의 엘프인 나흐트폴크(Nachtvolk)는 창공을 통과하면서 사랑스러운 음악을 연주한다. 아이슬란드의 알파 동굴에서는 춤과 노랫소리가 들려나온다. 티롤 지방의 작은 소녀 잘리크(Salig)는 위협적인 악천후일 때는 슬프게 하소연하지만 그 외에는 아름다운 노래를 불러 듣는 사람들의 몸을 사로잡아 꼼짝 못하게 만든다. 알사스 하류 지방에 있는 바이올린 바위[52] 곁에서 오늘날도 여전히 밤늦게 데몬이 바이올린을 연주하는 소리를 들을 수 있다. 이 엘프는 과거에 자신에게 부정을 저지른 신부로 하여금 그녀를 유혹한 남자와 여러 사람들을 옆에 두고 마치 미친 듯이 바위 주위를 돌며 춤을 추게 만들었다.

이 엘프가 연주를 시작하면 폭풍과 비가 시작된다. 엘프 왕 알베론(Alberon) 또는 오버론(Oberon)의 악기 호른(Horn)은 춤추는 것을 거부할 수 없을 정도로 듣는 사람을 자극한다. 엘프 무리들은 스스로

---

51) [원주] Elfvalek: Hyltén-Cavallius, Wärend 1, 253.
52) [원주] Geigerstein: Stöber-Mündel, Elsass. S. 2, 119.

달빛을 받으며 부풀어 오르는 안개 속에서 윤무를 춘다. 이 윤무를 북방세계에서는 엘레단스(elle-), 엘프단스(älf-), 알페단스(alfedans), 영어 명칭으로는 페어리링(fairyring)이라고 부르며, 엘프 무리는 그렇게 춤을 춘 다음 페어리링 또는 헥센링이라는 어둡고 두툼한 풀반지를 그 흔적으로 남겨 놓는다.

엘프는 그들의 춤 안으로 즐겨 사람을 끌어들여 호흡을 빼앗은 뒤 죽게 만든다. 도대체 누가 엘프의 가볍게 떠오르는 힘과 지칠 줄 모르는 돌고 싶은 욕망에 만족을 줄 수 있을 것인가? 마레, 발리데르스케와 백조 처녀는 대기를 통과해 빙빙 도는 미세한 구멍의 체 안으로 즐겨 들어간다. 우리는 이것을 투과성 구름으로 이해할 수 있다. 그러면서 때때로 화려한 음악이 울리며 내려온다.

여성 엘프가 우는 소리를 내는 경우가 종종 있다. 바람이 고함을 지를 때 서(西)플랑드 사람들은 "알비나(Alwina)가 운다"라고 말한다. 폭풍이 치는 밤에는 룩셈부르크의 수풀 그레트헨(Buschgretchen)이 징징 울어댄다. 이런 숲의 여인들처럼 하프루(Haffru), 즉 바다와 호수의 여인네들도 그 내밀한 속성상 바람의 엘프에 속한다고 할 수 있다. 페론 제도에서 바다의 남자 마르멘닐(Marmennil)이 하프루 곁에서 평화롭게 떠올라 노닐면 날씨가 좋다는 의미이다.

하프루의 노래가 너무 아름다워서 사람들이 미칠 정도가 되면 악천후가 몰려온다. 이 스웨덴 엘프인 하프루는 해변에서 빨래를 해서 바다에 거품이 일어나면 그 빨래를 바위에 펼쳐 놓는다. 바람이 불면 물 위를 다니고 숲 속에서 노래를 부른다. 날씨가 후덥지근해지면 하프루는 산 주인인 산바람과 입씨름을 벌인다.

멜루지네(Melusine)[53]는 역시 자기 남편과 부부싸움을 하며 바람과 하천 사이를 오간다. 보헤미아에서 멜루지네는 아이들과 함께 우

(역자 一) 이 악보는 바람의 엘프가 허공에서 일으키는 소리를 악보로 만든 것으로 볼 수 있다. 이 책의 저자는 스웨덴 농부들이 1800년경 이 악보의 음악에 맞춰 우아하게 춤을 췄다고 기록한다. 엘프와 음악의 관계에 대해서 이 책 290쪽 이하 참조.

---

53) [원주] Melusine: Laistner, Rätsel d. Sphinx I, 199 ff. Rochholz, Aarg. S. 1, 44.

는 소리를 내며 하늘을 날아다닌다. 폭풍이 부는 날 누군가 밖을 나가면 그 사람 안으로 들어가고, 그러면 그 사람은 앓게 된다. 그러니까 엘프의 입김과 비슷하다.

바람과 바람 부인 그리고 그 자식들에게 한 것처럼 사람들은 멜루지네를 향하여 대기 중에 밀가루 한 줌을 뿌린다. 그리고 이것이 가장 기승을 부릴 때인 성탄절 이전 12일 동안 화로에 호두를 던져 넣고 방 안에서 이 바람 신부를 쫓아내려고 채찍을 휘둘러 탁탁 치는 소리를 낸다.

멜루지네나 멜루진디스(Melusindis)에 관한 전설은 아마도 원래 독일 전설이었던 듯하다. 즉, 이 전설은 루시낭(Lusignan)54) 가문에 있는 물의 요정전설이다. 멜루지네는 결코 자신의 나체를 보지 않는다는 조건하에서 한 기사와 결혼을 굳게 약조했다. 이 기사는 오랜 기간 동안의 행복한 결혼생활을 통해 7명의 자녀도 얻은 터였다. 어느 날 자신의 약속을 어기고 아내가 목욕하는 방으로 들어가 아내의 나신을 보게 되었고 그 순간 아내가 완전한 뱀의 모습(또는 아내가 뱀의 꼬리/물고기 꼬리를 갖고 있는 것)을 한 것을 목격하고 놀란 나머지 비명소리를 내뱉었다. 그러자 여인은 화를 내며 영원히 남편 곁을 떠나고 말았다. 프랑스 부르군트(Burgund) 지방에서는 뇌우 때에 이 멜루지네가 화내는 소리를 듣는다.

세 번째 부류인 구름의 엘프들은 자신들의 이중적 특징을 부정하지 않는다. 괴테는 1780년 스위스로 가던 도중 땅으로 내려앉는 구름이 정신에 육중하게 얹히는 느낌을 느꼈다. 또 여류 작가 안네트 폰 드로스테-휠스호프55)는 구름 겹이 들판 위로 "마치 컴컴한 마르"처럼

---

54) 프랑스의 프와투(Poitou)에 있는 가문이다. 이 가문의 시조모가 멜루지네로 알려져 있다.

내려앉는 것을 보았다. 네덜란드에서 마르는 잿빛 폭풍과 함께 구름으로 변한다. 길게 질질 끌려오는 구름떼에 상응하게 발리데르스케의 머리카락은 마치 역청 다발처럼 뒤에 처져 있고 홀드렌과 마레는 꼬리를 달고 있다.

구름의 엘프들은 베스트팔렌 지방의 즈게나운켄(Sgönaunken)과 덴마크의 엘레폴크처럼 기다란 유방을 갖고 있고 반대로 등은 아무것도 없이 비어 있다. 스스로를 쏟아붓는 구름은 위에서 비우는 동안 내려앉기는 어렵기 때문이다. 뇌우가 시작되기 전에 구름이 빛을 발하면, 이 구름은 즈게나운켄이 기다란 유방들로 깨끗이 닦아 놓은 오븐과 비슷해진다. 이 야성적인 여인은 사람을 넣고 삶는 큰 솥을 활용한다. 또 보석 솥을 빌려주기도 하는데, 이때 여성 엘프는 보물을 검게 그을린다. 여성 엘프들과 마레들은 자주 소용돌이 바람을 탄 물기 축축한 구름 속에서 7명씩 움직인다. 또 다른 한편 속세를 초월하는 듯한 밝고 환한 구름 광채인 백조 형상의 엘프가 점점 더 많이 나타난다. 스웨덴에서는 엘프들이 공중에서 백조 형상으로 바다와 연못에 추락하여 황홀하게 아름다운 소녀가 된다.

수백 가지나 되는 전설은 각 여성 엘프들 그러니까 복 있는 여인(Seligen), 홀렌, 하얀 아낙네 및 백조 처녀(Schwanjungfrauen)들의 아름다움을 찬양한다.

운문 《에다》에서 빛의 엘프는 낮의 빛, 태양, 엘프의 빛이라 불리는 알프레둘(Alfrödull)을 가져온다고 한다. 비 사이로 태양이 나타나면, 독일 민속신앙은 그것을 황금 빗을 가진 여성 엘프, 톱니 모양으로 빛나는 비의 빛, 풍성한 황금 머리털이 비치는 것이라고 한다. 반

---

55) 안네트 폰 드로스테-휠스호프(Annette von Droste-Hülshoff: 1797~1848).
   독일의 여류시인.

면에 축축한 숲에서 안개가 피어오르면, 엘프가 덤불나무나 나무 맨 꼭대기에 눈처럼 하얀 빨래를 너는 것이라고 한다.

안개가 마치 긴 실이나 밧줄처럼 이 산에서 저 산으로 떠가면, 엘프들이 직물을 짜거나 돌리는 것이라고 한다. 개천이나 호수 위로 향내가 지나가면 엘프가 물을 긷는 것이고 이슬 맺힘은 엘프가 초원이나 들판에 물을 뿌리는 것이다.

쟁기질한 밭에서 솟아나는 땅 냄새는 엘프나 그녀의 남편이 빵을 굽는 부엌에서 흘러나오는 냄새이며, 쟁기질을 하는 하인이 품삯으로 다른 밭 끝에서 맡는 냄새이다. 밤과 낮이 바뀌는 어스름한 산맥에서 흥겹게 증기가 피어오르면, 그것은 엘프가 빵을 구우며 술을 빚거나 대장간 일을 하는 것이다. 엘프들은 안개의 숨결이나 그림자처럼 사라지며 다시 "엘프의 발가락 끝"으로 살금살금 가까이 다가온다.

안개 두건(Nebel-), 헬 두건(Hel-) 및 위장 두건 등은 안개가 감싸는 것을 의미하고 고대 북방어 홀다르헤트(huldarhöttr), 노르웨이어 우데하트(uddehatt), 스웨덴어 흐바르프스하트(hvarfshatt)는 홀데의 모자 또는 츠베르크의 모자라는 말이다. 때로는 안개가 짙어지고 그러다가 어느 순간 미지의 풍경이 눈앞에 펼쳐지는 것같이 다시 환해진다. 이것은 엘프들이 야지에서 마술을 부려 '파타 모르가나', 즉 정원같이 생긴 "홀라호프"(Hullahöfe)를 만들어 놓은 것이다.

이런 엘프 무리들이 모두 모여 사는 곳은 자연의 이치대로 대기 속이다. 북구에서는 이 엘프들이 구름 나무인 이그드라실(Yggdrasel) 아래 우르다르(Urdar) 샘 곁에 있는 '엘프의 집', 알프하임(Alfheimr)에 산다고 여겼다. 산문《에다》에서 천사의 처소는 제3의 하늘에 있다는 기독교 관념이 침투했기 때문에 빛의 엘프들이 제3의 하늘로 처소를 옮겨간다. 엘프의 제국은 나중에 "엥겔란들"(Engellandl, 천사의 나라)로 불렸다. 백조의 여인, 발리데르스케와 마레도 7명씩 이 엥겔란트로부터 나오고, "엥겔란트의 종소리"가 이들을 여기에서 불러낸다.

독일에는 우아한 엘프들의 풀밭에 관한 이야기가 있다. 한 어린아이가 샘에 빠졌는데, 너무나 다행스럽고 놀랍게도 이 아이가 이 엘프의 풀밭에서 발견되었다는 것이다. 스웨덴인들은 엘프트래츠가르트(Elfträdsgård)를 거명한다.56) 이곳은 일종의 정원으로 황금과일과 보석과일을 열매로 달고 있는 눈송이 덤불나무 정원을 말하기도 하고 신비한 장미 숲을 말하기도 한다. 엘프 왕의 딸이 자기 신랑감을 이 숲으로 유인하여 40년을 지냈는데, 그것이 불과 한 시간이었다는 것이다.

이 대목에서 옛 신화의 특징들이 모습을 나타낸다. 삭소의 다음과 같은 이야기이다. 어느 날 덴마크 왕 하딩(Hadding)이 젊은 아내와 함께 앉아 있는데, 왕 곁으로 갑자기 가슴에 꽃을 안고 한 여인이 땅에서 솟아올라 왔다. 여인은 하계로 내려가는 아주 잘 다져진 길을 보여주려고 하딩을 망토에 휩싸 납치해갔다. 그들이 짙은 안개에 휩싸인 채 진홍빛 옷을 입은 다수의 귀족들 모습을 본 뒤 햇빛이 비치는 곳에 도달했다. 옷의 꽃 장식 출처가 되는 들판이었다. 그런 다음 그들은 무수한 창(槍)을 흘려보내는 강을 건너갔다. 그 건너편에는 무기에 다쳐 죽은 자들이 두 줄로 나뉘어 서로 살아나려고 계속해서 싸움을 벌이고 있었다. 그들이 계속해서 가는데 높은 담벼락이 길을 가로 막았다. 그러자 하딩을 데려가던 여인이 잘라낸 수탉 대가리를 담벼락 너머로 던진 후 "들어 봐!" 하고 외쳤다. 왕과 여인은 불사의 땅에서 들리는 듯한 청명한 수탉 울음소리를 들을 수 있었다.

---

56) [원주] Elfträd: Wadstein, Uppsalastudier 157.

이런 엘프의 제국 중에서 가장 유명한 것은 13세기 독일 영웅 서사 문학에서 성화되어 표현되는 장미화원(로젠가르텐, *Rosengarten*)[57]이다. 라인 강 하상 초지에 있는 보름스의 장미화원을 지배하는 것은 기비히(Gibich)라는 왕이었으며, 그 뜻은 "잘 베푸는 사람", "마음 착한 사람"이었다. 이 왕은 하르츠(Harz) 산중 그룬트(Grund) 부근에서 "귀비히"(Gübich) 또는 "휘비히"(Hübich)란 이름으로 금과 은을 공짜로 나누어 주었으며 니엔부르크(Nienburg)[58]에서는 케베케(Gäweke) 라는 츠베르크 형상으로 케이크를 친절히 나누어 주었다.

츠베르크 왕 라우린은 메랑(Meran) 근처 울창한 구릉에 또 다른 장미화원을 갖고 있었다. 접근이 무척 힘든 이 정원은 파라다이스(낙원) 혹은 지상의 천국이라 불렸다. 거기에는 장미들이 넘쳐났으며 그 안에서 보낸 1년은 바깥세상의 하루였다. 꽃들의 장관과 전쟁의 소요가 덴마크의 지하세계에서처럼 하나로 통합되어 있었다. 장미의 아래쪽 한가운데엔 피가 철철 넘치는 전쟁이 치러지고 있었다.

그밖에 중세 때 환락의 장소를 장미화원이라 불렀다. 이것들은 바로 시의 성문 앞 가까이에 위치하거나 튀링어 숲 바로 뒷산, 즉 탐바하(Tambach)[59] 위쪽에 있었다.

또 다른 여러 장미화원은 얼핏 보면 정반대의 의미를 지닌 듯이 보

---

57) Rosengärten: E. H. Meyer, Verh. d. Philologenversamml. in Leipzig 1873. S. 194. 이 '장미화원'은 아르투스 홀(*Artushof*), 원탁 홀(*Tafenrunden*), 성배놀이(*Gralsspiel*)와 동일선상에 있지는 않다. vgl. Zimmermann, Bauernkrieg 2, 579. Mannhardt, WFK. 1, 370 f., 379. Ein Apfelgarten der Unterirdischen a. d. Aller: Kuhn u. Schwartz, Nord. S. no. 292. -"Hier lieg ich im Rosengarten": Hörmann, Grabschriften u. Marteln 1890. Bockel, Deutsche Volksl. a. Oberhessen S. XVIII.

58) 독일 북부 니더작센 주에 있는 도시. 현재 인구는 3만 2천 명 정도이다.

59) 독일 튀링겐 주에 위치한 작은 읍이다.

인다. 올덴부르크 야지에 있는 황량하고 이교도적인 분위기의 묘지가 장미화원으로 불렸고 무덤 비명이나 민요 중에 나오는 기독교 묘지도 그렇게 불렸다. "나 여기 장미화원에 누워 있으니 아내와 자식들을 기다려야만 하리라". 여기에서도 파라다이스의 의미지만 세속적인 의미의 파라다이스와는 정반대되는 것이다.

많은 수의 독일 장미 밭, 장미 산, 장미 계곡들은 전설 그리고 전설의 의미 체계와 연계되어 있다. 이런 것들 모두 순수한 독일적인 파라다이스로 여겨진다. 그러므로 거기에서 고고 독일어 시대에 도입된 이방(異邦)의 꽃 이름 기원을 찾거나 충만한 센트폴리에(Centfolie) 장미60)를 거기에 대입해서는 안 된다. 장미화원61)과 의미가 흡사한 완전히 독일적인 장소들로는 부텔(Buttel) 목초지와 부텔산[이것은 자주 버터(Butter) 산으로 변형된다]들이 있는데, 이런 지형들은 장미화원의 특성을 함께 공유하며 자신들의 전설을 갖고 있다. 또 독일 역시 수십 종의 토종장미 종류들을 갖고 있는데, 예쁜 울타리 장미(Heckenrosen)와 부텔 장미(Buttelrosen) 등이 그렇다.

하얀 구름 속에서 눈송이 덤불나무를 그리고 구름의 번쩍이는 불빛에서 황금열매와 보석열매를 볼 수 있다고 믿었던 것처럼, 더할 나위 없는 장미의 장관에서 해가 솟을 때나 질 때 하늘이 꽃을 피우는 듯했다. 이 대목에서 그리스인들은 엘프와 비슷한 헤스페리데62)의 정원과 엘레시움(Elesium)63)의 들판을 생각했다. 아일랜드인들은 요

---

60) 플로방스 장미, 배추장미라고도 불리며 배합에 의해 만들어진 꽃잎이 풍성한 장미이다.

61) [원주] Über die deutschen Rosenarten : Schleiden, Rose 195, 199.

62) 그리스 신화의 님프. 황금사과 나무를 지키는 역할을 하며, 헤라와 제우스가 결혼할 때 시할머니인 가이아가 헤라에게 이 황금사과를 선물했다고 한다.

63) 그리스 신화에서 말하는 낙원이다.

정, 페엔과 망자들의 섬64) 을, 게르만인들도 아마 마찬가지로 망자들의 거처를 생각했었던 듯하다. 게르만인들은 흔히 망자의 얼굴을 불그스레한 아침 여명이 감도는 엘프의 장미화원이 있는 동쪽을 향해 묻었다. 사람들이 정말로 내세에서의 영생이라는 생각을 했는지 안했는지는 다음에 논의할 것이다.

대기 중에 존재하는 서로 다른 세 부류의 엘프들은 그 자체에서 서로 뒤섞이는데, 이런 대기의 요정들은 이제 보다 더 많이 세속적인 엘프 종족으로 넘어간다. 이는 이런 기후현상들은 직접적으로 대지에, 즉 산과 하천, 숲 그리고 들판에 영향을 끼치기 때문이다.

산(山) 엘프와 땅 엘프 이름은 북구에서 일반적 이름은 알파(Alfar)이며, 아일랜드와 페로 제도에서는 '숨어 있는 족속'이라는 의미의 훌두폴크(Huldufolk), 노르웨이에서는 훌드레폴크(Huldrefolk), 스웨덴에서는 요르드폴크(Jordfolk), 덴마크에서는 비에르그폴크(Bjergfolk), 아주 드물게 드베르크(Dverg) 라고 한다. 독일에서의 이름은 츠베르크, 크베르크(Querg), 크베르크세(Querxe), 지하족(Unterirdische), 꼬마 총각 비히텔(Wichtemännlein) 혹은 땅 꼬마 남자(Erdmänn-lein), 페네스족(Fenesleute) 등이며, 영국에서의 이름은 드바르프(dvarf)이다.

이와 관련된 전설65) 을 가장 많이 갖고 있는 지역은 알프스 산맥 각 지역, 중부 독일의 광산지역, 북부 독일, 영국, 덴마크와 아이슬란드 등이다. 가장 오래된 땅 엘프의 전설은 독특한 형태와 특성을

---

64) [원주] 아일랜드의 사자들의 섬에 대해서는, Zimmer, ZfdA. 33, 273 ff. vgl. Edw. Schröder, S. Brandan S. XI.

65) [원주] 츠베르크 전설을 가장 잘 정리한 것은 다음의 것이다. Grimm, DS. 1. no. 29 ff. Rochholz, Aarg. S. 1, 264 ff.

지닌 돌과 땅 구멍들과 관련되어 있고, 가장 최근의 것들은 광산 흔적들과 관련된 것들이다.

아주 최근의 석탄 갱구는 거의 새로운 츠베르크 전설을 제공하지 않았다. 츠베르크들은 돌, 구덩이, 땅 구멍 안이나 그 아래에 그리고 나무뿌리 아래나 무덤 안에 살고 있다. 토르가 심문한 적이 있었고 꾀가 많았던 츠베르크 알비스는 한 《에다》 시구에 따르면 바위 밑 땅속 깊은 데에 살고 있고, 츠베르크 안트바리는 자기 암석 안[66]에 니벨룽겐 보물들을 갖고 있다.

산(山) 엘프는 체구가 작은 편이어서 약 50㎝ 정도라 땅딸막하고, 흉하게 생기고 꼽추이며 머리통이 매우 크다. 그래서 브란덴부르크 지역에서 사람들은 산 엘프를 "왕대가리"(Dickköppe)라고 하며, 늙고 주름지고 잿빛 수염이 나 있으며 창백하고, 알비스처럼 코 주변이 창백하며 걸음걸이는 오리걸음이나 염소걸음이라고 생각된다. 이런 엘프의 아내는 대부분 아름답다. 아이슬란드에서는 산의 엘프가 사람 크기로 생각하고 그 가운데는 아름다운 것, 추한 것, 젊은 것, 늙은 것 등이 섞여 있다고 본다.

이런 츠베르크는 우선 눈에 보이지 않게 하는 위장 모자나 안개 모자 혹은 차양이 넓은 모자를 쓰고 다닌다. 결혼식 만찬이나 자루와 밧줄로 완두콩을 훔칠 때 이 가운이나 모자를 벗겨내면 이것들은 갑자기 모습을 드러내고 멀리 도망간다. 이들은 잿빛의 긴 가운을 입고 있다. 페로 제도의 츠베르크들과 마찬가지로 라우린의 힘은 그들 허리띠에 있다. 어떤 츠베르크들은 채찍을 휘두르며 염소를 타고 달린다. 메아리 안에는 츠베르크의 언어인 드베르가 말(dverga mál, 드레

---

66) [원주] 돌 속의 츠베르크에 대해서는 Edda 2, 428.

브가의 시)이 들린다고 한다. 츠베르크는 "슈빅"(Schwick)[67]처럼 갑자기 사라진다. 츠베르크들은 능숙하고 영리하며, 《티드렉 전설》(Thidrekssage)[68]에 나오는 위대한 도둑인 알프릭과 비슷하게 도둑 근성이 있다. 또 음험한 존재로 여겨진다. 그러나 또 다른 한편으로는 사람의 도움을 필요로 한만큼 사람을 도와주기도 한다. 자선에 감사할 줄도 알고 모욕을 당했을 때 복수심에 불타기도 한다.

비교적 최근에 전승되었지만, 그래서 결코 후기 전설이라고 볼 수 없는 전설에서 산 엘프들이 두드러진 것은 그들의 유별난 기술들 때문이었다. 즉, 빵 굽기, 술 빚기, 버터 만들기, 직물 짜기 등의 기술들이 바로 그런 것들이었다. 금과 은이 풍성한 재력과 더불어 이를 이용한 높은 대장장이 기술도 그들을 유명하게 만들었다.

니벨룽겐 보물의 주인은 니벨룽(Nibelung)[69]과 쉴붕(Schilbung)이다. 보물을 늘어나게 한다는 황금반지 안트바라나우트(Andvaranaut)는 독일 보화 중에서 뷘셀루트(마법의 나뭇가지)가 대신한다. 민속전설의 츠베르크들은 산파의 수고와 여타 사람들의 노고를 금과 값진 것으로 보상한다. 이들은 길을 잃은 자들을 불쌍히 여기며 그들을 위로하기 위해 금과 은을 찔러 넣어주는데, 츠베르크 휘비히가 하르츠 숲의 그룬트 부근에서 바위에 잘못 올라간 산림관 아들에게 그렇게 했다고 한다.

츠베르크는 귀중한 물건, 생명수를 보호하는 것으로 민담 속에 나

---

67) [원주] Schwick: Rochholz, Aarg. S. 1, 267, 331.
68) 디트리히 폰 베른(Dietrich von Bern)과 노르웨이의 한자(hansa) 도시인 베르겐의 상인들에 대한 이야기 전설을 13세기경에 정리한 소설이다.
69) [원주] 〈니벨룽겐의 노래〉에 나타나는 츠베르크의 이름이 니벨룽은 아니다. 그러나 〈지그프리트의 노래〉에 그 이름이 나타나며, 거기에서 츠베르크의 알버리히는 아들에게 복무하는 역할을 한다.

타나는데, 외래 민담에서 그렇다. 북방의 츠베르크 피얄라(Fjalar)와 갈라(Galar)[70]가 문학의 꿀술, 메트[Met, 주(酒)]를 보호하는 것으로 되어 있지만, 이것은 맛깔나지 않은 작위적이며 절반은 순수하지 않은 스칼데 이야기에서 나타나는 대목이다. 이 이야기에서 이 북방 츠베르크는 세상에서 가장 현명한 인간인 크바시르(Kvasir)를 주살한다. 옛적에 신들과 바네족들이 싸운 후 그들 사이에 맺은 평화협정을 강화한다는 의미에서 한 개의 그릇에 함께 뱉었던 침에서 생겨난 인간이 바로 크바시르였다. 크바시르를 죽인 이 츠베르크들은 그의 피를 '홍분제 또는 회춘주'라는 의미를 지닌 오트뢰리(Odrörir)라는 이름의 솥, 술 빚는 용기 그리고 잔치용 용기인 손(Són)과 보든(Boðn)[71]에 담고 거기에 꿀을 첨가했다. 이 음료를 먹는 자는 시인과 학자가 된다 생각했다. 그런 후 이 츠베르크들은 신들에게 불쌍한 크바시르가 너무나 지혜가 넘쳐서 질식해 죽었다고 거짓으로 보고했다고 한다.

대장장이 전설에는 보다 순수한 형태의 것들도 있다. 산 엘프들은 앞에서 말한 대기의 엘프처럼 신들에게 봉사하는 고귀한 신분의 그런 천상세계의 대장장이들(277쪽 참조)은 아니다. 그들은 보다 오래된 문헌에 따르면 영웅들에게는 칼, 여인들에게는 장신구를 만들어주었고, 민속 전승에 따르면 일반인들에게는 예리한 칼과 솥 그리고 갖가지 주방기구들을 만들어주었다고 한다.

앞에서 말한 영웅들의 칼은 쇠와 돌을 베며 티르핑의 칼처럼 시기하는 자의 도구나 범죄의 도구로 사용된다는 저주가 없혀 있다. 스웨덴에서는 "비히텔(Wichtel)의 장신구처럼 섬세한"이라는 표현이 사용

---

70) Fjalar und Galar: Edda 1, 216. 2, 295.
71) [원주] 콕(Kock)이 〈요리와 술 빚기〉나 〈초청〉에서 'Són'과 'Boðn'(Indogerm. Forsch. 10, 109)의 이름 의미를 해석했지만 확실하지는 않다.

되고, 노르웨이에서는 산에서 나는 빛이 화려한 크리스털을 '츠베르크의 장신구'라는 뜻의 "드베르크스미"(Dvergsmie)라고 부른다. 72)

대장장이 민중전설은 고대 시대의 특성들을 충실하게 간직하고 있으나 고대 게르만 문헌들에 이에 대한 언급은 전혀 없다. 영국 남부의 버크셔 주73)에서는 잠시 지역을 떠나기 전 대장장이 웨이런트(Wayland)74) 돌비석 앞에 교체한 말발굽 편자와 약간의 돈을 바치고, 그리고 다시 돌아오면 그 돈을 다시 갖고 편자를 새것으로 바꿔 박는 관습이 있었다. 이 돌비석은 이미 10세기경에 만들어진 "대장장이 웨이런트"(Welandes smiðde)이다. 75) 우리는 이 돌비석 관련 전설에서 대장장이 기술의 대가였고 엘프의 우두머리였던 빌란트(282쪽 참조)의 흔적을 다시 발견할 수 있다.

스웨덴은 어떤 "산중 대장장이(Bergschmied)76)는 자기가 있는 낭떠러지 부근에 쇠붙이를 가져다 놓기만 하면 두드려 뭔가 만들겠다고 나섰다. 베스트팔렌 지방에는 동굴과 철을 캐내던 광산들이 많이 있었다. 77) 이런 지방이나 이절론(Iserlohn)78)과 오스나브뤽(Ostnabrück)

---

72) [원주] Fint som ett Vättasmide: Hyltén-Cavallius, Wärend 1, 266.

73) 면적은 1,259㎢, 인구는 79만 천 명(1996)이다. 주도(州都)는 레딩이다. 대부분이 템스 강 유역의 분지이며, 옥스퍼드셔·윌트셔·햄프셔·서리·버킹엄셔에 둘러싸여 있다. 다운스에는 신석기시대부터 원주민이 정착하여 살았던 것 같으며, 철기시대부터 평지부가 개발되었다. 로마 시대의 유적은 주 전역에 남아 있으며, 앙겔작센 시대에는 머셔 왕국의 영토였다가 웨섹스 왕국의 지배를 받았다. 11세기에는 윌리엄 1세가 윈저에 성을 구축하였으며, 17세기의 영국혁명 때는 국왕파와 의회파로 양분되어 항쟁하였다.

74) 빌란트의 영어식 표현이다. 이 유물은 옥스퍼드셔에서 발견된 봉분(封墳)으로 B.C. 5500년 전에 만들어진 것으로 추정한다. 작센인들이 발견하여 이것을 신화 속의 대장장이 빌란트의 작품으로 여겼다는 것이다.

75) [원주] Welandes smiðde: ZfdA. 12, 263.

76) [원주] Schwedischer Bergschmied: Grimm, DM. 4 1, 379.

또 하르츠 지역이나 아르덴넨(Ardennen) 등지에서는 츠베르크나 스귀나우케(Sgünauken) 또는 빌더 게셀레(Wilder Geselle, "야성적인 동지들"의 뜻) 등이 산다고 믿어지는 동굴들 앞에 쇠붙이나 돈 또는 급료지급이 명시된 주문서 등을 놓아두었다. 그러면 그 다음날 놓아두었던 것에 대한 보상으로 도구들이 놓여 있었다고 한다.

그러나 돈을 안내는 자나 동굴 앞 지점을 감사하는 마음 없이 거만하게 더럽히는 자는 불타는 바퀴가 끝까지 쫓아 굴러갔다. 하르츠 산맥 곁이나 윌리히(Jülich)에서는 크베르겐(Quergen)과 꼬마 하인첼(Heinzelmännchen)로부터 가족축제나 교회축제에 쓸 식기를 빌리고 그 대가로 나중에 빵이나 케이크 또는 잔치음식들을 갖다 주었다고 한다.

벨기에의 베르비에79)에서는 사람들이 삼과 털실을 츠베르크의 동굴 앞에 놓아두면 그 다음날 그것이 천으로 짜여 있는 것을 발견했다고 한다. 지역 주민들과 마술을 부리는 대장장이 츠베르크들 사이의 이런 은밀한 물물교환 거래 이야기는 기원 전 4세기경 이탈리아 시칠리 섬 부근 화산섬인 리파라(Lipara)에 살았던 피테아스(Pytheas)80)도 이미 알고 있었다.81) 그에 따르면 사람들이 헤파이스토스의 일꾼인 키클로페의 작업장 앞에 쇠붙이를 가져다 놓으면, 그 다음날 아침 그 대가를 지불하고 그 쇠붙이로 만들어진 완성품 칼이나 그밖에 원

---

77) [원주] Westfälische Zwergschmiedesagen: Anz. fdA. 13, 28. Kuhn, Westf. Sagen 1, 42, 64.

78) 독일 노르드라인-베스트팔렌 주의 도시. 현재 인구는 9만 6천 명이다.

79) 벨기에 동부 리에 주에 있는 도시로 인구는 5만 4천 명(1992)이다.

80) 피테아스 폰 마실리아(Pytheas von Massilia: B.C. 380~B.C. 310). 그리스 상인, 지리학자, 대표적인 고대 문화 발굴자이다.

81) [원주] Liparischmied: Roscher, Mythol. Lex. Hephaestos 2073.

하는 물건을 가져올 수 있었다고 한다.

오늘날도 실론 섬의 원시인 베다족(Weddah)들은 작은 쇠도끼와 장도를 이웃마을 대장장이로부터 구한다. 이들은 밤에 대장장이 집 문앞에 진흙과 나뭇조각으로 만든 무기 모형을 놓아두고 그 곁에 말린고기와 꿀을 놓아두었다. 그리고 베다족들은 밤에 만들어진 물건을가져온다. 물건에 만족하면 노임에 선물을 덧붙여 주기도 한다.

사람들이 땅속으로 파고들어가 금속을 캐낼 경우 대장장이 츠베르크들은 광부, 산중 승려,82) 산 귀신이 된다. 이들은 순간적으로 금과 은이 채워져 있는 암석들로부터 나와서 일을 돕고 핏줄을 내보이며 광산 일 외에도 가난하고, 허약하며 헛갈리게 일한 일꾼들의 일을넘겨받기도 했다. 그러나 이 츠베르크 무리들은 망치질이나 두들기는 일에 대해서는 겁을 먹고 전쟁에서 화살을 견디지 못한다.

페로 제도에서는 두 총각 녀석이 서로 저주하며 싸워 츠베르크 무리들이 모두 피신하면서 스쿠부아(Skuvoy)83)에 있는 커다란 츠베르크 바위를 두 조각으로 쪼개 버렸다고 한다. 교회 종소리가 이들을산에서 쫓아내 버렸고 노(老) 프리츠84)는 왕위 취임 시에 반은 도시인과 같은 이 츠베르크를 추방해 버렸는데, 그것도 흑해 안으로 몰아버렸다.

대장장이나 광부 이야기 말고도 게르만 지역 산과 동굴들은 다양한엘프 전설을 풍부하게 보유하고 있다. 이것들은 세 그룹으로 뚜렷하게 대별할 수 있다. 즉, 슈바르츠발트 남쪽 기슭의 엘프, 독일 중·

---

82) [원주] Bergmönch: Kuhn u. Schwartz, Nordd. S. 194 ff.

83) 페로 제도의 18개 섬 중의 하나.

84) [원주] der alte Fritz 163. Die badischen Sagen: Baader 1, 17. 2, 10. u. Mit-teilungen aus Öflingen u. Oberschwörstadt.

북부 지역의 엘프, 그리고 아이슬란드 엘프 등이 그것이다. 슈바르츠 발트 남쪽 자락에서는 하젤(Hasel) 부근 종유석 동굴들이 지하 하천과 빛을 내는 크리스털과 함께 제 모습을 열어 보이고, 옛 갱구들은 일찍이 있었던 광산의 모습을 보여준다. 또 근처 딩켈베르크 (Dingkelberg) 땅굴로부터는 아주 짙은 지하 증기가 솟아오른다. 이곳의 엘프 전설은 나중에 나타난 헤벨[85]의 문학처럼 전원적이고 유머러스한 쾌적한 상태를 호흡하고 있다. 독일 중·북부 츠베르크 전설은 보다 진지하고 의미심장한 내용을 담고 있다.

즉, 아이슬란드에서는 외딴 농장의 농부들이 동지제인 율의 영원한 밤에 알파가 안개로 휩싸인 절벽과 암벽으로부터 활발하게 나오는 모습을 보곤 한다는 것이다. 그 때문에 그런 절벽과 암벽은 알파하임 (Alfaheim), 츠베르크 산, 알파의 성(城)이라고 불린다. 암벽과 농장, 알프와 인간이 하나의 수줍고-내적인 관계에 나타나고 있으며 서로의 운명에 영향을 끼친다. 또 입센의 드라마처럼 데몬적(的)이고 사실적 요소들이 독일의 경우보다 훨씬 더 강렬하게 표출되어 나온다. 이런 대조는 경우에 따라서 깊은 격동성을 일으킨다.

중세 전설 서술활동에서 전승된 낭독기법은 이런 개별적인 이야기에 엄청난 표현력을 부여했다. 확실히 많은 현대 모티브들은 이런 후기 엘프 전설로 스며든다. 오늘날 우리가 듣는 동지제 때의 교회방문은 고대 종교축제 때 통상적으로 친척이나 친구를 방문했던 것의 새로운 형태에 다름 아니다. 크림힐트와 브룬힐트의 유명한 교회 방문 에피소드도 니벨룽겐 전설의 한복판에 있는 것처럼, 이런 습속은 토착종교의 산 엘프 전설의 중심에 자리 잡고 있다.

---

85) 요한 페터 헤벨(Johann Peter Hebel: 1760~1826)을 말한다. 그는 단편소설 《칼렌더 이야기》로 유명한 독일 소설가이자 시인이다.

우리의 첫 번째 슈바르츠발트 전설은 다시 한 번 산 엘프 전설과 연결된다. 땅속 꼬마 둘이 어떤 농부를 하젤의 동굴로 안내했다. 거기서 이 농부는 수천 명의 꼬마들이 금과 은을 캐는 일에 열중하는 모습들을 보게 되었다. 이 두 땅속 꼬마는 이 농부가 동굴을 떠날 때 작별선물로, 또 농부 집에서 머무는 동안 자기들에게 저녁 수프를 주었던 것에 대한 답례로 금 막대기를 선사했다. 농부는 이 금 막대기를 팔아 부자가 되었다.

그런데 농부에게 새로운 호기심이 솟아났다. 도대체 땅속 꼬마들의 발이 어떻게 생겼는지 알고 싶었던 것이다. 농부는 이들 몰래 집 어귀에 체로 걸은 재를 뿌려 놓았다. 그리고 알게 되었다! 이들의 발은 오리발 모양이었다. 이 땅속 꼬마들이 농부가 한 일을 알아채자 그들은 그 지역을 떠나 버렸다. 그 후 농부는 병이 들어 죽고 말았다. 86)

외플링겐(Öflingen)에서 나온 구전에 따르면 하젤의 방정맞은 소년 아이가 재를 뿌린 것으로 되어 있다. 독일에 널리 퍼져 있는 이 전설의 나이는 상당히 높은 편이다. 이미 중세 때에 우리는 한 츠베르크 왕에 대한 이야기를 듣는다. 이 왕의 이름은 골데메르(Goldemer), 나중에는 폴마르(Volmar)라 불렸다. 87) 이 츠베르크는 그림자 같은 존재로 쥐나 개구리같이 부드러운 손길을 갖고 있었고, 루르 강 옆 하르덴슈타인(Hardenstein) 성에서 성주 네벨링(Neveling)과 교류하며 살았다. 이 츠베르크 왕이 그만 성주의 여동생에 반해 버렸다.

그는 이 성주와 주사위놀이도 하고 술도 함께 마시며 또 심지어는 한 침대에서 잠을 자기도 했다. 부드러운 기타 연주로 매료시키고 묻

---

86) [원주] 재 뿌리기: Rochholz, Aarg. S. 1, 268.
87) [원주] Goldemer: Gobelinus, Cosmodrom aet. VI. c. 70. Zimmerische Chron. 3, 84. Kuhn, WS. 1, 136.

지 않은 질문에도 답을 주었고 적들의 침공에 적절한 시점에 경고를 하기도 했다. 또 성 주변 수도사들의 부정한 삶을 견책하기도 했다. 그런데 언젠가 주제넘은 식당 조수 녀석이 츠베르크에게 재를 뿌린 일이 일어났다. 그러자 베르크는 이 녀석의 목을 비틀고 쇠꼬챙이에 찔러 불에 구워 버렸다. 그리고 이 하르덴베르크 일족에게 저주를 내렸다. 이 츠베르크는 분명히 그 이전부터 있었던 츠베르크 왕 골데마르의 이야기이다. 한 부분만 전해진 전설에 따르면 이 골데마르는 트루트문트(Trûtmunt) — 이 지명은 아마도 도르트문트(Dortmund) 부근의 루르 산맥을 의미한 듯이 보인다 — 산맥에서 한 공주를 납치하여 디트리히 폰 베른이 풀어줄 때까지 억류해 두었다고 한다.

땅속 증기가 솟아오르는 쇼프하임(Schopfheim) 근처 딩켈스베르크 (Dinkelsberg)나 혹은 발츠후트(Waldshut) 부근 풀할데(Fullhalde)에서 땅속의 꼬마 여인들이나 꼬마 남자들은 농부들에게 자기들이 갓 구워낸 케이크나 빵을 가져다주고[88] 아이들이 엄마가 없는 동안 악다구니로 울지 않도록 이불 위에 장난감을 얹어주었다. 또 그들은 불이 켜진 방에서 부지런히 베를 짜다가 10시가 되면, 방주인이 그들을 욕하지 않도록 정확히 그 방을 나갔다. 꼬마 남자들은 집 근처 망치 대장간에서 도와주고 삼을 벗기며 가축을 먹이고 과일을 따며 사람들과 함께 볏단을 묶었다. 이렇게 협동하지만 불일치 역시 빚어졌다. 한 번은 볏단을 묶을 때 막대기 하나가 땅속 꼬마 남자 머리에 튀어 부딪혔고 이 꼬마 남자는 아파서 소리를 질렀다. 이 소리에 땅속 사람들이 모두 몰려들었지만, 무슨 일이 일어났는지 알게 되자 모두들 "뿌린 대로 거두는 거야" 하며 조용히 흩어져 갔다.

---

88) [원주] 요리하고 빵 굽는 츠베르크에 대해서 Kuhn, WS. 1, 131. Kuchen-geschenke der Unterirdischen: Kuhn, Westf. S. 1, 368.

이 말의 완전한 의미를 드러내주는 것은 포알베르크의 다음과 같은 전설이다. 아주 꾀 많은 농부가 있었다. 그가 아주 수다스러운 한 땅속 꼬마 여인에게 자신을 "셀프"(Selb, "자기"라는 뜻이다 — 역자) 라는 이름으로 소개했다. 그러나 이 농부는 이 꼬마 여인의 엉기는 것에 짜증이 나서 이 여인을 나무 틈새에 끼워 넣어 버렸다. 공포감을 느낀 꼬마 여인은 소리를 질러댔고 그러자 꼬마 남자 펭(Fengmännlein) 이 달려와 그녀에게 누가 이런 짓을 했느냐고 물었다. 여인이 대답하기를 "셀프가 했어!"라고 했다. 그러자 이 꼬마 남자가 웃으며 "자기가 한 일은 자기가 당해야지!"(Selb than, selb han!) 하며 웃었다고 한다.[89] 이것과 동일한 신화적인 일화는 독일 동해에서 닉세와 그로부터 자극을 받은 뱃사람들 사이에서 벌어진다. 오디세우스는 자신을 존재하지 않는 자라고 말하면서 옛날부터 있어온 수법을 이용하여 폴리펨을 속여 넘긴다. 그리고 이 대목에서 아주 오래전 고대 시대 알레만 지역 슈바르츠발트 모퉁이에 존재했던 또 다른 전설을 되돌아볼 수 있게 된다. 그 지역 츠베르크들은 그들이 행한 일의 대가로 빵과 과일을 즐겨 먹는데, 이들도 여타 다른 독일 츠베르크들인 것 마냥 구운 캐러웨이 빵 안으로 도망해 들어간다. 그들은 인간의 쓰레기, 악담, 거칠음 등을 싫어한다.

다음 대목에서도 역시 비슷한 모티브가 반복된다. 즉, 어떤 방앗간 주인이 땅속 꼬마 남자에게 일해준 것에 대한 감사표시로 맷돌 위에 새 옷을 한 벌 얹어 놓았다.[90] 이 땅속 꼬마 남자가 입은 옷이 너

---

89) [원주] Selberthan: Mannhardt, WFK. 1, 94. Rochholz, Aarg. S. 1, 267, 330. Kuhn u. Schwartz, Nordd. S. No. 111.

90) [원주] 옷 선물에 대해서 Kuhn, WS. 1, 158. Burkh. v. Worms, Grimm, DM. 4 3, 408.

무 추레했기 때문이었다. 그러나 이 일로 이 땅속 꼬마는 이 방앗간을 영원히 떠나 버렸다는 것이다.

베스트팔렌의 한 지방의 츠베르크 샨홀렉켄(Schanholleken)은 구두장이를 열심히 도와주었고 이에 구두장이는 그에게 새 옷으로 보답했다. 그러자 그는 재미있어 하며 "이제 나는 멋지고 아름다운 사나이지요. 더 이상 구두장이를 할 필요가 없겠군요!"라고 외치는 것이었다. 마찬가지로 영국의 데본셔 지방의 선물받은 픽시스도 "자 이제 픽시스의 일도 끝났군요. 우리 옷을 벗어 버리고 뛰어나가 볼까요?"라고 외친다.

베라(Werra)의 한 꼬마 비히텔(Wichtelmännchen)은 1336년 한 수녀에게 자기가 달걀, 버터, 케이크는 좋아하지만 훼방이나 조롱은 견딜 수 없노라고 고백했다고 한다. 하지만 이들이 작은 활이나 어린아이 신발 등은 장난으로 즐겨 삼았다고 한다. 그래서 독일 보름스의 부르카르트 대주교는 1000년경 사트리(Satyri)와 필로시(Pilosi)가 다른 사람들 물건을 함께 담아갈 수 있도록 이들의 지하실이나 창고에 어린아이 신발을 놓아두는 습관을 비난했었다.

그러나 또 다른 땅 꼬마 남자 이야기[91]는 슈바르츠발트 지역에서 계속해서 살아남아 있다. 어떤 남자가 하젤 부근 한 동굴 앞에 배낭을 하나 열어 놓고 있었다. 오소리를 잡기 위해서였다. 정말로 무엇인가가 배낭 안으로 들어왔고 그 남자는 노획물을 갖고 거기에서 나왔다. 그런데 갑자기 근처에서 어떤 땅 꼬마가, "크라크윌! 너 어디 있냐?" 하고 외치는 것이었다. 그러자 배낭 안의 물체가 "나 배낭 안에 쭈그

---

91) [원주] Erdmännledachs: Kuhn, NS. S. 482. WS. 1, 326. Rochholz, Aarg. S. i no. 81, 96. Schmitz, Eifelssagen 78. E. H. Meyer, Badisches Volksleben 176.

리고 있어!"라고 대답하는 것이었다. 그러자 그 남자는 자기가 땅 꼬마를 포획한 것을 알게 되어 즉시 풀어주었다.

다른 전승에 따르면 이때 잡힌 것은 실제 짐승이었다. 스위스의 무리(Muri) 지방 근처에서 마치 땅을 헤집는 돼지 떼처럼 산을 올라가는 야생동물들 뒤에 끼어 암돼지 새끼 한 마리가 달리고 있었다. 이곳 장정 한 사람(헤이니구겔리)이 그 암돼지 새끼 한 마리를 자루 안에 포획했다. 이 장정이 자루를 갖고 집으로 가려 하는 순간, 줄곧 불어대는 거센 바람들로부터 흘러나오는 음성을 들었다. "하그윌(크룸윌라인), 어디 있지?" 그러자 곧 자루 안에서 대답소리가 들렸다. "헤이니구겔리의 자루 안이야!" 장정은 깜짝 놀라 자루를 내려놓고 그 자리에서 줄행랑을 쳤다.

포획된 짐승이 야생동물 무리에 속한다는 점은 이것이 독일 베를린 근처 하벨란트(Havelland)의 전설이라는 것을 증빙해 주는 대목이다. 그런데 이 전설에 따르면 한 번은 이 오소리를 잡았던 적이 있는 에른스트 코프(Ernst Kopp)를 통해서 사냥이 이뤄졌다. 이때 한 사냥꾼이 물었다. "우리 모두 함께 있는 거야?" 그러자 다른 사냥꾼이 말했다. "그럼, 외눈박이 수돼지만 빼놓고 그래. 그건 에른스트 코프가 자기 자루에다 그걸 잡았거든". 그리고 코프가 집에서 다시 살펴보았을 때, 정말로 오소리는 없고 늙은 외눈박이 수돼지가 있는 것을 발견했다. 오소리는 하벨란트의 카메른(Kamern) 산지에서 츠베르크 여왕인 하르케(Harke) 부인이 소유한 지하의 돼지로 여겨지고 있었다. 이 츠베르크 여왕은 마치 "야생 사냥대"처럼 자기 짐승들과 함께 사냥꾼들 곁을 스쳐 지나간다.

이제 우리는 이 암흑의 전설을 이해할 수 있게 된다. 바람이 고요한 날씨 때에는 이 바람의 짐승은 "바람구멍"[92]이라고 말하는 어떤 동굴들 안에 머물고 있다. 이는 바람이 없을 때 그리스의 바람들이 아에올로스(Aeolos) 동굴에 있는 것과 흡사하다. 오디세우스는 이 바람들을 가죽자루 안으로 몰아넣고, 호기심으로 행한 여행에서 이 가죽자루를 열어젖혀 결국 불행한 사태로 나아갔다.

북방의 남성 오가우탄(Ogautan)은 "날씨의 풀무"를 갖고 있었다. 사람들이 이 풀무를 흔들면, 이 풀무로부터 강력한 폭풍과 극심한 냉기가 터져 나와 사흘 안에 물이 온통 두꺼운 얼음으로 뒤덮였다. 독일 메클렌부르크 지방에서는 바람이 불면 "우리 하나님께서 우리의 바람 부대를 열어젖힌다"거나 혹은 "젊은이들이 부대를 열었군" 하고 말한다.

바람을 자루에서 내보낼 수 있는 것처럼, 바람을 담을 수도 있다. 예컨대 야생 사냥의 외눈박이 짐승이 회오리바람을 그렇게 하는 것과 같다. 발츠후트(Waldshut) 93) 부근에서는 사람들이 어린애들에게 "공기가 제대로 움직이면 자루를 들어 바람에 거슬러 달린다. 그러면 그 안으로 딜다프(Dilldapp)가 들어온다"고 알려준다. 이 딜다프는 여타 남부 독일에서는 힐페트리치(Hilpetritsch), 엘펜트뢰치(Elpentrötsch), 올펜트뤼치(Olpetrütsch)라는 이름을 갖고 있다.

슈바르츠발트의 츠베르크 무리들의 경우 다음과 같은 게르만 공통의 특징들을 역시 갖고 있다. 저기 북단 지역에서처럼 남부 독일에서도 츠베르크는 아이들을 훔쳐가고 요람 안에다 그들의 대체인형, 기형아인 움스키프퉁(Umskiptungr)을 놓아둔다. 이때 아이를 도둑맞은 엄마는 그 밉살스러운 인형을 면전에 두고 맥주를 계란 담는 그릇에 넣고 끓이거나 자그마한 냄비에 기다란 젓는 수저를 꽂아 놓는다.

---

92) [원주] Windlöcher mit Dampf: Laistner, Nebels. 16 f.
93) 독일 서남단과 스위스 경계선에 위치한 작은 마을이다.

이렇게 하는 이유는 그 밉살스러운 인형이 이 모양을 보고 놀라서 급박한 비명을 지르게 하기 위해서이다. 이때 그것은 "난 브레멘 숲만큼 나이를 먹었다"라거나 혹은 "난 나이가 많아. 그리고 수염이 길고 알프하임에 자식들을 18명이나 갖고 있어. 그렇지만 저렇게 작은 알곡 통에 저렇게 커다란 막된놈을 보기는 처음이구만" 하고 외친다. 그러면 엄마는 이 인형을 인정사정없이 회초리로 두들길 수 있는 이유를 갖게 된다. 그러면 결국 그 비명소리를 듣고 여자 츠베르크가 훔친 아이를 다시 데려오고 갖다 놓은 그 인형을 갖고 돌아간다는 것이다.

산모가 되는 엘프에 관한 전설은 남부 및 북부 게르만족의 전설인데, 이때 산욕을 하는 엘프는 인간의 도움을 필요로 한다. 한 츠베르크가 갑자기 어떤 여인 앞에 모습을 나타내어 자기 아내의 산파가 되어달라고 간청한다. 이 츠베르크가 여인을 아주 예쁘게 치장된 동굴의 방으로 인도하고 여인은 그 방에서 심한 고통 속에 빠진 꼬마 여인을 발견하게 된다. 여인은 이 꼬마 여인의 배 위에 손을 올려놓기만 하면 되고, 꼬마 여인은 무사히 아이를 출산한다. 그러면 이 여인은 대개 츠베르크의 집안에서 조심스럽게 간직된 장신구를 선물로 받아 부자가 되어 풀려난다. 독일 알벤스레벤(Alvensleben)[94] 출신의 여인이 이런 츠베르크 여인으로부터 선물받은 금반지는 여인의 가문의 번성을 보호해준다. 이 반지가 없어지면 가문의 번영도 멈춘다.

고대 북방 〈굉구-흐롤프 전설〉(*Göngu-Hrolf Saga*) 제15장에서 알프코나(Alfkona)가 언덕에 나와 흐롤프(Hrolf)가 그쪽으로 도망 온 사슴을 잡으러 쫓아오는 것을 크게 나무란다.[95] 그런 후 알프코나는

---

94) 독일 작센-안할터(Sachsen-Anhalter) 주에 있는 고나(Gonna) 강변의 마을이다.

호롤프에게 산욕 중에 있는 딸을 봐달라고 요청한다. 호롤프는 임산부를 돌보아 주었고 임산부는 곧 아이를 낳았다. 임산부는 호롤프에게 밤이나 낮이나, 물에서나 들판에서 길을 잃지 않게 하는 반지를 선물했다.

하르츠게로데(Harzgerode)라는 산파는 어떤 남성인 닉스(Nix)[96]가 한 여성 닉세의 해산을 위해 불러들였던 것인데, 이 산파는 이 산모 닉세로부터 손수건[97]을 선물받았다. 이 산파가 이 손수건으로 자기 눈물을 닦자, 시장터에 있는 여성 닉세들을 알아 볼 수 있게 되었다. 닉세가 이를 알아채고 자기 앞치마에 침을 뱉어 그것으로 이 산파의 눈을 훔치자 산파는 그때부터 더 이상 볼 수 없게 되어 버렸다.

알벤스레벤 전설[98]과 하르츠게로더 전설의 가장 특징적인 요소들을 합쳐 놓은 것은 다음과 같은 아이슬란드 전설이다. 한 여인이 엘프의 안내로 산욕 중인 엘프 아내에게로 간다. 그리고 손으로 이 산부를 스치자 고통이 없어지고 아이를 낳는다. 이 여인이 남편 엘프의 지시대로 엘프의 연고를 아이 눈에 바르거나 엘프의 돌로 눈을 스친다. 그러자 이 여인 방 안에 수많은 사람들이 들어 있는 것을 보았다. 그리고 나중에 번잡한 시장 한가운데에서도 만났던 엘프를 알아 볼 수 있었다. 그러나 어떤 엘프가 그걸 눈치 채면 자기의 입김과 침으로 여인의 눈을 씻어 그 투시력을 빼앗아 버린다.

---

95) 여기에서 알프코나는 엘프의 일종인 츠베르크의 이름이며, 호롤프는 6세기경 덴마크 왕의 이름으로 알려져 있지만 역사적으로 확인된 인물은 아니다. 흐롤프라는 이름에는 '힘, 위력'의 의미가 스며 있다.

96) 닉스(Nix)는 남성, 닉세(Nixe)는 여성이다.

97) Nixen handtuch: Pröhle, Harzsagen 250. Die isländischen Sagen bei Arnason, Islenzkar Thjoðsögur 1, 15 ff.

98) [원주] Frau v. Alvensleben: Grimm, DS. 1 no. 68.

마지막으로 값진 보물에 관한 이야기는 아이슬란드의 경우 경험 많은, 부인이 아닌 어린아이와 연계되어 있다. 신앙심이 좋은 한 여자 엘프가 혼자 외롭게 놀고 있는 아이 하나를 데리고 돌 속으로 들어왔다. 그로부터 13년이 되던 해에 이 아이는 자기 부모들에게 돌려보내졌다. 아이를 떠나보낼 때 여자 엘프는 소녀에게 여러 물건들과 함께 보석 몇 개를 주고 그것을 항상 머리에 꽂고 있으라고 충고했다. 소녀는 결혼한 후에도 그 지침을 충실히 지켰다. 그러던 어느 날 교회에서 돌아오는 도중에 모자를 벗었고 그때 보석이 땅바닥에 떨어졌다. 그러자 얼마 있다 소녀는 병들어 죽고 말았다.

또 한 번은 린텔른(Rinteln)99) 부근에서 한 츠베르크가 한 소녀에게 아마가 가득 감긴 실패 하나를 주었다. 그러면서 그녀의 인생은 이걸로 충분할 것이며 실패를 결코 풀지 말라고 했다. 소녀는 그 말을 충실히 따랐다. 소녀는 해를 거듭하며 계속해서 실을 만들었고 실패는 항상 가득 차 있었다. 소녀는 실을 엄청나게 갖게 되었고, 매우 아름다운 아마포들을 하나씩 하나씩 늘려갔다. 100) 마침내 소녀는 도대체 그 아마실 밑에는 무엇이 있을까 알고 싶었다. 그래서 천을 짜고 또 짰다. 마침내 두 손가락 사이에 실의 맨 뒤꼬리를 잡았다. 그러나 그 밑에는 아무것도 없었다. 그녀가 이 실패를 돌리는 만큼 이 아마실은 영원히 그대로 있었고 여전히 변함없었다.

인간과 츠베르크는 서로에 대해서 신뢰감을 느끼고 있었다. 그래서 츠베르크는 인간을 대부(代父)로 청하고, 결혼식101) 때가 되면

---

99) 독일 니더작센 주의 베저 강변에 있는 마을이다.

100) [원주] Das Flachsgeschenk der Zwerge: Kuhn u. Schwartz, Nordd. S. 243.

101) [원주] Zwerge auf Menschenhochzeiten: Kuhn u. Schwartz, Nordd. S.

사람들한테서 식기와 고기 굽는 꼬챙이를 빌렸다. 마찬가지로 인간도 그들의 축제 때 츠베르크들로부터 그렇게 했다. 츠베르크들은 초대받지 않아도 자리에 나타나서 식탁 위에 음식이 올라가면 모두 사라져 버렸다. 그럼 신부와 신랑은 놀라서 서로 얼굴을 쳐다보며 머리를 맞대고 궁리한 후 자기들이 갖고 있는 것들을 내어놓는다. 그리고 선물을 나눠 주는 때가 되면, 츠베르크의 무리들이 모자를 벗고 제 모습을 드러낸다. 이때가 되면 음식이 왜 순식간에 사라지고 말았는지 밝혀진다. 방 안에 땅 꼬마 남자들이 가득 채워진 게 보이기 때문이다. 그들이 음식을 먹어 해치우는 데 도움을 주었다면, 선물 주는 것에도 도움을 준다. 각자가 바구니 안에 금 조각을 넣어준다. 때로는 이들이 깜짝 놀라기도 한다. 연회 도중 밧줄 하나가 그들의 모자를 동시에 벗겨버리기도 하기 때문이다. 그러면 그들은 짜증을 내며 이곳을 피해 나가 버린다. 이들은 종종 축제 공간이 너무 좁고 빈약하다고 생각하기도 한다. 그럴 때 이들은 가까운 곳에 있는 멋진 백작 성, 예컨대 작센 지방의 아일렌부르크(Eilenburg) 성에서 음악과 춤으로 축제를 아주 성대하게 치르기도 한다. 괴테가 쓴 세련된 결혼의 노래에서 백작은 이 츠베르크들의 축제활동을 유쾌하게 꿈꾸듯이 바라본다.

아이슬란드의 경우[102] 엘프들이 이런 축제의 경우에는 자기 집에 있지만, 율 축제 때에는 대개 남의 집에서 산다. 이 율 축제 기간 동안 북구 사람들은 아주 소모적인 축제의 즐거움을 만끽한다.

알파 무리는 신령한 율의 십이야 기간 중 그들의 출발 날짜[103]를

---

243. Zwerghochzeit: Grimm, DS. 1 no. 31.

102) [원주] Die schönen isländischen Sagen: Arnason.

103) [원주] Die Fahrtage: Arnason 1, 105 vgl. Anz. fdA. 1, 105. Bilfinger, d.

잡으며 이 바위에서 저 바위로 옮겨 다니며 다른 엘프를 찾아간다. 또 인간의 연회에도 찾아간다. 인도의 리부[104]들과 그 친척들도 한 해 한 번 율 기간 동안의 십이야에 손님대접을 받으러 돌아다닌다. 친척을 방문하여 그들을 대하는 태도에 따라 욕하기도 하고 인사도 나누며 대지를 풍성하게 한다.

아이슬란드에서는 사람들이 엘프의 은총을 입으려고 엘프를 엄숙하고 조심스럽게 맞아들였다. 19세기까지만 해도 가정주부는 이때 집안 구석구석마다 불을 밝혀 놓았다. 그래서 고적한 성탄절 밤중까지 불이 밝혀졌으며 어디에서나 그림자가 지지 않았다. 모든 것을 조심스럽게 청소하고 문은 모두 열어 놓았다. 그들은 또 집 전체를 빙 돌며 "오고 싶은 사람은 모두 오고, 가고 싶은 사람은 모두 가라. 나와 우리 가족들에게 해만 끼치지 말고!"라고 말했다. 독일에서부터 우리는 성탄절 저녁에 불빛으로 샘 안의 샘 엘프와 장소를 옮겨가는 산의 엘프를 밝게 비춰준다는 것을 알게 되었다. 우리는 이제 옛 주교 공의회 결의사항이 밝힌 이른바 바위와 샘 주변에 불을 켜 놓았던 일을 이해할 수가 있다. 이것들 역시 엘프를 영예롭게 하기 위한 것들이었다.

1819년에 한 목자가 율 축제 제 13일째 되던 날 아침 많은 남자와 여인 그리고 아이들이 짐 실은 말과 마차를 타고 계곡을 통해 바위들 속으로 들어가는 것을 목격했다. 종소리와 노랫소리가 울려나왔지만 그 목자는 한마디도 알아들을 수 없었다. 목자가 이 대열에 접근하려

---

ger-manische Julfest 44.

104) 인도 힌두교 경전인 《베다》(*Veda*)에 등장하는 신적 지위를 지닌 3명의 예술가를 가리킨다. 원래 현자(賢者) 앙기라스(Angiras)의 후손 수단반 (Sudhanvan)의 아들들이다.

는 순간 바위는 닫히고 말았다. 목자가 겁이 나서 서둘러 그 자리를 떴지만 아주 긴 잠이 그를 덮쳤다. 그리고 차가운 이슬방울이 그의 턱에서 뚝뚝 떨어지는 때에 그는 잠에서 깨어나 그의 가축을 몰고 집으로 돌아왔지만 오랫동안 정신착란 상태에서 벗어나지 못했다.[105]

한층 우려할 만한 것은 누군가 율 축제 기간 동안 밤에 십자로에 주저 않는 경우이다. 그때 사방팔방에서 엘프가 몰려나와 사람에게 함께 가달라고 청한다. 이때 질문에 대답을 해서는 안 된다. 그러면 그들은 이제 보석과 옷, 음식과 음료 등을 가져온다. 그러나 그때 그 어떤 것도 자기 소유로 삼아서는 안 된다. 마지막으로 엘프들은 어머니나 누나의 형상으로 나타나 갖은 방법으로 사람에게 함께 가자고 아양을 떤다. 그러나 사람은 이를 거부하고 버텨야 한다. 드디어 날이 밝으면, 사람은 일어서며 "하나님 감사합니다. 이제 밝은 대낮이 온 대기에 비치는 군요!"라고 말해야 한다. 그때 갑자기 엘프의 무리들은 모두 사라지고 그들이 구석에 남겨 놓은 보물들을 그렇게 잘 견딘 사람이 얻게 된다. 만일 엘프의 말에 대답을 했거나 요청을 들어주어 함께 갔다면 마법에 걸리고 이성을 도둑맞게 되며 다른 사람과 결코 소통할 수 없게 되었을 것이다. 이런 이야기 역시 독일에서 떠도는 이야기들이다.

독일의 슈바벤에서 성탄절 밤중에 사람이 십자로에 앉아 있으면서 몰려드는 귀신들에게 말하거나 웃도록 유혹을 받고 이를 물리치면 사람은 마귀에 의해 찢김을 당하지 않으며, 20~30명 장정의 힘을 부여하는 고사리 씨앗을 선물로 받는다.

한 아이슬란드 엘핀은 농가에서 하녀로 일하였는데, 율 축제 야밤

---

105) [원주] Hirtensage: Arnason 1, 126. Kreuzweg i. d. Christnacht: E. H. Meyer, Bad. Volksleben 481.

에 잠을 자던 머슴의 치아에 마법기사의 이빨을 선사한다. 이 머슴은 예배를 드리는 동안 집에 엘핀과 혼자 남아 있었던 그 머슴이었다. 엘핀은 또 이 머슴의 길을 인도하고 또 엘프의 축제로부터 죽음에 이르기까지 줄곧 동행한다. 그리고 이 머슴은 마침내 살아서 엘프의 제국으로부터 반지를 가져나오는 데 성공한다. 이 머슴이 이제 집에 돌아와 엘프 바위 안 축제 분위기에서 얻은 체험을 설명하려 하였다. 그러자 하녀가 그가 거짓을 말한다고 책망하자, 이 머슴은 하녀에게 반지를 보이며 "힐다 여왕이여, 이것은 당신의 반지인가?"라고 말했다. 그러자 여왕이 소리쳤다. "이제 난 구원을 받았어요. 마침내 한 인간이 감히 나를 찾아 이 알프하임으로 쳐들어왔으니까요. 내 가족들에게 내 몫을 요구하세요!"라고. 이 여왕은 만복을 기원하는 정중한 감사인사를 한 뒤 모습을 감추었다. 이후 이 머슴은 전국에서 가장 유능한 농부가 되었다. 106)

다른 농장에서는 엘프 귀신들이 전혀 다른 과정을 거친다. 즉, 앞의 그런 축제의 밤을 보낸 그 다음날 아침 머슴이 죽은 채로 자신의 침대에서 발견되었다. 이 머슴은 가족들이 교회를 간 틈에 이 집에서 축제를 벌이려고 집안으로 들어 온 엘프들에 의해 살해당한 것이었다. 그럼에도 불구하고 새로 온 머슴은 율 축제의 저녁에 혼자 남아 있기로 결심했다. 그는 불을 붙이고 거실의 느슨한 벽 판때기 뒤에 몸을 숨겼다. 머슴은 판때기 틈새로 안을 들여다 볼 수 있었다. 그때 거친 움직임을 하며 방 안으로 들어선 두 낯선 형상이 사방을 둘레둘레 살펴보았다. 한 형상이, "사람 냄새야, 사람냄새!"라고 외쳤지만, 다른 형상이, "아니, 여기에는 사람이 전혀 없어!"라고 말했다. 그들

---

106) [원주] Hildensage: Arnason 1, 110.

을 불을 붙여 방을 구석구석 살피다가 침대 밑에서 개 한 마리를 발견했다. 이들은 개의 목을 비틀어 죽여 밖으로 던져 버렸다. 이제 방 안은 사람 형상들로 채워지고 식탁에는 은 식기, 음식과 음료가 마련되었다. 왁자지껄한 식사가 지난 뒤에는, 방 안의 테이블과 식기 및 옷들이 치워진 후, 흥겨운 춤 순서가 뒤따랐다. 2명이 바깥에서 망을 보며 누군가가 오지 않는지 또는 날이 밝아 오는지 살폈다. 그들이 방 안으로 긍정적인 상황을 알렸다. 그러자 이 하인은 아침 무렵에 벽 판때기를 붙잡고 방 한가운데로 뛰어 들어가 두 느슨한 벽 판때기를 부딪쳐 소음을 일으키면서 있는 힘을 다해 소리를 질렀다. "낮이 왔다, 낮이 와!"107) 그 순간 모여 있던 모든 형상들이 바깥으로 몰려 나갔다. 이들은 집기들 사이로 서로 서로의 몸을 짓밟으며 밖으로 몰려나갔다. 심하게 다친 형상들이 많이 넘어져 있었다. 하인은 그들 뒤 안쪽에서 줄곧 문짝을 두드리며 "낮이 왔다 낮이!"라고 외쳐댔다. 이것은 모든 형상들이 근처에 있는 강으로 몸을 던질 때까지 계속되었다. 집으로 돌아온 하인은 죽은 것들을 모두 바깥으로 옮기고 부상 당한 것들은 모두 주살하고 그 시체를 불에 태워 버렸다. 엘프들이 남겨 놓은 물건들은 하인과 주인이 나누어 가졌고 이 하인은 중요한 인물이 되었다. 그러나 그 이후 그는 다시는 율 축제의 밤엔 농장에 머물지 않았다.

노르웨이와 슐레스비히-홀슈타인 지방에는 혼자서 유령이 출몰하는 방앗간에서 밤을 지새운 광부에 관한 전설이 전해진다.108) 그러나 하르츠 지방의 한 늙은 군인에 대한 비슷한 전설이 훨씬 더 자세하

---

107) [원주] "Tag, Tag": Arnason 1, 118.
108) [원주] Die Mühlensage: Laistner, Rätsel d. Sphinx 2, 4, 15. Pröhle, Harzsagen 2 110.

다. 이 늙은 군인은 언젠가 츠베르크 왕 휘비히가 벌이는 밤의 축제와 그 무리들과 자리를 함께 할 기회가 있었다. 그때 츠베르크 무리가 갑자기 담배 냄새를 감지하고 그가 있는 것을 알아차리자, 지팡이를 휘둘러 이들을 모두 쫓아버리고 값진 식기 모두를 자기 것으로 만들어 버렸다. 제일 아름다운 전설은 사랑의 이야기로, 엘핀이 남성에게 또는 여인이 엘프에게 향하는 그런 사랑 전설들이다.

다음의 영국 전설은 그 모티브를 가늠하기 어렵게 만든다. 에든홀(Edenhall) [109] 근처에 있는 성 커스버트[110] 샘에서 엘프의 무리들이 즐겁게 놀고 있었다. 그런데 지하 술집 주인이 이 샘가에서 "에든홀의 행운"(the luck of Edenhall)이라 이름 붙은 귀중한 잔을 하나 훔쳐 갔다. 엘프의 무리들은 이 잔을 찾아 이렇게 외쳤다.

"그 잔이 깨지거나 떨어지면 에든홀의 행운은 사라진다오."

다음에 나오는 올덴부르크의 전설은 여자 엘프의 사랑을 암시한다. 언젠가 올덴부르크의 오토 백작이 사냥에 지쳐 그의 백마 위에 앉아 "오 하나님, 누가 시원한 물 좀 가지고 있을까요!" 하고 외쳤다. 그때 산이 열리며 거기에서 아름다운 옷을 입은 처녀가 걸어 나왔다. 머리에는 관을 쓰고 머리칼은 어깨까지 드리워져 있었다. 처녀는 백작에게 아름답게 장식된 은으로 된 뿔잔을 건네었다. 백작은 잔의 뚜껑을 열었지만 음료가 마음에 들지 않았다. 그러자 그 처녀는 "이 뿔

---

109) 잉글랜드 북서쪽 컴브리아(Cumbria) 주를 흐르는 에든(Eden) 강을 끼고 있는 한 마을.
110) 캔터베리 커스버트 대주교(Cuthbert von Centerbury: ?~758 혹은 760)를 가리킨다.

잔으로 마시옵소서. 그러면 폐하와 폐하의 나라가 건승할 것이나, 그렇지 않으면 분쟁이 발생할 것입니다"라고 했다. 그러나 백작은 그 뿔잔을 뒤로 휘둘러 음료를 쏟아 버렸다. 그 순간 음료 몇 방울이 말 등에 떨어졌고 그것에 젖은 말의 털은 곧 불타 버렸다. 그리고 백작은 그 잔을 갖고 그 자리를 떠나 버렸다. 처녀는 온 몸이 부셔져 죽을 때까지 그 잔을 되찾기 위해 쫓아왔다. 그 다음날 밤 그 주위에서 "페멤메가 죽었도다"(Fehmöme is dood!) 라는 소리가 들렸다. 111)

내용이 간단한 페로 제도의 전설은 보다 명확하다. 어느 청년이 황야에서 목이 마르고 피곤한 상태였다. 그러자 엘프의 언덕에서 홀드레 처녀(Huldremädchen) 112)가 걸어 나와 그에게 맥주인지 우유인지를 건넸다. 청년이 거품을 불어 없애지 않고 그걸 마셨는데, 망각의 음료였다. 그러자 그 처녀가 청년을 산속으로 데리고 가 버렸다. 113)

여기서 분명한 것은 이 전설들의 주요 동기는 사랑이 아니라 음료라는 점이다. 이것에 상응하는 블레킹114) 전설(Blekinger Sage)이 있다. 이 전설에 따르면 한 하인이 발푸르기스의 밤(Walpurgisnacht) 115)

111) [원주] Fehmöme: Strackerjan, Oldenb. S. 1, 399 ff. "Möme is dood!" Kuhn, WS. 1, 159, 246. Panzer, Beitr. 1, 13. Mannhardt, WFK. 2, 149. 345. Norweg.

112) 페로 제도에서 요정을 가리키는 명사인 듯하다. 입센의 중요 희곡작품 중의 하나인 《페르긴트》(Peer Gynt)는 이 전설에서 모티브를 취한 것이다.

113) [원주] Huldremädchen mit dem Trinkhorn vor dem Berg: Zeitschr. f. Volksk. 8, 14 (s. u.).

114) 블레킹(Blekinge)은 스웨덴 남쪽 끝에 있는 주(州)이다.

115) 발부르가(Walburga: 710~779) 라는 영국 수녀의 이름에서 유래한 축제이다. 이 축제는 중부 북부 유럽에서 5월 1일 이 수녀를 추모하며 행해졌는데, 그 전날 마녀들의 준동을 방지한다는 의미에서 그 전날 밤인 4월 30일 밤에 춤과 여흥이 이뤄졌다.

에 자기 주인의 밭을 황폐하게 만든 마녀의 무리들과 연회를 벌일 때 이들을 습격하여 황금 뿔잔을 빼앗아왔지만, 하인은 여기에 음료를 담아 먹는 것을 단호히 거부했다는 것인데, 이 전설은 보다 광대한 자연의 배경을 열어 보여준다.

이 하인은 그곳에서 도망쳐서 그 "마이탁스호른"(*Maitaghorn*) 116) 을 주인에게 바쳤다. 주인은 이 뿔잔을 돌려주는 것을 거부했다. 그러자 엘프들이 주인의 추수를 3번 연거푸 불태워 버렸다. 이 때문에 주인은 매우 가난해졌다. 여기에 나오는 산중 여성 엘프들이나 홀드레 처녀들 그리고 마녀들은 원래 여성 구름 엘프들이다. 이는 그리스에서 수확을 보장하는 비의 여신인 플레이아데(Pleiade) 들과 흡사하다. 이 여신들은 원래 하늘의 님프였다가 나중에 산 엘프로 변신한 여신들이다. 이와 비슷한 비의 여신들로 히아데(Hyade) 라는 여신들이 있는데 이 여신들은 물동이에서 물을 쏟아부어 풍년을 가져다주는 여신이다. 이 히아데 여신들처럼 게르만의 여성 구름 엘프들은 5월에 최초의 봄 뇌우로 뿔잔을 들고 나타난다. 그리고 그 뿔잔에서 축복도 내려주고 동물들에게 불을 내려주기도 하며 들판에 물을 뿌려준다.

여성 엘프와 한 사내의 사랑 이야기는 한층 애틋하다. 베저 강 상류 샤움부르크(Schaumburg) 를 내려다보는 파셴베르크(Paschenberg) 산 정상 바로 아래 묌켄 혈(穴)(Mömkenloch) 안에 한 여성 츠베르크가 살고 있었다. 이 츠베르크의 머리카락은 매우 길어서 그 발뒤꿈치까지 이르렀다. 그런데 츠베르크한테 한 백작 또는 농부가 흠뻑 반해서 늘 몰래 츠베르크를 찾아다녔다. 그런데 한 번 그 아내가 이를 눈치 채고 뒤를 밟아 혈 깊숙이 들어갔고 거기서 자신의 남편이 츠베르

---

116) '마이탁'(*Maitag*) 은 '5월의 하루' 그리고 '호른'(*Horn*) 은 '뿔'의 뜻이다.

크와 침대 위에 함께 있는 광경을 목격했다. 이 츠베르크의 머리카락은 침대에서 흘러나와 땅에 닿아 있었다. 그러자 그 착한 아내는—매우 감동적인 겸손함을 보여준 대목으로—이렇게 말하는 것이었다. "오, 신께서 당신의 머리카락을 보호해 주시기를!" 이 말과 함께 이 여인은 그 둘의 만남을 피해 주었다. 그러자 남편은 그 사실에 너무 놀라워하며 다시는 그 여인과 만나지 않았다.

베스트팔렌과 바이에른 주의 전설은 베저 강 상류에서 하나의 후속 전설을 갖고 있다. 오젠베르크(Osenberg)에서처럼, 페뫼메(Femöme)가 올덴부르크 백작의 버림을 받은 후 "페뫼메가 죽었도다!"라는 한탄 소리가 들리자, 여기에서 츠베르크가 샤움부르크를 내려다보며 "드 뫼메가 죽었도다!"(De Möme is dood)라고 소리쳤다고 한다. 그런 후 즉시 한 츠베르크가 야밤에 베저 강변 그로스비덴(Großwieden)에 사는 나룻배 사공에게 와서, 사람을 강 건너로 실어다 주어야 한다며, 나룻배를 준비해 달라고 부탁했다. 이 뱃사공은 4번이나 강을 왔다 갔다 했지만, 실제로는 아무도 보지 못했다. 그럼에도 배에 사람이 가득 찬 듯이 나룻배는 물속에 깊숙이 잠기곤 했다. 뱃사공이 마침내 4번째로 육중하게 싣고 강을 건넜을 때 그를 고용했던 츠베르크가(몇몇 전설에 따르면 오른쪽 어깨너머로) 강 건너편 풀밭을 한번 보라고 말했다. 사공은 거기에 수많은 머리통이 나란히 놓인 것을 발견했다.

헤어질 때 이 츠베르크는 사공의 품삯이 나룻배 안에 있다고 알려주었다. 사공은 그러나 배 안에서 말똥 외에는 아무것도 발견할 수 없었다. 화가 난 사공은 이 말똥을 발로 차서 물속에 빠뜨려 버렸다. 그러나 그의 신발 안에는 이 말똥이 약간 묻어서 남아 있었다. 다음 날 그것은 진짜 두카텐 금화로 바뀌어 있었다.—꼬마 종족 츠베르크의 강 건너기 또는 이주전설은 독일 전역과 스코틀랜드 그리고 아이슬란드까지 광범위하게 퍼져 있다.

아이슬란드의 사랑전설[117]은 한층 더 감동적이다. 한 남자가 여성 엘프와 교제를 하고 있었다. 그런데 어느 일요일 교회 앞에 느닷없이 요람이 하나 서 있고 그 안에는 값비싼 강보를 덮은 아기가 있었다. 그 자리에는 한 엘프 어미가 교회 가는 사람들을 기다리고 있었고, 그 중 한 사람에게 사람들 앞에서 큰 소리로 물었다. "이 아이의 아버지 라고 고백할 수 있어요?" 남자가 이를 거부하자 엘프 어미는 강보, 즉 "엘프 겉옷"(*Elfenmantel*)을 걷어 던져 버린 후 남자의 거짓을 영원히 증언하기 위해 교회 안으로 들어가 남자 가문을 10대에 걸쳐 저주하였 다. 그 후 이 엘프 어미는 요람과 아이를 데리고 사라져 버렸다.

이런 모든 이야기 중에서 백미는 한 농부의 딸과 엘프 또는 훌두만 (*Huldumann*)[118]과의 사랑을 담은 아이슬란드 전설이다. 한 번은 한 농부의 딸이 고적한 고산지대 오막살이 집 부뚜막에 앉아 있었다. 그 때 한 젊은 총각이 다가오더니 자신의 병든 어머니에게 드릴 우유 한 잔을 청했다. 농부의 딸은 청년에게 어머니의 병이 나을 때까지 매일 자기에게 오라고 말했다. 두 사람 사이에 서로 사랑이 싹텄다. 드디 어 농부의 딸이 아이를 낳고 산욕 중에 졸도하자, 이 청년은 자기 입 으로 농부의 딸에게 힘을 불어 넣어주고 아이는 젊은 농부 아낙네에 게 맡겨두었다. 이 아낙네는 농부의 딸이 건강을 회복할 때까지 아이 를 양육했다. 이 농부의 딸은 농장에 돌아왔을 때 지금까지의 일에 대해 늙은 아버지에게 한마디도 하지 않았다. 농부는 딸이 싫다고 하 는데도 돈 많은 구혼자와 결혼하라고 강권했다.

마침내 딸은 "되는 일은 되고 말거야!"라는 말과 함께 아버지에게

---

117) Die köstliche isländ. Liebessage: Arnason 1, 67.
118) 남성 엘프를 가리키는 명사인 듯하다.

양보하고 말았다. 그러나 그녀는 남편이 된 사람에게 한 가지 조건을 걸었다. 가을철이 되면 겨울작업을 위해 거처를 정할 것인데, 그때 겨울 손님은 허락 없이 단 한 명도 들이지 말라는 것이었다.

남편은 그렇게 하겠다고 약속했다. 그로부터 두 사람은 3년 동안 행복하게 살았다. 그러자 가을이 되었을 때 한 남자가 어린아이를 데리고 나타나 농부에게 이곳에서 겨울나기를 부탁했다. 농부는 허락하고 싶었지만 자신이 했던 약속이 생각나서 아내에게 허락을 해줄지 물었다. 여인은 거절했다. 그러나 남편이 오랫동안 졸라대자 양보하면서 재차 "되는 일은 되고 말거야!" 하고 말했다. 여인은 그 겨울 내내 그 겨울손님과 단 한마디의 말도 나누지 않았다.

그러던 중 종려나무 주일이 되었을 때 농부는 아내와 교회를 가고 싶어 했다. 문 앞을 나서며 관습에 따라 집안에서 일하는 사람에게 양해를 구하지 않겠느냐고 아내에게 물었다. 아내는 "아니요!"라고 부정하며 "특히 저 겨울손님과는 안 할 거예요. 저 사람과 나와는 전혀 상관없어요!"라고 말했다. 그러자 농부는 "당신이 그렇게 하는 것보다 차라리 교회에 가지 않는 편이 낫겠구려"라고 대답했다.

그러자 아내는 슬픈 마음으로 그 낯선 사람이 있는 집안으로 들어간 뒤 다시 나오지 않았다. 기다리다 못한 남편이 그 집으로 뒤따라 들어갔다. 그리고 열려 있는 방 안에서 아내가 "당신의 입술에서 세상에서 가장 달콤한 청량음료를 들여 마시는군요"라고 말하는 소리를 듣고 놀라 방 안으로 뛰어 들어갔다. 남편은 자기 앞에 두 남녀가 꼭 껴안고 누워 있는 것을 발견했다. 두 사람은 독극물에 몸이 녹아 죽고 말았고, 아이는 울면서 그 옆에 서 있었다. 농부는 이 남녀를 땅에 묻어주었다. 소년은 사라지고 말았는데, 간 곳을 아는 사람은 아무도 없었다.

이런 내적인 상상력은 이런 식으로 자주 경악을 일으키는 강력한 위력을 갖고 완벽한 현실로 바뀌었다. 즉, 인간과 엘프의 운명은 옛날부터 두 개의 서로 밀접하면서도 영원히 이질적인 운명으로 서로에게 깊게 침투되어 있었다. 심지어 기독교 교리조차도 즐겨 등장하는 두 존재 사이의 가교를 지속적으로 완벽하게 파괴할 수는 없었다. 아이슬란드 교회는 여기저기에서 이 엘프의 겉옷을 포함하고 있으며, 스웨덴 엘프는 인간과의 결합을 통해 인간과 영원한 행복에 도달하려고 한다.

산 엘프 족속은 자체의 삶에 만족하지 못하고 늘 인간과의 연계를 모색해왔다. 그리고 이들은 상당수 인간을 자극하여 엘프의 세계 안으로 뛰어들도록 만들었다. 그러나 이런 우호적이고 내적인 교류는 거의 예외 없이 결국 비극적인 사태로 마무리된다.

리제(Riese) 119)가 이런 교류를 갖기에는 너무 무디고 신들은 보다 고상한 입장에서 그런 관계를 꺼리는 데 비해, 츠베르크는 이런 교류를 할 때 갖가지 시험과정을 거친다. 그리고 이들의 적극적이고 향락적이며 명랑한 삶 위에 실망과 체념이 드리워져 있다.

게르만의 숲에는 어디에서건 숲의 엘프와 나무 엘프가 자리를 잡고 있었다. 드물게 독일 마르셴란트(Marschenland), 덴마크, 영국 그리고 숲이 없는 아이슬란드에는 이런 엘프들이 모두 소멸하고 없었다. 일찍이 독일의 숲 남성 엘프는 스카르토(Scrato), 고딕어로는 스코슬(Skohsl), 앙겔작센어로는 부두아 엘프(Wuduaelf) 또는 부데바제(Wudewase), 고대 북구어로는 '나무남자'란 뜻의 트레마트(Trémaðr)

---

119) 신화에서 이 '리제'는 인간과 유사하며, 덩치가 매우 크고 힘이 센 존재이며 경우에 따라서는 마법의 힘도 가진다. 인간과 신 사이의 중간적 속성을 지닌다.

로 불렸었고, 독일 숲의 여성 엘프는 부엉이를 의미하기도 하는 홀츠 무오야(Holzmuoja), 홀츠루나(Holzruna), 발트미나(Waldminna)[120] 라고 부른다.

요즈음 이런 엘프를 알프스 산중에서는 빌트로이테(Wildleute, 야생인) 또는 보다 정확한 명칭으로는 슈레틀라인(Schrättlein) 및 발트 펭켄(Waldfänken)이라고 부르며, 그라우뷘덴(Graubünden)과 포알베르크에서는 모스프로일라인(Moosfräulein, 이끼 소녀), 홀츠프로일라인(Holzfräulein, 잔나무 소녀), 베터프로일라인(Wetterfräulein, 날씨 소녀) 및 부쉬바이프헨(Buschweibchen, 덤풀 아낙)이라 불린다. 남부 및 중부 독일, 스웨덴에서 나무의 엘프나 숲의 엘프는 훌테(Hulte) 또는 스코우크스만(Skougsmann), 숲의 여성 엘프는 스코그스프루(Skogsfru) 또는 스코크스누퐈(Skogsnufva)라는 이름을 갖는다. 북부 독일에서의 일반적 명칭은 "하얀 아낙네"이며 덴마크의 명칭은 엘프 처녀라는 의미의 엘렙피거른(Ellepigern)과 엘프 여인이라는 의미의 엘렌프루엔(Ellefruen)이다.[121]

인도게르만의 최고(最古) 노래 중 하나는 숲의 여성 엘프에게 바치는 〈리그베다의 노래〉[122]인데, 그 노래에서 느껴지는 느낌들은 요즈음의 게르만 민중정서 중 숲 속의 고적함에서 다시 울리고 있다. 그

---

120) 독일어의 '홀츠'(*Holz*)는 '작은 나무', '나뭇가지'라는 뜻이고, '발트'(*Wald*)는 '숲'의 뜻이다.

121) Für den Waldelfenabschnitt ist Mannhardt, Wald-und Feldkulte, maßgebend, doch nicht in der Grundanschauung. Vgl. insbes. WFK. 1, 74, 154. Hyltén-Cavallius, Wärend 1, 277 ff. -Got. skohsl, Ungeheuer wohl zu altnord. skógr, Wald, PBB. 18, 155.

122) Rigveda 10, 146. In Str. 5, 3,4 folge ich Ludwig. Grassmann übersetzt: "Wenn sie von süßer Frucht gezehrt, geht sie zur Ruh, wie ihr's beliebt!"

것은 녹색의 웅장한 숲의 아름다움을 기뻐하는 정서가 아니라, 오히려 숲의 고적함을 엮어가는 느낌으로 유혹적이고 두려움을 느끼게 하는 정서로, 내적인 것을 자극하고 있으며 게르만 숲 전설 전체를 지배한다. 깊은 자연감정에서 솟아나오는 그 노래는 다음과 같다.

1. 오 숲 속 여인이여, 오 숲 속 여인이여
   너 거기 덤불에서 사라져버리누나
   마을에 대해 묻지 않았니?
   무서움이 네게 스며들지 않니?

2. 수리부엉이의 드높은 외침에
   앵무새가 작은 종소리처럼
   기쁜 소리 해맑게 맞울음을 울면
   숲 속의 여인 마음이 으쓱해져

3. 암소들이 풀을 뜯어 먹는 듯하고
   사람 사는 집같이 보이며
   그녀가 밤마다 타고 다니는
   달그락 소리 내는 수레와 같아

4. 저기 누군가 제 암소에게 외치고
   저기 누군가 나무를 쓰러뜨려
   숲 속 여인 곁에 머물고 있는 자는
   저녁에 누군가가 외치는 소리를 분명히 듣는구나.

5. 숲 속 여인은, 딴 사람이 덤벼들지 않으면
   사람을 죽이지 않아.
   달콤한 과일을 제멋대로

훔쳐 먹으면, 그 사람은 죽지요

6. 쟁기질 없이도 양식이 풍성한
    향기를 풍기며 피어오르는 연기의
    아리따운 그녀를 나는 찬양하네.
    야생의 어머니, 숲 속의 여인이여

숲 속의 여인은 마을로부터 멀리 떨어져 나와 수리부엉이와 앵무새
가 서로 경쟁하듯이 노래하는 것에 즐거워하며 외롭지만 두려움 없이
수풀 속으로 종적을 감춰 버린다. 어슴푸레 어두워지는 숲에서 오만
가지 영상들이 지나가고, 고요한 정적 속에서 이루 설명할 수 없는
무수한 바스락거림이 들렸다 사라진다. 어떤 음침한 비명소리! 그 소
리는 숲 속의 여인에게서 나는 소리일 수도 있고 그 여인이 죽이는
어떤 사람의 절박한 소리일 수도 있다. 하지만 — 여기에서 어떤 사냥
꾼이 말했듯이 "나는 찬양하네. 향내 풍기며 아리따운 야생동물의 여
인을" 하고 말하는 듯하다.
스웨덴의 숲의 여인(Waldfrau)은 인도의 그것과 매우 흡사하다. 인
도 숲 속 여인도 수풀 안에서 노래를 부르고 깔깔거리며 속삭이기 때
문이다. 그녀는 쐘쐘 소리를 내는 계곡물에서 몸을 씻는다. 초봄이 되
면 어두운 숲 저 뒤쪽으로 하얀 잔설이 언뜻거리는 곳에 옷을 펼쳐 놓
는다. 숲의 여인은 숲 속 살찐 암소를 거느린 '홀드레호프'(Huldrehof)
나 '홀라가르트'(Hullagaard) [123]를 마술로 불러들이는데, 누군가가 그
것에 접근하면 곧 사라지고 만다.
사람들은 누군가 숲에서 자기 이름을 부르는 소리를 듣게 되는데,

---

123) 홀드레호프 또는 홀라가르트는 남성 엘프를 칭하는 말이다.

이때 절대로 "예"(*Ja!*) 하고 대답하지 않는다. 대신 "헤"(*He!*) 하고 대답하는데, 그렇지 않으면 숲의 여인의 손아귀에 들어가기 때문이다. 그녀는 큰 소리로 깔깔대며 어느 한 남자를 수 시간 동안 가시밭과 진창으로 끌고 다닌다. 그렇게 되면 그 사람은 결국 정신이 혼란해져서 자기 집도 분간치 못하게 된다. 그런 후 마술에 걸려 수일 동안 술에 빠져 정신을 차리지 못하게 되는데, 이 기간을 "스코그타겐"(*skogtagen*)[124]이라고 한다. 또는 숲의 여인은 교활하게 큰 소리로 비명을 질러 자기 남편을 불러 이 남자 연인을 죽이도록 한다.

그러나 숲의 여인을 자기편으로 삼고 싶어 한다. 그녀가 이 야생동물, 즉 사슴, 토끼, 들꿩 등의 여주인이기 때문이다. 그래서 사냥꾼은 나무 그루터기나 바위 위에 숲의 여인을 위한 동전이나 음식을 놓아둔다.

숲의 여인이 지닌 날씨의 본성은 야생의 신성한 대기 가운데에서 다양한 형태로 노출된다. 이 점은 오버프랑크 지역의 '날씨 소녀'의 경우와 마찬가지이다. 그 때문에 숲의 여인은 스웨덴에서 '숲 속의 숨찬 여인'(Waldschnauberin)이라 불린다. 그녀는 이미 분명히 말하듯이, 나무줄기를 부러질 정도까지 뒤흔들어 놓는 아주 예리하고 독특한 회오리바람을 통해 자신의 출현을 예고한다. 아니면 숲을 구부러뜨리고 뇌우 때에 옷을 두들겨 턴다. 베스트팔렌에서는 회오리바람이 불면 "덤불 처녀'(Buschjunfern)가 날아오는군!" 하고 말한다. 리젠게비르크 산맥에서는 '왈가닥 아낙네들'(Rüttelweiber)[125]이 회오리바람 모양으로 들판을 덮쳐 건초더미를 흩어 버린다. 이리저리 흩어진 안개구름이 있을 때면 덤풀 아낙이 요리를 하고, 또 4월의 우박이 올 때면 하얀

---

124) 'Skog'는 엘프의 이름이고, '타겐'은 '날, 일(日)'을 뜻한다.
125) '뤼텔른'(*rütteln*)은 '뒤흔들다'의 뜻이며 '바이프'(*Weib*)는 '아낙네'의 뜻이다.

머리를 산발한 채 바이에른 숲을 넘어간다.

프랑스 콩트(Franche Comté) 126) 지방의 '페르테 부인'(Dame verte)
은 코볼트(Kobold) 127)를 쓰다듬으며 맑은 웃음을 터뜨린다. 그래서
여러 방면으로 메아리가 비웃는 듯이 흩어진다. 바덴 지방의 '로케르
트 꼬마 아낙'(Rockertweible)은 비가 오는 밤에 3명의 밀렵꾼과 함께
불 옆에 앉아 함께 옷을 말리기도 하는데, 밀렵꾼 중 한 사람이 우악
스럽게 "너, 안 꺼질래!" 하고 자기한테 소리를 질러대서 그를 붙잡
고 온 힘을 다해 날이 샐 때까지 질질 끌고 다녔다. 128)

이 꼬마 아낙은 다른 또 한 사람의 밀렵꾼을 소리 내는 바위 위에
올려놓거나 개울 웅덩이에 깊이 처박기도 했다. 그러나 이 꼬마 아낙
이 모습을 나타내는 곳에는 그 곁과 알맹이로서 말린 꼴과 과일이 있
었다. 뷜쉬티롤(Wälschtirol) 지방의 왈가닥 아낙들은 순식간에 숲 속
을 가로질러 아마포(안개?)로 벽을 치고 그것으로 길 잃은 자들의 통
로를 차단한다. 129) 수많은 독일 전설에서 이들 숲 속 여인들은 머리
를 빗질하고 숲에서 풀어헤치며 그렇게 해서 그들을 쳐다보는 시선을
혼란스럽고 우울하게 만든다.

숲 속 여성 엘프들도 사람과 애정관계를 맺는다. 이미 1000년경
부르카르트 폰 보름스는 애인과 즐기기 위해 갑자기 모습을 나타내었

---

126) 프랑스를 26개 지방으로 나눌 때 그중의 하나로 프랑스 동부 끝 지역이다.
127) 게르만 신화에서 집안 정령이나 자연정령을 지칭하는 개념이다. 코볼트는
　　예컨대 깃털의 형상으로 나타나 사람의 코 부근에 내려 앉아 재채기를 유발
　　한다. 낮에는 고양이의 형상으로 밤에는 굴뚝을 빠져나오는 악룡의 형상이
　　되기도 하는데, 그 집 주인이 돈을 잘 벌 수 있게 하고, 집에 머무는 한 집
　　주인이 죽지 않도록 한다.
128) [원주] Rockertweible: Baader, Bad. S. i no. 158.
129) [원주] Leinewandnebel: Mannhardt, WFK. 1, 112.

다가 또 갑자기 사라지는 한 숲 속 여인에 대한 이야기를 하고 있다.130)

13세기경의 볼프디트리히(Wolfdietrich) 131) 전설에서 "매서운 엘제"(die rauhe Else) 132)는 곰 등 온갖 들짐승을 타고 볼프디트리히가 잠을 자는 불 옆으로 살금살금 다가가서 사랑을 나누려 자극하지만 뜻을 이루지 못한다. 이에 그의 손톱을 자르고 물결 머리의 두 올을 끊어서 그것으로 멍청이 둘을 만들어 반년 동안 내내 들판에서 "날뛰며" 돌아다니게 만든다. 이 매서운 엘제는 어느 순간 갑자기 또다시 나타나 이제는 모든 영웅들이 사모하는 최고의 미녀 '지그민네'(Sigminne) 여왕이 된다. 민속 전설에서 지그민네 여왕은 자주 털이 많고 쭈글쭈글한 얼굴을 갖고 있으며 앞에서 보았을 때는 사랑스럽게 보이고 머리카락을 흩날린다. 이에 반해 오스트리아 스타이어마르크 지방의 전설이나 스웨덴 전설에 따르면 이것은 뒤쪽에 반죽 통이나 나무줄기같이 생긴 것을 갖고 있다. 이는 구름 여성 엘프들의 등이 휑하게 빈 것133)과 흡사하다.

또 세상 도피적인 승려들은 이런 지그민네 여왕을 세계 여인(Frau Welt)으로 확대 형상화했다. 예컨대 1200년경 시인 그라펜베르크 출신의 비른트(Wirnt von Grafenberg) 134)가 그런 세계 여인을 묘사했는

---

130) [원주] Burkhart v. Worms: Grimm, DM . 4 3, 409.

131) 1250년경에 집필된 작자 미상의 중세 전설의 주인공이다. 콘스탄티노플의 왕자였으나 형제들의 박해로 상속권을 박탈당하는 등 수많은 어려움을 겪었으나 충신 베르크퉁의 도움과 자신의 기량으로 난관들을 극복하고 결국 콘스탄티노플의 권좌를 되찾는다.

132) Rauhe Else: Wolfdietr. B. Str. 308. Amersbach, Licht-u. Nebelgeister. Baden-Baden 1901, S. 19.

133) [원주] Hohler Rücken: Mannhardt, WFK. 1, 121, 147.

134) 중세 독일 시인으로 뉘른베크 북부의 그라펜베르크 출신이다.

데, 앞모습은 아름다운 여인이고 뒷모습은 뱀과 두꺼비 모습이었다. 스웨덴의 구름 여성 엘프인 '스코그스프루'는 한밤중에 사냥꾼이나 어부 그리고 화덕과 숯가마 옆의 숯쟁이와 짧은 사랑을 나누었다. 1691년 스웨덴 마르켄해라트(Markehärad) 출신의 한 젊은 총각은 아리따운 숲 속 여인과 용서할 수 없는 사랑을 했다는 죄로 사형을 당했다. 스웨덴의 숲 속 여인은 동물 가죽의 피부와 소꼬리를 달고 있었다. 아마 겨울에 그랬던 것 같고 어쨌든 이 여인은 자주 동물형상을 하고 있다.

알프스 산맥의 빌트팡(Wildfang)은 들고양이가 되어 주위를 빙빙 뛰어다니며, 홀츠바이프(Holzweib)는 나뭇가지 위에 앉은 부엉이가 되어 울음을 운다. 또 저 하늘 높이에는 죽은 소녀가 독수리가 되어 자기네 산양 떼를 지키려고 회전비행을 한다. 이런 여성 엘프들은 여타 다른 엘프들처럼 인간의 형상을 하고 격렬한 춤의 충동에 매몰되기도 하는데, 그렇기 때문에 독일 슈바인쉬트(Schweinschied) [135] 근처에 있는 로마 시대의 묘비는 그 위에 춤추는 여인 그림이 새겨진 까닭에 민중들은 이를 야생 여인 교회(Wildfrauenkirche) [136] 라고 부른다. 심지어 헤센 지방의 숲 속 여인은 어린 소년들을 간지럽게 하고 회오리바람으로 휘몰아 앙상히 마른 나무에 문질러 죽게 만든다.

독일 숲 속 여인들은 약용뿌리를 가진 풀에 정통하며, 이런 약초 중의 한 가지인 일종의 발트리안(Baldrian, 쥐오줌풀)은 스위스의 몬타폰(Montavon)에서 '야생 꼬마 처녀 크루트'(Wildfräulekrut)라고 불린다. 〈구드룬의 노래〉(Gudrunlied) [137] 에서 바테(Wate)는 자신의 기

---

135) 독일 서남부 라인란트-팔츠(Rheinland-Pfalz) 주에 있는 작은 마을.

136) [원주] Wildfrauenkirche: Westdeutsche Zeitschr. Korresp. 9, 1890, 12.

137) 독일어로 쓰인 중세 독일문학 중 〈니벨룽겐의 노래〉에 이어 두 번째 규모의

적 의술이 야생 여인에게서 배운 것이라고 말하고, 〈에켄의 노래〉 (*Eckenlied*)[138]에서 파솔트(Fasolt)[139]에 포획당한 꼬마 여인이 부상당한 디트리히 폰 베른과 그의 준마를 풀뿌리로 쓰다듬어 치료한다. 하르츠 산맥의 이끼 꼬마여인은 방랑자들의 건강을 위해 풀뿌리와 약초를 내어놓기도 한다.

페스트가 창궐하던 시절 오버팔츠 지방의 나무 꼬마여인은 숲에서 "비넬레와 발트리안을 먹어라. 그러면 페스트에 걸리지 않을 거야!"라고 외쳤다. 발더(Balder)[140]의 적인 회드[141]는 어느 숲 속 집에서 3명의 숲 속 처녀를 처음 만난다. 그때 그 처녀들은 회드의 싸움을 돕겠다고 약속한다. 그 순간 집은 사라져버리고, 회드만이 홀로 광야에 서있게 된다. 그 다음에 회드는 이 처녀들을 두 번 더 만나게 되는데, 그때 여인들은 회드에게 승리를 보장하는 무기를 선사하고 발더의 힘을 위험스럽게 상승시킨 마법의 음료를 마시게 한다.

이 대목에서 숲 속 꼬마여인은 절반이 이미 발퀴레가 되어 있다. 이

서사시이다. 1230/40년에 바이에른과 오스트리아 지방에서 형성된 작가 미상의 작품으로 크게 하겐, 힐데, 구드룬을 다룬 세 부분으로 나뉜다.

138) 디트리히 폰 베른의 모험담을 담은 서사문학이다. 13세기 전·후반에 중세 고지 독일어로 편찬되었다([원주] Eckenlied: Str. 161 ff.).

139) 게르만 신화 속의 형상으로 신들의 궁전인 발할을 지어 바친 두 리제 중 하나이다. 다른 하나는 파프너(Fafner)였다. 바그너의 오페라 〈니벨룽겐의 반지〉 3부작에 등장한다.

140) 아들 발더의 죽음의 꿈을 꾼 프리그는 세상 만물들에게 발더를 죽게 하지 않겠다는 맹세를 받아내었지만 겨우살이 나무(미스텔, *Mistel*)는 그 존재의 미미함 때문에 맹세를 하게 하지 않았다. 악의 신 로키는 이 겨우살이를 발더의 눈먼 동생 회드에게 쥐어주고 이를 던지게 만들었고 그것이 발더에게 명중하여 결국 발더는 죽음을 맞게 된다.

141) [원주] Höðr u. die Waldmädchen: Bugge, Studien 1, 94. Olrik, Saxe's Oldhistorie 1, 145.

들은 사람들을 기꺼이 도와줄 준비를 하며 주택 옆 아주 가까이에 둥지를 틀고 있다. 중세 때 베스트팔렌 지방의 '구데 홀덴'(gude Holden)이나 비테 프로우엔(witte Vrouwen)[142]은 사람들이 제사를 지내는 땅 밑이나 멋진 나무 또는 무성한 덤불 아래 머물렀다. 남부 스웨덴인들은 물푸레나무 여인이라는 뜻의 '아스카프로아'(Askafroa) 나무뿌리와 딱총나무 여인[143]이라는 뜻의 '힐레프로아'(Hyllefroa) 나무뿌리 위에 물, 우유를 부었다. 이 여성 엘프를 보호하기 위해서였다. 북방 지역에서 어려운 지경에 처한 여인은 북방 농가를 보살피는 수호수(守護樹)인 비히터(Wichter) 나무(175쪽 참조)를 양팔로 껴안고 빙빙 돈다.

가을 폭풍이 고함소리를 내지르며 노랗게 물든 잎사귀와 황량한 안개를 숲을 통해 몰고 가는 때가 되면 숲 속 여인의 사정도 나빠진다. 리제나 신들과 같은 사냥꾼이 이 숲 속 여인을 추격한다. 폭풍의 리제인 파솔트가 긴 머리카락을 흩날리며 준마를 탄 채 사냥의 뿔을 소리 높여 불어대고 울며 하소연하는 한 여인을 사냥개처럼 쫓아간다. 이런 추격자는 흔히 지옥의 사냥꾼 또는 야성의 사냥꾼으로, 이들은 남부 티롤 지방에서는 베아트릭(Beatrik), 즉 베른티트리히(Berndietrich)라고 불리는 야성의 남성, 라우엔부르크(Lauenburg)에서는 운(Un), 즉 오덴(Oden)이라고 불리고, 스말란트(Småland)에서는 오덴 왕이라고

---

142) '구데 홀덴'은 '착한 여인들'의 의미를, '비테 프로우엔'은 '과부'(*Wit-frauen*)의 의미를 지닌 여성 엘프를 지칭하는 명칭인 듯하며 게르만의 여성 신화형상인 발퀴레에 근사한 존재들이다.

143) 독일어 단어 '에쉐'(*Esche*)는 우리말로 '물푸레나무'로 번역되는 나무 명칭으로 게르만 신화에서는 거대한 세계수(世界樹) 명칭이기도 하다. '에쉔프라우'(Eschenfrau)는 '물푸레나무 여인'으로 옮겼다. 또 독일어 단어 '홀룬더'(Holunder)는 우리말로 '딱총나무'로 번역된다. 따라서 '홀룬더프라우'(Hollunderfrau)는 '딱총나무 여인'으로 옮긴다.

불린다.

추격대상은 '야생 여인'(Wilde Frau) 또는 '엘레피게'(Ellepige), '엘레프루'(Ellefru), 사제의 정부(情婦)이다. 기다랗게 유방을 드리우고 노란 머리카락을 흩날리는 이 여인은 사냥꾼들을 피해 3개의 십자가 모양으로 쪼개진 나무 밑동 위나 그들 몫으로 정해져 있는 이삭더미 안으로 들어간다. 그러나 이 여인이 잡혀오면 사냥꾼은 그것을 말 앞에 던지고 환호하며 황야를 폭풍 치듯 계속해서 달린다.

폭풍의 리제와 폭풍의 신은 숲 속 회오리바람의 엘프를 그런 식으로 몰아댄다. 아주 오래된 가을정서의 그림 아니던가! 그러나 스웨덴에서 회오리바람은 우선적으로 여름 뇌우에 임박해서 만들어지기 때문에, 이때 고파르(Gofar), 즉 천둥이 이 트롤과 숲 속 여인을 추격한다. 스웨덴 동해의 고틀란트 섬에서 그것은 '토르스피에스카'(Thorspjäska), 즉 천둥소녀라고 불리며, 앞에서 보면 아름답지만 뒤는 반죽 통처럼 휑하니 비어 있다. 이것은 뇌우가 오면 집안으로 피신하고, 노르웨이에서는 여인네 앞치마 속으로 피신한다고 한다. 사람들이 그것을 잡으면 번개가 번쩍거린다. 겨울이 되면 알프스 산중에서 마른 꼴들을 썰매에 실어 가져오는데, 이때 야생 여인들 수십 명이 썰매 뒤에 자리잡고 앉아 함께 타고 온다. 그래서 이들은 꼴을 넣는 헛간에서 느긋하게 쉰다.

가장 우아한 야생처녀는 금발에 푸른 눈을 지니고 은빛 옷을 입은, 독일쪽 티롤 지방의 '셀리게 처녀'(Selige Fräulein) 혹은 '살리게 처녀'(Salige Fräulein)들이다. 144) 이 야생 처녀에 대해서는 베르톨트 폰 레겐스부르크가 맨 처음 페리세스 도르니네(felices dorninae)라고 분

---

144) 독일어 단어 '셀리히'(selig)는 기독교적인 의미에서 '축복받은, 복된, 천국으로 간, 영생을 얻은'의 의미를 지닌 형용사이다.

명한 명칭을 부여했고, 벨쉬 티롤 지방에서는 엥구아네(Enguane) 또는 벨레 비바네(Belle Vivane)라고 불린다. 이 처녀는 주위에 아주 높은 산맥처럼 보다 환하고 맑은 광채를 비친다. 그리고 계곡 가장 깊은 곳에 있는 얼음동굴이나 크리스털 동굴 안에 살며 이런 동굴들은 비탈편에서 천상세계를 연상시키는 꽃이 만발한 습지로 둘러싸여 있다.

이 야생 처녀들은 산양 떼를 품고 있고 이 산양 떼를 쫓는 사냥꾼들을 처벌하며 산양 떼의 죽음을 애도한다. 가장 높은 봉우리에 걸린 하얀 구름은, 이 야생처녀의 셔츠이며 기저귀인데, 이것들은 화창한 날씨를 예고해준다. 또 가을에는 '눈(雪) 소녀'(Schneefräulein)가 되어 목동들에게 폭설이 오기 전 적절한 때에 알프스 산중을 떠나 내려갈 수 있도록 손짓 신호를 해준다. 또 추수 때가 되면 이 야생처녀들은 숲에서 들판으로 내려와 사람들 일손을 도와준다. 어떤 살리게 처녀는 아름다운 노래를 불러 목동의 부부 사이를 이간질하기도 하는데, 오버베저 유역에서 농부 아낙이 묌켄 혈(穴)(Mömkenloch)에 있는 남편을 덮쳤듯이(323쪽 참조), 이 목동 아낙이 살리게 처녀 동굴에 있는 남편을 덮친다. 그렇게 되면 이 목동 아낙은 울면서 자신의 결혼과 살리게 처녀를 저주하는데, 그럼 이 살리게 처녀는 그 이후에 흔적 없이 사라지고 만다. 145)

숲 속 여성 엘프들은 대개 자유롭고 나무에 얽매이지 않은 삶을 산다. 그러나 많은 나무들은 드리아데(Dryade)의 정령146)들로 채워져 있다. 도끼의 위협을 받는 스웨덴 소나무로부터 "베지 말라!"는 경고의 음성이 울려 나오기도 한다. 그럼에도 소나무를 베어 쓰러뜨리면

---

145) [원주] 살리게 처녀에게 홀린 목동에 대해서 Mannhardt, WFK. 2, 102 ff.
146) 그리스 신화에서 나무의 정령이다. ([원주] Dryadenhafter Geist: Mannhardt a. a. O. 1, 34 ff.).

이 숲의 엘프들은 비명소리를 질러대고 그 뿌리에서는 피가 흘러나온다. 오스트리아 남부 케른텐(Kärten) 주의 아호른 나무 안에는 저주받은 처녀가 살고 있었는데, 이 나뭇가지로 만든 활은 아주 격정적인 방식으로 활용되었다. 이 처녀는 본래 나무의 님프였던 것이다.

알프스 산중과 헤센 주에서 '야생 남자들'(Wilden Männer)은 야생여인들보다 훨씬 더 자주 엘프의 규모를 넘어 리제의 형상으로 옮아간다. 이것들은 이 지역에서 나무 크기 정도로 산들을 넘어가서 수풀 꼭대기를 잡고 흔들거나 아니면 미세한 형상으로 쇠뜨기 사이로 들어가 옮겨 다닌다.

크든 작든 이들은 순수한 날씨의 형상들이다. 티롤 지방에서 체구가 매우 큰 야생 남자 하나가, 한 손에는 뿌리가 뽑힌 나무 한 그루를 든 채, 폭풍과 함께 공중을 관통해 지나가며 셀리게 처녀 무리를 쫓아간다. 또 이 야생 남자는 엄격한 염소치기와 소치기가 되어 '징벌의 바위'(Geißlerstein) 곁에서 이 셀리게 무리들을 자기 수중에 잡아두기도 한다. 그리고 사람들이 마을의 염소와 소를 자기를 향해 몰아오면 젖이 철철 넘치는 이 야생 처녀들을 저녁 무렵 다시 이 바위 있는 데로 내려 보낸다.

이런 리제 외에 티롤 지방에서는 '야생 꼬마 총각' 또는 뇌글라인(Nörglein), 오르게(Orge), 이탈리아어로는 지하의 존재라는 의미의 오르코(Orco)가 산(山) 이끼나 녹색 의상을 입고 모습을 드러낸다. 이 총각은 비오는 날씨가 임박하면 높은 언덕에 올라가 환호성을 지르고, 파종 때에는 날씨 예언자 역할을 하기도 한다. 이 총각이 예언을 멈추면 용기 있는 한 농부가 총각의 잔, 즉 암벽에 파인 구멍 안에 포도주를 채운다. [147]

호기심 많은 이 꼬마 총각은 이 평범치 않은 음료를 맛본다. 그리고 흥이 올랐을 때 농부는 총각에게 갑자기 페스트를 치료할 약을 알고 있느냐고 묻는다. 그럼 이 꼬마 총각은, 앞에서 언급한 약초에 정통한 야생 여인들처럼, "잘 알고 있지. 오이풀과 엉겅퀴야. 난 오랫동안 네게 안 알려 주었지!"라고 대답한다. 또는 사람들이 이 꼬마 총각을 술 취하게 만들고 난 후 묶은 다음에 이 꼬마 총각에게 버터나 치즈 그리고 응유(凝乳)로 금을 만드는 기술에 대해서 질문하고 답을 얻은 뒤에 그를 풀어준다.

또 이 꼬마 총각은 호기심에 싸여 찾아온 사람들에게 악동처럼 너무나 당연한 날씨 규칙을 알려주고 돌려보낸다. 라틴어와 그리스어를 하는 야생 남자 파누스(Fanus)와 실렌(Silen)이 만취 상태에 있을 때 사람들은 그들의 비밀을 알아낸다. 이 대목에는 근원을 알 수 없는 고대 독일 민중전설들이 자리 잡고 있다. 이 전설들은 아마도 토착적인 것들은 아닌 듯하며 그래서 아주 남부 지방만 한정되어 있다. 이것들은 초기의 민족교류를 통해 이탈리아에서 독일 쪽 알프스 산중으로 옮겨온 듯하다.

이와는 반대로 산속 엘프나 숲 속 엘프들이 자기네 우두머리의 죽음에 대해 슬퍼하며 울었다는 전설들이 있다. 이런 전설은 티롤 지방에서부터 북부 슐레스비히 및 영국에까지 널리 퍼져 있으며 고대 전통과 연관성을 보이긴 하지만 독자적인 듯하다. 어느 농부 집을 돕던 사냥물이 처녀는 그 농부로부터 "라우에 린테(Rauhe Rinte)가 죽었어!"라는 말을 듣자, "엄마가 죽었어!"라고 외치며 집에서 뛰쳐나가 산사태를 막기 위한 보호림 안으로 들어가 버렸다.

이런 비탄의 음성은 여러 가지이다. "모이메가 죽었어"(*Die Mäume*

---

147) [원주] 야생 남자의 술 취함에 대해서 Mannhardt a. a. O. 1, 113. 2, 150 ff. Giannini, l'uomo selvaggio 1890 vgl. ZdV. f. Volksk. 1, 411.

is dood!), "피페 왕이 죽었어"(*Pippe Kong is dood!*), "우르반이 죽었어"(*Urban ist tot!*) 등이 그 예들이다. 그래서 한때 그리스에서는 바람 한 점 없이 흔들리지 않은, 거울처럼 매끈한 바다에 대해 사람들이 "위대한 판이 죽었군!"이라고 외치곤 했다. 이때 판(Pan)148)은 "숲의 왕"으로 나무의 여인들인 드리아데들과 통정하며 숲 속의 갑작스런 굉음과 메아리를 통해 공포와 두려움을 불러일으키며, 분노를 하면 정신착란을 유포한다.

판은 트로이첸 당국에 페스트 치료제를 알려주기도 했다. 또 저녁마다 모든 이들에게 스링크스를 연주하며 새들의 노래를 들려주어, 님프의 무리가 산의 메아리를 들으며 그를 둘러싸고 춤을 추었다. 대낮 태양의 열기가 심할 때면 잠을 자고 오랫동안 바람이 잦아들어 고요할 때면 판은 죽은 상태이다. 이 판의 우울한 전설은 아무 소리도 들리지 않은 깊숙한 숲의 정적으로부터 솟아 나왔다.

인도게르만 종족들은 숲 속 정령들에 대해서 외경심을 품고 있었다. 이런 조심스러운 태도와 심정은 산딸기를 찾는 튀링겐이나 브라운슈바이크 청년들의 마음에도 여전히 자리 잡고 있었다. 그들은 집으로 돌아갈 때 존경의 표시로 바위 위에 산딸기를 몇 알 으깨어 두었다. 또 프랑켄 지방에서는 젊은이들이 숲 안으로 들어갈 때 야생딸기 엘프에게 빵과 과일, 딸기를 내어놓았다.149)

바람은 사랑스러운 애인의 물결이다. 대기의 엘프들이 하천으로 내려오거나 그 안으로 들어가면, 그것들이 물의 엘프들이 된다고 스웨덴 사람들은 오늘날에도 여전히 말하고 있다. 바람 엘프 안트바리(Andvari)의 고백에 따르면, 태고 시절에 슬픔에 잠긴 한 수녀가 자

---

148) [원주] Pan: Mannhardt, WFK. 2, 134 vgl. Pausan. 2, 32, 5.
149) [원주] Beerenmann, Beerenfrau: E. H. Meyer, Bad. Volksleben 120.

기에게 물속에 들어가 놀라고 명령했다는 것이다. 가장 오래되고 가장 단순한 형태의 물의 엘프 이름은 고고 독일어로 '니쿠스'(Nichus)이며, 앙겔작센어로는 '니코르'(Nicor), 고대 북구어로 '닉'(Nykr) 150)이다.

이 이름은 '몸을 씻다'라는 그리스어 단어 '니프타인'(niptein)과 관련이 있다고 한다. 이는 남서부 독일에서 닉세라는 단어가 '물장구를 치는 여인'이라 불리는 것과 흡사하다. 아이슬란드의 주민명부(Land-nahmebuch) 151)에 따르면 어떤 푸른 사과 빛 니쿠르 수말(種馬)이 마른 꼴을 집안으로 들인 후 저녁노을 무렵 물속으로 뛰어들었다고 한다. 북방의 '니쿠르'(Nikur), '넥크'(Neck) 152) 또는 '넨니르'(Nennir), 스코틀랜드어의 '워터켈피'(Waterkelpie) 등은 회색 반점 백마(白馬)나 해마(海馬) 형체로 파도 사이에서 솟구쳤다. 메로빙거 왕조의 시조는 막강한 위력의 물소였다.

랑고바르트 여왕 테오돌린데153)를 제압했던 것은 갑자기 시커멓고 불을 뿜는 눈을 가진 곰이 물에서 솟구쳐 나오는 바다의 기적이었다. 동프러시아의 닉스는 어떤 때는 말로, 또 어떤 때는 우렁찬 울음소리를 내는 검은 황소의 형상으로 나타나며 슐레지엔의 물속 남자(Wassermann)는 말 형상으로 나타난다. 이런 형태로 닉스는 엘프보

---

150) [원주] Nykr: Edda 2, 122.

151) 원래 무인도였던 아이슬란드 섬에 다수를 점했던 노르웨이 이주민들의 가계도 목록이다. 원래 이름은 란트남복(Landnámbók)이다. 역사적 가치를 띤 문서이지만, 편찬자의 주관성 때문에 기술내용이 완전히 신뢰할 만한 것은 아니다.

152) [원주] Neck als Wasserpferd: HylténCavallius 1, 250.

153) 테오돌린데(Theodolinde, 570~627). 랑고바르트 왕국의 여왕으로 로마 교황에 의해 성녀로 인정, 선포되었다.

다는 리제에 가깝게 다가간다. 그러나 페로 제도에서는 이 닉스가 바다에서 체구가 작고 부드러운 말로 솟아오른다. 154) 원래는 인간의 형상을 갖고 있는 독일 바덴 지방 물의 엘프인 '바크다춰'(Bachdatscher)는 벨센슈타이나하(Welschensteinach) 155) 근처에서 귀여운 동물형상으로, 독일 슈바벤 지방의 닉스는 두꺼비 모습으로 나타났다

고고 독일어 여성형 단어인 '니케사'〔Niche(s)sa〕는 맑은 물이라는 뜻의 라틴어 단어 림파(lvmpha)의 번역어인데, 독일어의 닉세, 슐레지엔어의 릭스(Lix) 혹은 리세(Lisse) 같은 개별적 활용 형태도 이미 가졌을 것이다. 이 단어의 남성형은 독일어의 '네크'와 '닉스', 영어의 '니크'(Nick), 스웨덴-덴마크어의 '뇌크, 니세'(Nöck, Nisse)로 남아 있다.

'마르멘닐'(Marmennil)도 고대 북구어다. 이후 형태는 '마르벤딜', 그 이전 독일어로는 '메리마닌'(Merimannin), '메리미니'(Meriminni), 그 다음 '메르페이'(Meerfei)가 되었다. 할버슈타트의 알브레히트156)는 '바처홀데'(Wazzerholde)로 썼다. 오늘날 우리가 쓰는 단어로는 '바서만'(Wassermann, 물속 남자), '하켄만'(Hakenmann, 갈고리 남자), '바서융퍼'(Wasserjungfer, 물속 처녀), '세바이프헨'(Seeweibchen, 바다 아낙), '브룬넨홀데'(Brunnenholde, 우물의 성녀) 등이며, 영국인들은 '워터스프리트'(Watersprite, 물의 정령)와 '워터페어리'(Waterfairy, 물의 요정), 스칸디나비아인들은 '하프루'(Haffru, 바다 여인)와 '하프만

---

154) [원주] Wassermann als Pferd: ZdV. f. Volksk. 11, 204.

155) 독일 바덴-뷔르템베르크 주에 위치한 마을이다.

156) 할버슈타트의 알브레히트(Albrecht von Halberstadt). 1200년경의 독일 시인. 당시 오비드의 《메타모르포세》(metamorphose)를 번역했다고 한다. 할버슈타트는 독일 중부 지역의 작센-안할트 주에 소재하는 도시이다.

트'(Hafmand, 바다 남자), '스웨르트'(Sjördt, 바다 물체), '파텐엘프'(Vattenelf, 바다 엘프), '브룬넨구베'(Brunnengubbe, 우물 노인), 157) '칼라트'(Källrat, 우물 정령) 등의 단어를 쓴다. 지방어로 통용되는 단어로는 고지 독일어 단어인 '무메'(Muhme), 저지 독일어인 '바터뫼메'(Watermöme) 또는 '메티'(Mettje)가 있다. 스웨덴인들은 세 물속 무메라는 뜻의 '트레 뫼르'(tre Möjer)라는 명칭을 사용한다. 158)

대기의 정령들은 산이나 숲에서보다 바다에서 훨씬 더 다양한 형태로 나타나는데, 이는 바다의 형태들이 숲과 바다의 형태들에 비해 그 격동성에서 우월하기 때문이다. 쫄쫄 소리 내는 작은 우물에서 쌀쌀 흘러가는 활기찬 시냇물이 시작되며 힘찬 흐름의 강물은 폭포 쪽으로 치닫거나 바다로 들어가 넓게 퍼져 나가 한눈으로 담을 수 없는 망망대해가 된다. 가파른 바위벽들이나 평평한 모래해안, 높은 숲이나 늪지 그리고 나중에는 인간의 손으로 만들어진 방파제 등이 이 물길을 안내하거나 가로막는다. 또 바람과 구름은 물 위를 날아가며 햇빛이 비칠 때면 웃고 어두운 밤에는 겁을 준다. 이들이 얼마나 부드럽게 애무하고 몰래 훌쩍이며 사랑스럽게 노래하다 또 얼마나 격하게 천둥 치는가! 이것들은 다양한 형태로 사람들에게 청량제와 번영과 축복을 가져다주며 또 재앙과 위험 그리고 패망을 가져다주기도 한다.

샘은 머리라고 부른다. 즉, 그리스인들은 강의 머리, 로마인들은 물의 머리, 게르만인들은 우물 머리 혹은 보른회베데(Bornhövede)라 부른다. 샘을 존경하는 점에서 로마인들과 독일인들은 서로 일치한다. 159) 두 민족은 샘을 나뭇잎과 화환으로 둥글게 장식한다. 로마인

---

157) [원주] Brunnengubbe: Hyltén-Cavallius 1, 253, 255.
158) [원주] Deutsche Wasserelfen: Wuttke, D. Volksaberglaube § 54 ff.
159) [원주] Wasser-u. Quellenkultus: Pfannenschmid, Weihwasser 86.

들은 샘에 작은 염소를 바치며, 노르웨이인들은 폭포에다가 그렇게 한다. 이 두 민족은 약수 샘에 동전을 던져 넣기도 한다. 라인 강 양 유역의 약수 샘에서 로마 황제상이 새겨진 동전을 많이 발견했는데, 이는 독일인들이 로마의 습속을 모방했었다고 추측할 수 있게 한다.

스칸디나비아 지역이나 로마의 영향을 받지 않은 나라들 가운데 행해지는 관습들은 흔히, 앞에서 언급한 샘을 화환으로 장식하는 관습마냥, 게르만족의 봄철 축제와 내적으로 아주 긴밀하게 연관되어 있다. 샘의 여신이 '코벤티나'(Coventina)160)인데 이 이름은 게르만어처럼 들리지 않은 이름으로, 이 코벤티나에게 노섬버랜드의 게르만 군사들은 작은 제단을 쌓고 토기와 하드리아누스 황제 때 엽전을 무수히 그 바깥쪽에다 바쳤다. 이런 관습을 우리는 어떻게 생각해야 할 것인가? 샘의 엘프인 여타 엘프들에게도 사람들은 돈을 바쳤다.

이미 앞에서(268쪽 참조) 언급했듯이 샘을 불 붙은 등불로 에워싸는 풍속은 널리 퍼져 있었다. 그런데 347년 대주교 킬리우스 폰 예루살렘161)은 교리문답에서 이런 풍속을 비난하고 나섰다. 로마인들은 샘에 포도주, 게르만인들은 빵, 케이크를 바쳤다. 그리스인들이 잘린 머리카락을 바치기도 했던 것과 대비되게 게르만인들은 깎은 손톱을 바치기도 했다. 보다 결정적으로 게르만의 특성이 드러난 제사는 〈인디쿨루스〉에 의하면 작센족이 샘(泉)에 행했던 제사 그리고 건강162)과 풍성한 수확을 위해서 그리고 예언을 듣기 위해 샘으로 향했

Weinhold, Verehrung der Quellenin Deutschland 1898(Abh. d. Berliner Akademie).

160) [원주] Coventina s. S. 472.

161) 킬리우스 폰 예루살렘(Cyrillus von Jerusalem: 313~386). 키릴 폰 예루살렘(Kyrill von Jerusalem)이라고도 한다. 동방정교의 교부, 강설가, 대주교이다.

던 부활절―5월―및 성 요한절 순례였다.

샘을 더럽히거나 돌을 던져 샘물을 흐리게 하는 행위는 금지되어 있었다. 그것은 샘 자체 때문이 아니라 거기에 사는 존재들 때문이었다. 독일 슈바벤 지방 샘에서 방울져 올라오는 작은 거품들에는 물의 정령들이 숨 쉬기 때문이었다. 이들은 대부분 여성성을 띠는데, 이들은 샘에서 몸을 씻거나 세탁하는 '젊은 처녀'(Jungfern)나 '여인들'(Frauen) 또는 '세탁 여인'(Waschwibele)이다.

개천이나 하천 엘프들은 보다 자유롭게 떠들며 논다. 튀링겐 지역에서는 모든 작은 강들인 자알(Saal) 강, 일름(Ilm) 강, 운스트루트(Unstrut) 강 등은 모두 이 닉세 무리를 품고 있다. 이들은 강 밑바닥의 방에 살다가 몸을 반쯤 드러내는 방식으로 수면에 떠올라 다리 밑이나 위에서 머문다. 이들은 또 다리를 넘어서 과감하게 뭍으로 나오기도 한다. 이때 어떤 닉세는 자기 머리를 빗거나 빨래를 펼쳐 말린다. 앞에서 말한 숲 속 엘프나 산속 엘프들처럼 고요하고 거울같이 매끈한 수면으로부터 커다랗고 강령한 눈빛으로 당신을 쳐다보며 쏴쏴 소리를 내며 흔들리는 갈대 사이로 자신의 녹색 치아와 녹색 물결 머리를 드러낸다.

닉세는 물속에서 물고기 꼬리를 갖고 노닐 때 가장 편안함을 느낀다. 뭍으로 올라갈 때에는 물방울이 뚝뚝 떨어지는 긴 옷을 입는다. 닉스는 뭍에서는 별로 눈에 띄지 않는, 머리에는 녹색이나 붉은색 모자를 쓴 늙수그레한 노인네로 보인다. 그 역시 녹색의 이빨에 물방울이 떨어지는 저고리를 입었으며 그의 눈은 물로 유혹하는 듯한 위험스러운 눈빛을 발한다.

---

162) [원주] Römische Münzen in deutschen Heilbrunnen: Preller, Röm. Mythol. 3, 144. Weinhold a. a. O. 57 ff. Bonner Jahrbücher 84, 56 ff.

튀링겐 지역의 닉세 신앙은 지금도 완전히 소멸되지 않았고, 바덴 지방의 젊은 엄마들은 저녁에 세탁 아낙이나 바하다처(Bachdatscher)163)가 마을 개천에서 철벅거리는 소리를 듣는다. 그리고 어린애들은 갈고리 남자나 갈고리 여인(Hakenfräulein) 또는 메티에가 자신들을 갈고리나 녹색의 머리카락 또는 긴 팔로 물 깊은 곳으로 끌어당길까 봐 두려워한다. 슐레지엔의 닉스 물속 남자는 그물로 아이들을 잡는다. 그러나 헤센 지역 애들은 닉스를 향해 당당하게 "구덩이 속의 닉스야, 넌 나쁜 녀석, 붉은 벽돌로 네 발이나 씻으렴!" 외친다. 그게 무슨 소용이냐고? 독일과 덴마크 강에 있는 수많은 물의 정령들은 형식상의 물의 권리를 주장한다. 그들은 레타레(Laetare) 금식주일164)이나 예수 승천일에 또는 바울이나 베드로 그리고 요한의 성일(聖日)에 한 사람 내지 열 사람의 제물을 요구한다.

오스트리아의 물속 남자인 닉스는 수련(睡蓮)과 같은 꽃이나 꽃다발, 파도의 달빛 혹은 햇빛 일렁임으로 호기심 많은 어린애들을 물속으로 유혹하며 이때 깔깔거리며 웃고 손뼉을 치다가 사라지고 만다. 그리고 시간이 되면 물속에서부터 외치는 소리가 들린다. "시간이 되었는데, 사람이 없구나". 그러면 어떤 사람이 하나 허겁지겁 달려와 지체하지 않고 물속으로 몸을 던진다.

남부 독일의 닉스는 저녁마다 살려 달라고 외치며 사람을 유혹하고, 그러면 한 사람이 자신의 의지와 상관없이 깊은 물에 몸을 던진

---

163) '개천'(Bach)과 물소리를 표현한 의성어에서 유래한 듯한 '다춰'(Datscher)의 결합형으로 물의 엘프의 지역 명칭으로 여겨진다.

164) '레타레'(laetare)는 라틴어로 '기뻐하라!'라는 뜻이다. 예수가 광야에서 40일 금식기도를 했던 것을 기억하는 4순절 기간(=재의 수요일부터 부활절까지의 기간) 중 한가운데 있는 주일(主日)이다. 가톨릭에서는 이 주일을 '장미주일'이라고도 한다.

다. 북구 지역에서는 아이슬란드의 닉스 '마르벤딜'과 스웨덴의 닉스 '스웨라트'(Sjörat)는 아주 날카로운 소리로 웃음을 터뜨린다. 그러면 누군가가 물에 빠져 익사한다. 게르만 변두리 지역인 슈타이어마르크 지역에는 개천의 '바흐바바라'(Bachbarbara)라는 닉세가 있다. 뷔름세(Würmsee) 호수165)에 꽃이 피고 그 수면에 저 밑바닥에서 솟아 올라오는 작은 거품들이 아주 많이 나타나면 그것은 물의 엘프 또는 여성 엘프가 제물을 요구하는 징표이다.

이 때문에 사(邪)가 끼인 날에는 사람들은 목욕을 하지 않으며, 어부들도 투망질을 하지 않고, 사공들도 배를 띄우지 않는다. 심지어 사람들은 다리를 지나는 길을 피하기도 한다. 보헤미아 지방에서는 물의 엘프인 바서만이 다가오는 모습을 보면 물에다 알록달록한 리본을 던진다. 이 물속 남자가 호기심이 동해 그 리본을 향해 손을 뻗으면, 거기에 엉켜 버린다고 생각했기 때문이다. 스웨덴에서는 목욕을 하기 전에 물에 칼을 집어넣는다. 그렇게 하면 물의 엘프인 네크를 묶어둘 수 있다고 믿었다. 프랑크 왕국의 토이더리히(Theuderich) 왕이 539년 군대를 이끌고 오래된 포브뤽(Pobrück)이라는 다리를 지나가게 되었는데, 그때 그는 무시무시한 희생을 치렀다. 튀링겐 지방의 카츠휘테(Katzhütte)166)에서 어미가 아이를 데리고 처음 교회에 가는 날이면, 가다가 "이제 네 것은 네가 갖고, 내 것은 내게 주렴!" 하고 말하며 3가지 동전을 강 속에 던진다.

닉스의 무리들이 어린애들을 유독 좋아한다는 점이 중요한데, 바

---

165) 바이에른에 있는 뷔름간의 발원지가 되는 호수이다. 이 호수는 공식적으로 슈타른베르거 호수(Starnberger See)로 개칭되었다. 뷔름 강은 35㎞ 정도의 길이를 갖고 있다([원주] Würmsee: Schmeller, Bayr. Wb. 2 1, 321.).

166) [원주] Katzhütte: Witzschel, Sagen a. Thüringen 2, 250.

로 여기에서 저 잔혹한 관습을 이해할 수 있을지도 모른다. 즉, 다리
나 강둑 또는 제방을 만들 때 그 밑바닥에 아이를 산 채로 넣고 돌과
흙을 쌓았던 습관이 바로 그것이다.167) 이것은 일종의 닉스를 달래
기를 위한 보상이었다고 볼 수 있다. 독일 할레(Halle) 시에 엘리자
베스 다리를 지었던 1841년까지만 해도 사람들은 다리 안에 넣을 아
이가 한 명 필요하지 않을까 하고 생각했다.

물속의 엘프들은 방앗간과 방앗간 주인을 쫓아다닌다. 독일 하르
츠 지역 탈레(Thale)에 있는 보데(Bode) 강변의 방앗간 주인은 방앗
간 물바퀴의 갈퀴에서 삑 하는 소리가 나면 물속의 엘프인 니켈만
(Nickelmann)에게 검은 닭을 던져주었다. 안 그렇게 하면 누군가가
익사하기 때문이었다. 프랑크 지방의 물의 여성 엘프인 '바서바이블
레'(Wasserweible)168)는 방앗간 주인에게 못마땅해 하면서 바퀴를 놓
아주며, 스웨덴의 엘프인 네크는 율 축제 때 고요한 물에서 나와 강
으로 들어간 후 방어벽이 없는 물바퀴들을 부숴 버린다. 아니면 일부
러 빻는 일을 극악하게 해서 맷돌이 부서지게 만든다.

슐레지엔의 물속 남자는 자기를 비웃는 방앗간 주인을 홍수로 몰아
쳐서 마침내 이 방앗간 주인이 자신에게 7번의 삶을 약속하게 만들
고, 이 주인 내외의 다섯 아이들이 차례차례 물속으로 뛰어들게 만든
다. 베를 짜는 방의 안온함과 선술집에서 들리는 교회봉헌 음악은 독
일의 닉세 무리를 뭍으로 유혹한다. 이들은 머리를 말리고 단장을 한
후, 저녁 안개에 휩싸여 몰래 초원을 넘어 마을로 들어와, 무도회장
의 처녀들 틈 속으로 들어간다. 이들은 가장 멋진 총각들과 행복한 춤
을 추다가 떠나갈 시간을 그만 잊어버린다. 그러다가 이 닉세들이 아

---

167) [원주] Einmauern von Kindern: Wuttke § 440.
168) Wasser는 물, Weible는 아낙네라는 뜻이다.

침이 부옇게 터오는 것을 보고 낯이 창백해지며 갑작스럽게 춤 파트너로부터 몸을 뗀 후 급박하게 강물로 뛰어든다. 그러나 강 깊은 곳으로부터 핏물이 솟아오르는데, 물속 남자가 자기 딸을 죽인 것이다.

스웨덴에서는 이런 이야기의 이면사를 읽어낼 수 있다. 이런 것이다. 어떤 바다 엘프의 집에 한 처녀가 15년 동안 살면서 한 번도 햇빛을 보지 못했다. 마침내 처녀의 오빠가 바다 밑으로 내려가 여동생을 데리고 가족에게 돌아왔다. 바다 엘프는 7년 동안 처녀가 돌아오기를 기다렸지만 오지 않자 지팡이를 들어 물을 쳤고 바닷물이 크게 부풀어 오르며 외쳤다.

> "네가 그렇게 나쁜 년인 줄 알았더라면
> 너를 도둑질한 놈의 목을
> 부러뜨려 놓았을 터인데!"

스웨덴의 메르바이프(Meerweib) [169] 와 독일의 닉세는 바닷물이 쐴쐴 소리를 내고 부풀어 오를 때면 넋을 홀리는 노래를 부를 줄 알았다. 어부는 그녀를 향해 바다 속으로 가라앉았다. 그러나 더 막강하게 유혹적이었던 것은 스웨덴의 강의 엘프 '슈트렘카알'(Strömkarl) 또는 최고의 바이올린 주자 '펠레카알'(Felekarl), 그리고 노르웨이의 '포세그림' 또는 폭포의 엘프 '포세칼'(Fossekall) 또는 방앗간의 엘프 '크베른크누렌'(Quernknurren) 등이었다. 이들은 빨간 모자에 잿빛 옷을 입고 폭포 한가운데에 있는 바위 위에 앉아 듣는 자의 모든 저항력을 무력화시키는 〈엘프발렉〉(292쪽 참조)을 연주했다.

이런 엘프는 처음에 작은 파도가 내는 부드러운 철썩거림과도 같은

---

169) 'Mee'(바다)와 'Weib'(아낙네)의 복합명사이다.

소리로 부드럽게 현을 긋다가 멜로디는 점점 더 고조되었다. 그리고 점점 더 강력하게 청중들을 도취로 이끌어갔다. 〈엘프발렉〉이나 〈슈투롬카알스락〉(Strömkarlslag)은 모두 11개의 변주곡을 갖는데 그중에서 10곡이 춤으로 출 수 있는 곡들이다.[170] 11번째 곡이 연주되는 경우에는 노인네들과 책상들과 의자들 그리고 커피포트와 술잔, 심지어 요람 안의 젖먹이까지 춤을 추기 시작하고, 이윽고 그날의 모임 손님 모두가 춤을 추며 물속으로 들어갔다. 만약 단 한 사람이라도 오지 않으면 음악을 연주하는 엘프의 바이올린 현은 끊어져 버렸다.

방앗간 주인은 이 펠레카알의 연주를 엄청나게 무서워했다. 그래서 연주가 시작되면 그는 물속으로 들어가지 않으려고 방앗간을 폐쇄하고 열쇠를 멀리 던져 버렸다. 그리고 그 자신은 방앗간에서 나무통을 품에 안고 밤새 빙빙 돌며 껑충껑충 뛰었다.

포세그림 엘프는 대가를 받고 자기의 예술적 재능을 인간에게 전수한다. 대가가 적으면 학생은 바이올린 소리만을 배운다. 그러나 학생이 머리를 돌린 채 폭포에다 하얀 염소 새끼나 까만색의 어린 양을 던지면 포세그림은 자기 오른손을 현 위에 오랫동안 이리저리 움직이며 나중에 결국 그의 모든 손가락에서 피가 솟아날 정도가 된다. 그런 지경이 되면 인간도 나무들이 춤을 추고 폭포의 물이 정지할 정도로 연주를 잘할 수 있게 된다. 스웨덴의 배렌트(Wärend) 지방의 올레 불[171] 음악제 기간 동안에 그렇게 민중들 사이에서 가장 유명했던 바이올린 주자는 닐스(Nils)와 페터(Peter)였다.

---

170) Strömkarl u. s. w. : Grimm, DM. 4 1, 408. Hyltén-Cavallius, Wärend 1, 25, 251. Faye, Norske Folkesagn 57.

171) 올레 불(Ole Bull: 1810~1880). 노르웨이 출신의 바이올리니스트 겸 작곡가이다.

다른 사람들 말에 따르면, 스웨덴에서는 엘프에게 배우는 사람이 그것이 부활(復活)되도록 하겠다는 약속을 하면 그런 예술적 기술을 즉시 배울 수 있었다고 한다. 이 엘프들이 기독교에 대한 열망이 강했기 때문이라는 것이다. 그러나 배운 사람이 그것을 이행하지 않을 경우, 엘프가 산중에서 악기를 부셔버리고 비통하게 우는 소리를 들을 수 있었다. 독일의 엘프인 네크의 경우 두 소년이 자신을 향해 "네크야, 너 거기에 앉아서 무얼 그렇게 연주하니? 넌 하늘나라에 갈 수 없는데?"라고 외치자 연주하던 하프를 던져버리고 하염없이 울었다고 한다. 그런데 이 두 아이가 자기 아빠에게 꾸지람을 들은 후 재차 이 네크에게 구원을 약속하자, 이 네크가 해가 진 후 오랫동안 하프를 사랑스럽게 연주했다.

대개 고요하지만 가끔 불안정하고 거칠어질 수도 있는 그런 호수들도 제각기 고유의 엘프 신화를 지니고 있다. 호수의 물 표면을 판판한 돌멩이로 물장구를 치면, 이것이 마치 수면을 떠다니는 물의 정령들을 자신들의 본성으로부터 떨어져 나오게 하는 것처럼, "꼬마 신부"(Bräutle) [172]나 "꼬마 호수 남자"(Wassermännchen) [173]가 풀려난다. 스위스나 독일의 많은 호수는 돌 물장구치기로 수면을 흔들지 못하게 되어 있다.

그런 돌 물장구치기는, 슈바르츠발트 숲의 뭄멜(Mummel) 호수의 경우, 호수의 무메(Seemuhme)를 흥분시켜 악천후를 유발한다. 약간 모호한 《심플리시시무스》(Simplicissimus) [174] 5장과 16장에서 이 뭄멜

---

172) 'Braut'는 '신부'를 뜻하며, 여기서는 'le'가 첨가되어 '꼬마 신부'의 뜻이다.

173) 'Wasser'는 물, 호수 그리고 Männchen은 꼬마 남자애를 뜻한다.

174) 독일의 바로크 시대 작가인 글림멜하우젠(Hans Jakob Christoffel von Grimmelshausen: 1622~1676)의 소설 제목이자 그 주인공의 이름이다.

호수가 분노하는 정황이 묘사되는데, 그에 따르면 꼬마 호수 남자가 아내를 도적맞은 후 아내를 찾아 헤매고 있다. 그의 모습이 다시 나타나지는 않은 채, 잠시 후 한 줌의 피가 묻은 그의 지팡이가 2, 3피트 높이의 공중으로 튀어올랐다.

가장 악명이 높은 호수는 스위스 루체른(Luzern) 부근 필라투스베르크(Pilatusberg) 175) 산에 있는 오버알프(Oberalp) 호수이다. 이 호수의 전설은 13세기에 나온 필라투스(Pilatus) 전설과 연계되어 있다. 이 전설에서 이 호수 엘프인 운홀트(Unhold)는 어떤 때에는 거대한 리제처럼 물속을 첨벙거리며 걷는데, 이 때문에 호수가 넘쳐나고 계곡으로 물이 쏟아져 내린다. 또 어떤 때에는 이 운홀트가 산맥을 훑고 지나며 목동과 짐승 떼를 흩어 놓고 이것들을 깊은 골짜기로 떨어지게 만든다. 이런 일은 사람들이 호수 근처에서 시끄럽게 하거나 돌을 던지거나 또는 호수 깊이를 측정하려들 때 발생한다.

이 호수에 접근하는 것과 산을 올라가는 것은 금지되어 있었다. 1387년에 루체른에서 성직자 6명이 이 산을 오르려고 했다는 죄목으로 감옥에 갇히기도 했다. 심지어 뷔르템베르크의 울리히(Ulrich) 왕과 1555년 유명인사 콘라트 게스너(Konrad Gesne)도 감독을 받으며 호수에 아무것도 던지지 않는다는 약속을 한 후에야 겨우 산에 오르는 것을 허락받을 수 있었다. 지난 몇 백 년 동안 고산지대 농부들은 해가 질 무렵 우유 깔때기인 "폴레"(Volle)를 통해 산(山) 운홀트를 엄숙하게 축복해 주었고 그 대가로 이른바 루프 치즈를 받았다.

보다 규모가 큰 육지의 호수나 심지어 바다 주변에서 물의 정령들

---

175) [원주] Pilatusberg: Mittheil. d. antiq. Gesellschaft in Zürich 12, 1859, 159 ff. Simplicissimus vgl. Amersbach, Aberglaube u. s. w. bei Grimmelshausen, Progr. v. Baden-Baden 1891. S. 20.

이 또 다른 교류를 하고 있다. 성자 갈루스[176]는 600년경 브레겐츠 (Bregenz) 부근 산의 정령이 호수 안에서 자기 동료들을 향해 "이리 와서 저 이방인들을 좀 쫓아주게. 저들이 우리를 성소에서 몰아내고 있다네!" 하고 외치는 소리를 들었다. 그러자 곧이어 물의 정령은 "그중 한 놈은 지금 호수 위에 있고, 그놈 그물을 찢으려 했지만 잘 안 되었네. 그자는 십자가로 방어가 되었네"라고 대답했다. 그에 이어 그들은 "환상적인", 그러니까 데몬적인 고함을 질러댔다. 숲의 바스락거리는 소리와 물결소리가 서로 뒤섞이는 곳에서 갈루스는 이 정령들의 대화소리를 이런 식으로 들을 수 있었다.

북방의 음유시인인 스칼데는 안개 속의 물결을 신부(新婦)[177]라고 불렀는데, 이것들은 부서지는 파도의 끝까지 올라갔다가 만곡을 따라 움직인다. 하얀 면사포를 두른 이 여인네들은 딱딱한 침대에서 지내며 바다가 고요할 때는 거의 연주를 하지 않는다.

우리는 또 스웨덴의 '바다 여인'(Meerfrau)을 알고 있다. 이 여인은 해변가에 자신의 옷을 펼쳐 놓고 산의 우두머리와 말다툼을 벌인다. 노르트(Nord, 북풍)가 거품과 물이 뒤섞인 파도를 불러일으키면, 이 바다 여인이 머리가 시커먼 하얀 짐승들을 뭍으로 몰고 가는 것을 볼 수 있다. 맬라르(Malar) 호수[178]에서 바다 여인이 이런 짐승들을 클린타탄네(Klintatanne)까지 몰고 간다. 이 클리탄타네 아래 바다여인의 거처가 있다. 아무도 감히 이 바다여인의 곁가지를 만지지 못한다.

---

176) 갈루스(Gallus: 550~640). 아일랜드에서 출생하였으며 여러 곳을 돌아다니며 설교했던 설교자로 성 갈렌 수도원의 창시자로 알려져 있다.
177) [원주] Bräute in der Brandung in der Hervararsaga. Mälarkühe: Afzelius, Volkssagen(Ungewitter) 2, 308.
178) 스웨덴의 호수 중에서 세 번째로 큰 호수이며 스톡홀름 근처에 있다.

아이슬란드에서 사람들은 잿빛 암소를 바다암소179) 라고 부른다. 그 이유는 언젠가 바다 엘프 마르벤딜이 사로잡힌 적이 있는데 자신을 풀어주었던 사람의 마당에 감사의 표시로 바다로부터 보내주었던 암소들 새끼들이 바로 그 잿빛 암소들이기 때문이다. 스웨덴 바다의 어부들은 '바다 처녀'(Seejunfer)에게 바람과 행운을 사려고 이 바다 처녀에게 과일과 돈을 바쳤다.

쏼쏼 소리 내는 물은 점을 보는 능력이 있다. 플루타르크(Plutarch)의 기록 속 카이사르의 말에 따르면, 게르만 여인들은 예언을 하기 위해 강의 소용돌이 옆으로 내려간다. 또 대략 5백 년 전에 기독교도 프랑크인들은 미래를 예지하려고 포로로 잡힌 동고트족 여인과 아이들을 포(Po) 강180)에 던져 넣었다. 〈니벨룽겐의 노래〉에서 "바다 여인"이라는 이름의 샘(泉) 엘프들이 하겐(Hagen) 181)에게 부르군트 전장병과 함께 에첼(Etzel) 왕의 영토에서 몰살될 것을 예언한다. 덴마크 여왕 다그마182)는 바다 여인의 예언을 청해 들었으며, 메클렌부르크의 전설에도 미래 예지능력을 갖는 엘프 '바터뫼메'(Watermöme)가 등장한다. 사람들이 바다 여인을 뭍으로 끌어올려 가는 동안 이

---

179) [원주] Seekühe, Elfenkühe: Arnason 1, 134 f. Hyltén-Cavallius 1, 252.
180) 알프스 산맥에서 발원하여 이탈리아의 북부 지역을 흘러 아드리아(Adria) 해로 진입하는 강으로 이탈리아의 강 중 가장 긴 강이다. 길이 652km.
181) 니벨룽겐 전설 속의 중요한 형상인물로, 불사신인 지그프리트의 치명적인 약점을 알아내어 그것을 겨냥하여 지그프리트를 죽인다. 부르군트의 왕 귄터, 크림힐트, 브륀힐트 등이 이 하겐과 함께 전설의 중요한 형상인물로 등장한다.
182) 다그마(Dagmar) 여왕(1186~1212). 보헤미아의 공주이며 덴마크 왕비. 덴마크로 온 지 7년째 되던 해에 산욕으로 사망했다. 이 여왕에 대한 발라드가 많이 남아 있는데, 매우 선량한 여왕으로서 민중문화 가운데 그녀의 흔적이 많이 전해진다.

여인은 붙잡힌 상태에서 이 땅의 몰락을 예언한다. 영국 콘월[183] 지방의 항구도시 패드스토우(Padstow)의 바다 여인은 사람들이 활을 쏘아 격분시킨 엘프인데, 이 처녀는 항구를 저주했고 결국 이 항구는 모래에 파묻히고 말았다.

가장 특이한 바다 정령은 '마르멘닐'(Marmennil)이다. 이 엘프는 그리스 시대 지중해에 살던 예언능력의 바다 노인과 비교될 수 있다. 이 마르멘닐의 배꼽은 바다표범의 그것과 흡사한데, 그 행동방식은 해변에서 해마들 사이에서 쉬고 있는 프로테우스(Proteus)[184]와 흡사하다. 이 마르멘닐은 물개처럼 두툼한 대가리와 넓적한 손을 갖고 있다. 이것은 파도가 철썩철썩 소리를 내면, 큰 소리로 웃음을 터뜨린다. 사람들은 그리스 극작가 에쉴로스(Aeschylos)의 작품에서 사슬에 묶인 프로메테우스가 자신의 고통을 한번 보라고 간청했던 파도의 웃음소리를 생각할 수도 있다.

"그때 마르벤딜이 웃었다"라는 말은 오늘날 아이슬란드에서 잘 알려진 말이다. 그리고 마르벤딜은 아이슬란드의 첫 주민에게 농담 식으로 처소를 예언했다고 한다. 1300년경의 〈할프 전설〉(Halfsaga)은 웃는 꼬마 바다 남자(Meermännlein)에 대한 이야기를 담고 있는데, 신(新) 아이슬란드 민중전설에는 그 이야기가 아직 남아 있고 그것도 다음과 같이 한층 더 흥미롭게 구성되어 있다.[185] 어느 한 농부가 아주 힘겨운 어망작업을 하면서 엘프 마르베닐(Marbenill)을 잡아 올려

---

183) 잉글랜드 섬의 남서쪽 맨 끝에 위치한 지역이다.

184) 그리스 신화에서 포세이돈의 아들로 기술되는 바다의 노인. 해마와 포세이돈이 만든 바다 피조물들을 보호하는 임무를 띠었으며, 예언의 능력이 있었지만, 그런 능력의 발휘를 매우 꺼려하여 그로부터 예언을 듣기가 매우 어렵다.

185) [원주] Gelächter ist das Geplätscher auch in Oppians Halieut. 4, 334.

그것을 자기 보트 안에 싣고 뭍으로 돌아왔다. 농부가 배 안 정리를 채 마치지 못한 상태에서 농부의 개가 반가워하며 농부에게 뛰어 올랐다. 그러자 농부는 짜증이 나서 개를 때렸다. 그러자 마르벤딜이 웃음을 터뜨렸다. 농부는 다시 자기 농장을 향해 걸어가는 도중 돌에 발이 부딪치자 그 돌을 향해 저주를 퍼부었다. 그러자 마르벤딜이 다시 웃음을 터뜨렸다. 농부는 길을 가다가 도중에 자기를 향하여 다가오는 여인의 다정한 인사에 역시 다정하게 응답했다. 그러자 마르벤딜이 3번째로 웃음을 터뜨렸다.

그러자 농부가 마르벤딜에게 왜 3번이나 웃음을 터뜨렸는지 물어보았다. 마르벤딜은 자기가 잡혔던 곳으로 다시 내려가게 하면 설명해 주겠다고 말했다. 농부가 그렇게 하겠다고 약속하자 마르벤딜은 "처음에 나는 당신을 진정으로 기뻐하며 맞이하는 개를 때렸기 때문에 웃었어요. 두 번째 웃음은 그 아래 금붙이가 묻혀 있는 돌을 당신이 저주하기 때문이었어요. 세 번째는 당신이 부정을 저지르는 당신 아내의 상냥한 말을 받아주고 있었기 때문이었어요"라고 말했다.

그 말에 농부는 "네가 말한 두 가지 일, 우리 집 개의 충성심과 내 마누라의 정절을 내가 지금 확인할 수는 없다. 그러나 두 번째 것만이라도 사실이라면 나는 약속을 지킬 것이다".— 이 말과 함께 농부는 땅을 팠는데 거기에서 정말로 커다란 금덩어리를 캐냈다. 그러자 농부는 마르벤딜을 데리고 바다로 나아가 약속한 장소에서 그것을 뱃전 너머로 내보내 주었다. 그 순간 마르벤딜은 배 위에 앉아 이렇게 말하는 것이었다. "농부여, 당신이 나를 어머니가 계시는 집으로 돌려준 일은 참으로 착한 일을 한 것이오. 내가 보은을 할 것이오. 건강하고 행복하게 사시오!" 그런 후 얼마 안 되서 농부는 농장에서 7마리의 바다 잿빛 암소를 발견하였다. 이 섬에서 가장 값비싼 것이었다. 그는 한평생 풍족을 누리며 살았다.

마르멘닐보다 더 무섭고, 그렌델과 흡사한 노르웨이-페로 제도의 바다 엘프186)는 '스웨트레이구르'(Sjódreygur)이다. 이 바다 엘프는 파도로부터 막강한 손을 뻗어, 그렌델 식으로 해변을 지나 집안까지 이르러 사람을 가로채어 바다 깊은 곳으로 끌고 간다. 야밤에는 사람이나 개처럼 고함을 질러대며 파도를 휘몰며 누빈다. 그렇게 해서 마치 뱃사공인 것처럼 다른 뱃사공들로 하여금 폭풍 속에서 치명적인 배젓기 경쟁을 유도한다. 또 어떤 경우에는 한 발로 뭍으로 껑충 뛰어 올라가 제방에 있는 사람들을 바다 속으로 밀어 떨어뜨린다. 이는 차라리 리제에 가까운 독일 디트마르셴(Dithmarschen)187) 지방 엘프인 "드랭어"(Dränger, 압박하는 자)188)와 흡사하다. 이 드랭어는 제방을 무너뜨려 바닷물이 다시 뭍으로 들어오도록 만든다.

사람 사는 마을을 둘러싼 야산이나 숲으로부터 엘프들이 마을 구역, 경작지역, 심지어는 마을 과수원에까지 치밀어 들어온다. 이러면 산의 엘프인 산 꼬마(Bergmännchen), 잔나무 소녀(Holzfräulein) 그리고 살리게 등은 야지 및 평야의 엘프가 된다.189) 들판은 이런 엘프들로 가득 차게 된다.

바이에른 지방 고산지대에서는 쇠뿔 사이에 산딸기와 알프스 장미로 채워진 바구니를 걸어 놓는데, 이것은 산의 엘프인 "꼬마 아가씨"(Fräulein)를 위한 것이다. 또 알프스의 산간지대 브레너(Brenner) 지역에서는 마른 목초를 흩뜨리는 바람 엘프인 '풀'(Furl)을 향해 칼

---

186) [원주] Seegespenst: Jonas Lie's Novelle, der Hellseher.

187) 슐레스비-홀슈타인의 서부 해안 지역이다.

188) [원주] Der Dränger: ZfdA. 7, 426.

189) [원주] Feldelfin: Mannhardt, WFK. 1, 77 ff., 107, 410, 610 ff.

을 던지는데, 소용돌이 바람에게도 그렇게 한다. 풀 베는 사람이 숫돌로 큰 낫을 3번 스치면, 그때마다 '꼬마 아가씨 살크'(Salgfräulein)가 들판으로 내려와 베어 놓은 풀을 흩어 버린다.

그러나 티롤 목동들은 들판 엘프인 '인너펠트만들'(Innerfeldmandl)이 회오리바람 안에서 소의 발 주위를 맴돌며 귀에다 바람을 불어 넣는다고 생각을 한다. 다른 엘프인 살리게 여인들 혹은 야생 여인들이 꼴풀 작업이나 아마풀 제거 또는 벼를 벨 때 도움을 준다. 사람들은 산 목초지 작업을 하는 일꾼들에게 이른바 "마드퀴켈"(Mahdküchel)을 나눠 주는데, 이는 일종의 도넛으로 우연히 찾아오는 "하얀 아낙네"(weiße Fräulein) 엘페에게 줄 것이다. 그러나 이 엘프는 야생 남자(339쪽 참조) 엘프에게 쫓기면 쉬지도 못하고 그냥 스쳐 지나간다.

오버프랑켄 지방에서는 건초작업을 마치고 돌아올 때 한 무더기의 건초를 들판에 놓아두고, 추수작업 때는 밭에 알곡을 어느 정도 놓아두는데, 이는 잔나무 소녀 엘프를 위한 것이다. 여기저기 과일나무에서도 엘프 몫을 조금씩 남겨둔다. 이웃 오버팔츠 지방에서도 사람들이 아마 씨를 뿌릴 때 알곡을 근처 숲 덤불에 뿌려주며, 제초작업 때 남은 아마 줄기로 오막살이집을 세우고 이렇게 외친다.

"나무 꼬마 아가씨야, 이것은 네 몫
아마가 힘차게 날게 해 주렴
그럼 네 몫과 내 몫이 충분해질 테니까."

아마를 뽑을 때 사람들은 남은 6개의 줄기 끝을 묶어 세워 엘프가 그 안에 피신할 수 있도록 한다. 파종한 씨가 공중으로 던져져서 바람 안에서 물결을 이루면, 갖가지 짐승들이 이 파종 바람의 물결을 뚫고 뛰쳐나간다. '호밀 늑대', '호밀 개', '귀리 염소', '호밀 돼지',

'알곡 고양이' 등이 그것들이다. 인간적으로 생각했을 때 그 안에는 '호밀 무메'(Roggenmuhme)가 살게 되는데, 이 무메는 동부 네덜란드에서 자기 돼지새끼를 알곡 안에 간직한다. 또 독일이나 덴마크의 민속신앙에 따르면 긴 젖을 가진 '호밀 할멈', '밀 할멈' 또는 '보리 할멈'이 그 안에 거주한다.

이런 할멈들 대신 해를 입히지 않은 '귀리 남자'(Hafermann) 또는 "할아범"(Alte)이 알곡 바람물결을 관통해서 달리기도 한다. 이 알곡이 추수를 할 수 있을 만큼 익으면 돈너스베르크(Donnersberg) 190) 산중 여인은 알곡 아래 부분 줄기 3개를 비단실로 묶고 난 후 이렇게 기도한다. "이것은 세 처녀 것이랍니다". 그런 후 7살이 안 된 아이 한 명을 들판으로 내보내서 이 3개의 알곡 줄기를 땅에 내려놓게 한다. 191)

리투아니아 지역에서 맨 처음 거둔 곡식 단은 덤불의 엘프 크루미네(Krumine) 192)에게 바쳤고 그런 다음 그 첫 번째 곡식 단을 소유주의 집안으로 들여갔다. 그리고 실제의 추수작업은 그 다음날부터 시작되었다. 독일의 서남부 지역에도 행운의 함플리(Glückshampfli) 193)라는 것이 있다. 이것은 추수한 알곡 머리 중 처음 3, 7, 11개 알곡머리 또는 마지막 3, 7, 11개의 알곡머리 한 줌을 말한다. 숫처녀가 기도를 하고 추수작업을 하는 민중들이 무릎을 꿇은 가운데, 이 숫처녀가 줄기에서 이 알곡 머리를 베어 이것들을 비단 줄로 묶어 집안으로 들인 다음 집안의 가장 귀중한 장소에 걸어 놓는다. 스웨덴에서는 추수 때 3개의 줄기 상단부를 매듭으로 단단히 묶어 엮은 그 위에 돌

---

190) 독일 라인란트-팔츠 주에 위치한 높이 687m의 산.

191) [원주] "Den drei Jungfrauen": Panzer, Beitr. i, 60.

192) [원주] Krumine: Usener, Götternamen 281.

193) [원주] Glückshämpfli: E. H. Meyer, Bad. Volksleben 426, 430.

을 얹어 놓았다. 이는 글로소(Gloso)[194] 엘프, 즉 알곡의 암퇘지 엘프에게 바치는 것이었다.

햇볕이 따가운 추수의 계절에 알곡 어미 엘프는 정오 무렵에 가장 위험하다. 6세기경 프랑스 투르의 대주교 그레고르[195]의 말에 따르면, 들판 일을 하다가 돌아오던 여인이 정오의 엘프 메리다누스 데몬(meridianus daemon)[196]의 공격을 받아 말도 못하고 기절하고 말았다는 것이었다. 케사리우스 폰 하이스터바하[197]도 독일 땅에도 정오의 엘프 데모니움 메리디아눔(daemonium meridianum)[198]이 있다는 것을 알고 있었다. 슬라브 인들은 이 귀신을 '정오의 여인'이라고 부른다.

라인 강 하류 지역에서는 에눙에모르(Ennungermohr: 정오의 어머니)가 정오 무렵 동일한 역할을 한다. 또 푸티카(Futtika)라는 엘프도 정오의 휴식시간에 들판을 지나면서 때에 걸맞지 않게 들판에 머무는 모든 사람을 병들게 하거나 미치게 한다.

독일 나사우(Nassau) 쪽 림부르크(Limburg)에서 사람들은 "우네르모아(Unnermoire)가 너를 잡아간다!"라고 말하여 겁을 준다. 이 엘

---

194) [원주] Gloso: Mannhardt a. a. O. 210.

195) 그레고르 폰 투르(Gregor v. Tours).

196) [원주] Meridianus daemon: Gregor v. Tours, Mirac. 5. Mart. 4, 36. Caesar v. Heisterbach vgl. Roscher, Mythol. Lex. s. v.

197) 케사리우스 폰 하이스터바하(Caesarius v. Heisterbach: 1180~1240). 프랑스의 지토(Citteaux)가 근원처인 지토 교단의 수도사. 독일 쾰른 근처에서 태어나 하이스터바하에서 사망. 당대의 이적(異蹟)과 얼굴들을 수합한 일물로 당대의 연대기 서술가, 풍속 연구가이다.

198) [원주] Meridianus daemon. Ennungermohr: Annal. d. hist. V. f. d. Niederrh. 52, 9, 44, 53. Zeitschr. des Aachener Geschichtsver. 14. 85. Zeitschr. f. Volksk. 4, 1892, 121. Witzschel, Thür. S. 1, 208.

프는 프리드베르크(Friedberg) 와 그밖에 곳체(Gottschee) [199] 에서 하얀 여인라고 불린다. 니더라인 곡물 생산지의 한여름 날 바람 한 점 없는 뜨거운 정오엔 자주 갑작스런 회오리바람이 일어난다. 이것이 바로 에눙에모르이다. 바덴 지역 클레트가우(Klettgau)에서는 들판을 배회하는 여인 엘프가 정오 무렵 들판에 홀로 있는 아이를 만나면 이 아이를 잡아 사라지고 그 대신 제 자식을 놓아둔다. 이는 튀링겐 지방의 알곡 여인 엘프와 흡사하다.

스위스의 아르가우에서는 알곡 아이[200] 또는 알곡 천사가 울면서 높이 있는 알곡 안에 누워 있다. 이것들은 독일 슐레스비히-홀슈타인 주의 라체부르크(Ratzeburg)에서는 추수 아이 또는 '아른킨트'(Arnkind)라고 불린다. 이것을 집어 올린 사람은 그해에 반드시 죽는다. 1686년 스위스의 산중 마을 쿠르(Chur) 사람들은, 이것을 집어 들기가 매우 힘들며 특별히 풍성한 수확의 해를 알려주는 것이라고 말했다.

늙은 할멈 또는 할아범 등이 의미하는 것은 아주 푹 익고 죽음이 예고된 알곡을 의미하며, 어린아이는 잉여분, 또는 파종을 위해 정해진 알곡볏단을 의미한다. 이 알곡들은 작지만 무거우며, 이것이 작게 떨어지면 그 만큼 다음 해의 보다 풍성한 수확을 약속한다. 그래서 이런 볏단은 행운의 볏단이라고 불린다.

이 볏단은 요람이라고 불리기도 하며 메클렌부르크에서는 보다 명확하게 추수의 아이라는 의미의 '오른킨크'(Ornkind)라고 불린다. 바로 이런 고대적 발상에서 앙겔작센의 단어로 볏단의 의미를 띤 '스키

---

199) [원주] Gottschee: E. H. Meyer, D. Volksk, 231 vgl. Kuhn, WS. 2, 135, 353. Auch im badischen Klettgau und in der Wetterau kennt man die Mittagsfrau, die auch von den Slaven gefürchtet wurde.

200) [원주] Kornkind: Mannhardt, Myth. Forsch. 351. Rochholz, Aarg. S. 1, 344. E. H. Meyer, Bad. Volksleben 429.

프'(Skeáf) 201) 가 생성된 것이다. 이 단어는 이미 〈베어울프〉 서사시에서도 나타난다. 갓 태어난 젖먹이가 키도 없는 배에 실려 배 안 볏단 위에서 잠을 자는데, 배 안의 아이 주변에는 무기가 쌓여 있고 배는 바다를 마냥 떠돌다가 마침내 어느 뭍에 도달했다. 섬 주민들은 이를 기적으로 받아들이고 아이에게 스키프라는 이름을 지어주고 잘 양육하여 마침내 왕으로 세웠다. 그가 바로 영웅적인 농업의 창시자이며, 그의 아들 스킬드는 나중에 전쟁 체계의 창시자가 되었다(58쪽 참조).

곡식을 베는 사람들이 알곡이 팬 들판을 깊게 들어가면 갈수록 베어 넘어지는 곡식 볏 줄과 함께 할멈과 할아범 엘프는 마지막 볏 줄이 눕혀질 때까지 계속해서 뒷걸음을 치고 나중에 마지막 도피처로 벼가 베인 그루터기에 이른다.

오버프랑켄과 오버팔츠 지방에서는 잔나무 소녀202) 엘프를 위해 마지막 알곡 볏단을 들판에 놓아두고, 니더바이에른 지방에서는 일곱 소나기 처녀 엘프를 위해 볏단 하나를 논에 놓아둔다. 튀링겐 지방에서는 마지막 알곡 볏단을 색깔 띠로 함께 묶어 그 덤불이 인형 모양이 되도록 하며, 벼를 베는 농부들이 열을 지어 흥겹게 그 볏단인 "샤이니헨"(Schainichen) 203) 을 뛰어 넘어간다. 이런 식으로 알곡 할멈 엘프는 아마 여인 엘프(359쪽 참조)처럼 자기 집을 가졌다. 1249년 당시 옛 프로이센은 추수를 마무리할 때에는 종교적 우상인 쿠르케(Kurche) 204) 를 만들었다. 그러나 할멈과 할아범 엘프는 5월 추

---

201) [원주] Skeáf: ZfdA. 7, 413.
202) [원주] Holzfräulein u. Schauerjungfern: U. Jahn, D. Opferbräuche 182 f.
203) [원주] Schainichen: Jahn, D. Opferbräuche 182.
204) [원주] Kurche: Usener, Götternamen 280.

수205) 가 이뤄지면 마지막 수레에 붙잡혀 묶여 실려서 집으로 옮겨지고 가능한 한 다음 해 추수 때까지 집이나 곳간 문에 걸린다.

축복을 내리는 마음 착한 농업의 엘프는 대부분 여성성을 띤다. 고대 게르만인들은 이런 엘프들을 특히 '베푸는 여인'(Geberinnen, Allergeberinnen)이라고 부르기를 좋아했다. 로마인들의 비석에는 가비에(Gabiae), 알라가비에(Alagabiae)라고 새겨져 있다. 켈트족은 올로가비에(Ollogabiae), 리투아니아인들은 가비에(Gabiae)라는 엘프를 마찬가지로 갖고 있었다. 리투아니아인들은 또 줄기에서 아직 채 익지 않은 알곡을 불에 말리려 할 경우 이 가비에에게 기도를 드렸다. 206)

250년경 수에브족, 즉 네카르 강의 수에브족은 두르함(Durham) 백작령에서 "아낌없이 주는 여인"인 가르만가비스(Garmangabis)에게 바치는 비석을 하나 세웠다. 이 엘프 역시 앞에서 말한 가비에에 포함된 엘프인 듯하다. 나중에 이 지역 전설은 이 가르만가비스를 변화시켜 이 지역에 농토와 목초지를 선사한 마음 착한 귀부인을 형상화했다.

가정 엘프는 사람들과 한층 더 내밀한 관계를 맺는다. 앙겔작센족의 '코프고다스'(Cofgodas)는 방과 집 또는 마구간 신이고, 독일의 '코볼데'(Kobolde)는 집과 마구간 수호신, 사투리로는 '포펠레'(Poppele), '부체'(Butze), '꼬마 하인첼', '꼬마 비히텔'이라고 부른다. 북방, 프리슬란트, 영국의 가정 엘프로는 '푸키'(Puki), '푹스'(Puks), '푸크'(Puck)가 있고 또 영국 엘프로 '브라우니'(Brownie)가 있다. 북방의 엘

---

205) [원주] Erntemai: Mannhardt WFK. 1, 190 f.
206) [원주] Gabiae, Alagabiae: Much, der germ. Himmelsgott 74. Usener a. a. 0. 90.

프 '가르츠포어'(Gardsvor)는 농장 지킴이, 톰테(Tomte)는 농장 귀신, 벳테(Vaette)는 꼬마 귀신이다. 이런 가정 엘프는 사람과 매우 가까워 사람들은 이것에 사람 이름을 붙여 부른다. 니콜라우스(Nikolaus)라는 이름의 '닐'(Niel), 한파이터(Hannpeiter), 요하임(Joachim)이라는 이름의 '힘'(Chim), 그리고 하인츠(Heinz), 로빈 굿펠로우(Robin Goodfellow) 등의 이름이 그런 방식이다.

그래서 고(古)아이슬란드 사람인 오트(Oddr)는 불이 붙은 나뭇가지를 들고 태양을 등진 채 버려진 집을 오른쪽에서 왼쪽으로 말을 타고 돌면서 "이 부근에 있는 비히트 무리들아, 내 말을 들어라! 내가 이 땅을 내 것으로 취하려 한다. 이외에는 사람이 사는 건물을 찾을 수 없기 때문이다"라고 말했다. 그 후 말에 박차를 가하여 그 자리에서 얼른 떠나 버렸다. 비히트의 무리들이 문턱 밑에 편히 살면서 행운을 가져다주었을 것이다.

그러나 모든 엘프처럼 가정 엘프도 원래 지녔던 날씨적 특성을 부정할 순 없다. 독일 중부 산림지대인 베스트발트(Westwald)의 단어인 푀펠(Pöpel)은 슈바벤 지방의 포펠레와 비슷할 것인데, 이 단어의 의미는 '어두운 구름'이다. 독일 니더작센 주 힐데스하임(Hildesheim)의 집안 코볼트[207]인 호데케(Hodeke)가 부르짖으면 폭풍우가 온다. 만약 아인쇼베른(Einschobern) 근처에서 니세의 도움이 거부당하면, 이 니세는 회오리바람으로 건초를 흩어 버리며, 페로 제도에서는 엘프의 마구간이 부서진다면 주인을 회오리에 가두어서 바다 속으로 던져 버린다.

가정 엘프는 영혼과 접촉하기도 한다. 헤센 지방에선 영혼들이 마

---

207) [원주] Seelenkobolde: Wuttke, D. Volksabergl. § 755. Köhler, Volksbräuche im Voigtlande 476. Zeitschr. f. d. Mythol. 2, 144.

음씨 좋은 귀신들로서 코볼트처럼 집안에서 산다. 독일 포크트란트 (Vogtland) 208) 지역 코볼트는 세례받지 못한 아이의 영혼으로 여겨진다. 독일 뤼겐209) 섬의 배(船) 엘프인 클라바우터만(Klabautermann)은 배를 만드는 데 이용되는 나무 안에 머무는 영혼에서 생겨난 것이다. 사람에게 큰 도움을 주는 "지하의 것들"은 흔히 오래된 황무지의 반구형 묘지 안에 살며, 아마도 영혼도 마찬가지일 것이다. 마당 엘프인 카르츠포어(Gardsvor)는 심지어 재생인으로도 여겨지는데, 이때의 재생인이란 집이 지어진 곳을 맨 처음 개간하여 경작이 가능한 땅으로 만든 어떤 남자의 영혼으로도 생각될 수 있다.

가정 엘프에 대한 신앙은 북구에서 지금도 여전히 살아 있다. 또 니세는 옛 관습에 따라 덴마크 가정의 가장 성스러운 축제인 크리스마스에도 나타나는데, 그 형상이 비스킷이나 음악 또는 불빛 반짝이는 크리스마스트리 아래에 있는 그림책에 묘사된다. 이것은 이 니세에게 크리스마스 밤에 걸쭉하고 달콤한 죽이 담긴 냄비를 내어 놓는 초기 관습 또는 니세가 밤중에 자기 야식을 자유롭게 만들어 먹을 수 있도록 밤새 피워 놓는 아궁이 불을 십자가 모형으로 만들어 놓지 않는 관습 등과 연결된다.

그러나 한층 반기독교적인 것은 토착신앙의 일요일에 해당되는 목요일마다 이 니세에게 그것이 좋아하는 것과 케이크와 맥주를 갖다 바친다는 점이다. 목요일 저녁에 남자는 일을 해서는 안 되고 여성은 베를 짜서는 안 된다. "가르츠포어"가 안정을 취하려 하기 때문이다. 노르웨이에서는 니세를 위해 땅바닥에 깨끗이 청소된 침상이 마련되

---

208) 독일의 동부지역으로, 바이에른, 작센, 튀링겐 3개 주와 접경을 이루는 지역이다.
209) 독일 동해에 위치한 독일 최대의 섬이다.

어 있었는데, 거기에는 아무도 누울 수 없었다.

잿빛 상의에 붉은 모자를 쓴 꼬마 남자 형상으로서의 니세는 아궁이 옆에 산다. 거기에서 사람들은 이 "아궁이 아범"(Herdvätte)에게, 맥주가 발효되면, 설익은 맥주를 바친다. 이 니세는 마구간이나 곳간에 살기도 한다. 집의 오랜 수호수(守護樹)로 활엽수인 보스트래트(Boström) 혹은 바르트래트 나무가 있는데, 농부의 아내는 암소로부터 우유나 버터를 풍성하게 얻어 내려고 이 나무 아래에서 암소 젖을 짜곤 한다. 그렇게 하는 이유는 그 아래 니세가 자리를 잡고 있기 때문이다.

사람과 짐승으로부터 재난을 떨치기 위해 기도하면서 나무뿌리 위에 우유와 맥주를 부었다. 또 "오 하나님 아버지!" 하며 사람들은 마당에 있는 비히터 엘프 나무줄기 옆에 맥주 주발을 놓아두었다.

사람들은 또 "신의 화평함이 언덕 안에 있게 하소서!"라고 인사하며 제물을 비히터 언덕이나 제단석 쪽으로 가져갔다. 집을 지키는 할아범 엘프인 톰테구베(Tomtegubbe)는 농부들에게 많은 좋은 것을 선물했는데, 이 농부가 바친 옷과 음식 및 다른 제물들을 큰 바위 밑에 질서정연하게 보관했다. 바로 이곳이 톰테구베가 사는 곳이다. 나중에 한 목사가 이 톰테구베를 강력하게 추방하고 바위 밑에 있던 좋은 물건들을 모두 재로 만들어 버렸다.

아이슬란드에 코드란의 돌(Kodranstein)[210]이 있다. 이 돌 안에는 코드란[211] 농부의 일꾼 귀신인 아르마드(ármadr)가 살고 있었다. 그

---

210) [원주] Kodranstein: Kristnisaga c. 2. Thorvaldss. c. 3 vgl. ZdV. f. Volksk. 8, 269.

211) 지금의 폴란드에 있는 작은 마을로 독일 땅으로 되어 있을 때 론사우(Ronsau), 지금은 르차니아(Rzania)라 불리는 도시의 한 부분 지역.

런데 어떤 대주교가 봉헌수(奉獻水)로 이 바위를 깨뜨리고 또 바위에 대해 주문을 읊었다고 한다. 그런 식으로 정령들의 거처가 부서지고 정령 자신도 끓는 물과 같은 것으로 뒤집어썼다. 아르마드는 분노하여 코드란을 떠나 버렸다.

스웨덴 여인들은 자식들이 병에 걸리면 버터를 칠한 엘프 바위 구멍 안에 인형을 넣었다. 니세는 옷 제물을 제일 싫어한다. 그것으로 보수가 모두 지급되고 해고 통보를 받은 것으로 생각하기 때문이다. 그래서 종적을 감춰 버린다. 반면 니세가 가장 좋아하는 곳은 마구간이며 소와 특히 말을 세심히 보살핀다. 그래서 이런 가축들이 살이 오르고 가죽이 매끈매끈해진다. 추수 때에는 끙끙거리며 건초더미와 알곡더미를 끌어온다.

니세는 셋씩 모여서 온 들판의 잡초를 뽑는다. 충실하고 믿음직하며 쉬지 않고 일을 하곤 한다. 그러면서도 심부름꾼이나 개를 잘 놀려먹는다. 그리고 네크(Neck)[212]처럼 갖가지 가축으로 형상을 바꾼다. 스스로 잘 자극을 받고 엘프를 쫓아다니며 비웃음을 당하거나 무시당하면 기어코 복수하려 든다. 니세는 마구간에 있는 암소들을 모두 풀어 흩어 버리고 건초를 되돌려 놓는다. 또 춤을 추며 하녀들은 반쯤 혹은 완전히 눌러 죽이며 하인들은 건초 헛간의 문짝 사이에 끼워 죽게 만든다. 심지어는 농장 전체를 불태우기도 한다. 니세는 농부 가족들과 친하게 지내기도 하고, 적대관계를 맺기도 한다. 그들은 책상을 뒤집힌 뒷박으로 삼아 카드놀이를 하다가 나중에는 시끌시끌한 싸움을 하게 된다.

서로 이웃하는 농장의 톰테(Tomte)들이 물건을 서로 훔치며 서로

---

212) 게르만 신화에서 물귀신이며 바서만(Wassermann)이라고도 한다.

치고받아 결국 어느 한 농장의 자루에서 나온 곡물이 마치 구름처럼 흩어져 사라져 버렸다. 안개가 끼는 날이면, 노인들은 "톰테의 자루가 먼지를 일으키는구나"라고 말한다.

노르웨이 농부의 아들이나 올덴부르크 백작이 페뫼메(Fehmöhme)에게 그렇게 했듯이, 훌드레 처녀213)가 사는 산 근처에서 그녀의 음료수 잔을 빼앗아 버렸다. 그러자 훌드레 족속들이 이 청년을 농장까지 쫓아왔다. 만약 가정 엘프인 고트본데(Godbonde)가 자기 쇠막대기로 쫓아내지 않았더라면, 이 청년을 때려 죽였을 것이다. 한 슐레스비히-홀슈타인 사람이 오랜 가옥을 헐어낼 때 아주 좋게 보이는 떡갈나무 기둥들을 발견하게 되어 그 구멍 안에 니스케푹스(Niskepuks)를 위해서 작은 집 하나를 지어주었다. 그는 기둥 아래 못질한 판때기 위에 걸쭉한 죽이 담긴 접시를 놓고 이렇게 외쳤다. "명랑한 니스케푹스야, 이리 오렴!" 가정 엘프가 다가왔고 그 농부는 부자가 되었다. 개별 농장들뿐만 아니라 마을들도 각자의 니세를 갖고 있었다. 그럴 경우 이들은 아마도 그 마을 목동 역할을 했을 것이다.

또 교회 니세도 여기저기 존재했다. 이것들은 교회 첨탑 안에 둥지를 갖고 있었고 그래서 교회 종탑에 언뜻 나타나는 붉은 모자에서 쉽게 니세를 알아볼 수 있었다. 그러나 교회 종이 울리기 시작하면, 니세는 종탑을 떠나 버렸다. 니세는 또 뱃사람들을 따라 바다로 나간다. 그리고 거기에서 배 세척작업과 노 젓기를 돕는다. 배가 서로 만나면 선장들이 서로 그러는 것처럼 니세끼리도 서로의 이름을 불러낸다. 폭풍이 다가오면 니세는 화물칸에서 큰 소리를 낸다. 배가 상륙하면 해변의 도적떼로부터 배를 방어한다. 그러나 배가 침몰하게 되

---

213) [원주] Huldremädchen: s. zu S. 187 vgl. Olaus Magnus, de gentibus septentrionalibus 19 c. 12.

면 그 이전에 들쥐 떼와 함께 배를 벗어난다.

이 북방의 가정 엘프나 마당 귀신들은 독일에서 니더작센 지방 농가214)에서 가장 편안함을 느꼈다. 이 농가의 커다란 대청에서 아궁이 불이 앞으로 튀어나온 들보 위에서 노는 듯 흔들리며 움찔대는 불빛을 던지는 동안 구석의 어둠 속에서 은밀한 그림자가 휙 소리를 내며 지나가고 고양이 걸음처럼 계단과 바닥을 사뿐사뿐 걷는 소음이 들려오기도 했다. 그렇기 때문에 코볼트도 아궁이 부근에 사는 것을 가장 좋아하며 마르크 지방에서는 붉은 모자와 재킷을 착용한다. 그러나 자기 임무는 눈에 띄지 않게 행하며 정의를 도모하고 거짓을 징벌한다.

그러나 독일 다른 지역에서나 영국에서 우리는 동일한 주된 특징들과 부차적인 특징들을 지닌 코볼트를 다시 발견하게 된다. 그러나 이런 지역에서도 몇몇 것들은 아주 독특한 외양을 내보이는데, 특히 북튀링겐 지방의 슈텝헨〔Steppchen, 슈테판헨(Stephanchen)〕이 그렇다. 215) 누군가가 돈을 많이 벌었다면 슈텝헨이 그렇게 해준 것이다. 결혼식이 있으면 식장에서 복전(福錢, 복 부르는 동전)을 주기도 한다. 또 슈텝헨은 공중에서 푸드득 소리를 내며 날아 내려오는 용 모양의 새처럼, 들판에서 일하는 사람들에게 먹을 것을 내려주기도 한다.

누군가 목을 매어 자살하면 슈텝헨은 그자의 머리를 때려주었다. 이것은 또 어떨 때는 옛 마르크 지방의 드라크(Drak)가 되고, 코볼트가 되고 또 악마가 되기도 한다. 가정 엘프뿐만 아니라 성의 엘프, 궁정 엘프도 존재한다. 자기 우유를 얻어먹는다는 점에서 저지 독일 지역의 클라바우터만도 비슷하다.

---

214) [원주] Niedersächs. Bauernhaus vgl. Crome, Hof u. Hufe 42.
215) [원주] Steppchen: ZdV. f. Volksk. 13, 66.

아주 순수하게 이교적인 엘프들이 존재한다. 때문에 이것들은 십자가와 예수 이름을 꺼려한다. 또 낮이 터오는 것을 알리는 수탉 울음소리도 싫어한다. 그 때문에 스웨덴에서 올라우스 마그누스[216] 시대인 16세기에 새집에서 나쁜 엘프들을 쫓아내려고 그 안에 수탉을 가져다 두었다.

대부분의 가정 엘프들은 종소리를 싫어해서 장소를 옮기지만, 단 하나의 가정 엘프는 울면서 수탉이 우는 발코니에 머물러 있다가 나중에 결국 늪에 빠져 죽고 말았다. 사람들은 이후에 다른 엘프들처럼 이것이 추락한 천사였을 것이라고 생각했다. 가정 엘프나 마당 엘프들이 압도적으로 북방적인 형상을 지니는데, 이런 형상은 부분적으로 그 후기 전승과 개별적인 현대적 특징들을 지님에도 불구하고 역시 아주 오랜 고대적 특성을 지닌다고 할 수 있다. 때문에 우리는 이런 형상을 영국이나 독일 곳곳에서 다시 발견할 수 있는 것이다.

그러나 여기 몇몇 가정 엘프는 성 엘프나 궁정 엘프로 보다 세련된 형태로 발전했다. 알레만족의 '포펠레'[217]는 농부들의 집에 살았지만 그 중심처소는 호헨크레헨(Hohenkrähen) 산[218]으로 유명한 호헨트빌(Hohentwiel)[219]에서 멀지 않은 곳이었다.

그 성 아래에서 한 방앗간 주인이 포펠레를 수레 위에 싣고 가게

---

216) 올라우스 마그누스(Olaus Magnus: 1490~1557). 스웨덴의 가톨릭 성직자이며 지리학자. 웁살라의 대주교를 지냄.

217) [원주] Poppele: Baader, Badische Sagen no. 5, Neugesammelte bad. S. no. 2. Meier, Schwäb. Sagen 76.

218) 독일 바덴-뷔르템베르크 주 콘스탄츠에 위치한 산(해발 644m)으로 원래 화산이었다.

219) 헤가우(Hegau)에 있는 높이 686m의 산봉우리. 10세기경부터 성이 자리 잡고 있다.

되었다. 그러자 포펠레가 이 주인 전대(纏帶)에서 한 탈러씩 차례로 훔쳐 길 위에다 던졌다. 그러자 이 동전들이 달빛을 받아 번쩍번쩍 빛났다. 주인이 이것을 알아차리자, 포펠레는 크게 웃음을 터뜨리며 재빨리 수레에서 내려 버렸다. 포펠레는 또 밤마다 헛간으로 내려와 가축들에게 주려고 건초를 훔쳤다. 그러자 사람들은, "포펠레야, 너무 많게도 말고, 너무 적게도 말아라!"라고 경고하지 않을 수 없었다. 안 그러면 건초더미 전체를 아래로 던질 것이기 때문이었다. 일요일마다 포펠레는 황금 공을 갖고 케겔 놀이를 했다. 사람들은 매일같이 포펠레에게 좋은 접시를 내밀면서, "포펠레야, 자 함께 먹자!"라고 말했다.

특별히 뛰어난 형상은, 우리가 이미 앞에서 산의 엘프로 포함시킨 바 있는, 루르 강변 하르덴슈타인(Hardenstein)[220] 성에 사는 '골데메르'와 15, 16세기에 알려졌던 것으로 뤼네부르크(Lüneburg)[221]의 후데뮈일렌(Hudemühlen) 성[222]에 사는 '힌첼만'(Hinzelmann)[223]이다. 이 두 성 엘프와 궁정 엘프는 눈에 보이지 않지만, 그들의 부드러운 손으로 알아볼 수 있고, 음악을 좋아하고 잘 정돈된 침대를 요구한다. 그들은 궁정 나인을 짝사랑하고 그들의 주인에게 좋은 조언을 하면서 도움을 주고, 이 둘 모두 패륜아나 덕성이 없는 자들을 혐오한다. 이 것들은 또한 부엌에서 요리를 할 줄 한다. 마구간의 말들을 부지런히

---

220) 독일 노르트라인-베스트팔렌 주의 루르 강변에 위치한 고성(古城) 폐허지이다.

221) 독일 중북부 끝 니더작센 지역에 위치한 옛 한자동맹의 도시로, 함부르크에서 50㎞ 남쪽에 위치하며 넓은 의미의 함부르크 지역에 속한다.

222) 15세기에 독일 북부 지금의 니더작센 주 호덴하겐(Hodenhagen)에 세워진 르네상스풍의 고성(古城)이다.

223) [원주] Hinzelmann: Grimm, DS. no. 76.

빗질하고 매일 하얀 빵조각과 함께 달콤한 우유가 가득 담긴 주발을 달그락거리며 핥아먹는다. 이것들은 또한 담비나 뱀으로 모습을 바꾼다. 궁정의 주인 수레 곁에서 하얀 털 모양으로 바뀌어서 이리저리 날아다녔다. 이 힌첼만은 수년간을 이 성에 머물다가 1588년에 이 성을 떠났다.

그러나 통상적으로 코볼트는 집주인을 풀어주는 법이 없다. 코볼트를 혐오한 한 농부는 곳간에서 건초를 한 수레 가득 실어 내온 후 그 안에 있는 코볼트를 없앨 요량으로 곳간을 불태워 버렸다. 곳간이 한창 불타는 순간, 주인은 주위를 빙 둘러보았다. 그때 그는 코볼트가 자기 수레 위에 앉아 자기를 향해 명랑하게 소리치는 것을 보았다. "우리가 빠져 나오지 않았더라면, 모두 불타 죽어 버렸겠군!"

게르만족의 가정 엘프나 들판 엘프들로부터 알 수 있는 것은, 이것들이 자기 고유영역을 넘어서서 충분한 활동을 하지만, 자기들 사이에서 힘들게 배려하면서 농부들의 일을 적절히 분담하는 법은 결코 없다는 점이다. 그러나 로마나 리투아니아의 비슷한 엘프들은 그렇게 한다. 게르만족에게는 첫 번째 쟁기질을 돕는 특별한 엘프도 없고, 두 번째, 세 번째를 돕는 엘프 또는 써레질을 돕는 엘프 제초작업을 돕는 엘프 등도 존재하지 않는다. 게르만 엘프들은 손을 보다 자유롭게 놀리며 이런 일 저런 일을 두서없이 참견한다.

영혼 신앙이나 마레 신앙 외에도 원시시대에는 엘프 신앙이 발전되었는데 그것도 자유로운 자연의 생명에 혼을 입히는 것으로부터 발전되었다. 이 엘프 신앙은 앞에서 언급한 영혼 신앙이나 알프 신앙의 방향과 접촉을 이루며 혼합되기도 했다. 그러나 엘프 신앙은 이런 것에 대해서나 또 리제 신앙, 고차원적인 데몬 신앙 그리고 신들에 대한 신앙에 대해서도 나름대로의 독자적 위치를 확보하고 있었다. 이 엘프 신앙의 중요성은 가볍게 평가될 수는 없다. 어떤 신앙도 이 엘프 신앙만큼 일상생활을 그렇게 촘촘히 감을 수 없고 또 그렇게 가족 의식 안에 깊게 박혀 자라날 수 없다.

엘프 숭배나 엘프 신화는 그 자체에 가장 높은 수준의 태고성의 특징들을 지니며 지금 시대에도 여전히 작용한다. 어떻게 그렇지 않을 수 있었겠는가? 이런 존재들이 인간에게 표준적인 빛의 현상과 각종 날씨 현상들, 뇌우 구름, 비구름 그리고 각종 바람들을 불러 일으켰던 것이다.

이들은 우호적이든 적대적이든 산이나 덤불, 개천으로부터 인간에게 다가왔고 인간이 파종하거나 추수할 때, 사냥할 때 또 들판작업이나 쟁기질을 할 때 돕기도 하고 해를 입히기도 했으며, 인간과 함께 수고를 하고 집안이나 헛간, 마구간에서 장난을 쳤다. 또 맥주를 빗거나 대장간 작업 같은 힘든 일을 할 때도 엘프는 사람의 손길이 되어 주었다.

엘프의 선함이 없었더라면 민중의 통상적인 삶을 생각할 수 없었겠지만, 또 쉽게 발동되는 엘프의 복수심의 제물이 되고 말았다. 엘프를 다루는 방식은 전혀 상반된 두 가지 경배방식으로 구분된다. 아주 단순한 자연종족이었던 게르만족은 지극히 순진한 경멸의 동작을 통해서, 예컨대 맨 엉덩이를 까서 드러내는 동작224)이나 아니면 깜짝 놀라는 수단을 통해서 엘프를 방어했다. 그 정반대로 그들은 집안에 있는 소박한 선물을 주거나 관심을 보여서 이 엘프를 자기편으로 삼았다.

옛 아이슬란드에서는 쓰레기나 오물이 엘프를 쫓아내는 알프렉

---

224) [원주] Den Hintern zeigen: ZdV. f. Volksk. 11, 426.

(Alfrek)이었다. 베스트팔렌 지방에서는 사람들이 "착한 홀데"(Guden Holden)에게 잘 살아 나가고 싶으면 청결을 유지해 달라고 부탁했다. 스웨덴에서는 사람들이 자기 앞에 침을 뱉은 다음에 비로소 다리를 건너갔고 비슷하게 오늘날의 집시들도 다리에 서서 침을 뱉는다.[225] 티롤에서는 야생 꼬마 처녀한테 침을 뱉은 돌을 던진다.

티미안, 디일, 쿰멜, 라우흐와 같이 냄새가 강하고 향미가 있는 야생초는 엘프를 쫓아내는 작용을 한다. 사람들은 추수 때 엘프를 마지막 볏단 안으로 몰아넣으며 그 안에 있는 알곡 어미 엘프를 죽여버리고 물의 엘프에게 돌을 던지며 야생 엘프에게는 칼을 던진다. 사람들은 이런 모든 귀신들에 대해서 자르는 도구나 돌도끼로 자신을 방어했다. 큰 소리로 저주하거나 북을 어지럽게 두드리는 것도 엘프 퇴치 방법이었다. 나중에는 교회의 축성을 받은 물건들, 물, 소금, 부활절의 불도 그런 도구로 쓰였다. 삭소는 불이 엘프에게 가장 적합한 대응수단이라고 규정한다. 발가벗는 것도 한 방법이었다. 이런 대부분의 제식들은 오늘날 마술에 포함되어 있다.

엘프를 보살피는 방법은 아주 소박하며 부드럽다. 사람들은 엘프의 마음을 가라앉히는 음식으로 메꽃을 공중에 뿌려주는데, 소금과 빵으로도 그렇게 한다. 샘과 수풀 엘프에게는 꽃을 가져다주거나 바위 위에 딸기를 놓아둔다. 때가 묻지 않은 어린아이 손이 첫 번째나 마지막 알곡머리를 베며, 비단실로 곡물 머리를 묶어 알곡 꼬마 아가씨 엘프에게 내밀거나 걸어준다.

베르톨트 폰 레겐스부르크에 따르면 살리게 꼬마 아가씨(das saliges Fräulein)나 펠리세 도미네(felices domina)[226]에게 음식이 차

---

225) [원주] Zigeuner: Wislocki, Zigeuner S. 377.
226) [원주] Felices dominae bei Berthold: Schönbach, Stud. z. Geschichte der

려진 식탁이 제공되었다. 동일한 시기에 이와 비슷한 이야기를 우리
는 파리의 대주교 빌헬름 도베르(Wilhelm d'Auvergne)로부터도 듣게
되는 바, 아마도 켈트족의 엘프인 듯한 밤의 아가씨 도미네 노투르네
(Dominae nocturnae)227)는 밤마다 각 집에서 열려 있는 음식쟁반이
나 음료수 주발로 자신의 배를 충분히 채운 다음 그 대가로 많은 것
을 선물했다는 것이다.

북방의 엘프들에게 사람들은 버터와 달콤한 꿀이 섞인 죽을 제공했
고 그리고 독일 가정 엘프에겐 수프를 제공했다. 이때 우유, 맥주,
코냑도 빠지지 않았다. 이들에게 털옷이나 돈을 내어놓는 것도 더 세
련된 행위로 여겨졌는데, 야외에서는 돌 위, 동굴 입구, 나무 그루터
기에, 실내에서는 문턱이나 아궁이 위 또는 난로 모퉁이에 이것들을
놓아두었다. 독일에서 물의 엘프는 더 까다로워 닭 한 마리를 요구하
고, 북방의 폭포 엘프, 포세그림에게는 양이나 염소를 바쳤으며, 네
카르(Neckar) 역시 예수 승천일 제물로 짚으로 만든 벌통, 빵 한 조
각, 양 그리고 사람을 요구했다.

고대 북방세계에서 좋은 날씨와 상처의 치유를 얻기 위하여 엘프
제사인 알프아블로트(Alfablót)를 드렸다. 이 제사를 집안에서 드릴
때에는 이방인들을 모두 내보낸 뒤에 했고, 집에서 가까운 언덕에서
제사를 드리는 경우도 있었는데, 이때 언덕에는 피를 흘리는 황소고
기를 놓았다.

스웨덴에서는 어린아이가 불안정하거나 병이 들면 목요일 해질 무
렵 과거 빙하에 의해 깊게 패인 엘프의 방앗간 엘프크바른(Älfqvarn)

---

altdeutschen Predigt 2, 18 ff.
227) [원주] Dominae nocturnae bei Wilh. v. Paris: Grimm, D. M. 4 1, 237
    ff. Franz, Nicolaus v. Jauer 171 n.

안에 버터나 자두잼이 칠해져 있거나 바늘이 박힌 인형228)이나 곡물, 여타 물건들을 넣었다. 티롤에서는 이런 아이를 안정시키려고 앞서 말한 그런 인형을 칠러(Ziller) 강229)에 던져 넣으면서, "밤의 부오네(Nachtwuone)여, 여기 네 자식이 있다!"라고 외쳤다. 그러니까 속임수를 써서 엘프로부터 벗어났다.

〈인디쿨루스〉는 그런 인형이 속임수로 만들어진 우상이라고 규정했다. 아마도 15세기에 만들어진 관습으로 소년의 옷을 필비스 나무에 걸어 놓는 관습도 동일한 의미를 지니고 있었을 것이다. 그러니까 빌비츠 엘프(Bilwiz, 286쪽 참조)를 위한 것이었다. 근세에 들어서도 엘프의 무리들이 너무 불편스러워질 경우 사람들은 새 옷을 주어 떨쳐 내거나 불에 태워 집 밖으로 몰아냈다.

엘프에게 제사를 올리는 경우란 대개 사람들이 무엇인가를 필요로 할 때였다. 그러나 상당수 엘프들, 예컨대 가정 엘프는 정령들처럼 제삿날이 특정되어 있었다. 가정 엘프들에게는 매일 또는 일주일에 한 번 목요일에 제사를 드렸고, 나중에 기독교 전파가 이뤄졌던 때에는 토요일이나 일요일이 제삿날이 되었다. 스웨덴 남부에 역사적으로 오랜 지역인 쇼넨(Schonen) 지방에서 주부들은 3대 축제날 저녁에 아궁이에 착한 엘프 비히터(Wichter)를 위한 제물을 바쳤다. 엘프의 가장 큰 축제날은 성탄절과 공현축제230) 사이의 12일, 즉 라우의 밤들(Rauhnächte) 231) 또는 로스의 날들(Loostage) 232)이라고 불

---

228) [원주] Puppen: ZdV. f. Volksk. 10, 99-08. Pilbisbaum a. a. O. 13, 6.

229) 오스트리아 티롤 지방 칠러 계곡을 흐르는 길이 47㎞의 강으로 인(Inn) 강의 오른쪽 지류이다.

230) 공현축제 또는 공현일(Dreikönigstag)은 신약에 예수 탄생을 알리는 별을 쫓아 베들레헴으로 찾아온 동방의 현인 세 사람을 추앙하는 날로, 나중의 전설에서는 왕으로 불렸다. 이 축제일은 1월 6일이다.

리는 기간이었다. 북구 지역에서는 율 축제 기간으로 지방 비히터와 엘프가 횡행하는 날들이었고 근세에 와서는 이런 기간이 파렌겔의 날들(Fahrengeltage)이라고 불렀다.

이 기간 동안에 그리고 독일에서는 벌써 "조심스러워지고" 또 "사악한" 시기인 대강절 기간에도 운홀트와 슈레츨라인(Schurezlein)이 떠돌아다닌다. 이탈리아 북부 비젠차(Vizenza), 베로나(Verona) 지방의 독일인들은 이 기간에 숲 속 여인을 위해 불에 아마포를 던져 넣었다. 독일에서는 슈레츨라인에게 공현축제일 밤에 먹을 것을 바쳤다.

새해 1월 1일[233]에 빵과 여타 음식들로 상을 차리는 것은 로마의 습속으로 성자 엘리기우스(Eligius, 659년 사망)와 그 후 1000년경에 부르카르트 폰 보름스가 이에 대해 언급한 바 있다.[234] 이 습속 역시 고대 게르만족의 습속이라고 할 수 있다. 왜냐하면 게르만인들도 임의로 정한 날에 엘프들을 식탁에 초대하여 대접하였기 때문이다(376쪽 참조). 또 영국인들도 1493년에도 여전히 1월 1일 밤 긴 의자 위에 "올홀드"[235]와 "고벌린스"(Gobelyns)를 위한 술과 음식을 차려 놓았다.

슐레스비히-홀슈타인 지방 해안도시인 후숨(Husum) 부근에서는 1700년경 앞에서 말한 12일 동안 "하뇌르스"[236] 무리들이 춤을 추며

---

231) '라우'(*rauh*, 거친, 격렬한, 무서운)라는 형용사와 '네히트'(*Nächte*, 밤)라는 단어의 복합어이다.

232) 루르의 날들(Lurtage)이라고도 한다. 민속신앙에 따르면 이 기간에 주·월별 기상상황을 미리 알아낼 수 있으며 여러 가지 농사일에 유리한 날을 지정할 수 있다.

233) [원주] Neujahrsopfer: Grimm, DM. 4 3, 401. 06(lapidibus 1. panibus).

234) [원주] Römische Sitte: Bilfinger, das germanische Julfest 1901. S. 50.

235) [원주] Alholde: Brand-Ellis, Popular Antiquities 1890. 1, 9.

236) [원주] Hahnjörs: Vogt, Schlesische Weihnachtsspiele 104.

거리를 쏘다녔는데, 이것들은 사람들을 병들게 하고 정신을 잃게 하는 엘프들이었다. 이들은 지하실에서 술과 먹을 것을 가져간다. 노르웨이에서는 인간의 율 축제 습속을 모방하여 이 지하의 존재들이 서로 찾아다니며, 엘레폴크 무리들은 십자로나 동굴 안에서 술을 마시고 춤을 춘다. 독일의 떠들썩한 사냥꾼들이나 성난 무리들처럼 노르웨이에서도 영혼과 엘프가 혼합된 아스가르츠레이아(Aasgardsreia) 무리가 떠돌아다니면서 술잔치를 벌이거나 사람들이 벌이는 율 축제에 섞여든다. 때문에 사람들은 성탄절 음식 일부와 맥주 한 잔을 마당에다 내어놓는다. 아이슬란드의 가정주부들은 율 축제날 밤에 알파를 엄숙하게 맞아들였다(316쪽 참조).

이런 유치하고 소박한 관습들은 낮은 수준의 종교를 보여주는 것들인데, 이런 낮은 수준의 종교를 구성하는 요인은 공포심 또는 자연정령에 대한 최소한의 두려움과 이것들에 대한 호감, 즉 어느 정도의 공감대라고 할 수 있다. 그러나 이런 두 감정이 여전히 귀중한 것으로 바뀌지 않은 채 모두 높은 차원의 경배감정으로는 승화되지 않는다. 사람들은 엘프의 무리들이 지닌 우월한 마력은 인정하지만, 그 밖에서는 자신들과 비슷한 존재로 여긴다. 그래서 인간은 이들을 자주 무자비하게 다루고, 또 여러 전설이 우리에게 전해 주듯이 엘프들과 지극히 은밀하고 사적인 관계를 맺기도 한다.

이런 식으로 엘프 신앙은 영혼 숭배나 마레 신앙처럼, 그러나 그 이후의 보다 발달된 신앙방향과는 반대로 종교적인 힘들과 직접적이고 사적인 관계 맺음을 중심으로 돌아가는데, 이런 관계 맺음이 보다 높은 수준의 것이라고는 말할 수 없을 것이다.

다른 특징들과 함께 이런 인간과 근접해 있다는 느낌에서 위의 세 그룹의 신앙들은 서로 밀접하게 일치하며, 그 결과 이들은 비록 그

출발점이나 내용이 다르다고 할지라도 서로서로 개입하며 그 중요 구성원들도 서로 유동적인 혼합형상이 되어 버렸다. 망자의 영혼이 바람이 되고 아직 태어나지 않은 아이의 영혼은 고요한 샘에서 진주방울 같은 물방울로 위로 솟아오른다. 바람은 또한 엘프이기도 하며 물속 정령의 숨결은 호수에서 작은 꽃망울로 솟아오른다. 앞에서 언급한 12일 동안 떠돌아다니는 무리 중에는 망자나 바람의 정령들이 다수 포함되어 있다. 마레 무리는 악몽의 엘페라고도 부르지만 또한 구름 엘페이기도 하다.

이 세 그룹의 초인간적인 존재들이 인간과 거의 같다는 느낌은 또 다른 작용을 했는데, 이런 느낌 때문에 몇몇 뛰어난 인간이 이 3가지 초인적인 그룹으로 합류하여 마법의 능력을 갖추게 된다. 즉, 이런 인간들은 악몽을 일으키는 능력을 갖기도 하고 또 날씨를 조성하는 기술을 갖고 천이나 모피조각을 흔들어 밝음과 어둠을 퍼뜨리는 능력도 갖는다.

마법사 에이빈트(Eyvind)는 은폐의 투구인 훌리드햘름(Huliðshjálm)을 만들어 자기가 쓰거나 부하들에게 쓰게 하고 또 은폐의 안개 어둠을 부여했다. 그렇게 해서 자신의 모습을 보이지 않게 할 수 있었다. 마녀나 마법의 아낙들의 충혈된 눈이나 축축이 젖은 눈 또는 강렬하게 쏘아보는 눈에는 사악한 마력이 숨어 있는데, 인간의 이런 능력들을 그들로부터 받은 것으로 생각했다.

1000년경 전후로 해서 또 수백 년 전에 엘프의 화살은 마녀237)의 화살이라고 불렸고, 이는 '마녀의 찌름'이라는 어깨고통을 유발한다 (288쪽 참조). 마녀들도 엘프들처럼 날씨를 조성하는데, 자일요호

---

237) [원주] Hexen: Wuttke, D. Volksabergl. 3 §209 ff.

(Sailjoch) 강변 슈투바이(Stubai)238)에서는 엘프의 날인 목요일에 그렇게 한다.239) 마녀는 또 나무들 속에서 알프의 채찍을 엮어 만드는데, 그래서 이런 채찍 이름이 마녀의 덤불이다. 사람들은 대강절 기간 동안의 목요일과 성탄절과 공현절 사이의 12일 동안 운홀데(Unhulde)와 투루테(Trute)의 무리, 즉 엘프와 마렌 및 마녀의 무리들이 돌아다니는 것을 두려워했다.

이것들은 나중에 봄의 폭풍이 칠 때 자기들만의 행일(行日) 또는 행차(行次)의 밤을 정해둔다. 이들은 5월 1일 밤이나 발푸르크의 밤(Walburgisnacht)240)에 어두컴컴한 우박 구름인 날씨 빗자루를 타고 구름으로 둘러싸인 그 지역 산봉우리에서 열리는 춤과 연회의 장소로 날아간다. 이런 산봉우리 중에서 가장 유명한 것들은 독일 하르츠 산맥에 있는 블록스베르크(Blocksberg) 산과 스웨덴 동해에 있는 욀란트(Oeland) 섬 해안에 있는 으스스한 돌섬 융프룬(Jungfrun)에 위치한 블락쿨레(Blakulle) 산이었다.

그렇게 해서 이런 영혼, 마레, 엘프 그룹 사이에 육체를 지닌 제4의 그룹이 형성되었는데, 이에 대해서 교회가 인간이 악마와 교통하는 것이라는 망상을 품게 되어 교회는 이런 부류에 대해 재앙으로 가득 찬 증오를 표출했다.

인간과 엘프 사이의 내밀한 교통은 전혀 다른 결과를 낳았다. 즉,

---

238) 오스트리아 티롤 지방의 한 구역.

239) [원주] Stubaihexen: ZdV. f. Volksk. 3, 172.

240) 발부르크의 밤: 유럽 전통에서 4월 30일에 갖는 축제의 밤. 이 축제이름은 영국 출신의 수녀원장이었던 성녀 발부르가(710~779)에서 유래한 것으로 이날은 그녀가 성녀로 선포된 날이다. 이날 밤 마녀들이 블록스베르크 산과 여타 높은 산에서 댄스파티를 갖는다고 상상한다. 이 개념은 괴테의 《파우스트》를 통해 대중화되었다.

엘프의 영토는 망자의 영혼들에게 개방되었고, 그렇게 해서 일종의 망자의 나라가 만들어진 것이었다. 아주 오래전 태고 시절에 이 망자의 영혼들은 집안이나 근처 나무 안이나 돌 속 아니면 무덤 안이나 그 곁에서, 그것도 아니면 공중에서 불안정한 삶을 살고 있었다. 여기에서 망자의 영혼들은 가정 엘프, 나무 엘프, 바람 엘프들과 접촉하였고 또 엘프들 편에서 봉분을 거처로 찾았다. 영혼은 바람의 형태를 취함으로써 엘프와 구분이 안 된다. 게다가 살아 있는 사람이 엘프와 안팎에서 매일같이 교류를 했다. 심지어 사람들은 이 양자가 서로 결혼으로 맺어진다고 믿었다. 심지어 많은 사람의 자식들이 엘프의 나라241)로 잡혀 오거나 들어왔다.

이제 망자들도 엘프 왕국의 화려함 속으로 용해되어 들어갔고, 우리는 어떨 때는 지상에서 또 어떨 때는 저 하늘 위나 대기 중에서 그런 엘프의 왕국을 발견했다(295쪽 참조). 니스(Niss)는 돌아가신 아버님을 찾는 아들에게 "네 아버지는 우리와 함께 있단다!"라고 대답했다. 스코틀랜드의 전설에서 망자는 이렇게 말한다. "난 죽지 않았어. 엘프의 나라에 잡혀 있는 게야".

아이슬란드인들은 산속에서 "죽었다". 이 말은 곧 이들의 영혼이 산으로 들어가는 것을 말하는데, 그 산이 성자들의 산인 헬가펠(Helgafell) 산242)이고, 그 안에서 알파도 살았고 망자들이 커다란 불꽃 옆에서 환호하며 파티를 벌였던 곳이기도 했다. 마찬가지로 쇼넨(Schonen) 지방의 트롤렌베르게(Trollenberge) 산243)에서는 율 축제날 저녁에 황금기둥들 위에 놓였고, 그 아래에서 트롤들이 춤을 췄다.

---

241) [원주] Der Tote im Elfenland: ZdV. f. Volksk. 3, 276.
242) [원주] Helgafell: Eyrbyggjasaga c. 4.
243) [원주] Trollenberg: Wigström, Folkdigtn i Skåne 32. 225.

독일인 망자들은 츠베르크의 장미정원으로 들어갔다. 여기에 들어가면 거기까지 망자를 건네준 뱃사공이나 감시자들이 망자에게 통행세로 손과 발 하나를 요구한다. 이런 특징들 때문에 이 장미정원은 죽음의 제국의 모습을 띤다.

　엘프 신앙은 게르만 신화 전체의 중심점이었다. 이 신앙은 정령 신앙이나 마레 신앙의 뿌리를 뽑거나 느슨하게 만들기보다는 그 반대로 비할 바 없이 확고하게 민중의 영혼 속에 자리 잡게 만들었다. 그러나 자연 숭배 때문에 이 엘프신앙은 앞의 두 신앙에 비해서 우위를 차지하게 되었다. 이 엘프신앙은 두 신앙처럼 가장 역사가 오래된 신앙에 속하며 오늘날까지도 계속되는 인간 신앙의 토대가 될 뿐만 아니라, 앞의 두 신앙과는 달리 리제 신앙과 합쳐져서 보다 높은 수준의 데몬 신앙이나 제신 경배의 토대가 된다.

(②권에서 계속)

기타

엘라르트 후고 마이어(Elard Hugo Meyer: 1837~1908)

독일 브레멘 출신. 독일 본대학, 튀빙겐대학, 베를린 프리드리히-빌헬름 대학 등에서 고전문학과 현대문학을 공부했다. 1875년부터 1878년 사이에 야콥 그림의 《독일의 신화》의 제4판 발간을 맡기도 했다. 독일 북부 브레멘에서 오래 살다가 병을 앓아 독일 남부의 프라이부르크로 옮겨 프라이부르크대학의 민속학 담당 교수로 임명되어 게르만 신화에 관한 강의를 담당했다. 저서로는 《인도게르만 신화》(1883), 《독일민속학: 독일 생활 및 문화의 역사》(1898, 1997 재출간), 《게르만 신화론: 독일문학 원론》(1891), 《19세기 바덴 지방의 민중생활》(1900, 1984 재출간), 《게르만 신화 연구》(1903) 등이 있다.

송 전(宋 典)

서울대 인문대 독문과 졸업. 독일 보훔 루르대학 수학, 문학박사. 독일 베를린자유대학 객원교수. 현재 한남대 독일어문학과 교수이다. 저서로는 《하우프트만의 사회극 연구》가 있으며, 역서로는 《드라마 분석론》(아스무트, 서문당)과 레싱(드라마 〈에밀리아 갈로티〉), 아르투어 슈니츨러(드라마 〈녹색의 앵무새〉), 베르톨트 브레히트(〈카라 부인의 무기〉, 〈갈릴레이의 생애〉), 슈테판 슈츠(〈오디세우스의 귀향〉)의 작품들이 있다. 하우프트만, 브레히트, 슈니츨러 등 다수의 독일 작가론, 작품론을 발표했다. 브레히트의 〈갈릴레이 생애〉 한국 초연 등 다수의 연극과 무용(〈사랑한다는 것 일곱 가지 빛깔〉), 오페레타(〈다라다라〉) 작품을 연출했다. 최근에는 게오르그 뷔히너의 〈당통의 죽음〉을 〈어느 혁명가의 죽음〉으로 각색하여 연출했다.